浮士德博士

DOKTOR FAUSTUS

DAS LEBEN DES DEUTSCHEN TONSETZERS ADRIAN LEVERKÜHN ERZÄHLT VON EINEM FREUNDE.

THOMAS MANN

一位朋友敘述的德國作曲家阿德里安·雷維庫恩的生平

DAS LEBEN DES DEUTSCHEN TONSETZERS ADRIAN LEVERKÜHN ERZÄHLT VON EINEM FREUNDE.

托瑪斯·曼——著　彭淮棟——譯

白日將盡，暮色生成的晦黯
讓大地上的一切生靈
暫歇他們的疲勞，獨我煢然
正自準備撐持這戰爭
途遠思紛，心亦蘊結而多慨，
請顛撲不誤的記憶來吟詠。
啊繆思，啊崇高的神思，請即助我，
啊記憶，是妳寫下我之所見，
即此便是妳揮運長才之所。

但丁，〈地獄〉第二章

目次

推薦序一

文豪與譯家畢生最後力作

中央研究院歐美研究所特聘研究員　單德興

彭淮棟與德國文豪托瑪斯・曼（Thomas Mann, 1875-1955）緣分極深。他的第一本譯作《魔山》（遠景，1979）是借道羅—波特（H. T. Lowe-Porter, 1876-1963）英譯本之轉譯，當時年方二十六歲，以五十萬言、八百頁經典之譯，開啟個人翻譯生涯與人生新境界。醉心於德國文學與歐洲文化的他，不以轉譯為足，遂自修德文，深入探究德國文學、藝術與文化之妙。最後一本譯作《浮士德博士：一位朋友敘述的德國作曲家阿德里安・雷維庫恩的生平》（漫步文化，2015）直譯自德文，時年六十二歲，兩書相隔三十六年。淮棟的翻譯之路始於曼，也終於曼，與其說是巧合，不如說是不忘初衷，方得始終。

正如《浮士德》之於歌德（Johann Wolfgang von Goethe, 1749-1832），《浮士德博士》是諾貝爾文學獎得主曼「畢生最後一部力作」，自道「幾乎是以我心之血書之」，「前此所有作品都為歸指此書而寫」。而《浮士德博士》中譯也是淮棟「畢生最後一部力作」。即使他已累積三十多年經驗，從德文直譯過曼的好友阿多諾（Theodor W. Adorno, 1903-1969）之《貝多芬：阿多諾的音樂哲學》（聯經，2009），然而譯注《浮士德博士》的兩年半期間形同「閉關」，晝夜於斯，孜孜矻矻，以千日之功完成嘔心瀝血之作，自稱箇中辛苦有如「夢魘」。

之所以是「夢魘」係因博學深思、歷經兩次世界大戰的曼，藉由現代版浮士德，即為了二十四年音樂靈感、創造力而與魔鬼締約、出賣靈魂的作曲家，來反思德國、歐洲、乃至人類的文明，內容宏偉深邃，即使德國讀者閱讀時也希望手中有一把開啟該書奧祕之鑰。

淮棟身為資深譯者，深知翻譯困難，佳譯不易，而有「使無譯者，何來譯品，若無能手，何來佳譯」之說，也熟諳「譯無全功」之理（余光中語），故謙稱「吾欲寡過」。《浮士德博士》中譯本便是他知難而進、奮力而為、字字為營、句句為陣的成果。

淮棟精讀原文，多方查閱資料，參考曼本人也推崇的羅─波特之英譯本（而且發現她有刪節之處），務期完整正確傳達原意。此外，為協助讀者了解書中深意，更將個人相關研究化為附文本，撰寫逾兩萬字導論、近八百條譯注，合計逾五萬五千字，除了說明人名、地名以及文學、歷史、藝術、音樂等典故，並加上前人研究與自己詮釋，用心之良苦、工夫之扎實、功力之深厚令人佩服。

桑塔格（Susan Sontag, 1933-2004）在〈朝聖——記托瑪斯・曼〉一文中透露，十四歲時與同學登門拜望流亡美國加州的曼，直接從作者口中得悉對此書的看法：「部分以尼采生平為底……不過，我的主角不是哲學家，他是個偉大的作曲家」；「德國靈魂的高峰與深淵都反映於其音樂之中。」曼坦承，這是「我所寫過最大膽的書」，「我最狂野的一本書」，「也是我老年的書」，「我的《帕西法爾》」、「當然，是我的《浮士德》」，以音樂裡的華格納（Richard Wagner,

1813-1883）與文學裡的歌德之最後力作，來比喻自己甫完成的《浮士德博士》。

曼也曾表示，此書是「我一生的總結，是我所親歷的這個時代之總結，同時也是我有生以來所能給出的最為個人的東西，其坦率近乎瘋狂。」他在生前最後一次訪談中明言：「這部浮士德小說於我珍貴之極……花費了我最多的心血……沒有哪部作品像它那樣令我依戀。……誰對它承受的精神高壓有所理解，誰就贏得我的由衷感謝。」而精心譯注此書的淮棟，不僅是其解人與知音，更是協力者與傳播者，文豪地下有知，必當奉上由衷感謝。

淮棟才華洋溢，敏學覃思，博覽強記，翻譯態度嚴謹，文筆典雅洗練，一生譯作三十餘本，量多質精，普受推崇。身為臺大外文研究所同學，筆者欽佩淮棟不忘初心，翻譯之道以文學始，以文學終；也惋惜他在學養、見識、文筆臻於巔峰之際溘然辭世，中文譯界從此少一健筆；更遺憾自己未能及時訪談老同學，分享他的翻譯經驗與理念、治學之道與自修之法（書法、音樂皆為自學，造詣不凡）、人生體悟與生命智慧。而淮棟最依戀、最花心血、最受精神高壓的《浮士德博士》，遂成為一代譯家留給中文世界最後以及最厚重的禮物。

個人堅信「譯在人在」，只要佳譯存在，「翻譯家彭淮棟」就會長在！

二〇二四年八月十二日
臺北南港

再次悼念彭淮棟——彭譯《浮士德博士》再版推薦序

錢永祥
中央研究院人文社會科學研究中心兼任研究員

二〇一八年春節假期中，傳來彭淮棟兄去世的消息，由於來得突然，感到十分驚愕。早在大家都還縱情發散的年代，我們交往頻繁，在知識、生活與家庭各方面都留下了可堪紀念的片段。但近年來我們往還稀疏多了。偶而聯繫或者晤面，只知道他依舊愛彈鋼琴，愛寫書法，譯事也始終不輟，尤其前兩年譯出《浮士德博士》，更是嘔心瀝血驚世之作，於是以為各得其所最好，聚首則總有來日可期。未料他罹病半年，竟然不治。又一次，朋友的驟然離去，給疏懶粗心的我留下了深沉的遺憾。

其實直到最近，只要讀到涉及我們共同興趣的好書，我總會動念，想鼓勵他著手翻譯。去年夏天，讀完一冊十九世紀英國自由派群體發展史的老書，讓我對十九世紀英國自由主義的轉變獲得全新的視野，就想找機會跟他提一下。年初二偶然想到托瑪斯·曼的《一個非政治人的反思》，於是爬上書架翻出英譯本，心裡還嘀咕了一下阿彭不譯此書可惜，未料次日竟然收到噩耗。後來大陸朋友告知，此書至今並沒有中譯本，可是淮棟不在，我們只能期待年輕一輩的有心能人了。

淮棟一生專注於翻譯，除了報端「綜合外電報導」的報社編譯本職，自己的寫作算少，狷介的個性也不喜拋頭露面。但是他的去世消息傳開，引起的迴響卻很廣大。兩岸四地，許多識與不識的讀者，都透過各種社交媒體提到自己曾受惠於他的譯作。這個現象，見證了淮棟一生勞作的貢獻之深遠。

彭淮棟翻譯出版的第一本書，應該是托瑪斯・曼的《魔山》。該譯本於一九七九年問世，當時他甫離開台大外文研究所的碩士班。他完成的最後一本譯著則是托瑪斯・曼的《浮士德博士》，二〇一五年出版。當年譯《魔山》，他根據的是英譯本。到了翻譯《浮士德博士》，他直接從德文本著手，並且做了大量的、相當艱難的考據與詮釋，寫成逾五萬字的導讀與譯注。他的翻譯生涯從托瑪斯・曼起步，到了「屢屢為之撚鬚腐毫」，譯出曼一生最後一部歷史性的巨構而登峰絕筆。這種始與終雖只是巧合，然而托瑪斯・曼在他的心目中當有深厚的意義。同時我相信，用《浮士德博士》結束他的翻譯生涯，他可能也會覺得無所憾矣。

淮棟去世之後，他的女兒義方整理出一份譯作目錄，共計三十四本書。其中有一些選書當是應出版社邀約的人情任務，但也有一些二十世紀最重要的小經典。淮棟的翻譯成就，首先當然取決於他的譯文本身臻於什麼境界。針對淮棟這樣的譯者，這方面的評價標準已不止於所謂的信雅達，而是要看他在譯文中如何經營思想、境界與文字之間的相互襯托。這個問題太複雜，需要留給專家進一步考量。不過在兩本托瑪斯・曼之間，他還譯出過幾本「小經典」，我認為值得一提。

絕大多數讀者所記得的彭淮棟，首先是伯林《俄國思想家》的譯者。其實在這本書之外，他尚譯過雷蒙．威廉斯的《文化與社會》，薩依德的《鄉關何處》，麥克．波蘭尼的兩本知識論著作，華勒斯坦的《後自由主義》，一本卷帙浩繁的政治思想史，以及阿多諾、翁貝托．艾柯等人的名著。但即使在這些小經典中間，《俄國思想家》仍然顯得突出。原因何在？

中國知識人一向對舊俄的文學與思想感到親切與尊敬。一個原因可能是舊俄知識人的追求與挫敗，往往能讓中國知識人產生存在層面的共鳴。伯林這本書介入舊俄思想家的生存氛圍入木三分，進而用高度清晰、普遍的思想範疇，分析他們的精彩與限制，穿透中文讀者心靈的力道自然難有倫比。彭淮棟的譯本，成功轉達了伯林這本書的這一成就。淮棟譯書一向不走到台前，即使迻譯《文化與社會》這種屬於他少年本行的書亦然。唯有《俄國思想家》（當然還有最後的《浮士德博士》）書前有他寫的十頁譯序，書中也加了不少譯注，由此可見此書對他的意義不比尋常。這篇譯序介紹俄羅斯近代知識人的奮鬥歷程與無力擺脫的困局，提綱挈領要言不煩，卻完整清晰，備見寫者的功力與敏銳。從行文中，也不難看出譯者對書中所述的思想與人物既有同情也有批評。這種移情的投入，當然會感染到兩岸無數處境接近的讀者。《俄國思想家》在兩岸都有跨越幾代的讀者，其來有自。

《俄國思想家》譯序結尾謂：「起筆歷十八月而具形狀，其間與書中人物同其大夢，於我則是歲月暗換，然現實仍是活生生的現實，日間上班，入夜則伏案，快然自足而多疏家務，多謝吾妻玉玲擔待。」如今淮棟去世，在兩岸大概都不容易再見到像他這樣有學力、有品味，又以如此敬業樂業、從容自得的心境投身譯事的有心人了。送走淮棟，感覺上像是一個時代又遠行了一步，我也只能跟著那個時代緩緩移步了。

後記：淮棟所譯《浮士德博士》有機會再版，蒙漫步文化柳淑惠總編輯之邀，謹將我寫於二〇一八年淮棟去世後的紀念小文在此重刊。當初此文係應李宗陶女士所約，發表在南方報業傳媒集團《**289**藝術風尚》雜誌**3-4**月號。

天才崩壞的瘋魔啟示錄——托瑪斯．曼《浮士德博士》的音樂文化與政治

王敏而
牛津大學音樂學博士

在第二次世界大戰以軸心國的戰敗告終之後，德國知識分子圈發起了許多深刻，甚至刻骨銘心的反省與自我批判，檢討到底為什麼德國／日耳曼民族會引發如此慘痛的人類浩劫。哲學家霍克海默與阿多諾合著的《啟蒙的辯證》、漢娜．鄂蘭的《極權主義的起源》，以及本文將主要討論的經典小說《浮士德博士：一位朋友敘述的德國作曲家阿德里安．雷維庫恩的生平》（下文簡稱為《浮士德博士》）都是這個脈絡下所誕生的作品。

《浮士德博士》是諾貝爾文學獎得主、德國文豪托瑪斯．曼（Thomas Mann）創作於一九四三—四六年間的長篇小說，其內容主要是描述天才作曲家雷維庫恩因為不滿足於現狀，而持續地尋求突破，以至於決定用自己的靈魂和魔鬼交易不世出的作曲才華。

然而在雷維庫恩將自己的藝術造詣不斷提升到新的境界時，他周遭的環境卻開始逐漸陷入道德危機，最後等待雷維庫恩的，是無止盡的懺悔——《浮士德博士》的內容廣博、精闢又深刻，本文無法概括其全部內容，而是簡要回顧「浮士德」這個符碼在十九世紀歐洲音樂文化脈絡中所

扮演的角色，以及歌德筆下的浮士德；其後聚焦討論《浮士德博士》書中勾勒十二音列作曲技法的文化、政治意涵。

浮士德的文化符碼

浮士德的故事雖然在不同版本中略有出入，但大體上的主線都是：博學的浮士德為了追求永恆的知識／真理／美，也為了滿足個人的欲望，甘願出賣靈魂給魔鬼梅菲斯特。其中歌德的劇本《浮士德》無疑是其中最為重要的作品之一。

歌德的《浮士德》創作歷程超過六十年，從一七六八直到一八三二年。其間正好經歷了歐洲人文思潮從啟蒙走向浪漫的轉捩點。在歌德的筆下，浮士德在追尋極致的「美」的路途中，是可以摒棄道德，甚至連自己的靈魂也可以被放上交易台。

而這個在窮盡個人之力後，卻還有所不滿足，於是轉向尋求超自然力量協助的心態轉變，則象徵了從啟蒙到浪漫的思潮轉變，這其中隱含了一個「理性崩壞」的過程——浮士德原先也想要透過自己理性的努力來尋求美的體驗，但最終還是敵不過自己的欲望，而做出將靈魂交給魔鬼的非理性選擇。這個從理性轉向非理性的過程，便是浮士德故事中的核心。

歌德的《浮士德》自從問世之後，刺激了許多作曲家的創作，例如白遼士的歌劇《浮士德的天譴》、李斯特《浮士德交響曲》、古諾的歌劇《浮士德》……等等。馬勒的第八號交響曲第二部的歌詞也同樣是取材自《浮士德》的結尾。但在歌德的原著中，浮士德雖然博學多聞，卻幾乎隻字未提音樂的部分。這也是曼的《浮士德博士》與歌德的《浮士德》最根本的不同之處。

為什麼主角雷維庫恩是個作曲家？

在另外一篇著名演講〈德國與德國人〉中，曼認為歌德沒有將浮士德的形象與音樂連結是一個嚴重的錯誤。曼認為：

「音樂是具有『惡魔性』的……既可以有規則，卻又同時是非理性和混亂的溫床；音樂具有咒語般的召喚力，是數字的魔術，是所有藝術中最神祕、抽象、遠離現實，卻又最富激情的一種。」

通過這段文字，不難理解為何曼筆下的雷維庫恩會是一個作曲家。首先，曼認為音樂的抽象特質可以既有規則，又同時失序，這種矛盾的本質為惡魔留下了空間。其次，音樂這種普遍被視為表達情感的藝術形式，卻又與強調邏輯與理性的數學有著千絲萬縷的關係。

這些曼對音樂的理解都是後文分析《浮士德博士》的重要線索。但曼本身並非專業的音樂學家，因此在寫作時，音樂的部分參考了許多阿多諾的建議，而書中主角雷維庫恩音樂部分的成就，則脫胎自第二維也納樂派的代表人物——發展出十二音列作曲手法的阿諾・荀白克。

十二音列的文化／政治意涵

在書末，曼自己註解《浮士德博士》中的音樂理論取材自荀白克所著的《和聲學理論》。荀白克當初寫作此書的意圖當然不僅是想要提供一本和聲學的課本，而是透過回顧十七至十九世紀近三百年來的和聲學發展歷史，來強調：調性和聲的規則已經走到了盡頭，作曲家已經窮盡了和聲變化的所有可能性，因此如果還想要創作出新的作品，那就必須徹底拋棄這套規則，為音樂重新制定一個創作的準則。於是荀白克開始創作無調性的作品，後續又進一步提出十二音列的作曲技法。

回到《浮士德博士》小說的脈絡，荀白克的概念借雷維庫恩之口，被形容成一種「嚴格風格」。雷維庫恩以浪漫時期的奏鳴曲為例，闡述如果想要發揮一段音樂素材所有的可能性，那麼對位與和聲這兩種主要的創作技法則注定會相互掣肘，凸顯對位則難以保持和聲；強調和聲又會使對位的旋律線之間難以保持原本的獨立性。而所謂的「嚴格風格」便可以保證音樂中的每一個音符都保持著同等獨立的地位。

「嚴格風格」意指作曲家預先將一個八度內的十二個半音規定出一個出現的順序，而這個順序可以正向進行也可以反向進行，且在所有序列內的音符都出現過一次之前，已經出現過的音符不能再次出現。

這使得一個八度內的十二個半音彼此不再有因為調性而規範的從屬關係，而更為平等。同時也可以根據兩個音符之間的音高關係推導出另一個「倒影」的序列，例如Sol-La之間的關係是上升一個全音，那麼其倒影就是Sol向下一個全音的Sol-Fa，而倒影的序列也同樣可以有正向與反向兩種進行方式。

在這種作曲手法中，雷維庫恩認為將不再有「自由音符」，但雷維庫恩同時也認為這將給作曲家最大的自由來創作，因為「被自己自由制定的規則所約束，也是一種自由」。如果讀者覺得上面那句話有些詭辯的意味，這應該就是作者曼希望大家思考的方向：

如果曾經的舊規則帶來了不自由，那麼新的規則又真的帶來了自由嗎？還是只是因為自己換了個位子，由原本受到調性規則限制的作曲家，搖身一變成為了新規範的制定者，就覺得自己獲得了自由呢？

同時，小說中的雷維庫恩也強調，聽眾或許難以辨識作品中的音列到底如何行進，但他們會意識到一套新的「規則」，且應該會感受到一種美學精神層面的滿足。換言之，雷維庫恩口中的自由與新規則，其實只是作曲家才能享有，廣大的聽眾無法參與，只能被動地「體會」。這樣的自由是真的能造福社會，還是只是少數人能享有的權利呢？

理性為何最終帶來災難？

透過筆下的雷維庫恩，曼帶出了一個更為深刻的批判：

由所謂打破規範，創造新秩序而迎來的世界，真的是我們想要的嗎？

在曼的眼中，追求所謂理性分析、極致創作來達到至高美感精神體驗的雷維庫恩，其實既是浮士德，也更是當時整個德意志民族的縮影。自從一八七一年現代德國成立後，由於作為歐洲列強中的相對後進者，德國在隨後的半個世紀中可謂窮盡所有努力來實現富國強兵的目標。但即便如此，在許多方面，德國似乎已經近乎失控的不滿足於自己已經取得的成就，而永遠想要追求更多。面對「欲望」這個魔鬼，最終將德國甚至整個世界推向兩次世界大戰這個萬劫不復的深淵。

《浮士德博士》的焦點固然是二戰後的德國，但在當前俄烏戰爭、中國軍事威脅的脈絡中，《浮士德博士》何嘗不是一記對當前世界的警鐘。

（原文刊載於**udn global**轉角國際。作者為牛津大學聖凱瑟琳學院音樂學博士，研究興趣為後殖民理論以及東亞如何回應古典音樂傳入後造成的衝擊。）

導論

彭淮棟

小說緣起

托瑪斯．曼第一本短篇小說集以他名聲初噪的〈小富利德曼先生〉（Der kleine Herr Friedemann）掛封面，其中收入名作〈崔斯坦〉（Tristan），一八九八年出版；扛鼎長篇《布登布魯克家族》（*Buddenbrooks*）一九〇一年問世；第二本故事集《托尼爾．克洛格》（*Tonio Kröger*）添花增華，一九〇三年問世。

但一九〇三年起，至一九一三年的下一篇名作《魂斷威尼斯》（*Der Tod in Venedig*）之間，曼沒有可與前述諸作比肩的重要成品，陷入筆澀甚至才盡之懼。他年方而立，已成盛名，只能向前，而瞻望未來，是否以故我持續舊有筆路？欲開新境，則何來新思突破僵局？小而言之，這是他個人之憂，擴而視之，這也是世紀之交文壇喬伊斯與卡夫卡，樂壇史特拉汶斯基，畫壇孟德里安與杜象等現代主義文學與藝術界共有之困，傳統已窮，人人亟求生路。窮而求變之想必定至為急迫，曼才會在一九〇四年一本筆記簿寫下這則備忘：

一個得梅毒的藝術家：如同浮士德，簽署契約將自己賣給魔鬼。此毒發揮酣醉、刺激、靈感的作用；他在心醉神迷之中創造天才、奇葩之作，魔鬼牽引他的手。但是，終於，魔鬼來取他：癱瘓。

曼無疑熟知浮士德故事。浮士德將靈魂賣予魔鬼，契約中言明他「已窮盡我的精神與思想（包括上天恩賜我的能力），仍多不解之事」，這些事乃「人類所不教」者，因此求助對方，而以靈魂為質。語云請鬼抓藥，神所難助之事，魔或可一試。

經過漫長的近似枯涸階段，曼寫出《魂斷威尼斯》，該則筆記從此沉埋几案深處。

筆記中梅毒、浮士德、癱瘓的關係，為傳統故事所無，如何建立關係，亦乏頭緒。但曼多本筆記中所記零散思緒，都在其短、中、長篇作品中覓得歸宿，假以時日而已，梅毒藝術家之想亦然，經過多年沉潛蓄勢，獲得其實現的場景：由現實的歷史、政治、文化巨變激盪誘發，感慨始深，境界始大，蔚為曼一生壓卷之作。全書從深層的文化、精神、心理、思想角度呈現納粹這場「德國災難」的起因與本質，既別於專業歷史學家所為，亦異於各種從政治、經濟等表層尋索解釋之作，慧眼獨具，洞識至今無雙。

托瑪斯．曼先覺過人，在還沒有多少人知道「國家社會主義（納粹）」的一九二〇年代初期，就在他為美國雜誌《日晷》（*The Dial*）定期撰寫的〈德國書簡〉（German Letters）中提及希特勒現象，筆下頗不許可。納粹尚未得權，已日益橫行，恐嚇政治對手，一九三二年七月，其衝鋒隊在科尼斯堡（Königsberg）以炸彈攻擊社會民主黨總部，曼在柏林報紙撰文指斥納粹為「國病」，「歇斯底里與陳腐浪漫主義湊成的大雜膾，一種將德國的一切醜化與庸俗化的擴音機日耳曼主義」。

一九三三年一月三十日，希特勒成為總理。托瑪斯．曼二月啟程出國，開始瑞士、荷蘭、比利時、法國演說之旅，只是未料重見德國已在十六年後。二月廿七日，德國國會大廈毀於一炬，總統興登堡簽發緊急行政命令取消一切公民自由，行政命令三月載入憲法，國會通過「授權法」，授予希特勒不必經過國會的立法權，希特勒開始實質獨裁。曼出於低估希特勒與納粹為惡的本事，也由於不信德國人民真會喪心隨之中風狂走，仍以長鏡頭觀察事勢，著眼歐洲。一九三三年，他提到可能寫一部浮士德或哥德式中篇小說，探索德國問題，而其意未定。一九三四年二月十一日在日記中寫下：

> 傍晚散步，又想起浮士德小說。對歐洲的情況與命運，這麼一個象徵可能不僅更貼切，而且更正確，更適當。

浮士德在曼筆下的真正用場，亦即對準德國，仍需假以時日。

準備與起筆

一九四三年一月五日，流亡美國的曼完成《聖經》人物約瑟夫（Joseph）四部曲最後一部。結筆前數週，他在華府美國國會圖書館演說「約瑟夫小說的主題」，提及：「浮士德是人性的象徵，在我筆下，約瑟夫故事堅持也變成類似的象徵。」

只此一語，逗露新作之機，而且可見曼心底深處的浮士德，德國文學的這個代表角色，永遠躍躍欲動。約瑟夫故事完篇，曼從案頭推開累積十六年的參考資料，搜羅新文件，重理舊筆記。三月十七日的日記寫下：「上午重讀舊日記，找出一九〇一年（實為一九〇四年）的三行浮士德博士計畫。」

讀書及收集資料大約兩個月：史特拉汶斯基（Igor Stravinsky）回憶錄（為了解世紀之交的慕尼黑樂壇）、尼采生平資料，訂購史上第一本《浮士德的故事》（*Historia von D. Johann Faustus*，一五八七年版），讀中世紀傳奇集《羅馬人故事集》（*Gesta Romanorum*）、馬丁・路德書信、中世紀影響重大的獵巫專書《女巫之錘》（*Hexenhammer*），研究中世紀畫家杜勒（Albrecht Dürer），尼采及其女性關係，得梅毒的德國音樂家沃爾夫（Hugo Wolf）的著作、音樂史，向神學家田力克（Paul Tillich）請教二十世紀初葉神學研究情況，廣蒐周諮，規模浩繁，難以具陳，運用則左右逢源，舉重若輕。《浮士德博士》內容出古入今，人事地物驅遣靈活，一字一名蘊義多層，歐美有多部專書研究此作取材與用材策略，至今不窮。

曼在《浮士德博士》出版次年補寫的《浮士德博士成書記》（*Die Entstehung des Doktor*

Faustus）中說，他前此所有長篇皆以較小規模構思，不意難以收拾而漫衍為長篇，唯有此作起筆即以長篇命意，動筆之初，全書人名表即大致底定，主題層次如：中世紀、現代、音樂、魔性、魔鬼契約、癱瘓、藝術（危機）、德國等，也眉目分明，連主角作曲家在其重要音樂發展階段譜曲的世界（德國）末日清唱劇《啟示錄變相》（*Apocalipsis cum figuris*），與收尾疑望救贖的《浮士德博士悲歌》（*Dr. Fausti Weheklag*），也頗有按部就班的安排。

曼時屆望七之年，以生平著作版稅不菲與普林斯頓大學教職等收入而一家溫飽，在流亡圈中屬於優渥度日之列，但生活殊非清閒，例如三月九日寫信給加入美軍在歐洲對德戰爭的長子克勞斯（Klaus）告知近況，除了手邊的作品（繼約瑟夫之後立即著手的一部中篇小說），「我忙碌不可開交：對德國廣播，對歐洲廣播，用英語；對澳洲廣播，用英語；為戰爭新聞部撰文談德國的未來，等等」。

四月二十七日，他致書克勞斯：

> 我在趕一個很舊的計畫，一個藝術家、現代（人）訂約將自己賣給魔鬼的故事，出自莫泊桑、尼采、沃爾夫等人命運遭際，簡言之，主題是走險以求靈感與天才，而以被魔鬼取去（靈魂與肉體），亦即以癱瘓，為下場。主要觀念是迷醉，以及由此而加劇的反理性，連帶及於政治、法西斯主義，以及德國的可哀命運。整個事體深染路德的古德國風（主角原本攻讀神學），而以今日與昨日之德國為背景。

曼明顯不復以長鏡頭概觀歐洲，改為聚焦特寫祖國，直接點明新作與當日德國現實的關連。在有如《浮士德博士》後設小說的《成書記》中，曼復補述，此作寫的是藝術家（德國及文化的代表）「逃避一場文化危機的困境而與魔鬼訂約，一個高傲的心靈受不育（無能）威脅而渴望不計代價打破阻礙」，以及「一場含毒的興奮，與一種以民族主義為主調的法西斯主義狂熱並觀，兩者俱以崩潰收場」。

粗略言之，上引前句即《浮士德博士》所寫第二與第一次世界大戰的德國精神狀態；後句則分兩節：前半即主角作曲家阿德里安・雷維庫恩（Adrian Leverkühn）之經歷，後半即雷維庫恩生平所影射，以及托瑪斯・曼代言人，此作敘事者瑟理努斯・宅特布隆姆（Serenus Zeitblom）夾敘夾議具體呈現的納粹德國。

曼五月二十三日在加州寓所書房坐定，走筆新作，第一章月底即成。全書最後一行於一九四七年一月二十九日落筆，接著刪潤手稿至二月初。《浮士德博士》所費時日力凡三年又八個月。

此作之為德國與世界文學偉構，自無疑義，曼本人給此作何種定位？《成書記》有言，此書之作意，在「假一個危殆重重且充滿罪孽的藝術家生平故事，寫我的時代的小說」。他成竹在胸，這句話不用不定冠詞「einen」（一部），而用定冠詞「den」，表明界定我時代的小說「就是」此作。

《成書記》說，《浮士德博士》只是「一件更大事情的示例，只是表現普遍的藝術、文化，甚至人與思想本身在我們這個危急時代中的困境的一個方式」。

托瑪斯・曼與音樂

體現曼所言「示例」的是音樂，西方音樂史在小說中的處理可謂詳細，而且如同德國歷史般貫穿全書，讀者愈具音樂知識，讀來收穫會更豐富。小說第八章起，經由書中人物的演說與對話，從單音，複音，貝多芬創革，後起者出新之難，半音系統與華格納音樂，下及托瑪斯・曼借自荀白克而假託為主角作曲家雷維庫恩突破而得的十二音列系統，歷歷可索，終而由雷維庫恩集大成，寫出既反映時代精神，也相當於西方音樂小史之作。

曼視廣義的藝術家為德國與德國文化的象徵，寫藝術家即是寫德國文化。一次大戰前的德國，心靈高傲，文化優越，但現實地位陷入困境而不計一切求突破，納粹興起的德國走投無路，擁抱非理性、原始、野蠻、自毀的力量，追求征服世界。據托瑪斯・曼視之，凡此皆魔，不是外來之魔，而是德意志自身內在之魔，似此情狀，現成最佳象徵洵非浮士德莫屬。但他必須活用浮士德，亦即傳統的方士、術士、魔法家、煉金家浮士德，不計代價突破阻礙探求新知的浮士德，必須化為藝術家（雖然不必化盡其固有特徵：雷維庫恩以煉金術語形容其音樂），而這藝術家只可能是作曲家。事關托瑪斯・曼個人，以及音樂與德國及德國文化的關係。

影響托瑪斯・曼畢生最大者三人，叔本華、華格納、尼采，亦即曼自言其思想蒼穹裡的「三星星座」。華格納是作曲家，尼采本質的重要一面是作曲家，叔本華以音樂為一切事物本質（意志）的至高表現，其《意志與表象的世界》的音樂觀早已膾炙人口：「音樂，如果視為世界的表現，就是最高度的普遍語言。」華格納與尼采各依其對叔本華的立場發揚己說，或即或離，曼又透過尼采之眼了解叔本華與華格納，例如據尼采而指華格納暗中傳播叔本華悲觀哲學，復依尼采反駁叔本華。故三星俱影響曼在《浮士德博士》以作曲家為德國的藝術家代表，而尼采作用尤巨。三星的理念幾乎貫穿曼所有作品。

曼於一九二六年五月二十五日致函奧地利文學和文化史家恩斯特・費雪（Ernst Fisher）自我介紹：

> 我的根在歌德自傳的那個文化世界裡，在資產階級氣氛，在浪漫主義……華格納是我最強烈、塑造我最多的藝術經驗。但另外有一個要素將我連上現代性，而且獨力使我的作品具備一些思想層次上的意義：那就是我在尼采那裡體驗到的，浪漫主義的自我超越。

尼采，特別是他的虛無主義與懷疑主義，影響托瑪斯・曼對音樂力量及其哲學義涵的理解，實例是，在曼大多數作品裡，音樂扮演一切秩序，社會與道德秩序的顛覆者，但凡音樂響起之處，意志癱瘓與事物解體即不在遠：《布登布魯克家族》裡，華格納的半音主義嚙盡家族事業支柱漢諾（Hanno）的生命意志；〈崔斯坦〉直取華格納名劇為題，寫華格納音樂蘊含的死亡世界；《魂斷威尼斯》裡的歌聲魔音，一九二四年出版的《魔山》主角漢斯・卡斯托普（Hans Castorp）聆樂（德布西、比才、古諾、威爾第、舒伯特）而迷醉於死亡。由此一脈而下，曼一九〇四年筆記中說的藝術家由作曲家來代表，在他個人的美學與哲學思考中，線索早伏。

但托瑪斯．曼對尼采之論並非全盤接受，而是辯證式的，在虛無主義與懷疑主義之外，他也得到尼采問題辯難意識（problematisch）的真傳，其中保持反諷（Ironie）的距離，而且這辯證式的省思自始即在，寫華格納與美學氣質對布登布魯克家族的作用，〈崔斯坦〉、《魂斷威尼斯》及《魔山》裡音樂、情色、死亡合一的影響，筆鋒兼具陶醉與反諷：陶醉出於他自身性情與音樂有超乎他理性控制的親和性，反諷則既出於他與自己及角色維持美學距離的敘事風格策略，也出於他對那些魔性作用與影響有他清醒思考的一面。尼采標舉音樂為戴奧尼索斯原則的最極致表現，並認為阿波羅原則自蘇格拉底以降支配西方思想，導致西方過度理性與僵化而軟弱，德國浪漫主義（特別是華格納）重振代表非理性、自然、原始生命力的戴奧尼索斯原則，為歐洲文化得救所寄。托瑪斯．曼於此論點頗有保留，甚至將尼采《悲劇的誕生》中的戴奧尼索斯重新詮釋為並非生命與多產，而是死亡與不育及窮竭。《魔山》裡的人文學者塞特布里尼說之最切：「音樂是令人起疑的東西，我認定它的本質是曖昧的。我宣布它在政治上可疑，亦非過甚其詞。」這些思考，融合音樂與德國的關係史背景，促成托瑪斯．曼決定他的浮士德必須是作曲家。

音樂／德國

今天無論行家或門外人心目中，西方音樂或古典音樂與德國幾乎一而二、二而一，德國作曲家、曲目、指揮家、樂團、音樂廳、音樂刊物、音樂學術，在世界樂壇何止獨占半邊天。實則遲至十七與十八世紀，德國音樂尚無如此特出地位，德國「音樂國家」之譽（據托瑪斯．曼視之，可能應為音樂國家之「禍」），是近二或三世紀以來文學、哲學、日記、期刊、遊記、書信、音樂研究，由無意與間接逐漸而有意與直接塑造，影響音樂生活、音樂活動、音樂組織、作曲、演出及音樂產業使然，尤其貝多芬以曠世之才與瑰偉作品風靡歐洲之後，德國民族儼然獨得音樂之祕，唯德國音樂是真音樂，亦唯德國是音樂國。政府與民間共同打造之下，音樂的德意志特性與德意志的音樂特性合而為一。

這種努力的一個明顯特色，是德國人自十九世紀開始以民族主義心態推動音樂，結果則是音樂蒙上濃厚的民族主義色彩。一八〇二年一本巴哈傳，以巴哈作品為與希臘羅馬經典分庭抗禮的經典，稱巴哈為「無價的民族財產，沒有其他任何民族差堪其匹」，應在中學與大學課程占重要地位。接著，有論者提出德國民族性格之發展與德國音樂美學之成就兩兩相扣，「音樂是所有藝術之中最德意志的」。尼采承此說之緒，在《善惡的彼岸》明提華格納《紐倫堡名歌手》序曲為德意志靈魂的真正象徵，尤為一時名論。三B（巴哈、貝多芬、布拉姆斯）或無此意，但大勢如此。德國政治分崩離析，音樂民族主義為政治民族主義所劫，音樂工具化，成為形塑國族意識的關鍵凝聚劑。

德國音樂的地位，從霍夫曼（E.T.A. Hoffmann，一七七六～一八二二）等人根據貝多芬交響樂提出「絕對音樂」，特見提升。絕對音樂代表普遍性，超越國家與民族畛域。「絕對音樂」成為十九世紀影響最大的音樂美學理念。根據諸家說法，普世與超越的絕對音樂屬於全人類，但也是德國的，至少是德國最優為之。《浮士德博士》第十五章起頭說，音樂在德國的崇高地位，猶如文學之在法國。

德國人並且有意無意引伸，由音樂優越印證民族優越，音樂稱霸，擴伸為文化霸權，文化霸權成為政治霸權正當性的根據，至納粹以德國音樂的普世性為政治上兼併與擴張領土的口實，其來有自。論者認為，張伯倫（Houston Stewart Chamberlain）等人亦以德國種族優越論影響希特勒，標舉德國文化優越論為其政治霸圖圓說，根據的就是音樂，而非文學或其他藝術，因為德國當時只有音樂普世風靡，亦即尼采在其《悲劇的誕生》中說的，那條「從巴哈到貝多芬，從貝多芬到華格納的巨大太陽系軌道」。

貝多芬去世，德國政界與樂壇深恐樂統無繼，文化精髓失落，待華格納崛起，則視為樂統有後，華格納之後，復恐文化香火失傳。這些憂危之心，不只出於藝術考慮。連發明十二音列系統，作品被納粹懸禁的荀白克（Arnold Schoenberg，一八七四～一九五一），也發傲語：「我有一項發現，這發現將使德國音樂再稱霸百年。」

《浮士德博士》第廿五章，魔鬼直截了當告訴亟求音樂突破的阿德里安．雷維庫恩，這位如浮士德般與魔鬼訂約的主角：一旦突破，「你將引領風騷，你將開啟前進未來之路，小伙子將以你之名起誓。」其說與荀白克如出一口。

以德意志為「音樂民族」，並以其音樂雄霸世界之論，托瑪斯．曼也曾鼓吹不遺餘力。德國三教九流為德國的第一次世界大戰立場辯護的「大合唱」，曼是男高音主唱，其辯護集《一個非政治人的觀察》（*Betrachtungen eines Unpolitischen*）即謂德意志特質以音樂為核心而有不可測之深度與內在性，迥別於西方之唯知政治、民主、理性；唯其植根於音樂，德意志文化有深度，富於元素般的原始生命力，保持英雄氣質，而英國與法國代表的西方為啟蒙運動所誤，膚淺而只知人權、議會、平等、博愛；德國音樂是世界的心聲，如貝多芬第九號交響曲的席勒詩句「這個吻是給整個世界的」；貝多芬如是，華格納亦然，斯人死後數十年，地球每夜在其音樂之中獲得安頓。

托瑪斯・曼所持德國性格，以音樂為心而成其非政治與反民主「特殊道路」之說，主要源自尼采。然時輩之斷章取義，囫圇尼采者多，後來納入納粹陣營，即與納粹同路；於尼采之複雜真有解會的托瑪斯・曼，則在威瑪共和與流亡及大戰期間，痛思納粹將音樂與德國歷史串合之禍：納粹與一般受教育階級將德國的音樂優越性工具化與政治化，將德國的政治霸權正當化。

納粹德國

曼的德國「特殊道路」論維持至一次大戰結束，但未久即一百八十度轉變，這場奇變，論者至今仍津津探討。一九二二年十月演說〈論德意志共和國〉（Von Deutscher Republik），盛道美國民主詩人惠特曼，呼籲德國知識分子支持威瑪共和國與議會民主，如他當時在一封信中所說，「我力促我們年輕一代裡的冥頑分子與中產階級，盡快全心全意致力於這個共和國和人文主義」；如他次年二月在一封信中所說，他從此被目為叛教：背叛德國精神。

一九三〇年的演說〈訴諸理性〉（Appell an die Vernunft）指斥極端民族主義與法西斯主義，直揭納粹的新品種民族主義是貶抑理性、操縱野蠻主義與原始本能的自然崇拜，狂熱變成救贖的手段，政治化為餵食群眾的鴉片。托瑪斯．曼從此演說與文章不斷，成為反納粹的頭號發言人，一九三四年在一封信中說，「所謂國家社會主義，在任何歐洲與倫理架構中根本沒有位子，它不但與『自由主義』和『西方民主』對立，也與整個文明對立。」德國知識界與身為社會中堅的教育中產階級漸著納粹之魔，曼與廣大讀者異見日深，在他一九三六年二月三日撰於蘇黎世的那封著名公開信中，正式宣告與納粹德國決裂，他直言：

> 德國人，或德國統治者對猶太人之恨，從較高層次而論，根本並非針對猶太人，或者說根本並非單獨針對猶太人：而是針對歐洲，以及比較崇高的德國精神；而且愈來愈明顯，是針對西方道德的基督教與古典基礎，是企圖擺脫文明，這企圖將在歌德的國度與世界之間帶來可怕的疏離，以及這疏離的邪惡後果。

他說：「無數人性、道德與審美方面的觀察支持我這個深信，也就是說，眼前這個德國政權絕無可能帶來任何好事，對德國，對世界皆然。這個深信使我迴避我在其精神傳統裡的根比當前那些統治者更深的國家，他們三年來逡巡搖擺，不太敢在世界面前否認我的德國真質。我的良心深處確定，在我同時代人以及後世眼中，我這麼做是對的。」

十二月，納粹取消曼全家的德國公民身分。

托瑪斯・曼與德國知識界漸行漸遠，以及漸招納粹之忌，一大原因在音樂，尤其華格納。《魔山》的塞特布里尼已形容音樂是「鴉片」，曼在小說字裡行間顯示他於德國音樂崇拜的政治效應頗有警覺，舒伯特至華格納的音樂對靈魂有其強大的迷魅作用，從而產生邪門的後果。納粹德國的文化以合乎其教條的音樂掛帥，而以華格納為其意識形態與民族主義之音，攻陷德國中產階級心防，希特勒一九二五年起成為拜魯特常客，一九三三年起每夏必赴拜魯特音樂節賞劇，華格納成為第三帝國聖徒，拜魯特節慶劇院則成為納粹的宮廷劇院。

托瑪斯・曼熱愛音樂，至於生死以之，但他在不能自已之中，對音樂的曖昧潛力亦深有所覺，他自言華格納音樂是他最強最深的藝術信仰，但他對華格納的詮釋不僅與納粹相違，而且得罪德國思想界，特別是其中的文化精英。

托瑪斯・曼／納粹：爭奪華格納靈魂

一九三三年二月十日，曼應慕尼黑歌德學會之邀，根據他先前發表的文章〈華格納的痛苦與偉大〉（Leiden und Größe Richard Wagners）發表華格納逝世五十周年演說，對華格納採取較為偏向藝術性、心理學及世界性的觀點，連帶指出這位德國大師的民族性格「透徹濡滿歐洲的藝術性，深不適合德國愛國主義者加以簡化」。次日，曼啟程前往阿姆斯特丹與巴黎等地。一週後，納粹黨報指斥曼妄談華格納於國外，所行非是，何況紀念華格納只宜為之於總理希特勒蒞臨之所。十六日，慕尼黑報紙刊登一封誓絕托瑪斯．曼的公開信〈華格納城慕尼黑的抗議〉，全市作曲家與指揮家等四十七名文化有頭臉人物聯名，包括當時德國樂壇祭酒理查．史特勞斯。公開信所加於曼的「思想叛國」大罪包括：將「猶太人」佛洛伊德的心理分析施於最德意志之大師（是可忍，孰不可忍！）；將這位大師視為現代主義者，其實他是「最深刻德意志感性的化身」。

因此，首先將托瑪斯．曼實質除籍者並非納粹，而是他原先認為最可能抵擋納粹的文化資產階級，但納粹當然稱許這樣的「人民意志」。曼與家人敏覺不宜返國，朋輩亦相告他以避地國外為上策。根據後來發現的納粹「保護拘留令」，曼一入國境就會被捕。

一九四五年五月二十九日，即納粹覆亡後三週，托瑪斯．曼在華府美國國會圖書館演說〈德國與德國人〉（Deutsch und die Deutschen），作為「一個德國人的自我批評」，說明德國何以沉淪與納粹何以得勢，並力言德國具備優良傳統，足以在未來走向民主自由，與歐洲及世界為善，重返人類社會。

小說主角：「德國」「作曲家」

綜上所述德國的音樂傳統、音樂與德國的關係、托瑪斯．曼本人賦予音樂的地位（「我向來熱愛音樂，並且視之為藝術的最高形式，小說是一種交響曲，一種觀念組織與音樂性的建構」），以及「三星」的音樂觀對他的影響，無怪乎曼在演說中特別解釋何以他的浮士德不能不是音樂家：

> 魔鬼，路德的魔鬼，浮士德的魔鬼，我認為是十分德國的人物，這個形象與德國的本質出奇相近。歷來以浮士德為題的傳奇故事與詩作沒有將浮士德與音樂結合，是大大失誤。音樂是一個魔性領域，浮士德如果要當德國靈魂的代表，他必須是音樂家浮士德。

這音樂家也不是任何哪國的音樂家，而是必也德國。托瑪斯・曼著筆這部小說不久，一路反覆研思書名，至一九四四年九月十二日取定全名為「浮士德博士：一位朋友敘述的德國作曲家阿德里安・雷維庫恩的生平」（Doktor Faustus: Das Leben des deutschen Tonsetzers Adrian Leverkühn, erzählt von einem Freunde），次日致函安妮絲（Agnes Elizabeth Ernst），安妮絲之夫即尤金・邁耶（Eugene Meyer），美國聯邦準備理事會（Fed）理事兼《華盛頓郵報》發行人，自他赴美國以來，她助他甚力，此函告她以「副標題終於決定」，接著說明兩件事：這位作曲家姓氏的出典，以及這位作曲家何以必須加上「德國」一詞：

> Leben（生活）與kühn（冒進）合為一字，連同「危殆重重且罪孽深重的藝術家生平」的聯想，可以溯源於尼采及其「要活得危險」（gefährlich leben）一語。

唯一變化，是易「leben」之「n」為「r」，音異而義仍同。其次是「deutsch」（德國）：

但我始終認定標題應該納入此字，因為這位作曲家，不幸、魔性、悲劇性的德國的這位作曲家，是這本書的孕思根源，構成此作最深的主題。

阿多諾進場

托瑪斯．曼筆程甚速，第四章雷維庫恩初識卡農輪唱，第六章他遍識樂器，七月已到他偷試和聲變化的第七章，作者則隨著他日益接近音樂難題。曼的小兒子麥可學音樂，能解答一些問題，搜羅專書，但曼在《成書記》回顧說，他需要的是「顧問，參與內容的指導者，專業知識格外淵博，而且思想高度適任之人」。

三月二十九日，阿多諾在寫給雙親的信中說：「今晚在馬克斯（霍克海默）處邂逅幾位大人物，其中有托瑪斯．曼同他優雅的夫人。」七月六日，曼日記首次提到阿多諾，事由是阿多諾送他一本第三者談音樂創作過程的書。

兩週後，阿多諾將其尚未完篇的《新音樂的哲學》（*Philosophie der neuen Musik*）手稿（第一部分談荀白克）交曼，曼一星期讀完，從此少不了阿多諾。

曼寫雷維庫恩的音樂進程，窒礙何在？他七月二十一日在給安妮絲信中說明：

種種困難這才開始。其中至難者，是在虛構的小說裡為一個重要的作曲家在當代音樂史中找令人信服的位置；這位置已占了人：荀白克、巴爾托克、阿班貝爾格、史特拉汶斯基，等等。我得把一個性格刻畫特別鮮明的藝術家和他們的作品並立，此事難上加難。

《成書記》說，《新音樂的哲學》

對歷史情境作社會學的藝術批判，其精神至為前瞻、細膩且極具深度，與我這本書的理念出奇接近。順理成章決定：這就是我要的人。

八月著手第八章，九月二十七日阿多諾到曼家晚飯，曼先談音樂哲學，繼而朗讀第八章，阿多諾當場提修正意見，從此「入夥」（einbezogen）這部小說的構思，雙方形成維持至小說終了的奇特藝術分工。第八章修改數日，阿多諾復提許多細節知識，曼從之改寫。

第八章寫雷維庫恩音樂老師克雷契馬（Wendell Kretzschmar）開講貝多芬，其中一講是貝多芬第三十二號鋼琴奏鳴曲作品一一一，何以沒有第三樂章，其字句有些來自阿多諾一九三七年文章〈貝多芬的晚期風格〉（Spätstil Beethovens），有的由阿多諾即時以口頭與紙筆提供。據阿多諾之見，資產階級社會當時的內在發展不是走向更多個人自由與個性表現，而是走向有消滅個人與表現之虞的極權形式，此種發展（主體性與客觀現實扞格）即雷維庫恩口中貝多芬此作第二樂章結尾向奏鳴曲形式（資產階級全體性與人文價值的表徵）告別的背景：丟棄虛飾圓融的藝術假象。與第廿五章的魔鬼對話合觀，這也是雷維庫恩的音樂必須另尋突破，不能再使用傳統形式結構的主因之一。

托瑪斯・曼這部小說得助於阿多諾的過程與程度，成為十分複雜的公案，甚至有論者主張阿多諾應與曼並列為此作的「共同作者」。以下僅舉曼寫給阿多諾的最著名兩封信，暫充總結。兩信並且透露《浮士德博士》的宗旨、主題及結構原則，對了解這部難讀難解之作有提綱挈領之助，值得詳引。

一、曼讀完《新音樂的哲學》手稿，繼讀〈貝多芬的晚期風格〉，在一九四三年十月五日信中稱其為「非常刺激思考，對克雷契馬也極為重要之作」，並坦言，如果克雷契馬開始將文中所說「偉大靠近死亡時產生一種傾向於傳統的客觀性」及「主體性這時進入神祕之境」等洞見融入其講詞，「請勿驚訝」。

此外，曼請阿多諾為他寫出貝多芬此作變奏樂章的小詠嘆調（Arietta）主題，以及點出貝多芬在尾聲「添加而帶來奇妙慰藉與人性效果的那個音符」。

信末說，「我需要音樂上如此程度的深入，和掌握作品神髓的細節（charakteristisches Detail），凡此，我都只可能得之於閣下這麼出色的行家」。

阿多諾立即送上一頁手抄五線譜，上半是變奏樂章（即小詠嘆調樂章）前十六小節的完整樂譜，下半標出小詠嘆調主題，以及曼請他點出的那個音符（升C）。

二、一九四五年十二月初，曼將當時為止所寫所有手稿交予阿多諾，而於十二日致函細說其事，要點如下：

1. 信函開首說，稿交阿多諾，覺得緊張，他自承因「疲憊日益頻繁」而自問是否最好放棄這部「奇異且或許不可能之作」，「您的看法對我是否堅持下去」將有左右之力。

2. 曼透露全書的寫作手法為蒙太奇（Montage），在此詞底下加橫線強調，並自承「我將尼采的症狀，包括他在他書信中描述的症狀，連同（醫師開給）他的飲食單，逐字逐句直接融入這本書裡；梅克夫人（Madame von Meck）支持柴可夫斯基而從不見面的史實，則化為貴婦托爾納夫人（Frau von Tolner）與雷維庫恩的關係，」等等。曼承認這是他的故技，稱之為「高級謄錄」：《布登布魯克家族》中著名的小漢諾（Hanno）斑疹傷寒播述，其實照抄百科全書，只是加以詩化。

《浮士德博士》中處處穿插事實、史實、真實人物及文學資料，皆屬曼說的蒙太奇，曼在信中並招供他將此法施於阿多諾：

> 你猜對了，我厚顏放肆（dreist）取用——雖然我希望用得不完全笨手笨腳——您音樂哲學文字的某些部分…我自己對音樂的關係廣有名氣，我一向在文學上熟於制樂（曼歷來在其小說中呈現音樂，世界文壇可能無出其右）…最近恩斯特．托赫（Ernst Toch）還恭維我「在音樂上入門」。但是，寫一部以音樂家為主題的小說，一部時而有志成為音樂小說的小說，需要的程度不只是入門，而是學術修養，而我完全無此修養。此所以我打從開始即下定

決心，在這本反正已傾向於蒙太奇原則的書裡，不要怯於取用或借助於他人材料。

接著說：

> 關於此點，我希望您與我所見略同。事實是，我的音樂文化下限幾乎不超過後期浪漫主義，而您使我認識音樂的最現代發展，這正是我寫此書所需，因為此書主題之一是藝術的困境。我「入門」級的無知一如當年處理小漢諾的斑疹傷寒，需要精確細節，你若能插手，改正這些細節（並非盡皆取自於您）失確、易致誤解及招致專家嗤笑之處，我將不勝感激。

阿多諾「插手」之效，托瑪斯．曼已經見識。同一封信裡說：

> 我向布魯諾．華爾特（Bruno Walter，名指揮家，曼生平知交）讀了關於作品一一一的那些段落，他很興奮：「了不起！從來沒有比這更厲害的貝多芬論！沒想到你這麼深入精研貝多芬！」

最後，曼再給阿多諾一件功課。他說，小說已到三十五歲的雷維庫恩在其蓄意感染性病（亦即與魔鬼訂約）之後的第一波興奮靈感之中，以令人有陰森之感（unheimlich）的捷疾，短時間譜成以杜勒十五幅版畫或《新約聖經》〈啟示錄〉為根據的《啟示錄變相》（全書第卅四章）：

現在我必須發揮相當以小見大或言近旨遠的力量來想像並實現這件作品，並具呈其特色（我構想的這件作品非常德國，是清唱劇，加上管弦樂，合唱，獨唱及一個旁白敘述者）。

曼說，這樣的想像境界，他始終不敢夢想一試，因為

我需要的，是一些能實現作品特色的精確細節（少許即可），給讀者一個可信、具說服力的圖像。請您同我一塊思考這件作品——我是說雷維庫恩這件作品——大概能夠如何進行；假使是您與魔鬼訂立契約，您會如何譜曲？你能否提供我一些音樂上具有特色的輪廓，用以加強作品可信的錯覺？我思索一種撒旦的宗教性、魔性的虔誠，一種既嚴守傳統，兼又充滿罪孽，每每嘲諷藝術的作品，一種返取原始元素（像克雷契馬追述拜瑟爾）（按：見小說第八章），揚棄小節線甚至調性秩序（重用小號滑奏）的作品；又或許，一種幾乎無法演奏的作品，如古老的教會音樂調式，亦即必須以未經平均律的聲音唱出，因此其音聲或音階在鋼琴上都找不到的阿卡貝拉合唱，等等。不過，「等等」說來容易。

信尾說，「我們就以此為繼續討論的基礎吧，並且為後世留此存照」。

曼索求的重點，阿多諾一一應命。《成書記》說，新年（一九四六）伊始，曼備齊筆與筆記本進駐阿多諾工作室，「筆走如飛，記下他（阿多諾）為清唱劇的音樂描述與特色細節備妥的提

示、改善及精確化」。

曼一月二十日日記說，雷維庫恩這齣清唱劇「困難之至」。第卅四章至三月二日始告完工。全書第四十六章，雷維庫恩譜寫交響清唱劇《浮士德博士悲歌》，阿多諾再幫大忙，提供詳盡的筆記，據考此次協助重點比較不在音樂上的洞見，而在創造一種「道德，宗教與神學境界」的語言。

阿多諾的貢獻不止於此，《浮士德博士》全書三首室內管弦樂作品有兩首出自阿多諾手筆，他將打字稿送曼作為禮物。全書極重要的那首小提琴協奏曲出自曼的想像，由阿多諾修改。

托瑪斯·曼在上引第二封信對阿多諾需索甚重，而以白紙黑字存照以俟來者，似有不欲掠美之意。曼將阿多諾父姓「Wiesengrund」（草地）暗藏於小說第八章的貝多芬作品一一一詮釋之中，以待行家看出他向阿多諾致謝。小說出版，曼在獻書中親筆題詞，稱阿多諾為他「真正的樞密顧問」（Wirkliche Geheime Rat）。但曼也在全書核心第廿五章將阿多諾寫成魔鬼化身之一。曼早為諾貝爾文學獎得主，當時則為德奧流亡文化盟主，阿多諾年輕他二十八歲，身分名望兩皆遠遜，曼對阿多諾的知識與著作明乞、暗借、硬取、巧襲兼而有之，阿多諾對這位前輩先達亦恭應唯謹，傾囊而授，兩人的關係成為《浮士德博士》餘韻既久遠，是非亦複雜的外一章。

托瑪斯·曼曲終歸雅，與阿多諾終須一別

曼自小說第八章起接受阿多諾著意點撥，兩人合作密切，「一塊思考」，而終究不免分道，分別在《浮士德博士悲歌》最後裊裊搖曳的大提琴高音g上。兩人心性、史觀、世界觀及政治觀之異，盡含於此音。曼將這個最弱音、延留音詮釋為「度越無望的希望」、「對絕望的超越」、「超越信念的奇蹟」。凡此措詞，一望即知決非阿多諾家數。這g音的詮釋是曼的辯證一躍：那高音g在漸行漸遠之際化為希聲的大音，化為天荒地暗中的一盞燈，一絲光，天可憐見，那是曼信奉的資產階級人文主義得救之望。

曼援用阿多諾《新音樂的哲學》之初，即知阿多諾此作不只是藝術或音樂論，更是從社會學批判角度出發的音樂論，阿多諾版音樂史背後是一套哲學、意識形態、文化與社會分析和批判。這套分析與批判相當貫串《浮士德博士》。據此批判邏輯，從哲學層次言，阿多諾擔任托瑪斯·曼「樞密顧問」期間，正與霍克海默合寫《啟蒙的辯證法》(*Dialektik der Aufklärung*)，書中痛陳啟蒙運動以下理性結合科學沆瀣淪墮，人類歷史與社會的發展嚴重出岔，不計代價追求「進步」，聲稱解放人類脫離無知、疾病、勞苦，到頭卻協助創造一個人類甘心嚥下法西斯主義意識形態，刻意對他者實行滅種屠殺的野蠻、非理性、非人世界。根據阿多諾秉持其「規定的否定」與「否定的辯證」所提觀點與批判，曼寄望的人文主義並無出路，德國之得救亦無所托。曼在《浮士德博士》中力斥以納粹為化身的上述墮落，可謂「筆銳干將，墨含淳酖」，但最後關頭仍以不忍之心，沒有走完阿多諾嚴厲的否定邏輯，臨崖勒馬，於絕暗之中寄望於一絲幽光。

從音樂言，雷維庫恩的「突破」歸結於全體性滴水不漏，組織完全徹底而沒有任何自由音符的十二音列系統作品。阿多諾在《新音樂的哲學》說：「十二音列技法真正是音樂的命運。它解放音樂其名，為音樂加上鐐銬其實。主體透過這套系統的理性宰制音樂，結果自己為這套理性系統所制。」不僅解放了的音樂反而壓制主體，而且，作為一種封閉系統，十二音列技法的理性落得如同啟蒙運動，淪於神話、原始與野蠻主義，「十二音列技法的數字遊戲及其行使的強制力瀕臨迷信」。依阿多諾之見，這是晚期資本主義注定的下場；如果沒有革命來改變客觀的社會與歷史條件，人終無救。

阿多諾對荀白克十二音列系統的理解，荀白克及歷來論者多有異詞，但《浮士德博士》詮釋十二音列系統全依阿多諾，卻曲終奏雅，穿透矛盾，寄望天地有情，由此化出超越之境，寧願讓敘事者宅特布隆姆聽出那漸行漸遠的g音似乎傳出希望之光，象徵曼祈願他的祖國可救。

依《成書記》所記，《浮士德博士》原有收尾較付梓版樂觀有加，阿多諾認為天真，不以為然，建議刪除最後四十行。阿多諾言下之意，賦予那個g意偌大正面價值，誰知同一性不會復辟，人又開始屠滅他者？曼稍收斂其樂觀，而自認定稿未違「樞密顧問」之意。然阿多諾一九六二年寫〈試寫托瑪斯．曼肖像〉（Zu einem Portrat Thomas Manns）一文，提及付梓版樂觀收尾牴觸小說內在邏輯，措詞委婉而難掩憾意：「最後數頁陳義頗重，主旨過於正面，不僅就《浮士德博士悲歌》的結構而論是如此，就整部小說的結構而論亦然。」

以《浮士德博士悲歌》為主體的第四十六章寫於一九四六年十二月，但托瑪斯．曼早已不時流露他不會將阿多諾的否定辯證法充類至盡：他一九四五年三月三十日函覆紐約市皇后大學歷史系教授品森（Koppel S. Pinson），指「納粹並非外在強加於德國之物，而是在德國自身有其百年之根」，但信末認為「德國傳統裡可以找到許多成分，長遠視之，基於這些成分，德國心靈決非不可能與西歐文化重新調和」；四月十一日函覆一位學者，指德國人民與納粹無法清楚畫分，「納粹在德國性格與德國歷史裡有很深的根」，但德國絕不缺乏仍可寄望，只是近年才在救命之變中湮沒不彰的「人道主義傳統與民主傳統」。

曼一九二二年起在演說、文章、書信、日記、廣播乃至《浮士德博士》中口誅筆伐納粹不遺餘力，但每含「話又說回來」之意。一九四五年九月七日，曼以長篇公開信回絕德國小說家莫洛（Walter von Molo）請他返國之邀，再度直斥德國的納粹時期是與魔鬼訂約，明言吃了納粹藥十多年的德國與他已形同陌路，但信中也提出他一個十分著名的立場：

> 我拒絕兩個德國論，我拒絕有一個善的德國而另有一個惡的德國。我要說，惡的德國是好的德國走錯路所致，是好的德國陷入不幸、罪疚和劫難。我不是站在那裡，拿出壞習慣，向世人自薦我是身穿白衣的善良、高貴、正義德國人。我這幾年在廣播裡嘗試告訴德國聽眾的話，沒有一句出自冷靜、超脫、局外人的觀點；我對德國說三道四的事，件件也都在我內裡，我自己就是過來人。

曼說明了他在海外所批評於德國的事，他自己身上就有。拒絕善惡德國之分，也是他演說〈德國與德國人〉主旨之一。上述這段引文並且明白道出許多德國人不曾聽懂的一層意思：一如他始終堅認德國人民與納粹不能一分為二，納粹根源在德國性格與德國歷史深處，托瑪斯・曼指控整個民族，但他也將自己列入被告名單；一如他一九三八年十二月書示長女艾莉卡（Erika）與長子克勞斯：「德國的自由與威瑪共和業已被毀；我們，就是你們和我，在這件事上並非完全無罪，雖然我們可以不認接下來的墮落與可恥發展。」

接下來這段話尤其堪稱上述g音之先聲：

> 然而，在我們那部偉大的民族之詩（按：指歌德的《浮士德》）裡，邪魔終於也被弄出浮士德專一的靈魂。如今我們且莫認為魔鬼已經收去了德國的靈魂。神恩比任何血約更有力。我相信神恩，我相信德國的未來，無論它此刻看來多麼狼狽，無論這場毀滅乍看多麼無望。不要再說德國歷史已經結束了！德國與那冠上希特勒名字的短暫恐怖歷史插曲並非一物，與俾斯麥的普魯士—德意志帝國時代亦非一物，甚至與可以叫做斐特烈大帝時代的那兩個世紀亦非一物。德國正在進入一個新的形式，經過改變與過渡的初期陣痛之後，或許會產生更多幸福與真正的尊嚴，或許會更有利於這個民族的純正傾向與真正需求。

接下來的結語或許可以視為預示了那g音所含希望與期許的內涵：

> 且讓德國袪除它血流裡的倨傲與仇恨，讓它重新發現愛，然後它將會被愛。無論如何，它畢竟仍然是一個具有深厚倫理潛力的國家，一個可以寄望於它人民的能力與世界的協助的

國家。一旦最糟的情況過去，它就能期盼一種富含成就與聲望的新生命。

一人寄情託望於民族與文化，期其迷途能返，一人絕望斷情於歷史發展，認定歧途不歸，雙方終於分道。

「詩人與思想家之國」淪於地獄

托瑪斯．曼與阿多諾流落美國，隔洋而望德國與歐洲，所思略同：一人尋索啟蒙運動所求理性光華，與人類臻於至善的宏圖理想，何以淪於奧許維茲（Auschwitz），一人追問「詩人與思想家之國」何以成為「地獄」，落得與文明為敵，知識分子與人民都匍匐於一個「欺民、愚民、殘民」政權之下，以那個「世界史上最可憎的稻草人」為「救星」。兩人都探源溯始，阿多諾作《啟蒙運動的辯證》，索西方問題之本於希臘哲學，曼寫《浮士德博士》，討癥結之根於千年之上的德國歷史。

一九三二年，曼仍居慕尼黑，三月二十七日回函美國西維吉尼亞州馬歇爾（Marshall）學院德文系教授柏爾，談民族主義與愛國主義烈焰在德國燎原：

> 時至今日，所有殘暴與反動的勢力，過去所有反精神與反文化的成分，都與民族主義結

合。他們自認前瞻未來，勇氣十足，是革命。這真是一種無可救藥的誤解。

次年三月十三日，曼已出國演說華格納，途中函覆他作品的義大利版譯者兼文學批評家馬朱利提（Lavinia Mazzucchetti），由信中慮患益切，可想納粹毒氛日濃：

我已疑慮，從今以後德國有沒有我這類人容身之地，會不會有我能夠呼吸的空氣。

五月十五日回愛因斯坦信，謂思及可能永久流亡，憂懼交加：

我竟被迫扮此角色，（德國）一定發生了徹底錯誤，徹底邪惡的事。我深心相信，這整個「德國革命」確實是錯誤且邪惡的。

托瑪斯．曼當時及後來的書信，屢言德國文化與道德墮落，歌德的德國已不可復識。一九三四年四月二日，他在致德法混血作家席克爾（René Schickele）信中說：

我們在那裡竟成異族。我早已把自己視為歷史遺物，一個從另一個不同的文化時代留下來的殘餘，那個文化的香火，我個人將以身任之，雖然它其實已經死亡並埋葬。

德國的性格與命運

《浮士德博士》書首題詞引自但丁《神曲》〈地獄〉篇，隱喻此書所述是一趟地獄之行。打從此作落筆，托瑪斯．曼多次在通信中直言這部小說的主題是德國的性格與命運。據此視之，德國之墮地獄，半因主觀性格所鑠，半由客觀環境所激。《浮士德博士》作曲家主角雷維庫恩與敘事者宅特布隆姆的性格與德國觀及世界觀，本質上由曼虛構的中世紀小城凱撒薩興（Kaisersaschern）輻射而成。「Kaisersaschern」一名由「Kaiser」（凱撒，即「皇帝」）與「Asche」（「骨灰」或「遺體」）合成。凱撒指德國國王奧圖三世（Otto III，九八〇～一〇〇二），其人長年征戰異域，志在神聖羅馬帝國皇帝，經略義大利，效查理曼大帝故事，一統基督教世界，兼且自封「世界皇帝」。原始且孤立的日耳曼部落與羅馬帝國（當時西方最高的文明）相遇，播下雙方從此時爭時合的久遠種子。奧圖三世本非赫赫有名之君，但德國史學家卡勒（Erich von Kahler）於一九三七年出版《歐洲史中的德國性格》（*Der deutsche Charakter in der Geschichte Europas*），將他詮釋為德國歷史的「樞紐」（Knotenpunkt），日耳曼民族自他而有民族與普世兩種情性，以及德意志與歐洲兩種力量彼此相吸又互斥的雙重性格。異教與基督教、野蠻與人文火併，從此多事。德國政治成熟遲緩，執持內在性與激進的民族主義，與歐洲精神衝突，這衝突由馬丁．路德與新教延續而下，經由浪漫主義對過去的嚮往與對理性的鄙薄，再到訴諸民粹與英雄崇拜的新浪漫主義，卒與威瑪共和的人文主義理想激烈衝擊。比及納粹興起，將相信魔鬼且主張近乎盲目服從王侯權威的路德據為己有，並刻意訴諸日耳曼民族的異教崇拜，標榜日耳曼民族純粹性，德意志性格中的民族主義與野蠻主義遂凌掩一切。

托瑪斯．曼一九三六年流亡於瑞士，與同時流亡的故人卡勒時相過從，卡勒多次對他朗讀次年才在瑞士出版的《歐洲史中的德國性格》，曼盛稱之為「德意志心理的標準詮釋」，而在《浮士德博士》裡假宅特布隆姆之口說，以雷維庫恩的世界觀與音樂養成而言，他是道地的「凱撒薩興之子」。小說運用詩的特權，將史實中埋骨亞琛（Aachen）的奧圖三世改葬於虛構的凱撒薩興，並在小說中多處闡發古老德國的狹隘鄉土主義與世界主義之間無所適從的困境，以及其在德國挑引兩次世界大戰中扮演的角色。

凱撒薩興有其現代建制與工商理性的表面，而中古式的獵巫與復古的野蠻主義等魔性隨時可能應機爆發。小說的地理中心凱撒薩興座落宗教改革本鄉，為路德區之心臟，而雷維庫恩生平蹤跡所至之地，莫不有凱撒薩興的幢幢魔影。曼如此安排，用意顯然，因為他視路德為宗教改革下迄納粹這段德國悲劇之禍階。在〈德國與德國人〉演說中，曼形容路德為「保守的革命者」，是「德國精神的巨大化身」，他是「自由英雄」，不過，是「德國式」英雄，因為他懵然不知「政治自由」層次的自由，甚至打靈魂最深處厭惡今天所說的「公民自由」；曼坦承「不喜歡他，這最純粹形式的德國性格，這反羅馬，反歐洲的態度」。小說裡，路德、浪漫主義、華格納、尼采、希特勒一脈相連的魔根禍果，一一可索。

托瑪斯．曼流亡，回思故國，屢言希特勒並非意外，而是道地德國現象，納粹非自外來，而是源出德國文化與民族性格，《浮士德博士》於此亦痛乎言之，並以貫穿德國千年精神發展的凱撒薩興為其象徵。一九四一年八月十三日，他在致義大利政治家斯弗爾札（Count Carlo Sforza）

信中談法西斯主義，直指這層關連：

我們必須上溯相當遠，才找不到今天已達卑劣至無以復加並且有使世界淪於野蠻，有奴役世界之虞的那種精神的跡象。至少必須遠溯至中世紀；路德⋯已有斷然可指為納粹的特徵。費希特有何其可怕的特徵！華格納的音樂裡含有何等威脅，其著述更不待言！叔本華與尼采何其濁淖不清！

這裡再引一段文字，為本節作結，曼一九四六年十二月二十九日函覆西澳大利亞大學德文系教授波拉克（Hans Pollak），商榷「德國思想家對德國悲劇情勢的責任」：

黑格爾、叔本華與尼采難辭塑造德國心靈及其與人生和世界關係之責，此點之不容否認，一如馬丁．路德與三十年戰爭難脫干係，其恐怖景象清清楚楚早就「繫在他頸項上」（按：語出《舊約聖經》〈箴言〉3：3）。否認思想領袖之過，未免辱沒他們，而且我們德國人應該關心德國思想與德國偉人的曖昧角色，痛加思考。

尼采小說

托瑪斯・曼多次在書信中透露其新作與尼采的關連，最直接者當推一九四五年十二月三日告知奧地利語言學家克倫尼（Karl Kerenyi）：

> 我一九四三年五月以來像滾一塊石頭般上山的小說（按：語出歌德「打造藝術並無痛苦可言，但就像永遠在滾一塊總是必須重新往上推的石頭」），基本上是一部尼采小說……真正的主題是德國的性格與命運……書裡可以強烈感受到尼采。

曼一九四八年十二月十日致函美國週刊《星期六文學評論》（*The Saturday Review of Literature*）詳述他在《浮士德博士》中取用荀白克「十二音列作曲法」而與荀白克發生的爭議，復言此作是「浮士德小說」，更透露小說主角雷維庫恩影射尼采，而雷維庫恩與敘事者宅特布隆姆各為他自己的一半化身：

> 有人說《浮士德博士》是一部尼采小說。的確，此書多處指涉他的思想悲劇，甚至直接引用他的病歷。也有人說我在小說裡把自己一分為二，敘事者與主角各擁我的一部分。此說亦得相當真相。

《浮士德博士》以雷維庫恩寓示德國地獄之行，其人以尼采為藍本，論者已指說歷歷，包括思想早熟，孤詣音樂，攻神學，禁欲，二十一歲蓄意得性病以刺激創作與思想靈感，長年疾病，偏頭痛，不耐煩學院生活，與世冷淡疏遠，心比天高，自比耶穌而自釘十字架，兀傲獨立於精神孤絕之頂，口吐如有神（魔？）助的真理，染性病二十四年後崩潰，以神智不清狀態在精神病院度過人生最後十年，死時俱為五十五歲。尼采一生多病，而認疾病有提升生命之效，使他比健康之人更具洞見。其自傳《瞧這個人》的〈我為什麼這麼有智慧〉說，他在三天偏頭痛與嘔吐之後，特具「辯證家的清明」，能以「非常的冷血」想通他如果健康，將會不夠細膩、不夠「冷」來思考的問題。雷維庫恩即是如此。

托瑪斯．曼對華格納與尼采的理解，其廣闊與深度殊非對二人各取所需而斷章、簡化或曲解的所有各路意識形態可比，但二人頗有便於納粹在內各路意識形態斷章、簡化、曲解為其同路人或工具之處，這一點，他也不能為二人諱，此所以他一方面說「稱尼采，這個歐洲人，這個譴責俾斯麥與華格納的人為『第三帝國的先驅』，是一種粗糙的簡化」，一方面仍認為尼采是納粹奪權前數十年那種「存在氣候」的代表，那種氣候導致第三帝國，尼采不能辭其咎。其間關係，欲理還亂，將之化入比較能夠容納多義與曖昧的小說，似最適當。

尼采人生與思想三大階段，始則抗議上帝，也抨擊自滿的理性與世俗意識形態，繼而離開華格納與形上學，走向徹底的懷疑主義，戳破一切傳統價值、歐洲哲學、倫理學及宗教思想的所有關懷，終而至於查拉圖斯特拉、永恆回歸、超人，尼采本人的整個演化，托瑪斯．曼亦步亦趨，幾乎無「段」不與，連同其種種虛無、濁亂與自我矛盾。但是，在他自己生平作為藝術家及政治人（或非政治人）所縈心掙扎的種種主題到此結穴的《浮士德博士》裡，他在藝術、哲學、意識形態、政治、道德等層面結清、或嘗試結清他與尼采的關係。

一九四七年一月二十九日，曼落筆這部小說最後數行，在日記中簡扼交代：「內心畢竟激動。回顧。卡提亞・曼（按：妻子）恭喜我…我自認這是一項道德（moralisch，或精神）成就。」但日記中說，稿末寫個「終」（Ende）字，他並無了事之感；刪潤兼補文多天，二月六日宣布「終於確定脫稿」。然而《浮士德博士》脫稿而不能脫手，因為尼采演說已經彷彿從小說中生長而出，成為小說素材一種未竟之旨。曼在一九四六年十月致函在歐洲的長女伊莉卡，預告次年上半年將到歐洲演說尼采。曼一九四七年四月二十九日在華府美國國會圖書館發表〈以我們的經驗觀照尼采哲學〉（Nietzsches Philosophie im Lichte unserer Erfahrung），六月二日在蘇黎世國際筆會大會發表，那也是他流亡以來首次返歐。蘇黎世演說以德語發表，次月在倫敦以英語。

講題中「我們的經驗」當然指德國的法西斯浩劫與納粹德國帶給歐洲而勞動美國參戰，內容遍及尼采以疾病使自己天才化，《查拉圖斯特拉》的迷醉囈語，尼采思想之歧誤，以及尼采鋪下的法西斯主義之路：「據我所見，兩大基本錯誤導致尼采思想錯亂及賦予它致命特徵。」

其一是完全錯誤地詮釋本能與智思的相對力量，說智思的主宰地位已過甚而危險，壓垮本能，因此世人必須拯救本能。曼認此見「荒謬」，因為，事實上，「在大多數人身上，意志、本能與自私居於主宰地位而壓制智思、理性及正義感」。

曼說：「我們應該珍惜並保護理性、智思與正義既弱又小的火焰，不要與權力和本能的生活同流，叫囂而偏向負面，偏向種種罪行。在我們當代社會，我們已見識這種愚行。尼采說得彷彿人的道德意義是個威脅生命的魔鬼，像伸著冰冷魔拳的梅菲斯特（Mephistopheles）。」

曼所舉尼采第二大錯是，認為生命與道德彼此敵對，故而將兩者置於「徹底謬誤的關係」之中。曼說：「真相是，這兩者彼此相屬。倫理是生命的支柱，道德之人是生命國度的真正公民——或許是個有點無趣的人，但頗有用益。真正相互背反的是倫理與美學。與死亡連結的不是道德，而是美，許多詩人已這麼說，這麼寫。尼采怎麼居然不知道這一點？」

曼說尼采：「他對道德、人性、悲憫、基督教的所有咆哮，他以非道德、戰爭、惡為崇高的所有病態熱衷，很不幸，在法西斯的垃圾意識形態裡都有一席之地。」曼並引《聖經》語「觀其果，知其樹」論尼采。

曼晚歲論尼采，於其矯激而迷誤之處並不苟徇，但他對尼采的關係與認識是辯證的，他拒斥許多論者在尼采與納粹之間硬湊的機械式關連：「我們也別自欺。法西斯主義是誘引群眾的捕鼠器，是有史以來最無恥煽動暴民，最低級下流的一種文化庸俗主義，它與這個一切取決於『什麼才高貴』的人只可能是互為陌路的。他根本不可能想像法西斯主義這個現象。德國中產階級將尼采以野蠻主義來更新文明的夢，與納粹混為一談，則是最粗糙的誤解。」

托瑪斯．曼痛思「德國災難」後，可以說終於有所抉擇，重估他精神導師的價值，而與其虛無主義等傾向保持距離。但這距離能有多遠，基於雷維庫恩、宅特布隆姆、尼采與托瑪斯．曼你中有我，我中有你，頗堪玩味。

小說結構

《浮士德博士》有三層時間：雷維庫恩生平的時間（一八八五年出生，到一九三〇年崩潰），宅特布隆姆走筆的時間（一九四三年五月二十三日至一九四五年五月大戰結束），以及讀者閱讀此書的時間。

主題層次亦至少有三：一為雷維庫恩生平，二為音樂與藝術在二十世紀初期的困境及尋求突破，三為德國尋求突破而墜野蠻。

此作以雷維庫恩的人生與音樂進程預喻納粹德國，這趟進程歸結於阿多諾所謂「十二音列系統」，荀白克本人所謂「十二音列作曲法」。故雷維庫恩的性格、命運及生活情境主要以尼采為模本，雷維庫恩面臨的藝術危機以及他的各個解決階段，卻完全步趨阿多諾描述的荀白克三大進展階段：始則模仿傳統，繼而諷擬傳統，終於十二音列系統。

考阿多諾之意，荀白克的音樂代表了首見於貝多芬晚期風格的一種發展的最後階段，那個發展即主體的自由與客觀現實的分裂及扞格，其結局則是資產階級人文主義（即世俗人文主義）所有使人性文明尚可寄望的價值自此解體。

雷維庫恩蓄意感染性病後（第十九章），音樂走向突破，在萊比錫約四年半期間的作品日趨無調性，例如含有德布西風的管弦樂作品《海光》，間以一些調性之作，例如為英國詩人威廉·布雷克之作譜曲，然後開始出現後來規律化為十二音列系統之作，如布倫塔諾歌集。其間的進程，讀者只要細心，不難掌握。

全書凡四十七章，加上後記，以及計入第卅四章有三段，總共應算五十章，而雷維庫恩與魔鬼對話的第廿五章居中為樞紐，回顧而收縮前情，前瞻而開啟下文：此章確定雷維庫恩與魔鬼締結血契，以及雷維庫恩訂此契約而美學獲得突破，而走上天才即毀滅之路。對話中頗有一些遙應後來納粹意識形態的法西斯主義原型論調，如復古、民粹、新浪漫主義、非理性風格及原始本能。然後，從魔鬼變相而一望可知是阿多諾開始，對話內容轉向，諷刺音樂上的民粹與復古及新古典主義，一如阿多諾在《新音樂的哲學》中對史特拉汶斯基之類走向的批評，重點則為打破美學幻相，破除和聲觀念，與調性語言決裂。對話的結果，雷維庫恩只有一條路：將貝多芬在其作品一一一中示意但又放棄（他在《莊嚴彌撒》裡走回傳統，使用歷史條件已不允許的古典故套與賦格）的徹底解放之路走完。

第廿五章讀來極似阿多諾《新音樂的哲學》與後來《美學理論》（「從和聲觀念解放，結果成為對幻覺的反叛」）的精華濃縮，另成別趣。

全書敘議交織，沿著雷維庫恩的各個發展階段，小說中相關各章都搭配宅特布隆姆對雷維庫恩時間層時局與思潮（例如反威瑪共和，德國青年運動與日後納粹意識形態逐漸相合的思想）的按語，以及他對自身時間層的戰爭局勢與納粹動態的評論。托瑪斯．曼敘事繁富，多層次，多角度，得尼采透視主義（Perspektivismus）神髓，《浮士德博士》成為一部至為豐富的複音巨作。

粗略概括，《浮士德博士》有兩喻。一是預喻，以雷維庫恩／尼采喻示一次大戰前至納粹得權，德國重新界定自我意象並追求世界霸權（政治的「超人版」）的文化、心理與思想氣候；第三十四章痛陳德國學問之士不屑、反對威瑪共和，並直指雷維庫恩當時的清唱劇力作《啟示錄變相》與當時德國知識圈的思維「精神出奇一致，思想也兩兩相應」，堪為此喻之的解。二是象喻，以雷維庫恩／荀白克音樂從無調性、自由調性乃至十二音列的突破過程，喻示納粹乘勢迎合並利用非理性主義、新浪漫主義、原始崇拜、侵略性民族主義等潮流，領導德國突破，而將德國置於一種徹底控制、瘋狂、帶有魔性的新野蠻理性體制之中。

托瑪斯．曼自己一九四五年說，德國隨納粹傾覆，「名副其實」是和浮士德一樣被魔鬼抓走。作者本人的詮釋，當然可備一說。不過，小說是藝術之作，當然不受過於僵硬的編派。歷來有不少考據癖者作對號入座式解讀，指雷維庫恩得梅毒之年（一九〇五）即德皇威廉張皇其帝國主義之時，雷維庫恩與魔鬼訂約於一次世界大戰爆發前不久，他死於二戰爆發次年，以及他的自由無調性時期相當於威瑪共和時期，等等。如何讀法，讀者當有取捨。

德國歷史學家邁乃克（Friedrich Meinecke，一八六二～一九五四）於一九四六年出版《德國災難》（*Die deutsche Katastrophe*），探討納粹現象，並挑戰德國思想界解釋這個巨大難以想像的現象。納粹問題困擾德國人，特別自柏林圍牆倒塌以降，德國史學與思想界陸續興起為希特勒與納粹開脫的勢力，與主張痛定思痛正視問題者對立。一九八六年爆發持續三年的「史學家辯論」（Historikerstreit）。由辯論內涵視之，《浮士德博士》見地之深闢與批判力彌足珍貴。參與辯論的知名當代史學家文克勒（Heinrich August Winkler）甚至認為德國至今只有托瑪斯．曼真正回應邁乃克提出的挑戰。

尾聲：關於這個中譯本

無論他人如何看待《浮士德博士》，托瑪斯．曼對此作自始即有堅定的自評，嘗謂此書是他畢生最後一部力作，前此所有作品都為歸指此作而寫。這部小說一邊寫，英譯同時著手。一九四七年十二月十三日，他致函此作英文版的英國出版人瓦爾堡（Fredric Warburg），談到曼在美國的專屬英譯者Helen T. Lowe-Porter：

> 要達成真正足當此書的翻譯，必須具備至高的資質與語言藝術。Lowe女士當然具備這些特質，而且她是一位有系統、審慎、追求完美的工作者。

次年三月四日，他致函瓦爾堡，說此作是他的「血書」，並及於英譯本：

> 這部作品的地位與價值一時將不易確定，只有後世能決定這些問題。但今天讀者已看出，我寫此作，懷著內心最深的感觸，我幾乎是以我心之血書之…當然，此書許多天然的音樂性已在翻譯中失落，但我深信，即使劣譯（我知道Lowe-Porter女士的翻譯不會是劣譯！）也摧毀不了一部作品的實質。

同年十月三日，函謝Lowe-Porter，說「兩天前收到（美國出版公司Alfred A. Knopf所寄）英譯《浮士德博士》，接著說：

> 現在我要再一次，而且這次是出於直接認識此作，為妳艱鉅而忠實的詮釋造詣，向妳致以我隆重真誠的謝意。在妳充滿深度的譯者小序中，妳懷疑妳的翻譯能否獲評為既美且信。我認為這些疑慮並無根據。如妳所知，我對英文沒有熟稔到真正有資格讚賞，但我擇卷中多處讀之，發覺譯本讀來如同原著，像一部英文作品，這的確就是說，妳想方設法為德文本裡頻見的奇怪設計找到確當的對應，並且巧妙調整兩種語言之間的差異。我認為，妳因此在確與美之間找到了均衡。

Lowe-Porter的英譯，本身富古意詩質而自具其美，曼所稱於她的「信」與「確」則未必，她多處整段或數頁刪削未譯，曼是否知覺，尚待詳考，筆者詳引曼之評語，以資自惕。德文本身之中譯已不易措手，重以托瑪斯·曼繁而井然，富而清明，長而縈迴，又字裡行間處處文外曲致，及文化、文學與歷史指涉絡繹奔會的獨家德文，筆者不學，屢屢為之撚鬚腐毫。

《浮士德博士》原書〈後記〉，曼假宅特布隆姆之口，說戰火甫息，德國百廢待舉，出版之類文化活動恐需假以時日，希望手稿先送往美國出英譯本，但不無疑慮，說，在內容上，他這本書在那邊的文化界必將引起困惑，而且可憂尚有一端：此書譯成英文，至少就其中某些根本必須出之以德文的段落而言，「將會證明為不可能」。宅特布隆姆之言，切中筆者所懼，恐亦正中筆者之過，謹引其語，先行告罪。

最後，Lowe-Porter的譯序說出一件千真萬確的事，亦即此作牽涉深廣，「甚至德國讀者也會高興有一把鑰匙來開啟其無盡富藏」，筆者頗然其言，故而不揣淺陋，獻曝此篇導論，並於全書各處或明或暗的故實，以及小說情節牽涉的文學、音樂、歷史、哲學等背景，詳加箋注，其中必定多有掛漏、錯誤、失考，仍權充鑰匙，期有助讀之效。

1

我要訴說已故阿德里安・雷維庫恩的生平，為一個我所親愛，被命運可怕捉弄，舉得那麼高又摔得那麼重的人和天才音樂家[1]，寫這第一部，當然也是相當暫備一格的傳記；而一開頭，我先交代幾句我自己和我的情況，但我堅決地確切聲明，這絕然不是出於有意張揚自己來喧賓奪主。單單只有一個念頭使我決定以自己來入話，這念頭是：讀者——也許應該說：未來的讀者；因為此時此刻看來，我這本書沒有絲毫機會可見天日[2]，除非奇蹟降臨，這些文字得以脫出我們這座陷入圍困的歐洲堡壘[3]，使外界得知些許我們孤寂的祕密；——容我再說一遍：只因為我認為，未來的讀者將會希望順便知道寫這些文字的是誰、做什麼的，我才在正傳開始之前表白，略

1 托瑪斯・曼行文，字字關鍵，包蘊豐富，前文埋伏下文，下文照映前情，尤其首章如同全書總旨提要，極需細讀，一句「被命運可怕捉弄，舉得那麼高又摔得那麼重」，納傳主一生（影射德國）遭際於一芥子。

2 本書落筆時，作者無法預見二次世界大戰結果。一九四三年二月二日，德軍在史達林格勒投降，是大戰轉捩點；一月十四至二十四日，英國首相邱吉爾、美國總統羅斯福、「自由法國」的戴高樂在卡薩布蘭加開會，共同聲明戰爭要以德國「無條件投降」為目標。戰局對納粹德國漸趨不利，但最後勝敗尚難論定。

談一下我自己——但是，作此表白的時候，我不無心理準備，這麼做，會不會正好喚起讀者懷疑他碰到的這個人牢不牢靠，說我這個人是不是有資格擔任一件任務，因為我著手這件任務可能是出於私心的驅策，而不是我真正適才適性。

我把以上的文字再讀一遍，由不得我不察覺內心一絲忐忑不安，呼吸有點兒困難，這十足是我今天在我使用多年，坐落伊薩河畔富來興[4]的小書房裡就座之時的心情寫照。今天是一九四三年五月二十三日，雷維庫恩死後，也就是說，他從深夜進入最深的夜之後三年，我坐下來，開始寫我這位不幸朋友的一生。他現在安息在主裡，啊，但願他是安息在主裡；——我說，我這忐忑不安和呼吸困難，十足是我就座走筆時的心境寫照：躍然難禁，有話要說的衝動，和深恐自己不勝此任的畏怯，深深交纏，令我萬分困窘。我稟性至為節制，應該說屬於健康而人性的氣質，奉和諧與理性為圭臬；我是做學問的人，是深入拉丁人文傳統之人，和藝術也不無接觸（我拉愛的中提琴[5]），不過，我是偏向學術意義的繆思之子，比較喜歡自視為羅伊希林、多恩罕姆的克洛特斯、穆提亞努斯、艾奧班．赫塞等《隱晦者書簡》時代人文主義者的後裔[6]。魔性，我雖然不敢妄自否認其對人類生活的影響，但永遠覺得它和我的天性是徹底不合的。我出於本能，將它斥離我的宇宙觀，從來不曾絲毫起意和那些黑暗的力量魯莽往來，或者帶著自負向他們挑戰，或者在它們主動趨近試探我的時候，哪怕伸出小指給它們。我向這樣的態度獻上犧牲，不僅思想上如此，外在的處境亦然：我毫不猶豫就辭掉我心愛的教書志業，而且是在這個志業變得明顯和我國的歷史發展不能相容之前。這方面，我心安理得。但是，我這樣的果斷堅定，或者，你可能會說，我在道德上的這種狹隘短淺，只有更加強我懷疑自己是不是真的足以從事我以使命自居而著手的這件任務。

我才一動筆，筆端不自禁流出一個令我內心有幾分尷尬局促的字眼，就是：「天才」；我說的是我那位故友的音樂天才。「天才」一詞，說來雖然浮誇，到底還是有其高貴、和諧與人性健康的意味和性格。像我這樣的一個人，儘管遠遠不敢自以為沾得上這個崇高的境界，或者妄稱自己有divinis influxibus ex alto的福氣[7]，但我也看不出有什麼充分的理由畏縮，看不出為什麼不能帶著愉悅的仰望，和敬重而親近之感談論它或處理它。看來沒有理由。然而也不能否認，而且從來沒有人否認，魔性與非理性在天才這個光輝煥爛的境域中占有令人不安的一席之地，這個境域和冥府之間有一種令人微微毛骨悚然的關連，而且就是基於此故，我提到天才時為了使人放心而

---

3 納粹宣傳用語，指納粹德國所占領的歐陸，以其國防軍與空軍保衛以抵抗同盟國攻擊。英國隔英倫海峽與納粹相抗，亦自稱「歐洲堡壘」。

4 富來興（**Freishing**），在巴伐利亞邦，瀕臨慕尼黑以北的伊薩河（**Isar**）。

5 **Viola d'amore**，一般譯「柔音中提琴」，實為「愛的中提琴」。這樂器在全書多處提到，深意之一是象徵敘事者的性格，兼以反襯傳主之與愛絕緣。

6 一五一九年德國一部拉丁文書信集。道明會僧侶認為猶太書籍不合基督教義，獲得神聖羅馬帝國皇帝准許，要將之盡行燒毀，德國人文主義者羅伊希林（**Johann Reuchlin**，一四五五—一五二二）為此與眾僧發生衝突，而產生《隱晦者書簡》（*Epistolae Obscurorum Virorum*）一書，書中收集當時人文主義者聲援羅伊希林的書信，嘲諷焚書及其論據。書名中之「**obscurorum**」指寫信者隱晦身分名姓，此字「刻意隱晦事實」之含義，後來衍生「**obscurantism**」（蒙昧主義）一詞，啟蒙運動用以指稱開明、知識之敵。

7 拉丁文，「天上來（**ex alto**）的神靈灌注（**divinis influxibus**）」。

使用的特徵形容詞「高貴」、「人性健康」及「和諧」，並非十分貼切，——即使——我痛苦地斷然提此區分——即使是純正、天然、上主賦予或說上主懲罰的天才，而不是後天得來而容易變質的，罪惡且病態的那種天才，某種可怖交易的結果……[8]

我在這兒打住，因為我為自己藝術能力不足和缺乏沉著自制而感慚愧。阿德里安，我們可以相信，一定不會在一首交響曲裡讓這麼一個主題如此過早登場，這主題至多只可能在細膩微妙掩飾之下幾乎不知不覺潛行而至。此外，我不自禁寫下的這些文字，讀者可能覺得是模糊不清、不能信賴的暗示，我自己則徒然有輕率冒失之感，是笨拙地開門見山。對我這樣的人，這是一件難事，而我如此近乎輕浮，自以為有本事用創作藝術家的觀點見解，舉重若輕且從容熟慮經營一個他珍視如生命且急如燃眉的題材。我因此而太過倉促提出純正和不純正天才的區分，這個區分，我認識其存在，但我馬上又自問這區分的存在是否正當。事實上，經驗迫使我至為費力、至為迫切思考這個難題，竟至於我有時候驚疑自己彷彿逾越我本質有限、性分所適的思想水平，甚至天生的資質彷彿經歷一種「不純正」的提升……[9]

我再次打住，恍悟自己談起天才，以及它不管怎麼看都受魔性影響的本質，我收住筆，為了說明我懷疑自己對這件任務是不是適性適分。但願我不斷要提到的一件事實克服我內心這個顧慮遲疑。我注定和一位天才之人，本書的主角，親近度過我多年人生。從童年開始結識他，目睹他成長，見證他的命運，並且以微末幫手的角色參與他的創作。雷維庫恩青春期根據莎士比亞喜劇《愛的徒勞》譜曲的戲謔之作，改編腳本出自我手，滑稽歌劇組曲《羅馬人故事集》和清唱劇《聖約翰的啟示》[10]的文字整理，我也親與其事。此外，我手中有些文件、無價的草稿，是故人在健康的日子，或者不能這麼說，應該說他在相對健康、法律意義上仍然健康之時，以其遺願交付給我的，是給我，沒給別人。我有意根據它們來訴說他的生平，而且在字裡行間適當必要之處直接選用。最最重要的一點——我有一個最適切的理由，持之以對人類或許不然，但對上主必定最能交代：我愛他，懷著懼怖和深情、懷著憐惜和忘我的贊賞愛他，而且極少疑問他對我是不是有絲毫的回應。

他沒有那麼做，從來沒有啊！他遺贈他曲稿和日記的說明裡流露一股友善而客觀、幾乎可以說是寬大的信心，信任我的盡心、虔誠和處事正確，的確令我備感殊榮。但是，愛？此人什麼時候愛過？曾經，一個女人——也許。最後，一個孩子——可能吧。一個單薄而討人喜歡的小不點，他大概發覺自己對他有了好感，而捨開他，甚至是往死裡捨。他幾曾向誰打開他的心，何曾讓誰進入他的生命？在阿德里安，沒有這回事。人的忠誠，他是接受的，這一點我可以發誓，但他對之每每了不經意。他淡漠之至，以至於差不多從來不曾知覺他周遭什麼事物來來往往，或者他置身於什麼樣的人群之中，而且由於他極少叫出和他說話的人的名字，我猜他不知道人家叫什麼，雖然那個人儘有理由認為他知道。他的孤寂，我好有一比，比成一道深淵，人對他的情感進

8「可怖交易」：敘事者明白點題，他要說一個人與魔鬼交易而成天才的故事。

9「逾越本質、性分」、「不純正的提升」，敘事者一再直指傳主乞靈於魔鬼以提升其創造力，明揭題旨。

10《羅馬人故事集》（*Gesta Romanorum*），十三至十四世紀之交的拉丁文故事集，多為道德勸世之作，編者不可考。《聖約翰啟示錄》，即《新約聖經》裡的〈啟示錄〉。

去就沉沒，無聲也無痕。他整個人是一個冷字——我使用這個字，他在某可怖情況裡也曾寫下的這個字，是何等心情！人生和經歷能賦予一些字眼和它們日常用法完全迥異的意思，賦予它們一層可怖的氛圍，不曾在極非常情境中見識那些字眼的人無從了解。

2

我名叫瑟理努思・宅特布隆姆博士[11]。我逡延再三才介紹我自己，自感甚非所宜，但是，由於我這篇報告的文學特性，我一直無法抵達這個關節。我現年六十歲，出生於主後一八八三年，是家中四個孩子的老大，出生地在馬瑟堡區薩勒河畔的凱撒薩興鎮[12]，那也是雷維庫恩[13]度過他整個中小學歲月的城鎮，因此我不妨延後到描繪那些歲月時才進一步刻畫它們。由於我和大師的人生歷程多層交疊，明智之策是將兩者連在一塊交代，才不會犯下先後紊亂之失，避免一個人的心滿漲時往往難免之誤。

眼前只宜說，我在一個平凡而學風不濃的中產階級家裡來到世間，家父沃格穆・宅特布隆

11 德文 **Serenus Zeitblom**，前字意指安祥、寧靜，後字為「時代之花」或「時代之英」。

12 德文 **Kaisersaschern**，意為「凱撒」（**Kaiser**，即皇帝）「骨灰」。這是托瑪斯・曼虛構的城市，其具體與精神面貌，見第六章。薩勒河（**Saale**）則是真實河流，發源於巴伐利亞山區，流經巴伐利亞、圖林根、薩克森，安哈特邦。

姆[14]是藥劑師——當地最好的藥劑師。凱撒薩興另外還有一家藥鋪，但那家藥鋪從來不曾像宅特布隆姆「福兆」藥房這樣童叟無欺，因此向來很難與之抗衡。我們家屬於鎮上為數甚少的天主教徒，本地居民自然多屬路德派，家母是特別虔誠向教的信女，盡心遵守宗教義務，我父親則大概由於缺乏時間，在這方面要鬆一點，但並沒有因此而絲毫否定他和信友之間那種有其政治影響的同心同德。值得一提的是，我們的教會理事茲維林神父之外，鎮上那位拉比，名叫卡勒巴赫博士，也是我們實驗室和藥房樓上那間客廳的常客，這是新教家庭不容易看到的景象。羅馬教會這邊的人望之比較體面，不過，我至今維持的印象，主要可能根據我父親發表的見解而形成，是這位五短身材，留著長鬍子，戴著小帽子的猶太法典學者，學問和宗教洞識都遠勝那位他教同行。可能是這青少年時代的經驗使然，又或許是受猶太圈子對雷維庫恩作品的開放心胸影響，我在猶太問題和這問題的處置上從來無法完全同意領袖及其徒眾[15]，而這一點對我辭去教職不無推助作用。當然，我也碰過別樣的猶太人，只要想起慕尼黑那個學者布萊沙赫，關於他令人厭惡的德行，我有意在適當的地方做些揭露。

至於我的天主教出身，這背景自然而然塑造而影響我的內在，但這生命色調不曾和我的人文主義世界觀、我對昔人所說「最好的藝術與科學」的愛發生任何矛盾。這兩個人格要素之間永遠響著完滿的和諧齊奏，而這樣的齊奏是不難保存的，如果一個人像我這樣，成長在一個舊城市的環境中，回憶和史蹟都可以回溯到教派分裂以前[16]，回溯到宗教還統一於基督之中。凱撒薩興坐落宗教改革之鄉的正中央，路德區的心臟地帶，艾斯里本、威騰堡、奎德林堡，以及格里馬、沃芬布特、艾森納赫等城市的名字都在這裡——凡此對原屬路德派的雷維庫恩的內在生活都充滿意義，而且和他本來的深造方向，也就是神學，彼此相關。不過，我想將宗教改革比擬於一座橋，不僅從經院哲學時代通到我們自由思想的時代，同樣也往回通入中世紀——而且，比起不為教會分裂所動的某個開朗而熱愛文化的基督教暨天主教傳統，甚至更深遠往回延伸。從我這方面來說，此心安處是吾家，而我心安自在之處就是這個稱呼聖處女為Jovis alma parens[17]的黃金圈子。

繼續提我生平最需一提的事體：我父母允許我念文科中學，這也是阿德里安上的學校。他比我低兩屆，這所學校創辦於十五世紀下半葉，前不久的名字還是「共同生活兄弟學校[18]」。只因這名字超有歷史意味，在現代人的耳朵裡聽來稍嫌滑稽，學校有幾分尷尬，才捨棄原名，改用附近教堂的名字，叫博義中學。我在本世紀初離開這所學校，毫不遲疑進入修習古典語言的大學，

---

13 傳主姓氏雷維庫恩，德文為**Leverkühn**，意指「活得勇敢」、「人生要冒險」，全書首度影射尼采；尼采勸人要「活得危險！」（**gefährlich leben!**）一語，含義與敘事者姓名含義相反。尼采語見《快樂的科學》（*Die Fröhliche Wissenschaft*）第二八三則。

14 沃格穆，德文**Wolgemut**，「性情和悅」之意，也是德國藝術家、數學家杜勒（**Albrecht Dürer**，一四七一—一五二八）老師的姓氏。杜勒一五一六年為他畫肖像。杜勒的影子籠罩全書。

15「領袖」（**Führer**），或譯「元首」：**Führer** 原意為「領導人」，希特勒著《我的奮鬥》（*Mein Kampf*）闡述「領導體系」，鄙視民主，提倡領導人及其精英徒眾專制，人民應無條件服從。一九三四年八月，德國總統興登堡去世，一九三三年一月獲任總理的希特勒以總理兼總統，**Führer** 成為其正式專稱。

16 教派分裂，似指基督教在一〇五四年分裂成以羅馬為中心的西方教會（羅馬天主教），與以君士坦丁堡為中心的東方教會（東正教）。

17「慈親般滋育眾生的神」。

當時身為中學生，我在古典語言方面已有某種程度的出色修養，並且在吉森、耶拿、萊比錫繼續致力於此，隨後一九〇四到一九〇六年在哈勒[19]，同一時間，而且並非偶然，雷維庫恩也在那裡深造。

寫到這裡，一如往常，我忍不住要樂道一點，就是：一個人對古典語言學的興趣，和他以生動而愛慕之情，所體會到的人類之美與其理性之尊嚴的感覺，這兩者之間有其內在而且近乎神祕的關連——這關連顯示於我們以「Humanioren」稱呼研究古代語言的學問，加上我們心靈層次上對語言與人性熱情的協調在教育理念上達於極致，以及研究語言學之後幾乎自然而然會決定以作育青年為業。專研自然科學的人當然也能當教師，但絕不會是bonae litterae[20]愛好者那種意義和境界上的教育者。另外一種語言，可能更內在，但出奇地不以咬字發聲清晰見長，也就是音的語言（如果可以這麼稱呼音樂的話），我認為也不包含於這個教育暨人文領域，雖然我很清楚，這種語言在希臘的教育和城邦公共生活中扮演輔助角色。這種語言儘管有其邏輯與操守上的嚴謹，但我認為它更屬於一個精神世界，在那裡，理性與人性尊嚴之事都並非完全可靠，絕不足以叫我想把手放到火裡去加以保證[21]。至於我的心對這種語言照樣悅服愛慕，則是一種無論是可憾或可樂，都與人性分不開的矛盾。

這是題外話。但也不是，因為高貴、教育的精神世界，和你接近則必走險的鬼神世界之間能不能畫出清楚、確定界線的問題，與我的主題頗有關係，應該說太有關係了。人類哪個領域，即使是最純粹、最可稱為慈善為懷的，能完全不受冥界力量影響？沒錯，應該補充說，能完全不需要它們那種可能會有成果的接觸？這想法甚至對一個天性完全遠離一切魔性之事的人，也並非了不相宜，從我在義大利和希臘度過的一年半修業旅行中，我得此想法而至今未忘。通過國家考試之後，家慈家嚴讓我成行：我從衛城[22]俯眺神道，初入神祕儀式者頭上以番紅花為飾、口中念著伊亞克斯[23]名字走過神道；在烏布勒斯區[24]，巨石高懸的普魯托裂縫邊邊，我站在舉行祕密儀式

---

18 荷蘭教育家格魯特（**Geert Grote**，一三四〇—一三八四）所創「共同生活兄弟會」興辦的天主教學校系統。「共同生活」指會內成員生活於共同屋舍，清修、行善、抄經，是天主教會漸趨腐敗之季的一股改革清流。所辦學校分布荷蘭等地，學術聲譽卓著，有「基督教人文主義冠冕」之譽的荷蘭古典學者伊拉斯謨（**Erasmus**），九歲起就讀其中一所學校十多年。

19 哈勒（**Halle**）：坐落德國東部薩克森—安哈特邦，青銅器時代即為鹽場，名稱亦出自古語「鹽」字，是德國東部經濟與教育重鎮。此地原屬天主教，十六世紀中葉改宗新教。全邦最古老的哈勒大學由虔敬主義（**pietism**）先驅創辦於一六九一年，而於一八一七年與威騰堡大學（一五〇二年創辦）合併，並因馬丁路德任教威騰堡，而稱「馬丁路德哈勒暨威騰堡大學」。

20 拉丁文，指「好學問」、「好文學」，泛指古典文學。

21 托瑪斯．曼在此明言音樂曖昧，能正能邪、亦神亦魔。為某人或某事將手置於火中，意指完全信任。中世紀「神意審判」的酷刑，手伸入火中，無罪則手不傷。

22 **Akropolis**，雅典衛城。

23 **Iacchus**，酒神戴奧尼索斯別名，一說他生於陰間，其神祕儀式為飲酒與出神瘋狂，從而將人提升為神。在儀式中，他的形象是持火炬者，是陰魂重返陽世的帶路神。

24 **Eubuleus**，希臘神話中的牧豬神。收穫女神狄米特（**Demeter**）之女珀瑟丰妮（**Persephone**）行於野外，冥王普魯托（**Pluto**）從地下坼裂地表，將她擄劫為冥后，烏布勒斯的豬群一同埋入地裡，他因此能告訴狄米特她女兒的遭遇。在神祕儀式裡，他與伊亞卡斯一樣是重返陽間的持火炬者。

的場地上，得此想法。當時，我體悟崇拜奧林匹斯眾神的希臘人在冥府神祇祕密儀式的入神狀態中流露的生命盈滿感。後來，我經常向我的高年級學生解釋，文化其實就是虔誠將陰森恐怖的力量納入事神之道，以節制、舒緩它們。

從那趟旅行歸來，這個廿五歲的人在他故鄉的中學找到教職，從前受教的同一所學校。在那兒，我數年之中謙抑漸進，陸續教過拉丁文、希臘文和歷史，本世紀第十二年轉到巴伐利亞的學校服務，然後到富來興，我從此久居之地。我是學校裡的教授，兼任神學院講師，在這些專業上知足樂業二十多年。

很早，在凱撒薩興任教沒多久，我結了婚——我需要規律，以及希望在倫理上進入人生，因此走上這一步。海倫，閨名娥拉芬，我的賢妻，在我向暮之年還照顧著我，是薩克森王國[25]茲維考市一位年長同行的女兒。我不怕讀者見笑，要承認我所以屬意這個芳華正綻的的孩子，她的教名，海倫，其入耳可愛的音節扮演不小的角色。這個名字帶有一種祝聖的況味，含有令人擋不住的吸引力，即使名字女主人的外貌，只能以謙虛如中產階級的程度符合這個名字的絕高要求，而且連這也是稍現即逝的，因為青春的魅力轉眼消褪。我們的女兒，我們也取名海倫，她早已和一個好男人，巴伐利亞證券銀行雷根斯堡分行的代理人結百年之好。這個女兒之外，愛妻給我再添兩個兒子，因此，根據人生必經之路，我歷嚐為人父親的喜悅和憂慮，雖然只到一般的程度。某種迷人的魅力，我要承認，我的孩子無一具備。小尼波穆克．施奈德文，阿德里安外甥，他晚節眼中之寶的那種孩童之美，他們一個也無——我怎麼也輪不到可以這麼說。今天，我兩個兒子都為他們的領袖做事，一個是文職，另一個在武裝部隊，由於我和祖國權力當局疏遠的立場造成我相當孤立，這兩個年輕人和父母家的關係只能以鬆散形容。

25 **Königreich Sachsen**。今名薩克森自由邦。一八〇六年成立，一九一八年併入威瑪共和國。

3

雷維庫恩家族系出優秀的手工業者和農民，部分在施馬爾卡爾登[26]，部分在薩克森省[27]的薩勒河沿岸。阿德里安一家數代以來定居於隸屬歐柏維勒村的布赫爾大院，靠近維森菲爾斯[28]，從凱撒薩興搭三刻鐘火車，換乘馬車即到。布赫爾這個田莊，物主以其田地大小而獲全職農或全地農的等級，面積足有五十摩爾干赫[29]的耕地和草地，另外並以協作經營的形式對附屬的混合林地擁有權利，加上一幢相當寬敞的石基木架住家。糧倉和畜棚形成一個方形院子，中央站一棵壯大椴樹，六月裡醉人花香洋溢，一張綠色長椅圍幹而造，永難忘懷。可能因為這棵美麗的樹有點阻礙院子裡的交通，世代繼承人在青少年時代都主張付之斧斤，等有朝一日當上大院主人，卻力排自己兒子之議，保護此樹。

這棵椴樹，一定蔭庇過小阿德里安多少嬰幼歲月的白日酣眠和嬉戲。他在一八八五年花開時節出生於布赫爾宅二樓，是他雙親約納坦和艾爾斯貝絲的次子。他哥哥格奧格，現在無疑已是那裡的屋主，長他五歲。一個妹妹，烏瑟兒，以同樣的年距隨後而至。雷維庫恩一家在凱撒薩興的朋友和相識中包括我父母，我們兩家歷來交流著格外的真摯融合之情，因此一年之中有相當時候在田莊上共度星期天下午。雷維庫恩太太在那裡以營養豐、味道濃的鄉下禮物款待城裡人，讓他們感動享受紮實的灰麵包抹甜奶油、金黃色的蜂房蜜切片、精緻美味的草莓配凝乳，盛在藍色的扁碗裡，灑上黑麵包和糖。阿德里安，當時又稱為阿德里，童幼之年，爺爺奶奶已將莊園交給兒子，但還有自己的一角。田莊的經濟完全由下一代掌理，家中大小仍然恭聽老先生說話，不過他只和大家吃晚飯，用他牙齒掉光的嘴發表意見。兩位老一輩人差不多那時候辭世，他們的相貌我記憶不深。我眼前更加清晰的是他們兒媳約納坦和艾爾斯貝絲的容貌，雖然也是不斷變化的容貌。從我童年、中小學，到大學那些年，隨著時間最精通的那種不知不覺的工夫，他們從青春鼎盛滑入比較困倦的階段。

約納坦是最好的一類德國人，一種在城裡已難得一見的類型，在今天以令人窒息的激狂代表我們德國特質的人之間，當然更不可得。他的五官面相彷彿是過去時代打上的印記，儲放在鄉下，從三十年戰爭[30]以前的時代來到今日。我在成長過程中以一半懂得相人的眼睛觀察他，得此

---

26 **Schmalkalden**，在德國心臟圖林根邦西南部。

27 **Provinz Sachsen**，屬於普魯士。

28 **Weißenfiels**，德國薩克森—安哈特邦南部，濱臨薩勒河。歐柏維勒（**Oberweiler**）與布赫爾（**Buchel**）之名，取自中世紀德國獵巫理論名著《女巫之錘》（見注**495**）第二章末二段，皆為作者所指女巫為害甚烈之地。

29 德國、荷蘭等地的面積單位，約當一甲。

30 一六一八—一六四八年神聖羅馬帝國（日爾曼）內部天主教與新教之爭，幾乎漫延整個歐洲。起初是宗教戰爭，演變為各國霸權之戰，戰時生靈塗炭，戰後饑荒疾疫，是十四世紀黑死病至第一次世界大戰之間歐洲最大人禍。本書第二十五章，魔鬼稱那三十年慘況為「狂歡」（**Lustbarkeit**）。

觀感[31]。只略加梳理的金灰色頭髮覆在隆起而明顯分成兩半的前額上，太陽穴青筋突起。那頭髮不尚時髦，在頸背上既長又濃，繞過小而形狀極好的耳朵，和長在鼻底、唇下和下巴上的金黃鬈曲鬍鬚相接。下唇從短而微微懸垂的髭鬚中突出，相當結實飽滿，帶著一絲微笑，和那對藍眼，有點用力但仍然半含笑意而微露矜謹的眼神，協調成異常迷人的和諧。鼻梁偏細，有極好的曲度，雙頰在顴骨下側沒有鬍鬚之處形成凹影，甚至略顯消瘦。脖頸多筋，大多時候敞開，而且他不喜歡凡常的城市衣著。城市風和他的容貌不搭調，和他的手尤其不相稱，那雙手結實有力，曬成棕褐色，有些雀斑。他到村裡出席鎮民會議時，以這雙手握著杖柄而去。

醫師可能會看出他眼神裡那種隱隱約約的費力，他太陽穴部位的某種敏感是偏頭痛傾向之徵。約納坦的確有偏頭痛之苦，雖然並不嚴重，每月一次，為時一天，而且無礙工作。他愛菸斗，用的是半長、帶個蓋子的瓷菸斗，獨特的菸草香瀰漫樓下房間，聞起來遠比雪茄或香菸令人愉快。此外，他喜歡睡前來一大杯梅瑟堡[32]啤酒。冬夜，他父祖的恆產在雪下靜息。你看見他讀書，最主要是一本厚實，豬皮裝幀，以皮釦上鎖的家傳聖經，一七〇〇年由公爵許可在布朗希維希[33]印刷。不但有馬丁路德博士「充滿性靈」的前言和眉註，還收入一位大衛．馮．施維尼茲先生為各章寫的林林總總提要、locos parallelos[34]，和闡明內文意義的歷史道德詩句。關於這本書，有個傳說，或者應該說一個言之鑿鑿的說法。此書據聞原為布朗希維希—沃芬布特爾公主所有[35]，她嫁給彼得大帝的兒子，後來有人放話說她死了，還舉行了葬禮，其實她逃到馬提尼克[36]，在那裡和一個法國人結婚。酷嗜戲謔的阿德里安後來經常和我訕笑這故事，他父親則每每從書上抬起臉來，帶著溫和、透闢的目光說那個故事。說完，顯然不為這本神聖印刷品有點聳聞的來歷所擾，回頭讀馮・施維尼茲先生寫的韻文體注解，或同樣也收在書裡的〈所羅門的智慧：致暴君〉[37]。

他的讀物另有一個取向與屬靈的傾向並行，在某些時代，那取向會被形容為「玩索元素」[38]。也就是說，他在寒傖的程度上以寒傖的方法從事自然科學、生物學和化學兼物理學研究，我父親有時候從他的實驗室拿些材料來幫忙。但是，我選用這個今人已忘而且並非無可摘瑕的措詞來形容他，因為這些研究裡有相當的神祕意味，換了從前，會惹上巫術傾向之嫌。再者，我要補充，

---

31 托瑪斯・曼所寫的約納坦容貌，藍本據考是杜勒一五二六年為宗教改革第一位系統理論家、馬丁路德好友梅蘭斯頓（**Philip Melanchthon**，一四九七—一五六〇）所畫肖像。

32 梅瑟堡（**Merseburg**），在薩克森—安哈特邦南部。

33 **Braunschweig**，德國下薩克森邦古城，十八世紀文化、科學重鎮。

34 經文對照：如原文與譯文對照、經文字句彼此參較。

35 即夏洛蒂・克莉絲汀・蘇菲（**Charlotte Christine Sophie**，一六九四—一七一五），路德維希・魯道夫・馮・布朗希維希沃芬布特爾公爵（**Ludwig Rudolf von Braunschweig-Wolfenbuttel**）之女，一七一一年與俄國彼得大帝太子阿勒克西斯成婚，先生一女，一七一五年生下後來的彼得二世，以產褥熱不治。此後五十年，竟謠傳她未死。

36 **Martinique**，在加勒比海，是法國的海外省。

37 簡稱《索羅門的智慧》，據考公元前一世紀以希臘文寫成，有馬丁路德德文譯本，一五二九年在威騰堡首版，書名《所羅門的智慧：致暴君》（*Weisheit Salomonis, an die Tyrannen*）。

38 約納坦的科學（魔法、魔性）興趣在「玩索元素」（**die Elementa spekulieren**）或自然力，語出浮士德故事。一五八七年民間故事本《浮士德博士故事》（*Historia von D. Johann Faustus*）第六章，浮士德歃血與魔鬼訂約，自言「人類不教之事，已窮盡精神與天賦而仍多不解」，因此他要藉魔鬼之助，「玩索元素」以求突破。

一個宗教性靈的時代目睹人熱烈競相探索自然的奧祕，會心生不信任，我向來完全了解。敬神畏神之心，會在那些探索裡看出人自我放縱與諱禁的事物往來，雖然將神創造的自然和生命看成道德墮落之場是有矛盾的。自然界本身充滿令人困惑而幾近魔法的事物、曖昧的情緒、半遮半掩及離奇而指涉不確定之境的寓示，你如果和它們扯上關係，端正虔誠自持者很難不視為逾矩走險。

夜裡，阿德里安的父親打開他那些彩色插圖的書，主題是充滿異國風味的鱗翅目昆蟲和海中動物。他兒子和我，以及雷維庫恩夫人，我們許多次從他那張有皮墊和翼狀靠背的椅子後面探頭同觀。他以食指為我們指點精采富麗和稀奇古怪的圖示：插圖以調色板上的所有顏色呈現，從沉暗到燦亮，搖曳生姿，以最精巧的工藝美術鑒賞力構圖和描摹的熱帶鳳蝶和閃蝶——美得絕麗誇張而生命奇短的昆蟲，卻被某些土著視為帶來瘧疾的惡靈。其中最令人嘆為觀止的，是一種美如夢幻的天藍，約納坦指點我們，那根本不是真正的、真有的顏色，而是由翅膀上的精緻條紋和其他表面鱗狀構造所生成。這些細緻的結構將光線加以最偽巧的折射，同時阻斷其中絕大多數的光，造成只有最澄亮的藍光抵達我們眼睛。

「真想不到，」我至今還聽見雷維庫恩夫人說，「這全是騙人的把戲嘍？」

「妳說這天藍色騙人？」她丈夫答道，一面回頭朝上看她。「妳也說不出什麼色素弄得出這把戲來。」

我此刻走筆，彷彿仍和艾爾斯貝絲女士、格奧格、阿德里安一起，站在他們父親椅子後面，隨著他的手指經歷那些錯覺。書中畫有透翅蛾，翅膀上完全沒有鱗片，因此看起來纖細柔滑如玻璃，只以暗色的紋脈交織成網。其中一隻蝶，身子透明光裸，性喜昏暗的葉蔭，名喚Hetaera esmeralda[39]。牠翅膀上只有一個暗調子的紫色兼薔薇色斑點，此外你看不到牠，牠飛起來，就如一片花瓣隨風飄翔。然後是蛺蝶，翅膀表面鮮艷耀目如彩色三和弦，底側卻以令人難以置信的精確度逼肖樹葉，不只形狀和葉脈足以亂真，還重現樹葉的小小污點缺陷，摹倣水滴、細瘤、蕈類等等，無微不至。這些狡黠的小東西收起翅膀停在葉子上，就融入周遭環境，天衣無縫，最餓狠的敵人也難辨真偽。

對這種精巧飾偽到缺點細節也沒有放過的保護性模仿，約納坦頗能向我們傳達他的激動感受。「這動物是怎麼做到的？」他問。「大自然是怎麼透過這動物達到這境地的？因為我們不能說這絕招詭計出於這動物自己的觀察和計算。的確，大自然精確清楚它的葉子，不只知道這東西的完美，也知道它一般的偏差缺陷和破相畸形，並且出於狡獪的善意將它的外表照搬到另外一個領域，搬到這隻蝴蝶的翅膀下側去，來困惑其餘的造物。但是，為什麼正好是這隻造物享受到這狡猾的好處？然而如果牠靜止時那樣纖毫不差地像葉子是有目的的——因饑渴而追食牠的動物，

---

39 音譯「希蒂爾蕾・艾絲茉拉妲」。此詞意義多層，為全書關鍵主導動機之一；可解作蝴蝶名稱，原型為巴西眼蝶，但拆開視之，**hetaera**乃古希臘高級妓女，**esmeralda**則在西班牙文為「綠寶石」之意，代表多產與成果豐富，以及生命力與激情，另外又有處女貞潔之意。在中世紀神學理論中，**esmeralda**是路西法（**Lucifer**，撒旦別稱）的標誌與象徵，在他從天國墮入地獄時自他額頭掉落。阿德里安與**Hetaera esmerald**交合而成其與魔鬼之約，遂獲藝術天才與突破，乃至度其貞寂生涯，而墜地獄。

又：小說中多處提到雷維庫恩畢生作品中，由此名化出的**heaees**是「五音基本動機」。其中，**h**即英、美系統的**b**音，最後的**es**是降**E**。**H**大調即**B**大調，**B**大調則是英美系統的降**B**大調。

如蜥蜴、鳥和蜘蛛，從牠們的觀點視之，這符合什麼目的呢？牠原本必定是牠們的食物，如今只要牠有意，牠們卻目光再銳利也找不到牠。我先問你們這個問題，免得你們問我。」

如果說此蝶自保的法子是把自己弄得人家看不見，那麼，你只要往書裡繼續翻下去，就會領教其他蝴蝶以搶眼，沒錯，以逼人、全面的可見度來達到相同的目的。牠們不僅體型特別大，顏色還格外艷麗和粉飾，而且雷維庫恩老爹補充說，牠們以這身看起來充滿挑戰意味的裝扮飛來飛去，誇耀牠們的安然自得，卻沒有誰會說牠們狂妄放肆，反而覺得那姿態帶些悲情，因為牠們從來不躲藏，而從來沒有任何動物，不管是猴子、鳥，還是蜥蜴，多看牠們一眼。為什麼？因為牠們是噁心的東西。而且因為牠們偏偏以招搖惹眼的美，以及慢條斯理的飛行，公告周知這一點。牠們的分泌物氣味和味道太可怕了，要是哪隻動物誤解或失手，以為可以津津有味享受牠們，結果一定是滿臉厭惡痛苦把這點心吐出來。不過，牠們不能吃是整個自然界都知道的，因此牠們是安全的——一種悲哀的安全。至少，站在約納坦椅子後面的我們自問，這樣的安全是不是應該說有點不光彩，而非什麼值得樂道的事。不過，結果是什麼？其他種類的蝴蝶依此竅門作同樣的警告式華麗裝扮，並且也以碰不得的姿態，慢條斯理安全飛來飛去，雖然它們是完全可以吃的。

阿德里安被這些見聞樂壞了，放聲猛笑，簡直笑得全身顫晃，眼淚奪眶。我受他感染，也笑，十分開心地大笑。但雷維庫恩老爹「噓」的一聲制止我們，因為他要每個人虔誠凝神觀察那一切。他帶著同樣的敬畏之情觀察某些貝殼表面，那些無從解讀的圖案紋路，還動用他那面巨大的四角形放大鏡，並且讓我們使用。這些生物的樣貌的確十分可觀，至少在約納坦引導之下觀看書上圖示時是如此。這一切以如此輝煌又穩確的工夫、如此大膽又細膩的形式品味打造的螺紋和圓拱，乃至其紅潤的開口，內壁變化多端的結構和晶瑩如彩虹的釉光，全是牠們膠狀住戶自己的傑作——至少，如果你堅持大自然就是自然而然，不牽扯創世主，不想像創世主是充滿巧思的工藝美術家和滿懷雄心的陶磁藝術家，認為這不過異想天開，但你仍然會極度忍不住，硬要拉進一個作工爐火純青的督造之神來，就像是大工匠般的造物者——我還是要說：將保護這些軟體動物的精美房子視為這些動物自己的作品，是令人極為驚異的想法。

「你們啊，」約納坦對我們說，「你們在成長的時候，按一按手肘和肋骨，也很容易發覺你們身體形成了個堅固的架子，一副骨架，支撐你們的肌肉，你們把它帶來帶去，如果不說是它把你們帶來帶去的話。眼前的情況反過來。這些生物將牠們堅固的部分擺在外側，不是當支架，而是當房子。牠們所以美，必定是因為牠們堅實的地方不是在裡面，而是在外面。」

我們這些男孩子，阿德里安和我，當時應該是在呆視之中，半忍著微笑，聽他說那種炫耀的虛榮。

有時候挺陰險，這外在美；某些錐形蝸牛，模樣是極為誘人的非對稱，沐浴於淡紅斑或白斑的蜜棕色之中，卻由於咬人有毒而聲名狼藉——總之，據布赫爾的主人說，這些至為奇妙的生物離不開一定程度的惡名或離奇的曖昧。這些華麗的生物歷來有種種非常不同的用途，由此可以看出人對牠們那種奇特的愛憎交雜之情。牠們在中世紀是巫婆廚房和煉金術士密室裡的常備要項，而且被視為毒藥和愛情迷魂藥的絕佳容器。但另一方面，牠們同時在禮拜儀式裡派上用場，當成供奉聖餐和聖徒遺物的匣子，甚至最後晚餐的高腳杯。多少事情在這裡碰在一塊——毒與美、毒藥和法術，甚至魔法和禮拜儀式。凡此種種，即使我們自己沒有想到，約納坦的評論也令我們隱隱約約有所意會。

至於那令他從來片刻不得安寧的象形文字，則是在一隻中等大小，來自新喀里多尼亞[40]的貝殼上，白底，淡紅褐色文樣。那些字樣彷彿用毛筆畫的，沿貝殼邊緣而行，像純粹的線條裝飾，但又在拱起的大部分殼面形成細心工巧的複雜變化，看起來分明如同帶有解釋性的繪畫。我回想之下，它們強烈類似古早的東方文字，例如古阿拉姆文[41]的筆跡，我父親也真的為他朋友從凱撒薩興那所寶藏不算寒傖的鎮立圖書館拿來考古書籍，以方便他研究和比較。當然，這些研究沒有結果，或者說，只導致十分混亂又荒謬的結果，形同一無所獲。約納坦向我們指點那些充滿謎團的插圖，帶著些許憂鬱承認這一點。「看來，」他說，「不可能追根究底了解這些符號的意思。可惜呀，親愛的各位，只好這樣了。它們『躲過』我們的智力，而且令人痛心，可能永遠不讓我們了解。但是，我說『躲過』，只表示是『開示』的反面，要說大自然把我們無從解開的這些密碼畫在她創造的貝殼上，純粹只是作為裝飾，任誰也沒法令我相信。裝飾和意義往往並肩而行，這些古老的書寫既是裝飾，兼也透露消息。誰也不能告訴我，說此中無真意！有真意而無從索解，沉浸於這矛盾之中也是個樂趣一樁。」

他是不是認為，如果其中真的關係到一種祕密文字，那麼，大自然必定運用了一種出自它自己的、有組織的語言？因為，它要選擇人類發明的哪個語言來表達她自己？不過，那時候我一個小男孩，已相當清楚理解人類以外的大自然不識字，在我眼中，這一點正是它所以詭奧之故。

的確，雷維庫恩老爹是個思索者和冥想者，我在前面說過，他的研究癖——如果這種根本就是做夢般的沉想可以稱為研究——永遠偏往一個固定的方向，就是神祕主義或一種直覺式的半神祕主義，而且我覺得，人類思維探索大自然，幾乎必然會被導入這個方向。但是，大膽冒險拿大自然做實驗，引誘它發生不尋常的現象，「試探」它[42]，用實驗來暴露它的作用——這一切與巫術都有相當密切的關係，甚至已經落入巫術的範圍，而且就是那個「試探者」做的事。這是早些時代的人的信念，一個值得尊重的信念，如果你問我的話。我想知道這世界會用什麼眼光看那個威騰堡人[43]，約納坦告訴我們，他一百多年前發明一種實驗，做出我們有時候看得見的有形音樂。阿德里安父親使用的少數物理儀器中，有一樣是個圓形的玻璃盤，自由旋轉，只在中心用一個榫頭頂住，奇蹟就是在這盤子上演出。盤上撒了細沙，他用一把老舊的大提琴弓在盤緣上下摩挲，造成震動而使沙粒變換位置，震動之後，激動的沙粒挪移並且排列，形成驚人精確的各式各樣造型和紋式。這些兼容了清晰與奧祕、定律與奇蹟的有形音響，令我們這些孩子樂趣橫生；也

---

40 喀里多尼亞（**Kaledonia**）：羅馬人為今日蘇格蘭取的拉丁名稱；新喀里多尼亞則位處南太平洋，為澳洲東面之法屬群島。

41 阿拉姆文（**Aramic**），一種有三千年書寫歷史的閃族語言，是阿拉伯與現代希伯來字母之祖。

42 原文「**versuchen**」，意指雷維庫恩老爹對大自然所做之事並非純正的科學實驗，而是已涉及宗教視為大不韙的邪、魔、巫之類行為，如試探上帝之「試探」。下文即明指那是「那個試探者（**Versucher**）做的事」。《聖經》有兩處明指「試探者」即魔鬼，即撒旦，見〈馬太福音〉**4：3**、〈帖撒羅尼迦前書〉**3：5**。

43 指德國物理學家兼音樂家克拉尼（**Ernst Florens Friedrich Chladney**，一七五六—一八二七），是以數學方法分析聲波的先驅。一七八七年，他改善伽利略的方金屬振動板，以小提琴弦代替銼子使金屬板振動，致使撒在板上的細沙停留於節線上，形成美觀圖案，史稱「克拉尼圖形」。

是為了使實驗者得意，我們經常央求他表演給我們看。

他在冰花上發現類似的樂趣。冬日裡，這些結晶的水氣綴滿布赫爾那幾扇農家格調的窗戶。他用肉眼，有時候用放大鏡，深深沉浸於它們的結構，一埋頭就半小時。我想說，這一切本來沒問題，看完就可以回頭打理日常正事了，如果這些晶花照理維持對稱的圖案、嚴格的數學特質和一定的規律。結果，它們模仿植物，花招百出，厚顏放肆，最奇麗者偽裝羊齒蕨、草、花萼和花冠，盡它們身為冰的能事涉足有機世界。約納坦對這一點摸不著腦袋而不能釋懷，並且永遠在多多少少不以為然又滿眼佩服之中搖頭。這些幻術般的表現，他這麼問，是預示植物的形式，還是模仿那些形式？兩者都不是，他自我回答；它們是平行現象。做著創造之夢的大自然在這邊和那邊做同樣的夢，要談模仿的話，也一定是雙方互仿。我們可以將田野的子女視為範式嗎？因為它們具備深層實際的有機性，而冰花只是表面現象？然而冰花也是其質料經過複雜程度不亞於植物的調和而構成的結果。如果我對我們這位主人朋友的理解沒錯，那麼，他思考的是有生命的自然與所謂無生命的自然之間的統一，他的想法是：我們如果在兩個領域之間畫出太截然剖判的界線，就是犯了罪過，冤屈後者；這界線其實是透漏的，因而世上沒有什麼基本能力是完全保留給生物獨專，而生物學家不能在無生命素材上加以研究的。

兩個王國實際上以何其令人困惑的方式彼此出沒交錯，我們從「會吞噬東西的滴狀物」得到見識，雷維庫恩老爹不止一次當著我們面前餵它吃食。一個滴狀物，不管是什麼做的，可以是石蠟，可以是香精油——我無法明確記得這個滴狀物是什麼做的，我相信是氯仿：一個滴狀物，我說，不是動物，連最原始的動物都不是，也不是阿米巴，我們不會認為它有食欲，會捕捉養分，留下有益它健康的東西，排斥無益於它的東西。但我們這個滴狀物就是這麼做。它懸浮在一個玻璃杯裝的水裡，約納坦把它放進去的，可能是用一具注射器吧。他的做法如下：他拿一根小小的玻璃棒，其實像一條細細的玻璃線，他在上面塗了蟲膠，用鑷子將玻璃棒挾到靠近滴狀物之處。他只做到這裡，其餘由滴狀物自己來。它將它的表層鼓起，做個小小的突起，有點類似懷胎凸肚，以此吸食小玻璃棒。同時，它把自己變長，成為梨形，以便將它的獵物整個納入體內而獵物不至於從另一端刺出去，然後，我向各位保證我句句屬實，它重新把自己變圓，先是蛋形，吃掉玻璃棒上的蟲膠塗層，分配到它身體各處。完成了這一步，並且身體恢復了球狀，它將吃乾淨了的餵食器打橫推到它邊緣，擠回周圍的水裡。

我不能說喜歡看這景象，但我承認為之著迷。阿德里安八成亦然，只是他每次看這些演出都忍不住要大笑，又顧慮父親的認真嚴肅而按捺下來。可能有人覺得會吞噬東西的滴狀物滑稽；但是，老爹培養了奇特至極的東西，演出一些令人難以置信而且詭異的自然現象，我的感受絕非滑稽。我永遠忘不了那一幕。呈現這項演出的是個結晶容器，裝了四分之三微微黏濁的水，也就是稀釋的水玻璃，含沙的底部長出小小一片由各種顏色斑斕的東西構成的怪誕風景：藍、綠、褐色的芽滋肆交雜，令人想起藻類、真菌、固著的息肉，以及苔蘚，或者貝殼、果莢、小樹或小樹的杈椏，有時候則直接令人想到人的四肢——這是我看過最奇特的景物：奇特，與其說是因為它樣子怪異而令人困惑，不如說是由於它深為悲情的性質。雷維庫恩老爹問我們對這景象作何感想，我們怯怯答說，那些東西可能是植物——「不對，」他回道，「它們不是植物，只是裝成植物。不過，不要因此而看輕它們！就因為它們假裝，而且盡全力這麼做，它們配得上一切尊重。」

原來，這些長出來的東西，來源根本是無機的，是藉助一些材料而產生，而這些材料來自福兆藥房。約納坦將水玻璃溶液注入容器前，將容器底部的沙用各種結晶撒過，如果我沒弄錯的話，用的是鉻酸鉀和硫酸銅。由此種子，經過稱為「滲透壓力」的物理過程，培養出充滿悲情的結果，而且它們的催生者當場迫切為它們要求我們的同情。他指點我們說，這些悲愁的生命模仿者慕光若渴，一如科學給生命的形容，有「向陽性」。他將玻璃容器擺到陽光裡，將三面的光遮掉，瞧，沒過多久，所有那些可疑的族類，蕈、陽具般的息肉棒、小樹、藻類，連同發育到一半的四肢，全都朝陽光透入的那一面傾斜，而且他們渴慕溫暖與喜悅，迫切之至，簡直就是緊緊向那一面靠近，牢牢貼上去。

「就算這樣，它們也還是死的，」約納坦說著，眼中含淚，阿德里安呢，我真的看見他強忍大笑[44]，渾身亂顫。

至於我自己，我必須讓各位決定應該大笑還是哭泣以對。我只說一點：這類鬼譎的玩意完全是大自然自身的事，特別是大自然被人蓄意戲謔試探而產生的表現。你在莊嚴的人文科學國度裡不會碰到這樣的鬼怪事。

---

44 阿德里安大笑，論者多視為他習染乃父而有魔性傾向之徵，他已看出自己與約納坦共鳴的世界皆屬要衝破界線與極限的案例：無機要變有機，真實、模擬、偽裝，自然與非自然混沌難辨。啟蒙運動以來的理性宇宙觀，如黑格爾的歷史理性與目的論、康德以範疇理解的世界，在此盡陷模糊。阿德里安日後的魔性天才突破，已在此萌機。

4

由於上節篇幅已膨漲逾度，我最好另起一節，以便說幾句話，向布赫爾女主人，也就是向阿德里安慈母的形象致敬。為快樂的童年而感激，包括她為我們準備的可口美味點心，可能美化她在我心中的形象——但是我要說，我生平沒有再見識一個比艾爾斯貝絲更令我心儀的女性，談到她純樸、思想上平易知足的人格，我滿懷敬意。這敬意並且使我深信，那個兒子的天才有相當部分要拜這位母親的活力和康健之賜。

她丈夫美好、老式的德國頭型，我百看不厭；她極為完好而且悅目之至、極具獨特個性而比例明晰的容貌同樣令我的眼睛留連。她出生於阿坡爾達地區[45]，屬於褐髮色人，德國一些地方偶爾可以遇到這樣的類型，即使當地可得而掌握的系譜，沒有理由使你認為那裡的人有羅馬血統。她的深色皮膚、黑髮，以及沉靜而友善的眼神，也可能使人以為她是羅曼語族[46]，要不是那臉型

45 **Apolda**：德國圖林根邦小鎮。
46 衍生自義大利語族，主要是西班牙、法國、義大利語。

流露著相當程度日耳曼特有的剛健。臉蛋偏短、橢圓，下巴逐漸收成尖狀，鼻子不十分規則、微微扁平、有點兒翹，嘴形既非肉感，亦非骨感，使人沉穩安詳。遮住一半耳朵的頭髮，在我成長期間漸泛銀光，梳得服服貼貼，滑亮如鏡，而且額頭上方中分之處露出頭皮。不過，梳得那麼服貼，還是有些髮絲從耳前下垂，十分優雅帶嫵媚，但不常如此，而且應該不是出於刻意。在我們童年時代還相當豐實的辮子以農婦的方式扎在腦後，節慶假日則纏一條顏色繽紛的繡花綵帶。 47

城市衣裝不討她喜歡，這一點和她丈夫一樣；貴婦風和她不相宜，反之，我們認識她時她那身田園風的半民俗服裝和她完美搭調，裙子裹束腰間，像我們說的，與她融為一體，配合修剪過的緊身上衣，方形開口露出短而結實的脖子和戴著一個簡單、輕盈金飾的前胸上半部。那雙褐色的手，習慣幹活但既不粗糙也沒有過度呵護，右邊戴著婚戒，我要說，那麼實在而可靠的人性之手，我樂看不厭；就像那雙步履穩實的腳，不太大也不太小，天成適中，穿在舒適的低腳跟鞋子裡；綠色或灰色毛料的襪子，裹住形狀宛然的踝部，這些全都望之愜意。然而她最美之處還在她的聲音，其音域屬於一種溫暖的女中音，發音微帶圖林根色彩，殊為動人：我不說是「討好」人，因為那會影射刻意和自覺。這聲音的魅力來自一種內在的音樂性，藏而未發，因為艾爾斯貝絲不曾為音樂操煩，也可以說是不以音樂自任。她在起居室裡，全然不經意地在當壁飾的那把老吉他上抓出幾個和弦，或許還輕哼哪首歌的一些片段；但她並非真正的有心歌唱，雖然我敢打賭，她如果發揮，定有出色表現。

無論如何，我都從未聽過誰談吐更美，雖然她說的總是最簡單和最實際的事；據我之見，這意味著，這天生並且由本能品味決定的優美和諧聲調，打一開始就以母親的感染力點化了阿德里安的耳朵。對我，這有助解釋他作品中顯現的、令人難以置信的音感，縱使你可以方便提出異議說，他哥哥格奧格同受濡染，這影響對其人生卻沒有任何塑造之益。他長得也比較像父親，阿德里安的體格則遠更接近他媽媽——雖然這一點也有個例外，亦即繼承父親偏頭痛傾向的是阿德里安，而非格奧格。但是，我亡友的整個體型，連同許多細節：偏褐膚色、眼形、嘴形和下巴，全都來自母親，尤其他鬍鬚刮乾淨，留起那把翹鬍子之前，特別明顯。他後來留那些翹鬍子，容貌才令人強烈感到陌生。母親眼睛烏黑，父親碧藍，在他眼睛裡混合成一種偏暗的灰藍綠虹膜，輝閃著金屬般的細小斑晶，瞳孔周圍看得出圍著一抹鐵銹色的圓圈；我深心確信，父母眼睛顏色的對比，以及在他眼中達成的顏色混合，使他在顏色方面的審美搖擺不定，終身拿不定自己比較喜歡黑眼睛還是藍眼睛。不過，吸引他的永遠是極端，睫毛之間焦油般的烏亮，或淡藍。

艾爾斯貝絲對布赫爾的雇工產生最好的影響，而且如果我所見正確，她對他們的權威甚至勝過她丈夫。農莊活動閑暇的季節，布赫爾雇工不多，收成季節才從周遭的郊外居民增募人手。其中好幾人的模樣至今還在我眼前浮現，例如：馬伕托瑪斯，經常從維森菲爾斯火車站接我們，然後再把我們送回那兒的，就是他，這獨眼龍，異常高又瘦骨嶙峋，卻有駝背之累，但經常讓小阿德里安騎在上面東走西逛：大師日後時常向我堅稱，那是一張非常實用又舒適的椅子。我也想起看馬廄的漢妮，走起路來胸脯晃蕩晃蕩，永遠一雙沾滿馬糞的赤腳，童年的阿德里安和她發展了

47 托瑪斯·曼寫的艾爾斯貝絲形貌，模型是杜勒一五〇七年作品〈威尼斯德國女子像〉。

親密的友情，理由容後再詳。還有管酪奶房的魯德太太，一個喜歡戴頂帽子的寡婦，她總是一副非比尋常尊嚴岸然的神情，部分可能是要反駁她自己的名字[48]，但另外也可以溯源於一項事實，就是她有獨得之祕，會做公認第一流美味的荷蘭芹乳酪。若是女主人不克親來，那就是她在奶酪房款待我們，在這個好所在，這位擠乳高手屈身坐在矮凳上，溫熱冒泡的牛奶帶著那隻多產動物的體香，從她手指底下流入我們的杯子。

我當然不會耽於回憶這個鄉村童年世界的絲絲縷縷，連同周遭種種單純質樸的田地、森林、池塘和山丘等景物，若非這裡到阿德里安十歲都是他的早年環境、他父母的家、他出身的風景，那麼經常將我和他一塊環抱的風景。在這段歲月裡，我們互叫「du」[49]的習慣生了根，也必定是那時候，他用我的教名叫我——這個教名我已不復聽到，但是，這個七、八歲的孩子如果不叫我「瑟理努斯」，或像我叫他「阿德里」那樣乾脆叫我「瑟倫」，那是難以想像的事。確切的時間無法咬定，但必定發生於我們入學初期，他不再這樣叫我，即使叫我，也是叫我的姓。我如果也如此對他，我自己會感到完全粗魯，不像話。有一點倒似乎值得一提，我喚他「阿德里安」，他不想根本避免所有稱謂時，就喚我「宅特布隆姆」。我好像積習成性，愛談怪現象，不過我們別管這些事，回頭繼續看布赫爾吧！

他有個朋友，也是我的朋友，那就是大院裡的狗：素守——好個怪名字，是有點邋遢的勃拉克獵犬，你給她帶去餐點的時候，她總是咧了嘴，整張臉都笑開來。但她對生客絕非不危險，而且她過一種奇怪的生活：白天栓在狗舍裡，變成守著那隻碗的警犬，靜夜裡才自由環遊院子。我們一同望著豬欄，骯髒擁擠，想起農婦說的故事：不乾淨的小豬，淡黃睫毛，底下是陰險的藍色小眼睛，肥滋滋的身體顏色像人類，有時還真的吃小孩子。我們鼓足喉嚨作嚄嚄之聲，模仿牠們難為人知的語言，又打量小豬們吸吮母豬乳頭的紅潤口鼻部。我們一塊笑看鐵絲柵欄後面的母雞，她們生活忙碌，渾身學究氣，叫聲一派尊嚴，卻時或爆發歇斯底里。我們還去房子後拜訪蜂屋，小心翼翼，我們曉得那並非不可忍受但陣陣不斷的抽痛，要是這些採蜜者有一隻撞上你鼻子，而誤以為有必要動螫。

我記得菜園裡的醋栗，我們將它成串的果實從雙唇之間拉過；我想起我們在草地上品嘗的酸模，幾種我們從它們喉嚨吸出小滴小滴蜜液的花；我們在樹林裡躺在地上啃咬的橡子；那些紫紅色的懸鉤子，被太陽曬得暖烘烘，我們從路邊樹叢採摘，以其酸澀漿汁抑制我們童稚之渴。我們是小孩子——我回顧這一切，感慨萬端，而感慨並非為我自己，而是為他的緣故，想到他的命運，想到他如何注定從天真之谷升上不適人居、的確可怕的高處[50]。那是一個藝術家的人生；而我，一介單純之人，得以從如此近處細看它，我靈魂中對人的生命和命運的感受也因此不禁全副

---

48 魯德：德文 **Luder**，有騙子、滑頭、輕佻女子等意思。

49 **du**，德文「你」、「妳」的親密用語。**Sie** 則是敬語「您」。

50 托瑪斯．曼以尼采為雷維庫恩原型的一個明顯例子。《浮士德博士》一九四七年一月完成手稿，作者六月初在蘇黎世國際筆會年會演說，講題〈以我們的經驗觀照尼采哲學〉（**Nietzsches Philosophy im Lichte unserer Erfahrung**），比喻尼采「像攀登過高而置身冰河群之間的登山客，已到不歸點，進既不能，退亦無路：是什麼驅使尼采進入如此進退無路的荒涼之地，是什麼鞭笞他如此痛苦攀登，使他竟以身殉，死在思想的十字架上？」隨即自答：是「他的命運，而他的命運是他的天才。但天才另外有個名字，叫疾病」。

貫注於人的存在的這個獨特例子。由於我和阿德里安的友誼，他這例子對我堪稱一切命運塑人的範例，以及一個人為所謂流變、發展、命定之類事情激動的典型原因——而且可能真的是如此。因為，雖然藝術家比在實際的現實世界中打滾的人接近童年，如果不說更忠實於童年，以及，雖然他與後者不同，持續固執於夢幻、純人性、遊戲的狀態，但是，他離開未受感染的早年，以迄後來始料不及的流變階段，我這個觀察者看在眼裡，卻是一個遠比一般人的變化更廣遠、更冒險、更撼人的過程，想到後者一樣有童年，也不像想到他曾經是個孩童那樣令人為之潸然。

此外，我懇求讀者，將我在這裡帶著感情所說的話就當成我，這個正在走筆的人，所說的話，不要當成雷維庫恩的意思。我是老派的人，固執一些我自認珍貴的浪漫看法，其中包括我出於主觀情緒而認定的，藝術家和一般人之間的激烈對立[51]。阿德里安會冷冷駁斥這樣的看法——如果他覺得這事值得他理會。他對藝術和藝術家有冷靜至極，可以說極其反射式、尖刻的見解，對世人已喜歡了相當時日的「浪漫主義式大驚小怪」厭惡之至，甚至不喜歡聽到「藝術」和「藝術家」這兩個字眼，一聽見這兩個字，你就清清楚楚看出他臉上的厭惡。「靈感」一詞也一樣，大家在他面前一定避免口出這個字，不得已使用時，務必以「突念」代替。他憎恨、嘲笑那個字——想到他的憎恨和嘲笑，我禁不住將我的手從稿紙上的吸墨紙抬起來遮住雙眼。啊，那憎恨與嘲笑充滿心力交瘁的況味，不可能是他對時代精神變化的事不干己的反應。那些變化對他必定是有影響的，而記憶所及，他在學生時代就曾對我說，十九世紀必定是個異常愜意的時代，因為人類從來不曾像眼前世代這麼難以擺脫前一時代的觀念和習慣。[52]

四周圍著草地，距布赫爾宅子只十分鐘路程的那口池塘，我在前面已經簡略提過。這池塘叫「牛槽」，大概因為它是長方形，也大概因為乳牛喜歡到它岸邊喝水。池塘裡的水，我不知何故，異常冷洌，因此我們只在太陽把池面曬過很長時間之後的下午，才敢進去戲水。至於那山丘，則散步半個鐘頭即至。這座小丘有個必定久遠以來沿用，卻極不適宜的名字，叫「錫安山」，冬天是滑雪橇的好地方，只是我冬日裡很少到戶外。夏季，那裡的「頂峰」槭樹成蔭，加上社區公共安置的長椅，是個風清氣爽，視野開闊的遊憩地點。我常在禮拜天午後，晚飯前，和雷維庫恩一家在這裡渡過。

以下這件事我不得已於言，一定要提出來說明。阿德里安後來成為成熟的男人而安頓下來的居住環境景物，也就是說，他到上巴伐亞的瓦爾茲胡特，在附近的菲弗林[53]住進施維格斯提爾家，從此久居，那裡的環境與他的童年環境有至為奇特的類似——根本就是再現，易言之：他日後生活的場景是他早年生活場景的一個奇異複製。不但菲弗林（或費弗林，名稱的念法很不固定）有個擺一張社區公有長椅的山丘，雖然不叫「錫安山」，而叫羅姆崗[54]；不但有個池塘坐落

51 托瑪斯．曼直抒己意。藝術家的曖昧身分與其對社會的曖昧關係，是他畢生作品的主題。

52 預伏雷維庫恩為了突破此一困境而乞靈於魔性。

53 原文為 **Pfeiffering**，出於浮士德故事第三十九章。浮士德得知年市 **Pfeiffering** 有個騙子，遂以其道還治其人，變出一匹美麗無匹之馬，售與騙子，囑其萬勿涉水。騙子好奇而策騎入水，馬消失，乃一束乾草。故此地名亦染魔性。

54 原文為 **Rohmbühel**，典出《浮士德博士故事》第四十四章。浮士德施其魔法，在山崗上變出華屋豪宅。

「牛槽」與宅子同樣距離之處，叫「夾子塘」，而且塘裡的水同樣寒冷。不僅如此，連兩處的房子、院子和家庭也密切呼應。院子裡有一棵樹，這棵樹也有點兒妨礙往來出入，也由於人樹情深而得以保存——只是此樹並非椴樹，而是榆樹。當然，瑞士風格的房子建築式樣有其特殊之處，不同於阿德里安父母的房子，因為前者本來是老修道院，有厚厚的牆，深凹的拱狀窗洞，以及有點發霉的走道。但是，屋主菸斗的菸草味都瀰漫一樓的房間，男主人和女主人施維格斯提爾太太也是一對「父母」，也就是：一個長臉、話不多、深思靜慮的農夫，和一個已經上了年紀的太太。她可能有點發福，但身材比例適中，心思伶俐，精力充沛而勤快能幹，頭髮整潔往後梳理，兩手雙腳勻稱——他們有個已經長大的兒子兼繼承人，名叫格雷昂（不是格奧格），是個農莊經濟思想非常進步的年輕人，熱衷於新機器，接下來是個女兒，名叫克蕾曼婷。菲弗林院子裡的狗同樣會笑，儘管不是名叫素守，而叫卡希柏爾[55]，至少原本是這麼叫。關於「原本」的名字，我們這位房客有意見，我見證了那個過程，在他影響之下，卡希柏爾之名逐漸變成不過是記憶而已，到得末了，狗兒甚至比較喜歡聽人叫「素守」。這個家庭沒有第二個兒子，但這一點只有強化，而非減弱相似性；因為，這第二個兒子除了阿德里安，還會是誰？

我從來不曾對阿德里安說起這麼完整、逼入眼簾的平行對應；我早時沒有說，後來也就不再想說；但是我從來不曾喜歡這個現象。這樣選擇重現最早年環境的地方為居停，這樣將自己埋藏於最早、已經活過的童年，或至少外在相似的環境之中，可能是戀舊之徵，然而也透露一個人十分可慮的內心生活。在雷維庫恩，情況又特別令人驚異，因為就我觀察所及，他對雙親的家從來就不是特別親密和深情，而且他甚早從那裡脫身，離開時未見痛苦。這種人為的「重返」難道純屬遊戲？我無法相信是遊戲。我反而記起我認識的一個人，他外表強壯，還留鬍鬚，內在卻敏感緊繃，容易生病，一旦生了病，只肯找小兒科醫師看診。此外，他信任的那位醫師太矮小了，矮到名符其實不適合為大人看病，只能當兒童醫師。

我覺得有必要說明，甚至確定地說，這則男人和兒童醫師的小插曲離題了，因為我走筆下去，那個人和那位醫師都根本不會再出現。我屈服於過早下手的老毛病，在這裡就談到菲弗林和施維格斯提爾一家，如果這是個錯誤，而且無疑是個錯誤，那麼我請讀者明鑑，而原諒這個差錯：這部傳記落筆之時——而不只是走筆行文之際——我就不由自己地激動。我現在已一連工作好幾天，但我努力維持文句平衡，並且努力為我的思緒尋找適當得體的表達，讀者卻千萬不要因此誤會，因為我時時刻刻都處在激動狀態之中，我本來十分穩妥的筆跡甚至不時發抖。此外，我相信，讀我這些文字的人久而久之不但會了解這心靈的顫動，而且他們自己對這樣的顫動也變得不陌生。

---

55 本書處處魔影幢幢，此又一例。卡希柏爾（**Kaschperl**）乃常見魔鬼別稱。犬為浮士德故事的傳統要素，在各版本中與魔鬼、魔性相連，甚至就是魔鬼化身。德國祕術學家內特斯海姆（**Henrich Cornelius Agrippa Nettesheim**，一四八六—一五三五）日夜有一黑色巨犬相隨，謠傳該犬實為魔鬼，助他施術作法。歌德《浮士德》之浮士德以內特斯海姆為原型，全劇開頭，魔鬼化身黑狗尾隨浮士德回家；浮士德自己亦有一犬，名喚普雷斯提吉亞（**Praestigiar**）。本書第四十七章，阿德里安謂素守、卡希柏爾其實名叫「普雷斯提吉亞」，終於揭明阿德里安之犬實為其魔僕。此乃阿德里安即現代浮士德之又一線索。

我忘了提一件事，而且這事當然已不足為奇：施維格斯提爾家，亦即阿德里安後來的居處，也有個馬廄女工，也是胸脯晃動，勤快的赤腳老是沾著馬糞；她和漢妮相似，就如天下的馬廄女工彼此相像，她在這裡名叫瓦普吉絲[56]。這兒我要談的倒不是她，而是她的原型漢妮，小阿德里安和她友好，因為她喜歡唱歌，又經常和我們這些小傢伙來些小小的唱歌練習。真可怪：聲音美好的艾爾斯貝絲出於某種貞淑的矜持而收斂嗓門，這個渾身牲畜味的人卻放懷揮灑，對我們唱歌。她聲音刺耳，聽力卻靈光，入夜之後，在椴樹下的長椅上，唱各色各樣的民歌、士兵歌和街頭謠曲，大多不是感傷透頂，就是十分可怕，也很快就開始化作我們自己的歌詞和旋律。我們和她合唱時，她以三度音和我們，從那裡往下降到低五度和低六度，把我們留在高音上，她則唱第二個聲部，貫耳奪人。大概為了促使我們好好享受和聲的樂趣，她習慣拉開整張臉做歡笑狀，就像素守看見我們為他送來餐點的模樣[57]。

我說的「我們」，指阿德里安、我和格奧格。弟弟和我是八歲和十歲的時候，哥哥已十三歲。妹妹烏瑟兒還太小，不能參加我們的練習，況且以漢妮鼓舞我們一塊放聲高唱的聲樂曲來說，四個歌手裡肯定可以說有一人是多餘的。她教我們卡農——小孩子最熟悉的自然是：〈啊，多麼幸福，夜晚的我〉、〈歌聲嘹亮〉[58]，以及布穀鳥歌和驢子歌，我們歡唱的那些黃昏時刻對我至今是別具意義的回憶——或者應該說，那回憶的意義後來提升了，因為，就我見證所及，那是我朋友首次接觸藝術層次上比單純齊唱更有結構組織的「音樂」。這裡的聲部相隔一定的時間彼此接續交織相疊，也就是曲子正在進行，旋律唱到一定時點但尚未結束時，一個聲部模仿前面的聲部而加入合唱，漢妮督促我們，她在特定剎那戳一下我們的肋骨，就是應該我們跟進之時。旋律的成分散置於不同的層次出現，卻沒有絲毫混亂因此產生，而是第二個歌者模仿第一個歌者的第一句，精確如點對點般十分平順悅耳地鑲入第一個歌者持續不斷的歌唱。以〈啊，多麼幸福，夜晚的我〉為例，先唱的第一聲部唱到重複的「鐘聲響起」，延長尾音，然後開始生動的畫面「賓、邦、繃」時，這個聲部不但構成此時以「當催人安眠」句進入的第二聲部的低音，也構成同樣在這時開唱的「啊，多麼幸福」的低音：第三人肋骨被戳一下，準時在這時進入這一句，而到了旋律的第二階段，這第三聲部由於第一聲部又從頭開始而停歇，第一聲部已將擔任基音兼音畫的任務交給此時唱起「賓、邦、繃」的第二聲部——以此類推。第四人必須搭配我們之中的一人，但他要使這搭配生動，方法是低一個八度發聲；或者，他在第一個聲部之前就開始，可說是天明前就開始，用低音的鐘聲打底，一直持續，或者，更確切地說，在整個歌唱的過程中孜孜不倦圍繞較早旋律階段，哼著拉——拉——拉——

如此唱來，我們在時間上永遠是彼此錯開的，但各人在旋律上一直愉愉悅悅地與其餘的人同在，我們由此產生一張優美的織網，是「同時」唱所無法產生的一種音體；這個結構質地，我們稱心快意其聲部而省卻進一步追究其性質和成因。當時八、九歲的阿德里安大概也沒有深究。還

---

56 **Waltpurgis**：德國傳統有「**Waltpurgis**之夜」，為女巫及群魔一年一度聚會之夕。

57 漢妮（**Hanne**）：以素守喻漢妮，以及上文所述小豬情狀，加上阿德里安是由音樂入魔，而他的音樂意識由她啟蒙，在在影射她是魔性化身。

58 兩曲原名為「**O, wie wohl ist mir am Abend**」，與「**Es tönnen die Lieder**」。

是說，那短促、嘲諷多於驚訝的暴笑，在最後一下「賓、邦」在暮色中餘音裊裊時放出，也就是我後來無比熟悉的笑聲——難道表示他已看破這些小曲子的構造玄機，知道它相當單純，不過是旋律的開頭後來構成第二聲部，以及第三聲部可以當前兩個聲部的低音？我們沒有一個人曉得，在一個馬廄女工指導之下，我們登上一個相對而言非常高的音樂文化階段，登上模仿式複音的領域，也就是那個必須隨著十五世紀的發現，才能讓我們一享的境界。我回想阿德里安的大笑，以後見之明發現其中帶著了解，和內行人那種諷刺的意味。他一直有那種笑聲，日後在音樂會或劇院，每逢哪個奧妙的技法、音樂結構裡；哪個富於巧思而大多數人不解其意的內在過程、戲劇裡；哪個細膩的心理暗示觸動他，我都經常聽到那笑聲。那時候，那笑聲和他的年齡並不相稱，但已經同他長大成人之後完全一樣。嘴巴和鼻孔輕輕一噴氣，同時腦袋往後一甩，短促、冷靜、鄙蔑，或者，最好的情況下，他也彷彿說：「好啊，這個，真滑稽，怪有趣，挺好玩的！」然而他的眼睛另有所察，彷彿有獨見之明，凝注遠方，那對眼睛閃著金屬斑晶的偏暗色調，變得更暗一層。

5

剛結束的一章，我自己也嫌綿延過甚，而且我宜自問讀者會不會堅持耐心。我自己焦心關切我在這裡寫的每個字，但我千萬要小心，不能因此保證能夠獲得事不關己者共鳴！而且我也不可忘記，我秉筆而書，不是為眼前，也不是為對雷維庫恩既毫無所知、更不可能渴望更詳細認識他的讀者；而是寫下來，以備大眾留心拙文的條件將會非常不同之時——可以確定說遠更有利的一個時機，屆時，對他令人悸動的生平細節，無論呈現得巧妙與否，大家將會急切追問，比較不加揀擇。

那個時刻將會來到，當我們這座寬廣卻又窄小、充滿令人窒息的惡毒空氣的牢獄開了門[59]，也就是說：當目前這場呼嘯洶湧的戰爭反正找到一個結局之時——然而想到這「反正」，我心中何其危懼，為我自己，也為命運將德國靈魂逼擠進去的可怖絕境！因為，這「反」、「正」兩者

59 托瑪斯．曼多次將納粹德國比喻為牢獄。一九四五年五月德國投降後，曼在由英國廣播公司（BBC）播出的對德廣播裡說：「恐怖的刑房，希特勒主義把德國變成的刑房，現在砸開了，我們的恥辱暴白橫陳於世界面前。」此語稍加變化，見於本書第四十六章第四段：「我們這座高牆厚壁的刑房……盡露於世人眼前」。

之中，我只存想其一；我只指望其中之一，懷著我身為這個國家公民的良心期許其中之一。對民眾無時間歇的灌輸，已將德國戰敗必將一切粉碎的恐怖後果，深深注入人民意識之中，因此我們根本不由自己，將這一點視為比世界上什麼都更可怕的事。但是，另一件事比德國戰敗更令人害怕，而且我們之中有些人由於害怕這件事而感到好像犯了罪，另外一些人則坦然且一貫害怕這件事，那就是：德國勝利。我幾乎沒有勇氣自問屬於哪類。也許屬於第三類，亦即帶著持續、心知肚明的自覺，但也懷著同樣無時或已的良心折磨，盼望戰敗。我的心願與希望不得已抵制德國武力的勝利，因為在那勝利之下，我朋友的作品將會被埋葬，被懸禁、遺忘，或許埋沒一百年，以至錯過其時代，後來才獲得歷史榮譽。這就是我見不得人的特殊動機，和為數零散的一些人一樣，至於這些人有幾位，舉起兩手便很容易數出來。不過，我這心理狀態只是整個民族——極端愚蠢和卑下自利者不算——共同命運的一個特殊變奏而已，而且我不免於傾向將這命運視為一個獨特、無與倫比的悲劇，雖然我知道另外有民族也曾經為了他們自身及共同的未來之故，希望他們的國家落敗。但是，有鑑於德國民族性的誠直、虔信，以及對忠心與奉獻的需求，我要說這兩難困境對我們的尖銳劇烈是獨一無二的，因此，想起那些人，使一個這麼好的民族的心靈，淪於我認為比任何其他民族都更痛苦的狀態，使之異化成無可救藥，我不能不深懷憤慨。我只要想像我兒子由於某個不幸的意外，發現我這些文字，並且覺得不得不行斯巴達式的紀律，滅親而向祕密警察舉發我——我只要想像這個情況，就能測度，而且是帶著愛國主義的自豪測度，我們淪墮此中的衝突是個什麼樣的深淵。

我完全清楚，寫出上面這一段，我原本有意短一點的這一章，又如先天不良般負荷過重了，雖然我在心理上也不想壓抑一個自疑，就是我其實在推拖逡延和拐彎抹角，或者暗自樂意利用這機會，因為我害怕接下來的發展。為了證明我誠實無欺，我提出這麼個設想，說我之所以多事離題，原因是我心底畏縮，不敢面對我基於義務與愛而負起的這項任務。然而，我不應該讓任何原因，包括我自己的軟弱，妨礙我履行這任務——因此我這就回歸正傳。據我所知，我們和馬廄女工漢妮唱卡農，阿德里安才頭一遭接觸音樂領域。當然我知道，他年紀大一點的時候，禮拜天跟他父母到歐柏維勒的村中教堂做禮拜，有個維森菲爾斯來的年輕音樂學生，經常用教堂中的小型管風琴為會眾的歌唱彈前奏、伴奏，並且在信徒步出教堂時，怯生生嘗試一些即興曲子送他們離去。不過我從來不曾恭逢其盛，因為我們大多在他們結束禮拜之後抵達布赫爾，我只能說，我從來不曾從阿德里安那裡聽見片言隻字，以便推論說，他年少的感官曾經絲毫感動於那位音樂學生的演出，或者，如果「感動」簡直不可能，那麼，他也沒有片言隻字讓我推論他曾經絲毫留意音樂這個現象本身。就我所見，他在那時候，以及後來好些年，對音樂都不曾付予任何注意，而且甚至自我隱瞞和樂聲的世界有什麼關係。我視此為一種心理上的矜持；但大概也很可以舉出一個生理上的解釋；因為事實上，他十四歲那年，青春期開始而步出天真童稚狀態，在凱撒薩興住伯父家裡，才開始動手在鋼琴上實驗音樂。此外，就是這時候，遺傳而來的偏頭痛開始令他日子難過。

他哥哥格奧格由於是他們家的繼承人，前途很清楚，而且打開始就和這個既定的未來相得無間。次子要何去何從，對他雙親是尚未解決的問題，得由他表現的傾向與能力來決定；因此，當時有一點很異常：他們和我們腦袋裡很早就固植了一個想法，認為阿德里安一定會成為學者。至於哪種學者，則許久懸而未定，但是，看這孩子的整個舉止、他表達自己的方式、外表的堅定，甚至他的眼神、臉上的神情，連我父親也從未懷疑雷維庫恩家這個子弟命定「往高處爬」，將會成為他家族裡第一個受高等教育的人。

這個想法之所以產生和確立，因為你幾乎可以說他是以勝人一籌的輕鬆裕如，在家裡輕易吸收小學課業。約納坦沒有送他的孩子上村中小學。我相信他的決定並非基於社會優越感，而是因為他真心希望，比起和歐柏維勒的小農子女一塊念書所學，他們能獲得更細心的教育。那位老師還年紀輕輕，嬌嫩膽怯，每次看到素守都畏縮不前。他下午教完正式的學校課業，便到布赫爾授課，冬天托瑪斯用雪橇過去接載。他接手教授八歲的阿德里安小學功課時，已教過十三歲的格奧格，傳給格奧格的基礎知識足夠他任何進一步深造所需。米凱森教師比誰都更早一步宣布，而且是大聲、帶著幾分激動宣布，這孩子一定要、「看老天爺份上」，千萬要上中學和大學，因為這麼舉一反三、這麼靈敏的腦袋，他，米凱森，從沒見過，大家要是不為這學生打開走向知識學問高峰之路，將是莫大恥辱。他如是說，或者說類似這番話，反正用老師常見的措詞；他甚至說起「才調」，當然，多少是為了炫耀自己的文字工夫；這個字用在這麼初步的成就上，的確格外怪異；但他也明顯是出於衷心驚異才口出此字。

那些上課時間，我不曾在場，其中情況如何，我都從聽說而來，但我很容易就能想像：一個甚至還有點稚氣的家庭教師，習慣以激勵的讚美和氣急的責備將教材灌入態度溫吞、愛唱反調的腦袋，我這位阿德里安對他有時候必定就是直截了當的侮辱。「如果你什麼都會了，」我有一次聽見他對這小子說，「那我走人。」他這個學生「什麼都會了」，當然不是實情。但這個學生的神情就是那副味道，因為對教材表現了迅速、出奇十足自信、總是先登一步的掌握並吸收，既輕鬆，又穩確，如此態勢很快就使老師節用其讚美，因為他覺得這樣的腦袋可能危害謙抑之心，誤入倨傲之途。從字母到構句與文法，從數列與四則運算到三分律和比例計算，從背短詩（談不上背，而是馬上就被準確掌握並精熟）到以文字寫下自己對地理和鄉土課的想法——總是一樣：阿德里安豎起一隻耳朵，腦袋歪一邊，那神色好像說：「喏，很好，都清楚，夠了，繼續吧！」以老師的脾氣視之，這模樣是有點引人反感的。當然，這年輕人總是忍不住又大叫：「你怎麼回事？努力一點！」只是，如果明顯沒有必要，你又怎麼努力？

如前面所言，那些上課時間我從沒在場；但我不自禁要想像，米凱森先生傳授給我朋友的科學數據，他接受時基本上就是他在椴樹下學會旋律時，那種難以形容的神情：他在椴樹下得知，九小節的水平旋律分成垂直重疊的三小節，會產生一種和諧的聲部組合。他老師懂一點拉丁文，也教給他，然後宣布這十歲大的孩子即使不夠上三年級，也很可以上二年級。他的工作結束了。

就這樣，阿德里安在一八九五年復活節離開父母家，來到鎮上念我們的博義中學（其實是「共同生活兄弟學校」）。他伯父，也就是他父親的哥哥尼可勞斯，一位受尊敬的凱撒薩興公民，表明願意接待他。

6

至於我在薩勒河畔的故里，應該為外國人說明：它坐落哈勒偏南，接近圖林根。我幾乎要說過去坐落——由於相隔久遠，它彷彿脫離我而沉入過去了。然而它的尖塔仍在原處聳立，我不曉得如今它的建築景象是否遭到空戰損壞，由於其歷史魅力之故，那將是極為可惜之事。我加上這句話，是帶著幾分冷靜的，因為我和我們人口裡不小的部分，甚至受創最重以及無家可歸的人，有個共同的感受，就是：我們今天所受，不過是我們所施於人。如果我們的苦比我們的罪可怕，那就讓那句話在我們耳邊響起吧：「播下風的種子的人，必將收穫風暴[60]。」

工業城哈勒、托瑪斯教會學校唱詩班所在的萊比錫[61]，或威瑪，甚至德紹以及馬德堡[62]，這些地方都不遠；不過，凱撒薩興，一個鐵路樞紐，是有二萬七千人口的完全自給自足之地，而且和每個德國城市一樣，自視為擁有特殊歷史尊嚴的文化中心。此城仰給於各種工業，諸如：機械、皮革、紡織、武器、化學廠、碾磨廠，並有一座頗有歷史的博物館，裡面除了一間擺放各類粗糙刑具的貯藏室，還有一所價值珍貴的圖書館，典藏二萬五千本書和五千份手稿，包括兩卷押頭韻的咒語，有學者認為比梅瑟堡收藏的更古老[63]，而且十分無害，不過是以富爾達方言呼喚一些小雨。本城在第十世紀曾是主教區，在十二世紀初葉到十世紀初葉再度成為主教區。城中有城堡和主教座堂，堂中可見凱撒奧圖三世的墓碑[64]，他是阿代海德之孫，提奧法諾之子，自號羅馬與薩克森皇帝，但並非由於希望成為薩克森人，而是如同西丕歐自取別名阿非利加諾斯[65]，也就是說，因為他戰勝了薩克森人。他被逐出心愛的羅馬而在一〇〇二年憂愁而亡，遺體運回德國，下葬於凱撒薩興的主教座堂——大違其願，因為他是德國人自我鄙視的典型例子，畢生以身為德國人為恥。

我寧願用過去式來談這個城鎮，因為我說的其實是我們早年經歷的凱撒薩興。關於這個城鎮，可以這麼說，她不只在外貌上，連氣氛也保存濃厚的中世紀況味。那些老教堂，忠實維護的民宅和貨棧，木頭樑桁外露以及上層前突的建築，有尖頂圓形塔樓的城牆，環植樹木、鵝卵石鋪成的廣場，兼含哥德風與文藝復興風的市政廳，高陡的屋頂，上方是鐘塔，下方是敞廊，並以兩座寬廣的尖塔構成挑樓，形成落地的建築正面——凡此種種，都構成一種與過去連接不輟的生命

60《舊約聖經》〈何西亞書〉**8：7**。

61 巴哈一七二三至一七五〇年（其卒年），在萊比錫擔任托瑪斯教堂唱詩班領唱人。

62 德紹（**Dessau**）：在薩克森—安哈特邦東部。馬德堡（**Magdeburg**）是該邦首府。

63〈梅瑟堡符咒〉（**die Merseburger Zaubersprüche**）是兩套咒語，發現於德國黑森邦（**Hessen**）富爾達市（**Fulda**）一份九至十世紀寫成的神學抄本之中，據考是現存唯一以古高地德文寫成的前基督教文獻。

64 奧圖三世（**Otto III**，九八〇—一〇〇二）的實際埋骨地點在今日德國北萊茵—威斯特法倫邦（**Nordrhein-Westfalen**）的亞琛主座教堂（**Aachener Dom**）。

65 西丕歐（**Publius Cornellus Sciopio**，公元前二三六—一八三），羅馬將領兼政治家，打敗迦太基統帥漢尼巴，使羅馬順利結束第二次布尼戰爭（**Punic War**），因功而得「非洲征服者」之號。

感覺，的確，整個地方的眉宇之間似乎寫著經院哲學形容時間停頓的那句「Nunc stans[66]。」這個城鎮堅持它的本體，三百年前一樣，九百年前亦如是，從它身上淌過並且不斷改變許多事物的時間之流未留痕跡，其他事物決定了她的樣貌，則出於虔誠，也就是說，出於篤實對抗時間的固執，出於傲骨，為了永誌與尊嚴而屹立不變。

這些只是這個城鎮的外貌。但這兒的空氣中也懸留著十五世紀最後數十年的精神氣質，中世紀臨去之季的歇斯底里遺緒，某種潛蓄未發的心理時疫：如此形容未免離奇，因為這是個理性、清醒務實的現代城鎮（然而它也並不現代，它老得很，而老就是既過去又現在，只是一種與現在重疊的過去而已）。這麼說乍聽或許大膽，但你可以想像，這裡可能突然爆發一場兒童十字軍、一場聖維特[67]之舞、佈道家宣揚夢幻的共產主義，鼓吹將一切世俗事物付諸火刑[68]，連同十字架奇蹟，或者崇拜神祕主義而四處遊蕩的群眾。當然，這些事沒有發生——要如何發生？警察不會容許，以配合時代和規範。然而！這年頭警察對好多事情也是不作為的——同樣是配合時代，積漸所至，就形同容許這些事情重演。沒錯，我們的時代暗中，或者，怎麼說都可以，只不是暗中，而是十分有意識地，帶著沾沾自喜的自覺，這樣的自覺使人懷疑生命的真誠與單純，而且可能產生一種完全虛妄、招災惹禍的歷史意識——我說，我們的時代有這麼個傾向，要返回早先時代，熱心重蹈那些帶著象徵意味、有點黑暗邪門、打現代精神一巴掌的行動，諸如焚書[69]等等我寧可別提的事。

一個城鎮這種深入古代的神經質與祕密的心靈素質，徵象是許多古怪、怪癖的「人物」，以及那些半帶精神病但無害之人，他們俯仰於城中，連同古老的建築，構成這個城鎮的景象。相反的，是兒童、「小伙子」，跟在他們背後東逛西走，嘲弄他們，卻又迷信而驚慌逃開。有些時代裡，某類型「老太婆」直截了當落入巫術的嫌疑：起因挺單純，就是外表令人看不順眼，加上人疑心就生暗鬼，於是在民間的幻想中成為十足的巫婆——五短身材、頭髮灰白、傴僂、望之一副奸滑相、淚濕眼、鷹鉤鼻、嘴唇癟薄、手裡一枝舉起來令人生畏的枴杖，說不定還養貓、貓頭鷹，更別說一隻會說話的鳥。凱撒薩興從來就有不少這個類型的老媼，其中最出名、最受嘲罵也最嚇人的是「地窖麗絲」，名號由來是她住在小鑄銅巷的地下室。這個老婦人的外貌太吻合一般

---

66 拉丁文，意為「永恆的現在」，一種沒有時間性的永恆當下。

67 聖維特（**Sankt-Veits**）：基督教聖徒，公元三〇三年殉教。中世紀晚期，德國人在其雕像前跳舞，認為能防範舞蹈病（一種臉、手、足急促舞動的精神官能失調症），稱為「聖維特之舞」。

68 西方歷史上不時有人倡導淨化人間，將虛榮與被視為容易引起罪惡的事物付之一炬，最著名者為薩伏納羅拉（**Girolamo Savonarola**，一四五二——一四九八）在一四九七年公開焚毀數千物件，包括化妝品，藝術品，書籍，樂器。

69 此語實有所指。希特勒與納粹得權，一九三三年四月，德國大學生聯盟（包括「納粹德國學生會」）以淨化德國語言與文化為由，發起「反非德意志精神」運動，擬定「非德」書單，各地圖書館紛紛響應，五月十日在柏林等三十四個大學城總共燒毀至少二萬五千本「非德」書籍，包括德國、法國、英國、俄國、美國所有古典主義、無政府主義、社會主義、共產主義、猶太等被視為顛覆或不利納粹思想的文學作品與思想著作，柏林一地即有四至七萬學生與教授及群眾參加。一八一七年，德國學生組織已藉路德宗教改革〈九十五條論綱〉三百周年，遊行要求德國統一，集體焚燒「非德」文件與文學。一九三三年焚書，學生會亦仿路德，擬成十二條「淨化」德意志文化的論綱為根據。德國作家海涅一八二一年悲劇作品中有一角色預言，「焚書之地，最後就會燒人」。

人的成見，竟至於本來沒有既定看法的人碰見她，特別是如果她背後碰巧尾隨一群小孩子，她正好破口咒罵，要趕開他們，這時也可能油生懼怖，儘管她其實根本沒什麼不對勁。

這裡要斗膽說句話，也是我們自己這個時代的經驗談。在啟蒙之友眼中，「民族」這個字和觀念永遠帶著些許古老的恐怖意味，而且他知道，人只有想哄誘群眾走上倒退的邪惡之路時，才會用「民族」統稱他們。多少事情在我們眼前，或者不只是在我們眼前，無法藉上帝、藉人類、藉正義之名發生的事，卻假「民族」之名發生！事實上，民族永遠是民族，至少在一定層次上是如此，例如在古老的層次上，就像小鑄銅巷的鄰居街坊，他們在選舉時投社會民主黨[70]，但也會在一個滿臉皺紋、住不起地面房屋的老太太的貧窮裡，看見妖魔的影子，而在她走近時拉緊他們的孩子，以免孩子中了她邪惡的眼神。如果又必須將這個婦人交付火刑，雖然藉口有些改變，今天卻並非不可想像之事，他們會擠在官員設置的柵欄後面張口呆視，但大概不會反抗。我談的是民族，然而你我人人內心裡都有這個古老的民俗層次，而且，實話實說：我不認為宗教是將這個層次穩鎖存封最管用的辦法。據我所見，唯一有幫助的是文學、人文學，還有自由、美麗的人性理想。

再提一下凱撒薩興的怪人吧，有個男子，不知何許年紀，只要有人猛喊一聲，他就強迫症般開始一種抽搐式的舞蹈，腿抬得高高的，並且擺出滿臉悲慘、醜惡的表情，卻又擠出一絲微笑，彷彿向成群喧譁吆喝追逐他的里巷頑童道歉。再來，有個衣著打扮徹底不合時的女人，名叫瑪蒂德．施匹格，一身衣服滿是褶葉，後襬拖得長長的，頭上是「Fladus」，一個可笑的字眼，由法文「flûte douce」訛變而成，原意是「諂媚逢迎」，在這裡卻變成形容一種怪異的頭飾和髮髮——這個女人，她塗了胭脂，只是還不到不道德的地步，因為太瘋癲傻氣，她由幾隻穿著緞料馬衣的哈巴狗陪著，迷亂糊塗，又像目空一切，在鎮上遊蕩。最後要提一個靠租息度日的人，有個贅疣般的紫色鼻子，食指戴一枚大大的印章戒指，真名是施納勒，但被小孩子叫「堵得路」，因為他有個怪癖，每說一句話，都加上這沒有意義的尾音。他喜歡到火車站，每逢貨運列車離站，他總是豎起他戴印章戒指的那根手指，警告面向後方坐在最後一節車廂頂上的男子：「別摔下來，別摔下來，堵得路！」

我在這裡寫下回憶中這些古怪可笑之事，不無頗不得體之感；但上面提到的人物堪稱公眾風俗，雖然不尋常，卻代表我們這個鎮的傳神心理寫照。而這個鎮是阿德里安上大學之前生活了八年的地方，也是我的生活背景所在，我和他一同度過那些歲月；我由於比他大兩歲而高兩屆，但我們在下課時間大多離開雙方的同學，在學校那座有圍牆的方庭裡獨處，並且下午在我們的小書房裡見面，有時候是他過來福兆藥房，有時候是我去教區街十五號他伯父家找他，那裡的樓中樓擺滿樂器，都來自遠近知名的雷維庫恩樂器公司。

70 托瑪斯．曼從一九二〇年代開始支持威瑪共和，以及他認為德國未來所寄的社會民主黨。

7

那是個寧靜的地點，和凱薩撒興的商業區如新場街、格里斯克拉莫路隔開，在一條很多轉彎、沒有人行道的胡同裡，靠近主教座堂，尼可勞斯的家挺搶眼，是胡同裡最為可觀的房子。房子三層樓，後縮而設在凸肚窗裡側的閣樓房間不算；那是十六世紀的市民住宅，當時已為目前屋主的祖父所有，一樓正面入口上方開五扇窗戶，二樓只有四扇，裝了百葉窗，這一層才是起居室，外部開始有裝飾性的木雕，底樓則沒有裝飾，也沒有粉刷。甚至室內的梯級也是從通往樓中樓的樓梯轉彎平台才開始變寬，而樓中樓高高位於鋪石門廳上方，因此訪客和顧客——其中許多人遠從外地前來，從哈勒，甚至從漢堡來——他們必須辛苦爬一段樓梯才到得了他們願望的目標，也就是樂器庫，但我馬上就會證明，登此陡峭之梯而入室是值得的。

尼可勞斯是鰥夫，妻子年輕早逝。在阿德里安到來之前，和他一塊住在這棟房子裡的只有一個世代長駐的女管家布茲太太、一個女僕，以及布雷夏[71]來的義大利青年魯卡·奇馬布耶（他的確和那位十三世紀的聖母畫家同姓）。這個年輕人是他的生意助手，兼跟他學做小提琴，因為雷維庫恩伯伯也是小提琴匠師。他頭髮金灰色，蓬亂不梳理，任意垂掛，臉上不留鬍鬚，平易近人，顴骨十分突出，鉤鼻微微下垂，有一張寬大、富於表情的嘴，以及一雙藍眼睛，透著關愛、寬厚和明敏的目光。在屋子裡，你看他永遠一身縐縐的、釦到領口的單面絨布工作服。他沒有子女，房子委實太大了一點，我相信他很高興接個年輕的親人到家裡來。我還聽說，他讓他在布赫爾的兄弟負責這孩子的學費，但食宿分文不收。他對阿德里安投以隱約滿含期望的眼神，根本將他視如己出，而且餐桌添個骨肉至親，真是其樂何如，那麼久以來和他同桌吃飯的，只有上面提到的布茲太太，以及待他亦父亦師的魯卡。

這個羅曼國家來的年輕人，這個友善、說起我們的話來蹩腳卻悅耳的小伙子，在家鄉有絕佳機會獲得這個行業的訓練，卻來到凱撒薩興在阿德里安的伯伯這兒落腳，可能令人訝異；但是，這件事顯示尼可勞斯生意關係四通八達，不但及於德國的樂器製造中心，如曼因茲、布朗希維克、萊比錫、巴爾蒙，還遠及外國公司，到達倫敦、里昂、波隆納，甚至紐約。他從四面八方購進交響樂的貨品，不僅品質第一流，而且他備齊並非處處可以買到的品項，應有盡有，貨源紮實可靠，以此聲名卓著。比方說，國內某處即將舉辦一場巴哈音樂節，為了演出合乎那個時代的風格，需要一把柔音雙簧管，聲音才會比較低沉。為了忠於巴哈風格，為了找一把在管弦樂團裡早就不見蹤影的那種雙簧管，教區街上的這家老字號就會有一位樂手遠道而來，而且可以當場親試這款音聲淒婉的樂器。

在樓中樓裡占了幾個房間的樂器庫經常迴響著音色不一而足、跑遍整個八度的試奏，這場

---

71 **Brescia**：義大利北部倫巴底區城市。

景壯觀美妙，令人情不自禁，我可以說文化氣息令人陶醉，激起你的聽覺想像，令你五臟神馳洶湧。阿德里安的養父將鋼琴留給專門的工業去處理，因此，鋼琴以外，所有樂器在這裡一字排開，凡是能發聲與歌唱，會鼻音輕哼、放聲高奏、深沉低鳴、叮鈴噹啷、轟隆吼叫的，應有盡有；連鍵盤樂器也隨時有個代表，就是：聲音可愛如銀鈴的鋼片琴。掛在玻璃後面，或安寢在盒子裡的，是迷人的小提琴。那些盒子就像隨人形而調整的木乃伊棺木，和盒中之琴密切相合。小提琴的漆色有的偏黃，有的偏褐，那琴身苗條，一把頸部纏著銀絲的琴弓安置在盒蓋裡的，是義大利琴，純雅勻稱的造型，內行人一望即知系出克雷莫納名師[72]，但是也有提洛爾、荷蘭、薩克森、密登瓦特，以及雷維庫恩自己作坊的產品。那些大提琴擺得一列又一列，要歸功安東尼奧·史特拉底瓦里[73]，使其歌聲豐華，形式完美；而旁邊就是其前身，六弦的維奧爾琴，在比較老的作品裡，它和大提琴享有同等榮譽；此外，中提琴，以及小提琴的姊妹大型中提琴[74]，在這裡也隨時可見，一如我自己那把愛的中提琴，令我終身沉醉於其七根弦上，就來自教區街，是我父母在我領堅信禮時給的禮物。

這裡斜倚著好幾把低音提琴，那種巨大的提琴，很難搬動的低音大提琴，適合莊嚴雄偉的宣敘調，撥奏比定音鼓更宏亮，而且你完全想不到它會發出那樣神祕魔力的豎笛音色。數目差不多的是木管樂器裡和它對應的族類：低音巴松管，管身十六呎長，也就是說，大幅強化低音，使聲音比記譜音低一個八度，構造倍於它身材較小的兄弟，諧謔巴松管，我稱之為諧謔，因為它是低音樂器，卻沒有真正的低音力道，聲音出奇軟弱，咩咩叫，帶著詼諧氣息。然而這是個何其俊秀的樂器，那彎弧形的吹管，加上那些按鍵和操縱桿的鮮亮耀眼裝飾！這些技術發展已到相當高度的簧管樂器齊集一堂，觸目多麼動人；它們以各色各樣的變體挑戰演奏高手的本能：散發田園牧歌風味的雙簧管，善於哀感蒼涼之音的英國管，身上滿是鍵蓋，深沉的低音域那麼陰森鬱暗，高音域卻優美和悅如銀光煥發的單簧管，以及巴塞管和低音單簧管。

它們都安歇在天鵝絨襯墊上，全是雷維庫恩伯伯的庫存。此外還有屬於各種不同系統和規格的橫笛：有黃楊木做的，有非洲黑木做的，有烏檀木做的，前段是象牙，不然就整枝是銀製的，一旁是它們嗓門尖銳的親族，短笛，其高音能穿透管弦樂的齊奏，在猛烈密集的砲火之上靈活如鬼火般跳舞。接下來才是閃閃發亮的銅管樂器群，首先是長相俐落的小號，從造型就看得出能發嘹亮的信號，唱抖擻活潑的曲調，奏感化頑艷的旋律，其次是浪漫派的寵兒、管身複雜捲繞的活塞號，身量苗條卻聲音宏亮的長號，短號，以及體型巨大沉重的低音號。甚至博物館裡才有的古董管樂珍品，例如那對美得出奇，擺得如牛角般左右各一的青銅魯爾號，在樂器庫這裡也經常可以找到。但是，我如今回憶之下，猶在目前，由一個男孩子的眼睛看來，樂器房中最有意思、最精采的東西，仍數那些名目繁多的打擊樂器——只因為我們早年在耶誕樹下認識的那些玩具，我們童年夢中那些輕薄易碎的東西，在這裡得其成年人的用途，以尊嚴、純正的陣容現身。這裡的中鼓，看起來和我們六歲時候敲敲打打，以五彩木頭、羊皮紙、細繩子湊成，沒多久就敲

72 **Cremona**：義大利北部倫巴城，以生產上品提琴馳譽世界。
73 **Antonio Stradivari**（一六四四—一七三七），世居克雷莫納，曠世製琴師。
74 **viola alta**。

壞的小玩意多麼不同！它不是讓你掛在脖子上的東西。鼓皮是腸線做的，為了供管弦樂團使用，鼓身以順手的斜度緊緊拴在金屬三角架上，木製的鼓棒也比我們小孩子的有模有樣，插在鼓環上，引人手癢。鐘琴也在這裡，我們大概曾在它的兒童版上練習〈一隻鳥飛來〉[75]：經過細心調音的金屬片排列在可開可鎖的雅致盒子裡，成組成對，躺在支架上準備振動，等著從加了襯墊的盒蓋內側取出無比纖細的鋼棰來敲出旋律。高音木琴，製造的用意彷彿是要耳朵想像午夜時分墳場上的骷髏之舞，在這兒是一系列半音音階排列的木條。還有用裹上絨布的槌子擊出隆隆吼聲的大鼓，是加了鐵箍的大圓筒，以及銅鑄的定音鼓，白遼士有一首作品的樂團編制使用了十六面定音鼓[76]——他還不知道尼可勞斯經銷的一種款式，叫機制定音鼓，鼓手很容易用一具手柄來調整配合調性的轉變。我多麼清楚記得我們在它上面玩的孩子氣瞎胡鬧，我們，阿德里安或者我——不對，好像只有我——拿鼓棒在鼓皮上一直敲，好魯卡將調性上上下下轉變，產生無比怪異的滑奏，一種滑來滑去的轆轆慣響！值得一提的還有鈸，只有中國和土耳其人會做，因為熾熱的青銅要如何錘打，他們緊守他們獨得之祕，鈸手將雙鈸互擊之後，將鈸的內面朝向觀眾，高高舉起作興高采烈的勝利狀；聲音熱鬧的鑼，吉普賽鈴鼓，開個口而在小鋼棒底下清亮發聲的三角鐵；在手裡劈劈啪啪的響板，亦即現代版的鈸。眼觀這整個嚴肅又樂趣橫生的場面，加上以其金碧輝煌之姿君臨全場的伊哈德踏板豎琴，你就能想見伯伯庫藏的神奇魅力，雖然無聲，卻以無數形式預告絕美和聲的天堂，令我們這些男孩子如痴如醉。

我們？不對，我最好只說我自己。我的著迷，我的陶醉——我談這些感受的時候，恐怕不敢包括我這位朋友，因為，他可能有意擺出他是本家兒子的派頭，眼前物事全是家常便飯，或者有意表現他冷對一切的性格：他始終以幾乎是聳聳肩的淡漠鎮定，面對這所有的精采壯觀，聽見我連聲稱奇的驚嘆，大多只答以一聲短短的乾笑，不是說「是啊，很漂亮」，就是一句「古怪的東西」、「人真是什麼都想得出來」，或者「比賣糖塔有意思」。從他的屋頂閣樓可以瞻眺迷人的鎮上屋頂景象，古堡的池塘、古老的水塔盡收眼底，有時候，由於我起意——我強調：次次都是我起意——我們從那裡下樓，到樂器庫做個不算完全准許的逗留。年輕的魯卡陪我們，我想一方面是來監看，一方面是以他令人受用的方式當嚮導、導遊，兼解說員。從他口中，我們得知小號的歷史：早先必須使用好幾條直形金屬管，用球形結連接組合，後來學會彎曲黃銅管而管子不折裂的技術，也就是先用瀝青和樹脂，後來用鉛澆鑄，鉛在火中熔化。他並且討究一些行家所謂樂器材質無關緊要的說法：一件樂器不管是金屬還是木頭做的，都會依照其形狀的類型、其尺寸比例而發聲，一枝橫笛不管是木頭或象牙做的，一把小號不管是黃銅或銀做的，結果都沒有什麼不同。他說，他師傅，阿德里安的zio[77]就反對這樣的看法，身為製琴師而深諳原料、木頭種類、用漆的重要；鄭重言明只要聽一枝長笛，就八九不離十聽得出是什麼做的——而他，魯卡，也自願現身說法。他於是以那雙纖細、勻稱的義大利手，向我們指點長笛機制自從名家寬茲以來一

---

75 **Kommt ein Vogel geflogen**：十九世紀初葉開始知名的德國民謠兼情歌。

76 指法國作曲家白遼士（**Hector Berlioz**）一八三七年名作《安魂曲》（*Requiem*）中的〈神怒之日〉（**Dies Irae**），使用八對定音鼓。

77 義大利文的「伯父」。

百五十年裡的重大改變和改善：他說明貝姆的圓柱形長笛，也說明力道較大、比較古老、聲音比較甜美的錐形長笛。他為我們示範豎笛的指法、七孔大管的指法，十二個闔鍵和四個開鍵的聲音與銅管樂器如此融合無間。他教導我們各種樂器的音域，它們的奏法，以及許許多多這方面的學問。

回顧之下，不容懷疑的是，當時那些示範說明，阿德里安，無論他自己知不知覺，至少和我一樣細心聆聽——而且獲益大過我注定能有的收穫。但他全然不動聲色，不曾流露絲毫心中的波動，來讓人意會他覺得這一切和他有干係，或將會有干係。向魯卡提問題的事，他留給我，他走到一邊去打量別的東西，留下我單獨和助手一塊，不管我們正在討論的事體。我不想說他在假裝，我也沒有忘記，那時候音樂對我們，除了就是尼可勞斯樂器庫那樣純粹具體的世界之外，很難說另外還是什麼真實的東西。沒錯，我們和室內樂已經有些粗淺的接觸：每八天或十四天，阿德里安的伯伯家中有一場演出，我偶爾在場，阿德里安當然也絕非經常在場。樂團成員有主教座堂的管風琴手文德爾．克雷契馬，他口吃，其後不久成為阿德里安的老師，再來是博義中學的合唱指揮；伯伯加入他們，一塊演出經過挑選的海頓和莫札特四重奏，他自己擔任第一小提琴，魯卡第二小提琴，克雷契馬先生大提琴，合唱老師中提琴。這些合奏是男人的消遣，每人身旁地上擺一杯啤酒，嘴裡可能有根雪茄。演奏也經常中斷，有人發表意見打岔，說話的聲音在音樂語言中間聽來特別乾燥單調且格格不入，有人輕敲琴弓，而且每當大夥亂了套，幾乎總是那位合唱指揮惹的禍，就得倒回數小節。我們不曾聽過真正的音樂會，真正的交響樂團，因此誰只要願意，盡可以認為這一點足可解釋阿德里安對樂器世界明擺著的冷漠。反正，他認為人家應該視此為充分的解釋，而且他自己也作如是觀。我想說的是：他躲在這樣的解釋後面，他在躲音樂。很久一段時間，以一種充滿預感的固執，這個人躲著他的命運。

再說，有很長一段時間，沒有誰想到少年阿德里安和音樂拉得上任何關係。他注定要當學者的想法牢牢固著在每個人腦袋裡，而且由於他在中學裡的耀眼成績而繼續強化，他全班第一名的地位，一直到高年級，差不多七年級，亦即他十五歲時，才有點動搖。他的偏頭痛那時開始形成，是偏頭痛的緣故，妨礙他一些必要的功課預習。沒關係，學校的所有要求，他都輕鬆克服——「克服」可能不是挺貼切的用語，因為他根本毫不費力，而如果說他這個學生的優異表現並未帶來老師的親切關愛——我經常留意到，他並未獲得老師衷心關愛，反而是引來惱怒，甚至惹人有意讓他嚐嚐失敗的苦頭——那並非由於老師認為他狂妄自負，或者應該說，老師的確認為他自負，只不是說他太過以他的成績自矜自誇，相反，是說他太不以此自高，這才是他的倨傲：他明顯倨傲以對他那麼毫無困難就解決的物事，包括課程教材和各種專門科目；為人師者，授業解惑是尊嚴和生計所在，可想而知不想看見學生在太過天賦異稟之中，漫不經心打發一切。

至於我，我個人和老師的關係真摯多了——這無足為奇，因為我不久就會加入他們的事業，甚至已經嚴肅表明這個意向。我也可以稱我自己是好學生，但我是好學生，以及我能成為好學生，只因我對本身領域有一股帶著敬重的喜愛，特別是古代語言及使用它們的古典詩人和作家。這股喜愛召喚我的力量，使我竭力以赴；他則利用每個機會讓人明白——我要說：他對我毫不掩飾，而且這一點對老師恐怕也不是祕密——整個教育事業對他是多麼不關痛癢和無關緊要。我常為此憂心——不是為他的前程，以他的天賦，前程是不成問題的，而是因為我自問：什麼事對他才不是不關痛癢，什麼事對他才不是無關緊要。我看不到「大事」，而且其實無跡可尋。在那些年歲裡，學校生活就是人生；學校生活就代表整個人生；學校生活所關心的事物構成你那時候的眼界，每個人生都需要的眼界，用以發展價值觀，在其中演證你的性格和能力，無論那些價值觀是何其相對的。但你必須看不出這些價值觀的相對性，這些價值才有此作用。相信一個絕對價值，雖然自古以來就是虛幻的信念，我認為卻是人生的必要條件。我朋友的天賦之所以顯其出色，是以他似乎洞見其相對性的價值觀來衡量的，只是尚無可見的參考點可令此價值觀絲毫減損。壞學生多的是，阿德里安卻是一個奇特的現象：這個壞學生是資優生。我說，這一點令我憂心忡忡；然而又多麼令我佩服，多麼令我心儀，多麼使我對他更加傾心，這一切當然也混雜著——誰知道為什麼？——些許痛心和絕望的成分。

他一貫以帶著嘲諷的藐視，冷對學校的獎賞與要求，但我要提出一個例外。他對一個學科有一股非常明顯的興趣，卻是我自己稍欠出色的學科：數學。我在這個領域的弱點，靠我在語言學上樂於孜孜矻矻而有差強人意的彌補。我因此真正認識到，一個人在某個領域的出色表現，決定於其人和這門學問天生靈犀相通，職是之故，目睹這個條件至少在我朋友身上實現，感覺真好。數學，作為應用邏輯，雖然維持於純粹且崇高的抽象境界之內，卻有其介乎人文與實用學科之間的獨特地位。阿德里安在聊天之中提到數學帶給他樂趣，可以得知他覺得這中介地位是高尚的、凌駕一切、有普遍性，或者，套他自己的用詞，是「真理」。聽他形容某件事物是「真理」，令人由衷高興，那是錨，是立足點，有此一物，人不必再徒勞去尋求什麼「大事」。「你是個懶蟲，」那時候，他對我說，「才不喜歡這東西。歸根究底來說，觀察秩序關係是最了不起的事。

秩序關係是一切[78]。羅馬人書十三章所謂：『凡出於主的，皆有其秩序』。」他臉紅起來，我瞠目盯著他。他居然信教。

他一切都令你驚覺「居然」如此，一切事情，你都得察覺他，出其不意，將他逮個正著，揭露他的祕密——這時他就臉紅，你則猛敲自己腦袋，怪自己怎麼沒有早就看出來。他在正式和規定的課業之外，還研習代數，以算對數為樂，在課程尚未要求他求高次方未知數之前，就鑽研二次方程式。這也是我偶然才發現的，而這些事情他起初語帶不屑，然後勉強招認。另外一項發現，如果不說「揭發」，還比以上所舉諸事更早，就是我在前面已經提過的：他自學、暗中探索鋼琴、和弦結構、調性的羅經刻度盤、五度循環，在沒有記譜知識、不懂指法之下，他已運用這些和聲基礎去練習各種各樣的移調，建構節奏還不是那麼明確的旋律。我發現這一點的時候，他十五歲。我有天下午找他，遍尋不著，最後在起居室過道的一個房間裡找到他，一個乏人留意的角落裡有一台小風琴，他就坐在風琴面前。我在門上站了約莫一分鐘聽他，隨即覺得這樣不對，於是走進房間，問他在做些什麼。他的腳放掉風箱，將手從鍵盤縮開，一臉通紅笑起來。

「懶惰，」他說，「是萬惡之始。我很無聊。我感到無聊的時候，偶爾就在這裡瞎玩，亂彈一通。這個帶踏板的老箱子孤零零的，可是別看它這麼不起眼，它可是五臟俱全的。瞧，這件事挺奇怪的——我是說，它其實沒什麼奇怪，可你頭一遭把它做出來的時候，很奇怪，都連在一

---

78 此語為全書警策之一，預伏阿德里安歸宿於十二音列技法。

起，形成循環。」

他說著，彈了一個和弦，都用黑鍵升F、升A、升C，接著加一個e，這麼一加，本來看來像是升F大調的和弦彷彿被扯下面具以的，變成屬於H大調和弦，也就是說，它的第五音，或屬和音。「這樣的一個和弦，」他說，「沒有所謂的調性。全都繫於其中的關係，這些關係構成一個循環。」這a必須解決為升G，產生從H大調到E大調的移調，繼而從a、d、g到C大調，然後由此進入降記號音程，這向我說明了，你可以用半音音階十二音裡的任何一個音，來構築一個大調或小調音階。」

「再說，這是老故事了，」他說。「我很早就注意到這一點。你瞧，還可以精益求精呢。」他開始為我表演遠系調之間的移調，運用了所謂三度和聲，拿坡里六和弦。

也不是說他叫得出這些名稱來；但他重複一遍：

「關係就是一切。你如果要給一個更貼切的名字，那就叫它『曖昧多義』吧。」為了證明這句話，他讓我聽一段調性游移不定的和弦行進，這麼一個和弦行進在C與G大調之間盤旋，拿掉f，則G大調變成升F；如果躲開h，則耳朵搞不清楚這和弦到底是C大調還是F大調，要是加個降b，就變成F大調。

「你曉得我發現什麼嗎？」他問。「音樂以其為一種體系而言，是曖昧多義的——以這個音或那個音為例。你可以這樣理解它，或者，那樣理解它，可以認為它是從下面升半音，或從上面降半音，你要是夠機靈，這種兩面性就任你運用。」簡而言之，他證明他精熟等音移調，在規避調性而運用等音移調來轉調上，也不是那麼不熟。

我為什麼不只是訝異，而是感動，加上些許驚愕？他雙頰熾熱，做功課時從來沒有這神情，連做代數也不曾如此激動。我請他繼續來一點即興演出，但他以一句「玩玩罷了，別鬧」回絕，我有鬆了一口氣的感覺。那是什麼樣的鬆一口氣呢？我何其清楚察覺，他說那句「這件事挺奇怪」，透露了他的淡漠只是晃子。我預感到一種正在萌發的愛好——阿德里安有一個愛好！我當時該高興嗎？我反而既慚愧，兼又焦慮。

現在我知道了，他在他自認無人看見的時候矻矻鑽研音樂，也由於他使用的那台樂器並不是太隱密，這件事不可能長久保密。有天晚上，他伯父對他說：

「姪兒啊，從我今天聽到的程度來說，你不是頭一遭練琴吧。」

「伯父，怎麼說呢？」

「別裝無辜了！你在搞音樂了。」

「這什麼話啊！」

「我用這話罵過更蠢的事。你從F到A大調的走法挺有巧思。你樂在其中吧？」

「伯父，哪有這回事！」

「看得出來嘛。我同你說一件事。那台老琴，反正也沒人理了，就搬到你房間去。近在你手邊，你什麼時候想用就用。」

「您太好了，伯父，可是不用這麼麻煩。」

「就是因為不麻煩，才更有趣。還有一點，姪兒。你該上鋼琴課了。」

「伯父，您這麼認為嗎？鋼琴課？我可不知道，聽起來像上等女子的玩意兒。」

「你的程度會到『上等』，而且不完全是『女子』玩意兒。你去跟克雷契馬上課吧，他不會要我們繳學費繳到傾家蕩產的。我們是老朋友，而且你可以為你的空中樓閣打個底。我跟他說說去。」

阿德里安在學校方庭裡把這段對話說給我聽。從那時候起，他每星期跟克雷契馬上兩堂課。

8

克雷契馬當時年紀尚輕，至多滿廿五，三十未到，出生於美國賓州，父母分別是德國人和美國人，在出生的國家接受音樂教育。但他自己的根，以及他的藝術的根，都源於他祖父母當初離開的舊世界。他很早就難禁根源之思而返回這裡，經過幾段走方流浪的生活，每次駐足或居停難得超過兩年，過程中來到凱撒薩興，當鎮上的管風琴師——這只是一個插曲，他在這之前做過別的事（在帝國和瑞士幾個小城的劇院擔任樂團團長），之後也會有其他工作。他並且以管弦樂曲享譽，一部歌劇《大理石雕像》曾經演出，於好幾個舞台叫座。

他儀表並不起眼，身材矮小結實，圓頭顱，修得短短的小鬍鬚，一雙喜歡微笑的褐色眼睛時而若有所思，時而靈動活跳。他對凱撒薩興的精神和文化生活可能帶來真正的助益，如果說這裡談得上什麼精神、文化生活的話。他彈的管風琴深富學問且宏偉壯麗，但城裡懂得賞識的人有多少，一隻手的指頭就能數完。不過，他免費舉行的午後教堂音樂會，演出普雷托流斯、福洛柏格、布克斯泰伍德，當然還有巴哈的管風琴音樂，以及韓德爾到海頓全盛期之間種種令人好奇、充滿風格特色的作品，倒是吸引相當多人，阿德里安和我就是常客。相較之下，他整季孜孜不倦的演講完全失敗，至少表面看來是如此。演講地點在「公益活動協會」禮堂，他一邊講，一邊用鋼琴示範，同時用粉筆在一個架子上的黑板解說。那些演講不成功，首先是因為這裡的居民對演講這回事毫無興趣，其次因為他講的主題並不通俗，說實了是奇僻、古怪，第三是他口吃，聽他演說變成一場戰戰兢兢的危岩暗礁之旅，令人時或屏息而緊張焦慮，時或亢奮而忍俊不禁，完全無法貫注於他說話的思想內容，老是滿懷忐忑，等待下一次抽搐般的停頓。

他的口吃是那種嚴重、典型的口吃——何其不幸，因為他身懷巨大的思想財富，而且滿腔熱情要將其富藏與人分享。他能輕舟般凌渡幾段水面，迅捷跳宕，出奇輕靈，令人渾忘他有口吃之苦；但是，錯不了，總是有個時候，全如大家自始一路所料，擱淺的剎那來了，這時，他彷彿整個人被緊繃在酷刑架上，臉漲得通紅，兀立當場：一陣齒擦音似的嘶嘶聲梗住他，拉得開開的嘴延長那嘶嘶之聲，如同蒸汽火車洩出蒸汽的聲音；或者，他和一種唇音博鬥，弄得雙頰鼓漲，唇間迸出連發子彈般短促、無聲的爆炸；又或者，最後一種情況是，他呼吸一陣極度不順，節奏大亂，張大變形成漏斗狀的嘴猛喘氣，像離水的魚。沒錯，整個過程中，他那雙淚濕的眼睛笑著，看來他樂天以對自己這種事，但並非人人都能因此寬心，故而不能怪大家對這些演說敬而遠之：人同此心到了什麼地步呢？有好幾回，差不多只有半打聽眾為演講廳帶來一點生氣，也就是說，我父母、阿德里安的伯父、年輕的魯卡及我們兩人之外，只有一兩個女子中學的學生，每逢演講人口吃的時刻，她們沒有一次不吃吃竊笑。

他本來已準備好自己掏腰包，支付禮堂的雜項和照明費用，入場費是絕計不夠這些開銷的，但我父親和尼可勞斯徵得理事會同意，由協會墊付欠額，或者說，免收場地租金，理由是這些演說有重要的文化意義，而且造福本鎮。這優待真是仁至義盡，因為其中造福本鎮之說是有爭議的，鎮民在演講中缺席，他們所以缺席，前面說過，部分要歸因演講題材太過專門。克雷契馬本人呢，他服膺一項原則，我們再三從他原初由英語塑造的雙唇之間得知，這原則是：問題不在於他人的興趣，而在於他自己的興趣，也就是在於引起興趣，而能引起他人興趣的唯一條件，可以說確定能引起他人興趣的條件，是他自己對一件事懷著一股根本的興趣，以至於他談這件事時，由不得他不將他人牽引到這興趣裡來，從而點燃他們，由此創造一股原先根本不存在、想不到會存在的興趣，這比投合已有的興趣有價值得多了。

十分可惜，我們這裡的大眾幾乎沒有給他任何機會來驗證他這個理論。在空蕩蕩的大廳中，我們幾個人坐在編了號的椅子上聆聽教益，他的理論在我們身上完全證實，因為他以我們從來沒想到能令我們如此全神貫注的題材牢牢吸住我們，終而連他原本嚇人的口吃也變成他熱情努力的表徵。災難來臨時，我們經常全都一塊朝他猛點頭，作為鼓勵，我們也聽見兩個大人，有時這位，有時那位，以安慰的語氣對他說「慢慢來，慢慢來」、「很好很好」，或者說「沒關係！」然後，在一絲帶著抱歉之意但開朗的微笑之中，癱瘓狀態化解，一切再度以出奇的流暢持續一段時間。

他談些什麼呢？這麼說好了，他能夠專門以一個鐘頭探討：〈為什麼貝多芬沒有為他的鋼琴奏鳴曲作品一一一，寫第三樂章〉——這是個值得討論的主題，無庸置疑。不過，你先想像這麼一則廣告貼到「公益活動協會」禮堂外，或登在凱撒薩興《鐵路日報》上，然後自問，這廣告究竟能在鎮上民眾之間引起多大程度的好奇。他們斷斷不會想知道作品一一一為什麼只有兩個樂章。我們幾個人聚集聆聽這場深入探討，則度過一個異常豐富充實的夜晚，縱使我們之前對這首奏鳴曲完全不熟悉。我們經由這場演講而認識這首作品，而且是精詳的認識，因為克雷契馬用那台蹩腳的直立式鋼琴（他們沒有給他平台鋼琴），讓我們聽這首作品，即使琴音混濁粗雜，但他善用劣器，彈奏之間不時中斷，鞭辟入裡分析此作的精神和心理內涵，描述此曲——以及另外兩曲——的寫作環境，並以銳利的機鋒闡釋大師自己所提理由，為什麼不寫一個與第一樂章對應的第三樂章。貝多芬的學生向他提出這個問題，他答說他沒有時間，因此寧可將第二樂章寫長一點。沒時間！而且他是以「鎮靜」的語氣作此答覆。問話的人顯然沒有察覺這麼個答覆中隱含的輕蔑，然而他有此一問，也難怪貝多芬語帶輕蔑。演講者描述一八二〇年貝多芬的情況，當時他的聽覺發生無法抑制的弱化，病情已經演變到近乎完全失聰的地步，再也不能繼續指揮他自己的作品演出。他對我們描述，那時謠傳這位著名的作曲家已油盡燈枯，他的創造元氣已經涸竭，因為寫不出較大部頭之作，於是像老年的海頓，只以謄錄蘇格蘭歌曲為能事。這謠言愈傳愈厲害，因為事實上也已經好幾年不見掛著貝多芬名字的重要作品面世。但是，那年秋末，大師從他渡過夏天的莫德林返回維也納，坐下來，可以說從頭到尾不曾從五線譜紙抬起頭來，一口氣把三首鋼琴奏鳴曲寫完，並且將此事告知他的資助人布倫斯維克伯爵，好讓伯爵放心他的精神狀態。接著，克雷契馬闡述那首c小調奏鳴曲，要將此曲理解為結構圓足、心理秩序井然之件，並非易事，這首作品給了貝多芬的朋友和當代批評家一顆堅硬難開的美學核桃：這些朋友和仰慕者根本無法跟隨他，攀上他在成熟階段以其古典主義交響曲、鋼琴奏鳴曲、四重奏引領他們到達的高峰。他們帶著沉重的心情裹足於他晚期作品之前，面對一個解體、異化，一個上登他們不再熟悉之地，而且是詭異之境的過程，他們可以說是裹足於一個絕頂之前，舉目無他，只見貝多芬向來就有的一些傾向更為加劇，淪於漫無節制的苦思內省和玄想，過度的瑣細，為音樂加上過度的科學性——有時候還用在十分單純的素材上，例如這首奏鳴曲的龐然大物變奏樂章，也就是第二樂章的詠嘆調主題。沒錯，一如這個樂章的主題經歷成百次命運無常的浮沉、幾百個節奏彼此對比的世界之後，流蕩難返，失蹤於令人眩暈的高處之上，這高處，我們可以名之為彼岸，或者稱之為抽象。貝多芬自己的藝術造詣也流蕩不返：脫離傳統宜人適居之地，在人類驚怖瞠目之中，登上徹底、完全的個人境界——一個痛苦孤立於絕對之中，又由於聽力盡去而與感官世界隔絕的自我，一個幽靈國度的孤獨君王，即使對最善意的同代人，他發出的也只是令人油生莫名寒顫的氣息，其中的可畏信息也只偶爾、只在某些例外情況下才讓人一知半解。

目前為止，還不錯，克雷契馬說。不過，是有條件的還不錯，而且還不錯的程度不夠。因為我們通常將如此純粹個人的理念連在一起的，是無限的主體性、極端的和聲表現意志，而非複音的客觀性（他要我們將其間的差別牢記在心：和聲的主體性、複音的客體性）——然而，這比較，這對立，並不適用於一般的晚期傑作，在這裡也不適用。其實，中期貝多芬比晚期遠遠更具主體性，如果不說遠遠更「個人」；在那個階段，他遠遠更有心驅遣音樂裡充滿的所有慣例、套式和裝飾奏來完成個人表現，將這一切融入主體性的動力。晚期貝多芬，例如最後五首鋼琴奏鳴曲，儘管形式語言獨特無匹，甚至怪異難解，與傳統的關係卻迥然不同：此時，他更為放開，比較樂得任傳統套式兀然自存。因此，晚期作品裡，傳統套式由於未經主體性點染、轉化，經常以光裸之姿露面，可以說彷彿爆裂一般，或者說丟棄了自我，結果比任何個人的冒險都更威嚴嚇人。克雷契馬說，在這些結構裡，主體性與傳統進入一種新的關係，而界定這新關係的是死亡。

這個字才要出口，克雷契馬劇烈口吃起來；他卡在第一個音上，舌頭猛點上顎[79]，彷彿機槍開火，連同下顎和下巴一起顫動，好不容易才歇在母音上，我們也才意會是什麼字。但是，猜中了那個字，搶先他一步把字給說出來，卻似乎有所不宜，我們有時候為了逗樂，也出於好心幫忙，把某些字早一步喊出來。這回必須讓他自己來，他也果然自己辦到了。他宣布，偉大與死亡會合，產生一種傾向於傳統的客觀性。這客觀性秉其主權，將最專橫的主體性也置諸腦後，因為那純粹的個人的境界，固然是對一個已經達其頂峰的傳統的超越，這時則宏大、幽靈般進入神祕、集體之境，以此邁越自己。

他沒有問我們聽懂了沒有，我們也沒有問自己。他說最要緊的是我們聽見了他的討論，我們也同意這一點。他接著說，我們的課題是依照他在前面提出的角度，考察他特別著重的那首奏鳴曲，也就是作品一一一。他這就坐到鋼琴面前，背譜為我們彈奏整首作品，第一樂章，連同異常驚人的第二樂章，一邊彈，一邊口不停輟，高聲呼叫穿插評論，而且為了要我們專心注意他的引導，在興高采烈的示範之中哼哼唱唱，整個合起來，形成一種場面，時而引人入神，時而滑稽好笑，我們這小群聽眾也不時熱烈呼應。他觸鍵本已非常有力，在樂譜指示強音之處又特別強勁，因此必須異常大聲呼喊，才能使我們對他的穿插評論一知半解，正如他用嘴巴強調彈奏要點時，也必須把哼唱的調門拉到最高。他以嘴巴重現雙手彈奏的意境。崩、崩——嗡、嗡——希隆、希隆，他口中發出這些聲音，手上彈出第一樂章開頭那幾個盛怒、暴躁的音符，並以假聲高音唱出動聽的旋律段落，這些段落時或如同人在艱困窮厄中瞥見的一絲柔光，照亮這首作品風狂雨暴的蒼穹。末了，他雙手放在膝上，休息片刻，說：「來了。」他開始變奏樂章：「非常單純且如歌的慢板」。

小詠嘆調的主題，以其田園牧歌般的純真，似乎並非為冒險和命運的起落變遷而生，結果卻是注定如此。這主題開門見山，以十六小節自我宣示，而化為一個動機。這動機在前半段結束之處出現，有如一聲簡短、充滿靈魂悸動的呼喚——只有三個音符，一個八分音符、一個十六分音符，以及一個附點四分音符，索其意蘊，這三個音符約莫只能讀成「天——藍色」，或「愛——之苦」，或「自——珍重」，或「有——一天」，或「青——草地」[80]——就是這樣。然而接著，這聲輕柔的呼喚，這沉鬱傷感而幽悄的音型在節奏、和聲、對位上發生何等遭際，大師給它什麼樣的祝福和什麼樣的詛咒，將它貶入又提升到何等的昏天暗地和超凡光明，將它投入冷和熱、沉靜和狂喜俱化為一的水晶球，這一切，我們可以稱之為壯闊、奇麗、異樣、夸飾輝煌，卻不必強為之名，因為此事本質上是無以名之的；克雷契馬奮其雙手，為我們演示所有這些奇絕的變化，並且以至為激烈的情感倚聲而唱：「叮搭搭」，其間還大聲穿插解說：「一串顫音！」他喊

79「死亡」，這裡用的是名詞，德文是**Tod**。克雷契馬卡在T上。

80 原文作「**Wiesengrund**」。阿多諾早期發表作品，署名狄奧多．**Wiesengrund**．阿多諾，後來申請美國籍，中間那個字簡化為**W**。**Wiesengrund**為「草地」之意。托瑪斯．曼一九四三年七月此書寫至第七章時結識阿多諾，開始深入請教阿多諾音樂之事，寫克雷契馬詮釋貝多芬作品一一一，幾乎完全取用阿多諾一九四三年八月在家中聚會裡以此作為主題的談話，因此在這裡加入**Wiesengrund**，暗示對阿多諾致敬。另依曼所記，阿多諾一九四三年九月四日在家中為曼彈奏此作全曲，曼站在鋼琴邊聆聽。下引克雷契馬解說的著名顫音段落在一〇六小節開始，緊接第四變奏之後。

道。「裝飾音和華彩！聽出來沒？傳統套式未經點染處理。這裡——不再是——語言——被滌除了虛飾——而是假象——被滌除了虛飾——主體居於——主宰——的假象被滌除——也就是藝術的假象被丟掉——因為終究而言——藝術往往拋棄——藝術的假象。叮——搭搭！請仔細聽，這裡——旋律如何被和弦——銜接的重量壓得不勝負荷！變成靜態的，變成單音——兩個d，三個d，一個接一個——和弦來了——叮——搭搭！現在請注意，這裡發生了什麼事——」

聽他的叫喊，同時要聽那本身已極其錯綜、叫喊聲又愈幫愈忙的音樂，真是非常比尋常的難。我們卯足力氣希望兩者兼顧，上半身往前傾，雙手夾在膝蓋之間，眼睛忽而捕捉他的雙手，忽而注意他的嘴巴。這個樂章的特色端在於，低音與高音、右手與左手天懸地隔，其中來了一個環節，一個最極端的情境，可憐的動機孤寂而蒼涼，彷彿在一道令人心驚目眩的深淵絕壑上迴盪——那是一種蒼白的崇高，緊接著，是焦慮之中轉為謙抑，彷彿在忐忑之中驚覺怎麼會發生如此境地。但是，結束之前還有諸多事情發生。朝向結束，以及結束之際，在那麼多憤怒、執著、陶醉、狂放之後，從親切與寬柔中帶出完全出人意表且揪人肺腑的走向。在備經滄桑的動機開始道別，它本身並且在過程中完全化成道別、化成別矣的叮嚀與揮手之中，d-g-g有個輕微的改變，一種旋律性的小小擴充。先由c開頭，在d之前來一個升C，因此現在不復可以讀成「天——藍色」或「青——草地」，而是「好——個天藍色」、「更——綠青草地」、「永——自珍重」；這神來一筆的升C是世上最動人的舉動，給人最深慰藉，最飽含與世和好的悲情[81]。像痛苦而深情地撫摸你的頭髮、你的臉頰，最後一次無語、深深地凝視你的眼睛。它祝福它的對象，也就是歷盡風霜的動機形構，將力道萬鈞的人性，傳到聽者心上，作為道別，作為永別。這永別如此輕柔，他為此淚眼盈眶。它說：「忘了——痛苦吧！」。「偉哉—神在我們內心。」「一切——無非夢。」「永遠—毋忘我。」然後打住。快速、堅定的三連音疾馳奔向一個從心所欲、其他任何作品都可能用來收煞的結句。

一曲既了，克雷契馬不再從鋼琴回到講台。他坐在他那張旋轉椅上，轉向我們，姿勢和我們一樣，上身前傾，雙手夾在膝間，言簡意賅結束以貝多芬為什麼沒有為作品一一一寫第三樂章這個大哉問為主題的演講。他說，我們只要聽過這首曲子，就能自己回答這個問題。第三樂章？一個新的開始——經過這個告別之後？再來一個——經此別離之後？不可能！實情是：這首奏鳴曲順理成章結束於第二樂章，這個瑰偉的樂章，而就此告終，永不復返。他說「這首奏鳴曲」的時候，說的不只是這一首，c小調的這首，而是奏鳴曲之為物，作為一個類型、一種傳統藝術形式的奏鳴曲：奏鳴曲在這裡到達結局，走到了底，完成了它的命運，抵達了它的目標，越此再無前路。它自我取消而壽終正寢，它告別了——發自d-g-g動機、由升C加以旋律式安慰的再見揮

---

81 托瑪斯．曼一九四三年十月五日致函阿多諾，信中第二段寫：「我另外想請您，以非常簡單的形式，為我寫出〔作品一一一〕變奏樂章小詠嘆調的主題，以及指出最後重複部分中那個『添加』而為收尾造成奇妙慰藉與人性效果的音符。」阿多諾隨即為他謄寫該樂章前十八小節總譜，並標出由三個音符構成的詠嘆主題，是第七小節最後兩個音符**D**（即文中說的「一個八分音符」）與**G**（「一個十六分音符」），及第八小節第一個音符附點**G**（「一個附點四分音符」）。在同一張樂譜上，阿多諾標出那個「添加」的音符升**C**。按，這個關鍵音符在一七一小節，有興趣的讀者可以看總譜，不難找到**C**、升**C**、**D**。

手，就是這個意義的告別，一種和這首作品同其偉大的告別，向奏鳴曲的告別。

語畢，克雷契馬離去，送他的掌聲稀疏但持久。我們也離開，何止若有所思，而是在新學到的觀念之下不勝負荷。穿上大衣和戴上帽子離開演講廳的時候，我們之中多數人像往常一樣，似懂非懂地哼唱著當夜演講銘刻於心上的片段，第二樂章那個構成主題的動機，其原型，以及告別的形態，而且，這批聽眾分頭散去的遠處街巷，小鎮夜裡寧靜而聲音容易迴盪，還聽得見「自——珍重」、「永——自珍重」、「偉哉——神在內心」的裊裊回聲，為時甚久。

那不是我們最後一次聽這位口吃者的貝多芬演講。他不久又再次談他，這回題目是〈貝多芬與賦格〉。這個題目我也清清楚楚記得，演講布告至今如在眼前，而且我當時心知肚明，這場演講和其他演講一樣，不會在「公益」禮堂引起危及生命的擁擠。但我們這小群人照樣在那晚得到無比樂趣和收穫。克雷契馬告訴我們，忌妒和反對貝多芬的人老是一口咬定這位大膽創新者沒本事寫賦格。「這件事他硬是沒辦法，」他們說，而且他們知道這話是什麼意思，因為這個備受敬重的藝術形式在那時候仍然地位尊崇，如果作曲家在賦格上不能突出眾表，斷不能在音樂的法庭裡獲得從寬發落，或令委託作曲的權貴顯要和王公闊老滿意。艾斯特哈吉親王[82]是這項高超藝術非常特殊的朋友，貝多芬為他寫C大調彌撒曲，經過幾次徒勞無功的嘗試，到底還是寫不出賦格來，純從社會層次來說這是失禮，在藝術上則是不可原諒的污點；清唱劇〈基督在橄欖山上〉[83]裡如有賦格便再適切不過，實際卻根本不見賦格蹤影。作品五十九的第三號四重奏裡的賦格，那薄弱的嘗試也不足以反駁這位偉人對位法拙劣的認定——音樂界權威人士的這個看法，經過〈英雄〉裡葬禮進行曲的那些賦格段落，和A大調交響曲的稍快板樂章，只增不減。然後是D大調大提琴奏鳴曲作品一〇二的結束樂章，居然標示「快板小賦格曲」！克雷契馬說，時人驚怪叫嚷，揮拳扼腕，張大其事。整個玩意兒被指斥為渾濁模糊至於不堪卒聽，尤其，他們口口聲聲說，至少有二十小節之久，入耳盡是駭人聽聞的迷惑混亂——主要是轉調潤飾過度使然——經此之後，此人對這種「嚴格風格」的作品束手無策，可以篤定視為蓋棺之論。

我要將我這個故事打個岔，以便表明，這位演講者談到的這些事由、情況、藝術因緣，是我們眼界裡從來不曾見識之事，此時經由他不時礙於結舌的演說，才如幽影般浮現於我們眼界邊緣；他所言之事，我們別無查驗之方，除了他自己在那台鋼琴上夾彈夾敘的闡釋，而且我們如同小孩子聆聽童話般聽他的示範和解說，懷著模糊隱約的幻想聽童話，並不了解故事，但純稚的心靈仍然變豐富，獲刺激。「賦格」、「對位法」、「英雄」、「過度潤飾的轉調造成的混亂」、「嚴格的風格」——基本上，這些對我們都仍然如同童話裡難懂的魔咒，但我們高高興興諦聽，睜大了眼睛聽，像兒童聽他們不了解的事，甚至根本就像兒童聽兒童不宜的故事——而且樂趣遠勝熟悉易得、有益健康、適合兒童的故事。可不可以說，這是最密集和最自豪，或許也是裨益最大的一種學習——那種帶著期望，一舉邁越大片無知境地的學習？身為人師，我應該不宜為這樣的學習美言，但我的確知道年輕人偏好這樣的學習，而且被跳過的無知境地日久會自行填滿。

---

82 **Nikolaus Esterhazy**（一七六五—一八三三），一八〇七年委託貝多芬寫C大調彌撒曲。

83 **Christus am Olberg**：貝多芬作品八十五，寫於一八〇二年秋天，一八〇三年四月首演。

好，我們聽說了，貝多芬有不會寫賦格的名聲，現在的問題是：這惡毒的毀謗有多少是實情？很明顯，他努力釋疑闢謠。他多次在後來的鋼琴音樂中鑲入賦格，而且是三聲部賦格：從降A大調起頭的那首奏鳴曲，以及〈漢莫克拉維〉。有個地方，他加註指示「稍微自由」[84]，意指他非常清楚自己在破壞規則。他為什麼置那些規則於不顧？是出於個人專橫，還是由於他無法處理那些規則，至今爭議紛紜——這些結構當不當得上嚴格意義的「賦格」之名，也至今仍惹爭論：奏鳴曲風調太濃，太過於考慮表現性，性格上太偏重和聲和弦，難符賦格之稱，因此頗不足以洗刷作者拙於對位法的非議。但是，之後就有那首偉大的賦格序曲作品一二四，以及《莊嚴彌撒曲》中〈榮耀頌〉與〈信經〉裡的宏偉賦格：證據終於來了，足徵這位偉大鬥士在他和那個天使的博鬥裡終究還是勝利者，儘管他可能因此瘸了大腿，跛著離場[85]。

克雷契馬給我們說了個可怕的故事，使我們心中對這場神聖博鬥試煉之艱苦，以及這位受苦創造者本身，都刻下駭然而永難磨滅的形象。那是一八一九年盛夏，貝多芬在莫德林的哈夫納之家為那首彌撒曲趕工，陷入絕望，因為每個樂章都比原先預計的漫長，因此全作沒有可能趕上指定完成的期限，也就是魯道夫大公次年三月就任奧姆茲大主教那個日子——就在那時候，兩個朋友，都是音樂家，有天下午來造訪，一進門，驚覺事態嚴重：大師的兩個女僕，夜裡將近一點鐘時經激烈口角，整棟房子的人都被吵醒之後，那天上午雙雙不告而別。大師當晚工作到深夜，忙著〈信經〉，〈信經〉及其賦格，根本沒想到晚餐。晚餐擺在爐子上，兩個等著他的女僕久候無果，難禁疲倦，睡著了。好了，大師在十二點到一點之間要進餐，發現女僕沉睡，餐食乾巴，焦黑如炭，於是爆發震天動地的暴喝怒罵，哪裡顧惜全棟屋子的人還要休息，況且他也聽不到自已多大聲。「你們就不能同我警醒片時嗎？[86]」他聲聲如雷大吼。但她們已經等了五、六小時，滿腹委屈的女僕在黎明時分逃走，丟下難伺候的主人沒人打理。他當天沒吃午飯，應該說是前一天午飯以來什麼也沒吃。他在房間裡工作，忙〈信經〉、〈信經〉賦格曲。在那扇上鎖的門外，兩個門徒聽見他工作的情況。這位聾子為〈信經〉歌唱、號叫、頓足——入耳既恐怖，又扣人心弦，兩個耳朵湊在門上細聽的人，血為之僵凍在血管裡。他們正要在深心畏怯之中離開，門卻猛然掣開，貝多芬站在門框之中——那是何等景象！好個無比嚇人的模樣！渾身衣衫凌亂，面容錯亂若狂，令人望之油生畏怖，那雙眼睛在聆聽什麼，卻又迷惘、恍惚兼而有之。他目不轉睛盯住他們，那神態，彷彿他剛熬過一場和所有對位法惡靈精怪的殊死戰。他先結結巴巴口出幾句含混不清沒頭沒腦的話，然後勃然咒罵，痛斥家裡亂七八糟無法無天，人都跑光了，只等他活活餓死。兩人想方設法安慰他，一個幫他盥洗裝束，一個跑腿請飲食店準備供他恢復元氣的一餐……可又過三年，彌撒曲才大功告成。

我們不認識這部作品，只聽了以此作品為主題的一席話。然而誰能否認只聽人談一件偉大的

---

84 即 **Hammerklavier**：貝多芬第廿九號鋼琴奏鳴曲，作品一〇六，最後（第四）樂章是賦格曲，第十二小節注明「三聲部賦格，稍微自由」（**Fuga a tre voci, con alcune licenze**）。

85 典出《舊約聖經》〈創世紀〉**32：25**，雅各與天使（或神）摔跤竟夜，未分勝負，最後對方在他大腿窩摸一把，他就扭著了，瘸了，走路一跛一跛。

86 語出《新約聖經》〈馬太福音〉**26：40**，耶穌對門徒說的話。

作品也能大獲啟發？當然，此事在相當程度上取決於談此作品者是怎麼個談法。出得克雷契馬的演講，回家途中，我們有親耳聽過這部彌撒曲之感，門框裡那個通宵殫精竭思又絕糧餓極的大師形象印在心上，特別又加深這個幻覺。

他下次開講的〈所有四重奏音樂中的巨怪〉，也就是貝多芬最後五首四重奏之一，彌撒曲完成四年後首演。我們也不認識，因為太難了，尼可勞斯的家庭音樂會從來沒有膽量一試；但我們聽克雷契馬談這部作品，聽得心跳撲撲加速——而且我們得知，這部作品今天享有崇高地位，那時候卻使同代人，連同貝多芬最忠實、最熱愛他、最服膺他的信徒，陷入痛苦，陷入傷心、惱怒兼困惑，對於此作今天的崇高地位，和當時人痛苦反應之間的矛盾，我們滿懷難以言喻的感觸。同代人的絕望基本上由全作最後的賦格樂章引起——雖然絕非完全如此——所以克雷契馬將此作品拉到他講題裡來談。這個樂章對同代人健康的聆樂耳朵是可怕之作，那耳朵反抗、拒聽這樣的作品，貝多芬自己不必聽，他在無聲之中大膽構思此作：各種樂器聲以鬼哭神號般的不和諧與天懸地隔的音型，經由完全不合常理的過門彼此橫衝直撞，在最高峰和最深淵之間迷亂遊走，活生生一團狂放縱恣的大混戰，演奏者由於對自己、對這整個音樂都全失把握，出手效果大概就不是那麼乾淨俐落，結果成就一場巴比倫式的混沌[87]。「令人震驚」，演講者這麼形容：一個感官缺陷如此提升精神大膽獨創，並且創制了美感的未來。但是他說，這賦格本來是全作最後樂章，貝多芬應出版商強烈要求而將之從全作分開來，另寫一個自由風格的最後樂章。我們今天如果妄稱只在原作看見極為清晰、令人愜意之至的形式，也未免諂媚。他自己呢，他宣布他也願意斗膽放言，不惜失之過當，說如此對待賦格的方式流露著憎恨和暴力，可見這個藝術形式對其人是徹徹底底困難和棘手的，反映了這位偉人和有些人認為更偉大的巴哈之間的關係，或者說，毫無關係。巴哈幾乎已從當時人的記憶中消失，尤其維也納人對新教音樂全無興趣。對貝多芬，韓德爾是萬王之王，他另外也十分喜愛凱魯比尼，他耳朵還聽得見的時候，〈美狄亞序曲〉百聽不厭[88]。他手中的巴哈作品委實甚少：一兩首經文歌、平均律鋼琴、一首觸技曲，以及其他一些零零星星，全部集成一卷。卷內有一張不知何人手寫的紙片，寫了這麼一句話：「檢驗一位音樂行家斤兩的最好方法，無過乎察知他對巴哈作品有多大程度的敬重。」但是，紙片兩側，主人用一枝極粗的記譜鵝毛筆各畫一個強調語氣、筆鋒挾著惱怒的問號。

這一切都挺有意思，但也充滿吊詭，因為我們也很可以說，如果那個時代熟悉巴哈多一點，貝多芬那般的才華應該會比較容易獲得同時代人了解。但實際事態是：賦格在精神上屬於音樂是禮拜儀式一環的時代，貝多芬離那時代已頗遙遠；他是世俗音樂時代的大師，在這時代，音樂這門藝術已將自己從禮神儀式解放，進入文化。但那可能從來只是暫時而絕非徹底的解放。十九世紀為音樂廳寫的彌撒曲、布魯克納的交響曲、布拉姆斯的聖樂，以及華格納至少《帕西法

87 此處以巴比倫式語言混亂為喻，亦即巴別塔。《創世紀》**11：9**，人類語言本一，在巴比倫造塔通天，上帝「變亂他們的口音，使他們語言彼此不通」，塔遂不成。「巴別」為「變亂」之意。《聖經》中「巴比倫」與「巴別」時或互用。

88 凱魯比尼（**luigi Chetubini**，一七六〇—一八四二）：出生於義大利，在法國度過泰半創作生涯，歌劇《美狄亞》（*Medee*）一七九七年三月在巴黎首演。

爾》[89]可為一例的聖樂，在在可以清楚看出它們與禮拜傳統從未完全消失的悠久關係紐帶；至於貝多芬，他希望一個柏林合唱協會演出這部《莊嚴彌撒曲》，而在給指揮的信中說，這部作品可以從頭到尾以教堂的方式演唱[90]；作品裡就有一段是完全沒有樂器伴奏的，亦即〈垂憐經〉，而且（他特別補充說）以他之見，這應該視為唯一真正的教堂音樂風格。難以確定，他這句話指的是帕勒斯提納[91]，還是路德視為音樂理想的荷蘭對位複音聲樂風格，約斯甘．德．普雷[92]，或威尼斯樂派的創始者阿德里安．維拉爾特[93]。無論是哪種情況，他的話都是說解放了的音樂很難不帶著從未消褪的鄉思，追懷其與禮神儀式密切相連的出身，而他自己與賦格那場暴烈而艱辛的周旋，則是一個活力充沛且情感鬱勃的人，與此藝術本質冷靜的構造形式之間的博鬥。這形式有其嚴格的一面，高度抽象，由數字、聲音與時間的關係主導，另一面卻下跪讚美上帝，這位宇宙及其繁多軌道的主宰。

這就是克雷契馬的〈貝多芬與賦格〉演說，那席話的確成為我們回家途中的談資——有些內容則令我們彼此無言，在沉默、若有所悟之中思索其新穎、邈遠、偉大，這些境界跟著演說者時而活潑靈敏，時又懸滯膠著而急壞人的談鋒透入我們心靈。我筆下寫：「我們」心靈，但我心中存想的當然只是阿德里安的心靈。我聽到什麼，吸收了什麼，完全無關宏旨。打緊的是讀者知道並且記住這些事情和情況感動了我朋友，印在他心上，也是基於此故，我才如此深入詳盡交待克雷契馬的系列演講。

他儘管十分固執己見，論事方式或許強詞勝理，但他的確學養功深且富於卓識，凡此都可見於他的言談，對阿德里這麼一個天資過人的少年氣質產生了觸動靈感，和激發思考的作用。根據他那晚回家途中以及次日在校園裡的表現，令他印象深刻的主要是克雷契馬在崇神時代與文化時代之間所畫的區分，以及他就那項區分所作的提法，亦即：藝術的世俗化，從禮神儀式分離，本質上只是表面現象，只是插曲。這個七年級中學生十分動心於一個想法，這想法，演講者根本沒有明白表述，但照樣在他心中點起燎原之火：藝術從崇神儀式的整體分離出來，解放並提升至孤絕、個人的層次，進入為文化而文化之境，擔起一種全無所待、一空倚傍的莊嚴，一種絕對的嚴肅，一種受難的悲情，貝多芬在門框裡的可怕模樣就是寫照，然而這不必是藝術一成不變的命運，不必是它永久的精神狀態。你聽聽這年輕人！他在藝術領域幾乎還沒有絲毫實際經驗，就在那裡憑空想像，以早熟的口吻，說藝術可能即將再度從今天的角色返回一種比較謙抑、比較快樂、為一種更高的結合服務的角色，而那更高的結合不必是它曾經侍候的教會。那結合是什麼，他還說不出來。但是，可以斷定，他從克雷契馬的演講中淬取了一個想法：文化理念是歷史上的

---

89 華格納的三幕歌劇**Parsifal**，一八八二年首演。

90 以教堂方式（**a capella**），即無伴奏合唱，清唱。

91 帕勒斯提納（**Giovanni Pierluigi da Palestrina**，一五二五—一五九四）：義大利聖樂作曲家，對教會音樂影響深遠，作品被視為文藝復興複音的極致。

92 約斯甘·德·普雷（**Josquin des Prés**，一四五〇／一四五五—一五二一）：荷蘭作曲家，公認是文藝復興全盛期複音聲樂的第一位大師。

93 阿德里安·維拉爾特（**Adrian Willaert**）：威尼斯樂派開山人物。威尼斯樂派成員是大約一五五〇至一六一〇年活躍於威尼斯的作曲家，承先啟後，收文藝復興音樂之尾而啟巴洛克音樂之風。

一個過渡現象，這理念將會在另外一個理念中消失，未來未必屬於它。

「不過，捨文化而外，」我打他岔，「就是野蠻了。」

「容我解釋，」他說。「只有在向我們提供這個觀念的思想架構裡，野蠻才是文化的反面。跳出這個思想架構，它的反面可能是某種完全不一樣的東西，也可能根本不是反面。」

我學魯卡在胸口畫個十字，念一聲「聖馬利亞」。他發出他短促的笑聲。

另外一次，他說：

「以一個文化時代來說，我覺得我們這個時代談文化有點兒談太多了，你說是不是？我倒想知道，從前那些擁有文化的時代到底知不知道這個字，有沒有使用這個字，是不是三句話不離這個字。天真、不自覺、不言而喻，我認為是一個狀態配得上『文化』之名的首要判準。我們缺少的正是這個，這個天真；而這缺失，如果可以稱之為缺失的話，將我們阻隔於許多多采多姿的野蠻之外——這個完全可以和文化、甚至和非常高的文化相得莫逆的境界。我們所處的階段是文明[94]——是一個非常值得稱讚的階段，這不必懷疑，但仍然不容置疑的一點是：我們必須更加野蠻，才能再度有能力於文化[95]。技術和舒適——我們憑這些談文化，但我們沒有文化。你可以不讓我在我們音樂的單音旋律性質上看出這是一種文明階段的音樂，一種和舊有的對位複音文化相反的音樂嗎？」

他用來揶揄和攪惱我的這些話頭裡，很多只不過是搬弄別人的說法。但他善於將他撈到的東西變為己出，以個人性格加以複製，因此他套用他人之言雖然沒有完全化除稚氣和學舌的痕跡，卻完全沒有給人可笑之感。他並且用很多話評論——或者應該說，我們你一言、我一語地興奮評論——克雷契馬以〈音樂與眼睛〉為題的演講——也是一場值得更多人到場的演講。如講題所示，我們這位演講者談他這門藝術如何訴諸視覺，或者應該說，如何也訴諸視覺，因為，他說，音樂已經訴諸視覺了，也就是說，音樂是要寫下來的：記譜、寫音符，從以點和劃標示旋律大致流向的古老紐姆記譜法時代以降[96]，運用日熟，漸趨周密精細。他提出的佐證非常有意思，而且逗我們歡喜，因為其說法佯裝我們對音樂有一種像學徒或洗筆童那樣的親密之知，說明音樂家行話裡有許多慣用語並非源自聽覺世界，而是來自視覺世界，來自寫下來的音符；例如他們說

---

94 「文明」與「文化」之別，史賓格勒（**Oswald Spengler**，一八八〇—一九三六）在其一九一八至一九二三年出版的《西方的沒落》（*Der Untergang des Abendlandes*）中所做區分最為知名。根據其說，文化是心，元氣，富創造力，有機，仍在流變與成長，文明是所有文化必然抵達的最後階段，是徹底理性化的智，沒有創造力，麻木，頹廢，只有擴張而無成長，已經完成；世界上有八大文化，德國及西方已走到文明的最後階段，正在沒落。

95 史賓格勒與尼采都認為，西方走上絕路，拯救文化亡於文明之方，是重尋野蠻主義，以野蠻及摧陷一切束縛的本能根除文明及其價值使人虛弱不振之弊，恢復創造的元氣。尼采在《善惡的彼岸》（*Jenseits von Gut und Böse*）談「歐洲的意志虛弱病」，開「野蠻」為救方，一八八七年一則箚記問：「二十世紀的野蠻人何處尋？」史賓格勒在一九三三年《決斷年代》（*Die Jahre der Entscheidung*）說，拯救白人國家衰亡之道，在「源於過去，在老舊文化的嚴格形式底下，仍然留存於血液中的野蠻主義」，那種野蠻主義將「在困難時代應機而起，來拯救，來征服」。

96 紐姆記譜法（**die Neumen**）：五線譜在十三世紀問世以前西方教會音樂的記譜法，把指示規律運動的符號標在拉丁文旁邊，表示上行，下行，或上行再下行，方法粗淺。

occhiali，也就是眼鏡低音，因為分離的鼓式低音，也就是那些脖子以橫槓連起來的二分音符，狀似一副眼鏡；又如某些廉價的旋律序列，重複相同的音程，形成一串彼此銜接的音列（他在黑板上為我們舉例），叫「補鞋匠的補靪」。他談到音符那種純屬視覺的效果，並且持之有故說，一個行家只要看樂譜一眼，對一件作品的精神和特質就足以得到一個斷然可靠的印象[97]。話說有天一位同行來訪，進他房間，房裡的譜架上正好攤著某半瓶醋呈給他的一件劣作，那位同行還在門裡，就大叫：「乖乖，老天爺，你哪來那個破爛玩意？」另一方面，他向我們描述，富於素養的眼睛看一眼莫札特一部作品的總譜，就能由此視覺意象獲得心醉神迷的喜悅：段落布局清通明晰，樂器組群配置漂亮，旋律線變化豐富巧妙。就是一個聾子，他叫道，完全無緣於聲音的聾子，目睹這麼美的音樂面貌，一定也其樂無比吧。「To hear with eyes belongs to love's fine wit，[98]」他隨口援引莎士比亞一闋十四行詩，並且斷言所有時代的作曲家，一定都在其樂譜中暗藏了一些東西主要給眼睛閱讀，而非給耳朵聽的。例如，荷蘭的那些複調風格大師逞其無止境的聲部交叉巧思來安排對位關係，一個聲部倒著讀的話，和另外一個聲部一模一樣，如此寫法，和感官上聽到的聲音沒有多大關係，他敢打賭非常少人會用耳朵聽出這玩笑，而這玩笑本來就只是為同行的眼睛而設的。在《迦納婚禮》中，歐蘭德斯．拉索斯[99]為那六口水缸用了六個聲部，看樂譜比用耳朵聽容易核算；再如姚阿幸．馮．柏爾克的《約翰受難曲》[100]，「其中一個差役」，就是打耶穌一記耳光的那個，只配一個音符，次句「和他一塊的另外兩個」的「兩個」，配了兩個音符。

他繼續舉出好幾個這類畢達哥拉斯式玩笑，為目視多於為耳聽設想，可以說是蒙騙耳朵，卻是音樂時時喜歡掉弄的，然後追根究底，提出一個看法：他將那些玩笑歸因於音樂這門藝術本有的一種非官能性，沒錯，一種反官能性，一種暗藏不露的禁欲傾向。究其實，音樂是一切藝術裡最精神性的，這一點可以明見於其形式和內容彼此交融，根本就是一而二，二而一，其餘所有藝術都無此情形。你可以說音樂「訴諸耳朵」，但這樣的說法也非絕對正確，條件是：聽覺此時如同其餘感官，擔任心智的傳導和接受器官。其實，有些音樂根本沒有盤算要進入人耳，甚至索性排除這個層面。巴哈根據斐特烈大帝一個主題樂想寫成的一首六聲部卡農就是如此。這件作品既不是為人聲，也不是為任何樂器而作，壓根兒沒有設想什麼官能性的實現，但絕對是音樂，是屬於純粹抽象層次的音樂。克雷契馬說道，或許，音樂最深的願望是根本不要被聽到，甚至不要被看見，不要被感覺，而是，如果可能的話，在超越感官，甚至超越情感的彼岸，以精神純粹的層次被領悟和直觀。只因她被繫縛於感官世界，才再度在官能界追求最強烈、對人有迷魅之力的實現，就如昆德麗心有不願，但仍然展開柔膩欲惑的雙臂環抱愚者的脖子[101]。音樂在官能界最有

97 托瑪斯・曼寫這部小說，頻頻取用阿多諾觀念，有些音樂應以目讀而非以耳聽之說，即是一例。**Rolf Tiedemann** 以阿多諾劄記與文章編成的《貝多芬：音樂哲學》（*Beethoven: Philosophie der Musik*）第二則，阿多諾自言從小慣讀總譜，並由此發展成「反演奏」的觀念。

98 「以眼聆聽是愛的微妙才智」，莎士比亞第廿三首十四行詩最後一行。

99 歐蘭德斯・拉索斯（一五三〇／一五三二－一五九四）：十六世紀末葉影響重大的音樂家，此處所提作品原名「**Hochzeit von Kana**」。六口水缸，事見《新約聖經》〈約翰福音〉**2：6-10**。

100 姚阿幸・馮・柏爾克（**Joachim von Burck**，一五四六－一六一〇）：德國作曲家，《約翰受難曲》原名「*Johannispassion*」。大司祭的差役打耶穌耳光，見〈約翰福音〉**18：22**及**19：2-3**。

力的實現是在管弦樂，也就是器樂，經由耳朵而奪所有感官之魂，以鴉片般的作用將聲音的快感與色彩和香味融合為一。沒錯，就此而言，那是披著女巫外衣的懺悔者。但是，有一種樂器，也就是音樂藉以實現的媒介，音樂經由這個媒介而讓人聽得到，不過，這聽是半感官式的，幾乎是抽象層次的聽，與音樂的精神本質十分相稱，這樂器就是：鋼琴。當晚演講的末段，他闡述這一點，精采引人入勝。他說，其實難怪，以白遼士這麼一個道道地地的器樂型音樂家，惡言批評一種樂器，既不能持續一個音，又不能使之漸強漸弱，詮釋管弦樂作品時令人無比失望。它經由抽象過程將一切平整化，而由於管弦樂的樂念往往自圓自足，移到鋼琴上，器樂成分每每所剩無幾。因此，鋼琴變成只是一種輔助回憶之具，供你回憶實際上已經聽過的作品。然而這抽象也意味著一種崇高、高貴——因為音樂的高貴寓於其精神性，任何人聆聽鋼琴，聆聽為鋼琴而寫、而且只為鋼琴而寫的偉大音樂，都能聽出並且看見其精神性的純粹，彷彿感官媒介不在那裡，或者說，只有最低程度的感官媒介。克雷契馬說，有個管弦樂英雄，熟巧的群眾煽動家，一個劇場音樂家，喏，直說好了，就是：理查．華格納——他晚年再聽一次〈漢莫克拉維奏鳴曲〉，為這些「純粹的存在光譜」（他的用語）入神忘我，興高采烈，用他的薩克森腔調叫道：「這樣的作品只有在鋼琴上才可能！彈給群眾聽？——別鬧了！」此語出自一個狡詐的器樂魔術師，對鋼琴及其音樂是何等禮讚！此人天性善於表現禁欲與對世界的渴望之間衝突的戲劇，這句話也是這衝突的極佳寫照——好了，關於這個不是樂器的樂器，今天就談這麼多吧。說它不是樂器，是指它不是其他樂器那種意義的樂器，因為它不具備一技之長。你可以將它視同其餘樂器，當一種獨奏樂器來用，當作炫技的工具，但那是例外，精確地說，是濫用。鋼琴，確當視之，是精神性層次的音樂自身的直接、最高代表，人所以必須學鋼琴，道理在此。但鋼琴課不應該是教某種專門技術，或者說，不應該以教一種專門技術為基本、首要內容，而應該是教……

「音樂！」一個聲音從小小的觀眾群裡喊出來，因為這個字演講者一路上不知道使用了多少次，此刻卻老是吐不出口，掛在第一個子音上掙扎[102]。

「一點兒也沒錯！」他重負得釋，喝口水，轉身離去。

但我得請讀者擔待擔待，因為我還要讓他再上台一次。我心懸克雷契馬向我們發表的第四場演講，而且，其實，必要的話，他的幾場演講我可以漏掉任何一場不談，唯獨這一場不能不提，因為——我不是談我自己——其中沒有任何一場給他的印象比這一場更深。

我記不起明確完整的講題，是〈音樂中的構成元素〉，或者〈音樂與構成元素〉，也可能是〈音樂的構成元素〉，甚至可能是別的題目。無論確實的題目如何，主旨都是說元素、原始、太初的觀念在音樂中扮演決定性的角色，並且說，在所有藝術裡，音樂，無論在幾個世紀的歷史進程中創造了多麼複雜、豐富、細膩的絕妙結構，都有著特別不曾拋棄、虔誠記取其出身的傾向，而且莊嚴鄭重喚起這出身，簡而言之，頌揚它自己的元素。他說，它頌揚自己的元素，就是頌揚

---

101 昆德麗（**Kundry**）：華格納歌劇《帕西法爾》（*Parsifal*）中，魔法城女使者昆德麗在巫師克林索爾（**Klingsor**）魔咒驅使之下，違背己願誘惑帕西法爾。見全劇第二幕。

102 音樂的德文是**Musik**。

自己意象宇宙的能力，因為那些元素可以說是世界賴以建成的最原初、最簡單的石材。這個類比，不久以前一位喜作哲思的音樂家——再一次，他說的是華格納——曾聰明運用，他的宇宙起源神話《尼布龍指環》將音樂的原初元素等同於構成世界的原初元素。在他手裡，萬物之始皆有其音樂：那既是萬物之始的音樂，也是音樂之始，亦即波濤洶湧的萊茵河深處發出的降E大調三和弦[103]，那七個原始和弦，彷彿塞克洛普斯[104]從太初元石取用石塊以建造世界，諸神的殿堡也是那些和弦所築成。他依照別出心裁的瑰偉風格，將音樂創生的神話與世界創生的神話並列合一，將音樂連結於萬物，並讓萬物自我體現於音樂，從而創造了一個精巧的同時性結構——至為壯觀而且含義深重；如果到頭來或許未免失之過於工巧的話，那是相較於純粹音樂的藝術家貝多芬與巴哈所展示的構成元素而言，例如：後者大提琴組曲的前奏曲，也用降E大調，也是以原始三和弦建構，只牽涉最鄰近的關係調，那大提琴以堪稱元初天真的聲音，說出最單純、最根本、最質樸的真理。這樣的創造，人心如果要領受其純酒般的天質，其空前、獨一無二的純淨（演講者一邊用鋼琴佐證他的說法，一邊告訴我們），必須如聖經說的，「以掃帚掃淨」[105]——必須造達完全的虛靜、徹底的待命狀態，神祕主義也指示這是人領受上帝的前提。他談起安東·布魯克納[106]，喜歡在管風琴或鋼琴上彈簡單的一系列三和弦來舒活身心。「世上，」這個人叫道，「有比這一連串單純的三和弦更沁人肺腑、更崇高美妙的東西嗎？這豈不就是澡雪靈魂？」這句話，克雷契馬說，正是一個值得大書特書的證據，證明音樂有回頭沉浸於其元素，在其本始境界裡自賞的傾向。

他繼續說下去。他談起音樂在前文化階段的狀態，吼過幾個音程就叫唱歌；他談起調性系統如何從尚未標準化的混亂中誕生，以及封閉單音如何從基督教整整頭一千年裡主導西方音樂；

單一樂念、單一聲音，我們習慣了和聲的耳朵完全無法想像，因為我們不由自主，聽到每個音都聯想一個和聲，但早先對這樣的和聲既無需要，亦無能力。此外，在較早的時代，音樂表演等於完全捨棄拍子分明和固定畫分的節奏；古老的記譜法顯示根本漠視這些束縛，而且可以看出，當時的音樂演出必定頗有自由吟詠、即興發揮的意味。但是，精確觀察音樂，特別是它最晚近達到的發展階段，你就會留意到它暗藏回歸這種狀態的欲望。演講者叫道，沒錯，這門獨特藝術的本質，就是任何時刻都能再度從頭開始，擺落它在文化歷史過程中獲致的所有知識、它在幾百年裡累積的成就，無中生新，再創自己。這個過程裡，它同樣穿過在歷史發展之初經過的原始階段，但短時間內就在既有發展獲致的高峰之外，獨自、在世界不知不覺之下，臻至高度獨特、至為奇異的美。接著，他給我們說個故事。這故事擺在他上述觀察的架構裡，嚴絲合縫，極盡奇想，逗人深思。

十八世紀中葉，他家鄉賓州活躍一群虔誠的德國教派，依照他們的儀式，稱為重浸派。他們之中居於領導地位、精神上最受尊敬的成員過著禁欲的生活，因此而有「獨身兄弟與姊妹」的榮

---

103 四部曲《尼貝龍指環》（*Der Ring des Nibelungen*），第一齣〈前夕．萊茵的黃金〉（**Das Rheingold**），前奏曲以綿長持續的低沉降E大調主和弦表現混沌初開與世界的生成變化。

104 塞克洛普斯，拉丁文作**Cyclops**，希臘神話裡天地初開之時的巨神，力大，精於匠藝，尤其石造結構。

105 《舊約聖經》〈以賽亞書〉**14：23**。

106 布魯克納（**Anton Bruckner**，一八二四—一八九六）：奧地利作曲家。

銜。多數成員也以身作則，將婚姻狀態調和於一種純淨、敬神，充滿克己與貞潔，勤奮工作與健康飲食的節制生活方式。他們的墾殖區有兩個：一個叫艾夫拉塔，在蘭卡斯特郡，另一個在富蘭克林郡，叫雪丘[107]；他們都懷著敬畏之心仰望他們的領導人、牧人兼精神之父，也就是教派的開山之祖，名叫拜瑟爾[108]，他的性格裡，結合熱誠奉神與靈魂導師和人群主宰的特質，狂熱的宗教情操和粗獷硬紮兼融。

約翰．康拉德．拜瑟爾出生於法爾茨地方的艾柏巴赫的貧寒家庭[109]，很早即父母雙亡。他做過烘焙學徒，出師後遊走四方，和虔信派及浸信會的信徒建立了關係，被他們喚醒內心以特殊方式求真、以自由獨立的方式信神的潛藏傾向。他因此接近一個在家鄉被目為異端的領域，瀕臨危險，於是在三十歲那年決定逃離舊世界的不寬容，移民美國，旅居各地，在德國鎮及康尼斯托加[110]以紡織工的手藝為生，過了一段日子。但他渾身隨後又漲滿一股新的宗教感動，於是追隨這股內心的召喚，隱居荒野靈修，過著完全孤獨、簡陋、惟以上帝為念的生活。但是，一個逃俗遁世的人正巧反而與世人糾結交織，這就是一例。不久，他周圍簇擁一批仰慕他的追隨者以及效法他隱居的人，於是，他不但未能棄俗遺世，反而成為一個社群的領袖，很快形成一個獨立教派，稱為「第七日重浸會」。他以無條件的權威統理這個教派，而且由於他心知自己從未尋求領導地位，而是在違背自己願望與心意之下擔此重任，因而治事更加絕對。

拜瑟爾從未受過什麼值得一提的教育，但這位覺醒者無師自學而精通讀寫。又由於心靈中激湧著神祕的感悟與理念，他主要是以作家和詩人的身分履行領導職務，滋養信眾的靈魂：源源不絕的說教散文和宗教歌曲從他筆下傾注而出，供會內兄弟姊妹在安靜時刻靈修，以及豐富他們對上帝的服事。他的風格屬於夸飾一路，含意古奧，充滿譬喻，隱晦援引聖經段落，而且時涉性愛象徵。一本談安息日的小冊子《不法的隱意》[111]，和九十九則《奧祕與極祕箴言》[112]，是開頭之作，緊接著一系列讚美詩，採用歐洲一些知名聖詠曲的旋律來唱，讚美詩以〈上帝之愛與頌讚歌〉、〈雅各的博鬥和騎士地位〉、〈錫安的乳香崗〉之類題目刊行[113]。這些小集子，數年後有所增補和改善，成為艾夫拉塔第七日重浸會的正式歌本，書名哀傷但甜美，叫《孤獨無侶的斑鳩——基督教會之歌》[114]。同樣熱心的教派成員，有單身的和已婚的，有男性，更多是女性，將這個標準歌本再三印刷，內容愈來愈豐富，有一段時間改變書名，叫《天國的奇妙音樂》。到最後，書裡收入不下七百七十首讚美詩，其中不少由許多詩節構成。

---

107 艾夫拉塔（**Ephrata**）：屬於美國賓州蘭卡斯特郡（**Lancaster County**）。雪丘（**Snowhill**）：在賓州法蘭克林郡（**Franklin County**）。

108 拜瑟爾（**Conrad Beissel**，一六九一—一七六八），生平與事蹟具見下文。

109 法爾茨（**Pfalz**），艾柏巴赫（**Eberbach**），在德國西南部。

110 德國鎮（**Germantown**），康尼斯托加（**Conestoga**），都在賓州。

111 《不法的隱意》（*Mystyrion Anomalias*）：書名取自《舊約聖經》〈帖撒羅尼迦後書〉2：7，拜瑟爾以此書譴責不遵守第七天為安息日的基督徒。

112 《奧祕與極密箴言》（*Mystischen und sehr geheymen Sprüchen*），一七三〇年出版。

113 這三作都以德文刊行：**Gottliche Liebes- und Lobesgethöne**，**Jacobs Kampf- und Ritterplatz**，**Zionistischer Weyrauchhügel**。

114 原文為**Das Gesäng der einsemen und verlassenen Turtel-Taube, nemlich der Christlichen Kirche**，一七四七年出版，這是拜瑟爾闡述其音樂作曲理論之作，據考也是美國第一篇討論音樂和聲之作。

這些歌曲是寫來唱的，卻沒有音符，而是新詞遷就舊旋律，會眾也將就使用了好些年。但拜瑟爾有了新的靈感和感動，那精神要他不僅扮演詩人和先知的角色，還得擔起作曲家的任務。

有個音樂能手新近來到艾夫拉塔，名叫路德維希，他開歌唱班，拜瑟爾也喜歡到他講堂聽他的音樂課。必定就是在那裡，他發現音樂提供擴大並且實現精神王國的可能性，而這是年輕的路德維希從來不曾夢見之事。這個非常人很快就有了決定。他不復年輕，已經五十好幾。他要完成一套屬於他自己的音樂理論，以供他的特殊目的使用。他將那位歌唱老師丟到一邊，親自牢牢處理此事——結果十分成功，在短時間內，音樂成為會眾的宗教生活中最重要的成分。

從歐洲過海而來的聖詠曲旋律，他認為大多數用起來頗嫌牽強，太複雜和太造作，不適合他的羊群。他希望來一點新的、更好的東西，一種與他們的素樸靈魂更相互呼應、運用起來也容易達成其單純完美的音樂。他很快就大膽決定一套合理且實用的旋律理論。他規定每個音階都要有「主」與「僕」。他決定，無論是什麼調，都以三和弦為旋律的中心。屬於這和弦的音，他稱之為主，音階上的所有其餘音是僕。歌詞裡，每個重音音節永遠是主，不是重音的音節則是僕。

至於和聲，他掌握一個以簡馭繁的法子。他為所有可能的調性開列一張和弦表，此表在手，任誰都十分容易為自己寫出四聲或五聲部的曲子，也藉此在會眾之間引起一股道地的作曲熱潮。得此方便法門，沒過多久，第七日重浸會無論男信徒或女信徒，沒有誰不學他的方式作起曲來。

這套理論之中，節奏是尚待這位精力充沛的人解決的一個部分。這方面他的成功也無以復加。他做的音樂細心配合字詞音聲的抑揚頓挫，道理很簡單，就是比較長的音配重音音節，比較短的音搭不是重音的音節。他未嘗須臾想過要在音值之間建立固定的關係，也因為他不此之圖，節拍才那麼靈活。他那個時代，幾乎所有音樂都以時值等長而一再重複的拍子寫成，這一點他可能不曉得，也可能是置之不顧。這不知不識，或知而不理，對他比什麼都更有益，因為靈活流動的節奏使他的作品，特別是和散文搭配的曲子，效果格外出色。

此人一旦開始耕耘音樂這塊園地，其堅毅固執，一如他追求他其他目標。他集合他的理論思想，作為《斑鳩》一書的前言。他孜孜不倦為整本《乳香崗》的詩合樂配曲，許多首配兩遍、三遍，他並且為他自己寫的所有讚美詩配曲，又加上他男女學生所寫的大批讚美詩。這還不夠，他寫出一系列範圍廣泛的合唱曲，歌詞直接取自《聖經》，彷彿有意依照他自己的方法將這整部聖書配上音樂；的確，他就是那種會打這種主意的人。他未能做成這件事，那只是因為他大部分時間必須奉獻於完成作品、演出、教唱——這方面，他成就確實格外可觀。

艾夫拉塔的音樂，克雷契馬告訴我們，太不尋常，太奇異獨特，無法為外界接受，職是之故，德國第七日重浸會不再欣欣向榮之後，其音樂形同湮沒，為世所忘。但隱隱約約的傳奇記憶仍然流傳數十年，世人遂得以依稀了解這音樂曾經何其特出與動人。合唱流露的音色音調仿如纖柔細緻的器樂音樂，在聽者心中喚起天國般的溫馨與虔敬之感。整曲用假聲唱，歌者幾乎不張嘴，甚至幾乎未動嘴唇，而音效如此神奇。那聲音彷彿被投上祈禱廳不太高的天花板，那些音符，不像一切人耳習聞，也不像所有教堂裡熟悉的音符，似乎由那裡從天而降，天使般在會眾頭頂飄揚。

在艾夫拉塔，這種歌唱風格到一八三〇年左右已完全無人使用。在富蘭克林郡的雪丘，教派的一個支系繼續活動，這風格仍然獲得培養，比起拜瑟爾在艾夫拉塔親自調教的合唱，這即使只是個微弱的迴聲，聽過的人卻個個終身難忘。克雷契馬回憶說，他自己的父親，年輕時代仍然有幸經常得此耳福，晚年對家小話說其事，沒有一回不是眼中噙淚。他曾在雪丘渡過一個夏天，有個禮拜五晚上，就是安息日開始之時，他騎馬過去，在禮拜所前面旁聽那些虔誠的信徒。去了一次之後，他一去再去，每逢禮拜五，日落時分，他就為一股難以遏制的渴望所驅，將馬上鞍，騎三哩路去解耳渴。那歌聲難以言喻，世上任何其他東西都不足比擬。他，老克雷契馬說，到底也見識過英國、法國和義大利歌劇院；那是給耳朵聽的音樂，拜瑟爾之聲卻是深入靈魂之音，無異於聆此音而知天國。

「這門偉大的藝術，」演講者這麼結論，「彷彿置身時間之外，彷彿無視自己在時間中的偉大進程，發展出這麼一段特殊的小歷史，從失傳的小徑通向這麼奇特的至福！」

我與阿德里安從這場演講結束後一塊回家的情景，思之彷如昨日。我們雖然沒有太多話要對彼此言說，但久久不願分開，我陪他走到他伯父家，他陪我走到藥鋪，然後我又再同他走回教區街。當然，我們經常也這麼你送我，我陪你的。我們兩人都覺得拜瑟爾這人挺逗的，這個鄉野角落裡的獨裁者，以那樣的精力游於藝，我們兩人一致認為，他的音樂改革令人強烈想到特倫斯[115]的一句話：「本乎理性做傻事。」但是，阿德里安對這個奇異現象的態度和我太明顯不同了，以至於他的態度比這現象本身更令我留心。他和我不一樣，他堅持嘲諷無罪，因為他聲稱他在嘲諷之中保留欣賞其人其事的自由——保留維持一段距離的權利，如果不說特權的話，這距離除了包含愚弄與嘲笑，也容納善意的接受、有條件的同意、似有還無的佩服。總的說來，這樣的反諷距離，這樣的客觀性，一種當然不是基於敬重其事，而是為了自身自由而堅持的客觀性，我向來認為是極其倨傲之徵。以阿德里安當時那麼輕的年紀，你得承認，這態度有其堪慮和逾度之處，並且令人為他靈魂的幸福憂心。當然，這樣的態度還是令一個心靈單純的同學印象深刻，而且我既然愛他，也就愛及他的倨傲——或許竟是為此態度之故而愛。沒錯，正是這樣，他的高傲就是我有生之年心中對他既畏又愛的主要動機。

「別管我，」我們雙手插在大衣口袋裡，在困鎖煤氣路燈的冬霧中來回於兩人住處之間，他說，「別管我和這傢伙怎樣吧，我偏就喜歡他。至少他有秩序感，即使是傻極的秩序，也永遠強過全無秩序。」

「你不會真的，」我答道，「為這種荒謬的秩序規範，為這種幼稚的理性主義辯護吧，還發明什麼主啊僕啊的。你想像一下，這些拜瑟爾讚美詩聽起來是何等樣子，每個重音音節都規定配三和弦裡的一個音！」

「反正就是不搞溫情，」他反駁道，「而是按照嚴格的規律走，我就喜歡這一點[116]。你呢，還是有個告慰之處，想像力，你高高擺在規則之上的想像力，在自由運用僕音方面仍然有豐富的揮灑餘地。」

他笑那個詞兒，笑彎了腰，在濕濕的人行道上一路大笑。

---

115 **Terenz**（公元前一九五／一八五—一五九）：羅馬共和時期劇作家。

116 此語逗露雷維庫恩日後走向「嚴格風格」與十二音列技法之機。

「好笑，真好，」他說。「不過，你得承認一點：規則，一切規則，都有冷卻作用，但音樂多的是本身的溫暖，我比方為牛棚式的溫暖，剛擠出來的牛乳那種溫熱，因此它禁得起一切規則的冷卻——它甚至經常渴望受到冷卻。」

「你這話可能有點實情，」我讓步道。「可是我們這位拜瑟爾到底不能為你的說法提供斷然的例子。你忘了，他整個不照規律，完全跟著感覺走的節奏至少平衡了他旋律上的僵固。再來，他發明一種歌唱風格——歌聲衝上天花板，然後以天使般的假聲飄揚下來，那一定動人極了，而且當然為音樂恢復了他原先以拘泥死板的冷卻法拿掉的、剛擠出來的牛乳那種溫熱。」

「禁欲，克雷契馬會說，」他反駁道，「禁欲式的冷卻。這一點，拜瑟爾牧師挺有道理。音樂在感官化落實之前，每每先以苦行來懺悔。舊時的荷蘭大師為了頌揚上帝，在音樂上使盡極為複雜棘手的藝術手法：那樣完全不涉感性，挖空心思運用算術，可真是難上加難。但是，他們又唱出贖罪懺悔，交由人聲的動聽氣息來表現贖罪，而所有想像得到的聲音裡，最富牛棚式溫暖的，當然就是人聲……」

「你這麼想？」

「我為什麼不這麼想？說到牛棚式的溫暖，任何非有機的樂器聲音都比不上。人聲儘管有可能是抽象的——隨你喜歡，可以稱之為抽象人。不過，這個抽象大概如同裸體之為抽象——那其實是女陰。」

我吃一驚，作聲不得。我的思維引著我遠遠回到我們的、他的過去。

「它就是這樣，」他說，「你的音樂。」（如此說法，不是存心氣我嗎，把音樂塞給我，彷彿音樂是我的事，不是他的。）「它整個就是這樣，向來如此。它的嚴格，或者說，它形式上的道德主義，只是以實際的聲音作為迷人的藉口。」

有那麼一剎那，我覺得我是我們之中比較老、比較成熟的一個。

「對於人生的禮物，」我答覆道，「如果不說上帝的禮物的話，好比說音樂，我們不該以嘲笑的態度來指出它自相矛盾，畢竟正是如此方足以見其豐富。我們應該愛那些自相矛盾。」

「你認為愛是最強的情感？」他問。

「你知道還有更強的？」

「有啊，興趣。」

「你說的這東西，大概是抽掉了動物的溫暖的那種愛？」

「這定義，就算眾議咸同吧！」他笑道。「晚安！」

這時我們已經又轉回雷維庫恩家，他開門進屋。

9

我不會回顧，更不會計算我在上一個章節數字和我此時剛寫下的這個數字之間，累積了多少頁。不幸——的確，一個完全始料未及的不幸——已經發生，為之自責或告罪，都無濟於事。那個自怨自艾的問題，亦即：我原本是不是能夠或應該免此不幸，將克雷契馬的演講分別各設專章？我必須作否定的回答。每個自成單元的部分都需要相當的內容重量，以其必備的質量增益作品整體的意義，而那些演講不宜個別分列，只有集成一體（就我記敘所及），才能構成這重量，這意義質量。

但我為什麼派給那些演講此等意義分量？我為什麼覺得有必要如此詳盡交代它們？我這就提出理由吧，而且不是頭一遭提出了。很簡單，就是阿德里安聽了這些演講，它們挑戰他的才智，在他的氣質裡沉澱，為他的想像力提供了材料，可以稱之為提供了滋養，或刺激，反正這兩種說法對想像力是同一回事。此所以讀者必須在這裡擔任見證；因為，寫一個人的生平，不能不描述其精神思想的建造經過，也不能不將讀此傳記的人帶回傳主的學生時代，帶回這個人生與藝術的初學者聆聽、學習、時而近思當下、時而遠搜未來的階段。特別是音樂方面，我的希望、我所致力之事，就是以此方式使讀者窺見他那時的狀態，藉此使讀者與我這位故友感同身受。我認為細寫他老師的演講對實現這目的是不容小看的，可以說是不容或缺的手段。

所以，我要開個玩笑，凡犯跳越、省略這個演講巨章之過者，應如勞倫斯．史特恩[117]對待一位假想女聽眾之法處理：她有一回說溜嘴，洩露自己沒有時時刻刻細心聆聽，於是這位作者發落她回到上一章，好叫她填補知識的漏洞，待她溫故而能知新之後，再熱烈歡迎她重返聽眾群。

我想起這一幕，因為阿德里安上了高年級，也就是我已前往吉森[118]大學之時，在克雷契馬督導之下自習英文。這個學科不在人文課程之內，但他讀史特恩的作品頗得其樂，也特別喜歡莎士比亞的作品。管風琴家認識莎士比亞甚深，是熱情的莎翁崇拜者。莎士比亞與貝多芬在他的精神蒼穹構成光彩凌掩一切的雙子星，他並且喜歡為他這個學生，點撥兩位巨人的創造原理與創作方法之間值得注意的近似與一致之處——這位口吃者在教育上對我朋友的影響，遠遠超過一位鋼琴老師的薰陶，這是一個例子。身為鋼琴老師，他必須將初學的基礎傳授給這孩子，但他另外做一件與此頗不相符的事，可以說是順便做的，就是：帶領他首次接觸偉大，向他開啟世界文學的天地，引他初嘗滋味而喚醒他的好奇心，從而吸引他進入俄國、英國、法國小說的世界，刺激他研讀雪萊與濟慈、賀德林與諾瓦里斯的抒情詩，又拿曼佐尼[119]與歌德、叔本華與艾克哈特[120]給他

117 史特恩（**Lawrence Stern**，一七一三—一七六八）：英國作家。此處所提之事，見史特恩一七五九年小說《項秋傳》（*Tristram Shandy*）第一卷第二十章首句：「妳，夫人，讀上一章怎麼可以那麼不留意？」作者打發她把那一章整個重讀一遍，以示「懲罰」。

118 吉森（**Giessen**），位於德國黑森邦（**Hessen**）。

讀。他經由書信，在我從學校放假回家時則經由口頭，讓我參與他這些成就。我並不否認，雖然我知道他學習迅速且心思靈敏，但我時或擔心這些早熟的探索對他年輕的身心帶來過度的負擔。這些探索無疑為他最後的考試準備增加一個可憂的重負，但他說起他正在預備那場大考，語帶輕蔑。他經常臉色蒼白——不只是在遺傳的偏頭痛折磨他的日子。顯而易見，他睡眠太少，因為他熬夜讀書。我特別向克雷契馬表白我的擔憂，並且向他求證，他是不是同我一樣看出，以阿德里安的稟性，其思想需要的是有人幫他羈勒克制而非往前推促。不料，這位音樂家儘管年紀比我老大許多，表現卻完全像個沒有耐心、求知若渴、對自己了不顧惜的後生的同路人，而且根本上帶有幾分理想主義，強硬無情且漠視身體，認為「健康」是一種道地俗氣的價值，如果不說是懦夫價值。

「親愛的朋友，」他說道（我省掉他那些無益於爭辯的障礙），「你圖的如果是健康——這麼說好了，它其實與精神和藝術沒有多大關係，甚至有點對立，況且，不管怎麼說，彼此從來各不相干。扮演家庭醫生伯伯，警告人不要過早閱讀，因為這樣的閱讀對他一輩子都恐怕過早，這事我做不來。我認為，最不智和最殘忍的事，莫過於成天纏著天生異稟的年輕人，嘮叨他們『不成熟』，三句話不離『這還不是適合你的東西』。應該由他自己判斷！應該由他自己看看行不行得通。可以想見，到他掙出這個德國老鎮的殼，時間還長著呢。」

我得到這樣的答覆，凱撒薩興也扯進來。我很懊惱，因為家庭醫生伯伯的觀點當然不是我的觀點。此外，我看出，並且十分了解，克雷契馬沒有以鋼琴老師和一種專門技術的指導者自足，他還認為，音樂，他授課的目標，如果片面追求而不與其他的形式、思想和知識領域發生關連，將會成為一種導致人性殘缺不全的專門發展。

果然，根據我從阿德里安那裡聽說的種種，他在克雷契馬坐落主座教堂附近那棟古舊住處裡的鋼琴課，泰半是談論哲學與詩。不過，我仍然和他同校期間，名副其實一天一天了解他的進展。他自學而精熟鍵盤與音樂調性，當然加速他初期的進步。他的音階練習細心札實，但據我所知，他沒有鋼琴教本，克雷契馬教他彈簡單的鋼琴改編聖詠曲，以及——姑不論在鋼琴上聽起來多麼奇特——帕勒斯提納的四聲部讚美詩，主要是純粹的和弦，加上一些和聲上的張力與華彩；一段時間後，加上巴哈的前奏曲與小賦格曲，以及他的二聲部創意曲、莫札特的〈簡易奏鳴曲〉、幾首史卡拉第的單樂章奏鳴曲。此外，克雷契馬全不憚煩，親自為他寫小品、進行曲和舞曲，有些是獨奏，有些是四手聯彈，那些四手聯彈曲裡，音樂的重量落在第二部，給學生彈的第一部則以簡單輕鬆為主，以便學生獲得參與演出並擔任主角的滿足感，實則這些曲子的整體技術要求高於這個學生的水平。

凡此種種，都有些王子教育的況味，我想起當時我就是用這個名詞取笑這位朋友，也記得他發出他特有的短促大笑，頭偏一邊去，彷彿寧願當作沒聽見。他無疑感激，他老師採取那種教課

---

119 曼佐尼（**Alessandro Manzoni**，一七八五—一八七三）：義大利詩人兼小說家。賀德林（**Johann Christian Friedrich Hölderlin**，一七七〇—一八四三）：德國浪漫主義詩人。諾瓦里斯（**Novalis,** 原名 **Georg Philipp Friedrich, Freiherr von Hardenberg**，一七七二—一八〇四）：德國浪漫主義初期哲學家。

120 艾克哈特（**Meister Ekkehart**，一二六〇—一三二七）：德國神學家、哲學家兼神祕主義者。

方式考慮到一個情況，亦即：他的整體思想發展不能視同他這麼晚才學音樂的幼稚水平。克雷契馬不反對，甚至鼓勵這個渾身洋溢著聰敏的小伙子在音樂上往前趕路，以及做一個迂腐的老師可能貶斥為胡鬧的事。他才認識音符，就在紙上試寫和弦，作為實驗。他狂熱不可收拾：鎮日構思設計音樂難題，有如破解象棋難關，這模樣令人憂慮，因為其中有個危險，就是他可能以為構想和克服技術上的窒礙就是作曲了。他花許多個鐘頭，在最小空間內連結那些包含半音階所有音符的和弦，不移動半音和弦，而且連結起來不產生粗硬刺耳的行進。他還喜歡建構非常強的不諧和音，再為它們找出所有可能的解決，但是，正由於這和弦滿含太多相互矛盾的音符，這些解決於是彼此毫無關係，那酸澀的聲音如同巫師的符咒，將相距最遠的音符和調性拉在一塊。

有一天，這個基本和聲理論的生手，帶著他自行發現的雙對位法去見克雷契馬，克雷契馬為之莞爾。也就是說：他給他老師兩個同步聲部去讀，各個聲部都既可以是高音部，也可以是低音部，因此可以互換。「哪天你弄出三聲部對位來，」克雷契馬說，「你自己留著吧，我對你的急就章可沒興趣。」

他果然自己留好多，但至多只在他放鬆的時刻讓我參與他那些玩索——特別是他專心致志，在統一、互換、垂直與水平的同一性之類問題上的探索。不久，他就擁有據我看來非常離奇的本事，精於創造一些旋律線，其音符可以上下相疊，同時彈奏則彼此套疊成複雜的和聲——他還反過來，想出一些由許多音符構成的和弦，水平攤列開來，就變成旋律。

大概是某堂希臘文和某堂三角學之間，在學校方庭裡，他斜倚著釉面磚牆一處突起，同我說起他偷空從事這些魔術般的消遣：比什麼都更令他玩不釋手的，是一個和弦內的音程轉換，水平轉成垂直，序列轉為同時性。同時性，他斷定，是基要原則，因為每個音符，以其或者較近、或者較遠的泛音，本身就是一個和弦，音階只不過是將聲音解析而水平散列。

「不過，真正的，由許多個音構成的和弦，完全是另一回事。和弦要你帶著它前進，一旦你把它往前帶，過渡到另一個和弦，它的每個組成部分都變成一個聲部。更正確的說法是：打從和弦組成那一刻起，它的個別音符就是要做水平發展的聲部了。『聲部』是一個非常貼切的字，因為它提醒我們，音樂早先是用唱的——先是一個聲部，然後多聲部，和弦是複音唱法的結果，也就是說：對位法的結果，也就是說：獨立的聲部相互交織，這些聲部在一定的程度上，以及根據變化不定的品味法則，彼此照應。我發現，一個以和弦方式做成的音符結合，我們應該只視為聲部運動的結果，而且應該尊重和弦音符裡的聲部——但是不要尊重和弦本身，要鄙視其為主觀而武斷的東西，只要它不能透過聲部行進證明自己，也就是說：不能做複音處理。和弦不是和聲的奢侈品，它就是複音，構成它的那些音符就是聲部。我堅定認為：那些音符愈像聲部，和弦的複音性格愈明確，它就愈不諧和。不諧和是檢驗它複音價值的標準。一個和弦愈強烈不諧和，包含愈多彼此遠離而且精細發揮不同作用的音符，它就愈是複音的，每個音符也愈明顯表現它是和弦的同時性裡的一個聲部。」

我盯著他好半晌，不斷點頭，帶著幽默促狹的意味。

「你可真行！」最後我說道。

「我？」他答道，一面以他特有的方式把頭轉一邊去。「我談的是音樂，不是我自己——這有點不同。」

他的確堅持這個區分，談音樂總是好像談某種外在力量，一種令人稱奇但與他並無切身關係的現象。從批判、保持距離的角度談它，而且帶著幾分紆尊降貴的口氣——但他的確談它，而且有更多話要說，因為那幾年裡，也就是我和他同校度過的最後一年，以及我在大學的頭一學期，他的音樂體驗、對世界音樂文獻的知識快速擴增，他所知與他所能之間的差距很快使他強調的那個區別變得十分顯眼。他以鋼琴學生的身分嘗試舒曼的〈兒時情景〉，及貝多芬作品四十九的兩首小奏鳴曲之類作品，並以音樂學生的身分聽從指示，為聖詠曲主題配上以這些主題為和弦中心的和聲之際，他十分迅速，幾乎流於倉促且不勝負荷，以容或缺乏條理但個別情況十分深入的目光，縱覽前古典、古典、浪漫、後期浪漫乃至近代的作品，而且不只是德國，還及於義大利、法國、斯拉夫作品——當然是由於克雷契馬本身就狂熱喜愛一切——的確，一切——以音符寫成的東西，愛到心急如焚，要引導阿德里安這個聞一反三的學生進入的，這個充滿各種創作類型的世界，由種種民族性格、傳統價值、人格魅力構成，復因美的理想經過歷史與個人變化而豐富不可窮竭：不消說，引導方式是鋼琴示範——整堂課，以及一堂堂應學生之請而毫不猶豫延長的課，克雷契馬為這小伙子示範，一個環節一個環節介紹，百樣細節到千樣細節提示，彈琴之際呼叫、評論、描述特性，一如我們在他「公益」演說所見——究實而論，世上再沒有比這更扣人心弦、更透闢、更有啟發力的示範彈奏。

我應該不必費辭，說凱撒薩興居民聽音樂的機會異常稀少。如果不算尼可勞斯家的室內樂餘興與主座教堂的管風琴音樂會，我們簡直別無機會，因為我們極為罕見哪個巡迴好手或外來樂團和指揮走岔了路，來到我們這個小鎮。如今克雷契馬補此缺口，以他生動的示範，雖然為時不久，而且只是提示，滿足我朋友一半下意識、一半有心而未承認的文化渴望——如此至博至精，我不妨形容那時候的音樂體驗，如海嘯般排山倒海淹過他年輕能容的心靈。之後，則是連年的否認與掩飾，阿德里安吸收的音樂少得多，雖然他有著遠更有利的機會。

那音樂體驗有個很自然的開始，亦即他老師以克萊蒙提[121]、莫札特及海頓的作品為他說明奏鳴曲的結構。然而沒有多久，他由這裡轉進到管弦樂形式的奏鳴曲，也就是交響曲，並且以鋼琴抽其象，引領那個全心貫注，雙眉緊鎖而雙唇張開的聆聽者認識這個絕對的聲音創造，以及不同時代和個人為這個以極多樣方式觸動感官與智思的表現形式帶來的變化，為他彈奏布拉姆斯和布魯克納、舒伯特、舒曼的作品，以及比較近代和最晚近的作品，諸如柴可夫斯基、鮑羅定和林姆斯基—高沙可夫[122]，以及德弗乍克、白遼士、法朗克和夏布利耶[123]的作品，手上彈著，同時不斷大聲講解，推促他發揮想像力，為鋼琴呈現的作品影子注入管弦樂的血肉生命：「大提琴抒情旋律！」他叫道。「一定要想像它怎麼持續貫串！巴松管獨奏！長笛為它加上裝飾！定音鼓急奏！

121 克萊蒙提（**Muzio Clementi**，一七五二—一八三二）：義大利鋼琴家、作曲家、指揮家、音樂出版家、鋼琴製造者。

122 鮑羅定（**Alexander Borodin**，一八三三—一八七七）：俄國浪漫派作曲家。林姆斯基—高沙可夫（**Rimskij-Korsakow**，一八四四—一九〇八）：俄國作曲家。

123 法朗克（**Céesar Franck**，一八二二—一八九〇）：比利時作曲家鋼琴家管風琴家。夏布利耶（**Immanuel Chabrier**，一八四一—一八九四）：法國浪漫派作曲家。

長號來了！這裡加入小提琴！核對一下樂譜！小號齊奏我就省掉吧，我只有兩隻手。」

他那兩隻手的確手盡其用，不時以歌唱助勢補充，儘管那歌聲呀呀嗚嗚，但以其內在的音樂性與熱情加上恰到好處的表情，完全可以忍受，甚至可說引人入勝。他時而飛躍離題，時而將題材並列合觀，一件事牽出一百、一千個細節，忘情不可收煞，因為他腦袋裡有無窮盡的東西，左右逢源，事題絡繹不絕，興之所至，拈來即是，更因為他酷嗜比較，提示關係，指證影響，揭露文化中錯綜交織的環節。他的一大樂趣，而且動輒好幾個鐘頭欲罷不能，是向他這個學生彰顯法國人如何影響俄國人，義大利人如何影響德國人，德國人又如何影響法國人。他讓他聽古諾[124]從舒曼學到什麼，法朗克從李斯特那裡摭拾什麼，德布西哪些節骨根據穆索斯基而來，丹地[125]與夏布利耶哪些地方運用華格納手法。點出單純由於同時代，資性天差地別如柴可夫斯基和布拉姆斯之間就拉上交互相連的關係，也是他上課趣味所在。他為他彈其中一位作品中的片段，那些片段簡直就是另一位的手筆。他非常敬重布拉姆斯，為學生演示布拉姆斯如何取則於古調、悠久的教會調式，這個禁欲成分又如何促成一種幽鬱的豐富與深沉的充實。他指引他的學生留意，在這種風格的浪漫主義裡，在聽得出徵引巴哈的作法之下，複音原則紮實迎戰多采多姿的轉調，將之擊退。不過，這裡面牽涉和聲器樂一個不盡正當的雄心，要將其實屬於古老聲樂複音，只不過硬套在本質上是單聲的器樂和聲上的價值與方法納為己有。複音、對位法被徵來，為在通奏低音系統中只是填料、只是和弦附隨現象的中聲部提高內在價值。然而要說真正的聲部獨立、真正的複音，它又不是，甚至在巴哈手裡也不是，他的作品裡可以看到聲樂時代傳下來的對位藝術，但他在血統上是和聲人，他別無出身——他在運用平均律鋼琴時就已是和聲人，平均律是一切近代和聲轉調藝術的前提，而且根本上他的和聲對位一如韓德爾的戶外和弦，與古老的聲樂複音性質並無關係。

正是對這類見解，阿德里安的耳朵出奇靈敏。和我談話的時候，他對這事指指點點。「巴哈的問題是，」他說，「如何寫出在和聲上有意義的複音？到了近代，問題有點不一樣，變成：『如何寫出能喚起複音表象的和聲？』說來奇怪，這裡面好像涉及良心不安——單聲部音樂面對複音而良心不安。」

他經由這麼多聆聽而獲得熱烈的鼓舞而讀譜，有些總譜借自他老師的收藏，有些來自鎮上的圖書館，這些都不在話下。我經常碰到他在研讀總譜，或者在寫配器法。原來，管弦樂團各個樂器的音域（樂器商養子一般不需要的知識）也已進入他上課的內容，克雷契馬開始責成他為古典時期的短曲、舒伯特與貝多芬鋼琴作品的個別樂章配管弦樂，並且為歌曲寫鋼琴伴奏：這些練習之作的弱點與失誤，一一得到指點並改正。這段時期，阿德里安首度認識輝煌的德國藝術歌曲文化。這門文化雖然前奏只算差強人意，卻在舒伯特手中美妙迸發，至舒曼、羅伯・富蘭茲[126]、

124 古諾（**Charles-François Gounod**，**1818-1893**）：法國作曲家。

125 穆索斯基（**Modest Petrovich Mussorgsky**，一八一八—一八九三）：俄國作曲家。丹地（**Vincent d'Indy**，一八五一—一九三一）：法國作曲家。

126 富蘭茲（**Robert Franz**，一八一五—一八九二）：德國作曲家，主要作品是藝術歌曲。

布拉姆斯、沃爾夫[127]、馬勒而臻於無與倫比的民族勝利。一場精采的邂逅！我躬逢其事，有幸參與。珠玉兼奇蹟如舒曼的〈月夜〉及其秀麗充滿感盪的二度音伴奏；這位大師為艾辛朵夫[128]其他詩作所寫曲子，例如那首充滿浪漫主義風調的詩，喚起靈魂所受危險與威脅，而以陰鬱的道德警告「你要提防！要頭腦清醒，精神振作！」收尾；絕妙如孟德爾頌的〈乘在歌聲的翅膀上〉，阿德里安對我讚不絕口的這位音樂家福至心靈之作，他讚許他為所有音樂家中音律節拍最豐富的一位——這些都是成果何其豐富的交談話題！至於布拉姆斯，在眾多歌曲裡，歌詞取自聖經的〈四首莊嚴的歌〉[129]，其出奇嚴肅而現代的風格處理，特別是那首「哦，死亡，你是多麼苦澀」的宗教之美，我朋友評價最高。舒伯特的天才永遠幽曖，染著死亡氣息，卻是他最偏愛，尤其是這天才如何淋漓盡致表達某種並未明確界定、但無所逃於天地之間的孤寂，諸如呂貝克[130]那首出色的孤癖之作〈我從山上來〉，以及《冬之旅》那句「我為什麼避開別的旅人走的大路[131]」，和那第二節令人聞之心如刀割的開頭：

「我當然不曾做過什麼
使我羞於見人的事。」

這些歌詞，連同隨後兩行：

「是什麼愚蠢的渴望

我聽到他喃喃自念，揣摩詞曲，而且目睹他眼中含淚，其情其景，我畢生難忘。

當然，他的配器處理由於缺乏實際的聽覺體驗而有缺憾，克雷契馬有見於此，操心補救。在米迦勒節[132]和耶誕節，他帶他（得他伯父首肯）到不遠的城市，聽歌劇和音樂會，碰到什麼就看什麼聽什麼：到梅瑟堡，到艾爾福特[133]，甚至到威瑪，讓他耳聞目睹他向來只靠鋼琴改編，至多只從樂譜吸收的東西。於是，他用心靈領會《魔笛》童稚又肅穆的祕傳；《費加洛》的險巇與魅力；韋伯光彩高亢的輕歌劇《魔彈射手》裡深沉的豎笛；漢斯・海林[134]與漂泊的荷蘭人[135]之類俱

---

127 沃爾夫（**Hugo Wolf**，一八六〇—一九〇三）：德國浪漫主義晚期作曲家，以藝術歌曲知名。

128 艾辛朵夫（**Joseph Freihee von Eichendorff**，一七八八—一八五七）：德國後期浪漫主義作曲家。下述詩作指艾辛朵夫一八一五年出版的〈黃昏〉（**Zwielicht**）。

129 布拉姆斯在一八九六年譜寫〈四首莊嚴的歌〉（**Vier ernsten Gesängen**），下文指的是其中第三首 **O Tod, wie bitter bist du**。

130 呂貝克（**Schmidt von Lubec**，一七六六—一八四九）：德國詩人。〈我從山上來〉（**Ich komme von Gebirge her**）發表於一八二一年。

131 此句為《冬之旅》（*Winterreise*）第二十首詩〈路標〉（**Der Wegweiser**）第一節開頭兩行，下述兩段引文是同詩第二節全部四行。

132 米迦勒（**Michael**）：聖經中的天使長，他的節日是九月廿九日。

133 艾爾福特（**Erfurt**）：圖林根邦首府，是最接近今日德國地理中心的大城市。

屬痛苦鬱黯孤絕的角色，乃至《費黛里奧》[136]的崇高人性與博愛，連同該劇最後一幕前響起的C大調序曲。此曲在他年輕能容的心靈留下印象之深刻，以及使他全神貫注，有過於他接觸過的其他一切作品。看戲那晚之後好幾天，他抱著第三號序曲的總譜，不管他身在何處或前往何方，都專心研究。

「親愛的朋友，」他說，「大概沒有人等著我公告周知吧，可這真是一件完美的音樂作品！古典主義——的確；這件作品並無精巧之處，可是偉大。我不是說它因此而偉大，因為世上是有精巧的偉大，但此作根本上要親切得多。說說看，你怎麼看偉大？我發現，和它四目相視有點兒令人不舒服，是一種勇氣考驗——人真的忍受得住那樣的凝視嗎？人不忍受它，而是巴著它。我還得同你說，我愈來愈想承認，你們的音樂的確有些怪異：是至高精力的表現——沒有任何抽象之處，但又沒有對象，是純粹中的精力，是清朗乙太裡的精力——宇宙怎麼會再次發生這樣的事！我們德國人從哲學那裡取用『在其自身』這個習慣說法，日用而不太想到它的形上意思。但這裡就是了，這樣的音樂就是在其自身的精力，就是精力本身，不是觀念，而是實實在在的東西。我說你可以想想，這簡直就是上帝的定義。Imitatio Dei[137]——我奇怪它怎麼沒有被列禁。或許禁了。至少它是可疑的，我的意思是，『可慮的』。你看看：最精力充沛、最變化多端、最緊張悸動的連串事件、運動，只在時間內發生，由時間的區分、時間的實現、時間的組織構成，終而或許由連聲響起的小號從外面推動[138]，才進入具體的情節。高貴而且命意偉大之至，但始終充滿精神境界，應該說是冷靜客觀，連『美』的段落也是如此——既不光芒閃耀，也不壯麗煇煌，也沒有色彩絢爛，只是難以言喻的大師手筆。裡面的一切如何帶入和轉折和安置，如何導向一個主題，如何按捺一個主題，將之解決，在解決之中預伏新境，引入充實而結果豐富的發展，以至於沒有任何空洞或貧弱的橋段，而且節奏用那樣的彈性靈活轉換，發動一段漸強，多方面匯集支流，壯闊奔騰，澎湃迸爆而致勝，勝利本身，『在其自身』的勝利——我不想稱之為美，『美』字總是令我險些反胃，它有一張蠢臉，人口出這個字的時候，心中淫逸而懶散。但這手筆是好的，極好，好得無以復加，或許是不敢更好——」

他如是說。他說這番話的風格，由思想上的自制與輕微的狂熱雜糅而成，令我油生無法形容的感動：感動，因為他自己也察覺其中的狂熱而覺不快，以及他知覺自己仍然童稚粗啞的聲音帶著顫抖，但不願承認，於是紅著臉把頭轉開。

在他生命的那個階段，那是一場音樂知識上的突飛猛進，他興奮熱烈參與，隨後幾年卻完全停頓，至少看起來如此。

---

134 漢斯．海林（**Hans Heiling**）：同名浪漫派三幕歌劇的主角，歌劇作者馬希納（**Heinrich August Marschner**，一七九五—一八六一），是德國從韋伯到華格納之間最重要的歌劇作曲家。

135 漂泊的荷蘭人（**Fliegende Holländer**）：華格納一八五三年首演歌劇《漂泊的荷蘭人》的主角。

136 《費黛里奧》（*Fidelio*）：貝多芬完成的唯一歌劇，他為此劇寫四首序曲。

137 拉丁文，意為「仿效上帝」。

138 此處所說「從外面」推動情節的小號，當為《費黛里奧》第二幕高潮階段，女扮男裝的費黛里奧自揭真貌，與繫獄的丈夫弗羅雷斯坦（**Florestan**）相認，共抗典獄長皮札羅（**Don Pizzaro**）之際，傳來信號小喇叭。全劇第一與第二幕大費工夫描寫和探索的場景，由此而境界陡升。一般認為這小號聲象徵邪惡落敗，真愛得伸。

10

中學最後一年，阿德里安在所有功課之外，開始選修希伯來文，這個連我也沒學的語言，由此透露了他未來職業生涯的方向。「居然」（我刻意重複這語詞，他不經意一句話向我洩露他帶有宗教性的內心生活時，我又再使用）——居然他有意深造神學。期末考試就在眼前，必須決定要念哪個領域學門，他表明已作了抉擇：他是應他伯父的詢問而如此明志，他伯父揚起雙眉，說「好極了」，然後主動報予他在布赫爾的雙親知道。他們得訊，更欣然有加，而在那之前，他已向我說明他的抉擇，並且言詞之中暗示，他選擇神學不是準備到教會實際從事牧靈，而是為學術生涯鋪路。

這樣的暗示大概是要我覺得聊堪告慰吧，而且的確是個安慰，因為我極不樂意設想他成為傳教士、牧師候選人，甚至教會理監事和總監督。他要是天主教徒多好，像我們！不難想像他在教會階級裡步步高升，成為樞機主教，據我想來，這是比較快樂、比較相稱的遠景。但他的決定的本身，也就是選擇以神學家為志業，令我震驚。他向我透露此事的時候，我相信我八成臉色一變。為什麼？我也說不上來，他如果不選這個，他到底應該選什麼。歸根究底，原來是我認為什麼職業對他都不夠好；也就是說，我覺得一切職業的市儈、經驗層面都配不上他，但我四下環顧，尋思一個我想像他可以實際作為本職來從事之務，亦遍尋無著。我為他懷抱的雄心是絕對的。然而我心驚徹骨，因為我意識到——非常清楚地意識到：他是出於高傲而作那個抉擇。

有時候我們兩人一致認為，正確一點說，我們贊同一個常見的看法：哲學是眾學之中的女王。我們認定，在眾學之中，哲學的地位猶如管風琴在樂器之間：它居高君臨，在思想上統綰眾學，將所有研究領域的結果加以詮次疏理，提煉精要，淬取成世界觀，融鑄成一種統攝與節制一切、闡明生命意義的綜合，以遍照之明，確定人在宇宙中的地位。當我深思吾友的未來、他的「志業」，每每令我憶起我們這樣的想法。他那些使我擔心他健康的多方面研習，他那股常挾評論與批判俱行的經驗追求，更使我以為實情確如我所想。我認為，他該像一個獨立自主的淵博之人、一個哲學家那樣有著最全面的人生，然後——我的想像力至此而竭，不再前進。如今我才得知，他已單方面靜悄悄往前更進一步。看他以非常平靜、平淡的的言語表達他的決定，便知他如何暗中、不露聲色地超越我這個朋友為他設想的雄心，使我為之汗顏。

可以說，世上有個學門，令哲學這位女王在其中成為婢僕、成為輔助之學，以學術用語來說，成為「副科」，那學門就是：神學。對智慧之愛如果上達而靜觀至高生命、存在之源，而研究上帝與神事，便可以說造達學問價值的顛峰、至高且至尊的知識領域、人類思維的極頂，為因此而有了靈魂的智思提供最崇高的目標。最崇高，因為世俗的知識學問，諸如我研究的語文學，連同歷史等其餘諸學，都成為不過是為認識神聖而設的工具——這也是人必須懷著至深的謙卑追求的目標，因為聖經有言，這目標「超乎一切理解」，人類心智在這裡必須付出的虔誠和信奉，有過於其他任何學問領域。

阿德里安讓我得知他的決定，這些念頭便穿過我心中。如果他是出於心靈上某種自律的本能，亦即盼望將他冷冷且無所不在、輕易掌握一切事物、被優越天資養驕了的智性範限於宗教之中，服屬於宗教，而作此決定，我會歡喜贊同。這決定非但會平撫我心中時時暗自波動、說不分明但為他而起的憂慮，還會令我深深感動，因為人要以直覺認識來世，必然不免於Sacrificium intellectus[139]，其人知性愈強，這犧牲應該獲得的評價也愈高。然而我根本不相信我這位朋友有什麼謙抑之心。我相信他的驕傲，我也為他的驕傲而自豪，也根本並無懷疑，驕傲就是他的決定的源頭。此之所以他讓我得知他的決定時，我的驚恐裡是喜憂交雜的。

他看出我的困惑，似乎將之歸源於我顧慮第三者，也就是他的音樂老師。

「你一定是認為克雷契馬會失望，」他說道。「我很清楚，他希望我整個人獻身給音樂女神[140]。好奇怪呀，世人總是想把人拉到他自己走的路上去。天下沒有皆大歡喜的事。不過，我會想辦法讓他明白，經由崇拜儀式及其歷史，音樂在神學裡扮演很重的角色，比它在數學和物理學，我是說聲學裡扮演的角色更實際，也更具藝術性。」

他表明要對克雷契馬說的這番話，我心知肚明其實就是說給我聽的，而等到我自己一人之時，我重新把整件事在腦子裡過一遍。的確，藝術，特別是音樂，在研究上帝與崇拜上帝方面，和世俗的科學一樣，扮演服務、輔助的角色。這想法和我們兩人先前關於藝術的命運的討論可以拉上關係，我們當時談到：藝術從宗教禮拜儀式解放開來，進入文化的世俗化，這演變一方面是有益的，另一方面卻負擔沉重。有一點我完全清楚：他出於個人，也出於他志業的角色，有心將音樂降回它在他認為比較幸福的時代裡的位置，將它再度納入禮拜儀式的共同體之中，這個用心左右了他的志業抉擇。他不但希望看到世俗的研究學門，還希望看到音樂也歸屬於他即將獻身的那個領域，想到這裡，我不由自己目睹他的意向具現於我眼前，一幅巴洛克繪畫在我面前浮現，畫中一座巨大的祭壇，所有藝術和學門以謙恭奉獻的姿勢向至尊的神學致敬。

我對阿德里安說了我所見幻景，他聞之大笑。他那時候精神甚佳，極有心情打趣說笑——何以如此，不難理解；學校的大門在我們背後關上，我們成長其中的小鎮之殼豁然張開，世界在我們面前展開，那不是我們羽毛始豐，突破新境的自由就此降臨？不是我們此生最快樂，或至少最充滿欣奮期待的一刻？阿德里安跟克雷契馬出門到我們附近幾個比較大的城市聽音樂，已先嘗過幾口外面的世界；現在凱撒薩興，這個巫婆和怪胎之城，樂器行之城，主座教堂裡有皇帝陵墓的小城，終於要釋放他，他再度漫步於其街巷時，將會只是個過客，面帶微笑，以示他知道天下還有其他地方。

是這樣嗎？凱撒薩興放開過他嗎？凡是他所至之處，不是都帶著它？他以為自作決定之事，其實不都是它決定嗎？自由是什麼！只有漠然是自由的，人只要具備性格，就永遠不是自由的。性格是烙上印記、被限定、帶著束縛的東西。我這個朋友決定念神學，在這決定裡說話的，難道

139「犧牲知性」，常指為了信仰而犧牲智思與理性。

140 原文作 **Polyhymnia**，希臘神話中的九繆思之一。

不是凱撒薩興？阿德里安和這個城鎮，兩者合起來，結果當然就是神學；回顧之下，我自問當時怎麼還會有其他預期。他後來獻身作曲。他寫的雖然是非常大膽獨創的音樂，但那是不是「自由」的音樂，是不是世界的音樂？不是。寫那音樂的是一個從未脫身的人，那音樂到最神祕、最創意、最奇特之處，都是交織糾結的，它發出的每一個回聲和每一絲氣息，都是有性格特徵的音樂，都是凱撒薩興的音樂。

我說了，他那時候心情很好，怎麼可能不好呢！他由於筆試表現至為成熟而免口試之後，向老師辭別，感謝他們的督促。他們則由於敬重他選擇深造的學門，而忍下他懷著鄙視之心全不費力學習所帶給他們的揪心頭痛。不過，「共同生活兄弟學校」那位可敬的校長，來自波莫恩地區[141]的史托恩丁博士，也就是他的希臘文、中古高地德語和希伯來文老師，和他私下談話的時候，沒有漏掉在那方面給他一個告誡。

「Vale[142]，」他說，「願上帝與你同在，雷維庫恩！這祝福是我由衷之言，無論你同意與否，我都覺得你可能用得著。你是天資豐富的人，你自己也知道這一點——你怎麼可能不知道？而且你曉得，上面那一位，萬物之源，將天資託付給你，因為你的確也有心將它奉獻於祂。你有心這麼做，是對的：天功是上帝的恩賜，不是我們的己力。祂的敵人，由於驕傲而自己墮落傾覆，想盡辦法要我們忘記這一點。他是邪惡的客人，咆哮橫行，擇人而噬的獅子。基於林林總總的理由，你一定要提防他的詭計。我這些話是向你致意，或者說，向上帝將會使你成為的那個人致意。吾友，你要謙卑，不要桀驁處世，虛驕浮夸；要永遠牢記，自滿等同叛節，是對那一切慈悲之主忘恩負義。」

這位正直的教師如是說。後來我也在他領導之下履行教職。那年復活節，我和阿德里安從布赫爾大院出門，有許多次田裡和樹林散步，在其中一次，他將那席話說給我聽，邊說邊笑。他畢業考試之後，在布赫爾消磨數週自由時光，他父母邀我到那兒陪他。我清楚記得我們那回散步之際如何談論史托恩丁的告誡，尤其是臨別贈言中的「天功」一詞。阿德里安指出，此語典出歌德，歌德喜用此語，亦經常談到「天生之功」，並且在使用這個矛盾複合詞時，力求將「功」字的道德意含抽掉，將天然天生之物提升為超越道德的貴族層次之功。職是之故，他反對謙虛論，天資不如的人動輒標舉謙虛，他並且宣布：「乞丐無賴才講謙虛[143]。」不過，史托恩丁校長借歌德之語，用的卻是席勒之意。在席勒，一切取決於自由，他因此為天賦與己功做個道德區別，將功與運判然畫分，而歌德認為這兩者密不可分。我們的校長取法席勒，稱大自然為上帝，稱天生稟賦為我們應該謙虛以對的上帝之功。

「德國人，」這位新科大學生說，嘴上叼根草莖，「有一套雙軌式的、要不得的觀念結合思維方式，永遠這個也要，那個也要，一切得兼。他們有辦法斗膽將彼此命題相反的思想和存在原則擠在一個偉大的人物裡。但這樣做是搞混事體，套用一個措詞，取的卻是另外一個意思，把一切拉七雜八攪在一塊，認為可以一竿子將自由與貴族氣質、理想主義與童稚天真串在一起。這顯

141 波莫恩（**Pommern**）：在德國西南部萊茵蘭—普法爾茨邦。
142 拉丁文，意為「再見」。
143 語出歌德一八一〇年之詩〈辯解〉（**Rechenschaft**）最後兩行：「乞丐無賴才講謙虛，勇者行動最樂。」

然是行不通的。」

「他們的確兩者兼具，」我回答道，「不然他們也表現不出這兩面來。這是一個豐富的民族。」

「一個把自己搞糊塗的民族，」他固執不退，「把別人也弄迷糊的民族。」

除此之外，我們在充滿鄉村風味、無憂無慮的那幾星期很少這樣探究哲理。大體來說，那陣子他更愛大笑，說瞎話，對形上談話比較沒興致。他的滑稽感，他對詼諧的特嗜，他的大笑傾向，乃至笑到眼中含淚，我先前已經提過，但讀者如果不將他的淘氣和他的整體性格連在一起來看，我就為他傳達了一個錯誤的形象。我不說幽默感；我覺得這詞兒太愜意、太節制，不適用於他。他大笑的興致，我認為更傾向於一種避難，略帶縱欲意味，我從來就不怎麼喜歡的、走偏鋒的逃避，逃避天賦異稟為生命帶來的嚴厲壓力。現在他回顧告一段落的中學歲月，正好放懷大笑，他回顧好笑的同學和老師，回想最近使他長進的文化體驗，那些中小城市的歌劇演出，裡面不乏滑稽詼諧的橋段，而無損那些演出作品本身的隆重莊嚴。《羅恩格林》[144]裡大腹便便、雙膝內彎的海因利希王，他那張圓圓、黑黑的嘴，在腳袋似的大鬍子裡像個井口，從中迸出隆隆低音，就是笑柄。阿德里安為他縱聲大笑——這只是一個例子，或許是過度具體的一例，說明他大笑如狂醉的原因。那些狂笑往往更加沒有來由，純屬傻笑，我得承認我經常很難跟進。我不是那麼作興大笑，每逢他縱聲而笑，我都不得不想到一個我唯有經由他轉述才知道的故事。這故事出自奧古斯丁的《上帝之城》，閃姆[145]，諾亞之子、魔法師瑣羅亞斯德之父，是唯一在出生時大笑的人，這種事只有魔鬼從旁作祟才可能發生。他每次縱聲大笑，我都不由自主想起這個故事，但這或許只是我的種種障礙的一個例子，例如，我從內心看他的目光太嚴肅，不免擔憂緊張，以至於不能跟隨他縱情放鬆。我天性裡的某種單調乏味和拘泥，大概也使我不夠靈巧。

他後來認識英國通小說家魯迪格・希爾德克納普，一個遠更搭調的大笑夥伴，為此之故，我一直有點兒妒嫉這個人。

144 華格納歌劇《羅恩格林》（*Lohengrin*）裡的**König Heinrich**。

145 閃姆（**Cham**）出生時大笑，有一種解釋說，此事顯示他是魔鬼的僕人。

11

在薩勒河畔的哈勒，神學與語文學暨教學傳統有多層次的交織，特別反映在堪稱本城守護聖徒的歷史人物奧古斯特．赫曼．法蘭克[146]身上，這位虔敬派教育家，在十七世紀末，亦即哈勒大學成立不久，創辦那赫赫有名的學校兼孤兒院「法蘭克基金會」，以其人格和行儀，將神的福益與人文、語言科學的興味結合為一。堪希坦聖經學會[147]，《路德聖經》的首要修訂權威，不也確定了宗教與版本校勘學的結合？此外，當時有一位傑出的拉丁學家在哈勒任教，是海因利希．歐西安德，我非常希望入他門牆，再來是我聽阿德里安說，漢斯．凱格爾教授的教會史課程包含異常大量的世俗歷史材料，我由於有意副修歷史，也希望善用。

基於這些思想上的充實理由，我在耶拿與吉森念完兩學期之後，決定吸收哈勒這位母親的滋乳，況且，據我想像，這所大學有個優點，就是：它和威騰堡大學一而二，二而一，因為它在拿破崙戰爭後重新開門時，與威大合併[148]。我到那兒同他會合時，他入學已經半年，我自然不否認，個人因素，也就是他在那裡，在我這項決定裡發揮很強的作用，其實是決定性的作用。他入學之後不久，明顯由於感到有點寂寞而無伴，敦促我轉往哈勒去會他，雖然我過了幾個月才呼應他的召喚，但我自己已經準備那麼做，甚至根本不用他招邀。我自己有意和他就近相處，看著他所為何事，看他怎麼進步，他的天資在學院的自由空氣裡如何開展，和他朝夕過從，監護他——這心願本身大概就足夠將我帶到他身邊了。加上我說過的，我自己想在專業上深造的理由。

顯而可見，關於我和這個朋友在哈勒一塊渡過的兩年青春歲月，放假期間在凱撒薩興以及他家鄉逗留的種種，我在這些篇幅裡只能如同反映他的中學歲月那樣，給一個同樣簡縮的影像。那是不是幸福的兩年？的確是，以人生一個階段的核心而言，那是幸福的歲月，在那階段裡，你自由自在奮進，帶著清新的感官環顧世界，樂享一些收穫——就另一個意義來說，那也是幸福的歲月，亦即我在一個童年同伴身邊渡過那兩年，把心思放在他身上，沒錯，他整個人、他的變化、他的人生問題，根本比我自己更令我覺得攸關利害。我自己的問題挺單純，我不必為此花太多腦筋，只要老老實實用功，就能創造條件來完成既定的解法。他的問題則遠為棘手，在某種意義上

---

146 法蘭克（**August Hermann Francke**，一六六三—一七二七）：德國神學家兼慈善家，一六九五年在哈勒創辦兼具宗教社會工作與教育功能的「法蘭克基金會」（**Franckesche Stiftungen**），收容數千孤兒與學童。德國在一九九九年向聯合國申請將之列入世界文化遺產。法蘭克推廣民間家庭每天以路德精神讀《聖經》，為德國人民的私人閱讀文化傳統奠定根基。他在哈勒大學講授神學，與同事合力使哈勒成為虔敬主義傳遍德國的中心。

147 堪希坦聖經學會（**Cansteinsch Bibelanstalt**）：世界上歷史最老的聖經學會，由法蘭克與布蘭登堡宮廷官員堪希坦（**Carl Hildbrand Freiherr von Canstein**，一六六七—一七一九）共同創立於一七一〇年，印刷推廣平價《聖經》，使《聖經》深入民間。

148 於是，阿德里安與宅特布隆姆都成為路德和浮士德（以及哈姆雷特）的威大校友。

比較接近待解之謎，我對自己的掛慮既然不是那麼深重，因此每每有不少時間和心力追索他的問題；如果說我使用「幸福」這個本身就可疑的形容詞時有點兒猶豫，那是一來因為我和他一起生活之際，我被拖入他研習領域的程度遠過於他被拖入，二來因為神學的空氣與我並不相適，有點陰森，我在裡面呼吸困難，而且內心困窘。我覺得，在思想空間數百年來瀰漫著宗教爭議的哈勒，充滿對人文的教育文化至為不利的思想爭執與衝突，我在這裡的感覺有點類似學術前輩，克洛特斯·魯比亞努斯[149]，他在一五三〇年前後是哈勒的大學教堂牧師，路德管他叫「伊壁鳩魯的信徒克洛特斯」，甚至叫他「為曼因茲樞機主教舔盤子的蟾蜍博士」。但路德也有「教皇，魔鬼的母豬」一語，是個天下誰都受不了的粗漢，雖然也是個偉人。宗教改革對克洛特斯這樣的心靈帶來的壓抑，我一直心有戚戚，因為他們在宗教改革裡看見主觀、武斷侵入客觀的教會規律和制度。他有最深具文化素養者對和平的愛，是極願意理性妥協的人，不反對讓平信徒領聖餐杯，也因此而被置於至為痛苦的困窘境地——他的上司阿爾布雷希特大主教極端強硬無情，要他在哈勒享用已行之有素的兩形色聖餐[150]，以示懲戒。

這就是寬容、文化之愛與和平之愛在狂熱主義之火之間的遭遇。哈勒是第一個有路德派牧師的城市：約斯特斯·約拿斯[151]，一五四一年來到這裡，是像梅蘭斯頓及胡頓[152]那樣從人文主義改皈宗教改革，而令伊拉斯謨難過者之一。令這位鹿特丹智者更不堪的，是路德及其徒眾使古典學問蒙受仇視。路德本人的古典學問是夠寒傖的，但論者照樣認為那是他精神思想造反之源。但是，發生於普世教會心腹中的事，亦即對客觀束縛的主觀、武斷反抗，一百多年後也在新教內部重演：一場革命，主張內心的虔誠與內在的天國喜悅，反抗一個僵化、連乞丐也不想要他半片麵包的正統——此即虔信派革命，在哈勒大學創辦時囊括整個神學師資。虔信派甚長時間以這個城市為堡壘，一如當初的路德派，是教會的一場更新再生、重振生命的改革，要使一個組織逐漸壞死、已經整個淪於冷漠無感的宗教復生。我這樣的人不免要問，這樣再三重演的，為一個已經要走進墳墓的東西救命，究竟是應該從文化的觀點來歡迎，還是應該將改革者視為倒退之輩、災禍的使者。無可置疑的一點是：假使路德沒有重建教會，人類可以免掉無止境的流血和恐怖之至的自相殘殺。

說了以上這段話，如果視我為一個完全沒有宗教心的人，我會頗有憾意。我不是那樣的人，我認同施萊爾馬赫[153]之見，這個也是出身哈勒的神學家，他定義宗教為「對無限的感覺與品味」，

---

149 魯比亞努斯（**Crotus Rubianus**，一四八〇—約一五三九）：德國天主教人文主義者，《隱晦者書簡》主要作者，反對經院哲學且有志改革教會，而在路德發動宗教改革時與路德友善。他一八三〇年前往哈勒，並在曼因茲（**Mainz**）選侯兼樞機主教阿爾布雷希特（**Albrecht von Brandenburg**）之下，擔任教會職務。他在宗教改革弊端叢生後復皈天主教，並為亞伯特的教政辯護，得罪路德，從此路德以他名字**Crotus**的發音掉弄雙關語，言必稱他為「蟾蜍博士」（**Dr. Kröte**）。

150 兩形色聖餐：領聖餐時，兼領聖體（麵包）與聖血（葡萄酒）。

151 約拿斯（**Justus Jonas**，一四九三—一五五五）：起初研習法律，孺慕伊拉斯謨而研究希臘文、希伯來文及《聖經》，但後來追隨路德，成為宗教改革健將，事功包括協助路德將《聖經》譯成德文，並在哈勒開始其傳道事業。

152 梅蘭斯頓（**Philipp Melanchthon**，一四九七—一五六〇）：見第三章註。胡頓（**Ulrich von Hutten**，一四八八—一五二三）：詩人兼改革者，《隱晦者書簡》作者之一，後來支持路德宗教改革。

並且稱之為在人身上現存的「事實構成」。因此，宗教科學所關並非哲學命題，而是人內在即有的心靈事實。此說令人想起本體論的上帝存在證明[154]，這向來是最得我心的證明，從主觀的最高存有理念導出上帝的客觀存在。但康德至為堅決地說明，一如其他的上帝存在證明，這項證明在理性的法庭面前亦站不住腳[155]。然而科學少不了理性，將對無限與永恆之謎的感覺做成一門科學，就是將兩個根本彼此枘鑿的領域硬湊為一，據我視之，這是不幸的，而且造成無時或已的困窘。宗教性，我認為與我的心靈絕無不合之處。宗教性當然有別於給定的、受教派束縛的宗教吧。人對無限的感覺這個「事實」，交給虔敬之情，交給藝術、自由沉思，不是更妥善嗎？甚至交給精確的研究，這類研究，如宇宙論、天文學、理論物理學，都能促進這種對無限的感覺，培養對創世之奧祕的宗教性追求——這麼做，勝於將此「事實」挑出來自成一門精神科學，在上面堆垛教條，信徒為了區區一個連綴動詞，不惜殺人流血。虔信派根據其狂熱本質，當然想將虔誠與科學截然畫分，認為科學界任何運動、任何改變都不可能對信仰發生任何影響。然而這是幻覺，因為歷世以來的神學，或情願，或不情願，都讓自己受當時的科學潮流左右，一貫要當時代的孩子，儘管那些時代使它處境日益局促，把它逼入時代倒錯的死角。還有哪個學門，一提名稱，我們就有退回過去，倒回十六、十二世紀之感？無論如何調適，無論向科學的批判做什麼讓步，都無濟於事。這麼做的結果，是一種半科學、半天啟信仰的混雜，是步上投降之路。正統首倡其誤，讓理性進入宗教領域，希望藉此證明教義是合乎理性的。神學迫於啟蒙運動的壓力，一籌莫展，成天忙於開脫被指出的、令人無法忍受的矛盾，過程中吸收了太多敵視天啟的思想，終至於形同拋棄信仰。那是「理性地崇拜上帝」的時代，由沃爾夫[156]代表在哈勒宣布「一切必須以理性檢驗，就如以哲學家之石檢驗」的神學家世代；那個世代將聖經中一切無助於「進德」的部分斷定為過時，並且宣布教會及其教義史不過是錯誤的喜劇。這條路衝過了頭，調和神學應時而生，冀圖在正統與一種由於講究合理而流於荒腔走板的自由主義之間，找一個保守的折衷。但「挽救」與「拋棄」的觀念，從此決定「宗教科學」的生命——這兩個觀念都帶幾分苟延的意味；神學藉之以苟全性命。在保守的形式方面，它執持天啟論與傳統解經，於聖經宗教中能「挽救」的成分，且救之；另一方面，大方接納世俗歷史科學的歷史批判方法，「拋棄」它最重要的內涵，包括：奇蹟信仰、基督學相當大的部分、耶穌的肉身復活，以及天曉得什麼，通通「委付」給科學批判去處理。這是那門子學問，與理性的關係如此岌岌可危、如此處於受脅制的地位，每作一項妥協就有淪亡之虞？據我之見，「自由主義神學」是「木頭做的鐵」，是contradictio in adjecto[157]。它那麼贊同文化，那麼願意配合資產階級社會的理想，結果是將宗教貶

---

153 施萊爾馬赫（**Friedrich Schleiermacher**，一七六八—一八三四）：德國神學家、哲學家兼聖經學者，致力調和啟蒙運動與新教傳統，現代詮釋學奠基者之一，並有「自由主義神學之父」之稱，對基督教思想影響深遠。

154 這是笛卡兒的上帝存在論。

155 康德反駁笛卡兒本體論上帝存在說。見康德《純粹理性批判》。

156 沃爾夫（**Christian Wolff**，一六七九—一七五四）：萊布尼茲（**Leibniz**）至康德之間地位最高的德國哲學家，以理性為一切的準繩。

157 **contradictio in adjecto**：邏輯與修辭學術語，意指「因添加一個成分（形容詞）而造成觀念或論點自相矛盾」，例子如「圓的正方形」。

降為人的人性的一個功能，像兌了水般，將宗教本質裡的狂喜與吊詭淡化成倫理上的進步。但宗教終究不能化為只是倫理，於是科學思想與真正的神學思想只有再度離異。論者現在說，自由主義神學的科學優越性無可爭議，但其神學立場薄弱，因為它的道德主義和人本主義對人類存在的魔性缺乏洞識。它有文化，卻嫌淺薄，保守的傳統反而對人性、對生命的悲劇，根本上擁有遠遠更多真正的了解，因此與文化的關係也比進步的、資產階級的意識形態來得更深、更可觀。

這裡分明可以看出神學思想被非理性哲學潮流滲透的情形，在後者，非理論、生機、意志或衝動，簡而言之，魔性，久已成為理論主題。同時，我們觀察到，對中世紀天主教哲學的研究出現復活之勢，一種偏重新多瑪斯主義和新經院哲學的轉向。經由此路，被自由主義變蒼白的神學當然再度為自己披上更深、更強、更耀眼的色彩；因此可以再度比較符合我們不自覺與它名稱聯想為一的古老美學觀念。文明的人類精神——你稱之為資產階級也好，或就這樣逕稱之為文明也行——卻不自禁油生陰森之感，因為神學以其本質，一旦與生命哲學的精神，即非理性主義結合，就有變成魔學之虞。

我說了這麼多，只為說明我在前面說的不舒服意何所指。在哈勒期間，我參與他的功課，以及我為了聽他聽見的東西而跟著他到課堂上旁聽，時或有這樣的不舒服之感。他全不了解我的不安，因為他雖然喜歡和我談他上課碰到的、討論會上辯論的神學問題，但是，一切話題，只要提起來會觸及問題的根，以及神學在眾學門之間問題重重的地位，他在我面前一概避而不談，而他避談的正是我容易焦慮的心，認為比一切都更該優先釐清的問題。課堂上，以及與他同學、基督教學生會「溫夫利德」成員之間的往來也是如此。他為了外在理由入會，我跟著偶爾參加他們的活動。關於這事，容後再提。這裡只說這些年輕人有的是臉色蒼白的神學院學生類型，有的如農夫般粗壯，有的則姿態特出，帶著來自良好學術圈的徵記——他們都是神學家，而且有模有樣，表現敬神的喜悅。但是，一個人如何成為神學家？在當前的思想環境下如何興起以此為職業的念頭，除非是單純依照家族傳統而順理成章？此事他們絕口不談，我如果為此逼問他們，無疑是頗不得體的刺探。這麼根本的提問，在酒精使人百無避忌，在大學生的狂飲會上為之，可能才適當，才有得到答案的指望。但是，不消說，「溫夫利德」會裡的弟兄有個長處，不但鄙視決鬥，也鄙視「乾杯」，也就是說，他們永遠清醒：凡是關鍵性的、可能攪亂事體的基本問題，都三緘其口。他們知道國家和教會需要宗教公務員，他們因此而準備走上這條事業道路。神學對他們是給定了的東西——的確，當然也是歷史上給定了的東西。

有一點我不得不將就，亦即阿德里安對神學也是如此認定，雖然我痛心，枉費兩人源於童年的交情，就像對他那些同學，我對他同樣不能問一個半個迫切的問題。由此可見，他多麼不讓人親近他，以及他對任何親密關係都如何設下不容逾越的界線。不過，我可不是說過，我覺得他志業的選擇具有意義、合乎他這個人的特色嗎？我不是以「凱撒薩興」這個名字解釋過他的選擇嗎？每當阿德里安攻讀這個領域變成令我不安的問題，我總是喚起這個名字。我告訴自己，我們兩人都是那個古老德國角落的嫡子，也都在那裡成長：我成為人文主義者，他成為神學家；我環視我們這個新的生活環境，發現舞台雖然擴大了，本質卻絲毫未變。

12

哈勒不是大都會，卻是個有二十萬居民的大城市，不過，裡面雖然充滿現代的熙熙攘攘，但至少以我們兩人居住的市中心區而言，它並不掩飾它古老印記的尊嚴。畢竟，自從薩勒河畔這個有珍貴鹽場的城堡被併入新成立的馬德堡主教區，以及奧圖二世設它為特許市以來，已歷千年。這裡可以體驗到，今天的實際面貌背後，時間的深度如何時時依稀迴盪著幽靈的聲音，透過歷久猶固的建築標記直接和眼睛打照面，或者不時以歷史的化裝舞會，以古老鹽場工人、哈勒鹽工的古味服裝，漂漂亮亮突破現在，冒出頭來。我的「窩」，像大學生的說法，在漢薩街上，是摩里茲教堂後面一條小巷子，活脫一條也可以在凱撒薩興默默穿行的小街道；阿德里安在市場邊一棟有山形牆的市民住宅找到一個帶壁龕的房間，向一個上了年紀的公務員遺孀轉租的，兩年來都住那裡。從他房間望出去，看見廣場、中世紀議會、馬利亞教堂的哥德風，兩座圓頂鐘塔之間有個像嘆息橋[158]的結構；視野裡還有獨自聳立的「紅塔」，一座也是哥德風的古奇建築，加上羅蘭[159]的立像，以及韓德爾的青銅雕像。房間止於素雅，有個隱約透露資產階級氣派之處，一面絲絨布，鋪在沙發前那張四角几子上，几上擺書，也是他早上喝牛奶咖啡之所。他借來一台直立鋼琴，上有樂譜，有的是他自己寫的，全室擺設就此完全。鋼琴的靠牆上，用圖釘釘了一幅算術版畫，他費勁在一家骨董雜貨舖翻揀而來：畫中有一個所謂魔術方陣[160]，加上計時沙漏、圓球、天平、多面體，以及其他在杜勒的《憂鬱》裡也出現的象徵。一如那幅畫裡，方陣分成十六格，各格一個阿拉伯數字，配置方式是「1」在右下格，「16」在左上格；魔術——或奇異之處——在於：這些數字，無論怎麼相加，上下相加、橫向相加，或對角相加，所得總和永遠同樣是三十四。我至終想不透那魔術規律結果背後的秩序原理，但阿德里安把畫安在鋼琴上方，位置太顯著，總是吸引眼睛。我造訪他住處，大概沒有一次不是目光急忙投過去，自下而上斜算，或由上直下算，驗證那要命的精確結果。

在我和他住處之間，我們來來往往一如福兆和他伯父家之間：夜裡，從劇院、音樂會或「溫

---

158 嘆息橋：在義大利威尼斯聖馬可廣場附近，位於公爵府側面，是巴洛克風格的密封式拱形石橋，只開小窗，此橋連接法院與監獄，死囚行經此橋，往往是行刑前一刻，不免感嘆人生將盡，故名。

159 羅蘭（**Roland**）：查理曼大帝（**Charlemagne**）帳下名將，十一世紀法國史詩《羅蘭之歌》（*La Chanson de Roland*）主角，歐洲城市多處有他手持不斷之劍挺立的雕像。

160 魔術方陣（**magisches Quadrat**）：指杜勒一五一四年銅版畫《憂鬱》（*Melencolia*）畫面右上角的魔術方陣，與阿德里安入魔及走向音列主義關係密切。畫中人處於癱瘓狀態，藝術與科學之具齊全，卻欲振乏力，創造停頓，雖有雙翼，而廢然難舉，彷彿面臨無法克服的障礙。此作既是杜勒的精神自畫像，也象徵阿德里安為了掙脫創造上的「不育」而乞靈於魔性（方陣數字）。畫中的沙漏，尤其預啟他與魔鬼約定的時限。

夫利德」聚會回家途中，以及早晨，一人到另一人那裡接對方上學，而且上路之前交換心得筆記。哲學是頭幾次神學考試的必考科目，自然而然成為我們兩人所習課程的交會點。我們兩人都上諾能馬赫的課，他是當時哈勒大學的明星教授之一，活潑而精闢，講前蘇格拉底學派、愛奧尼亞的自然哲學家、阿納克西曼德[161]，講最多的是畢達哥拉斯，其中大幅涉及亞里斯多德，因為我們所知的畢達哥拉斯宇宙理論，幾乎完全經由這個斯達吉拉人[162]而來。我們上課，寫筆記，不時仰視滿頭白髮的教授微含笑意的臉，聽他講一個嚴肅、虔誠的心智提出早期宇宙觀念，將其最根本的愛好，也就是：數學、抽象比例、數字，提升為宇宙誕生和宇宙得以維繫的原理，以入窺奧理、獨得其祕之姿面對自然萬有，亙古第一人以偉大的手勢命之曰「宇宙」、秩序與和諧、超感官聽聞的天體音程系統。數字、數字關係，構成存有和道德價值的化身——令人至為動容的是：美、精確、倫理莊嚴地匯合為一個權威理念，成為畢達哥拉斯結社的靈魂，以宗教方式使人重生，門徒則默默服從，嚴格遵守 Autós épha[163] 誡命。我必須為我的失禮告罪，因為我聽到這些句子的時候，不由自主瞥向阿德里安，想解讀他的神情。我的失禮，來自他碰到我的目光時那種不舒服、怏怏不樂，然後紅著臉扭開頭去。他不喜歡帶有暗示的目光，完全不接受，也拒絕回應，而我何以明知他有此癖性，仍然不是次次忍得住不投給他那樣的目光，也真不可解。在一些問題上，我無聲勝有聲的目光帶著對他個人的指涉，也因此喪失和他了無拘束、客觀談論那些問題的機會。

我發揮自制而如他的意思謹慎將事之後，情況好多了。上完諾能馬赫的課回家，我們說起那位不朽的思想家，影響力延綿千年，並由於他過去的引介，我們才得知這樣一種宇宙觀，如此種種，我們談得多好。亞里斯多德的物質和形式論令我們著迷：物質是潛能、可能性，它積極追求形式，以便自我實現；形式是不動之動者，也就是理性與靈魂，存在者的靈魂，在現象界追求將自己變成現實、使自我得到圓成；以及圓極[164]，這是永恆的一部分，穿透並且賦予物體生命，具現於有機體並且賦之以形狀，引導物體的機制，知道它的目標，監護它的命運。諾能馬赫講這些直覺，講法甚美，而且眉飛色舞，阿德里安看起來也異常感動。「瞧，」他說，「神學宣布靈魂來自上帝，哲學上這是對的，因為，作為賦予個別現象的原則，它是一切存有的純粹形式的一部分，源自那個永恆地思想自己的思想，那個思想，我們名之為『上帝』……我想我了解亞里斯多德說的圓極是什麼意思。它是每個各別存有的天使，其生命的守護神，這存有樂意信任它的明智引導。所謂禱告，本質上是以告誡或祈求的方式宣示這信任。不過，稱之為禱告是對的，因為根本上，我們祈請的是上帝。」

我只能在心裡想：願你的天使證明是明智而且忠實的。

---

161 阿納克西曼德（**Anaximander**，約公元前六一〇—五四六）：前蘇格拉底哲學家，學生包括畢達哥拉斯。他觀察並解釋宇宙，於其起源特有興趣，認為自然有定律，如同人類社會有法則，擾亂自然之平衡的一切事物都不可能持久。

162 斯達吉拉（**Stagira**）：在希臘北部，以亞里斯多德出生地知名。

163 畢達哥拉斯門徒引述他的話，必稱**Autòs épha**，即「大師自己說」，「吾師有言」，如同我們說的「子曰」。

164 圓極（**Entelechie**）：亞里斯多德哲學用語，本義為「內在目的性」，指潛質、本質或生命原理的圓滿實現。

我著實樂意在阿德里安身邊聽課。神學課則是我為了他的緣故而去，便不太規律，這對我是一種比較可疑的樂趣，我純粹是不要和他所思所想之事分隔，才前去旁聽。神學系學生初學課程重心落在解經與歷史上，亦即聖經學、教會與教義史、教派研究；中途念系統學，也就是宗教哲學、教義學、倫理學、護教學，最後是實務科目：禮拜儀式、佈道、教義問答、牧靈、教會制度及教會法。不過，學術自由給個人偏好相當多轉寰的餘地，而且許可打翻學習順序。阿德里安利用這項方便，打開始就投向系統學——當然，是出於思想上的興趣，因為思想在這個科目上極能發揮所長，但也因為教授孔普夫[165]開系統學這門課，教學內容最充實，最門庭若市，為全校之冠，上課學生所有年級都有，不是神學系的也比比皆是。我說過我們聽了凱格爾的教會史，但與此相較，那是乾燥乏味的課，單調的凱格爾與這位孔普夫完全不能同日而語。

此公名符其實是學生口中的「大人物」，我對他的氣質也不自禁有幾分佩服，但我並不喜歡他，而且從來不相信阿德里安沒有經常對他的澎湃熱情感到難為情，儘管他不曾擺明諷刺他。以「大」形容他的體型很貼切：他粗、壯，一雙厚手彷彿襯了軟墊，話聲宏重，下唇由於口若懸河而微微前凸並且時時唾沫橫飛。沒錯，孔普夫授課習慣宣讀教本，那是他自己的著作；但他出名還在於所謂「跑野馬」，他小禮服往後撩，雙拳插入垂直的長褲口袋，在寬綽的講台上來回龍行虎步。講課之中穿插這些跑野馬，由於自然勃發，率直不羈且興致活潑，加以語言風格古色古香，格外令學生聽得不亦快哉。他的語風，借他自己的說法，是「以清晰的德語」說事情，或者說，出之以「優美的老式德文，毫無裝作和矯飾」，也就是明白曉暢且直指要點，「用清楚易解的德文來表情達意」。他不說「allmählich」，而用「weylinger Weise」，不說「hoffentlich」，而用「verhoffentlicht」[166]，語及《聖經》，必稱「神聖經書」。他說「以香草緣飾行事」，意思是「多行不義」。他認為有個人在學術上陷困於謬誤之中，便說「他住在危險的滑坡上」；說到邪惡放蕩之輩，便說「這畜生好像倚仗皇帝老子度日」，他喜歡的話頭還有「要玩九柱戲，就得豎柱子」，或「是蕁蔴的料，早就扎人了」。驚嘆如「天老爺」、「天殺的」、「天降萬毒囉！」，在他口中亦非罕見，最後一句次次引得滿堂學生跺腳喝采。

從神學視之，孔普夫代表一種中間型保守主義，帶有批判的自由主義色彩，就像我上文已提過的那種立場。他在逍遙學派般的即興發揮中告訴我們，他年輕時對我國的古典詩和哲學有熱烈的愛好，並且自詡熟背席勒與歌德所有「比較重要」的作品。然後有個東西攫住他，那東西與上世紀中葉的信仰復興運動有關連，加上保羅關於罪和稱義的道理[167]，他於是逐漸疏遠美學的人文主義。一個人必須是天生神學家，才能體會那種精神命運與大馬士革奇遇[168]。孔普夫深信我們的思想也已崩潰，需要獲得神恩始能稱義，他的自由主義就是以此為基礎，因為他認為教條主義

---

165 孔普夫（**Ehrenfried Kumpf**）：身形、神學思維與言語風格都神似路德，但作者將他刻畫成路德的諷刺版。他可以說是魔鬼與阿德里安之間的一個連結。

166 **allmählich**是「逐漸」，**hoffentlich**是「但願」。**weylinger Weise**有「一步一步」或「一點一滴」之意，**verhoffentlicht**亦為「但願」或「可望」之意；這兩個字詞都取自路德書信。

167 保羅關於罪與稱義（**Rechtfertigung**）之說，見《舊約聖經》〈羅馬人書〉**3：20-25**及**10：9-10**的「因信稱義」論。

是法利賽主義的思想形式[169]。他對教條主義的批判，出發點與笛卡兒正好相反，對笛卡兒，自我意識、思維者斷無可疑的確定性，比所有經院哲學的權威都更具正當性。神學的解放與哲學的解放，差別在此。孔普夫在愉快、信任上帝之中得到解放，而「以清晰的德語」為我們這些聽眾重新創造他的解放。他不僅反法利賽、反教條，也反形上，以徹底倫理學與認識論取向，宣揚基於道德的人格理想，強烈厭惡虔敬主義將世界與信仰分開。更確切而言，他的虔敬是入世的，樂於接納健康的享受，是一個肯定文化的人——尤其是德國文化，因為他一有機會就現出他結實路德派民族主義者的原形，他對一個人最嚴厲的批評是其人「想法和教學像外國人」。然後，他怒從中來，或許再面紅耳赤補一句：「但願魔鬼在他身上撒尿痾屎，阿門！」此話出口，全場又大聲跺腳滿堂采。

他的自由主義，基礎不在人文主義對教條的懷疑，而在本乎宗教而懷疑我們思維的可靠性，這自由主義不只無礙他結實相信天啟，也無礙他與魔鬼保持非常親密的、即使當然也非常緊張的交情。我無法也無意深究，他在多大程度上相信這位上帝敵人的存在，但我告訴我自己，但凡有神學之處——特別是如果它與生氣勃勃如孔普夫這樣的人結合——魔鬼就有發揮之處，而成為與上帝互補的現實。有人動輒說，現代神學家只視魔鬼為「象徵」。據我之見，神學根本不可能現代化，而且這一點可說是它的一大優點；至於象徵論，我看不出為什麼地獄的象徵性應該甚於天堂。普通人就從來不這麼看。對他們，粗俗、猥鄙、詼諧的魔鬼形象，向來比上面那位莊嚴的神平易近人；以其作風視之，孔普夫正是一個普通人。他喜歡談「地獄及其無底坑[170]」——而且使用老式措詞，這老式措詞聽起來雖然半含古怪味道，但比他如果用現代德語說「地獄[171]」更令人信服——他談這事的時候，你絕不會認為他使用象徵說法，你知道他在使用「優美的老式德文，毫無裝作和矯飾」。他談上帝的敵手，談法亦無二致。我說過，孔普夫身為學者，身為科學人，向聖經信仰所受的理性批判讓步，而且至少間歇以思想坦誠的調調「委付」好些要義。不過，根本而言，他認為那個說謊家，那個邪惡的敵人在對理性發揮影響力方面是優越的，而且每次語及此事，極少不附加一句：「Si Diabolus non esset mendax et homicida！[172]」他不喜歡直呼那個災星的名字，他繞個彎，使用通俗的叫法，叫「魔頭」、「魔王」，但這半畏避、半玩笑的避諱和變名裡，含有對現實的鄙蔑兼承認。他另外又給他許多簡扼且奇怪的名稱，諸如「聖危而坦[173]」、

168 大馬士革奇遇：通稱「保羅歸信」或「保羅皈依基督」。希伯來人保羅伸張猶太教，極力迫害基督徒，三十六歲時由耶路撒冷前往大馬士革捉拿耶穌信徒，帶回耶路撒冷審問受刑，根據《新約聖經》〈使徒行傳〉**9：1-19**，漸近大馬士革之際，保羅被天上強光照耀，仆倒在地，放光者自言是耶穌，囑保羅前往大馬士革，「進城去，必有人告訴你當做的事」，保羅依囑前往大馬士革，旋即受洗。

169 法利賽主義（(**Pharisäertum**)：泛指飾偽，遵守宗教或道德法則而無真信，掛漏其精神。關於法利賽人，《新約聖經》〈馬太福音〉耶穌列舉「法利賽人七禍」說之最明。

170 地獄及其無底坑（**Hellen und ihrer Spelunck**）：語出《浮士德博士故事》第十二章標題，浮士德與魔鬼〈一場關於地獄及其無底坑的辯論〉。

171 現代德文的地獄是**Hölle**。如前注可見，浮士德故事使用的地獄是**Hell**。

172 「魔鬼不是騙子兼奪命兇手才怪！」

173 聖危而坦，原文為**St. Velten**。據考，德語將情人節保護者**Valentinus**（聖瓦倫汀諾）簡化為**St. Velten**，經過民間演化，聖危而坦常與魔鬼相連，詛咒人「願危而坦（魔鬼）與你同在」即為一例。

「克雷柏林[174]大人」、「Dicis-et-non-facis先生[175]」，以及「黑黑的克斯柏林[176]」，在諧謔之中有力表達他切身對那上帝敵人的敵意關係。

阿德里安和我拜訪過他以後，有時候就應邀到他家吃晚飯。席上有他、他妻子，以及他們兩個雙頰紅得刺眼的女兒，兩人濕濕的頭髮扎辮子，扎得極緊，從頭上斜翹而立。兩人之一領禱，舉座鄭重低頭。然後，這位一家之主一邊天南地北談上帝、世界、教會、政治、大學，甚至藝術與劇院，一邊完全錯不了是模仿路德，大嚼復猛飲，意在以身作則，並且表現他絲毫不反對這個世界上的好東西，以及文明人對這些東西的健康享受；一再催我們學他的樣，別瞧不起上帝的恩賜，啃羊腿，灌莫色爾葡萄酒[177]，而且在大啖甜點之後，令我們大吃一驚，從牆上取下一把吉他，將椅子從餐桌推開一點，翹起二郎腿，和著弦聲，以低沉的嗓門唱起〈漫遊是磨坊工的樂趣〉[178]、〈魯佐夫的憤怒、勇武的追獵〉[179]、〈蘿蕾萊〉[180]，以及〈我們同樂吧〉[181]。〈不愛酒、女人和唱歌的人，一輩子是傻子〉[182]——這首歌非唱不可，而且果然來了。他大聲呼叫，當著我們眼前摟緊老婆的豐腰。接著，他伸出肉墊肥厚的食指，點向餐間一個陰暗角落，漆黑之至，餐桌上方懸晃的那盞燈幾乎沒有一絲亮光穿透得過：「瞧！」他叫道。「他站在那角落裡，嘲諷客、敗興者，悲傷、乖戾的傢伙，受不了我們的心在上帝裡痛快吃喝唱歌！這個邪惡到骨子裡的壞蛋，他的狡猾奸詐，他火紅的箭，都壞不了我們的事！Apage！[183]」他連聲雷吼，抓起一個小圓麵包[184]，用力丟入那個陰影的角落。爭戰結束，他重新撥弦，唱起〈漫遊最樂的人〉[185]。

這一切都十分嚇人，我必須假定阿德里安也是如此感受，雖然他的傲氣不容許他背叛老師。不過，那晚大戰魔鬼之後，他在街上狠笑一陣，隨著不斷談話分心，才慢慢平復。

174 克雷柏林（**Klepperlin**）：死亡與魔鬼的別名。據德國神學家史特勞斯（**David Friedrich Strauß**），《胡頓傳》（*Ulrich von Hutten*），**G. Sturge** 英譯本（**1874**），頁二九四註，**Klepperlin** 在中世紀德文是魔鬼的另稱，其代表形象是骷髏。

175 「光說不練先生」。

176 原文 **Kesperlin**，也是魔鬼別名。

177 莫色爾（**Mosel**）：德國葡萄酒酒區，由萊茵河支流莫色爾河得名。

178 「漫遊是磨坊工的樂趣」（**Das Wandern ist des Müllers Lust**）：舒伯特一八二三年根據穆勒詩所譜聯篇歌曲《美麗的磨坊少女》（*Die Schöne Müllerin*）第一曲〈漫遊〉（**Das Wandern**）首句。

179 〈魯佐夫的憤怒、勇武的追獵〉（**Lützows wilde, verwetne Jagd**）：德國士兵詩人科納（**Carl Theodor Korner**，一七九一—一八一三）所寫愛國詩，韋伯譜曲而流行。

180 〈蘿蕾萊〉（**Lorely**）：德國詩人海涅（**Heinrich Heine**，一七九七—一八五六）的一八二四年名詩，由席爾歇爾（**Philipp Friedrich Silcher**，一七九八—一八六〇）譜曲。

181 〈讓我們同樂吧〉（**Gaudeamus ititur**）：歌詞可以上溯至十三世紀的拉丁詩，曲子從十八世紀開始流行於歐洲大學生之間，謂人生苦短，青春無幾，要把握今朝，對酒當歌。

182 〈不愛酒、女人和唱歌的人，一輩子是傻子〉（**Wer nicht liebt Wein, Weib und Gesang, der bleibt ein Narr sein Leben lang**）：德國詩人弗斯（**Johann Heinric Voss**，一七五一—一八二六）歸為路德所作，然據考路德傳世文字並無此作，或即弗斯本人手筆。

183 **Apage**：拉丁文，「滾開！」。

184 傳說路德夜以繼日翻譯《聖經》，魔鬼不樂而干擾，路德抓起墨水瓶丟魔鬼。路德相信世上有魔鬼與惡靈，夜眠聽樓上腳步聲，常問「是你嗎？」他認為痛飲唱歌作樂能使魔鬼不近身，蓋魔鬼生性陰鬱，見不得人快樂，惡罵與冷嘲熱諷亦為拒魔良法。

185 德文為 **Wer recht in Freuden wandern will**：德國詩人兼劇作家蓋貝爾（**Emanuel Geibel**，一八一五—一八八四）的作品。

13

我必須用幾句話回想另一位老師，由於他充滿逗人的曖昧，留在我記憶中的印象比誰都強一點。他是編制外講師施列普夫斯[186]，當時在哈勒行使兩個學期的venia legendi[187]之後，不曉得去了哪裡，反正他就此從畫面消失。施列普夫斯不到中等身材，可以說是五短，裹在一件黑色披風裡，長年權充大衣，領口用一條金屬鍊扣在喉嚨上。他頭戴一頂絲綢滾邊的寬邊軟呢帽，模樣類似耶穌會的帽子，我們學生在街上向他打招呼，他總是摘下帽子，在身前深深一划，口稱「您最忠誠的僕人！」。據我所見，他真的拖著一隻腳走路，只是別人認為我所見非是，加上我無法每次看他走路時都斷定這一點，因此我也無意堅持，改為這是我下意識聯想他名字的結果——在相當程度上，這聯想起源於他那兩小時課的性質。我無法精確記得他的課在課程表上是什麼名稱。根據的確有點模糊的講課內容，可能叫〈宗教心理學〉——可能確實就是如此。題目高深，又不是考試必修，只有少數有思想興趣，心思多多少少帶些革命性的學生選修，十人，或十二人。但我還是納悶為什麼沒有更多人，因為施列普夫斯講課挺嗆的，足以撩起廣泛的好奇心。不過，這事也顯示，夠味的東西和思想連在一塊，也落得和者難眾。

上文提過，神學在本質上就傾向於魔學，而且在某些情況下屢驗不爽。施列普夫斯即是例子，雖然是個十分高深且偏於思想性的例子，他那魔性的世界觀和上帝觀，經由心理學闡明後，現代的科學心智比較能接受，甚至頗合胃口。他講課的方式也正好極能給學生留下深刻印象。他完全隨堂發揮，吐屬清晰，從容不迫，懸河不斷，出口成章彷彿可以直接付梓，遣詞用句則淡淡帶著一抹反諷。他不是從講台上的椅子發聲，而是稍微偏離講台，半坐半斜在椅子扶手上，指尖在膝腿上交叉，大拇指張開，中分的小鬍子上下抖動，小鬍子與兩端漸尖的上髭之間可以看見他利如細金屬片的牙齒。孔普夫處理魔鬼的巧思，相較於施列普夫斯賦予這位大破壞者、這個人格化的上帝背叛者的心理實質，簡直有如兒戲。他以辯證的方式，引瀆神叛道之物入於神聖之國，援地獄入於最高天，宣布邪惡對神聖是必要的，兩者共生相伴，而且神聖是一種無時不在的撒旦式試探，一種幾乎令人難以抗拒的挑激，激人做褻瀆之事。

他從宗教統制一切的時代的精神生活，亦即從基督教的中世紀，特別是其末尾數百年摘取證

---

186 施列普夫斯（**Eberhard Schleppfuß**）：**Schleppfuß** 為拖著（**Schlepp**）腳（**Fuß**）走路之意。此人形貌特徵，包括短小身材、呢帽、小鬍子、牙齒利如細金屬片、上課內容，以及見人輒虛謙自稱「僕人」（先謙恭，後主宰，如魔鬼之於浮士德），在在影射邪氣；特別是疑似跛行（偶蹄為魔鬼象徵），但作者不願確定，措詞充滿促狹曖昧，有欲蓋彌彰之妙。他關於性、惡的論調深重影響阿德里安。

187 特許任教資格或講授許可（**venia legendi**）：歐洲的一種學術資格，大致上為獲得博士或同等學位者，撰寫一部專業論文，在學術委員會通過答辯，獲授特許任教資格，可擔任編外講師（**Private-Dozent**）。

據，視之為經典例子。那時代，告解神父與犯罪者、宗教裁判官與女巫完全一致認為：上帝受背叛、人魔結盟，遂行險惡結合，這些都實有其事。神聖的事物使人禁不住要做褻瀆之事，是其中要義，是整個關鍵所在，這一點可見於叛教者稱聖處女為「胖婦」，或者受魔鬼驅使，在彌撒儀式中脫口而出種種極為下流、污穢之至的言語，那些言語，施列普夫斯交叉指尖，一字一字說出來——基於品味之故，我不打算這麼做，但我也不是指責他為了尊重學術而不顧品味。不過，目睹學生們老老實實將那些言語寫入筆記本，感覺甚為怪異。據他之見，凡此一切，連同惡、魔本身，都是上帝之神聖存在的必然散發物、所不可或缺的配件；同理，罪惡並非由其本身構成，而是來自玷污美德的欲望，若無美德，罪惡即無本根；換句話說：罪惡源於自由之樂，亦即蹈犯罪過的可能性，而這早寓於創世的內在本質之中。

在這裡，上帝的萬能與盡善顯出某些邏輯上的缺陷，因為祂，造物者，所做不到的一件事，正是令出自祂自身、如今在祂身外的受造物不具備犯罪的能力。這麼做的話，意指扣留祂所造之物能夠據以背離他的自由意志——如此一來，受造物又變成不完美，其實根本不成其為上帝的創造和顯現。上帝在邏輯上的兩難在於，祂沒有辦法既給祂創造的人類和天使獨立抉擇的能力——也就是自由意志——又給他們永不犯罪的天賦。於是，虔誠與美德在於善用上帝必須賦予祂的創造物的自由，也就是說：不使用它；聽施列普夫斯的說法，不使用這自由，某程度上意味著受造物在上帝以外的存在程度減弱、生命強度也有所降低。

自由。這兩個字從施列普夫斯口中道來，變得好不怪異！沒錯，其中有宗教上的強調，因為他是以神學家身分說話，而且絲毫不帶輕蔑之意，反而點出上帝必曾賦予這個觀念的高度意義，因為祂寧使人類和天使暴露於罪孽之前，而不要扣留他們的自由。這麼說來，自由是天生無罪的反面，自由意指自願忠實遵從上帝，或與邪魔往來，並且能夠在彌撒儀式上喃喃淫言穢語。這是宗教心理學提供的一個定義。然而自由，以或許精神層次低一點但熱誠並不稍減的另一意義而言，曾在地球各民族的生命、在歷史的奮鬥中扮演一個角色。此刻，在我敘述吾友生平之際，它就扮演著這樣的角色——在當前呼嘯肆虐的戰爭裡，我隱居避世，但仍然願意相信我們德國人民的靈魂和思想裡，在歷來最為放肆的專制之下，或許有生以來頭一遭漸漸領悟自由有何重要。不過，那時候事情還沒有至此田地。自由的問題在我們學生時代不是十萬火急，或者似乎不是十萬火急。因此，施列普夫斯博士可以只給此詞一個符合他講課架構的意義，擱置其他意思。真希望我的印象沒錯，也就是：他深深埋首於宗教心理學的觀念之中，不遑思索這些別的意思。然而他的確思索那些意思，我無法擺脫這個感覺，而且他在神學上為自由所下的定義帶著一種護教的、攻擊性的、針對「現代化」觀念而來的嘲斥，亦即嘲斥學生對自由所可能抱持，比較平庸、常見的觀念。瞧，他似乎想說：我們也有這個字，隨我們運用，別以為這個字只存在字典裡，只有你們的自由觀才是由理性主導的。自由是一個非常偉大的東西，是創世的前提，防止上帝使我們無法墮落。自由就是犯罪的自由，虔誠則寓於因為愛那位曾須賦予我們自由的上帝，而不使用自由。

　　這樣的講法總是有點特定傾向，有點惡意，假使我沒有完全誤解的話。簡而言之，這事令我懊惱。我不喜歡一個人占盡便宜，搶了對手的用語，加以扭曲，造成觀念混淆。似此情況今天又明目張膽之至，而這就是我退隱的主因。有些人不應該妄談自由、理性、人性，他們應該發揮潔癖，將之存而不論。但施列普夫斯侃侃而談人性——當然，是在「古典的信仰世紀」這個意義層次上談，那是他心理學論點的精神參考架構。他分明認為必須使大家明白，人性不是自由思想家的發現，不是他們獨專的觀念，人性從來就存在，例如宗教裁判的活動力量就來自感人至深的人性。有個婦人，他說，在那「古典」時代被逮捕、審判、燒成灰，她與夢魔交媾整整六年，每星期三次，特別是聖日，而且就在她熟睡的丈夫身邊。她向魔鬼承諾，她七年後軀體連靈魂一併歸他所有。但她福星高照，就在期限要滿之前，上帝垂愛，讓她落入宗教裁判之手，只經過輕度審問，就和盤托出並作十分動人的懺悔供詞，因此極可能已獲得上帝赦免。的確，她心甘情願受死。她明確堅決宣布，縱使可得而脫身，也完全決心寧可選擇火刑柱，只為了擺脫惡魔的力量。她已如此無比厭惡她屈服於骯髒罪孽之下的人生。裁判官與犯過者之間的這種和諧一致，流露了文化上何其美好的完整，而，在最後關頭用火將這個靈魂從魔鬼手中奪回來，從而使她獲得上帝赦免，又是多麼溫暖的人性！

施列普夫斯津津有味誘導我們了解這一點，並且不只要我們察知人性也可能是什麼，還要我們注意人性真正是什麼。從自由思想家的詞彙裡再取用一詞來談無可救藥的迷信，並無意義。施列普夫斯也懂得運用這個字，卻是假「古典」時代之名運用，而沒想到，那個時代對此根本毫無所知。實則淪於荒謬的迷信境地的不是別人，而就是那個和夢魔廝混的婦女。她墮離上帝，墮離信仰，那就是迷信。迷信不在於相信惡魔與夢魔，而在於像自招禍殃般與他們為伍，對他們抱持那種只可以對上帝抱持的期望。迷信意指輕信人類之敵的輕聲耳語和慫恿教唆；這觀念含蓋所有的符咒、歌唱、召喚，所有涉及魔法的逾越、惡習與罪行、Flagellum haereticorum fascinariorum[188]、illusiones daemonum[189]。「迷信」可以這麼界定，而且過去也就是如此界定，人對文字的用法，以及用文字弄出什麼想法來，可真是有意思！

當然，惡與聖善之間的辯證關連，在神義論中扮演意義重大的角色。神義論就是：面對世上存在著惡的問題，為上帝辯白，因此在施列普夫斯的課堂上占了很大的位置。惡對宇宙的完整有其貢獻，沒有前者，後者就不完全，此所以上帝容許惡，祂唯其是完美的，因此必定要求完美——不是指盡善，而是說面面齊備，以及所有存在彼此相輔相成。有善在，惡遠更成其惡，有惡在，善遠遠更美，的確，或許——這一點可能見仁見智——如果沒有善，惡根本不是惡，而如果沒有惡，善根本不是善。至少奧古斯丁就說，壞事的功能是使好事更加清楚突出，更可悅，與壞事相形之下更可讚揚。當然，多瑪斯主義在這裡側身而入，警告說，認為上帝要惡發生，是危險的想法。上帝既不要惡發生，也不要惡不發生，他沒有要，也沒有不要，亦即：祂允許惡存在，沒有要，也沒有不要，而這存在的確有利於宇宙的完整。然而，說上帝為了善而允許惡，也是錯的；沒有任何事物可以視為善，除非它自身符合「善」這個理念，而非因他故而成善。施列普夫斯說，無論怎麼說，這裡都提出了絕對善、美的問題，也就是不涉惡、醜的善與美——沒有比較的品質問題。沒有比較，他說，就沒有衡量的尺度，因此根本不能談重、輕，也不能談小、

188 巫婆異端之鞭。
189 邪魔幻術。

大。善與惡將會因此淪為一種無質的存有，幾近不存在，而且或許並不比不存在更可取。

我們將這話寫到油布面筆記本裡，以便多多少少安心帶回家。我們按施列普夫斯的口述補上這一點：上帝著眼於創世有憾，祂真正的辯白，在於他能從惡中帶出善來。為了上帝的榮光，這個特質一定要在實踐中實現，而如果上帝沒有把人做得會犯罪，這個特質是無法自我顯現的。那樣的話，宇宙就會缺喪上帝知道如何從惡、罪、苦難與悖德中帶來出來的善，天使也會少了一點揚聲唱讚美歌的名義。但是，誠如史不絕書，相反的情況也的確發生，亦即善裡生出許多惡來，以至於上帝為了避免這樣的情況而不得不阻止善的實現，不忍置這樣的世界於不顧。然而這麼一來又會牴觸祂身為創世者的本質，此所以祂將世界創造成如其所是的模樣，就讓世界濡滿著惡，也就是說，必須聽任其中一部分經受魔性影響。

有一點從來不曾十分清楚：他是在教給我們一門學說呢，還是只不過要我們熟知古典信仰時代的心理。當然，要是他對那時代的信仰心理沒有共鳴，甚至一致，他就不會成為神學家了。但為什麼沒有更多年輕人受他這門課吸引？讓我訝異的原因是：只要談到魔鬼左右人類生活的力量，性都扮演一個突出的角色。怎麼不是這樣呢？在這個問題上，魔鬼的角色向來是「古典心理學」的主要附件；對古典心理學，性這個領域是魔鬼最喜愛的遊樂場，是上帝對頭、大敵、使人類墮落者肆其勾當的最好起點。上帝讓給他左右性交的魔力，大過讓他影響人類其他任何活動：不只因為此事外觀污穢，也因為第一個父親在這件事上的墮落成為傳給整個人類的原罪。生殖，美感上醜陋的這件行事，就是原罪的表現兼工具——魔鬼在這裡獲許放手施為，何足為異？天使對多俾亞說的這段話，並非無因而發：「那些順欲而行的人，魔鬼有力量戰勝他們。[190]」魔鬼的力量在人的胯間，即如那位福音書作者之言：「一個強壯的人披掛整齊看守他的宮殿，他的所有就可得平安[191]。」這話顯而易見應該詮釋為性喻；神祕的言詞往往可以聽出這類喻意，虔誠者耳朵尖，又特別聽得出來。

只是令人驚訝，天使尤其對上帝聖徒的看守也何其虛弱，至少就「平安」而言是如此。神父們的書裡處處記載，他們縱使抗拒了一切肉欲，卻仍然受到女人情欲的試探。「有一根刺加在我肉體上，那是撒旦派來攻擊我的差役[192]，」這是對哥林多人所做的一項承認，這封書信的作者這麼寫，可能有別的意思，諸如癲癇之類，反正虔誠總是自有詮釋——而且可能終究是對的，因為虔誠憑本能看出腦袋所受的試探與性的魔鬼有其黑暗的關係，非常可能沒有看走眼。試探一旦受到抗拒，當然不是罪，而是美德的考驗。但試探與罪之間的界線不易判定，受試探難道不是罪已在我們血液中激盪，起淫欲難道不是已向惡相當屈服之徵嗎？這裡再度浮現上帝與惡的統一，因為，沒有試探，聖善是無從設想的，而且聖善依照試探的可怖程度，依照人的罪孽潛力，成為其自我衡量的尺度。

然則試探來自誰人？誰該為此而受詛咒？俗論衝口而出：來自魔鬼。魔鬼是本源，但詛咒歸於其對象。這對象，亦即試探者的工具，是女人。她對聖善也是工具，因為沒有洶湧的罪欲就沒

---

190 見 **Douay-Rheims** 版《舊約聖經》〈多俾亞傳〉**6：17**。此語不見於通行版聖經。
191 《新約聖經》〈路加福音〉**11：21**。
192 《新約聖經》〈哥林多後書〉**12：7**。

有聖善。但她得到的謝意帶著苦味，因為有一件值得一提而且十分奇特之事，就是：雖然人類的兩形俱為有「性」的創造物，雖然將魔鬼之地歸於男人胯間比歸於女人胯間適合，但整個肉欲、被性奴役的詛咒照樣派給女人，到了流傳這麼一句俗話的程度：「美貌的女人如同豬鼻上的金環。」自古以降用了多少這類話頭來說女人，而且發自肺腑！肉欲是眾生皆有的，卻被等同於女人，於是男人的肉欲變成算在女人帳上，因此又有這麼一句話：「我發現女人比死亡更毒，連善良的女人也屈服於肉欲。」

有人或者會問：善良的男人不也如此嗎？聖徒不是更特別如此嗎？沒錯，但那是女人使然，她是世上全體肉欲的代表。性是她的領域，她叫Femina[193]，字根一半是fides，一半是minus，合起來意指信仰較薄，這麼說來，她怎麼可能不和盤據這個領域的鬼神處於邪惡親密的關係，怎麼可能不特別落入同它們往來、身懷巫術的嫌疑？那個有夫之婦就是例子，丈夫對她信任有加，她卻在他熟睡之際，在身邊同夢魔做那件事，而且為時數年。不只有夢魔，還有慣與男交的女淫妖。古典時代實際上就有個墮落青年，和一個人偶同住，末了並且見識其魔鬼般的妒嫉心。他數年後出於功利多過真情的理由，與一個良家婦女成婚，人偶卻老是躺在兩人中間，使他不得圓房。妻子生怨有理，離他而去，他從此終身不容有異心，在人偶束縛下度日。

遠更能夠揭示當時心理特徵的，施列普夫斯說，是那時代另外一個青年所受的束縛；因為，他完全不是由於自身過錯，而是由於女人的巫術，得此遭遇，他擺脫的方法亦極富悲劇性。為了紀念我和阿德里安同窗一場，我要在這裡簡短添插編外講師施列普夫斯興致勃勃說不厭的故事。

十五世紀末，康斯坦茲附近的梅斯堡[194]住著一個老實的小伙子，名叫海恩斯．克勒夫蓋塞爾，是箍桶匠，長相挺好，身體健康。他與一個少女彼此傾心。貝貝兒，某個喪偶教堂司事的獨生女，他想和她成婚，但這對年輕人的願望遭到反對，因為克勒夫蓋塞爾是窮小子，司事要他先謀個相當的終身事業，在他那個行業裡升上師傅，才把女兒給他。但小兩口彼此的愛慕強過他們的耐心，提早成為一對。每晚，只要司事出門敲鐘，克勒夫蓋塞爾即爬進屋同貝貝兒相會，兩人的相擁使彼此只知對方才是世上最美妙的人。

如此這般，直到有一天，箍桶匠和幾個快活的伙伴前去康斯坦茲，那兒有個為教堂落成紀念日舉行的市集，歡歡樂樂過了一天。夜幕降臨，他們忘其所以，決定到窯子找姐兒。那種勾當不合克勒夫蓋塞爾心意，他不想一道走。但眾小伙子嘲笑他是「小那話」，拿事關尊嚴的挖苦言語慫恿他，他說穿了是不是有什麼不對勁，說不定他根本就不濟事；他吃不消這些，加上和其他人一樣沒有少喝釅冽的啤酒，他於是服勸，說：「呵呵，沒那回事，」就一塊尋歡去了。

事情來了，他遭受一個極度丟人現眼的慘況，一張臉不曉得要往哪擺。出乎萬般預料，到了那個邋遢女子那裡，碰著那個匈牙利婦人，他渾身沒有一處聽使喚，他在她身上完全不行，他因此惱火之至，也驚恐之至。原來那婦人不只嘲笑他，還以疑心的模樣猛搖頭，說事有蹊蹺，一定有什麼不對勁；一個像他那等身材的年輕小伙子突然不濟事，想必是遭了魔鬼毒手，一定有人對

---

193 **Femina**：拉丁文，女人或女性。

194 康斯坦茲（**Konstanz**）：在德國西南部與瑞士毗鄰之處，與梅斯堡（**Merssburg**）都瀕臨康斯坦茲湖。

他下了藥，以及許多諸如此類的話。他給她許多錢，好教她別對他那些同伴說三道四，然後垂頭喪氣回家。

雖然心中不無忐忑，他偷到一個良機，同他的貝貝兒幽會。司事出門敲鐘，二人共度了無比美暢的一小時。他重振小伙子的雄風，原本可以就此心滿意足。除了他這個第一和唯一，他不曾在意別人，那麼他就在意他同她的雄風即可，何必擔心此外的自己？但一股不安打從那次失利以來始終盤踞他內裡，暗鬼鑽心，他於是著手考驗自己，一次就好，從此不再欺騙他最最心愛的人。他於是察看機會測試自己——除了自己，還有她；他懷疑自己，但這懷疑就是沒有辦法不回頭指向他魂牽夢繫的那個人，對她的這絲疑心是輕微的，帶著柔情，但也疑懼交雜。

話說有個大腹便便、體弱多病的酒館老闆要他到酒窖，將兩個酒桶鬆弛了的桶環箍緊。老闆的妻子，一個仍然活力充沛的女人，陪他步下地窖，看他工作。她撫摩他胳臂，將她自己的擱在上面端詳比較，又丟給他那樣的眼風，掇弄得他沒有辦法回絕。只是他的精神儘管萬般願意，肉體卻完全一舉莫展，只好推諉說：他這會兒沒有心情，他得趕快幹活，她男人準定馬上就會走下階梯來。然後他落荒而走，換來對方大聲嘲笑，他欠下那個氣極的婦人一筆債，沒有哪個精壯小伙子欠過的債。

他深深受創，困惑驚怪自己，而且不只驚怪自己；頭一遭倒楣以來溜入他內裡滋長的疑心，這時整個攫住他，他相信自己中了魔鬼毒手，再也沒有絲毫懷疑。由於事關一個可憐靈魂的得救，和他肉體的名譽，他求助於教士，隔著柵欄附在教士耳邊一五一十說了，他如何遭鬼魅作弄，如何不行，欲振乏力，除了和單單一個人，怎麼會有這種事，宗教有沒有什麼母性的藥方來救治此疾。

那個時候那個地方，巫術，連同許多相關的放蕩、罪孽、惡習大肆傳播，猖獗成患，全是人類之敵為了傷害上帝威嚴而煽動的，靈魂的牧者都受命嚴加警戒。那位教士極熟悉男人雄風被降咒，這類胡作非為，於是將克勒夫蓋塞爾的告解呈報上級。教堂司事的女兒被捕，審訊之下從實招供，因為由衷擔心這個年輕人會不會對她永愛不渝，又為了預防他在當著上帝和眾人成為她的以前被搶走，她從一個醜老太婆，某個浴場雇員，收下一瓶特效藥，一種軟膏，據說是用一個至死不曾受洗的孩子的脂肪提煉，趁著和她的海恩斯相擁歡愛時偷偷將軟膏抹在他背上，塗抹時還畫了某種圖形，如此就能拴緊他，萬無一失。接下來是那個浴場老嫗受審，她矢口否認。她被解送世俗官府，那裡可以動用教會不宜的審訊手段；些許壓力之後，真相大白，一如所料：老太婆的確同魔鬼訂了約，魔鬼化成一個長著山羊偶蹄的僧侶向她現身，說服她以極為不堪的漫罵棄絕上帝和基督信仰，回報是經他指點後，她不但會調配愛膏，還有其他下流的靈藥，其中有一種油脂，任何木頭抹了，都帶著巫婆飛上天空。惡魔和老太婆訂定契約的詳情經過三番幾次施壓，才點點滴滴逐一招出，而且令人毛骨悚然。

對那個間接遭受誘惑的女孩，一切問題的關鍵在於，她接受並使用那些邪惡藥劑，對她靈魂的得救損害了多少。這個司事的女兒也真不幸，老太婆招供，那隻惡龍責成她勸說許許多多人改變信仰云云，要她誘導他們使用那些奇藥，她每帶給他一個人，他就使她愈不遭受永火之苦，她勤快工作之後，就能身披石綿甲，不畏地獄之火——這麼一說，送了貝貝兒的命。必須挽救她的靈魂不永墮地獄，必須以犧牲她的肉體來幫她掙脫魔鬼爪掌，都再清楚不過了。此外，有鑑於邪亂遠近散播，必須痛懲犯者以儆效尤，於是兩根火刑柱並立，一老一少，兩個女巫公開燒成灰燼。克勒夫蓋塞爾，那個被施了邪術的人，沒戴帽子，站在觀眾之中單單喃喃禱告。他的愛人被濃煙嗆窒，聲嘶力竭而入耳難認的慘叫，在他聽來只是魔鬼不情不願從她身上被逼出來的聲音。從那時起，加在他身上的可惡束縛就拿掉了，因為愛人燒焦不久，他恢復了他被以罪惡手段偷走而不能盡情施展的男人氣概。

我從未忘記這個令人作嘔但淋漓盡致顯露施列普夫斯講課精神的故事，而且永遠無法釋懷。當時，在我們之間，在阿德里安與我，以及「溫夫利德」圈的討論中，這故事是很常見的話題；然而，只要涉及他老師和他們上的課，他總是矜謹而緘默，因此不管是在他這邊，還是在他的同科夥伴那邊，我都激不起他們像我自己對這故事，特別是對克勒夫蓋塞爾這種程度的憤怒。就是到今天，我想到他還不禁冒火，叫他是十十足足害死人的蠢驢！他有什麼好抱怨的？他為什麼非找別的女人試那件事不可，既然他已經有一個人，他愛的一個人，而且明顯愛到他對別的女人冷感而且「無能」？什麼叫「無能」，如果他對這個人具足愛之能？愛之為物，當然意指性方面的一種高貴的優寵，如果說這優寵在沒有愛的情況下萎頓，那麼，它在有愛或愛就在眼前時不如此，再自然不過。貝貝兒的確要定了她的海因斯，而且「束縛」了他，但不是用魔鬼祕方，而是以她的愛的魅力，以她如同能夠攝魂的意志，守住他，使他佩了護身符似的，諸誘不侵。若說這保護力量，以及其對這小子的影響，由於魔膏以及少女對它的信念而在心理上強化，我可以接受，但我認為遠更確當且單純的是從他這邊來觀察此事，將他那麼愚蠢抱怨的欲振乏力歸因於愛，而歸咎他最終沒有做好選擇。但這樣的觀點也包含承認心智的某種天生奇妙力量，亦即它既能支配，也能改變有機的肉體。此事堪稱魔法般的這一面，當然也是施列普夫斯評論克勒夫蓋塞爾案時刻意突出的一面。

他採用準人文主義路數，以便誇揚那據稱黑暗時代的幾百年，對美好的人類肉體抱持的崇高觀念。那些日子裡，人們認為人體比塵世其他一切物質組合更高貴，它會被心靈改變，人們視此為卓異，視此為人體在物體階級中位居高等的表徵。這身體隨恐懼與惱怒而發冷或變熱，心傷則消瘦，心喜則茁壯，單是思緒上的厭惡即能產生腐壞食物那種生理影響，過敏者目睹一盤草莓即足以導至皮膚遍布膿瘡，的確，純粹心靈上的影響就能致病或致死。從心智能夠改變身體物質這個洞見，只要往前一步，就是那個有豐富人類經驗為之佐證的信念：一個人的心智，在知情、有意的情況下，確能改變另一個人的體質，也就是行使魔法；換句話說，魔法、魔力作用及著魔中邪的真實性由此獲得證實，一些現象，諸如邪眼、濃縮於蛇怪目光殺人之類傳說的那些經驗叢結，也因此脫離迷信的領域。一個不乾淨的靈魂，無論有意無意，單單以其邪眼就能產生對別人有害的作用，特別是脆弱體質格外無力抵抗此毒的兒童，否認這一點，將是不可原諒的非人之見。

這就是施列普夫斯獨擅的講課——這獨擅既指其思想面，亦指其可疑面。「可疑」是一個絕佳語詞；我向來給它很高的語文學評價。它促使你既探索，又迴避，也可以說要你非常審慎探索，並且教你從是否值得關注和是否聲名狼籍的雙重角度看一件事——以及一個人。

在街上或學校走廊遇見施列普夫斯，我們奉上招呼致意，飽含他授課的高度思想水平一堂復一堂注入我們心中的敬意，但他脫帽向我們回禮，在身前一划，比我們對他划的更低：「您最忠誠的僕人！」

14

數字神祕主義我不在行，阿德里安在這方面的興趣早就靜靜但明顯表露，我看在眼裡，總是心懷不安。不過，前一章正好冠上一般人以忌諱視之並且認為不祥的數字十三，我倒情不自禁喝采，並且幾乎忍不住要認為這一點不只是巧合。但理性而言，它到底真個是巧合，因為，究竟說來，整個哈勒大學經驗，就像前面的克雷契馬演講，構成一個自然的單元，我顧念讀者往往瞻望間歇、停頓和新起點，才將之分成幾章，若依我身為作者的良心之見，這個整體不能如此劃分。照我的意思，我們此刻應該還在第十一章，只因我樂於讓步，施列普夫斯才得到這個十三。我不在意給他這個數字——沒錯，我甚至樂意將十三這個數字送給我們整個哈勒歲月的回憶，因為，就如我在前面所說，這個城市的氣息、神學的氣息，並不令我舒適，我旁聽參與阿德里安的學業，儘管種種不安，卻是我必須為我們的友情獻上的犧牲。

我們的？更貼切的說法應該是：我的；他並沒有堅持我陪他上孔普夫或施列普夫斯的課，也不曾想到我因此漏上我自己的課。我完全是自願這麼做，出於一個我逃無可逃的心願，想聽他聽什麼，想知道他學什麼，簡言之：想照管他——因為我感到這一點至為緊要，雖然徒勞。我在這裡說的是一種出奇痛苦的意識混合。既迫切，又徒勞。我很清楚，有個生命在我面前，我照看他，卻不能改變他、影響他，我並且清楚，我渴切目不轉睛看著他，寸步不離這個朋友，這股渴切帶著相當濃重的預感，說有一天我會肩負根據我對他青春歲月的印象來敘說他生平的任務。有一點當然也很清楚，我詳述以上諸事，並非為了解釋我在哈勒何以沒有特別快樂，我的理由和我那麼詳細交代克雷契馬的凱撒薩興演講相同：我認為這很重要，我認為必須使讀者成為阿德里安精神思想經驗的見證人。

基於同樣的理由，我現在邀請讀者光臨這一年之中比較好的時節，我們這些年輕繆斯之子欣然舉行遠足。身為阿德里安的同鄉兼知己，而且我雖然不是神學生，看起來對宗教研究卻斷斷饒有興趣，因此獲得友善納入這個基督教結社「溫夫利德」的社友圈子，多次參加全社的鄉間出遊，享受上帝的綠色創造。

遠足的次數比我們兩人都參加的多；大概不必我多說，阿德里安並不是非常熱心的社員，他身為社員，虛應故事的成分多於準時參加活動。他出於禮貌，以及為了證明入社的善意，才表現從眾的樣子，但還是拿種種藉口，尤其是他的偏頭痛，多次規避社方在小酒館舉行的集會。一年多之後，他和七十名社員在frère et cochon[195]上進展極微，連和他們稱兄道弟般直呼名字也擺明

195 彼此親密如豬（**cochon**）的兄弟（**frère**）或伙伴：指過從甚密或友誼深厚，為瑞士德語裡的法文外來語，但法語本身並無此種說法；十六世紀以降的法語說法為**copain**（**ami**）**comme cochon**（朋友彼此親密如豬）。

了不自然，而且打招呼經常叫錯人。但他在他們之間還是受到尊重，他——我必須說，破例——現身他們在穆哲客棧那個菸霧瀰漫的房間裡舉行的集會時，他們朝他高喊歡呼，取笑他離群索居，但歡呼是由衷快活的。大夥珍視他參加神學和哲學的辯論，他並無領導眾人意，但他插入幾句話，往往就為論辯帶來一個有趣的轉折，不過他們特別欣賞他的音樂素養，因為他為輪唱提供的鋼琴伴奏比其他也想露一手的人更響亮、更生動，而且個兒高高、褐色頭髮、目光老是輕柔遮在眼皮底下、嘟著嘴彷彿吹口哨的社長巴沃林斯基再三敦促，他於是應命獨奏，以一首巴哈觸技曲、貝多芬或舒曼的樂章娛眾。但他也多次不待呼喚，在社裡聲音沉悶的鋼琴前就座，這台琴令人想起克雷契馬在「公益」廳用來為我們開講的蹩腳鋼琴。他落座之後，埋首於自由發揮、即興實驗的彈奏之中——特別是集會開始之前，大家還在等全員到齊之時。這些時候，他有一種我永遠忘不了的進場模樣：他匆匆向在場的人打個招呼，帽子大衣來不及脫，就神色專注，直取鋼琴而去，彷彿那是他來此的真正目的；然後強力開奏，雙眉高挑，先來一段過渡音符，接著嘗試和弦，醞釀樂段，以及解決[196]，可能是他來此途中的構思。但他這樣奔向鋼琴，也頗有一點渴盼落腳、棲身之所的況味，彷彿這個房間令他害怕，房間裡的人令他著慌，他往鋼琴，其實是往他自己內心，找避難所，逃開他陷身的這個混亂、格格不入之地。

他如果繼續彈下去，沉浸於一個固定的樂思，加以變化或略略加以塑造，圍觀者中就會有個人發問，也許是小個子普洛布斯特，一個留著半長、油膩金髮的那類型學生。

「那是什麼?」

「沒什麼，」彈琴者回答，短促一搖頭，樣子比較像我們搖頭抖開一隻蒼蠅。

「怎麼可能沒什麼，」另外一人回嘴，「你是在彈一個東西呀。」

「他在自由發揮，」巴沃林斯基給了明智的解釋。

「他在即興創作？」普洛布斯特叫道，他著實吃一驚，用他水藍色的眼睛從側面睇了睇阿德里安的額頭，彷彿料定看得出此人發高燒。

眾人揚聲大笑；阿德里安也笑，拳曲的雙手停在鍵盤上，低垂著頭。

「哎呀，普洛布斯特，你好笨，」巴沃林斯基說。「他在即興彈奏，你不懂嗎？都是他剛想出來的。」

「他怎麼可能一下子想出右邊和左邊這麼多音符，」普洛布斯特辯白道，「而且他明明在彈著什麼東西，怎麼可以說沒什麼？怎麼可能彈沒有的東西？」

「沒錯，」巴沃林斯基輕聲說。「連不存在的東西也可以彈。」

我耳朵至今還聽到有個叫德意志林[197]的補了一句，是康拉德．德意志林，身材粗壯，幾綹頭髮懸在前額上：

196 解決（**Auflösung**）：音樂術語，將不諧和音轉變為諧和音（或和弦）；將性質不穩定的和聲或有不穩傾向的音程化為穩定，通常是將之導向主音，轉回主調。

197 德意志林（**Deutschlin**）：德文名詞字尾加綴**lein**，有「小」的意思，此處雖用**lin**，原義仍在，因此是「德意志小子」之意。

「我的好普洛布斯特，一切都曾沒有，然後變成有。」

「我可以向您們……我可以向你們保證，」阿德里安說，「真的沒什麼，完完全全沒什麼。」

這時，他將他由於大笑而彎俯的身子坐直，從他臉上可以看出這對他不是輕鬆事，他有被揭底細的感覺。但我記得一場長篇大論，並非全無意思，主要由德意志林主導，以創造力為主題的討論接續而起，探討創造力的局限，它如何受到許許多多前提，受到文化、傳統、模仿、俗約、成規的限制，最後卻將人類創造力視為神力之遙遠反光、萬能之神召喚一件事物由無化有的迴聲，從神學角度認知生產的靈感來自上方。

另外，完全是附帶一提：我很高興，我，一個念世俗科系而獲許與會的人，也能應他們要求而以我的愛的中提琴娛眾。音樂在這個圈子裡頗受重視，雖然只是某種方式的重視，亦即原則上重視，但如何重視法，有點模糊：他們視音樂為神的藝術，認為與自己必須有「一種關係」，一種浪漫的虔誠關係，像他們對大自然一樣——音樂、大自然，以及愉悅的虔誠，在溫夫利德社是密切相連的法定觀念。我說「繆思之子」，有人可能認為此詞和念神學的學生並不搭調，但是，揆諸這些觀念組合，揆諸我現在要回頭來談的那些大自然之旅，我用詞是有根據的，那些旅程的特色就是無拘無束的虔誠，以及明眼直觀自然之美。

我們在哈勒的四學期裡，他們有兩次或三次全體出遊，也就是巴沃林斯基召齊全社七十人同行。這些集體出遊，我和阿德里安從來不曾參加。不過，一些彼此比較投契的社員也自行組團成行，我們因此多次和幾個比較上道的結伴同遊。其中有社長，加上粗壯的德意志林，一個叫東格斯罕的，一個卡爾．馮．推特雷本，以及另外幾個年輕人：胡柏麥爾、馬泰斯．阿茲特[198]，和夏培勒。我還記得這些名字，連同名字主人的相貌也記得一些，但這裡就不多描述了。

哈勒周圍是沙質平原，風景乏善可陳，但幾小時火車沿薩勒河上行，就到景色秀麗的圖林根。到了那兒，我們大多在瑙姆堡或阿坡爾達（阿德里安母親的出生地）離開鐵路，背包和雨帽隨身，真正自由自在，騎兩腿馬全天行進，在村落客棧或一塊平地上進餐，在小樹林邊紮營野宿，在一處農夫田莊上的糧倉麥稈堆中過夜，拂曉即起，在一口活泉的長槽邊盥洗，吃早點舒活身心。這種臨時的生活形式，城裡人、從事思想追求的人如同旁聽般在原始鄉間，在大地之母那裡打尖，同時確知很快又必須，或者應該說，又可以從那個世界回到城市人習慣的、「自然的」舒適領域：這樣的自願放鬆和簡單化，很容易，甚至幾乎必然帶有幾分造作、紆尊、玩票、滑稽的味道，我們並非毫無所覺，我們向好幾位農夫討麥稈當睡墊時，他們報以樂善好施又會心揶揄的微笑，可能就是因為聞出這味道。為那些微笑賦予善意，甚至使我們認同那些微笑的，是我們的青春；我們的確可以說，青春是城市人與自然界之間唯一有正當性的橋梁，一種前城市人的狀態，是一切學生與青年的浪漫主義所從出的狀態，人生如果有一個純正的浪漫階段，即是此時。思想向來活潑的德意志林也就是將這個話題歸本於此，那是入睡前的穀倉一席話，就著角落裡一盞馬燈的微光，我們談起我們當時人生階段的問題本質。但他補了一個轉語，說青年探討青春未免無聊特甚：一種生命形式談自己、檢視自己，等於這個形式自我消解，直接、不自覺的存有才

198 阿茲特：德文 **Arzt**（醫師）。

算是真正的存在。

此說受到反駁；胡柏麥爾與夏培勒提出異議，推特雷本也不以為然。他們說，如果只有老年才准評斷青春，使青春永遠只是外來觀察的對象，彷彿它並無客觀思想之能，那也甚好。但它確有客觀思想之能，在事關它自身時亦然，因此有權利以青春之身談青春。有個東西叫生命意識，相當於自我知覺，如果有哪個生命形式會因為人有此意識而消解，有靈魂的生命根本變成不可能。純粹麻木無感、沒有意識的存有、魚龍般的存在，是毫無意義的。今天，人必須帶著知覺挺立，以清晰的自我意識肯定他的生命形式——青春曾經何其長久，才獲得承認。

「這種承認比較多來自教育，也就是說，來自上一世代，」我們聽見阿德里安說，「比較少來自青春自己。它有一天發現自己被加了個封號，一個大談兒童世紀和發明婦女解放的時代，一個非常好說話的時代忽然稱它為獨立的生命形式，它於是當然趕緊接受。」

「不對，雷維庫恩，」胡柏麥爾和夏培勒說道。其他人也同意他搞錯了，至少大部分搞錯。是青年自身的生命意識，挾其自覺，在世界面前肯定自己，縱使世界可以說並非完全沒有決定要承認它。

「沒有絲毫的尚未決定，」阿德里安說。「完全沒有尚未決定。」你只要對這個時代說「我有一個特別的生命意識」，它馬上對那意識深深一鞠躬。青年這個進展簡直像刀切黃油。青春和它的時代如果所見略同，它獲得承認就更勢不可當了。

「何必如此厚顏，雷維庫恩？你不覺得青春今天已在城市人的社會裡確立了它的權利，而且它作為人生發展階段特有的尊嚴已獲得承認？」

「哦沒錯，」阿德里安說。「但是您們……你們……我們的出發點……」

一陣大笑打斷他的話。我相信是阿茲特說：

「真道地，雷維庫恩。這升級太完美了。首先你對我們說『您們』，然後祭出『你們』，最後來個幾乎害你舌頭打結的『我們』，這是你最最難以出口的一個字，你這個頑固的個人主義者。」

阿德里安拒絕這個封號。這封號完全不對，他說，他根本不是個人主義者，他徹底肯定群體。

「理論上，也許，」阿茲特答道，「但雷維庫恩高高在上不算在內。」關於青年，他高高在上發言，彷彿完全沒有能力將自己納入其中，或適應其事，因為，談到謙卑，他的確說不上知道多少。

大家現在不是談謙卑，阿德里安反擊道，而是與之相反的，自覺的生命意識。這時德意志林建議讓阿德里安把話說完。

「我接下來也沒有什麼要說的，」後者說。「這裡的討論從一個觀念出發，說青年比一個在城市中成熟的人與大自然的關係更為親密——就像女性，有人說，比起男人，女人和大自然親和得多。但我不能同意這樣的說法。我不認為青年與大自然的關係特別親密。青春對大自然更多的是畏怯和矜持，其實可以說是見外的。一個人要年深月久，才習慣他自然的一面，才逐漸和自然從容相得。青年，我是說發展程度較高的青年，更特別會在大自然面前裹足，懷疑大自然，與之敵對。何謂大自然？森林和草地？山、樹、海、風景之美？對這些，據我之見，青年的眼光遠遠不如年紀較大的、心平氣和的人。年輕人根本不是多麼有觀看和享受大自然的興致。據我之見，他目光朝向內在，受智思制約，嫌惡官能。」

「Quod demonstramus[199]，」有個人說道，可能是東格斯罕，「我們這些流浪者此刻在麥稈堆裡，明早登上圖林根森林，走向艾森納赫，前往華特堡。」

「你老是說『據我之見』，」另外一人打了個岔。「你意思大概是『據我之驗』吧。」

「你們指責我，」阿德里安答道，「說我高高在上談青年，不把自己包括在裡面，現在我忽然又被說成拿自己取代青年了。」

「雷維庫恩，」德意志林聞言說道，「他對青年有他自己的想法，不過，他顯然也將青年視為一種應該受到尊重的生命形式，這一點最重要。我說我反對青年自我探討，是就這探討破壞生命的直接體驗而言。但這探討是一種自覺，也能增加存在的強度，就這層意義而論，或者說，在這個程度上，我認為這探討是好的。青年這個觀念是我們這個民族，德意志民族的特權和優點——別的民族幾乎不知有此物。青年的自覺意識對他們是聞所未聞的東西，他們嘖嘖稱奇：德國青年性格突出，言行舉止獲得老一輩人贊同，甚至身上的服裝沒半點資產階級的味道。他們愛怎樣就怎樣吧。德意志青年代表的卻是民族精神本身，德意志精神，這年輕而且充滿未來的精神——你可以說這精神欠成熟，然而這話何等有意思！德意志的行事往往出於某種強大的不成熟，我們是宗教改革的民族，不是沒有道理的。那就是不成熟的民族做的事。論成熟，文藝復興時期的佛羅倫斯公民是成熟的，出門上教堂時，他對妻子說：『喏，我們向風行的錯誤致敬吧！』但路德就因為夠不成熟，夠民族，夠德意志民族，才帶來新的、經過淨化的信仰。如果由成熟決定一切，世界會留在什麼田地！我們以我們的不成熟，將會帶給世界更多更新再造，更多革命。」200

德意志林說完這些話，大夥沉默片刻。夜暗裡，人人明顯各自激動於個人青春與民族青春融合為一的悲情。「強大的不成熟」之說的確令我們之中大多數人十分受用。

「我倒想知道，」我聽見阿德里安結束沉默而發話，「我們到底為什麼這麼不成熟，這麼，如你所說，年輕，我是說，這個民族。畢竟我們和別人走了同樣長的來路，或許是我們的歷史，也就是說我們有一點晚才聚成一國，才形成一個共同意識，使我們誤以為自己特別青春。」

「當然不是這麼回事，」德意志林說道。「最高意義的年輕和政治史完全無關，根本和歷史無關。它是一種形而上的禮物、某種本質、一種結構和天職。難道你沒聽說過德意志式流變，德意志式漫遊，德意志生靈永無止境的進程？可以說，德意志是永遠的學生，諸民族之間一個永遠在奮力上進的學生……」

「它那些革命，」阿德里安短短暴笑一聲，幫他補充，「則是世界史的狂歡派對。」

199 「我們正在證明這一點」。

200 希特勒極精於動員青年，青年亦為納粹運動前鋒。希特勒與納粹收編十九世紀以來保守、民粹、民族主義、崇拜自然與青春、反現狀的「德國青年運動」，為浪漫主義的青春崇拜賦予政治方向，而使整個青年世代歸其旗下，並且因此自稱「有組織的青年意志」，德國史家邁乃克（**Friedrich Meineicke**，一八六二—一九五四）於一九四六年回顧托瑪斯．曼在此以小說形式呈現的納粹興起前德國青年思潮與精神走向，具體指出希特勒「透過一場典型但頭暈目眩，且被蒙住眼睛的青年運動而得權」。

「非常俏皮，雷維庫恩。但我奇怪你的新教信仰居然允許你這樣耍俏皮。必要的話，我所謂青春還可以看得更嚴肅一點。青春就是一切初始之時的天然，就是保持接近生命之源，就是挺身而起，抖落過氣文明加給你的桎梏，敢做別人缺乏勇氣來做的事，也就是回頭沉浸於構造元素之中。青春的勇氣，就是死與流變的精神、死亡與再生的知識。」

「這一點有那麼德意志嗎？」阿德里安問。「再生從前稱為rinascimento[201]，發生在義大利。至於『回歸自然』，則是法國人[202]首先發揚。」

「前者是文化修補，」德意志林答道，「後者是多愁善感的牧羊劇。」

「從牧羊劇，」阿德里安寸步不讓，「生出法國大革命，路德的宗教改革則只是文藝復興的一個分枝，其倫理層次的小岔路，也就是文藝復興在宗教上的應用。」

「宗教，你說得好。宗教完全不同於考古上的修整和重大的社會變革。宗教性或許就是青春本身，是個人生命的直接存有、勇氣與深度，是有意志和能力以十足生命力體驗、活出齊克果使我們重新意識到的，存在的自性與魔性。[203]」

「你認為宗教性是一種唯獨屬於德意志民族的天資？」阿德里安問。

「以我所說的精神上的青春，天機自發，相信生命，如杜勒所畫策騎於死亡與魔鬼之間[204]這層意義而言——當然。」

「法國呢，這個滿布大教堂的國度，國王有『真基督教之王』之號[205]，而且產生了波舒艾[206]和巴斯噶[207]這些神學家的國度？」

「那是很久以前的事了。這幾百年來，法國被歷史挑選為在歐洲執行反基督任務的強權。德國則相反，你會感覺並且知道這一點，雷維庫恩，如果你不是雷維庫恩的話──換句話說，你太冷靜，年輕不來，又太聰明，難有宗教心。一個人聰明，在教會裡可能前途遠大，但在宗教上很難說。」

「多謝，德意志林，」阿德里安笑道。「你這樣開導我，就像孔普夫說的，用優美的老式德文，毫無裝作和矯飾。我倒有個預感，我在教會裡可能也行之不遠，但可以確定的是，沒有教會，我也不會成為神學家。我知道了，諸位之中天資最高的，也就是讀過齊克果的，將真理，甚至倫理上的真理，完全置於主觀領域，而斷然拒絕群體的存有。但是，各位的激進主義，由於是學生特

---

201 文藝復興。

202 指的是法國思想家盧梭（**Jean-Jacques Rousseau**，一七一二──一七七八），關於回歸自然，他在《人類不平等起源論》（*Discours sur l'origine et les fondaments de l'inégalité parmi les hommes*）所提「自然狀態」說最著名。

203 齊克果（**Søren Kierkegaard**，一八一三──一八五五）：丹麥哲學家。此處所指，可能是齊克果論自我與絕望的文字，自我與上帝的關係失衡，即生絕望，有一種絕望是魔性的絕望，或魔鬼的絕望。

204 指杜勒一五一三年銅版畫《騎士、死亡與魔鬼》（*Ritter, Tod und Teufel*），畫題取自《舊約聖經》〈詩篇〉廿三：「我雖然行過死蔭的幽谷，也不怕遭害。」

205 法國是羅馬天主教承認的第一個近代國家，其歷代國君享有天主教護法之榮，獨享「真基督教之王」（**Roi très-chrétien**）之銜。

206 波舒艾（**Jacques-Bénigne Boussuet**，一六二七──一七〇四）：法國神學家，路易十四的宮廷布道師，政治專制與君權神授說健將。

207 巴斯噶（**Blaise Pascal**，一六二三──一六六二）：法國數學家、物理學家兼基督教哲學家。

權而注定不會持久，各位在教會和基督教之間所作的齊克果式畫分[208]，我也無法苟同。我仍然認為教會，甚至今天這樣世俗化、資產階級化的教會，是秩序的堡壘，是客觀上對宗教生活發揮紀律、疏導、堤壩作用的機構，沒有它，宗教生活將會在主觀主義之下淪於荒原，淪於精神混沌，成為幻妄怪奇，一片魔海。將教會和宗教分開，等於放棄將宗教和瘋狂分開……」

「喏，大家聽聽！」好幾個人同聲叫道。但是：

「他有道理！」阿茲特直截了當宣布。阿茲特，人稱「社會醫師」，因為他關心社會，是基督教社會主義者，喜歡援引歌德那句話：基督教本來是政治革命，未果而成為道德革命。現在他說，基督教必須再度披上政治性，也就是社會性：這是將宗教生活加以紀律化的真正、唯一途徑。宗教性可能如何墮落，雷維庫恩已有非常不錯的描述。宗教社會主義，亦即投身社會關懷的宗教性，最得其要，因為一切取決於找出正確的約束，神律的約束必須與社會的約束相結合，肩負神所賦予的、使社會完美的任務。至要莫過於發展一個負責任的工業民族、一個國際性的工業民族，這民族有朝一日就會創造一個純正的歐洲經濟社會。那裡面寓含一切塑造的衝勁，的確，種子此刻已在其中：不只技術上打造一種新的經濟組織，不只是將自然的生命關係徹底淨化，還要建立一種新的政治秩序。」

我原樣複述這些年輕人的言論，包括他們的遣詞用字，裡面是一套有學問的行話，其裝腔作勢，他們自己懵然不覺，用起來更多的是輕鬆愉快和方便得意，完全一派自然，彼此以造作講究的語詞你來我往，熟巧而渾若無事。「自然的生命關係」與「神律的約束」，就是這類做作掉弄；他們原本可以說得簡單平易一點，但那就不是他們那種精神科學的言語了。他們愛提「本質問題」，談「神聖空間」或「政治空間」，談「學術空間」，談「結構原理」，談「辯證的緊張關係」，談「本體論上的對應」，等等。德意志林十指交叉腦後，提出本質問題，討究阿茲特所說經濟社會在發生學上的起源。那無非經濟理性，經濟社會代表的只可能是經濟理性。「我們一定要搞清楚，阿茲特，」他說，「經濟至上的社會組織，其社會理想發源於啟蒙運動的自律自主思想，簡而言之，發源於一種理性主義，一種尚未被高於或低於理性的強大力量控制的理性主義。單靠人的洞識與理性，你相信就能開出一個正義的秩序，將『正義』等同於『有益社會』，你認為就會有新的政治秩序產生。然而經濟空間是完全不同於政治空間的，從經濟上有用，到與歷史有關連的政治意識，也根本難以直接過渡。我不懂你怎麼會搞不清這一點。政治秩序涉及國家，而國家的權力與支配形式並非由用處決定，其中代表的特質，例如榮譽與尊嚴，十分不同於企業人員與工會祕書所知的特質。這些特質，我親愛的朋友，經濟空間的人並不具備本體論上的對應。」

「啊呀，德意志林，你這是什麼高論，」阿茲特說。「我們身為現代的社會學家，非常清楚國家也受功利的功能制約。司法如此，預防性拘留也是如此。而且我們根本就生活於一個經濟時代，經濟就是這個時代的歷史性格，榮譽與尊嚴對國家不會有一丁點兒幫助，如果它不曉得如正

208 齊克果晚年抨擊丹麥教會腐敗，並主張教會與宗教是兩回事。他認為教會代理一切，使個人懶惰，不必自己負責個人對上帝的關係。

確認識並且引導經濟關係。」

德意志林承認這一點。但他否認功利功能是國家存在的本質理由。國家的正當性寓於其權威、其主權，這權威和主權因此獨立於個體的價值之外，因為——和社會契約的胡謅大大相反——它們是先於個體的。也就是說，這些超個人的關係，其存在之深遠一如人類個體，經濟學家因此完全不能了解國家，因為他完全不了解它超越性的基礎。

針對此點，推特雷本說：

「我當然不是無感於阿茲特提出的社會化宗教關懷，總好過完全沒有關懷，阿茲特也有道理，他說，至要莫過於找到確當的約束。但是，要確當，要既具宗教性又合政治性，這約束就必須植根於民族，我給自己的問題是，經濟型社會能不能產生一種新的民族特性。各位看看魯爾區[209]：那裡儘管有人口聚集的中心，卻看不到一個新的民族細胞。找個時間搭從勒納[210]到哈勒的鐵路普通客車吧！你會看到工人聚坐一塊，他們談起工資問題頭頭是道，但是，要說他們從共同活動中凝聚了什麼民族性格的力量，從他們的談話裡是聽不出來的。在經濟上，愈來愈主宰一切的是赤裸裸的有限性。」

「但民族性也是有限的，」我記得有個人接著說，可能是胡柏麥爾或夏培勒，我無法確定。「身為神學家，我們不能說民族是永恆的東西。能夠熱情，很好，需求信仰，對青年也很自然，但這也是一種誘惑，我們必須看清今天自由主義消亡之際，到處出現的新承諾有何實質，它們是不是真正的承諾，構成新承諾的對象是不是真實的，或者只是某種結構浪漫主義的產物，這種浪漫主義即使不是以虛構的手段，也是以唯名論手段製造意識型態。據我之見，或者，據我的擔心，偶像化的民族特性與被視為烏托邦的國家，就是這類唯名論關係，對它們的信仰，這麼說吧，對德意志的信仰，並不帶有約束與承諾，因為這信仰與個人的實質和特質沒有任何關係。這一點根本無人問津，當有人高喊『德意志！』，並以之為他的關懷時，沒有人提出疑問，他也不必責成自己證明他個人到底實際上有多少德意志特性，以及他有多大能力來助成德意志生活形式在世界上獲得確立。這就是我所謂唯名主義，或更貼切一點，名稱戀名癖，以及據我之見，意識型態偶像崇拜。」

「好，胡柏麥爾，」德意志林說，「真是對極了，你這番說法，至少我承認你的批判帶領我們更接近問題關鍵。我對阿茲特的說法有意見，因為我不以經濟空間由功利原則主導一切之論為然；不過，有一點我和他完全一致，就是神律的約束本身，以及一般所謂宗教性，稍嫌形式主義和抽象，需要以塵世的經驗內容來填實、運用或驗證，將對上帝的服從付諸實踐。好，現在阿茲特選擇社會主義，推特雷本選擇民族精神。這兩條路，今天我們要選擇其一。我否認如今意識型態供過於求，因為自由的空話已經吸引不了人。現在其實只有宗教性的服從和宗教性的實現兩種可能性：也就是社會主義和民族主義。但是很不幸，這兩者都有其引人疑慮與危險之處，而且是

209 魯爾區（**Ruhrgebiet**）：位於德國西部北萊茵-威斯特法倫邦，世界最大工業區之一，有「德國工業的心臟」之稱。

210 勒納（**Leuna**）：在德國東部薩克森-安哈特邦，位於哈勒南方，是德國重要的化學工業區。

極其嚴重的那一種。關於民族主義信仰經常可見的某種唯名主義空洞性和不具個人實質，胡柏麥爾的說法非常切至，而且我們應該補充一個通則：依隨任何一種提升生命的具體化做法都無濟於事，如果這些都無關乎個人生命的塑造，而是只適用於莊嚴隆重的場合，包括那讓人如醉如痴的自我犧牲。純正的犧牲含有兩個價值要素和特質：名義，以及犧牲者……但是有些例子，個人的實質，就說是個人的德意志特性吧，非常強，而且完全不由自主地體現為自我犧牲，然而其中不但完全看不到關懷民族主義的信仰，甚且是在最強烈否定這關懷的情況下發生，以至於這犧牲正好成為個人存有與信念陷入矛盾的悲劇……關於民族主義，今晚也談夠多了。不過，關於社會主義，其窒礙之處是，即使經濟空間裡的一切都做了最好的調節，存在意義的充實以及更有尊嚴的生活方式仍然會和今天一樣沒有著落。有朝一日，普世歸於經濟管理，亦即集體主義全面勝利——很好，人類的相對不安全從此消失，資本主義制度的社會災難性格則沒有解決，也就是說：人類生命憂患的最後記憶殘跡消失，普遍的精神難題也隨之無蹤。人於是自問：人生在世，所為何來……」

「你想保存資本主義制度，德意志林，」阿茲特問，「因為它使人類生命憂患的記憶保持鮮活？」

「沒有，我不想要那東西，親愛的阿茲特，」德意志林怏怏回答。「但我們還是可以指出生命中滿載悲劇性的自相矛盾吧。」

「這些矛盾根本不待指出來，」東格斯罕嘆口氣說。「那真的是個難處，身為宗教人，你不得不問，這世界真的是一個善神獨力創造的呢，還是說比較可能是合作的成效，我倒不想說是和誰合作。」

「我想知道，」推特雷本補充一句，「別的民族的青年是不是也躺在麥稈堆上為這些難題和矛盾苦惱。」

「不會吧，」德意志林語帶輕蔑說。「他們的精神思想單純得多，也愜意得多。」

「俄羅斯的革命青年，」阿茲特說，「應該是例外吧。我要是沒弄錯的話，他們有一股不知疲倦的討論熱情，以及非常多的辯證張力。」

「俄國人，」德意志林口出格言似的，「有深度而無形式，西方人則有形式而無深度。兩者得兼者，唯德意志。」

「喏，這不是民族主義式關懷才怪！」胡柏麥爾笑道。

「這只是關係到某個觀念，」德意志林不由分說。「我談的是挑戰。我們的責任格外遠大，完全超過我們已經完成的程度。我們應然與實然之間的間隔遠比其他民族大，因為我們的應然標準非常高。」

「談這一切，我們大可撇開民族主義，」東格斯罕警告，「而將這些問題叢結視為與一般現代人的生存密切相連。的確，過去，人對存在有一種直接的信任，那是人被置於既存整體秩序中的結果，我指的是那些濡滿神意，明確含有天啟真理意向的秩序……自從這一切喪失，自從那種信任崩壞以及現代社會產生以來，我們對人和事物的關係就陷入無止境的反思，變成無限複雜，一切無非難題窒礙和不確定，以至於真理的追求時時有以認命和絕望收場之虞。掙脫壞亂而生出新的秩序力量，是普遍的期盼，雖然我們也可以承認這期盼在我們德國人特別嚴重和迫切，以及別的民族沒有這樣受他們歷史命運之苦，若非因為他們比較堅強，就是因為他們比較遲鈍……」

「比較遲鈍，」推特雷本這麼決定。

「你儘管這麼說，推特雷本。但是，我們如果將我們對這歷史性的心理問題的尖銳感受和知覺視為民族榮譽，將對新整體秩序的追求視為德意志民族的特性，那我們就是自耽於一種真實性可疑的神話和毫無可疑的傲慢。自耽於民族主義神話，在結構上將戰士浪漫化，這無非披上基督教外衣、管基督叫『天上萬軍之主』的異教信仰。但這是個的確容易受魔性力量操縱的立場……」

「那又如何？」德意志林問。「魔性力量在所有富於生命的運動裡，都潛伏在塑造秩序的特質旁邊。」

「一個東西叫什麼，我們就叫它什麼吧，」夏培勒這麼要求；也可能是胡柏麥爾。「魔性，在德文叫：本能。眼前的情形就是如此，本能在宣傳中被利用，被各色各樣的信仰連結所收編，舊有的唯心主義也被加上本能心理學的裝飾，用以製造其現實濃度比較高的動人印象。所以，這個為招收信徒而提出來的連結可能也是騙局……」

寫到這兒，我只能說「諸如此類，等等」，因為這些談話——或其中一場談話——的複述該靠一段落了。談話事實上不是沒完沒了，就是綿長進入深夜，其中多的是「兩極立場」、「帶有歷史意識的分析」、「超越時代的特質」、「存在的自然性質」、「邏輯辯證」，以及「現實辯證」，全都飽學、費力、無涯無際，到頭總是無果而終：終於睡眠，會長巴沃林斯基催促大家睡覺，明兒個——早就是明兒個了——還得趕早出發漫遊。好心的大自然早已備好睡眠，將談話接過去，搖我們進入忘鄉，真是值得感謝，很久沒再說什麼的阿德里安，在我們蜷身入眠時補了幾句表示這謝意的話。

「是呀，晚安。能說晚安真福氣。討論真該只在入睡前舉行，睡神就在那兒等著呵護我們。一場思想對話之後，腦袋清清醒醒踱步難眠，多為難！」

「可那是逃避主義的態度，」有人喃喃發話，接著，頭一陣鼾聲在穀倉裡迴響，心滿意足地宣告其人委身於植物狀態，可是只要一兩個鐘頭即足夠為甜美的青春恢復韌性，既能帶著感謝的深呼吸和諦觀端詳去享受大自然，又能繼續那些少不了的神學、哲學辯論，幾乎從無間斷，大家彼此反駁和說服，相互學益和挑戰。林木蓊蔚的峰巒迤邐貫穿圖林根盆地，時當六月，山峽幽谷飄出茉莉花、歐鼠李的濃香，最是滋味無窮的漫步天，走過沒有工業的大地，氣息淳和，土壤肥沃，村莊散居，木架房屋友善迎人；然後，離開農業區，進入畜牧為大宗的地帶，依循充滿傳奇的高地道路，步上舉目雲杉與山毛櫸的山脊，取道「稜界小徑[211]」，臨深而行，下窺維拉谷[212]，從富蘭肯森林[213]一路邁向艾森納赫[214]，這個赫塞爾河濱之城[215]，景致愈行愈美，愈出色，愈浪漫，

---

211 **Rennsteig**：長約一百七十公里，為德國最古老徒步旅行稜線步道，也是下文提到的地名之間的傳統分界。
212 **Werratal**：德國中部維拉河（**Werra**）的谷地。
213 **Frankenwald**：巴伐利亞北部的中海拔森林高地。
214 **Eisenach**：在德國中部圖林根邦，位於法蘭克福東北。
215 赫塞爾河（**Hörsel**）：在圖林根邦，是維拉河的支流。

無論是阿德里安所謂青年在大自然面前矜持之論，或思想辯論歸於睡覺何等可欲之說，似乎都並非特別適用。就是對他自己也算不上適用，若非由於偏頭痛而沉默寡言，他都活躍參與一天的談話，而縱使大自然沒有引得他興奮呼叫，縱使他眼望大自然時帶著若有所思的克制，我並不懷疑，它的景物、節奏、高遠旋律深觸他靈魂的程度有過於它觸動他的同伴，後來他思想緊繃的作品裡浮現許多樂思純淨、情境閑適的橋段，都令我油然想起我們共享的那些印象。

的確，那些時辰、那些天和那幾星期是興奮的。戶外生活、景色風物及歷史帶來的養料令人身心清新，使這些年輕人興高采烈，並提升他們的精神情緒，以達學生時代才有那種奢侈和自由去實驗的思想境界，可想而知，在日後乾燥乏味的職業生涯之下，庸俗市儈的模樣之中——即使是有思想的市儈——他們就不再用得著這一切了。我經常觀察他們的神學、哲學辯論，想像其中好些人日後將會覺得「溫夫利德」時代是他們此生最精采的一段時光。我觀察他們，觀察阿德里安，有個雪亮的預感，認為他一定不會這麼看這段時光。我，非神學生，作客的旁聽生——他，雖是神學生，比我更是客人。何以故？我察覺，而且察覺後不無擔憂：這些努力求知、志向高遠的青年和他的存在之間隔著一道命運的深淵，雙方的生命曲線截然差異，一邊是良好、甚至出眾的中材之資，確定不久就要離開優哉漫遊、多方嘗試探索的大學社團歲月，進入資產階級生涯，一邊則冥冥中注定永遠不會離開思想與疑難之路，而且天曉得那條路投往何處。這一點，以及他的眼色神情，從來不能放鬆來和大夥稱兄道弟，向來不稱「你」、「你們」，亦罕言「我們」，一切都令我感覺，可能也令別人感覺，他自己也意會這個差異。

他第四學期開始之初，我就看出跡象，料到吾友已考慮在初次考試前放棄神學。

15

阿德里安和克雷契馬的關係從未中斷或鬆動。這個研究神學的勤奮青年每逢假期，都去看這位音樂導師：回到凱撒薩興拜訪他；到管風琴師在主座教堂附近的住處和他談論；在他伯父家裡看他；也有一次或兩次徵得他父母同意，邀他到布赫爾大院度周末，在那兒和他長途散步，而且說動約納坦為這位客人表演克拉尼音樂圖形和吞食之滴。克雷契馬和日漸老邁的布赫爾主人相處甚佳，但他和女主人艾爾斯貝絲的關係，則比較沒有這麼了無拘礙，雖然並非真正緊張，或許因為她為他的口吃擔驚受怕，也因此在有她的場合，特別是他倆直接說話時，他口吃變得嚴重有加。此事未免古怪：音樂在德國民間享有的敬重猶如文學之於法國，沒有誰會因為你是音樂家而感驚詫、駭異、難堪。而且我深信，對這個年長於阿德里安、受指定以其專長為教會服務的朋友，艾爾斯貝絲滿懷尊重。饒是如此，我有一回和他以及阿德里安在布赫爾共度兩天半，觀察到她對這位管風琴家的態度裡帶著友誼無法完全掩蓋的幾分勉強、淡漠、排斥，他的應對則是口吃加劇，如前面所言，有好幾次簡直是災難——很難說是因為他察覺她的不舒服、不信任或其餘無以名之的感受，還是因為他只要面對她就自然而然生出畏怯、尷尬等拘窘。

至於我自己，我想，毫無疑問，克雷契馬與阿德里安母親之間的奇特緊張，主因是阿德里安。我有此察覺，則是因為我在兩造這場無聲之爭裡居間親身感受，時而傾向一方，時而偏向另一方。克雷契馬要什麼，他散步時和阿德里安說些什麼，我是清楚的，而且我自己的心願暗中支持他。他和我談話時，也帶著斷然、甚至迫切之情支持他學生以當音樂家、作曲家為志業，我認為他有道理。「他，」他說，「對音樂和作曲有登堂入室者那種眼光，不是門外漢那種模糊的享受。他能夠在動機之間揭露門外漢看不出來的關係，能夠在簡短的樂段中領會其設問與應答的劃分，而且看出，從內在看出這些劃分的來龍去脈，凡此種種，都使我堅信我的判斷。若說他還沒有下筆，尚未天真地開始以年輕人的作品來宣示他的生產本能，這正是他值得稱讚之處；他的自尊使他不想撒播模仿之作。」

這一切我只有贊同。但我也完全能理解阿德里安母親愛子憂子之心，因此又和她同心一意，對這位遊說者每每生出幾近敵視之感。我永遠忘不了一個畫面，布赫爾起居室裡的一幅景象：我們四人，母與子、克雷契馬和我，偶爾齊集那兒，艾爾斯貝絲和咕咕噥噥、經常氣息不接的音樂家說話，單純閒聊，話題完全不及於阿德里安。他坐她身邊，她以一種獨特的方式將兒子的頭往自己身上帶。她彷彿用胳臂繞著他，只不是攬他肩膀，而是攬他的頭，手停在他額頭上，黑眼睛的目光望向克雷契馬，仍然以悅耳的聲音對他說話，同時將阿德里安的頭安在自己胸脯上。

順便一提，不只是這些親身見面才維持著師徒關係，還有哈勒與凱撒薩興之間相當頻繁的書信往來，我相信大約十四天一次。那些通信，阿德里安不時向我報告，其中幾封我甚至得以寓目。克雷契馬正在和萊比錫的哈斯私立音樂學院商討，要到那裡接手一門鋼琴和管風琴課，其時哈斯如同當地那所著名的國立音樂學校一樣，聲譽蒸蒸日上，而且後來十年名氣更盛，直到那位傑出老師克里門斯．哈斯去世（如今音樂學院即使尚在，也早已無足輕重）。克雷契馬任教一事，我在一九〇四年米迦勒節就已得知。翌年初，克雷契馬離開凱撒薩興，因此，從那時開始，他們的通信往返於哈勒與萊比錫之間：克雷契馬用信紙單面書寫，字大大的，筆畫硬直，許多刮擦和濺墨，阿德里安使用粗面、泛黃的紙，字跡有點工整而微顯老式，而且稍帶花飾，細看可知是鴨嘴筆寫的。其中一張初稿，擠滿紙面，寫來如同密碼，處處是字體細小的插句和刪改，但我早年以來熟悉他的筆跡，辨讀他的字句毫無困難——他讓我過目這封信的草稿，以及克雷契馬的回信。他這麼做，顯然是為了不使我為他計畫採取的步驟太過吃驚，如果他果真決定走那一步的話。因為他尚未決定，從他書信可以看出，他甚至還在強烈猶豫，在疑慮之中自我檢視，而且明顯希望我給建議，只不知他是要我語帶警告，還是出言鼓勵。

吃驚，在我這邊是不會有的事，而且沒有可能，即使哪天得知的已是既成事實。我心知什麼事情正在醞釀——這事會不會成真，另當別論；然而我很清楚，克雷契馬遷居萊比錫以來，他的贏面大幅增加。

他那封信透露寫信者從高處自我批判的優秀能力，視之為自白，則其中自我揶揄而兼悔悟的心情令我格外感動。阿德里安對這位從前指引他、如今更鐵了心要再指引他的導師解釋，是什麼樣的遲疑拖住他，使他無法斷然改變志業，全心全意投入音樂的懷抱。他向他承認，神學，作為一門經驗性的研究，令他失望。原因不在這門地位尊崇之學，也不在他學校的老師，而當求之於他自己。可以這麼說的明證是，他完全說不出捨神學而外，他能有什麼更好、更確當的選擇。這幾年裡，他有時候自己內心商量改行的可能，曾想轉入數學，中學時代就覺得這玩意兒挺有意思的。（「玩意兒」出自他的信，一字不易。）但他隨即驚覺，因為他看出，如果以此為業，獻身於這個學門，與之認同，他很快就會清醒過來，對之厭煩，產生倦意，覺得飽膩，彷彿用鐵杓子硬餵自己吃這玩意兒似的。（我還記得他信中這個用心雕琢的比喻，這裡字字照錄。）「我無法對先生隱瞞」（他使用的稱謂通常是您，但他偶爾忽然使用老式稱呼），他寫道，「對先生，對我都無法，徒兒處於呼天不應的情況，這不是尋常可以應付如儀的事，而是逃無可逃，這是可悲可憐，而不是令人眼睛發亮之境。」他從上帝獲賜一身靈活可塑的才智，打童年開始，不必特別費力就掌握他在教育上碰到的一切事物——根本來說，有點兒太不費力了，被他掌握的東西因此得不到他應有的尊重。太不費力了，他的血和心因此從來不曾真正為他所學的東西以及為它們所花的工夫而熱。「我恐怕，」他寫道，「親愛的朋友和師傅，我是個不上道的東西，因為我沒有熱心。有道是，那些既不冷也不熱，而是溫水般的人，是要被詛咒的，從嘴裡吐掉的[216]。我不會說自己像溫水；我斷斷是冷的——但是，我對我自己論斷的同時，我請求得免於那個威福予奪的力量。」

他接著說：

「說來可笑，最好的是中學時代，那時我得我所哉，因為高級中學分配每堂四十到五十分鐘的課，彼此接替不同的觀點，一言以蔽之，因為當時還談不上志業。但是，那些五十分鐘一堂的課已令我覺得太長，令我百無聊賴——此乃天下最冷的事。至多十五分鐘，我就算到老實的先生在接下來的三十分鐘和那些小毛頭磨什麼牙；至於閱讀作家，我都早讀一步，而且早在家裡讀過，我如果隨堂答不出問題，那只是因為我跑在前面，心根本已經在下一堂課裡；四十五分鐘講《遠征記》[217]，太久了，對我的耐心也太長，那也是我開始頭痛的徵候」（意指他的偏頭痛），「這頭痛從來不是出於用功而來的困乏，而是來自厭倦，來自冷冷的無聊，而且，親愛的師傅和朋友，由於我不再是在一個一個學科之間跳來跳去的單身漢，而是和一個職業，一門學問結了婚，這頭痛變得更厲害，經常惡意修理我。

「天可憐見，我不是要您相信我瞧不起任何職業。相反：我為我選擇的任何職業感到可惜，您會看到：在音樂中的崇奉、一片愛的表白、對它一種格外不同的態度，就這樣，我才特別為它可惜。

「您會問：『你沒有為神學可惜過嗎？』——我託身於它，主要並非因為，雖然也有些因為，我認為它是最高的學問，而是因為我想使自己謙卑、自抑、給自己紀律，懲罰我的黑暗面，也就是我的冷淡，簡而言之，出於悔悟。我渴望粗毛衣服，那些衣服底下的荊刺腰帶。我的委身，一如昔人到一所戒律特嚴的修道院叩門求入。它有其荒謬且可笑之處，這學術上的修道院生活，然而，內心一股惶恐告誡我，不要半途而廢，不要將聖經塞到長凳底下[218]，逃入您牽引我進入的這門藝術，我因此將特別為之可惜的職業，您可了解？

---

216 典出《新約聖經》〈啟示錄〉**3：16-19**。

217《遠征記》（*Anabasis*）：希臘作家塞諾芬（**Xenophon**，公元前四三〇—三五四）寫他隨軍長征波斯的經過。

「你認為這門藝術是我的天職，要我明白選它決非太大『岔離正道的一步』。我的路德信仰同意此言，因為它視神學與音樂為近鄰，同族近親，於我個人則認為音樂向來是神學與我所說極有意思的數學的神奇結合。此外，它有非常多從前煉金士和黑巫師不厭煩難、矻矻追求的色彩，而這些都受神學影響，同時又代表解放和叛逆——它是叛逆，但不是叛離信仰，那完全不可能，而是叛於信仰之中；叛逆是一種信仰行動，一切都在上帝裡，都發生在上帝裡，從祂墮離尤然。」

我援引的文字即使並非完全一字不易，也幾近如此。我非常可以信任我的記憶力，而且我念完信稿馬上將信中好些事情記在紙上，特別是講叛逆這一段。

接著，他告罪自己離了題，雖然那算不得什麼離題，回頭談實際問題，他應該考慮瞄準哪門音樂活動，如果他聽從克雷契馬的敦促。他說，他當獨奏技巧名家打一開始而且盡人皆知不必指望，因為：「是蕁麻的料子，早就扎人了，」他寫道。況且他實在太晚接觸鋼琴，根本實在太晚才生出接觸這種樂器之念，由此可以清楚見得他缺乏這方面的本能衝動。他和鍵盤不期而遇，並非有意以鍵盤名家自命，而是出於內裡對音樂本身暗含的好奇心。他絲毫沒有獨奏會藝術家那種吉普賽血液，無法憑著音樂，在獨奏場合呈現自己。這種事需要一些心理條件，他說，而他並不符合：渴望與群眾相愛，渴望花圈桂冠、哈腰恭維，以及在如雷掌聲中送過來的飛吻。他避免使用本來可以直揭他意思的措辭，質言之，即使他沒有太晚接觸這種樂器，他也太羞赧、太高傲、太脆弱、太孤獨，無法成為技巧大家。

這些不利的理由，他繼續寫道，也擋住他以當指揮為人生之路。就像他無法成為樂器戲法大師，他覺得自己的天職不在於成為對管弦樂團揮舞指揮棒的領頭要角、音樂在人間的詮釋大使和盛會代表。這裡，他筆下不經意寫出一個字來，此字和我方才列舉的那些字詞同樣有助解釋他的意思：他談到避世。他自言生性「避世」，而且說這絕非贊美之詞。這項特質，他判斷，是缺乏熱心、同情、愛的表徵。更大的問題是，具此特質之人是否適合成為藝術家，因為這問題的另一提法永遠是：能不能成為愛世界、且為世界所愛的人？如果兩者皆無著落，獨奏家與指揮家這兩個目標俱不可得，此外尚有何事可為？有，的確有，那就是音樂本身，對它的承諾和婚約、密封的實驗室、煉製黃金的廚房，亦即：作曲。絕妙的想頭！「您，吾友大阿爾伯特[219]，將引領我進入此一理論祕法，而且的確，我覺得，我可以預知，因為我在這方面已小有經驗，我不會以一個笨拙無以復加的門徒現世。我將掌握所有竅門與控制，而且輕而易舉，因為我的精神與之相得莫逆，它的土壤已經備妥，已有許多種子滋育其中。我將對哲人石的原質施以創造的極則，運用許多曲頸瓶與蒸餾器，以精神與火使之純化。多輝煌的事業！我不知道有什麼事更引人入勝、更神

218「將聖經塞到長凳底下」（**die h. Schrift unter die Bank zu legen**）：整句取自《浮士德博士故事》第一章，此章稱浮士德為「玩索者」（**Speculierer**），並指浮士德「淪於邪惡的交往圈子」，「將聖經塞到長凳底下」，過著不信神的日子。音樂涉魔，而克雷契馬牽阿德里安入音樂，遂有論者認為克雷契馬亦含魔性。

219 **Albertus Magnus**（一一九三／一二〇六—一二八〇）：德國主教，有中世紀最偉大德國哲學家兼神學家之稱。相傳他兼為煉金大師，精於法術，與魔鬼交通，發現解開萬物之祕的哲學家之石。阿德里安如此稱呼克雷契馬，饒堪玩味。

祕、更高、更深，我需要更少勸說就會投入。

「但是，為什麼有個內心的聲音警告我：『O homo fuge[220]』？我無法完全清楚回答這問題。我只能這麼說：我害怕對藝術許下承諾，因為我懷疑我的天性——與才華完全無關——是否能夠滿足它，因為我必須否認我生具那種剛健的天真，據我所見，那是藝術家具備，而且必備的特質。我生來沒有這種特質，而只有一種對事情很快饜足的才智，我很可以說，我可以對天堂和地獄發誓，我沒有一絲一毫以此自負；這一點，加上與之相連的，容易疲憊和容易厭倦的傾向（附帶頭痛），這就是我畏怯和擔心的原因，我應該因此而退卻。您看，師傅，我年事如此之輕，對藝術已足夠認識而知道——要是不知道，也決計當不了您的徒弟——它遠遠超越圖式、俗約、傳統，遠遠超越一個人向另一人所學，超越訣竅，超越『怎麼個作法』。但也不能否認，它關係相當多這些成分，而我已看見有朝一日（預見也屬於我的天性，無論這是幸或不幸），當我甚至在天才藝術作品的體制架構、在其統攝全作的義蘊裡也看出平庸，當我面臨共同的傳統、文化，以及當我在達成美的方式中看出習套故常——我會為之不自在，為之臉紅，為之倦怠，卒至頭痛，都在一瞬之間。

「問『您可了解？』是何等愚蠢且托大。您如何可能不了解！美之為美，其過程如此：一組大提琴獨自吟唱一個憂思鬱結的主題，質疑人世的愚蠢，問這一切汲汲營營和追逐和彼此折磨所為何來，問得誠摯而富哲學意味，極為感蕩情靈。大提琴擴大闡述其智慧片刻，對這個謎團既搖頭不以為然，又流露悲憫之情，然後，到它們論評的某個節骨眼，一個經過精心斟酌的要處，隨著一波悠長而深沉、使肩膀一起一伏的呼吸，管樂器奏起聖詠曲，莊嚴而動人肺腑，和聲壯麗，銅管加上弱音器，尊嚴顯得謙抑，又充滿溫和收歛的氣勢。旋律如是宏亮推進，卒至接近一個高潮，但它們本乎經濟原則，對這高峰似即還避；讓開，欲取仍縱，若進猶收，始終絕美，接著復退一步，引入又一主題，歌謠般簡樸，亦諧亦莊，甚具民俗風調，乍聽粗枝大葉，實則頗有玄機，在管弦樂分析與渲染的狡變手法之下變化莫測，而有驚人的詮釋與昇華潛能。然後，小謠曲得到巧妙而甜美的處理，條分縷析，細部觀察，逐一潤飾，中音域一個充滿魅力的音型拔尖而起，上攀小提琴與長笛魔力無窮的高度，在上面再搖曳片晌，到了最為愜懷的當口，柔和的銅管再度宣布剛才的聖詠曲，突出眾音之表，但這回並不從頭由當初悠長呼吸之處開始，卻是視同它的旋律已在場片刻，沿承而肅穆推向它們原先充滿智慧不即不離的高點，情感洶湧漲溢的『啊！』效應因而更為強烈，這時候，它們再無保留，在土巴奏出的和聲過渡音巍峨支撐之下升階，光彩煥耀跨上主題，然後，彷彿帶著實至名歸的滿足回顧功成事遂的來路，繼而端莊歌唱收尾[221]。

「親愛的朋友，我何故為此發笑？我們還有比這更高明的天才來運用傳統、尊奉技法嗎？我們有比這更巧於拿捏的情感來達成美嗎？然而我，這個受咒咀的人，不由得為之發笑，聽到那底

220 語出《浮士德博士故事》第五章結尾，浮士德以小刀挑開左手血管，以血寫下他將靈魂賣予魔鬼的契約，此時他左手出現這些烙印字樣：**O homo fuge**：「啊，眾生，快逃離他」。下句是：過正道的生活。

221 此段「口述音樂」，已知寫的是華格納歌劇《紐倫堡的名歌手》（*Die Meistersinger von Nürnberg*）第三幕序曲。

下豬叫般的邦巴東號[222]低音咕噥——嗡、嗡、嗡——乓！——我或許眼淚奪眶，但發笑的行動掩蓋一切。我自來就受詛咒，最神祕、最令人動容的現象當前，一定要發笑，因此從這過度的滑稽意識逃入神學，希望它為這股癢勁帶來平息，卻落得發現它裡面也有許許多多滑稽得嚇人之處。為什麼一切事物在我看來都是它們的自我諧擬？為什麼我覺得幾乎一切，不對，藝術的一切手段和傳統，今天都只適合供諧擬之用？——這些其實是修辭問句，我沒有指望得到回答。但一個如此絕望的心，一個如此冷感如狗鼻子的人，您認為有音樂『天資』而召喚我投向它，投向您，不要我謙謙卑卑在神學裡熬下去？」

這就是阿德里安帶著自辯的告白。我手頭沒有克雷契馬的回信，沒有在他的遺物之中，他可能曾將那回信保存一陣子，留在身邊，由於搬家，移居慕尼黑、義大利、菲弗林，弄丟了。不過，那封回信，我記憶起來幾乎和阿德里安的一樣精確，雖然我當時未作筆記。口吃先生堅持他的召喚、他的敦促和引誘。阿德里安信裡沒有半個字能須臾使他的信念陷入困惑，那個信念就是：命運注定阿德里安真正該走的是音樂之路，他渴望它，它也渴望他，他躲它，半是畏怯，半是賣乖，藏在他對自己性格和氣質只有一半得實的分析後面，就像他在他第一個、荒謬的職業選擇神學裡藏身。「矯揉做作，阿德里——閣下頭痛加劇，就是懲罰。」被他自己所誇揚或指摘的滑稽感，將會與藝術相得益彰，比起他現在這個人為的不自然學業，音樂反而會善用他自稱的這個討厭性格特徵，善用的程度完全超過他所相信，或者他自稱他所相信那樣。阿德里安的自我中傷在多大程度上是他藉以中傷藝術的口實，他，克雷契馬，願意暫置不論；將藝術說成與群眾交媾、飛吻、盛會代表，說成鼓動情緒高漲的風箱，則有點兒認識錯誤，甚至可以說是蓄意誤解。

他作為藉口來從藝術告退的那些特質，正是藝術需要的特質。今天藝術需要的，就是他這類的人——詼諧，偽飾、捉迷藏的詼諧，正是阿德里安再熟不過的事。冷淡、「很快饜足的才智」、善察平庸、容易疲憊、容易厭倦的傾向、動輒嫌煩——凡此都正適合將與它們相連的天資提升為天職。何以故？因為此事只有部分關乎個人性格，大部分本質上卻超乎個人，是一種集體感受的表達，這感受是，歷史上的藝術手段已經窮竭，已經掏空汲盡，一切都淪於枯燥乏味，人人都在追求新路。「藝術是要邁進的，」克雷契馬寫道，「它以一種人格為媒介而邁進。人格是時代的產物兼工具，客觀與主觀動機在這裡結合無跡，兩者的體性相容互入。藝術需要革命性的進步，需要新境界的實現，這需求攸關其生死，所賴的媒介必須在主觀上最強烈感覺到一切皆已陳腐，言皆無物，常見、習用的手段已無出路；此時派上用場的，就是乍看不具生命力的特質：容易倦怠的性格、容易感到枯燥乏味的才智、看穿『怎麼個作法』而覺厭倦的能力、受了詛咒般將事物視為自我諧擬的傾向、『滑稽感』——我要說的是：藝術的生命意志和前進意志以此人格薄弱的特質為面具，以便自我顯示、客體化、自我實現。這對閣下太多形上學了嗎？其實正好足夠，而且正好都是真理——你根本很清楚的真理。快一點，阿德里安，下定決心吧！我等著。你二十歲了，還有許許多多竅門要學，這些竅門也挺難的，足夠逗引你。練習卡農、賦格和對位法而頭痛，強似為反駁康德反駁上帝存在的論證而頭痛。別在神學裡當處子了！

---

222 邦巴東號（**bombardon**）：低音銅管樂器，類似土巴，但音調更低。

處子之身可貴，可她終須成為人母，
否則她就像一片未識雨露的泥土。」

全信援引《天使漫遊者》[223]這個句子作結，我看完信抬頭，和阿德里安調皮的微笑碰個正著。

「不錯的攻防，你看呢？」

「是很不錯，」我答道。

「他清楚他要什麼，」他接著說，「很丟臉，我不是那麼清楚。」

「我想，你也很清楚，」我說。說實了，我在他自己那封信裡完全看不出他真的拒絕，但也不相信他寫那封信是出於「矯揉做作」。一個人有意將一項決定變得很困難，並且出於懷疑而使困難更為加深，說這是矯揉做作的確不貼切。那項決定終將成真，我先前已看出而為之激動，而那決定可以說已經作成，則是我們隨後下一場交談的基礎，因為我們互談彼此的下一步未來。無論怎麼說，我們的人生就要分道了。我嚴重近視，但當局認為我可以當兵，要我向紐倫堡的第三野戰砲兵團報到，完成我的兵役。阿德里安那廂，由於枯瘦蒼白，或者由於習慣性的頭痛，無限期免服兵役，便打算在布赫爾大院消磨數周，以便，如他所說，和他父母商量他改變職業的事。但他透露，他將把這事說成只是換念一所大學——在某種程度上，他也是這樣對自己交代。他要向他們說，他想讓他的音樂追求「多占一點分量」，因此要前往他中學時代的音樂導師工作的城市。至於放棄神學，他沒有說出口。事實上，他打的主意是再進大學，上哲學課，拿哲學博士學位。

一九〇五年冬季學期開始時，阿德里安移居萊比錫。

223《天使漫遊者》（*Cherubinischer Wandersmann*）：作者約翰・謝夫勒（**Johann Scheffler**，一六二四—一六七七），德國教士、神祕主義者、宗教詩人，從路德派新教改宗天主教，取名**Angelus Silisius**。《天使漫遊者》有多首格言式短詩，大多為兩行一節，每行十二音節，押尾韻的亞歷山大雙行體。

16

我們的道別一派冷靜而且拘泥，自不待言。幾乎談不上眼神的交換，簡直也沒有握手。在我們年輕的生命裡，我們之間經常分離又聚首，握手不是習慣。他早一天離開哈勒，我們兩人，沒有溫夫利德社員，在劇院共度他在哈勒的最後一晚；他翌晨啟程，我們在街頭分手，一如我們在那兒的無數次分手，轉身各走不同的方向。我忍不住呼喚他，增加告別之情。我自然而然叫他名字，他沒叫我。「So long，」他只這麼說。這個習慣用語是他從克雷契馬學來的，他援引這語句，帶著嘲諷，就像他引用使我們想起某個時地和某人的口頭語句，有個為這些語句加上嘲諷語氣的癖好；他還拿我人生中的軍旅生涯插曲開個玩笑，才掉頭而去。

他其實也有道理，不將這次分手看得太嚴重。至遲一年，我的兵役結束，我們又會在某個地方聚首。然而在相當意義上而言，那的確是個段落，是一個階段之終，另一階段之始。他似乎沒有察覺這一點，我則五內激動，感傷形於色。我到哈勒去會他，可以說是延長我們共度的中學歲月；我們在那裡的生活與凱撒薩興並無多大不同。就是我已是大學生而他還念中學的那段時間，也不能和眼前這個改變相比。那時候我將他留在故里和中學的親密框圍裡，但三不五時回去同他重聚。只有現在，我才覺得我們的人生真的分道，從此各自為謀，我向來覺得那麼必要（雖然徒勞）的作法就此結束，只能以我在前面用過的詞句描述這個情形：我從此不再知道他做了什麼，體驗了什麼，不再能時時靠近他，目不轉睛關切他，我必須從他身邊走開，就在我認為最值得觀察他人生的時刻，雖然我的關切對他的人生的確不可能帶來任何改變，這時刻，他離開學術生涯，用他自己的話說，「將《聖經》塞到長凳底下」，整個投入音樂的懷抱。

那是一項重大的決定，我感覺到格外打著不祥命運的印記，在某種程度上，這決定取消最近的過去，連上久遠以前我們共同生活的一些時刻，那些時刻，我一直記在心中：我撞見這孩子在他伯父家實驗簧風琴，以及更遠以前，我們與漢妮在椴樹下合唱卡農。他的決定令我心鼓舞，卻同時令我焦慮而心頭揪緊。這樣的感受，我只有一比，是我們小時候盪鞦韆，飛盪到最外最高處時，那種歡呼恐懼交雜。他這一步正當、必要、改正了上一步，以及神學對他只是一種逃避、一種掩飾，我都瞭然於心，而且高興這個朋友不再為認清真相而猶豫。他需要勸說才達到這個認識；雖然預料這個認識將會有非比尋常的結果，但在種種喜悅與不安之中我仍然感到寬心，因為我可以對自己說，那勸說裡沒有我的份。若說我幫忙勸過他，我頂多也只曾以幾分宿命的態度，對他說一些話，諸如「我想，你自己知道」之類。

此處容我提一封信，我到瑙姆堡[224]入伍兩個月後收到的，我讀了，帶著母親展讀孩子來信的

224 瑙姆堡（**Naumburg**）：在薩克森—安哈特邦，位於薩勒河畔。

那種感觸——除了一點：為得體起見，一個人不會將這種事稟告母親。在那前三周，我寫過一封信給他，由於還不知道他的地址，寄給哈斯音樂學院由克雷契馬先生轉交，信中交代我新生活的苦況，並且請他千萬讓我了解，不管說得多簡短，他在那個大城市裡是否適意，起居一切安否，以及他的學習情況如何。他的回信，我先說明，其復古式的遣詞用句，當然意在諷擬、影射奇特的哈勒經驗、孔普夫的言談特徵，但同時也是他自身的性格表現和標榜自我風格，其中流露他的內在情性和一個傾向，就是以極為傳神的方式運用諷擬，既隱身於諷擬後面，也在諷擬之中獲得自我實現。

他寫道：

萊比錫，星期五，淨化彌撒後，一九〇五

彼得街廿七號

可敬、博學、親愛、與人為善的為人師表兼槍砲先生！

本人由衷深謝閣下抬愛並辱書，賜知閣下目前之整潔、無趣、艱辛處境，閣下奔忙蹦跳、洗刷擦拭及發銃射砲，道來栩栩如生，意趣橫溢。所言在在令本人五內發笑，尤其大函所提士官，此傖刨磨閣下無所不至，然於閣下高深教育與學養欽佩莫名，遂在餐廳責令閣下以音步與音節標盡天下詩律，彼蓋以為如此能事乃心智高貴登峰造極之徵。禮尚往來，改日偷暇，當得奉告此間區區所遇種種光怪突梯滑稽離奇事體，供足下稱奇取笑。此處暫且單表區區致意通問之忱，所願足下以快慰與歡喜之心消受諸般磨難，蓋磨難助人，假以時日，閣下自將脫穎而出，中士環釦綬帶加身。

此地嘉言：「信任上帝，靜觀土地與人民，莫有攪擾。」處普萊斯、帕爾特、艾爾斯特河畔[225]，生活性質與脈博不容否認頗異於薩勒河畔，主因此處稠居人眾浩繁，數逾七十萬，俯仰其中，允宜心懷同情與寬忍，一如當年先知言及尼尼微種種罪孽，語含會心而出以幽默諒解：「如此大邑，城中逾萬人。[226]」七十萬人需要何等寬宏大量，即此可知。余雖乍到新至，秋來已曾見識此間集市，歐洲四面八方萬眾奔會而至，來自波斯、亞美尼亞及其餘亞洲諸國者，亦人潮絡繹。

此非在下心歡殊甚此一尼尼微之謂，此城信非吾國至美之都，凱撒薩興實勝一籌，僅以古老與謐靜及無有脈博，不需其餘，即有美與莊嚴之勝。構作侈麗堂皇，吾城萊比錫，一似以奢貴盒裝童玩石磚築就，斯民言語則俗惡鄙猥之至，令人每當購物，店前裹足畏怯再三，始克入門還價。猶如吾圖林根人睡醒，惺忪微退，七十萬張厚顏放肆與忝不知恥而下巴高突之嘴迎面而至，恐怖至極，恐怖至極，雖則並無惡意，其間兼且摻雜其人因其世故之脈博而優為之自我揶揄。音

---

225 萊比錫坐落普萊斯（**Pleisse**）、帕爾特（**Parthe**）與艾爾斯特河（**Elster**）三河交會之處。

226「先知」指約拿（**Jona**），阿德里安引用的是德文本聖經，人口「逾十萬」（**mehr als hunderttausend Menschen**），數字與欽定本英文及中文本聖經俱別。

樂中心，印刷業與小書商中心，復有煥乎有文章之大學，惟其建築分布錯落：主體坐落奧古斯都廣場側近，圖書館緊鄰布商行會，各科院系星羅棋布於各幢建築，林蔭道上之紅屋屬於哲學，法學在聖母學院，位於本人所居彼得街，我當日新從火車總站下車，上路即直入城中，不旋踵尋得落腳安身之所。午後未久抵達，行李寄貨棧，彷彿不知何方神聖指路，信步而得路，讀一屋簷雨水管之招貼，叩門鈴，隨即與胖大而言語俗惡女房東商妥底樓兩室。租屋既了，光景尚早，在下以初來此鄉，興復不淺，當日遂將全城遊觀殆盡——此番真有高人指路，火車站之挑夫是也：此即上文所提惡怪離奇事體所出，或許容後再表。

胖婦未為三角撥弦鋼琴大驚小怪；本地人已習慣此物。在下亦未擾其清聽過甚，區區目前主攻理論，以和聲與對位為務，多用書與紙筆，自求多福，請陳其詳：蒙amici[227]克雷契馬督導與教正，每兩日呈交習作與作品，敬候獎掖與摘瑕。在下上門，先生不勝歡喜之至，擁我入懷，為因此子未存傷他知人之明之心。隻字不聽我語及音樂學院，無論國立或其所執教之哈斯；原因，他說，其氣氛非我所宜，我應師法海頓老爹，其人向無師從，自修富克斯《藝術津梁》[228]及當代各類音樂，尤其漢堡巴哈之作[229]，勇敢精進，卒至造詣圓熟。法不傳六耳，和聲學令區區呵欠連天，練對位則霎時生龍活虎，在此魔境嬉遊之不足，不覺嘔心致志以解難題，而難題終無解，兼且率爾瞎謅卡農與賦格習作，堆案盈几，滿紙荒唐，頗蒙大師謬獎。似此皆生產工作，非想像與發明之本事莫辦，實即和弦骨牌，以其中並無主題之故，竊以為既不適蒸煮，亦不宜烤炸。凡此一切，延留音、經過音、轉調、準備音及解決，in praxi[230]，從聆聽、體驗及自我發現之中學習，可不強過呆學書本？然終究而論且per aversionem[231]，此事無非愚蠢，亦即對位與和聲之機械性分離，蓋兩者彼此穿透，難分難解，理應一體視之，不能個別講授，此即音樂——設若音樂為可授受之物。克雷契馬認可愚說，自言吾人自始即應公道對待旋律，正視其在良好結體中所扮角色。不和諧音之融入和聲，經由旋律者多於經由和聲組合。

業以勤精，余 zelo virtutis[232]，幾至不勝負荷且不勝其繁，只緣仍往高等學府聽課，勞登薩克之哲學史，名家柏梅特之哲學科學百科與邏輯。——Vale. Iam satis est[233]。謹此將閣下交託親愛上帝，願彼護佑閣下及純真眾生。「您最忠誠的僕人，」如在哈勒所言。——至於導致在下與撒旦間有所交涉之惡怪荒唐事，上文當已撩撥得閣下好奇逾恆：說來全因抵此當日向晚時分挑

227「法院之友」：法律名詞，源於羅馬法，英美習慣法繼紹，其人不屬訴訟任何一方，出於自願，或應訴訟當事人之請，向法庭提出相關資訊與法律解釋，以協助訴訟進行。法庭之友可能僅就法律或程序闡述觀點，也可能以其觀點影響判決。

228 富克斯（**Johann Joseph Fux**，一六六〇—一七四一）：奧地利作曲家兼音樂理論家，最有名著作為專論對位法的《藝術津梁》（*Gradus ad Panassum*），影響深遠，海頓以此作自修對位法，並向貝多芬推薦。

229 巴哈第五個孩子，卡爾·艾曼紐（**Carl Philipp Emanuel**，一七一四—一七八八），巴洛克風格到古典與浪漫風格過渡期極重要的音樂家，一七六八至一七八八年間在漢堡擔任音樂職位，遂有「漢堡巴哈」之稱。海頓善於自修而轉益多師，研習漢堡巴哈作品，獲益良多。

230「從實踐之中」。

231「完完全全」。

232「奮勉以赴」。

233 拉丁文，「再見，即此不一」之意；信尾用語。

夫引領在下迷途。此漢粗繩纏腰，紅帽與銅牌，防雨披肩，言語俗惡如此間一切人等，下巴粗毛直豎，鄙見以為其有小鬍子而尊容遙似吾人之施列普夫斯，細思之下，甚至可謂神似，或因我回想之故而變得愈發近似；再者，此人粗壯與肥腴俱有過之，想必啤酒使然。對在下自稱導遊，出示銅牌，且口吐二、三句英語與法語為證，所言俗惡之至：peaudiful puilding 及 antiquidé exdrèmement indéressant[234]。

Item[235]，雙方條件談妥，粗漢二小時指點無遺，導我周覽各處：至保羅教堂，凹槽十字迴廊極美，至托瑪斯教堂，為約翰．塞巴斯蒂安而訪，又至約翰教堂，臨其葬墓[236]，該堂亦為宗教改革紀念碑所在，並至新布商大廈。街巷熱鬧樂甚，前已言之，此際秋市正酣，各色旗幟與布幔招售毛皮與凡百貨品，自窗口懸垂而下，遮屋蔽宇，大街小巷無不摩肩接踵，內城舊市政廳一帶尤然，粗漢指指點點王宮與奧爾巴赫客棧及普萊斯堡矗立如故之塔，即路德當年與艾克辯論所在[237]。見識狹街隘巷之擁擠填咽，在市場後側，極古老之致，屋頂陡斜，院落與過道盡皆加蓋，處處堆棧與地窖，去來四達八通而出入連接如迷宮。百貨塞途，人叢擠軋，目所相接，盡為異域殊方之眼，耳所得聞，皆是生平未聞之語。興奮莫名，有渾身為世界脈博撞擊之感。

天色漸暗，燈火漸上，街巷人潮漸退，區區既倦且饑。行程終了，能不能指點個進餐的客棧，在下語導遊。好館子吧？他問，雙目睒眨。好館子，如果不太貴。此人領余至一胡同，在大街後方，一落階梯上門，沿梯黃銅欄杆，亮如此人之銅牌，門頂一燈籠，紅如此人之便帽。祝你好胃口，余付資，彼回以此語，隨即逃之夭夭。余叩門鈴，其門自開，入得門廳，迎面而來一盛裝夫人，雙頰嫣紅，身掛玫瑰念珠，以蠟色珍珠為之，呼引我幾如貞女節婦，欣喜何似，而溫言款語，目挑眉逗，一似期我候我已久。陪在下穿過門簾，入得一室，微光閃爍，鑲幔為飾，枝形水晶吊燈，鏡前皆襯以壁燈，絲綢躺椅，座上神女與荒野之女，凡六或七人，可稱之為閃蝶、透翅蛾、艾絲茉拉妲，有衣不蔽體者，有衣裳透明者，有絹綢，紗羅及爍綢，有長髮披肩，有短髮鬈雲，有面龐撲粉者，有胳臂帶鐲者，以期盼盈溢、吊燈下精芒熠熠之雙眸凝視來客。

諸姝凝視者為我，而非閣下。該粗漢，啤酒佬施列普夫斯，導余入窯子！在下駐足當場，五情不形於色，舉目惟見對面一鋼琴，琴蓋敞開，乍見朋友，當即動身步過地毯，站立而彈二、三組和弦[238]，自知所彈何物，蓋余此時縈迴思緒之事無非和聲問題。H大調轉至C大調，半音之

---

234 **peaudiful puilding** 正確英文應為 **beautiful building**（美麗的建築），**antiquidé exdrèmement indéressant** 正確法文應為 **antiquité extrêmement intéressante**（極有意思的古物）。

235 「總之」或「此外」。

236 巴哈原葬托瑪斯教堂，一八九四年改葬聖約翰教堂。

237 路德與經院派神學家艾克（**Johann Eck**，一四八六—一五四三）辯論，史稱「萊比錫辯論」（**Leipziger Disputation**），事在一五一九年七月四日至廿七日，總共廿三天，辯論主題包括煉獄、赦罪券、懺悔及教皇權威之正當性。辯論地點普萊斯堡（**Pleissenburg**）因位於普萊斯河畔而得名。

238 阿德里安所述誤入妓院，托瑪斯．曼自言完全取自尼采經歷。尼采友人德森（**Paul Deussen**）於一九〇一年出版《憶尼采》（*Erinnerungen an Friedrich Nietzsche*），記尼采自言一八六五年遊科隆，雇車遊城，遊畢請車夫介紹雅致餐館，車夫將他帶往妓院：「我突然陷入半打身穿薄綢透紗的幽靈包圍，個個眼含期望。我兀立當場，片刻作不得聲，然後出於本能，走向房間裡一台鋼琴，如同走向房間裡唯一有生命靈魂之物，彈了幾個和弦。和弦打破魔咒，我奪門而出。」托瑪斯．曼推測，尼采難禁試探，一年後重返原地而得梅毒。

差，光明更進一步，一如《魔彈射手》終曲之隱士祈禱，定音鼓、小號及雙簧管進入C大調六四和弦。余知此於事後，當時並無所知，唯隨興彈指而已。一褐膚女趨近余身側，西班牙短衣、大嘴、獅子鼻、杏眼、艾絲茉拉妲，舉臂摩挲余面頰。余轉身，膝蓋頂開鋼琴長椅，復行地毯之上，自色欲地獄奪路而出，無視老鴇巧言令色，過門廳，直下階梯而達大街，兩手未曾一觸黃銅欄杆。

以上即在下所遭一段碎事，短話長說，報謝閣下所敘下士咆哮，而閣下教之以artem metrificandi[239]。謹此，阿門，為我祈禱吧！迄今只聽一場布商大樓音樂會，以舒曼第三號為pièce de résistance[240]。當初某批評家盛稱此作「世界觀包羅廣大」，似此評論，毫無客觀，頗類為古典主義者所肆意譏訕之信口胡話。但此評亦自有其中肯之處，點出音樂與音樂家拜浪漫主義而成就的境界提升。音樂本屬蔽於一曲的小市鎮專技，是小城鄉吹奏之聲，由浪漫主義而解放，而接觸宏放偉大的精神世界、當時沛然流行的藝術、思想運動——別忘了此一關捩。這一切都發軔於晚期貝多芬及其複音，有一件事我認為意味深長之至，反對浪漫主義的人，質言之，反對藝術由區區音樂性邁出而進入具有普遍性之心靈精神者，每每也反對、扼腕貝多芬的晚期發展。你可曾細想，貝多芬最高作品中不同聲部的個性化何其大異於舊音樂，相較於舊音樂處理之熟巧，何其痛苦地富有意義？有些評斷，其粗陋令評斷者自累露醜，令人發笑。韓德爾評葛路克[241]：「我的廚子還比他懂對位法」——我特愛如此同行之言。某位非可厚鄙的法國批評家，至第九號交響曲前還熾心仰慕貝多芬，卻在一八五〇年宣言主宰此作的是一個疲憊心靈，一個無才對位家的無明炫學。足下可知如此確鑿的誤判，令在下感到何其幽默發噱？貝多芬駕馭賦格，技術上從未穩實、便給、輕熟如莫札特，這一點固然真實之至，唯其如此，他的複音才特具一種凌越兼擴大區區音樂性的精神內涵。

孟德爾頌，如閣下所知，我於他頗有特嗜，他可以說是由貝多芬第三階段起步，亦即多聲部風格，他因此而高於、異於宅爾特學派[242]。我對他的唯一異辭，是他的複音得來過於容易。此人雖然寫精靈水怪，其實是古典主義者。

彈很多蕭邦，兼讀與他相關的文獻。我愛其人物似天使，令人遙想雪萊，我愛其孤癖、神祕如隔紗、莫測費解、疏遠難近、人生了無歷險、萬事不欲知、拒斥物質經驗，其絕頂纖細且誘人藝術所行的崇高近親繁殖。德拉克魯瓦對他誼深悃款，從他寫給此人之言，此人如何，可知過半：『J'espère vous voir ce soir, mais ce moment est capable de me faire devenir fou.[243]』這位繪畫世界的華格納沒有不可能的事！然而蕭邦頗有不少層面，非但和聲，連同整體心理意義上，不只遙啟，甚至凌駕華格納。試取作品廿七第一號升C小調夜曲，升C與降D同音替換後的二重奏。音聲悽切之美，邁越《崔斯坦》[244]所有縱情狂喜——並且是出自鋼琴的親密幽惋，而非愛欲的洶湧

239「作詩的藝術」。
240「最精采部分」。
241 葛路克（**Christoph Willibald Gluck**，一七一四—一七八七）：德國歌劇作曲家。
242 宅爾特（**Carl Friedrich Zelter**，一七五八—一八三二）：德國作曲家兼音樂教育家，門生包括孟德爾頌。
243「期盼今晚看到你，但此刻已足令我欣狂不能自已。」

激戰，也沒有徒逞精壯而墮落如鬥牛的劇場神祕主義。最可留意者，是蕭邦對調性的反諷關係，極盡逗弄、掩隱、冷落、懸宕，乃至嘲弄調號，手法奔逸揮灑，扣人心弦，不亦快哉……」

一聲Ecce epistola！[245]結束此信。附綴一句：「此信應即銷毀，自不待言。」信末簽字是他姓氏的起首字母，即雷，而不是阿。

---

244 指華格納歌劇《崔斯坦與伊索德》（*Tristan und Isolde*）。

245 「瞧這封信！」，此語明顯套用耶穌受審時彼拉多所說「瞧這個人」（**Ecce homo**）一語（約翰福音**19：5**），但尼采自傳亦取名《瞧這個人》，於是更明顯有意使人聯想誤入妓院但重返而得病的尼采。

17

那絕對命令般的指示，亦即將信銷毀，我沒有聽從。我此等「誼深至誠」，一如他所自鑄以形容德拉克魯瓦對蕭邦之情，誰能怪責我呢？我當初沒有立時聽從指令，因為我必須一讀再讀這份我原先單純飛快看完的文本。不只是再讀，兼且希望研索其風格和心理，久而久之又覺毀信時機已過；我逐漸將此信視為一份文件，並視毀信令為其重要構成部分，毀信令既然成為文件，可以說已自我取消。

有一點我自始就確定：函末的指令，原因不在整封信，而只在其中一個部分，即他所謂光怪突梯滑稽離奇之事體，亦即要命的挑夫事件。話又說回來：這部分實即整封信；為此事之故，才有此信。他寫此信不是要我看了開心；毫無疑問，這位寫信者知道，該「惡怪荒唐」事絕無任何可能令我開心之處；他寫此信，是為了卸除一個令他心驚魄動的印記，我，這個兒時友伴，自然是這印記的唯一徙置之處。其餘一切全是附屬、文飾、遁辭、拖延，然後以辯才無礙的音樂批評警句遮蓋，彷彿沒事似的。一切都指向這則──用個客觀的措辭吧──軼事；此事自始就藏在背景裡，在全信最初數行微露消息，復又挪開。事情仍未說破，化入關於大城尼尼微的玩笑，以及先知存疑而寬諒的言語之中。此事幾乎就要直揭而出，也就是在首次提起挑夫之處，但復又消失。全信看來頗有就此結束而不及報告此事之勢——看看那句 Iam satis est，彷彿寫信者已經渾忘其事，彷彿他移用施列普夫斯的問候詞才又記起這回事，大有「匆匆順便交代」之意，最奇是交代時回頭援引他父親的蝴蝶學，而且不甘就此為全信收尾作結，反而轉筆評論舒曼、浪漫主義、蕭邦，目標顯然是要減輕那件事的分量，使之重新為人所忘——更正確說：寫信的人為了自尊，這些評論只是表面上要達成這目標；因為我不相信他的真正用意是要我，這個讀信人，掠過全信這顆核心了事。

第二次審視，特別令我留意的是此信的文風筆調，其諷仿或採取孔普夫舊式德文之處，只維持到述及歷險，然後若不經意放開，因此結尾篇幅褪盡古風，純屬現代語法。這難道不是說，復古腔調一俟誤入奇途的故事付諸白紙黑字，就完成了它的目的而功成身退，不只因為它不適合結尾那些引開注意力的觀察，而且因為，從信首標注日期的方式開始，使用古式腔調的用意就是為了以此腔調來交代那故事，使那故事具備適當的氣氛？什麼氣氛？我要說出來，儘管我心中所想的形容看來不甚適合那段鬧劇。我想的是，宗教氣氛。有一點我很清楚：由於它與宗教的歷史淵緣，宗教改革時代的德文被選用來向我說那個故事。如果無此策畫，那句一直呼之欲出的話「請為我禱告！」如何可能形諸筆端？這是再好也沒有的以引文為掩飾、以諧擬為藉口之例。在這之前，另有一詞令我乍讀為之形神一震，此詞與幽默詼諧毫無關係，而且帶著明確的神祕，應該說是宗教標記：「色欲地獄」。

我此刻和當時冷靜分析阿德里安的信，但很少人會弄錯我一讀再讀此信的真正感受。分析必然冷靜其外，即使內心懷著深深的震動為之。我內心深深震動，不只此也，是氣壞了。我對這啤酒佬施列普夫斯的惡作劇無限生氣——讀者請勿以為這是我夫子自道，說是我自己過守禮教的徵記：我從來不是過拘禮教之人，要是在萊比錫遭此愚弄，我也懂得如何安之若素；毋寧，我是請讀者透過我的感受來識知阿德里安的本性和本質，以「過守禮教」一詞形容他固然可笑不相宜，但那性情中可能含有對粗魯下流的顧忌，以及希望受到保護與寬容的傾向。

在我的激動裡，占有不小分量的是一個事實，就是他竟然，而且事過數周，將那場歷險告訴我，打破一項絕對，而且我向來尊重的避忌。聽起來或許可怪，但愛、性、肉體，在我們的交談裡是從未以個人、私人層次觸及之事；從來不曾，只有透過藝術與文學為媒介，表現於精神思想領域的激情，才進入我們的意見交換之中，他提出客觀知識的見解，而那些與他個人完全無涉。這麼一個心靈如何可能沒有包含這個成分！他心靈中有此成分，證據足夠，就是他重述取自克雷契馬的觀念，表明藝術裡的感官層次不容輕視，而且不只如此；還有他許多關於華格納的評論，以及他自發地提到人聲赤裸，而古早的聲樂如何在思想上以殫精竭慮的藝術手法為之彌補，等等。這些都沒有絲毫處女忸怩之處，而是代表其人自由而泰然正視情欲世界。不過，每一次話題轉到這方面，我內裡都感到一股震動、一種驚愕、心上微微揪緊；同樣，這裡要顯示的仍然不是我的性格，而是他的。形容得有力一點，那就像你聽見一個天使喋喋而談罪：甚至這時候，你也可以預料他對此題材的態度中不會有任何輕浮與厚顏放肆，不會有任何庸俗的取樂，然而，儘管完全承認他談此事的思想權利，你還是感到受傷，忍不住懇求：「別說了，親愛的！你的嘴純潔而嚴直，不宜談這種事。」

事實上，阿德里安對淫猥粗鄙之事的反感是實話直說而令人生畏的，我極為清楚那種話題稍現蹤影，他臉上鄙視欲嘔及憎厭色變的神情。在哈勒的溫夫利德圈，他這方面的細膩敏感非常不受侵擾；宗教體統——至少在言語上——使那些侵擾不接近他。女人、少女、愛情關係，這些同學之間是不談的。我不知道這些年輕神學家私底下實際上操持如何，是不是都守身以待基督教婚姻。至於我自己，我必須承認我那時嚐過禁果，和一個平民少女，一個桶匠之女，過從七或八個月。那段關係，我對阿德里安嚴守祕密（雖然我其實不相信他曾經注意），然後好聚好散，因為我為小可憐缺乏教育而生去意，也因為我永遠只能和她談那麼一件事，其餘無話可說。使我進入那段關係的，與其說是血氣方熱，不如說是好奇心、虛榮心，以及希望貫徹我的理論信念，實踐在性事上應該坦白的古風。

然而正好是這個成分——那種精神上的樂趣，至少如我自稱享有的那般，雖然這有點假道學——在阿德里安該方面的態度裡則完全看不見。我不談基督教的約束，也不提「凱撒薩興」這密語，以暗示半屬資產階級的道德，半屬中世紀式的畏避罪孽；這些遠遠不足以描述真相，也不足以形容他的態度在我心中喚起的愛心關注，以及我對他可能受到傷害的反感。你根本不能——也不願——想像他置身任何「風流」處境，因為他周身一副純潔、禁欲、思想高傲、冷靜反諷的鎧甲，而且是我視為神聖的護身甲——我說的這種神聖，含有一些令我痛苦和暗覺恥辱的意味。痛苦且恥辱——邪惡之人或許不足與言此理——因為我想到肉體生活注定沒有純潔，本能無懼於思想的高傲，最峻拒一切的傲氣也得向大自然納貢，以至於我們只能希望，但願這個向人性層次，連帶亦即向獸性層次的貶降，是在最柔情的美化、靈魂提升的最高形式中，以愛的奉獻、淨化的感性為掩飾來完成。

我是不是必須補充說，吾友的情況最不可能寄以上述希望？我說的美化、掩飾、高貴昇華，是靈魂之功。靈魂是一個中介、扮演調解作用、具備濃厚詩質的法庭，精神與本能在裡面彼此交織滲透，以有幾分幻覺的方式相互調和。這是一個徹底情感的生命層次，這層次，我承認自己的人性在這層次裡十分愜意，但並不合乎那些最嚴格的品味。阿德里安那樣的天性沒有多少「靈魂」。深度觀察的友誼教我看出來的一個事實是，最高傲的精神氣質最直接面對獸性，最直接面對赤裸的本能，之間最缺乏中介調和，因此最卑屈任其擺布；此所以我這樣的人不得不為阿德里安那樣的天性擔心焦慮——此亦所以我覺得他向我報告的悖德探險記帶有令人心驚的象徵。

我看見他在那歡樂窩的門檻上，在漸漸會過意來之中，目注那些等待著的荒野女兒。一如他在哈勒的穆哲客棧走過陌生的世界，那景象在我面前清清楚楚，我看見他不假思索穿過去，在鋼琴前駐足，彈出他事後才能解釋的那些和弦。我看見塌鼻女在他身側，希蒂爾蕾．艾絲茉拉妲，臉上撲粉，西班牙緊身圍腰，以光裸的臂膀摩挲他的面頰。強烈地，我渴望穿過空間，回返時間，置身當場。我極欲以膝蓋將那女巫從他身邊一把撞開，就像他將鋼琴凳頂開，奪路排闥而出。數日之久，我老感覺到她的肌膚觸摸我自己的臉頰，而在厭惡與驚心之中悟知那摩挲也一直在他頰上灼燒。我只有再一次請求，如果說我沒有辦法往那個事件的輕鬆面看，讀者不要視為那代表我的性格，而應視為代表他的。那件事絕對沒有任何輕鬆面。我刻畫吾友的天性，只要得以傳達其萬一，讀者應該就能和我一同感覺那觸摸裡難以言喻的玷辱、充滿諷刺的貶抑，以及危險。

他在那天以前不曾「摸」過女人，我當時、現在都確定，不容辯駁。如今一個女人摸他，而他逃走。此逃並無任何滑稽可笑，我可以向讀者保證，如果讀者有意在其中尋找笑料的話。可笑之處，至多只在於那逃跑是徒然的，有其苦澀、悲劇的意味。據我看來，阿德里安並沒有逃脫，他當然也只是非常暫時覺得自己逃脫。他精神上的高傲以沒有靈魂的本能經受了那場邂逅的創傷。阿德里安將會重返那個騙子引他前去的現場。

18

依照我的描寫，我的敘述，讀者會不會問如此多細節我怎麼都纖悉盡知，因為我並沒有時時刻刻在場，沒有時時刻刻在這本傳記的已故主角身邊。沒錯，我一再和他長時間分隔：例如我服兵役那年；雖然，我兵役結束後在萊比錫繼續我的學業，因而完全清楚他在那裡的生活情境。我的古典文化教育之旅亦然，那是一九〇八和一九〇九年。我回國之後，我們的重聚十分短暫，因為他已動念離開萊比錫，前往德國南部，所以接著就是我們最長的一段分離：那幾年，他先在慕尼黑短時逗留，然後同他的西里西亞[246]朋友希爾德克納普前往義大利，我則在凱撒薩興的博義中學通過試教，拿到長期執教的資格。直到一九一三年，阿德里安在上巴伐利亞的菲弗林定居，我遷居富來興，才和他過從復密，親眼看著他早已深染他命運色彩的人生、他愈來愈繁劇的活動，為時十七年之久，直到一九三〇年的災難，沒有——或幾乎沒有——間斷。

246 西里西亞（Schlesien）：中歐的一個地區，大部分屬於波蘭，小部分屬於捷克與德國。

他在萊比錫再度投入克雷契馬的引導、點撥、監督，在音樂這門異常奧祕的藝事上，遊戲意味濃厚又必須嚴謹、充滿創意而境界深遠，但他早已不再是初學的新手。他的才智飛快掌握其師傅授的一切，最大的干擾只是他欲速而失耐心；在作曲技巧、形式結構、配器法方面進步神速，可見哈勒兩年神學沒有鬆弛他對音樂的關係，他對音樂的關心專注其實並未中斷。他勤奮且堆案盈几的對位練習，他那封信已提過一些。克雷契馬益加重視配器法，如同從前在凱撒薩興，要他為許多鋼琴音樂、奏鳴曲樂章，甚至四重奏作品配上管弦樂，並且不厭其煩和他討論他的作業，挑毛病，糾謬改正。他還更進一步挑選阿德里安不熟悉的歌劇樂章鋼琴改編版，要他配上管弦樂，這學生聽過也讀過白遼士、德布西及德國、奧地利後期浪漫主義之作，他的嘗試和葛雷特里[247]或凱魯比尼之作比較之下，師徒共相大笑。克雷契馬那時候也忙他自己的舞台作品《大理石雕像》，拿了總譜給徒兒，著他為某景某幕配器，並且讓他看師傅是怎麼配的，或者師傅打算怎麼配，由此引起內容豐富的辯論。可想而知，師傅經驗高出一籌，因此通常是師傅擅場，但至少有一回，學徒憑直覺取勝。有個和聲，克雷契馬初看之下指為不夠審慎、尷尬，但終於明白比他自己屬意的作法更獨特，於是下次見面時對阿德里安宣布，願意採用他的理念。

後者為此自豪的程度不如你我所想。這對師生在音樂上的本能與用心根本迴然不同，的確，藝術上的進取之人要求技巧指導，幾乎必然都得接受一個由於世代之異而和他至少有一半隔閡的老師。事情也是會順利的，如果後者善忖並且善解年輕人潛含的傾向，或許以反諷待之，但留意不要妨礙那些傾向的發展。克雷契馬力行一個不言而喻、他默默抱持的信念，說音樂的終極最高表現與作用形式在於管弦樂作品，但阿德里安不再相信這一點。對這個二十歲的人，不同於年紀較長者，發展到極致的器樂藝術與以和聲為主的音樂觀念密切相連，這想法不只是歷史上的洞識，他甚至由此生出一個信念，認為過去與未來在其中融合為一；他冷眼觀看後浪漫主義巨型管弦樂團那種組織肥大症般的發聲，認為管弦樂團需要濃縮，導回它在前和聲、複音聲樂時代扮演的僕人角色；他對複音聲樂、清唱劇的愛好，以及他後來就是在這個音樂類型中達成他最高、最大膽的創造：《聖約翰的啟示》、《浮士德博士悲歌》——這一切都很早就顯現於他的言語和態度之中。

他在克雷契馬指導下的管弦樂配器學習沒有因此而稍減勤快，因為他在這件事上依從克雷契馬之見：你必須精通既有的成就，即使你不復將之視為根本必要。他有一次對我說：一個饜足管弦樂印象主義，因此而不再學習配器法的作曲家，有如一個牙醫不再研習根管治療，反倒退化成幫人拔牙的澡堂老闆[248]，因為有個新發現，說死牙可能使人得類風濕性關節炎。這比喻殊為牽強，但極為傳神形容當時思想氣氛，成為我們批評作品時經常引用的警策，以巧妙牙根防腐處理保住的「死牙」則成為後來某些精純調色盤般管弦樂作品的象徵，包括他自己的交響幻想曲《海光》。那是他在來比錫由克雷契馬督導完成之作，他和魯迪格．席爾德克納普一同到北海度假返

---

247 葛雷特里（**André Grétry**，一七四一—一八一三）：作曲家，出生於比利時，後來入法國籍，以喜歌劇出名。

248 幫人拔牙的澡堂老闆（**Reißbader**）：昔日澡堂老闆或管理員（**Bader**），行當包括理髮與拔牙，以及各種簡易外科手術。

回萊比錫之後所寫，克雷契馬並且為此作安排了一場半公開演出。那是一幅細膩精緻的音畫，見證他在令人迷醉的音色混合上達到驚人的掌握，耳朵初聽之下，幾乎無從分辨其謎奧，具備素養的聽眾則在這位年輕作曲家身上看到德布西、拉威爾一脈音樂香火有個後起高才。後起高才，他才不是，終其一生，他不曾將這些色彩的管弦樂長才的表現視為他真正的作品，一如他看待他自己在克雷契馬督促之下孜孜矻矻從事的那些美術字和鬆腕練習：六到八聲部的合唱、為以鋼琴伴奏的弦樂三重奏寫的三主題賦格、那首他將片片段段總譜陸續呈給克雷契馬而獲建議配器方式的交響曲，以及那首有個極美慢板樂章，他後來在布倫塔諾之歌[249]中的一首裡再度使用的A大調大提琴奏鳴曲。音聲熠燿的《海光》在我眼裡是一個值得注意的例子，一位藝術家私下已經不相信一種作品類型，但依舊毅然精通他意識到已經用老勢窮的藝術手段，而對作品全力以赴。「這是我學來的根管治療之作，」他對我說。「至於鏈球菌感染，我可不負責。」他每一句話都證明他認為「音畫」、以音樂呈現「大自然情境」等音樂類型根本已經死亡。

老實說，這些管弦樂傑作以色彩輝煌調配見長但空無信念，完全已經暗含諷擬的特徵，以及思想上對藝術的反諷，這些在雷維庫恩後來的作品裡經常以陰森的天才方式浮現。許多人感覺它令人油生寒意，令人反感及動怒，而且作此論評的還是比較高明的，雖然不是最好的一種人。至淺薄者則稱之為詼諧、逗趣。真相是，這諷擬是一個大才華以高傲的姿態逃避不育症對他的威脅，而促成這不育症的是懷疑主義、思想上的忸怩，以及平庸正在坐大之感。我希望我沒說錯。我的不確定和我的責任感一樣重大，我嘗試將思想披上文字，但這些思想非我已出，而是經由我和阿德里安的友情注入心中。我不願談其人缺乏天真，因為歸根究底，天真是存有的基礎，所有存有，最自覺與最複雜的存有亦然。那幾乎無從調和的衝突，寓於拘束與天才生具的創造動力之間、貞潔與熱情之間——即此衝突便是藝術家氣質的活力之源，便是其作品艱困而別具特色的成長土壤；有一股不自覺的努力，要為「天賦」掙得些許優勢，以超邁嘲諷、高傲、思想忸怩等拘限——這股出於本能的追求當然已經逗露，甚至發揮決定性的作用，後來才運用在藝術創作前純屬手藝性的研習上，行其雖然還十分短暫而且仍是準備性質但自出己意的嘗試。

249 布倫塔諾之歌（**Brentano-Gesänge**），見下文。

19

我談起這一點，因為我不無顫悸，心中不無抽搐，要談一件充滿命運惡兆的事。此事大約發生於我在瑙姆堡收到阿德里安來信後一年，亦即他抵達萊比錫，首次如他信中所言遊覽全城之後一年餘，我退伍而同他會合前不久；我同他會合，發覺他外表沒變，其實卻是一個身上帶著標記，被命運之箭射中的人。我覺得我應該祈求阿波羅和眾繆思賜我最純淨、最和婉的文字來敘事：為感性纖細的讀者而和婉，和婉懷思這位故友，以及至少對我自己和婉，因為這篇和盤托出的敘事對我有如一場沉重的告白。不過，我朝那個方向祈求，就透露了我自己的心理條件與我述說的這部故事本身色彩之間的矛盾，這色彩來自一個完全不同的層面，與古典傳統教育的愉悅完全格格不入。我落筆伊始，已曾言明我疑慮自己是否適任。我克服自疑而毅然操觚的理由，這裡就不重複了。我只想說，我由那些理由支持，振奮精神，打算有始有終。

我說過，阿德里安重返一個無恥放肆的信使將他劫往之地。話說回來，那重返並未很快發生。整整一年，他精神上的傲氣戰勝他所受創傷，而且有一點我總覺得對我是個安慰，亦即他屈服於那股陰毒地觸動他的赤裸本能時，那屈服並未盡缺靈魂層次和人性上的高貴：在欲望執著於特定、個別目標的每個例子裡，無論那執著多麼粗糙，我看到這層次和高貴；在抉擇的剎那，縱使那抉擇並非出於自願，而是由其對象無恥放肆挑起，我看見那層次和高貴。一絲愛的淨化的痕跡，在本能一旦披上人性面貌時，就可以察覺，無論其人多麼無名，多麼可鄙。我要說的是，阿德里安為了某個特定的人而重返那個場所：他面頰因其觸摸而灼燒，那個名喚艾絲茉拉妲的「褐膚女」，身穿西班牙小襖，闊嘴，在鋼琴邊趨近他身側；他到那兒尋找的，就是她，但他沒有找到她。

那股災難性的執著使他第二次自願造訪那個處所，離開時，和他第一次非自願造訪之後一點都沒變，唯一不同的，只是確定了那個觸摸他的女人居停之處。那股執著的作用還更深遠，他以音樂為藉口，出了一趟大遠門，追尋所欲。那是一九〇六年五月，《莎樂美》在施泰爾馬克的首府格拉茲舉行奧地利首演，作曲家親自指揮，但真正的首演是數月前在德勒斯登[250]，阿德里安已和克雷契馬去過。他對他老師和他在萊比錫新交的朋友們說，這部成功的革命之作的美學對他毫無吸引力，但其音樂技巧的關係，尤其在為散文體對白譜曲方面，令他感興趣，他想趁此盛會再

---

250 格拉茲（**Graz**）：奧地利施泰爾馬克（**Steiermark**）首府。理查．史特勞斯（**Richard Strauss**，一八六四—一九四九）當時為歐洲樂壇祭酒，其歌劇《莎樂美》（*Salome*）於一九〇五年十二月在德國德勒斯登首演，次年五月十六日在格拉茲作奧地利首演，當代歐洲政壇與樂壇顯要畢集，包括馬勒、普契尼、年輕的荀白克，以及十七歲的希特勒。這次演出為阿德里安牽線，成全他尋訪艾絲茉拉妲之行，因此史特勞斯也是這位現代浮士德入魔之鍊的一環。史特勞斯在納粹政權任職，牽扯複雜。

聽一次。他獨自動身，他是否真實完成他聲稱的計畫，而從格拉茲前往普雷斯堡，也可能從普雷斯堡轉往格拉茲，或者只是佯裝格拉茲之行，實則前往普雷斯堡[251]，即匈牙利人說的波茲索尼，都無法確實證明。那裡有一棟房子是他帶著其觸摸印記的人流落之處，她由於到醫院治病而不得不離開原先受雇之地；在她的新地方，這個被驅駛的人找到了她。

我的手在走筆之際的確顫抖，但我要以鎮定、自持的筆鋒寫我所知——而且在某種程度上時時從一個想法獲得安慰，這個想法，我在前面已經提過，就是抉擇，也就是說，這裡有個類似愛的紐帶的東西在主導事情，為這個青年與這個不幸人的結合賦予一絲靈魂的微光。當然這個告慰之念與更可怕的另一個想法相連如鏈，密不可分：愛與毒在這裡永遠成為可怕的經驗統一體，神話中那枝箭所體現的統一。

看起來，這個可憐的妓女回應了這個年輕人向她表白的情感。有一點是沒有疑問的，她想起當初那個乍來倏去的訪客。當時她靠上前去，以她光裸的臂膀撫摩他的面頰，或許是心動於他種種有異於尋常恩客之處，而出此卑微、柔情的表達。她從他嘴裡得知，他是專程為她而首途來此的。她謝謝他，同時警告他別沾她身子。我從阿德里安那裡知道：她警告他；難道這不等於她高貴的人性與她淪落溝渠而成為可悲玩物的肉體之間一個令人寬慰的區別？不幸人警告渴望者不要碰「她」，這代表一種自由的精神提升，超越她堪憫的肉體存在，一種遠離那肉體的人性舉動，一種同理心，一種——容我說出這個字眼——愛的舉動。而，老天爺，使這個獲得警告的人鄙棄警告，堅持要擁有那個肉體的，如果不也是愛，還會是什麼？是什麼樣的專心致志，什麼樣膽敢試探神的勇氣，什麼樣不惜罹罪受罰的衝動，總之：什麼樣極度深藏的、要接受魔性的渴望，什麼樣致命的、要使他的本身產生化學變化的渴望，令他這麼做？

這場擁抱，其中一方捨棄他的得救，另一方找到她的，我思及此，從來不免一陣宗教性的寒顫。不幸人必定獲得淨化、昇華般的幸福感，這個遠道而來的旅人無視一切危險，拒絕放棄她；她似乎也盡其女性的歡情蜜意，酬償他為她所冒之險。雙方有言，他不忘她；他不曾再見她，但也不曾忘記她，她的名字——他打開始就為她安的名字——如同符咒般，除了我，沒有別人聽得出來，陰魂般在他作品裡出沒。儘管可能有人指我虛榮，但我還是想起他有一天以緘默為我證實的一項發現。作曲家喜歡將祕密化成套語或加上封印般隱藏於作品之中，從而流露音樂天生偏愛那些迷信般的、充滿數字神祕主義與字母象徵的儀式與手法，阿德里安不是第一個，也不會是最後一個。於是，吾友的音樂織地裡可以看到五到六個音符的序列，以h始，以降e終，中間為e與a交替，這樣的序列由於常用而甚為顯眼，是一個格外感傷抑鬱的動機音型，出之以多層次的和聲與節奏形態，有時派給這個，有時派給那個聲部，順序經常反過來，彷彿音型的軸整個倒轉，亦即音程不變，但音符的次序改變：這個作法最早出現於他在萊比錫所寫三十首布倫塔諾之歌可能最美的一首，令人聞之肝腸寸斷的〈啊，親愛的姑娘，妳何其無情〉，整首歌由此動機主導，其次是那首晚期作品，大膽與絕望以極為獨特的方式交融，寫於菲弗林的《浮士德博士悲

---

251 普雷斯堡（**Preßburg**）：今日斯洛伐克都布拉提斯拉瓦（**Bratislava**）的德文名稱，匈牙利文稱為波茲索尼（**Pozsony**）。

歌》，此作更加顯示他以和聲的共時性呈現和聲音程的興趣。

其音符密碼，寫出來是heaes：希蒂爾蕾・艾絲茉拉妲。

阿德里安返回萊比錫，興致盎然贊揚那齣力量逼人的歌劇，他說他想再聽一遍，可能也真的再聽了一遍。我此刻還聽見他這麼說它的作者：「真有才氣，好傢伙！革命派，兼是幸運兒，能大膽，能妥協。前衛主義和名成利就密切相連。充分挑釁與不諧和之後，隨即來個轉折，與人為善，同流俗市儈講和，說這作品其實沒什麼驚世駭俗的居心……不過，是成功之作，成功之作……」——他恢復音樂和哲學研習之後五星期，一個局部疾病確定必須求醫。他找的專家名叫伊拉斯米博士，阿德里安在街址名錄裡找到他的寓所，是個大塊頭，彎腰明顯艱難，但他不僅彎腰之時，連站立時也老是氣喘吁吁，從嘟起的雙唇之間噴氣。這習慣可能是身體受到某種迫促之徵，但那神情表達一種輕看一切的冷漠，有如一個人遇事「呸」的一聲，不屑處理，或意圖不處理。這位醫師在整個檢查過程中就這樣一路吁氣，然後，有點和他噴氣的神情矛盾，宣布需要深入而且相當耗時費力的治療，甚且馬上著手治療。之後一連三天，阿德里安到他那裡繼續就治；然後，伊拉斯米要他間斷三天，著他第四天再來。順便一提，這位病人未感病痛，他的整體健康狀況也無恙。他在約好那天下午四點鐘再度上門，迎接他的卻是一個完全出乎意料而且嚇人的場面。

他原本次次必須在舊城區這棟有點陰暗的建築裡先爬三落陡峭的樓梯，到寓所門上拉鈴，一個女僕再為他開門。這回只見寓所門大開，寓所內裡那幾扇門也都如此：進候診室的門，以及往裡續行，進診病室的門，都開著，連由此直通雙窗「客廳」的門，也大開著。沒錯，客廳的窗子也開著，四面窗帘飽漲著風，全都往上張揚，時而遠遠颳入客廳，時又朝外盪回窗龕。客廳中央躺著伊拉斯米博士，山羊鬍高翹，眼皮深垂，身穿硬袖口白襯衫，躺在支架上一口敞開棺木裡的一塊粗布墊褥上。

這一切怎麼回事？死者為什麼如此孤零零暴露在風裡，女傭和伊拉斯米博士夫人何在，葬儀社的人是在屋裡等著蓋棺，還是暫時離開，這位訪客又怎麼在這怪異的節骨眼被引到這兒來，都永遠不清楚。我抵達萊比錫，阿德里安只能為我描述他目睹那幅場面後如何滿腔困惑回頭步下三落樓梯。大夫猝死，他似乎不曾進一步探究，沒有興趣。他的說法是，那人的「呸」樣已經是個惡兆。

接下來，帶著深心的不情願，以及和一股非理性的恐懼博鬥，我要報告，他的第二個選擇也落在一個類似的災星之下。他兩天後才從那場震驚回過神來。然後，又是根據一本萊比錫街巷名錄，他求診於某個辛姆巴里斯特博士，住在通向市場的一條街上。底樓是餐館，上面是鋼琴倉庫，三樓有一部分就是這位醫師的住處，他的瓷質名牌在樓下門口旁邊，有點顯眼。這位皮膚科醫師的兩間候診室，有一間是女病患專用，但都以盆栽、室內蕁麻及棕櫚裝飾。室內散置醫學雜誌和書籍供人翻閱，例如一本道德史，阿德里安頭一回，以及第二回，就在這裡等候看診。

辛姆巴里斯特五短身材，戴角質邊框眼鏡，橢圓形光頭從前額到後腦勺，紅髮夾道，鼻孔下方一把小鬍子，當時流行於上流階級，後來成為世界歷史上一張臉的標誌[252]。他言語散漫，喜歡抖些男人的幽默，玩些無聊的雙關語。「夏夫豪森的萊茵瀑布」一詞，他將那條河流名稱中的

h拿掉，使之變成倒大帽，落水的意思[253]。但你得到的印象是，他玩這些遊戲時自己並沒有多快活。他有個一邊臉頰連同嘴角往上抽搐的怪癖，加上兩眼也來瞇瞇眨眨軋一角，變成一種不上相的、惱惱的表情，彷彿帶著沒好事、不堪、災難的況味。阿德里安這樣對我描述他，此刻如在目前。

然後發生了接下來的事。阿德里安接受了他第二位醫師兩次治療，第三次照舊前往。走上階梯之際，在第二到第三層樓之間，他遇見他正要往見的那個人。那人夾在兩個身材結實、腦後戴著圓硬帽的漢子之間，迎面下樓。辛姆巴里斯特雙目低垂，就像一個人下樓梯時看緊自己腳步的樣子。他一隻手腕上了銬，手銬用一條小鏈子連在其中一個漢子腕部的手銬上。他抬眼一瞥，認出他的病人，惱惱地抽動臉頰，朝他點頭，說：「改天吧！」阿德里安背貼著牆壁，滿懷驚愕讓三人通過，目送他們下樓片刻，也跟著下樓。到了門口，他看見他們登上一部車子，那車子等在那兒，載了人，疾馳而去。

就這樣，阿德里安求醫第一次中斷後，求治於辛姆巴里斯特博士也結束了。我必須補充，這第二次求治遭遇背後的來龍去脈，如同第一次的怪異經歷，他都無所煩心。辛姆巴里斯特何以被捕，又為什麼正好在同他約好的時辰被捕，他都置之未問。但他彷彿不勝驚嚇，從此不復求治，不曾找第三個大夫[254]。他更沒必要這麼做的原因是，那局部問題未經進一步治療，就在短時間內退卻並消失，而且我可以確認並頂住所有專家的懷疑，說，完全沒有第二症狀顯現。阿德里安吃過一次苦頭，在克雷契馬住處，他向後者呈交一件作曲習作，突然一陣強烈眩暈，整個人踉踉蹌蹌，逼得他躺下來。眩暈轉成兩天偏頭痛，最厲害的時候除外，這場偏頭痛和向來倒沒什麼不同。我恢復老百姓生活，前往萊比錫，發現朋友裡裡外外並無改變。

252 不言而喻，指希特勒。伊拉斯米與辛姆巴里斯特的容貌，如同本書其他有類似特徵（紅髮、臉毛、小鬍子）與缺陷及怪癖的角色，都帶一抹魔影。

253 「夏夫豪森的萊茵瀑布」（**Rheinfall von Schaffhausen**）：萊茵瀑布位於瑞士北部城鎮夏夫豪森，為歐洲最大瀑布。**Rheinfall**（萊茵瀑布、萊茵落水）一詞的**h**拿掉，此詞變成**Reinfall**，落水、上當或倒楣之意。

254 尼采一八六七年在萊比錫兩度求醫（論者大多認為是梅毒感染），惟醫師可能不曾告訴他病因與預後。

20

還是說，其實不然？他在我們分開那年雖然沒有變成另外一個人，但明顯更加變成他自己 255，這就足夠令我留下印象，尤其因為我已有點記不起他原先的情狀。前文寫過我們在哈勒分袂之冷淡。我們的重聚，我無限期盼的一件事，在這個特質上沒有絲毫減少，我為之失措，同時又開心與愁鬱交雜，嚥下渾身幾欲漲溢而發的感受，按捺那全副情感。要說他到火車站接我，我倒是不曾指望，甚至根本沒讓他知道我抵站的時刻。我逕自尋他，自己住宿何處也不遑措意。他的女房東轉告他我來了，我步入房間，歡聲呼他名字。

他坐在他的寫字桌前，那種頂蓋可以縮捲，附個櫃子的老式桌子。他在作曲。

「哈囉，」他說，沒有抬眼。「馬上我們就能說話了。」他繼續工作幾分鐘，任我自己決定要兀自站著，還是想法子舒適一點。讀者別誤會了，一如我沒有誤會。那是老交情推心置腹般親密的佐證，那是一年分離不可能動得了一根毫毛的共同生命。我們根本就像昨天才說完再見。不過，我還是有點兒失望，雖然同時也開懷，就像一些有特色的事物總是令我們開懷。書桌兩側的靠背椅鋪了毯子而沒有扶手，我早已挑一張落座，他才旋緊那枝自來水筆，向我走過來，但仍然沒有和我四目相接。

「你來得正是時候，」他說著，在書桌另一側坐下。「夏夫戈許四重奏今晚演出作品一三二。你一塊走吧？」

我明白他指的是貝多芬晚期作品，那首a小調弦樂四重奏。

「我既然來了，」我答道，「就一道走。經過這麼久，再聽一次那個利底亞樂章〈一個逐漸康復者的感恩之歌〉[256]，也不錯。」

「那金杯，」他說，「我每飲必乾。我熱淚盈眶！[257]」接著，他開始談教會調式，與托勒密[258]或「自然」調式系統，其七個不同音調依照平均律調音，或不自然的調音，化約成兩個調式，即

---

255 即第一章末段所說「冷」字。《浮士德博士故事》第六章，浮士德與魔鬼所訂血契，有一條款為浮士德自願棄絕（**absagen**）「一切生物，天國及所有人類」。阿德里安訪妓而締魔盟而「捨棄他的得救」之後，其性冷上加冷，與人益疏。

256 **Dankgesang eines Genesenden**，貝多芬作品一三二第三樂章，是他病癒之作，標示使用（中世紀教會）「利底亞調式」（**in der lydischen Tonart**），清楚顯示晚期貝多芬對復古形式，為古調注入新生命的興趣。

257 語出歌德一七七四年詩〈土耳的國王〉（**Der König in Thule**）第二節，國王情人去世，留給他一隻金杯，「他愛之過於一切／他每宴必乾此杯／他熱淚盈眶／每當他飲此杯」。

258 托勒密（**Claudius Ptolemaeus**，公元約九〇—一六八）：天文學家、數學家，著作集古代天文學之大成，有一本《論和諧》（*Harmonica*），是數理樂律學著作，討論各種音調及其分類的數學音程；討論行星天體與音程之間數學關係的三章已軼。

大調和小調，他並且談「純粹」音階在轉調方面對平均律音階的優越性。他稱後者為顧及家庭使用而來的妥協，就像依照平均律安排音階的鋼琴，完全為了家庭使用，那是一種過渡性的和平條約，這條約還不到一百五十年歷史，帶來種種可觀的東西，沒錯，是相當可觀的東西，但我們不應該以為它是一簽即永恆的條約。他說他非常高興，住在亞歷山卓的上埃及人，天文學家兼數學家托勒密，建立了已知音階裡最好的自然，或稱純粹，音階。此舉，他說，重新證實音樂與天文學的親屬關係，一如畢達哥拉斯的宇宙和諧論之證明。他不時回到那首四重奏及其第三樂章，談它異樣的氣息，其月夜景色，以及其演奏的極度困難。

「基本上，」他說，「四人必須每個都是帕格尼尼，不但要精通自己的聲部，還得精熟另外三人的部分，否則完全沒辦法。謝天謝地，夏夫戈許這個團可以信靠。今天的人對這作品有辦法，但此作位於差能演奏的邊緣，當初更是根本甭談。我認為最有意思的，還是一個跳脫了塵世技巧層面的人能夠那麼無情冷漠。『閣下那把天殺的提琴干我何事！』他對一個抱怨的老兄說。」

我們大笑——最特別的只是，我們根本還沒有打招呼。

還有一點，他說，是第四樂章，那無與倫比的終曲，用了一個簡短、進行曲般的導入，以及第一小提琴傲然昭告的宣敘調，對主題真是再適合不過的先聲。「討厭的是——如果不說可喜——音樂裡，至少在這個音樂裡，有些東西，就算你搜盡語言，也真找不到形容詞，把形容詞串聯起來也沒辦法。我這幾天就為此苦惱，這主題的精神、姿態、神情找不到合適的形容。這主題神態萬千。悲劇地果敢？倔強、強調、活力提升於崇高之境？都不好。『精采美妙』當然是愚蠢的投降。最後，只好將就那句一本正經的指示，那個樂章名稱：熱情的快板，而這就是最好的了。」

我同意他的看法。也許，我說，晚上我們會有靈感。

「你得快一點見見克雷契馬，」他倒是來了這個靈感。「你在哪兒落腳？」

我對他說，我今兒個隨便住個旅館房間就行，明早再找合適的地方。

「我了解，」他說，「你為什麼沒有要我為你找地方。這種事不能交給別人辦。我呢，」他補充道，「對中央咖啡館那些人說過你的事，還說你就要來了。我得快一點把你介紹給他們。」

「那些人」，指的是一圈子年輕知識分子，他經由克雷契馬認識他們。我深信他對他們的態度一如他在哈勒對溫夫利德成員那樣，我說我高興他沒多久就在萊比錫交到了投合的朋友，他答道：

「也沒什麼，一些往來……」

他補一句說，席爾德克納普，詩人兼翻譯家，是其中最和善的。不過，此人出於一種不算高明的自信，一旦發現別人有求於他，需要他，想請他幫忙，總是回絕。他說，這是一個由於堅強，或許可以說，由於懦弱，而堅持獨立的人。但討人喜歡、逗趣，手頭經常極緊，必須留心一天天怎麼過。

他因何有求於席爾德克納普，這位與英文關係親密，熱心景仰一切英國事物的翻譯家，此事在當晚的進一步談話中見了分曉。我得知，阿德里安正在物色一個歌劇題材，而且在他逐漸認真接近這個課題之際，已經相中《愛的徒勞》[259]。他所求於也熟稔音樂的席爾德克納普之事，是改編此作；但半因席爾德克納普本來就有他自己的工作，半因當時的阿德里安並無能力補償他，他對此事毫無興趣。我後來為老友效了勞，因此樂於回想我們那晚頭一遭以這事為主題的先期討論。我發現他愈來愈關注文字與音樂聯姻、聲樂發音的問題：他當時幾乎完全只練習寫作歌曲，有短的，有長一點的，甚至史詩片段，取材於一本德文翻譯頗稱出色的地中海詩集，裡面收錄十二與十三世紀的普羅旺斯和加泰隆尼亞抒情詩[260]，有義大利詩、《神曲》的靈視高潮段落，以及西班牙與葡萄牙作品。格於音樂時代及這位學徒的年歲，古斯塔夫．馬勒[261]影響的痕跡幾乎無可避免四處可見。但是，其中已經可以察覺有個聲音、一個姿態、一種眼神、一種塊然獨行的格調、奇特且嚴厲的自我堅持，我們今天所知的《啟示錄》大師，其異樣視境的要素已盡現於此。

這視境最明白顯現於一個歌曲系列，這系列取材於《煉獄》、《天國》[262]，而且選材時精鑒詩文與音樂之間的親和性：舉我特別著迷、克雷契馬也格外稱善的一首為例，詩人在金星之光裡看見比較小的光在旋轉，它們是獲得福佑者的靈魂，有些較快，有些較慢，「依照它們如何向上帝默禱而定」，並且把在金星之光中看見這些光比擬於在火焰中分辨星芒，在歌唱中辨認聲部，「當它們彼此交織纏繞」。重現火焰中的星芒、交纏互織的聲部，令我既驚異又陶醉。但是，我拿不定到底該偏愛那光中之光的奇想，還是該喜歡那窮搜冥想，內容苦思多於目見的作品本身——裡面充滿被拒答的問題，和深不可知的事物博鬥，「懷疑在真理的根柢上萌芽[263]」，連凝視上帝深遠之境的天使也無能蠡測祂永恆決斷的深淵。阿德里安選用一系列可怕嚴厲的詩節，其中寫無辜者與不知者被罰入地獄，並追問那難以理解的正義，善良者與純潔者只因不曾受洗或有生之年尚未被信仰觸及，就被發付地獄。阿德里安決定以音樂表現那雷鳴般的回答，那雷鳴宣布受造者的善在善自身面前的無力，善本身由於是正義之源，不能對我們的理解力在受試探之下稱為不義的任何事物讓步。如此否棄人性來遷就一種對一切充耳不聞的、絕對的預定論，令我氣憤，就如我完全承認但丁之詩偉大，但他對殘忍與酷刑場面的癖好永遠令我反感，我記得我責備阿德里安狠得下心為如此令人難以忍受的情節譜曲。也就是這時候，我碰上他一種眼神，我先前不曾知道的一種眼神。我在上文說，經過一年分離，我發現他沒變，但也自問把他說成沒變到底對不對，我所以那樣自問，就因為我想到這眼神。這從此成為他一個特徵，你不會經常看到，只是時或碰上，而且不為什麼特殊原因就出現，這眼神確實是他身上的新東西：沉默、隔層紗一般、疏遠到對人侮慢的地步，但又若有所思，含著冷冷的哀傷，那眼神結束於抿起的嘴綻出一絲並非不友善但挾著嘲諷的微笑，以及一種轉開的姿勢，一種倒是他舊有、我至為熟悉的姿勢。

---

259 即莎士比亞喜劇 **Love's Labour's Lost**。

260 普羅旺斯，即法國東南部的 **Provence** 地區；加泰隆尼亞，則為西班牙東部的 **Catalonia** 地區。

261 馬勒（**Gustav Mahler**，一八六〇—一九一一）：奧地利指揮家和後期浪漫派作曲家，為浪漫主義至現代主義之間的橋樑人物，十首交響曲之外，重要歌曲集包括《青年流浪之歌》（*Lieder eines fahrenden Gesellen*），《少年的魔法號角》（*Des Knaben Wunderhorn*），《呂克特之歌》（*Rückert Lieder*），《悼亡兒之歌》（*Kindertotenlieder*）。

262 指但丁《神曲》三部曲中的〈煉獄〉（**Purgatorio**）與〈天國〉（**Paradiso**）。

263 此處前二句引文出於〈天國〉第八章，末句出於第四章。《神曲》的各種德文譯本差異甚大，據筆者追考，托瑪斯．曼的引句，與海德堡大學教授弗斯勒（**Karl Vossler**，**1872-1949**）在其《神曲：發展史與詮釋》（*Die Gotliche Komodie: Entwicklungsgeschicte und Erklärung*）一書（海德堡：**1901**）的自譯引句完全相同，推斷曼使用的是弗斯勒的譯本。弗斯勒的《神曲》譯本出版於一九四二年，曼或許得見。

這印象是痛苦的，不管有意無意，令人傷心。但我繼續聽，很快置諸腦後，我聆聽以音樂表現的那個《煉獄》寓言，有個人背部夜裡發光，他不是為他自己照明，而是為後來者照路。我為之眼中含淚。但我更喜歡的是阿德里安完全克竟以音樂塑造詩人對自己這部寓言所說的話，只有九行，遣詞用字晦暗而艱澀，不可能指望世人了解其深隱退藏的意義。他責成自己的作品央求世人，即使不能得知它的深度，也應領略它的美，「至少，看看我多美！」音樂自頭幾行詩的困境，自其人為的含糊、奇特憂苦中奮力掙出，升達這聲呼籲的柔光，在其中得救，特別值得稱賞，我也明明白白欣然贊同。

「這東西已經有用，真是好上加好，」他說；此話意思在接下來的談話中才清楚起來，「已經」不是指他的年輕歲月，而是說，那些歌曲，不管他為其中的個別作品花費了多少心力，他都整個視為只是準備工夫，他的目標是一部完整的文字配樂之作，題材則是莎士比亞那齣喜劇。他致力於音樂與文字的結合，尋求從理論角度頌揚這結合，而對我援引齊克果一句粗略之論，這位思想家期望懂音樂的人也同意其說：他從來不喜歡那種比較崇高而自認不需要文字的音樂，因為它自視高文字一等，其實是低一等。我大笑不同意，他因此承認，齊克果有此音樂美學，對我們的作品一三二必定也無啥尊重，而且此人說過很多美學上的瞎話。不過，這話對他自己努力以赴之作太適用，他不願棄之不錄。他摒棄標題音樂：那是劣質的資產階級時代產物、美學怪嬰。他堅認音樂與語言彼此相屬，兩者根本是一個東西，語言即音樂，音樂即語言，即使分開，兩者也永遠相互指涉，彼此模仿，使用彼此的方法，永遠影射自己是對方的替身。音樂如何可能生自文字、始於文字思考與文字規畫，他以實例向我證明，就是有人目睹貝多芬以文字作曲。「他在筆記本裡寫什麼？」他們問。「他在作曲。」——「可他寫的是字，不是音符。」——沒錯，那就是他的方式。他習慣寫下流動的樂思，至多在字裡行間散置寥寥可數的音符。阿德里安在這兒停下來，看得出來為此心儀。藝術思維，他認為，形成其自身且獨一無二的思想範疇，但一幅畫、一座雕像的初稿很難說可以由文字構成，這一點也見證音樂與文字的特殊互屬關係。音樂遇文字而起火，文字由音樂而迸發，十分自然，如第九號交響曲收尾的情況。最後，有個事實是，整個德國音樂發展到華格納的戲劇，文字與音樂合一而實現其目標。

「一個目標，」我說，並指向布拉姆斯及出現於阿德里安自己〈他背上的光〉裡的絕對音樂，他不難承認這個修正，因為他的遠程計畫與華格納南轅北轍，去其自然界魔性及神祕主義的激情再遠不過：他以藝術諷刺與諷刺矯情的精神重振喜歌劇，一種充滿遊戲意味的造作，嘲諷虛假的禁欲，以及古典研究在社會上產生的矯飾夸麗風。他對我熱烈談起他屬意的題材，那題材給他機會將自發的愚蠢與詼諧的崇高並置一處，將兩者置於彼此之中而顯其可笑。古式英雄氣概，那已逝時代言大而夸的儀禮，在阿馬多[264]身上突顯而出，他中肯宣布此人是完美的歌劇角色。他以英文為我徵引原作，是他明顯深心鍾愛的句子：機智百出的畢隆[265]陷入絕望，因為他背棄誓約愛上臉上不是眼睛而是兩粒煤球的女人；他為她呻吟，為她禱告，同時又認定「老天為證，她

264 **Don Armado**，《愛的徒勞》裡的西班牙人。
265 **Biron**，《愛的徒勞》主角之一。

一定會偷人，就算阿爾戈斯當她的太監，把她看緊」[266]。然後這個畢隆被判處以他尖嘴利舌的機智對病榻上痛苦呻吟的人說話一年，他叫道：「做不到的！逗笑感動不了陷在死亡之痛裡的靈魂。」他重複原文，「Mirth cannot move a soul in agony[267]」，聲明有一天絕對要為之譜曲——這個，以及第五幕那段無與倫比的對話，講聰明人的愚蠢、無助、盲目，誤用機智，自取其辱。用兩行詩說年輕人的血氣起火，還比不上嚴肅認真的人一旦放縱那樣不可收拾，「as gravity's revolt to wantonness」[268]，他認為唯天才能出如此精采的格言。

我樂見他對此素材的的讚賞、喜愛，雖然我從未樂意他如此選材，而且我總是不樂見有人嘲諷人文主義的畸形發展，將人文主義本身變成可笑的東西。但這無礙我後來為他完成劇本。不過，我立即力勸他別做的，是他想就英文原文為這齣喜劇譜曲的奇特、不切實計畫。他覺得那樣才確當、值得、真實，基於那些文字遊戲、舊式英文打油詩和韻律，他似乎應該這麼做。我最主要的異議，莫過於使用外語文本會斷送他的作品在德國歌劇舞台獲得實現的指望，但他不同意，因為他根本拒絕為他那些孤傲、僻怪、奇特的夢設想一個當代觀眾。那是一種奇異的觀念，其根源裡兼有高傲的羞怯、凱撒薩興那種古老德國的狹隘地方性格，以及思想上十分明顯的世界主義。他是奧圖三世埋骨城鎮之子，頗非無故。他體現德意志特性，卻對德意志特性反感，這反感（順便一提，使他和英文專家兼英國迷希爾德克納普氣味相投的，就是這股情愫）顯現於兩種彼此頗有分歧的形態，就是對世界有一股莫名的畏怯，同時內在需要世界和天下，他並且因此堅持他可以要求德國音樂配上外文歌曲演出，或者更正確來說：刻意不教德國聽眾聽到外文歌曲。事實上，我在萊比錫那年，他給我看過他以原文詩譜的曲子，有魏崙[269]的作品，以及他特別喜歡的威廉・布雷克[270]，但這些曲子數十年來沒有人唱。為魏崙詩譜的曲子，我後來在瑞士聽過，其中一首令人擊節，最後一行是「C'est l'heure exquise[271]」；另一首同樣魅力十足，叫「Chanson d'Automne[272]」；第三首憂鬱之至，旋律絕佳，共有三個詩節，首行是「Un grand sommeil noir — Tombe sur ma vie[273]」。有一兩所放縱狂歡之作，取自詩集《遊樂圖》，如「Hé! bonsoir, la Lune![274]」，以及氣氛陰森，以咯咯笑聲回答的「Mourons ensemble, voulez-vous?[275]」。至於布雷克的奇詩，他為之譜曲的是那首玫瑰詩[276]，一隻蟲進入她緋紅的床，以牠黑暗的愛摧毀她的生命。另一首是總共十六行，令人毛骨悚然的〈毒樹〉[277]，詩人有怒，他澆此怒以淚水，照拂之以微笑與陰險詭計，樹上長出一隻誘人的蘋果，敵人覬覦，入園偷食：次晨，這位恨人喜見他橫屍樹下。詩中邪

266《愛的徒勞》**III. i：195-96**。
267《愛的徒勞》**V. ii：845**。
268「嚴肅認真的人一旦放縱」。
269 魏崙（**Paul Verlaine**，一八四四—一八九六）：法國象徵派詩人。
270 布雷克（**William Blake**，一七五七—一八二七）：英國詩人兼畫家，浪漫主義重要代表。
271「美妙的時刻」：出自魏崙詩〈白月〉（**La lune blanche**）。
272〈秋歌〉。
273「一種黑沉的睡眠／籠罩我的生命」。
274「嘿，晚安，月亮！」：出自魏崙詩集《遊樂圖》（*Fêtes galantes*）。
275「我們一齊死吧，要不要？」
276〈病玫瑰〉（**The Sick Rose**）。

惡的單純完美重現於曲中。但我印象更深刻的是初聽以布雷克另一首詩譜成的曲子，詩中寫夢見一座金色的禮拜堂[278]，眾人在它前面哭泣、哀悼、禱告，就是不敢進入。一條蛇昂起，以不懈的堅挺闖入聖堂，黏滑的長軀經過紅玉輝煌的通道，抵達祭壇，將毒液吐射在麵包和酒上。「於是，」詩人以滿懷絕望的「因此」和「所以」邏輯說，「我置身一個豬圈，俯仰於群豬之間。」詩中異象夢境之可怕、逐步升高的恐怖、玷污聖壇之嚇人，乃至最後，在狂怒之中棄絕被此景象姦污的人類，都以出奇逼人的力量重現於阿德里安音樂之中。

但這些是後話，雖然它們同屬處理阿德里安萊比錫歲月的章節。我抵達當晚，我們聽了夏夫戈許四重奏的音樂會，翌日往見克雷契馬。他私下對我說明阿德里安的進步，說得我自豪又高興。他最不害怕的事，他說，莫過於要後悔將他召喚到音樂裡來。一個如此自制、對沒有品味與取悅大眾如此挑剔的人，人生大不易，外在與內在皆然；但是，以阿德里安的情況而論，也許正該如此，因為若非藝術賦予人生以重量，否則這麼一個人將由於過度輕易而無聊至死。我選了勞登沙克和名教授柏米特的課，很高興不必為了阿德里安之故而上神學，我並且央他將我引進「中央咖啡館」圈子，那是波西米亞俱樂部的一種，在酒館裡有個菸霧瀰漫的專用房間，成員午後在這兒看報紙、下棋、談論文化。他們是音樂學院學生、畫家、小說家、年輕的出版商、前途看好的而對繆思有興趣的律師、一兩個演員、文學性濃厚的「萊比錫小劇場」成員，等等。翻譯家席爾德克納普比我們年長得多，大概三十出頭，前文提過他是這個圈子的一員；他由於是阿德里安比較接近的唯一成員，我也就和他較多往來，和他們兩人一塊消磨許多辰光。至於我對阿德里安認為值得結交的這個人投以批判性的眼光，在我接下來就他所作的初步概述裡恐怕會很明顯，雖然我將努力公正待他，就像我向來一樣。

席爾德克納普出生於西里西亞一個中型城鎮，是郵局職員之子，其父從最低階職位上進，但不曾進一步達到行政系統裡真正比較高的、由大學畢業生獨專的層級。他的職位不需要中學文憑，也不需要司法訓練，只需要服務數年，通過首席祕書考試。這是老席爾德克納普走的路子；他是有教養、有風度的人，兼有社會抱負，但普魯士的階級結構不容他進入鎮上的上層圈子，即使破格接納他，也叫他備嘗羞辱，他因而和自己的命運齟齬，心境乖戾，成天慍悶，以惡劣的情緒讓一家大小為他的人生無成付代價。身為兒子的席爾德克納普在滑稽多於孝順之中，對我們生動描述這位父親的抑鬱憤懣如何弄得他，連同他母親、兄弟姊妹，生趣全無；更不堪者，此人由於有教養，發洩這抑鬱憤懣之道不是粗魯罵座，而是細膩的故討人厭、表情十足的自憐。例如，他上了餐桌，一喝裡頭有櫻桃的水果湯，就猛咬櫻桃核，傷了齒冠。「沒錯，你們瞧，」他顫抖著聲音，兩手一攤，「就是這樣，我就是這麼倒楣，這真像我，我天生要這樣，就該這樣！我快快樂樂巴望這一餐，感覺到一點胃口，今兒個又溫熱，我還以為可以來點涼湯清爽清爽，結果硬是碰到這種事。罷了罷了，你們都看到了，我注定沒有快樂的份。我沒指望了。我告退，回我房間。祝各位吃得津津有味！」他以顫抖的聲音說完話，下桌而去，心知肚明一家大小肯定不會吃

---

277 **A Poison Tree**。

278 **I Saw a Chapel**。

得津津有味，因為他已經把他們丟進更深的喪氣裡。

可以想見，阿德里安聽了那些可悲又好笑、以年輕人的強烈情緒經歷的這些場面，多麼開心。我們時時必須設身處地抑制我們的笑聲，這到底關係說故事者的父親。席爾德克納普說，這位戶長的社會自卑感多多少少傳染了家裡所有人，他自己就是帶著某種心靈創傷離家的；但是，部分也正由於這股懊惱，他偏偏不叫他父親順心，不讓他在自己身上雪恥補憾。這個父親的希望已經破滅，至少也想假兒子之身成為政府官員。家裡供他上中學，進大學，但他從未達到候補文職人員考試的程度，卻獻身文學，寧可放棄家人的接濟，也不要滿足父親熱切懷抱但他厭惡的願望。他寫無韻詩、評論文字和短篇小說，文筆純淨，但半由經濟窘迫，半因他不算十分筆若懸河，遂將大部分工夫轉向翻譯，主要譯自他最愛的語文，即英文，不僅向許多出版社供應英國與美國通俗文學的德文譯本，也受慕尼黑專出豪華書和奇書異本的出版商之託，為老一點的英國作品提供十分優秀的德文版，包括：謝爾登的道德劇、富雷徹與韋布斯特幾件作品、伯普的一些說教詩，以及史威夫特與理察遜作品[279]。他為這些作品寫考據精詳的導論，譯文則認真考究風格與品味，專心費力，不厭精確，極求語言之間的會通，以至日益耽愛重現原作這件工作的魅力與甘苦。然而這就導致一種在不同層次上與他父親如出一轍的心理狀態。他覺得他天生是有多產能力的作家，悵悵談論自己逼於窮厄而為人作嫁，為之涸竭身心，雖然由之享名，卻令他備感屈辱。他想當詩人，也深信自己是詩人，卻為稻粱謀而降志辱格扮演文學上的中間人，使他動輒批評別人的貢獻，多所貶抑，而且日日埋怨，三句話不離自己有才難展。「我如果有時間，」他常說，「真正工作而不是做牛做馬，我會讓他們見識見識！」阿德里安樂意相信他，我則或許論斷過苛，而猜想他的橫逆根本是個方便的藉口，用以自欺，掩飾他缺乏真正、斷然以赴的創作衝勁。

饒是如此，也不宜遽認他陰鬱乖戾；反而，他是挺有意思的人，有時未免愚蠢，也有明確屬於盎格魯撒克遜的幽默感，以及英國人稱為boyish[280]的性格。他三兩下就和來到萊比錫的英國人打成一片，不管是觀光的、漫遊歐陸的、熱心音樂的，以十足親和力適應其言詞聲腔，盡情talking nonsense[281]；聽他們嘗試德語，則滑稽模仿，學他們的口音、他們文法正確卻不合口語的詞句，還有外國人喜歡主要是書寫才用的代詞「jener」、「jene[282]」，例如他們說「Besichtigen Sie jenes!」其實他們想說的是「Sehen Sie das da![283]」而且他外貌看來就像他們——我竟還沒談到他儀表呢。他相貌極好，儘管由於經濟處境而穿著簡陋且經久不變，他模樣斯文，又有運動員架勢，兼含紳士風。他五官突出，面容氣質高貴，微損於嘴形欠勻且鬆弛，但我所見西里西亞人每每如此。他身高，肩闊，臀窄，腿長，日復一日一條已經相當破舊的格子馬褲、羊毛襪、結實的黃色

---

279 這幾位作家依序是：謝爾登（**John Shelton**，一四六〇—一五二九）、富雷徹（**John Fletcher**，一五七九—一六二五）、韋布斯特（**John Webster**，一五八〇—一六三四）、伯普（**Alexander Pope**，一六八八—一七四四）、史威夫特（**Jonathan Swift**，一六六七—一七四五）、理察遜（**Samuel Richardson**，一六八九—一七六一）。

280 稚氣，孩子氣。

281 閒扯，胡言亂語。

282 那，那個。

283 前一句是「您參觀參觀（或檢查檢查）那個！」，後一句是「您瞧那兒！」或「您瞧！」。

鞋子、粗亞麻布襯衫，領口翻開，外罩一件已經分不清顏色、袖子也太短的夾克。那雙手卻是高雅的，十指修長，指甲甚美，橢圓而凸起，故而他整體上無可否認地gentlemanlike[284]，他也因此有膽子以那身不合社交禮儀的日常裝束出入晚禮服當令的場合。女士們就愛如此模樣的他，不愛他那些規規矩矩正式裝扮的對手。這類集會裡，你總看見他被一群女性包圍，個個不掩仰慕之色。

但是，話得說回來！雖然他缺錢而情有可原的寒傖外表無損他的騎士風度，那風度如同自然真相般穿透並抵消那外表，但那真相卻有一部分是假相，因此以這層複雜的意義來說，席爾德克納普以貌誑人。他的運動員架勢會誤導人，因為他並不從事任何運動，除了冬天和他的英國朋友到「薩克森邦的瑞士」[285]滑一點雪，但很容易因此得到腸炎，據我之見並非無傷之事；他的臉色看起來像曬黑似的，實則他的健康底子並不是頂紮實，而且他比較年輕時有一次肺出血，那是肺結核的傾向。他的女人運，據我觀察，與她們對他的關係並不相應——至少個別而言並不相應；她們是整體受到他全副崇拜，那崇拜是全面而不固定於一人的，那崇拜太專重「女性」，以至於個別女人覺得他不積極、省吝、矜持。他想要多少風流情事，就能有多少，他似乎自足於曉得這一點，但他似乎怯於和現實發生任何連結，唯恐這連結有損他的潛力。潛力是他的領域，無限的可能空間是他的王國——在這裡面，在這程度內，他是詩人。從他的姓[286]，他斷定他祖上是騎士和王公貴族的從騎；他從來不曾騎過馬，也完全沒有興趣尋找登上馬背的機會，卻覺得自己天生是騎手。他將他經常夢見自己騎馬歸因於返祖記憶，還活靈活現為我們示範他左手執轠，右手拍撫馬脖子多麼自然天成。他嘴上最常掛的字眼是「人應該」。那是一個套語，表示一個人鬱鬱不歡權衡許多可能性，只是缺乏實現任何可能性的決斷。人應該做這個那個，應該當那個，有這個，應該寫一部萊比錫風俗小說，即使是洗盤子的，也應該環遊世界，應該研究研究物理學、天文學，應該買個農場，在額頭的汗水中翻土犁地。我們在雜貨鋪裡買些咖啡，請店家幫忙磨一磨，從店裡出來，他深有所思點點頭說：「我們應該開個雜貨鋪！」

我提過席爾德克納普的獨立意識。這意識表現於他厭惡當公務員，表現於他自由的職業選擇。然而他也是許多主人的奴僕，甚至頗有些許遊食騎士的味道。以他拮据的處境，他為什麼不能好好利用他那麼好的外貌，他在社會上廣受歡迎的人緣？他處處應邀，在萊比錫各處的人家裡吃午飯，包括富有猶太人之家，雖然有人聽過他發表反猶言論。一個自感此生挫折難前、才德不獲應有評價但生具貴族式體格相貌的人，往往寄託於種族歧視的自尊以求滿足。他特殊之處只是他也不喜歡德國人，心中充滿民族和社會自卑感，並且因此表明他倒不如，或者他寧願與猶太人為伍。那廂呢，猶太出版商的妻子、猶太銀行家的夫人，以她們種族那種深心的仰慕，仰望主人族德意志的血液及其修長的腿，個個以送他禮物為樂：他穿用的長運動襪、腰帶、毛衣、圍巾大多是餽贈之物，而且非盡是不請而送。他陪某夫人shopping時，很可以指著一件東西說：「喏，

284 有紳士特徵，有紳士派頭。

285 在德國薩克森邦南部，為該邦最多山的地區，是登山與滑雪勝地，因景物近似瑞士而得此名。

286 他的德文姓是**Schildknapp**，**Schild**為「盾」，**Knappe**為具備貴族身分之騎士侍從，兩字合一，即為「騎士的持盾侍從」。

我是不會為那東西花錢的，至多至多，我會當禮物收，要是有人送。」由於果然有人送，他就收了，以剛說過不會為那東西花錢的神情收下。除此之外，他以凡事拒絕通融來對他自己和別人昭示他的獨立——你需要他的時候，他一定礙難從命。宴會缺少一位陪女賓入座的男士，請他幫忙，他斷然回絕，百試皆然。有人奉醫師指示，必須到某處療養，希望他陪伴以圖旅途愉快，對方愈寄望於他的好意，他的拒絕愈明快。他正是這樣回絕阿德里安央他處理《愛的徒勞》劇本之求。但他甚愛阿德里安，可說對他由衷忠誠；阿德里安對他的回絕並不耿耿於懷，對席爾德克納普自己也為之失笑的弱點百般寬容，他太感謝他頗有共鳴的談話、他父親的故事、他英國式的愚傻，因此對他難以心存芥蒂。我不曾看他像和席爾德克納普一塊時那樣動輒大笑，甚至笑到流淚。他極懂幽默，能在最不顯眼的事物上找出最逗的意思來。咀咬脆硬的烤麵包片，會產生使咀咬者聽覺欲聾的噪音，使此人和外面的世界隔絕；有一回喝茶，席爾德克納普示範一群人啃烤麵包片，會完全聽不懂彼此在說些什麼，他們的交談縮減成：「請再說一遍？」「你剛才是不是說了什麼？」「請等會兒。」席爾德克納普和鏡子裡的他自己鬧翻臉，阿德里安笑得多厲害！他是虛榮的——不是那種庸俗的虛榮，而是說他像詩人般著眼於世界上沒有止境但超過他能決定的幸福潛力，希望自己在裡面永保年輕又英俊，惆悵他的容顏早生皺紋，過早滿面風霜。席爾德克納普的嘴巴確實有些老態，上了年紀之後的面相可知過半，連同那鼻子有點向嘴巴鬆垮而下，但我還是願意稱之為富有古典味道；還有額頭上的綯褶，鼻子到嘴巴的溝槽，以及各式魚尾紋。他滿懷疑心，將臉湊近鏡子，苦著一張表情，拇指和食指夾起下巴，一手帶著噁心自上而下摩挲雙頰，然後右手激動一揮，斥退自己的尊容，阿德里安同我每每為之放聲大笑。

我尚未提起的一點是，他眼睛顏色和阿德里安一模一樣。真是個無比奇特的共同特徵：那對眼睛完全一式灰藍綠混合，瞳孔周圍甚至確定同樣繞著銹色圓圈。聽來容或十分怪異，但我總是覺得，而且有點為之心安，認為阿德里安對席爾德克納普所以有那樣充滿愉快大笑的友情，和他們眼睛顏色相同大有關係——也就是說，那友情雖然愉快，其基礎卻是淡漠。我差不多也不用補充說，他們彼此以姓互相招呼，以「您」彼此稱謂。我逗阿德里安快樂的本事或許不如席爾德克納普，但我勝這個西里西亞人一籌，就是阿德里安和我之間童年以來以「你」相呼的情誼。

21

今天上午，海倫賢妻為我們準備早餐飲料，清新的上巴代利亞秋日穿透每天必有的晨霧而開始晴朗。我在報紙上讀到我國的潛水艇戰爭僥倖復活，廿四小時內擊沉不下十二艘船，其中有兩艘大客輪，一艘英國，一艘巴西的。我們將這樣的成功歸功一種效能神奇的魚雷，德意志技術打造的魚雷。對我們永遠活潑的發明能力、歷經許多挫折而不屈不撓的本事，我有一股無法抑制的滿意之感，即使這些能力和本事仍然徹底為目前這個政權所用，將我們帶進戰爭，事實上把歐陸制服於腳下，在思想上不當「歐洲的德國」，代之以令人害怕、缺陷重重、世界看來也受不了的「德國的歐洲」。這不由自己的滿足感永遠不敵另外一個想法：這些零星偶發的勝利，諸如最近擊沉船隻，或者突擊劫持那個被推翻的義大利獨裁者[287]（單獨視之，可謂壯舉），只可能喚起虛幻的希望，以及拖長一場有理性者都認為不復可能取勝的戰爭。這也是我們富來興神學院長辛特弗特納主教的看法。有個晚上我們一塊喝葡萄酒，他和我四目相對，坦白對我承認，沒有拐彎抹角：夏天被恐怖血腥扼殺的慕尼黑學生起義是以一位熱情的學者為核心[288]，他和那位學者沒有絲毫相似之處，但他對世界的了解不容他抱持任何幻想，連在不戰勝和戰敗的差異上作文章的幻想也沒有，因為那樣只會掩飾我們孤注一擲的真相，掩飾我們征服世界的事業失敗相當於最嚴重的民族災難的真相。

我交代這一切，提醒讀者我是在什麼樣的時代歷史環境之下書寫阿德里安的生平故事，並且引起注意，我做這件工作的激動心情如何時時刻刻與今天時局動盪產生的震驚交融為一。我說的不是分心，當前時事壓根兒不可能將我從這個傳記計畫引開。儘管如此，而且雖然我個人身家是安全的，我還是可以說，這樣的年頭對我這件任務的穩定進展並不是那麼有利。此外，在慕尼黑擾攘和起事者被處決之際，我得了寒熱交加的流行性感冒，纏綿病榻十天，而且接下來繼續折損這個六十歲人的精神和身體力量許久，無怪乎我在紙上寫下這部敘事的頭幾行於茲，春去夏來，已入深秋。在這期間，我們經歷我們尊貴的城市毀於空襲，呼號本應上達於天，如果受苦的我們不是滿身罪惡。然而我們正是滿身罪惡，因此我們的呼號半空而止，如同國王克勞底烏斯的祈禱，「永難上聞於天[289]」。然而，那人以文化為名而哀號，對我們自己作孽喚起的罪行提出抗

287 一九四三年七月下旬，盟軍攻陷西西里並開始轟炸羅馬後數周，墨索里尼被義大利法西斯委員會推翻；納粹偵知他囚禁於亞平寧山脈（**Appennine Mountains**）一處滑雪勝地，希特勒親自下令，德國突擊隊九月十二日將他救出，希特勒大肆宣傳其事。

288 即「白玫瑰」（**Die Weiße Rose**）案，為慕尼黑大學學生與哲學系教授胡柏（**Kurt Huber**）為主體的反希特勒與反納粹運動，是一場非暴力，以思想傳播為手段，以傳單與街頭塗鴉為形式的抵抗運動，自一九四二年六月持續至一九四三年二月被破獲，六名核心學生被斬首，胡柏七月以斷頭台處死。

議，何其怪異，自居為野蠻主義的信使兼旗手而登上歷史舞台，沉醉於天良泯滅的暴行之中，並聲稱要藉此使世界重返青春。好多次，天震地動、屋塌城摧的毀滅逼近我的斗室，令我悚然屏息。杜勒與維里巴德．皮爾克海默[290]故鄉受到的恐怖轟炸不再是遙遠的事；最後審判也降臨慕尼黑之時，我坐在書房裡，面無血色，和整棟房子的牆、門、窗玻璃一同顫慄——並以發抖的手為眼前的傳記走筆。但這隻手原本就常為所寫主題顫抖，外在的驚怖只使這習見的現象稍增劇烈，我因此未為其所索擾。

我說過，帶著德國力量擴張激起的希望和傲氣，我們的國防軍對俄羅斯烏合之眾發動新一波猛攻，那些烏合之眾保衛他們並不引人留連但他們明顯深愛的家園——這攻勢沒過幾周就反過來變成俄羅斯攻勢，從此導至沒有止境、不可抑遏的土地損失，我只提土地損失。我們以更深刻的震恐得知美國和加拿大部隊登陸西西里東南岸，西拉庫斯、卡塔尼亞、麥西拿、塔歐米納失守[291]，並且知道：這個國度的精神狀態仍然能依照清醒的神志和常識，從一連串聳聞敗績和損失中推算出後果，應該擺脫它那個大人物，以便不久之後讓世界得到它索求於我們的東西：無條件投降——但我們在驚怖與妒忌交雜之中痛感我們自己無論從好的壞的方面看，都做不到這件事。沒錯，我們是一個完全不一樣的民族，抗拒清醒和常識，有個強烈悲劇的靈魂，我們把愛給了命運，任何命運，只要是命運，即使是以諸神的黃昏那種火紅把天燒掉而覆滅的命運！

莫斯科人逼進我們未來的穀倉烏克蘭[292]，以及我軍靈活撤回聶伯河防線[293]，伴隨著我的工作——或者應該說，我的工作伴隨著這些事件。過去數天已明顯可見這條防線也將會守不住，儘管領袖緊急行動，全力止退，適時斥責「斯大林格勒精神病」，下令不計代價守住防線。代價，一切代價，盡皆付出，只是徒勞；報紙說的「紅潮」將會傾瀉多遠，湧至何處，只有留給我們已經無所不至而不可收拾的想像力去處理，因為此事已經屬於狂想的領域，而且牴觸一切事理和預見，那就是：德國本身可能成為德國自己發動的戰爭的戰場。我們廿五年前在最後一刻阻擋了這件事，但我們日益上升的悲劇英雄主義心態看起來不再容許我們放棄一個已經輸掉的名義，不見難以想像的慘境不罷休。謝天謝地，東邊逼來的毀滅和我們家園之間還有大塊地面，我們可能準備先在這邊吞下一些痛苦的損失，以便用更堅強的力量在西邊抵抗德國秩序的死敵來保衛我們在歐洲的生存空間。我們美麗的西西里遭受入侵，絕不證明敵人也可能站上義大利本土。不幸，此事是可能的，上周拿坡里爆發一場盟軍協助的共產黨起事，那個城市看來不再值得德國部隊駐留，我們認真徹底摧毀圖書館之後[294]，在郵局總部留下一枚定時炸彈，昂首揚長而去。同時，盛

---

290 杜勒出生於紐倫堡。皮爾克海默（**Willibald Pirckheimer**，一四七〇—一五三〇）：文藝復興人文主義者，出生於巴伐利亞古城艾希斯達特（**Eichstätt**），死於紐倫堡。杜勒的人文與古典知識大多來自這位知交。

291 西拉庫斯（**Syrakus**）、卡塔尼亞（**Catania**）、麥西拿（**Messina**）、塔歐米納（**Taormina**），都在西西里島。盟軍一九四三年七月九至十日開始登陸該島。

292 希特勒以擴大德國「生活空間」之名，於一九四一年九月占領烏克蘭，預定以之為未來德意志帝國的穀倉。

293 德俄雙方的聶伯河（**Dnjepr**）會戰為二次大戰最慘重戰役之一，自一九四三年八月下旬持續至十二月下旬，德軍漸告不支，希特勒九月十五日下令其南方集團軍退守，沿聶伯河東岸布防，為背水一戰之計，其計未售，德軍陸續退至西岸。

傳海峽舉行登陸演習，海上遍布船艦，當然，這是不准提的問題，但人民不禁要問：義大利發生的事，以及可能沿整個半島而上的演變，是不是也可能在法國或其他任何地方發生？儘管，依照規定，我們相信歐洲堡壘牢不可破。

的確，辛特弗特納主教沒錯：我們輸了。也就是說：戰爭輸了。但這不只意指輸掉戰場，其實也意指我們輸了，輸掉了我們的霸業與靈魂、我們的信仰與歷史。德國完了，就要完了，一種難以形容的崩潰，經濟、政治、道德和精神上的崩潰，一言以蔽之，眼前浮現的是全面的崩潰。我不希望如此田地，因為這是絕望，是瘋狂。我不會希望如此，因為我深深與這個不幸的民族同情共感，我可憐的悲憫之心與它休慼相通。當我回想它十年前的昂揚和盲目的熱情，那場暴起、覺醒、爆發和暴變，那據稱要滌淨世界的新開始、民族的重生；那貌似神聖的狂喜，其中作為其虛妄的警兆混雜著多少醜惡的野蠻，多少殘忍與下流，多少齷齪的傷害、虐待、羞辱狂，而且有識者都沒有看走眼，裡面已經蘊含了戰爭，這整個戰爭——每思及那場信仰、熱情和歷史高亢情懷的巨大投資灰飛煙滅於曠世無倫的破產之中，我臟腑如絞。沒錯，我不會希望如此田地——然而我不得不希望——而且我知道我希望，現在希望這個境地，並且將會樂見如此境地：我恨對理性的褻瀆鄙視、對真理的罪惡否認、對低級神話的沉醉崇拜，以不可原諒的使倆混淆墮落敗壞與原狀，下流糟蹋並卑鄙出賣悠久與純正、忠實與親切及德國的本有真質，無賴與騙子從這些妄為中調製使我們喪失神志的毒酒。那極度的酣醉，我們縱欲貪杯而沉淫忘形，並且在連年自欺欺人的暢快糜爛中犯下不計其數的可恥勾當——這一切必須付代價。用什麼來付？我已經說出那個字了，和「絕望」一塊說出來的。我不想再說一遍。那個字帶著憾意自己從我筆下流出，我滿懷懼怖把它寫下來，我無法兩度克服那股懼怖。

＊

星號對讀者有醒眼提神之效；我們並非時時必須使用強烈另立新章節的大寫數字，而且上文離題，寫起阿德里安不曾經歷的當前來，我沒有可能讓這段離題文字自成一章。以可愛的星號畫分版面後，接下來我要繼續交代阿德里安的萊比錫歲月，作個收尾。我這麼做，有一點是瞞不過自己的，如此寫法，這一章就不具備真正一章的長相，看起來是以駁雜的異質成分湊成的——我一路寫來，布局也不曾比這裡高明，真夠糟的。回頭讀前面談到的林林總總：阿德里安的戲劇願望和計畫、他最早的歌曲、他在我們分開期間產生的痛苦神情、莎士比亞喜劇之美在思想上的吸引力、他以外國原文詩譜曲，以及他羞怯的世界主義，加上中央咖啡館的波西米亞俱樂部，提起俱樂部後，連帶以頗值商榷的大篇幅詳細刻畫席爾德克納普——我有理由自問，如此拉雜的成分到底能不能統一成章。眼前這部分不得已使用星號，以便徵得讀者接受我一邊岔開主題談及我走

294 此處所指「起事」，後來稱為「拿坡里四日」，為反抗德軍之民變，一九四三年九月廿七持續至三十日。德軍火燒當地國立圖書館在當月十一日，留定時炸彈於郵局則在三十日，數日後爆炸。十月一日，盟軍坦克進城。

筆這本小書的艱難情況，一邊回溯阿德里安的萊比錫時期。如此經營位置，未可稱善。但打從這件工作起始，我就自責缺乏一個統綰整體、井然有序的結構，我不記得嗎？我的託辭至今未變。傳主和我太接近了。我的年紀，以及常言道年紀帶來的沉著修養，都沒有能夠使我以更穩妥、更從容的手眼處理這題材。這裡主要最缺乏的或許是距離，素材與塑造者之間的距離。我可不是說了不止一次，我寫的這個人比我自己還親、還珍貴、還令我激動？最親、最令你激動、最體己者不是「素材」，而是人——因此和藝術上的章節分割處理頗相枘鑿。我絕不否認藝術嚴肅，但有些事嚴肅到不遑，乃至不能付諸藝術處理。我只能重申，本書的段落與星號純粹是為讀者的眼睛著想而設，依我自己的意思，整本書應該一氣直行，不用區畫，不分章節段落，也不用行首縮排。我只是沒有勇氣將這麼不體貼的印刷品奉呈於世。

*

由於和阿德里安同在萊比錫一年，也知道他另外四年在那兒怎麼度過：教我得知這一點的是他生活方式的保守，往往幾乎可以稱之為僵硬，而且令我有壓迫感。他所以在信中說他對蕭邦的「我欲無知」、不事冒險頗有共鳴，並非無因。他希望不知、不見、不體驗，至少就其外顯、外在意義而言；他不追求變化、新的感官印象、消遣、休養，特別是最後一項，休養；他喜歡取笑那些老是在休養的人，把自己曬黑，增強體力，而且天曉得為什麼。「休養，」他說，「是根本不會從中獲益的人幹的事。」他低度評價為了長見聞、吸收經驗、「教育」自己而旅行。他蔑視眼觀的樂趣，他又由於聽覺敏銳，從來不覺得必須以造型藝術的作品來滋育他的眼力。人有眼人與耳人兩類，他認為這是確當、顛撲不破的區分，並斷然以第二類自視。至於我，我從來不認為這樣的區分切實可行，也不相信他自己的眼睛那麼封閉和不想觀看事物。沒錯，歌德說音樂完全是天生、內在的，不需要外在的大量滋養，也不需要從生活汲取經驗。但是，有一種內在視力，有一種視境，有別於、而且所見多於肉眼視覺。此外，有個很深的矛盾，阿德里安，一個對眼睛這麼有感覺，一個深知眼睛只為另一對眼睛發亮的人，卻拒斥由這個器官體悟世界。我只要提瑪莉・戈朵、魯迪・施維特菲格、尼波穆克・施奈德文這幾個名字[295]，即足以見得阿德里安對眼睛魔力的敏銳感受，或者說，他對這眼睛魔力的無力招架，黑眼睛、藍眼睛——我當然清楚，用讀者還毫無所知、其人朝後老遠才會現身的名字轟炸讀者，是個錯誤——這錯誤帶來粗魯的喧囂，或許會使人推想這是隨意為之。但當然，什麼叫隨意！我自己曉得我是迫不得已，才在這裡寫出那些過早交代而淪於空洞的名字。

阿德里安不是為旅行之故而作的格拉茲之旅，打破了他生活的規律無波。另一次是與席爾德克納普同行的海邊之旅，一首單樂章的音畫交響曲可以說是其成果。這首作品又和第三次例外相連：巴瑟爾之旅[296]，他陪同他老師克雷契馬到那裡欣賞巴洛克宗教音樂，由巴瑟爾室內合唱團

295 這些角色在下文陸續出現。

296 巴瑟爾（**Basel**）：在瑞士西北部，重要文化中心。

在馬丁教堂演出，克雷契馬擔綱管風琴。節目有蒙台威爾第的《聖母讚》[297]、弗萊斯克巴狄[298]的管風琴曲、卡里西米[299]一部清唱劇，以及布克斯特胡德[300]一部大合唱。這Musica riservata[301]給阿德里安的印象，一種講求情感豐富的音樂，回應荷蘭的構成主義而運用驚人的人性自由與大膽的誦唱表現，並且形之於了無顧忌的器樂刻畫語法。這印象十分強烈，而且對他影響長遠；他在書信中、談話裡經常對我提起音樂手法在蒙台威爾第手上帶來突破的現代性，其動態意象，其附點節奏、音調的有力翻轉、鬱勃感盪的音型、以三度音與六度音平行加強線條，其華彩樂段的節奏變化、漸強運用、緊密的聲部模仿、擴大音程、動人心魄的總休止、堅持不懈的固定音型與節拍重複，他並且在萊比錫圖書館花很多時間抄錄卡里西米的《耶弗他》[302]和許茲的《大衛頌》[303]。在他後期的擬宗教作品，如《啟示錄》及《浮士德博士》裡，誰會看不出這牧歌風格的影響？以極致境界為目標的表現意志，連同那股對嚴肅秩序、荷蘭線條風格的思想熱情，永遠是他作品的主導特徵。易言之：他的作品裡，熱與冷共治，最天才橫溢的時候，則兩者彼此交纏，豐富的表情激盪著嚴格的對位法，客觀的處理手法彷彿激動得滿臉通紅，以至於作品給人一個熾熱結構的印象，比什麼都更使我恍悟什麼叫魔性，並且總是令我想起科隆大教堂建築師正在猶豫時，據說有個人在沙地上畫給他的火紅圖案[304]。

但阿德里安第一次瑞士之行與更早的西爾特[305]之行，其關係如下。那個文化既活躍又了無拘限的小國當時、至今都有個作曲家協會，它有一項活動叫管弦樂團初次試奏，Lectures d'Orchestre——意思是，協會的董事會擔任評審團，安排一支瑞士管弦樂團，在該團本身指揮領導之下，演出年輕作曲家的作品（演出不對外開放，只許專業人士進場），目的是給他們機會聽自己的創作、增長經驗，從真實的聲音中學習。這麼一場試奏正好幾乎與巴瑟爾音樂會同時舉行，在日內瓦，由瑞士羅曼德管弦樂團主奏[306]，由於克雷契馬的關係，德國年輕人阿德里安的作

---

297 蒙台威爾第（**Claudio Monteverdi**，一五六七—一六四三）**1567-1643**）：義大利作曲家，《聖母讚》（**Magnificat**）寫於一六一〇年。

298 弗萊斯克巴狄（**Girolamo Alessandro Frescobaldi**，一五八三—一六四三）：義大利人，文藝復興晚期，巴洛克初期極重要的鍵盤音樂作曲家。

299 卡里西米（**Giacomo Carissimi**，一六〇五—一六七四）：義大利作曲家，巴洛克初期要角。

300 布克斯特胡德（**Dieterich Buxtehude**，一六三七—一七〇七）：德國（丹麥）裔，巴洛克時期管風琴名家。

301 十六世紀下半葉以義大利與德國為主的無伴奏聲樂演出方式，強調唱詞的細膩與強烈情感表現，**riservata** 為「保留」給行家或知音人獨賞。

302 《耶弗他》（*Jephta*）：卡里西米一六五〇年作品，以《舊約聖經》〈士師記〉以色列士師耶弗他故事為本，十七世紀中葉重要清唱劇。

303 許茲（**Heinrich Schütz**，一五八五—一六七二）：管風琴大家，也是巴哈以前最重要的德國作曲家，《大衛頌》（*Psalmen Davids*）作於一六一九年。

304 科隆大教堂一二四八年奠基，一八八〇年竣工。俗傳某生受命設計舉世無匹之主座教堂，百思無解，踱步萊茵河邊，枯腸搜窮，突有一面貌醜怪之客畫圖於沙上，構圖非人間所有，而盡得生心。生偶瞥怪客未藏妥之尾巴，知其為魔鬼，怪客旋自揭身分，願以其圖易生靈魂。生返家，疾首，將心事說與女僕，女僕報其父，其父為告解神父，囑生當夜身懷耶穌受難十字架殘片赴會，佯稱驗明羊皮紙上圖案確即日間沙上圖案，得圖，立以十字架殘片逼退魔鬼，魔鬼大忿，臨去咒生永無該教堂建築師之名。其咒應驗，科隆大教堂建築師至今不知名。

305 西爾特（**Sylt**）：德國北部島嶼。

品《海光》破例獲得排入節目。這對阿德里安是完完全全的意外；克雷契馬逗自己快樂，一直矇著他。他同他老師從巴瑟爾前往試奏會途中，也懵然不覺。誰知大師安塞美指揮棒一動，響起他的「根管治療」，這部夜暗裡閃閃發光的印象主義之作，他自己並未認真看待，作曲時就沒有認真看待，於是在滿座行家的演出裡如坐碳火。一個藝術家內心已超越一件作品，而且那作品只是他以他不相信的東西所玩的遊戲，但聽眾現在認為他就是那件作品，那件作品就是他，這對他是一種怪異的折磨。謝天謝地，這些演出不會受到聽眾喜歡或不喜歡的公開表達。他私底下碰到稱讚、批評、摘瑕、建議，以法語和德語提出的，他對著迷者不加反問，一如他對不滿者未加反駁。順便一提，他也沒有同意任何人的說法。他同克雷契馬留在日內瓦、巴瑟爾、蘇黎世大約一星期或十天，和那幾個城市的藝術圈子有些短暫的接觸。他們在他身上沒有發現多少樂趣，甚至不知從何和他打交道，至少，如果他們想要的是不傷和氣、放懷健談、志同道合者之間的投契，他們和他就不知從何談起。他們之中偶爾有些人可能善解而感動於他周身的避俗、孤獨氣息，和他嚴厲的生活風格。我知道的確有人如此，我並且覺得這一點發人深省。根據我的經驗，瑞士很多人對痛苦頗有感覺，在這方面也有相當知識，這些感覺和知識與其古城市民的生活有其關連，其他文化膨漲的地方，例如以思想取勝的巴黎，則非如此。這是一個鮮為人知的接觸點。不過，從另一方面看，內向的瑞士不信任德意志帝國人民，這不信任在這裡也碰上德國對「世界」特有的不信任——雖然管這個狹小的鄰國叫「世界」未免奇怪，因為地廣力盛的德國相較之下有那麼多大城。稱瑞士為「世界」，卻有其無可爭議的道理：瑞士中立、多語言、受法國影響、久經西風吹拂，儘管幅圓窄小，其實比北邊那個大塊頭遠更堪稱「世界」，遠更是歐洲一員；那個大塊頭早已將「國際」視為罵人的髒字，一種陰鬱的地方主義把氣氛弄得一片乖戾，霉味撲鼻。我提過阿德里安內在的世界主義。但德國心目中的世界公民向來十分不入世，吾友就是那種覺得自己在世界裡處處拘礙、和世界全不相屬的心靈。他比克雷契馬早幾天返回萊比錫，當然，這是一個有其世界性的城市，但世界性在這裡作客的成分多於居家。這個說話可笑的城市，欲望在這裡初次碰觸他的傲氣：那碰觸帶給他深刻的震撼、深刻的體驗，他原本不相信世界有此本事。如果我沒看錯的話，那次經歷對他畏避世界是個不小的肇因。

阿德里安在萊比錫度過的整整四年半裡，不曾搬離真福聖母協會近處彼得街那個有兩個房間的住處，而且再度將「魔術方塊」釘在他的直立式鋼琴上方。他聽哲學和音樂史的課，在圖書館讀書，作筆記，將作曲習作呈交克雷契馬批閱：鋼琴曲、一首給弦樂團的《協奏曲》，以及一首為長笛、豎笛、巴塞管、巴松管的四重奏——我只舉我知道，以及保存下來但從未發表的作品。克雷契馬為他指出薄弱的段落，建議他改正某些拍子，為某個僵硬的節奏注入活力，加強某個主題的輪廓。他指點他一個鑽入死胡同的中音部，一個癱在那裡而難以動彈的低音。他指出某段過門只是貌似管用，實則並非有機構成，當然使作品的流暢發生窒礙。他對他說的，其實只是這個學生的藝術領悟力可能告訴他自己，或者已經告訴他自己的事。老師是學生良知良能的化身，證

306 瑞士羅曼德管弦樂團（**Orchestre de la Suisse Romande**）：瑞士指揮家安塞美（**Ernest Alexandre Ansermet**，一八八三—一九六九）在一九一八年創辦於日內瓦。

實他的疑慮，解釋他的不滿，鼓勵他精益求精。阿德里安這樣的學生卻根本不需要指正，不需要師傅。他刻意把未完成之作帶給他看，讓他就作品說些他自己已經了然於心的見解，然後取笑老師的藝術思維如何完全和他自己彼此相應；藝術思維——重音必須落在這個複合字的後半部——是作意的真正經理。所謂「作意」不是以某一件作品而言，而是指創作本身的理念，以創作客觀、和諧的整體，而藝術思維管理作品的完整、統一、有機結構，糊補裂縫，填塞漏洞，實現作品的「自然流動」；這「自然流動」原本不在那裡，而且根本不自然，而是出於人為，簡而言之，這管理者是事後、間接才造成直接、有機的印象。作品披著很多假象，我們可以進一步說，作為「作品」，它是幻象。它妄圖使人相信它不是做出來的，而是發生的，像雅典娜身穿完整的頭盔甲冑從朱庇特腦袋生蹦出來[307]。但這是欺誑。它的確是做的，是以假象為目的的藝術工作。現在問題來了，以我們今天的自覺狀態、我們的認識、我們的真理感，這樣的遊戲是否還允許，思想上是否還可能，還值不值得認真看待；作品，作為自足、內在和諧的整體，與我們完全不安穩、問題重重、和諧已失的社會狀態還能不能維持具有正當性的關係；所有假象，甚至最美的假象，特別是最美的假象，是不是都已變成謊言。[308]

我說問題來了，意思是：我由於和阿德里安的關係而對自己提出這問題；他在這些事情上的敏銳目光，或者敏銳感覺，是完全錯不了的。我自己樂於與人為善的氣質和他在談話之間隨口吐露格言警句而表現的洞見，相去本來就不可以道里計，而那些洞見令我難過——不是因為我的氣質受傷，而是因為他的緣故；它們令我痛苦、心情沉重、害怕，因為我看出他的人生將因此發生危險的複雜化，由此而來的障礙將會癱瘓他才具的開展。我聽他這麼說：

「作品！騙人的玩意兒。是資產階級相信還在的東西。這東西違反真理，違反嚴肅性。純正、嚴肅的，唯有那絕對短暫、最高度連貫的音樂剎那……」

這話如何不教我操心？我知道他自己就希望有一件作品，計畫譜一齣歌劇！

我還聽他這麼說：「假象與遊戲今天是受到藝術良知反對的。藝術再也不希望自己是假象和遊戲，它想成為知識。[309]」

但一個東西如果不再符合其定義，這東西不就根本不再存在了嗎？況且，藝術變成知識，其生命何在？我想起他從哈勒寫給克雷契馬的信，信裡談到凡庸坐大。克雷契馬沒有因此動搖他對

---

307 希臘神話裡，雅典娜為宙斯女兒，出生時是全身披掛齊全從他額頭蹦出。

308 此處呈現的是阿多諾的音樂美學、社會批判思想。粗略而言，阿多諾認為，資產階級社會的音樂形象是內容與形式完美整合的奏鳴曲：一、這是最符合個體自由及個體與整體和諧關係的形式，但這和諧有其藝術假象或幻覺的本質；二、資產階級社會的現代發展不是給個人更多自由與表達，而是走向危及甚至消滅個人及其自由的集權與集體主義形式，貝多芬在作品一一一中，告別奏鳴曲形式之後的現代音樂發展，充分具現這樣的社會與歷史發展走向；音樂作品如果持續內在和諧之假象，或個體與整體的同一性，不合充滿內在矛盾的當代社會與歷史發展，將構成謊言，非具藝術良知者所當為。第八章中，克雷契馬演示貝多芬作品一一一，說「主體居於主導的假象被滌除」、「終究而言，藝術往往拋棄藝術的假象」，義本乎此。

309 此亦阿多諾之論。阿多諾主張藝術是知識，他拈出「藝術作品之知識」（**Erkenntnis der Kunstwerke**）一詞，含意大致有二：藝術不但是知識的對象（客體），而且其本身即是知識主體，其自身即知識。在《新音樂的哲學》（*Philosophie der neuen Musik*）中，他說：「音樂否定假象與遊戲，必須往知識（**Erkenntnis**，或「認知」）的方向走。」

他學生志業的信心。但這更新近的，反對幻覺與遊戲，實質上亦即針對形式而發的說法，似乎意指凡庸的國度，一個不應再獲許存在的東西，有完全吞噬藝術之勢。我憂心忡忡問自己，需要怎麼樣的使勁，什麼樣的思想妙術、迂迴繞道和反諷，才能救回藝術，重新征服她，來成就一件諷刺，如此達成的作品是對純真的諷刺，而被承認為知識。

我可憐的朋友有一天，應該說有天晚上，從一個可怕幫手嚇人的口中詳細聽到我在這裡只說個梗概的問題。其事留有記錄，容我適當時機再提。阿德里安那些說法引起我本能的憂懼，其原因由那件記錄而大白。不過，我在上文說的「對純真的諷刺」，多早就在他作品中以其獨特的姿態顯現了！那些作品裡，音樂發展臻於極致時，在張力至極的背景上，出現「凡庸」——當然，不是指它追求溫情，也不是說它刻意討好，而是指其技巧上的原始、天真或貌似天真，克雷契馬莞爾放過這個非凡愛徒：當然並非因為他視之為第一等的天真，如果容我這麼說的話，而是因為他將它們理解為非關新穎或乏味，只是將它們大膽披上初學者的外衣。它們經常令我想起這位口吃者教給我們的一件事，就是音樂有歌頌元素的傾向。它們並且令我想起布赫爾的椴樹，我們幾個孩子唱卡農的低音部，牲棚漢妮十足老師模樣，拉大嗓門幫我們唱「第二聲部」。使用譜例，可能使這件小作品顯得太炫學、太專業，不用譜例，又連最簡單的事情也不易描述。不過，舉個例子，在一件調性總是懸宕未決的作品中段，一個以a為最高音的F大調和弦響起，被一個降D（或升C）取消，同時旋律退半音，朝降A回返，由屬音降B延留而轉入D大調，隨即再由經過音f將和弦解決於A大調。這微不足道的東西，這入門之作，如同浮雕般突起，這半音經過音，這升C（或降D），之間的f，D大調主音，全被印上如此清清楚楚的意義，以至於這個音型彷佛既嘲弄，又歌頌根本，帶著痛苦嘲諷調性、平均律音階、傳統音樂。

十三首布倫塔諾之歌，我為本章收尾之前，非談幾句不可。在這些曲子裡，也可以看到同樣的情形——我舉一個精確的例子，是那首〈聽，那長笛又在悲泣〉[310]，末了幾行如下：

「穿透那圍繞我的夜，
向我望來，音之光。」

阿德里安在萊比錫那幾年精勤於創作歌曲，無疑是因為他有意以戲劇將音樂與歌詞結合，而視兩者在抒情層次上的結合為準備工作。但這顯然也與他在思想上對命運、對藝術本身的歷史處境，對作品的自主性所抱疑慮有關。他懷疑形式是幻覺和遊戲，因此小型、抒情的形式對他可能還算是最可接受、最嚴肅、最真的；他可能認為這形式最可能實現他在理論上要求的緊密簡潔。但這些歌曲中有好幾首，如以字母代表音符的〈親愛的姑娘〉，以及〈讚美詩〉、〈風流樂師〉、〈獵人致牧人〉[311]等等，非僅體製宏闊，而且阿德里安總是要求人家將它們共同視為一個整體，

---

310 布倫塔諾（**Clemens Brentano**，**1778-1842**）：德國詩人兼小說家。此詩作於一八〇二年，標題為**Hör, es klagt die Flöte wieder**。

311 這四首詩標題依序是：「**O lieb Mädel**」、「**Hymne**」、「**Die lustigen Musikanten**」、「**Der Jäger an den Hirten**」。

視之為一部源出一個特定風格觀念、基本音聲、與一個高妙深遠如夢的詩靈接觸而產生的作品，而且他從來不許這些歌曲個別演出，只准它們以一部完整成套的聯篇之作出現——從說不出多瘋狂混亂，而且結尾幽怪的〈開場〉[312]：

「啊，星與花，心與衣，
愛、痛與時間和永恆！」

到黑暗且尖銳復有力的完結曲〈某君我所識……死亡是其名〉[313]——這是個嚴重的限制，格外妨礙這些歌曲在他有生之年公開演出，特別因為其中的〈風流樂師〉是為整整五個聲部寫的：母親、女兒、兩兄弟，以及「很早就斷了一條腿」的男童；分別為女中音、女高音、男中音、男高音和童聲，他們演出聯篇歌曲這首第四號時，時而合唱，時而獨唱，時而二重唱（兩兄弟）。這是阿德里安配上管弦樂的第一首歌曲，正確一點說，是配上一個由弦樂器、木管和打擊樂器構成的小型樂團；這首奇特的詩相當著重笛子、鈴鼓、鈴鐺、鐃鈸及小提琴快樂的顫音，伴隨幻想風又憂思鬱結的小小合唱團，在「沒有人眼目睹我們的時候」為夜暗魔咒之下獨處一室的愛侶、醉酒的客人、寂寞的閨女唱出曲調。此作的精神與情境，陰森又帶街頭說唱氣息，音樂既甜美又苦楚，都獨一無二。不過，要我在十三曲裡將棕櫚葉頒給這一首，我猶有遲疑，因為，比起歌詞演示音樂的這一首，其他有好幾首對音樂有更內在的要求，而且有更深刻的實現。

〈煮蛇的奶奶〉[314]是另一首，歌詞「馬利亞，妳打誰的屋子來？」，以及重複七次的那句「啊痛苦，親愛的媽媽，好痛苦！」，以令人難以置信的設身處地，喚起德國民間謠曲最親切、最恐懼又兼最可怖的層面。可以說，這內行、求真、有點太聰明的音樂不斷苦苦追求民歌境界。這境界未曾實現，在而不在，殘缺不全，方才入耳，即消失於與民歌靈魂殊不搭調的風格之中，但又隨時想方設法從那靈魂裡誕生。這是一個藝術上動人、但文化上矛盾的情況：自然發展的過程是元素產生雅醇、思想，現在倒過來，思想扮演原初者的角色，單純素樸則苦苦掙扎脫身。

「星星飄送
神聖的意義
輕聲穿過遠空
向我傳遞。」

那是在另一首詩裡幾乎消失於太空、宇宙臭氧中的聲音，精神駕著金色小舟憑虛御風於天空之海，熠燿生輝的歌，音聲如流，時而低迴繚繞，時而奮勁高揚。

---

312 **Eingang**。
313 **Einen kenne ich … Tod so heisst er**。
314 **Großmutter Schlangenköchin**。

「萬有友善親密連結為一，
安慰者與哀傷者相互伸手，
在夜裡也由那些亮光纏繫，
萬化因內在同源而永恆冥合。」

所有文學裡，文字與聲音如此相尋互證，的確至為罕見。音樂在這裡反躬自視，端詳自己的本質。音符彼此伸出相互安慰、哀傷與共的手，萬物聯結，交織轉化而萬有冥契——音樂便是如此，而阿德里安是其年輕的大師。

克雷契馬離開萊比錫到呂貝克[315]市立劇院擔任首席指揮前，安排這些布倫塔諾歌曲付梓，由緬因茲[316]的秀特出版公司代理，也就是說：阿德里安，在克雷契馬和我協助之下（我們兩人和他分攤成本），要負擔印刷費，但他成為物主，承諾從淨所得撥出百分之二十給代理商。他悉心監督鋼琴譜的製作，要求使用粗面、未經釉光處理的紙，四開大，留寬邊，音符不得擁擠。他又堅持書前印一段聲明：音樂會或音樂團體演出，需要作者同意，而且須是全部十三首作為一個整體來演出，他才會同意。為了這一點，他被目為妄自尊大，復以音樂大膽，這些曲子要與大眾見面，難上加難。一九二二年，諸作始鳴，到場者並非阿德里安，而是我，在蘇黎世音樂廳，由卓越的弗克馬爾・安德烈博士指揮[317]，〈風流樂師〉裡「很早就斷了一條腿」的男童由小雅各・內格里擔任，一個不幸真的瘸了腿、扶拐杖的孩子，聲音清脆如銀鈴，感人肺腑難以言傳。

順便提一件事，純屬附記，阿德里安譜曲使用的克雷門斯・布倫塔諾詩精美原版是我送他的：我從瑙姆堡把這本小書帶到萊比錫給他。當然，他譜曲的十三首詩全是他自己的選擇；我對他的選擇沒有絲毫影響。然而我可以說，他選的幾乎每一首都符合我的願望和預期。挺矛盾的禮物，讀者會說；以我這種人，尊倫理而崇教育，如何與那位浪漫主義者的語言白日夢拉上關係，隨之因童稚民謠風而飄入——如果不說墮入——陰森幽魅之境？是音樂，我只能回答說，使我送這份禮物——歌詞裡蘊含的音樂輕眠於那些詩中，睡得極淺，只待妙手輕輕一觸，將它喚醒。

315 **Lübeck**：在德國北部，在波羅的海濱，是托瑪斯．曼故鄉。

316 **Mainz**：萊茵蘭—普法爾茨邦首府。秀特（**Schott**）：德國最老牌音樂出版商之一，出版二十與二十一世紀許多重要作曲家樂譜。

317 **Volkmar Andreae**（一八七九—一九六二）：瑞士指揮家兼作曲家，一九〇六至一九四九年主持蘇黎世音樂廳管弦樂團（**Tonhalle Orchestre**）。

22

一九一〇年九月，我已開始在凱撒薩興中學執教時，阿德里安離開萊比錫。他先回布赫爾老家參加他妹妹的婚禮，連同我父母，我也應邀前往。烏舒拉，亦稱烏瑟兒，二十歲，嫁給家住朗根沙爾札[318]的驗光師約翰・施奈德文，一個挺出色的人，她到艾爾福特附近那個迷人的小城拜訪一個女朋友時認識他。施奈德文比新娘年長十或十二歲，出生於瑞士，是伯恩[319]農民出身。他在故鄉學會磨眼鏡框的手藝，因緣湊巧而落腳德國，在這裡買了一個賣各種眼鏡和光學儀器的店面，把生意做得興興旺旺。他相貌極是好看，聽他說話也令人愉快，從容不迫，充滿尊嚴，他還保有那種帶著老式德語餘味，聲調挾著一種獨特鄭重氣息的瑞士腔，烏瑟兒已經開始習染。她不是美女，亦自有她令人喜愛之處，五官似父，但整個人更像她母親，褐眼，身段苗條，以及天生和善之氣。因此，兩口子是人的眼睛會流連稱善的一對。一九一一到二三年，他們生了四個孩子：蘿莎、以西結、萊蒙，以及尼波穆克，個個好看；老么，尼波穆克，卻是個天使。此事容後再表，故事行將終了時再提。

婚禮客人不多：歐柏維勒的牧師、老師、鎮長，都是夫婦同到；凱撒薩興這邊，我們宅特布隆姆家以外，只到了尼可勞斯伯伯；艾爾斯貝絲的親戚從阿坡爾達來；雷維庫恩家一對夫婦朋友，帶著一個女兒從維森菲爾斯來；再來就是那位農學家哥哥格奧格，和管理員魯德太太——如此而已。克雷契馬從呂貝克拍一通賀喜電報，電文在午餐時分送到。這件喜事沒有入夜以後的活動。眾人上午早早就集合；村中教堂完成結婚儀式之後，大家一同到新娘家裡，在裝飾著美麗銅製用具的餐間吃一頓出色的早餐。餐畢未久，新人就由老托瑪斯送去維森菲爾斯車站，從那裡啟程前往德勒斯登；婚禮的客人則多留幾個鐘頭，享用魯德太太準備的美味水果酒。

阿德里安同我趁著午後在牛槽一帶散步，走到錫安山。我們必須討論改編《愛的徒勞》的事，這事落到我身上，我們為此已有許多當面討論和書信往返。我在西拉庫斯和雅典時，已經能夠寄給他腳本和原作的部分德文詩體翻譯。我的翻譯是以提克與赫茲柏格[320]為根據，有時為了必須濃縮，我盡可能以合適的風格使用自己的句子。無論如何，我決心也給他一份德文劇本，雖然他仍然堅持用英文譜曲。

擺脫婚禮的人群而置身戶外，他悅形於色。他雙目彷彿蒙一層霧，是他為頭痛所苦之徵。可怪者，在教堂裡、宴席上，他父親身上也看到同樣的症狀。但隆重的場合，在情感與激動之下

---

318 **Langensalza**：在圖林根邦。

319 即瑞士西部名城 **Bern**。

320 提克（**Johann Ludwig Tieck**，一七七三—一八五三）：德國詩人、小說家兼翻譯家，浪漫主義開山人物之一。赫茲柏格（**Wilhelm Hertzberg**，一八一三—一八七九）：翻譯家。

有此緊張的病狀，自可理解。這位長者就是如此。在兒子，則身體不舒服的原因比較在於他是在迫不得已與心存抗拒之下參加這場處女獻祭，事關他自己的妹妹。只是他將他的不舒服掩飾於稱讚事情辦得簡單，富有品味而有條不紊，如他所說，省掉「舞會和常俗」。他讚賞整個事情在光天化日下完成，老牧師的婚禮證道簡單明瞭，進餐之中也沒有不得體的言語，其實，為免出語失體，根本沒人說話。要是頭紗，處女的白壽衣，以及死人穿的緞鞋，也免了，那就更好。關於烏瑟兒的未婚夫，她今後的丈夫，他尤多美言。

「好眼睛，」他說，「好身家，一個篤實、穩健、乾乾淨淨的人。他可以追求她，凝視她，渴望她——渴望她當基督徒妻子，像我們神學家理直氣正自豪說的，我們將肉體的結合變成聖禮，基督教婚姻的聖禮，藉此將魔鬼誑離那結合。非常滑稽，只在這罪惡的自然玩意前面加上『基督教』之名，就把這玩意劫過來變成神聖不可侵犯的事——那個名稱其實完全沒有改變什麼東西。不過我們也得承認，性，這個自然罪惡經由基督教而馴化，是個聰明的權宜之計。」

「我不樂聞，」我答道，「你將自然奉送給惡。人文主義，舊的和新的，都說那樣做是對生命之源的誣蔑。」

「親愛的，誣蔑的成分不算太多。」

「那樣做的人，」我毫不動搖，「會淪為否定者的角色，否定上帝的創造。人只要相信魔鬼，就已是魔鬼的人。」

他短笑一聲。

「你總是聽不懂笑話。我這是以研究神學的人發言，當然就要像神學家說話。」

「得了得了，」我也大笑。「是你經常把你的玩笑看得比你嚴肅的話認真。」秋日午後的陽光裡，我們在錫安山槭樹底下的社區長椅上說這些話。其實，我自己當時戀愛成熟；雖然結婚，甚至宣布訂婚，還必須等我的教職底定，我想對他說明海倫和我的下一步計畫。他的一番說法沒有讓我比較容易開口一點。

「二人成為一體，」他再度發話。「這可不是個奇怪的祝福嗎？謝天謝地施洛德牧師沒有援引這段經文。一對新人當前，念這樣的經文，未免尷尬。這經文倒是用心良好的，其目的正在於我所說的馴化。其用心明顯是像法術般，將罪、色情、邪惡的情欲從婚姻裡變掉——色欲當然是兩個肉體才談得上，不是一個肉體，也就是說，祝他們成為一體是好聽的瞎扯。從另方面看，一個肉體對另一個肉體有情欲，是令人無比叫絕的事，確實是個現象，是愛的現象的一個道地的特例。當然，欲與愛是分不開的。為愛開脫愛無非欲的指責，最好的辦法是把事情反過來，說欲中有愛。對另一個肉體的欲求，意思是必須克服我和你、我的和你的肉體之間的生疏構成的阻力。肉體——我們繼續使用基督教措詞吧——按常理只對自身不起反感。它不想扯上陌生的肉體。但只要陌生的肉體成為渴望與欲念的對象，我與你的關係便發生使『欲』成為空洞字眼的改變。愛這個觀念不能不用，即使據說這事根本沒有精神層次。欲的一切行事都帶著柔情的含意，是既取又予，是由福人而福己，是愛的現身說法。『一體』，相愛者從來也不曾成為一體，這命令會把愛和欲一同趕出婚姻。」

我聽他這番話，既感動又困惑，只是我刻意不轉頭看他，雖然我忍不住要這麼做。每當他談肉欲之事，我作何感想，我在前面已經提過。但他對這種事從來不曾這麼高談闊論，我覺得裡面有些直言不諱的東西，和平常的他有點異樣，對他自己、對聽者都有些許不得體，這一點，以及我想他說這些話是由於他偏頭痛而眼目翳塞，都令我不安。但他所說的意思，我頗能共鳴。

「吼得好，獅子[321]，」我盡可能愉快地說。「我認為這是上帝創世的事功。不，你和魔鬼八竿子打不著。你清楚你是以人文主義者而不是以神學家立場說話吧？」

「這麼說吧，以心理學家的立場，」他答道。「一個中立的中間立場。但我相信他們是最愛真理的人。」

「不如，」我提議道，「我們談一件單純個人和尋常百姓的事吧？我要同你說，我即將……」

我告訴他我即將做的事，對他說了海倫，我如何碰到她，我們如何進一步認識。我還說，要是能使他的恭喜變得更熱誠一點，我可以向他保證，我會事先准他不參加我婚禮的「舞會和常俗」。

我這話逗得他十分開心。

「好極了！」他叫道。「小伙子，你要結婚了。多要得的想法！結婚這種事本身無足為怪，卻老是令人驚奇。接受我的祝福吧！But, if thou marry hang me by the neck, if horns that year miscarry！[322]」

「Come, come, you talk greasily[323]，」我引用同一幕裡的台詞。「你如果認識這個女孩子，而且了解我們結合的精神，你就會明白，我的安定沒什麼好擔心的，相反，一切條件都在建立安詳和寧靜，都在成全安穩無擾的幸福。」

「我毫不懷疑那一點，」他說，「也沒有懷疑這幸福會成真。」

他有一剎那似乎想緊握我的手，但縮了手。交談停歇片刻，然後在我們打道回程時轉入原來的主題，亦即計畫中的歌劇，尤其第四幕那一景，就是我們方才引用台詞來打趣，而且我無論如何都想刪除的那一景。那些口舌之爭頗失體統，而且在戲劇上並非必需。節縮反正是免不了的。喜劇不宜四個鐘頭長——《名歌手》當初至今所受的主要非議就在這裡。但阿德里安似乎就屬意以羅莎琳和波耶特的「Old sayings」，那句Thou can't hit it, hit it, hit it[324]來寫序曲的對位樂段，而且每段劇情都討價還價，雖然他忍不住笑出來，因為我說他使我想起克雷契馬說的拜瑟爾，以及拜瑟爾那股要將半個世界拿來譜曲的天真熱情。他否認他為這個比方難為情。他初次聽說那位奇妙音樂新手兼音樂立法者之事，就對他懷有摻著幽默感的崇高敬意，至今心中仍帶著那股敬意的餘緒。說來奇怪，但他對他從未斷念，而且想他尤甚於往常。

「你只要回想一下，」他說，「我當時如何維護他專制的幼稚作法，那主音和僕音之說，不容你駁斥他那傻傻的理性主義。那是使我本能上愉悅之物，其本身也是成於本能，而且與音樂精神天真地一致：那股在詼諧中展露的，要樹立一種嚴格風格的意志。我們今天可能十分需要他這

---

321 原文出於莎士比亞喜劇《仲夏夜之夢》（*Midsummer Night's Dream*）第五幕第一景中**Demetrius**之語。

322 「但是，妳如果結婚，這一年（鹿）角豐收準定驚人」（梁實秋先生譯文），見《愛的徒勞》第四幕第一景。劇中人諷刺婚姻之語；「角」（**horn**）即中文「綠巾」。

323 「得了，得了！你油腔滑調」。同上。

324 「俗語」；「你打不著，打不著，打不著」。同上。

樣的人，雖然必須稍減幼稚；我們需要他，一如他那些羔羊那時需要他——我們需要一位系統主人，一位教授客觀性與組織的老師，其天才足以將復原，沒錯，將復古與革命結合為一。我們應該……」

他大笑。

「我一副席爾德克納普的口氣。我們應該。還有什麼不是我們應該的啊！」

「你這話，」我打他岔，「你說的復古和革命合一，是個非常德國的觀念。」

「我認為，」他答道，「你這話不是讚美，而是帶著批評的形容，這並無不宜。但是，這觀念也表達了時代的需要。在這個時代，傳統毀壞與一切客觀約束盡皆消解，也就是說，一種自由開始像白霉般覆蓋才華而出現不育之徵，這就提供了救方。」

這話令我吃驚。很難說為什麼，但這話出自他口，而且這話單是和他聯想在一起，就有些引我憂心，憂心裡混合著不安與敬畏。因為，就他而論，不育，亦即創造力癱瘓、阻滯的威脅，幾乎應該視為正面、自豪之事，那是只有比較高等、比較純粹的思想境界才會發生的事。

「這真是悲劇，」我說，「假使不育居然是自由的結果。人向來是希望為誕生創造力之故，才爭取自由。」

「沒錯，」他答道，「自由曾經達到世人期望於它的成就。但自由也是主觀性的代稱，有朝一日它再也受不了自己，不曉得什麼時候開始懷疑自己可不可能有創造力，於是尋求保護和安全於客觀性。自由永遠有辯證式反轉的傾向。它在拘制之中很快就獲得自知之明，於是經由服從法則、規律、強制、體系來實現自己——在它們之中實現自己，但又不因此而不再自由。」

「那是你的見解，」我笑道。「也許如你所說吧！但其實那根本不再是自由了，就如革命產生的獨裁制沒有自由。」

「你確定是如此嗎？」他問。「而且那是政治歌曲。不管怎麼說，在藝術上，主觀性與客觀性是相互交織的，交織到難分彼此。此源於彼，彼源於此，相互披上對方的性格，主體性發揮客觀性的作用，而其自發性在天才手中重又甦醒——以我們的用語來說，叫『動力化』——而忽然說起主觀性的語言來。今人正在毀棄的音樂傳統並不盡然那麼客觀，那麼外鑠而成。它是活生生經驗的凝結，並且因此屬性而長期承擔一項至關要緊的任務：組織。組織是一切。沒有組織，一切皆無，至少藝術是如此。現在則是審美的主觀性擔起這個任務，自認有本事在自由之中由自己來組織作品。」。

「你在想貝多芬。」

「他，以及專橫的主體性在音樂組織的控制上依據的原則，也就是發展部。發展部原先是奏鳴曲裡的一小部分，一個樸素的、讓主體發光和發揮動力的收容所。到貝多芬手裡，它卻變成普遍價值，成為整個形式的中心；形式縱使是傳統給定的，也被主體性吸納，重新創造於自由之中。變奏，這個古老的東西，一種殘留物，成為形式完成自發的創新的手段。以變奏構成的發展部籠罩整首奏鳴曲。在布拉姆斯作品中也是如此，用以鋪陳主題，但更徹底、更全面。他是主體性化成客觀性的好例子！在他手中，音樂摒棄所有傳統裝飾、套式和殘餘，因而可以說每一刹那都出於自由重新產生作品的統一。也由於這樣，自由成為一個講求完全經濟的原則，不讓音樂有任何偶然的成分，要義在於從永遠確定同一的素材發展出最大的多樣性。但是，一種作曲原理如果再也容不下任何非關主題的成分，容不下任何無法證明是從永遠相同的材料導源而來的東西，是很難稱為自由的……」

「也不是舊有意義所說的嚴格風格吧。」

「別管新舊，我跟你說我所理解的嚴格風格好了。我說的嚴格風格，是所有音樂向度徹底整合，由於完全的組織而讓彼此呈中性關係。」

「我沒有完全聽懂。」

「音樂是一種野生的東西，」他說。「它的各種元素，旋律、和聲、對位、形式和配器，在歷史上是無計畫、彼此獨立發展的。每當一個素材領域被歷史往前帶而升高等級，其他則落後，而在作品的統一體裡嘲諷由當時比較進步的那個層面主導的發展階段。以對位法在浪漫主義時代裡扮演的角色為例。它在那裡只不過是單聲作品的附屬物。它如果不是為以單聲構思的主題提供外在結合，就是以假聲為和聲聖詠曲披上裝飾性的外衣。但真正的對位法要求的是獨立聲部之間的共時性。以旋律、和聲為著眼的對位法，如後期浪漫派所為，根本不是對位法……我的意思是：個別領域的素材愈是進一步發展，有些甚至彼此融合，如浪漫主義音樂裡的器樂與和聲，則以理性將全部音樂素材加以徹底組織的理念就愈吸引人，也愈必要；這樣的組織會清除時代倒錯的不相稱之處，防止一個元素成為只是另一元素的功能，就像旋律在浪漫主義時代只是和聲的功能。重要的是所有向度同時發展，分別產生，然後匯合於一。一切取決於這些音樂向度的全面統一。整個發展最後歸結於揚棄複音賦格風格與單聲奏鳴曲之間的對立。」

「你看出走到那一步的路子？」

「你知不知道，」他反問，「我在什麼地方最接近嚴格風格？」

我等他說。他開講，用低得難以聽懂的聲音，而且是從齒縫間發出，他頭痛時習慣這樣說話。

「就那麼一次，是布倫塔諾聯篇歌曲，」他說，「在〈親愛的姑娘〉裡。整個出自一個基本音型，一個可以多重變化的音程系列，一個從 h-e-a-e-es 五個音導出的系列，水平的旋律和垂直的和聲都由此音型決定和控制，在以數目如此有限的音符構成的基本動機上竭盡其可能性。這情況就像一個字眼，一個關鍵字，曲子裡處處可以看到它的蹤跡，而且它希望整個作品都由它決定。但這個字太短了，本身太少彈性，它提供的音調空間也太局促。你必須從這兒走出去，用平均律的十二個半音來打造長一點的字，由十二個字母構成的字，由這十二個半音的特定組合與相互關係形成的字，音列，一件作品、單獨樂章，或整部多樂章作品，就嚴格由此導出。整部作品的每個音，旋律、和聲皆然，都必須證明它對這個先定基本序列的關係。任何音都不能重複，除非所有的音都已出現一次。任何音，只要不能滿足其在整體作品中的動機功能，都不會出現。不再有自由的音符。這就是我說的嚴格風格。」

「好個驚人的想法，」我說。「可以稱之為出於理性的徹底組織吧。這樣的組織能產生異常完密、統一的聲音，一種天文學般的規律性。但是，我可以想見，這樣的音列，這樣不容變換的呈現，無論編制與節奏怎麼變化，都無可避免導致音樂貧瘠和僵滯。」

「大概吧，」他答道，帶一絲微笑，意味著他對這顧慮早有回答的準備。那微笑像極了他母親，但也顯出我十分熟悉的吃力模樣，那是他在偏頭痛壓力之下擠出來的笑容。

「做起來也不是那麼單純的。這系統裡必須使用所有變奏技巧，包括那些被視為做作的技巧，像那些曾協助發展部主宰奏鳴曲的手段。我自問，我在克雷契馬底下學那麼久古老的對位法，在那麼多譜紙上寫倒影賦格、螃蟹卡農和倒影螃蟹卡農[325]，所為何來。如今呢，一切派上用場，可以拿來巧妙修飾這十二音構成的字。一個字除了作為基本序列，它每個音程可以用逆向音程取代。此外，你可以用最後一個音開始一個音型，把第一個音置於尾端，然後再以這秩序做成倒影。這樣就有了四種模式，而這所有四種模式裡，半音音階的十二個音都可以移調，因此作曲時就有四十八種不同的序列可用。如果你說這還不夠，我提議以對稱的方式從序列中挑出某些音來構築衍生的發展，結果將會產生獨立但仍然是以基本序列為根據的新序列。我提議將各個序列劃分成彼此維持關係的小組，從而使音符之間的關係更加緻密。一部作品也可以運用兩個或更多個主題序列，就像二重、三重賦格的作法。極重要的是，每一個音，沒有例外，在序列裡、在衍生序列中都保有其位置價值，這樣將能確保我說的，和聲和旋律的中立性。」[326]

「一種魔術方陣，」我說道。「不過，你能希望世人聽出所有這些內涵嗎？」

「聽出來？你還記得他們為我們舉辦的一場公益演講嗎？那場演講告訴我們，人聽音樂並不是鉅細靡遺的。你如果將『聽』理解為精確、詳盡地意識到最高、最嚴格的秩序，星辰系統般的秩序，一種宇宙性的秩序和規律，如何實現，那麼，人是聽不出這層次的。不過，他們會聽出，或應該聽得出這秩序，而這體驗將會帶來前所未知的審美享受。」

「挺奇特，」我說道，「照你的說法，那變成一種作曲前的作曲。素材的整個配置和組織變成必須在實際著手作曲之前完成，這就有個問題了：哪個才是真正的作品？素材的調配既然就是變奏，而變奏的創造過程（我們可以稱之為實際的作曲）又必須歸原於素材——連同作曲者的自由。這樣，他工作起來也不會是自由的。」

「受自己加給自己的秩序拘束，這就是自由。」

「好罷，關於自由的辯證是高深莫測的。不過，你很難說他是自由的和聲塑造者。和弦的建構難道不是變成全憑運氣，不是變成交給盲目的機遇了嗎？」

「應該說：交給星座。每個構成和弦的音符，其複音的價值都由星座獲得確保。歷史的成果——不和諧從解決中解放出來[327]，本身成為絕對，像晚期華格納一些片段中已經可以看見的情況——使一切能對這個系統表明其正當性的和聲都可以成立。」

「如果這星座產生了庸俗的東西：和諧音、三和弦、陳腔濫調、減七和弦呢？」

「那就說是星座化腐朽為新穎吧。」

「我在你的烏托邦裡看見一個復辟的成分。你這烏托邦非常激進，但它放鬆了其實已經掛在和諧音上的禁令。重返老式的變奏形式，也是類似的復辟。」

---

325 卡農曲式基本上是重覆並重疊，順彈或逆彈皆成旋律，螃蟹卡農（**Krebs**）與倒影螃蟹卡農（**Umkehrung des Krebses**）指兩個聲部互補或相反，類似迴字或迴文，後方聲部以倒置和後退等方式模仿前置聲部。

326 阿德里安說明十二音技法，論者認為扼要簡明，遠勝許多音樂專家的解釋。這段說明幾乎原樣取自阿多諾《新音樂的哲學》〈荀白克與進步〉中的「十二音技巧的理念」一節，但以簡馭繁。上文談布拉姆斯「不讓音樂有任何偶然成分」等語，則取自「倒退返回不自由」一節。

327 解決（**Auflösung**），音樂術語，見前注。將「不和諧」從解決中解放，即維持不和諧。

「有趣的生命現象，」他答道，「大概永遠有這種兼具過去和未來的雙重面貌，而且大概向來就是結合進步和倒退為一的，它們顯示生命本身的曖昧多義。」

「你這話可不是個統括嗎？」

「統括了什麼？」

「我們自己國家的經驗。」

「哦，別冒失。也別自我恭維吧！我想說的只是，你提出的異議——如果真是異議——反對不了一股古老的渴望尋求滿足，這渴望就是對一切聲音賦予秩序而加以掌握，將音樂的魔魅本質化解為人類的理性。」

「你想以恭維人文主義來把我套住，」我說。「人類的理性！可是對不起，你說了半天，三句話不離『星座』。這應該是比較適合占星術的字眼吧。你要的那種理性有很多迷信的成分——包括在賭博、紙牌算命、擲骰子、占卜裡，那種難以捉摸而模糊曖昧的魔性信仰。和你的說法正好相反，我看你這套系統毋寧是要把人類的理性消解於魔魅之中。」

他握起一拳抵住一邊太陽穴。

「理性和魔性，」他說，「可以相會並且合一於我們說的智慧、祕教儀式，以及對星象、數字的信仰之中……」

我沒有再回答，因為我看出他頭痛。而且我覺得他方才說的一切，無論多有見地，多麼值得考慮，都帶著那頭痛的印記，受其影響。他自己似乎也沒有進一步多想我們這番交談；這一點，由我們信步而行時，他無所謂的喟嘆與哼唱可得而知。我當然繼續想他說的話，帶著困惑，內心搖頭，同時靜靜尋思，想到一個人的思想可以被形容為和痛苦有關連，但並不表示就此失效。

在剩餘的回家路上，我們沒說什麼話。我記得我們在「牛槽」稍停片刻；我們偏離小徑數步，同看迎面正在下沉的太陽在水中的倒影。池水澄澈，可以看見近岸之處才是淺的。離岸稍遠，立刻一片沉暗。大家都知道那口池塘中央很深。

「冷，」阿德里安以頭示意說道：「現在太冷了，不能洗澡。」——「冷，」片刻之後他又說一遍，這回明顯渾身哆嗦，隨即轉身離去。

由於職責所在，我當晚必須返回凱撒薩興。他則延後數日啟程前往慕尼黑，他屬意在那裡定居。此刻，我看見他和他父親握手道別——最後一次，只是他不知道。我看見他母親親吻他，他或許和她同克雷契馬在客廳說話時一樣，頭偎在她肩上。他沒有再回她身邊，也沒有那個心意。是她去找他。

23

「抓不緊，就推不動，」兩週之後，他從巴伐利亞首府諧擬孔普夫對我這麼寫，意思是他已開始為《愛的徒勞》譜曲，催我速速送去其餘的劇本改編。他寫說，他需要改編的全貌，而且希望先期知道後面的部分，以便適時確立一些音樂上的連結和關係。

他住蘭柏格街，靠近學院，向一位不來梅參議員的遺孀轉租，其人叫羅德，房子還新，她同兩個女兒住底樓。她們租給他的房間面向安靜街道，緊靠房子門口，合他意思，因為整潔而且家具齊備實用，擺上他的個人用物、他的書本和樂譜，更出落得停當有加。左邊牆上有個可能未免荒謬的裝飾，一幅巨大、胡桃木框的版畫，是過去一段熱愛留下來的遺跡，刻畫賈科摩．麥耶畢爾在鋼琴前面，帶著靈感洋溢的眼神彈觸琴鍵，他歌劇裡的角色圍擁著他。如此神化之作並未引起這位年輕房客惡感，而且他有一張工作桌，是一張簡單的綠色鋪面伸縮桌，只要坐進桌前的藤椅裡，他就背對它，因此他任它掛在那裡。

一台小型風琴，也許是追憶往日之用，擺在他房間裡，對他有用場。但參議員夫人大多時間留在一個後向、面對小花園的房間裡，兩個女兒上午也看不到人，因此交誼室裡那台大鋼琴——

一台有點兒用壞了，但聲音輕柔的貝希斯坦[329]——也方便他使用。交誼室陳設布面圈椅、銅製枝形吊燈、格子背的椅子、一張緞面沙發几，以及一幅裝裱富麗，但畫面已經相當沉暗的一八五〇年油畫，畫的是金角，帶出加拉塔一景[330]——簡而言之，分明都是一個曾經豐足優渥的資產階級家庭的遺物。這交誼室入夜經常是小小社交圈的舞台，阿德里安初時勉為其難，然後成為習慣，涉入其中，而且在環境發展之下演起有點像家中兒子的角色。在此聚集的是個藝術或半藝術世界，一種馴化了的波西米亞放浪作風，規矩有禮而自由自在、逗趣，因而滿足了參議員夫人決定從不來梅遷居這個德國南部首府時所懷的期望。

她的情況倒也不難一目瞭然。黑眼睛，褐色、秀氣鬈曲的頭髮只微見飛霜，貴婦儀態，象牙膚色，五官悅目而保養周到。她此生一直是一個貴族社會的尊顯成員，並且主持一個佣僕滿室且事務劇繁的家。丈夫（他身穿議員禮服的嚴肅畫像裝飾著交誼室）過世後，她的交道景況大非昔比，加上可能無法在她習慣的環境中完全維持原有地位，她內心那些尚未涸竭，而且大概從未獲得滿足的生命熱望得到解放，轉而在一個比較有人性溫暖的領域為她的人生追求一個比較有趣的

328 麥耶畢爾（**Giacomo Meyerbeer**，一七九一——一八六七）：鋼琴家出身的德國歌劇作曲家，名成業就，得志於十九世紀樂壇，但作品後世甚少演出。

329 貝希斯坦（**Bechstein**）：德國鋼琴廠牌。

330 金角（**das Goldene Horn**）：博斯普魯斯海峽一處海灣；加拉塔為海灣北岸古城，與君士坦丁堡相對。

尾聲。她舉辦的那些社交聚會，她放風聲說是為她女兒，實則最主要是她自己要從中得趣，以及享受人家向她獻殷勤。最逗她快樂的，是微涉不莊但未至於下流的言語，影射這個藝術城市一些愜意不羈但無傷大雅的風情，和女跑堂、模特兒、畫家的蜚短流長，凡此都從她緊抿的雙唇之間引出音調偏高，帶著微妙肉感的笑聲。

顯而可見她女兒伊妮絲與克拉莉莎不喜歡這笑聲；她們互使冷冷的、不贊同的眼色，完全流露兩個長大的孩子對她們母親天性中尚未實現的人性的懊惱。不過，至少就次女克拉莉莎而論，從資產階級環境中連根拔起這件事是有意識、刻意、她加以強調的。她是身材挺高的金髮女，一張大臉化妝得白白的，下唇圓滿，下巴有點發育不足，準備以戲劇為人生之路，正在跟宮廷劇院和民族劇院一位專扮老生的演員學藝。她的金黃色頭髮打理成引人目光的大膽髮型，頂著大如輪子的帽子，又喜歡樣子古怪的羽毛長圍巾。她的堂堂身量非常能夠容受這些東西，將它們的古怪吸收於無形。她對怪奇、陰森事物的癖好，那群巴結她的男人看了開心。她有隻硫磺色的雄貓，名叫以撒克，她讓牠為死去的教宗戴孝，在牠尾巴上綁個黑紗蝴蝶結。她房間裡有兩個骷髏標誌，一個是實物，是個咧嘴露牙的骷髏頭標本，一個是青銅紙鎮，眼窩空空，象徵人生短暫與「痊癒」，擺在一本大開本的書上。這本書有作者希坡克拉底斯[331]的希臘文名字。書是中空的，平滑的底部以四隻細小的螺絲拴住，要非常細心使用一把精細工具才能鬆開。後來克拉莉莎用鎖在書中空腹裡的毒藥自殺，參議員夫人將此物留給我當紀念，我保存至今。

伊妮絲，也就是姊姊，也註定做一件悲劇之事。她——我是不是該說：然而？——代表這個小家庭尚存的保守成分，她活著，抗議被連根拔起，抗議南德、這個藝術城、這個波西米亞圈子、她母親的晚間社交聚會，回頭強調舊有、父權、資產階級的峻厲與尊嚴。但此事給人的印象是：這保守主義是一種防禦機制，防範她自己內在的緊張和危險，雖然她肯定它們在思想上一定的重要性。她個子比克拉莉莎纖細，姊妹倆相當處得來，只是她默默但明顯地不滿她母親。濃密的金灰色頭髮重壓她腦袋，因此她腦袋往前側斜，脖子伸長，嘴嘟成微笑狀。鼻樑微隆，幾乎全被眼皮遮蔽的淺色眼睛放出的目光無神、纖弱、帶著不信任，那是知識與哀傷的眼神，雖然也不無試作狡黠之態。她受的教育惟有端莊可以形容：她在一所高尚、獲得宮廷恩護的卡爾斯陸女子寄宿學校度過兩年。她沒有專攻哪種藝術或學門，而是將價值擺在做主持家政的當家女兒上，但她博讀群書，而且寫文筆殊為出色的信「回家」，給過去，給她的舍監，給她從前那些女性朋友，還私下寫詩。她妹妹有一天讓我看她一首詩，標題〈礦工〉，第一節此刻如在目前：

「我是靈魂坑井裡的礦工
靜靜而且無畏地往黑暗攀爬
看見傷痛的貴重礦脈
幽光穿透夜暗。」

331 希坡克拉底斯（**Hippokratse**，公元前約四六〇—三七〇）：古希臘醫師，有「西方醫學之父」之譽。

我已忘記下文，只有收尾一行還記得：

「我再也不渴望上面的幸福。」

兩個女兒暫時說到這裡，阿德里安和她們發展了家中常客的友誼，她們兩人都器重他，而且影響她們的母親也重視他，雖然她認為他沒什麼藝術才氣。至於家中的客人，往往是先請一批次次不同的人到餐間吃晚飯，餐間裡有一張遠遠太大、雕刻極是富麗的橡木餐桌，這批客人之中有一位就是阿德里安，或者她們所謂「我們的房客，雷維庫恩博士」；另一批客人則在九點或晚一點來，彈奏音樂、喝茶或聊天。他們是克拉莉莎的男女同僚：某個烈性、發大舌音R的年輕男子；某個舌頭前端發音很好聽的小姐；一對克諾特里希夫婦——丈夫是康拉德．克諾特里希，慕尼黑土生土長，外表神似古代的日爾曼人、蘇甘布利人或烏比人[332]，只缺頭頂上的絞髮，他從事某種沒說清楚的藝術行業，本來可能是畫家，現在玩票做樂器，並且拉大提琴，拉起來狂亂走板，鷹鉤鼻兇猛吁吁呼呼，妻子娜塔莉亞，深褐膚色，戴耳環，烏黑的鬈髮懸垂到雙頰上，有西班牙的異國韻味，也是畫家；其次，是一位學者，克拉尼希博士，錢幣學家，本地錢幣博物館館長，言語清晰、有力而開朗通達，只是聲音為哮喘所苦而沙啞；再來是兩位畫家朋友，都是分離派[333]成員，叫里奧．辛克和巴普替斯特．史賓格勒——前者是奧地利人，來自波森地區，觀其社交技巧，蓋打趣逗笑之流，慣會逢迎的小丑，老是用輕柔慢條斯理的口氣嘲弄他太長的鼻子，又有點像牧神之類人物，那雙緊緊擠在一起的渾圓眼睛透出的確非常滑稽的眼神，逗引女人大笑，永遠是個不錯的開場節目，另一位，亦即史賓格勒，出身德國中部，留著濃密的金黃色小鬍子，是個深涉世故的懷疑論者，富有，不大工作，有疑病症，讀挺多書，交談之中總是微笑，忙著眨眼。伊妮絲極不信任他，何為其然，她沒有進一步說明，但她對阿德里安說他是鬼祟之人，一個內懷叵測的偽君子。阿德里安坦言史賓格勒的聰明有令人放心之處，他喜歡同他聊天；但是，另外一位客人費心親近，攻陷他的矜持，他就遠遠不是這麼容易撤防。此人是魯道夫·施維特菲格，一個有天賦的年輕小提琴家，是札芬斯托斯管弦樂團成員，該團在本城音樂生活中扮演的角色僅次於宮廷樂隊，他在其第一小提琴陣容裡。他出生於德勒斯登，但出身可能應該是北德低地，金髮，中等、勻稱的身材，有薩克森文明那種文雅和吸引人的機智圓熟，是熱心的社交沙龍常客，每個沒差事的晚上都遊走於至少一個，大多是兩個到三個社交聚會，喜孜孜跟女性調情，樂此不疲，其中有年輕的少女，有較為成熟的婦人。辛克和他關係冷淡，時或岌岌可危，我並且經常留意到，情聖們彼此是不大喜歡的，而且男人與美女俱是如此。至於我，我對施維特菲格並無反感，其實可以說由衷喜歡他，他悲劇性的早死，我覺得蒙著一種令人不寒而慄的恐怖意味，

332 蘇甘布利（**Suganbri**）：日爾曼人的一支，羅馬時代居住萊茵河右岸接近荷蘭之處。烏比人（**Ubii**）：日爾曼人的一支，也活動於萊茵河右岸。

333 分離派（**Sezession**）：十九世 紀末至二十世紀初，德國、法國、瑞士等地脫離學院派而另闢新境的現代主義藝術家。

使我內心震動。我眼前至今清清楚楚看見這個年輕人孩子氣的神態，單肩一聳一抖，就把外套穿正，同時一邊嘴角下垂，裝個鬼臉；另外有個天真的習慣，神情緊繃，又似帶著惱怒，盯著同他交談的人：銅青色的眼睛一本正經挖鑿對方的臉，有時瞄準一隻眼睛，有時瞄準另一隻，同時噘著雙唇。他有種種挺好的特質，他才華以外的特質，而且那才華也不妨算入他可親的魅力：坦率、誠實、無成見、藝術家那種對金錢與財產不忮不求的淡然，簡言之，他有一種獨特的純淨，從他——我再說一次——美麗銅青色眼睛的目光中散發光芒，那雙眼睛安在儘管有點鬥牛犬或巴哥犬模樣，但仍然青春可人的面龐裡。他經常和參議員夫人合演音樂，她鋼琴彈得不錯——他這就冒犯了克諾特里希，克諾特里希巴不得鋸壞他那把大提琴，只是在座眾人遠更希望施維特菲格獻藝。他的演奏乾淨而雅致，聲音不大，但音色甘芳動聽，技巧也出色不滅。你難得聽到維瓦第、魏爾當[334]、史波爾[335]的作品、葛利格[336]的c小調奏鳴曲，甚至克羅采奏鳴曲[337]及法朗克[338]的作品拉得如此無可摘瑕。他是感受質樸之人，未為文學所染，但有心見賞於思想水平高的人——不是出於虛榮，而是他真心重視和他們相從，希望藉此提升自己，臻於至善。他很快就抓準阿德里安，殷勤趨近他，不惜冷落那些女士，徵求他的見解，要他作伴，阿德里安那時候總是拒絕；他渴望和阿德里安談音樂、談音樂以外的事，而且不為任何冷淡、矜持、疏遠而幻滅、氣餒或退卻。這是他真誠逾恆的一個徵象，但也是他情性豁朗與天質自然之徵。有一次，阿德里安頭痛，對社交全無興趣而未應參議員夫人之邀，留在他自己房間裡，施維特菲格突然現身，穿著燕尾服，結著寬領帶，據稱銜多位或所有客人之命，來勸他與大夥同樂。少他一人，舉座何其無聊……這話有點聳聞，因為阿德里安決非一人在場，舉座盡歡之輩。我不知道他當時有沒有從勸。不過，儘管可以猜想他只是施維特菲格要顯得自己富於人緣的口實，他對如此鍥而不舍的關注仍然不禁感到幾分愉悅的訝異。

寫到這裡，羅德沙龍裡出場的人物，連帶我自己後來以富來興教授身分認識的慕尼黑社會許多其他成員，差不多已完整介紹。還有個人不久也加入，是席爾德克納普。他援阿德里安之例，覺得不宜久留萊比錫，應該住慕尼黑，並且拿出決斷力，將建議化為行動。他翻譯英國文學，出版社就坐落這裡，這一點對席爾德克納普是切合實際的；而且他惦記阿德里安的陪伴，他很快又以他父親的故事和他的「Besichtigen Sie jenes」逗阿德里安大笑。他的住處距這朋友不遠，在阿瑪里恩街一棟房子的四樓，他天生格外需要新鮮空氣，因此整個冬天坐在打開的窗前，裹著披風和毛毯，半懷憤恨怨懟，半帶熱情沉溺，在困難籠罩、菸雲氤氳之中，窮搜苦思英文字、句、韻的精確德文譯法。他通常同阿德里安共進午餐，在宮廷劇院裡的館子，或市內一處客棧的地下室酒館，但是很快，透過從萊比錫建立的關係，他找到進入私人住家的門路，應邀吃晚飯當然不在話下，而且到處有人中午為他準備一副餐具——或許是某個女主人陶醉於他風度翩翩的窮相，

334 魏爾當（**Henri Vieuxtemps**，一八二〇—一八八一）：比利時小提琴家兼作曲家。
335 史波爾（**Louis Spohr**，一七八四—一八五九）：德國作曲家兼小提琴家。
336 葛利格（**Edvard Grieg**，一八四三—一九〇七）：挪威作曲家兼鋼琴家。
337 克羅采奏鳴曲：即貝多芬小提琴奏鳴曲第九號，**Kreutzer**。
338 法朗克（**Cesar Franck**，一八二二—一八九〇）：比利時作曲家，事業生涯在巴黎。

邀他一同購物之後。他的出版商，富爾斯頓街Radbruch & Co公司的老闆，就是如此；年邁、富有、沒有子女的施拉金豪芬夫婦也是如此：丈夫出身施瓦本[339]，是民間學者，妻子來自慕尼黑家族，兩人在布里安街有一棟稍嫌陰暗但豪華不減的住宅。他們那間多柱子的客廳，會集者兼有藝術家與貴族，但出身普勞希[340]的女主人最樂見有人一身而兼此兩者，例如那位經常光臨的王室劇院總管里德塞爾閣下。此外，席爾德克納普也是實業家布林格的席上客，他是富有的造紙廠老闆，住河濱維德邁爾街他自己蓋的出租公寓二樓；還有Psychorr釀酒股份公司一位董事，以及其他人家裡。

在施拉金豪芬家中，席爾德克納普引進阿德里安，在那兒，這位言語簡吝的陌生人邂逅若干被晉封為貴族的名畫家、華格納歌劇名角坦雅・歐蘭達，以及菲力克斯・莫特爾、巴伐利亞宮廷的貴婦們，和「席勒的曾外孫」，就是那位寫文化史書籍的馮格來亨—魯斯沃爾先生，還有一些根本什麼也沒寫，而是殫精竭思賣弄文學瑣談娛樂社交圈的作家，這些邂逅浮淺而沒有結果。然而也是在這裡，他初識珍妮特・謝爾，一個值得信賴且魅力獨特之人，足足比他年長十歲，是一位已故巴伐利亞行政官員與一位波斯女子的女兒——那位波斯女子是癱瘓而纏綿輪椅，但心智活潑的年長貴婦，從來不曾費心學德文：她不學德文亦有其故，因為，拜當時語言習尚之賜，她流利的法語使她金錢與地位兩皆得意。謝爾夫人和她三個女兒住在靠近植物園之處，珍妮特是老大，那住處是十分局促的公寓，在其十足令人感到置身巴黎的小小沙龍裡，她舉行異常受歡迎的音樂茶會。標準宮廷男歌手和女歌手的聲音盈溢於這狹窄的空間。經常有藍色的宮廷馬駕停駐這棟寒微房子面前。

至於珍妮特，她是作家、小說家。她生長於兩種語言之間，以不合矩度但饒有吸力的私人語法寫出流露貴婦雅趣而富於獨造的社會觀察，作品不乏心理與音樂魅力，毫無疑問屬於比較高等的文學。她很快就留意阿德里安，並且擁護他，他則同她親近、同她說話舒適自在。她醜貌帶著貴氣，一種文雅的羊臉，其中融合農民與貴族氣息，一如她言語兼融巴伐利亞方言與法文，她異常聰慧，渾身是上年紀的姑娘那種凡事追問的天真無邪。她的心智有些飄浮不定，一種好笑的沒有倫次，她無比開心取笑自己這一點——不是辛克那樣以自嘲來阿諛他人，而是完全單純且由衷的自我取笑。此外，她甚富音樂素養，彈鋼琴，熱愛蕭邦，秉筆討論舒伯特，與當代好幾位音樂領域上的成名人物友好，一次關於莫札特複音與巴哈關係的愜意交談則開啟她與阿德里安之間許多這方面的交流。他成為她的莫逆之交，而且維持多年。

但沒有誰預期，這個城市，他選擇落腳的這個城市，真的會把他融入其氣氛之中，把他變成自己人。此城景物之美，壯麗而由山間河流貫穿，在焚風烘出的阿爾卑斯山藍天下鋪展的鄉間風味，或許令他悅目，其舒適散緩，彷彿常設化裝舞會般人人自便的風俗習慣，可能也使他生活輕鬆一點。這個城市的精神——sit venia verbo![341]——其天真至於愚蠢的生命情調，這個自我耽溺的

339 施瓦本（**Schwaben**）：德國西南部一個語言文化區。

340 **Plausig**，德國望族。

卡布亞[342]在藝術上對刺激感官的裝飾與嘉年華風味的偏愛，和他這個講求深度且資性峻厲之人的靈魂卻必定始終格格不入。這麼個城市適足以引起他我年深月久以來熟知的那種眼神，表現若即若離，冷峻，若有所思之中與眼前物事保持距離，在把頭扭開時加上一哂。

我這裡說的是攝政末期的慕尼黑，距離戰爭爆發只四年[343]，戰爭後果將此城的逸豫化為抑鬱，並且滋生一齣接著一齣醜劇。這個首府遠近景致美麗，政治問題框限於一種陰陽怪氣的對立，徘徊在半分離主義的民俗天主教，與一種活力充沛但虔誠效忠國家的自由主義之間；慕尼黑，統帥府衛隊閱兵場舉行音樂會，處處藝廊、裝飾宮殿、季節展覽，謝肉祭舉行農民舞會，狂飲三月啤酒，教堂落成紀念日在十月草坪展開好幾星期龐大年市，早已被大量行銷腐化的民俗精神卻兀自歡慶農神節；慕尼黑，華格納信仰彷彿停頓在時間裡，夜間由祕教般的小集團在凱旋門後面舉行唯美崇拜，波西米亞風情獲得大眾親善以待而徹底愜意自在。阿德里安在上巴伐利亞度過的九個月裡，看盡這一切，漫步其間，體驗其事，凡一秋、一冬、一春。他與席爾德克納普造訪藝術家的慶祝活動，在裝飾雅致而做成幻覺矇矓效果的大廳裡，他碰到羅德圈的成員：年輕的演員、克諾特里希夫婦、克拉尼希博士、辛克和史賓格勒、羅德家兩個女兒。他和克拉莉莎與伊妮絲同坐一桌，加上席爾德克納普、史賓格勒和克拉尼希，或許還有珍妮特。這時，施維特菲格作莊稼小子打扮，或一身襯出他雙腿美麗的十五世紀佛羅倫斯裝束，使他和波提切里筆下那個紅帽小伙子不無神似[344]，整個人鬆弛於節慶般的興致之中，全然忘記精神自我提升那回事，走上前來，「親切體貼」將羅德家兩女邀去跳舞。他愛說「親切體貼」；他堅持一切事情要做得親切體貼，避免不親切體貼的疏忽失禮。他在舞池裡有許多殷勤要獻，很多對象急待他周旋，但他如果因此完全冷落藍柏格街的淑女，他會覺得有失親切體貼。他同她們的關係比較像是兄弟，但他對她們親切體貼，那款熱心賣力也太顯眼了，惹得克拉莉莎大聲說道：

「老天爺，魯道夫，你走過來的時候能不能別擺出那副助人最樂的救星嘴臉！我向你保證，我們舞跳很夠了，完全不需要你。」

「需要？」他喜中帶惱，用他有點像從喉嚨發出的聲音說道。「難道我這顆心的需要就不算什麼嗎？」

「什麼也不算，」她說。「再說，我太高了，跟你不配。」

她到底還是跟了他去，帶著傲氣揚起她往內縮、圓唇底下少了凹溝的下巴。有時候他邀的是伊妮絲，她眼神矇矓，噘著嘴跟他去跳舞。他也不只對這兩姊妹親切體貼。他嚴管自己別忘忽了誰。突然之間，特別是有人拒絕他的邀舞時，他陷入深思，找張桌子坐下，和阿德里安與永遠一

341「容我這麼說」。

342 卡布亞（**Capua**）：在義大利拿坡里北方二十多公里，自古為重要工商城市，歷經好幾個繁華奢靡時期。

343 巴伐利亞王路德維希二世一八六四年登基，一八八六年六月十日被巴伐利亞政府宣布精神失常不能視事，由其叔路特波德親王（一八二一—一九一二）攝政，路德維希三天後離奇死亡，同樣患精神病的弟弟奧托繼位，親王繼續攝政至去世。「距離戰爭爆發只四年」，即一九一〇年。

344 波提切里（**Sandro Botticelli**，一四四五—一五一〇）：義大利文藝復興初期畫家，畫有多幅戴紅帽的青年肖像。

身化裝舞會打扮、喝紅酒的史賓格勒一塊。後者快速眨著眼，濃髭上方的臉頰漾個酒窩，可能援引龔古爾日記[345]或賈里亞尼[346]神父的書信為談資，施維特菲格則帶著他全神貫注到簡直橫生惱怒的神情，目光鑽鑿著這個發言者的臉。他同阿德里安談下次札芬斯托斯音樂會的節目，又彷彿天下沒比這更要緊的興趣或責任似的，要阿德里安申論、解釋他前不久在羅德家就音樂、就歌劇現況或諸如此類之事發表的一些看法，而且要阿德里安專注於他一人。他挽著他的臂膀，沿大廳裡擁擠人群的外緣溜躂，在嘉年華才容許的氣氛下對他使用親暱的稱謂，並不在意對方沒有依樣回應。珍妮特後來對我轉述，阿德里安有一回從這樣的散步回到桌邊，伊妮絲對他說：

「你不該教他這麼得意，他什麼都想要呢。」

「說不定雷維庫恩先生也什麼都想要，」克拉莉莎單手支著下巴說。

阿德里安聳聳肩。

「他要的，」他答道，「是我為他寫一首小提琴協奏曲，好讓各地的人聽到他的琴聲。」

「那就免了吧！」克拉莉莎又開口。「你要是邊想他邊作曲，除了姿態漂亮的東西，不會有什麼好靈感。」

「妳太看得起我的彈性了，」他回答，史賓格勒咯咯大笑幫他和聲。

不過，阿德里安參與慕尼黑生活樂趣的情況，暫時交代夠了。到了冬天，他已開始履跡風景絕美出名，雖然有點兒被外來經營糟蹋的郊區。同行的是席爾德克納普，而且大多是在此人力爭之下成行，而且和他同遊艾塔爾、上阿瑪高、密登瓦特[347]明曜刺眼的雪地。春天降臨，這類出遊就更多了，前往有名的湖，造訪那位已成民族傳奇的瘋子興建的那些奇特城堡[348]，又經常駕輪馳過漸轉翠綠的大地（因為阿德里安喜愛自行車，說那是使人獨立逍遙漫遊之具），興之所至，不拘何處，過夜則隨遇而臥，不問氣派寒傖。我想起這些，因為就是這樣，阿德里安在那時候認識了他後來選擇為他人生框廓之地：瓦爾茲胡特附近的菲弗林，和希維格斯提爾大院。

瓦爾茲胡特無甚魅力或值得一看之處，坐落通往卡米希—帕登基輿的鐵路線上[349]，距慕尼黑一小時，下一站不過十分鐘，就是菲弗林，只是快車不停那一站。他們沒有理睬菲弗林教堂聳立於當地平泛風景之上的洋蔥頭形尖塔。阿德里安與席爾德克納普那次造訪當地，純出即興，而且完全是浮光掠影。他們也沒要在希維格斯提爾家過夜，因為兩人翌晨都得工作，要從瓦爾茲胡特上火車，入夜前趕回慕尼黑。他們在小鎮主要廣場邊的客棧吃了午餐，看時刻表還有幾個鐘頭，於是跨上自行車沿樹木夾道的鄉間道路朝菲弗林而去；牽著自行車走過村子，向一個兒童問知近處一口池塘的名字，說是夾子塘，瞥了一眼林木冠巖的小丘「羅姆崗」，然後，在吠聲中，有一

---

345 龔古爾日記：法國作家兼藝術史家兄弟艾德蒙·德·龔古爾（**Edmond de Goncourt**，一八二二—一八九六）與儒勒·德·龔古爾（**Jules de Goncourt**，一八三〇—一八七〇），著作包括兩人一八五一年起合寫的日記，為十九世紀巴黎文學藝術及社會生活珍貴史料。

346 賈里亞尼（**Ferdinando Galiani**，一七二八—一七八七）：義大利經濟學家，曾出任拿坡里駐巴黎大使十年，後來與其巴黎友人書信往來頻繁，其書信集一八一八年出版。

347 艾塔爾（**Ettal**）、上阿瑪高（**Oberammergau**）、密登瓦特（**Mittenwald**），都在巴伐利亞南部邊界。

348 「瘋子」指巴伐利亞國王路德維希二世。

349 卡米希—帕登基輿（**Garmisch-Partenkirchen**）：巴伐利亞南部名勝山城。

隻用鏈子拴住的狗，一個赤腳女僕叫牠「卡希柏爾」，在一扇飾有教會徽誌的大宅大門底下，他們討一杯檸檬水——不是由於口渴，而是那棟巍然而且性格突出的巴洛克式建築物太顯眼。

我不知道阿德里安當時「注意」事情到什麼程度，他是當下，還是漸漸、事後或在回憶之下看出某種關係，如同移調而和原調相距不遠。我傾向於相信他起初不自覺有此發現，後來，或許在夢中，方始驚覺。反正，他沒有向席爾德克納普吐露隻字，但也從來不曾對我提過其中如此離奇的對應。當然可能也是我說錯了。池塘和小山、院子裡巨大的老樹——雖然是榆樹——圍繞樹幹一張漆成綠色的椅子，諸如此類的更進一步細節可能一見上心，不必夢迴才看出來。他沒說什麼，但這當然完全不證明什麼。

艾爾絲・希維格斯提爾女士在大宅前門隆重迎迓來客，一片友善傾聽他們，用長柄杓子在高高的玻璃杯子裡為他們調製檸檬水。她在宅門左側一間幾乎像大廳、有拱頂的客廳招待他們，看起來像鄉下起居室，有一張巨大桌子，窗內兩側的斜面透露牆壁厚實，展翼的薩摩斯拉克勝利女神[350]石膏像站在色彩繽紛的窄櫃上。大廳裡甚至有一台褐色的鋼琴。她在客人旁邊就座時說道，家裡人平常不用這間客廳，幾口子晚上都在斜對面門邊一個小一點的房間消磨。這棟房子多餘的空間太多了。這一側下去一點還有一個寬闊的房間，叫修道院院長室，所以有此名稱，大概因為此宅曾由奧古斯丁修會的僧侶經管，而修會之首以那兒當工作室。這座大院昔日是修道院，就從她這番話得到證實。希維格斯提爾家定居於此，已歷三代。

阿德里安自言是鄉下出身，只是已經久居城市，並請教主人莊園範圍多大，得知有整整四十工作天大小的耕地和草地，連同一塊林地。大院對面空地上那些門前種了栗樹的低矮房子也屬於莊園所有。從前那些房子是修道士住的，現在則幾乎總是空著，極少打理供人居住。前年夏天有個慕尼黑來的畫家租住，他畫周遭的風景、瓦爾茲胡特沼澤等等，以及其他許多美麗的景物，雖然畫得有點悲涼，全是層層抹抹的灰色。其中三幅在玻璃宮展出[351]，她自己因此在那裡把那些畫再看了一次，巴伐利亞外匯銀行董事史提格麥爾買了其中一幅。兩位先生可也是畫家？

她提起那位租客，可能只是為了將她的猜測形之於口，以便弄清楚自己正在和什麼人等打交道。得知眼前是作家和音樂家，她雙眉起敬上揚，說，這更難得，也更有意思了。畫家像雛菊。兩位先生在她看來是挺嚴肅的人，畫家則大多比較散漫、無憂無慮，不大領會生命的嚴肅——她指的不是實際上的嚴肅，像賺錢之類的事，而是生命的沉重，生命的黑暗面。但她也不希望一竿子打翻所有畫家，因為那位租客就是個例外，不屬逍遙愉快之輩，而是非常安靜、與世相隔的人，應該說是性情鬱黯，就像他的畫，那些氤氳不開的沼澤和孤淒霧鎖的林地。你不禁猜想史提格麥爾董事也是那樣的人，因為他偏就挑中那幅最沉暗的作品來買：儘管他是金融家，性格裡卻必定有一絲憂鬱的特質。

上身挺直，褐色、只有些微灰白的頭髮平滑，梳得緊貼而看得見白色的頭皮，她陪客人坐

---

350 薩摩斯拉克勝利女神（**Nike von Samothrake**）：公元前二世紀的希臘勝利女神（**Nike**）大理石雕像，在愛琴海北部的薩摩斯拉克島發現，故名。又，曼所撰人名每多人如其名，希維格斯提爾（**Schweigestill**）也是一例，由**Schweigen**（緘默）與**Stille**（沉靜）複合而成，全書多處指涉她這項特徵。

351 玻璃宮（**Glaspalast**）：慕尼黑一個取法倫敦水晶宮的展覽場所，一八五四年啟用。

著，身上是格子花紋圍巾，圓領口別著一支橢圓形胸針，嬌小、勻稱且能幹的雙掌交叉擱於桌面，右手戴著婚戒。

她的言語充滿巴伐利亞方言色彩，但十分精純。她說：她對藝術家別具好感，因為他們是有同理心的人，而人生至佳、至要之事莫如同理心——畫家的逍遙無憂可能也植基於此，因為同理心有逍遙的、有嚴肅的，至於何者為優，則難以確言。最適切的可能是第三種：沉靜的同理心。藝術家當然必須生活於城市，因為那裡是文化發生之處，而藝術家所為之事就是文化；然而根本而言，他們更應該與農民為伍，農民生活於大自然之中，因此比較接近同理心，都市人的同理心若非萎縮，就是為了符合城裡要求的規矩秩序而壓抑，結果也就是萎縮。不過她也不想厚誣都市人；例外永遠是有的，可能是不為人知的例外，再一次以史提格麥爾董事為例，他買那幅陰鬱的畫，足證他有可觀的同理心，而且不只是藝術上的同理心。

這時她想以咖啡和磅蛋糕款客，但席爾德克納普和阿德里安想利用剩下來的時間看看房子和大院，要是她肯好意帶他們走一趟。

「樂意之至，」她說。「只可惜，我的馬克斯（希維格斯提爾先生）和格雷昂，我們的兒子，都在外面田裡。他們在試用一種新的撒肥機，格雷昂買的。兩位只好將就由我效勞了。」

怎麼可以說是將就呢？他們答道。隨即同她走一趟這棟結實的宅子，參觀位於前側的家庭起居室。菸斗抽菸草的氣味在宅子裡處處可聞，在這裡最為濃郁。接著看修道院院長室，是個引人好感的房間，不是那麼大，結構風格似乎早於宅子外部的建築模式，格調比較屬於一六〇〇而非一七〇〇年：牆底貼了踢腳板，地上鋪木板，沒有地氈，擱柵平頂下方有壓花皮革護牆，低矮拱頂的窗龕裡，以及鑲了方形鉛框彩繪玻璃的窗玻璃上的，是聖徒畫像；有個牆凹，裡頭一隻銅質煮水壺懸在也是銅製的固定盥洗盆上，還有一個釘上鐵鉸鍊和鐵索的壁櫥。一張皮面壁角長椅，離窗戶不遠是一張厚重的橡木桌，櫃狀造型，磨得溜亮的桌面底下是深深的抽屜。桌面有個深凹，桌緣高起，承托一個雕了花紋的讀書用斜面；頂上是一具從擱柵平頂掛下來的枝狀吊燈，還插著蠟燭的殘餘，充滿各種毫無規則、異國風味的東西，尖狀獸角、叉枝鹿角，乃至其他種種奇形怪狀的造型，四面八方從這件文藝復興時代的裝飾品身上伸出來。

來客熱誠讚美這間書房，席爾德克納普甚至深思點頭，說真該在這兒落腳，在這兒住下來，但希維格斯提爾夫人不確定說，這兒對作家會不會太孤寂，太遠離生活與文化。她領她的客人上樓梯到二樓，沿著白色粉刷，散發霉味的走廊有許多房間，她讓他們看其中兩間。裡面床架與矮櫃的漆彩品味和大廳一樣，但只有幾張床鋪好寢具：膨鬆的羽絨被堆疊高高的，一如鄉間的作法。這麼多寢室！兩人說道。是啊，大多時候幾乎全空著，女主人答道。只一兩間有人住過，但都為時不久。去年秋天為止的兩年裡，一位漢修赫斯罕男爵夫人住進來，在整棟房子裡遊蕩。這位貴婦，用希維格斯提爾夫人的說法，思想拒絕與世相合，也因與世相違而來此尋求保護。她自己與她倒是甚為相得，喜歡同她聊天，而且好幾次引得她笑她自己那些與世相左的觀念。可惜凡此既不足以使她擺脫那些觀念，也沒有能夠使它們不再愈演愈烈，卒至這位可親的男爵夫人必須接受專業照料。

希維格斯提爾夫人說完這段故事時，正當一行人回頭走下樓梯，步入院子，瞧瞧棚廄。另外一次，她說，更早以前，許多寢室中的一間住過一位上流社會的小姐，她在這裡生了個孩子——

她既然是和藝術家說話，不妨直道其事，雖然不好指名道姓。小姐父親是高級法官，在巴伐利亞任職，買了一部電動車，災難也自此而起。他雇個司機送他上班，小伙子無甚特殊之處，只是飾穗制服穿得端的漂亮，迷得小姐忘其所以，懷了他的孩子。等到孕事一望而知，那對父母盛怒兼絕望，絞手扯髮，詛咒、叫苦、辱罵，種種難以想像的行為都發作了。同理心沒有占上風，不管是鄉下人的還是藝術上的，只有城裡人那種擔心自己社會名譽的瘋狂恐懼，小姐則著著實實在雙親面前蜷蠕地上，哀求、抽噎，他們兀自揮拳咒罵，直到她和她母親一同昏死過去。那位法官有一天找到這兒，和她，希維格斯提爾夫人，說話：一個矮小的男人，灰色山羊鬍子和金邊眼鏡，憂傷而整個傴僂失神。他那頭的安排是，小姐到此僻靜之處把孩子生下來，之後以貧血為由，繼續逗留一段時間。人小位高的他已經轉身欲去，卻又回過來，金邊眼鏡後面泛著淚光，再次和她握手，口上說：「我謝謝您，夫人，謝謝您好心諒解！」可他的意思是諒解這深受屈辱的父母，而不是諒解那位小姐。

她這就來了，可憐的小東西，老是張著嘴，揚著眉；等待分娩的時間裡，她對她，希維格斯提爾，吐露許多心事，完全承認自己的錯，沒有強稱自己是被誘拐——相反，卡爾，那個司機，甚至說：「不好的，小姐，我們還是別這樣！」但她不由自己，向來不惜為之付出生命，到那時都不惜生死以之，她覺得不惜一死之志足抵一切。時候既至，她也挺勇敢，生下孩子，是個女娃，幫她的是好心的大夫庫爾比斯，是區域級醫師。一個娃兒怎麼來的，他都無所謂，只要分娩一切順利，再來是胎兒最好不要橫位。但分娩之後，儘管呼吸鄉間空氣，加上良好的照顧，小姐還是一直虛弱，仍然免不了老是張著嘴揚著眉，雙頰看來日益瘦削，又過了一陣子，她人矮位高的父親來接她，目睹她如此模樣，金邊眼鏡後面再度淚光閃閃。娃兒給了巴姆貝格市的灰衣修女會，但這個媽媽從此就是個頭髮灰白、臉色蒼白的小姐。她雙親可憐她，送給她一隻金絲雀和一隻烏龜作伴。她在房間裡日益枯萎於肺癆，病種大概向來就在她身子裡了。最後他們又把她送往達沃斯[352]，但那不啻是給她送終的僅剩一擊，因為她幾乎馬上就死在那裡——如了她的心願與意志；她認為不惜一死之志足抵一切，如果那看法沒錯，她真是清了帳，遂了心。

他們看牛欄，瞧了馬，瞄一眼豬圈，女主人一路敘述她收留的那位小姐。他們還看了鴨子以及房子後面的養蜂場，然後兩位朋友問她喝的要多少錢，她說什麼也不用給。他們感謝她所有招待，騎車回到瓦爾茲胡特趕火車。兩人一致認為這天沒有虛擲，菲弗林是值得一記之地。

阿德里安的靈魂牢記這個地方的形象，但一段很長的時間裡並未曾影響他的決定。他想往前走，但遠遠不只是往山裡的方向坐一小時火車。《愛的徒勞》呈示劇情開頭幾幕的音樂，鋼琴初稿已經寫好，但工作從此停頓；諧擬的人為工夫是一種不容易維持的風格，需要心境情緒上的不斷推新出奇，而這引起他希望呼吸遠方的空氣，置身於陌生層次深一點的環境。他整個人焦慮不安。藍柏格街那戶人家裡的房間只給他不確定的獨處，隨時有人上門招呼他去社交合群，他已厭倦。「我尋找，」他寫信對我說，「我深心四處探問，傾耳細聽是否有這麼個地方，我可以遺世

352 達沃斯（**Davos**）：在瑞士阿爾卑斯山，歐洲最高城市（海拔一千五百六十公尺）、滑雪勝地，十九世紀中葉開始成為著名的肺病療養地。

藏身，了無干擾與我的人生、我的命運對話……」是何奇怪、不祥之言！想到他找個場所是去實現什麼樣的對話，什麼樣的會面和協議，我此刻不該心為之寒，走筆之手為之顫嗎？

他選定了義大利，在不合旅遊時宜的季節，也就是夏天來臨之初，六月底，啟程前去。他說動席爾德克納普同行。

24

我在一九一二年那次長假，從我當時仍然居住的凱撒薩興，偕同我的新婚妻子到薩賓納[353]的山中小城探訪阿德里安和席爾德克納普。他們已是第二個夏天選在那兒居停：他們先在羅馬過冬，五月天氣漸暖，重返山中，找到他們前一年度過三個月而有如歸之感的同一棟宜居房子。

其地即帕勒斯提納，那位同名作曲家出生之地[354]，古代名叫普雷內斯提，但丁在《地獄》第廿七章稱之為培內斯提利諾，是克隆納親王的大本營[355]——這墾殖地風景綺麗，依偎群山，從底下的教堂廣場往上爬一段兩旁房屋遮蔽、不十分乾淨的台階式巷道就到。一種小黑豬在巷道上東跑西鑽，步行客稍不留意，就被上下往來、背上馱貨飽滿往兩側突伸的驢子擠在人家牆上。過了村子，巷子以山道繼續延伸，經過一座卡普欽修會的修道院，抵達山頂，來至僅餘些許斷垣殘壁

353 薩賓納（Sabina）：在義大利中部。

的衛城，旁邊是一座古代劇場的廢墟。海倫和我在我們短暫逗留期間多次登訪這片莊嚴的遺址，「什麼都不想看」的阿德里安，則那幾個月足跡從來不曾邁出他鍾愛之地，濃陰滿地的卡普欽修會花園。

馬納爾迪家，阿德里安和席爾德克納普留宿之處，是本地第一大觀，雖是六口之家，供應我們這些臨時來客膳宿仍然毫不費力。這建築坐落階段式的巷道上，穩實而嚴肅，近似宮殿或城堡，我估計建於十七世紀第三分之二那段期間；有作工簡約的飛簷，上面是平直而微微前伸的木板屋頂，小窗戶，早期巴洛克裝飾風的入口封以木板，真正的門是從木板切出來的，上面安個叮呤作聲的鈴子。我們的朋友獲得主人撥給底樓一個著實寬廣的範圍，是個有兩扇窗口的居住空間，寬似大廳，鋪石地板，一如這棟房子裡所有房間，而且多蔭、清涼、微暗，家具也十分簡單，只有稻草凳和馬尾毛填料沙發，但實際上寬敞到兩個人彼此由相當大的空隔分開，各自幹活，互不相擾。與此房間相連的是寬綽的寢室，雖然陳設也同樣簡單，其中第三間這時就由我們住下來。

這家人的餐廳連同比它更大的廚房位於二樓，是招待小鎮客人之處。廚房有黑漆漆的巨大煙囪，裡面掛滿童話般的、彷彿食人魔用的長柄杓子和切肉刀叉，架子上全是銅製廚炊用具，平底鍋，大大小小的碗、盤，蒸煮用的陶罐與研缽。主中饋的是馬納爾迪夫人，她家人叫她妮拉，據我所知，她名叫培洛妮拉，是個威重的羅馬式主婦，上唇拱起，一雙慈目不太褐色，只是栗褐色，已泛銀白的頭髮妥貼緊梳，勻稱豐腴的身材顯出鄉下婦女質樸而多能的氣度——經常可見，她那雙嬌小但工作幹練的手，右手還綁著寡婦紗帶，插在綁緊圍裙帶的健實腰臀上。

她的婚姻留下一個年紀還小的女兒，艾美莉亞，十三或十四歲，有輕微的癡呆症，吃飯時習慣將調羹或叉子舉在兩眼之間前後移動，口中以提問的口氣反覆念著膠著在她腦裡的某個字眼。幾年前有個高尚的俄羅斯家庭客寓馬納爾迪宅中，戶長是伯爵或親王，老是說見到鬼，三不五時拿手槍朝造訪他臥室的遊魂開火，給宅裡眾人來個不眠之夜。這記憶可想而知一直生動鮮活，就可以解釋，艾美莉亞為什麼經常兀自追問她的調羹：「Spiriti? Spiriti?[356]」但輕微一點的事也深入她心中成為執念。有個德國觀光客把義大利文裡屬於陽性的「甜瓜」當成屬於陰性的德文來用，如今這孩子搖頭晃腦，神色憂淒的眼睛跟著調羹移動，口裡念念有詞：「La melona? La

---

354 帕勒斯提納（**Giovanni Pierluigi da Palestrina**，約一五二五—一五九四）：義大利文藝復興時代聖樂作曲家，生涯大多在天主教會；一五四五至一五六三年天主教舉行特倫特會議，期間有禁止複音音樂之議，理由是複音音樂多聲部而各聲部節奏各異，造成聽者不解所唱經文，相傳帕勒斯提納力言此非複音之過，乃作曲者之過，並自譜彌撒曲為證，他因此有「複音救星」之稱。他所譜新曲運用主音音樂（**homophony**，與複音相對，由一個聲部為主聲部，其他聲部以和弦或裝飾的形式與之配合），稱為「帕勒斯提納風格」，影響深遠。另外，「帕勒斯提納」亦為德國作曲家費茲納（**Hans Pfitzner**）一九一七年慕尼黑首演歌劇之名，該劇藉帕勒斯提納其人其事探索複音與政治環境的關係，以及二十世紀創造力面臨的精神與藝術危機；費茲納後來支持納粹甚力。阿德里安童年啟蒙音樂即複音，托瑪斯．曼復在他藝術處於突破階段（第一件成熟之作）時置於此地，其來有自。

355 但丁將帕勒斯提納寫入《神曲．地獄》第廿七章，稱之為**Penestrino**。此處是中世紀至文藝復興時代義大利世家豪族克隆納（**Colonna**）根據地，並因與教皇敵對而被夷為平地。

356 「鬼魂？鬼魂？」

melona?[357]」培洛妮拉夫人和她的兄弟對這些舉止視如不見，聽而不聞，當成日常習慣之事，只對臉現詫異的客人報以一絲抱歉的微笑，但那微笑充滿感動與親切，幾乎是幸福，彷彿那是什麼迷人之事似的。海倫與我很快就習慣艾美莉亞在餐桌上呆視自語。阿德里安和席爾德克納普早已完全習焉不察。

女主人的年紀大約在她的一兄一弟正中間。哥哥艾科拉諾是律師，大多數人直呼令他快慰的l'avvocato[358]而不叫他名字，他是這個單純而未受教育的鄉下家族之光，六十歲，留著蓬亂的灰色小鬍子，說話聲音沙啞嘶號，發聲也和驢叫一樣辛苦吃力；弟弟索爾．阿豐索，年約四十五上下，家人暱稱「阿福」，是莊稼漢，我們從我們的午後鄉間散步回程，時見他跨著他那頭小驢子，雙腳拖地，手撐陽傘，鼻端頂著藍色護目鏡，從田裡回家。律師從一切跡象看來已不再執業，唯知看報紙——鎮日不停地看，熱天裡大剌剌只穿內衣褲坐在他房間裡，大開著門。他這行徑招來阿福非議，認為這位法學家也太放肆了，於是直稱他為「quest' uomo[359]」。他在他哥哥背後大聲指摘這種放縱帶有挑釁意味，他姊姊溫言安慰也不能令他回心轉意。她說，這位律師血氣旺盛，隨時有不勝天熱而中風之虞，因此必須衣著輕便。那麼quest' uomo至少也該關起門來，阿福回答，別用他那副太舒服的模樣對家人和distinti forestieri[360]現世。比人多念幾本書也不能狂妄到這樣邋遢有理吧。很明顯，這位contadino[361]以一個精選合用的口實發洩他對家中這個高等教育成員的某種敵意，雖然——或者說，因為——他內心最深處和馬納爾迪家所有人一樣仰慕這位律師，將他視同政治家。但兩兄弟對世界上許多事物的看法也大不相同，律師保守而凡事講篤敬，阿豐索是思想自由派，libero pensatore，傾向批判，敵視教會、君主制度及政府，認為這些全是徹頭徹尾充滿可恥的腐敗。「Ha capito, che sacco di birbaccione?」——「全是一窩騙子無賴，你了解了吧？」——他每次歷數其罪狀，習慣這麼作結，口舌遠比律師靈便。律師開頭幾聲沙啞驢叫般的抗辯之後，就氣沖沖退守他的報紙後面。

這三人還有個親戚，是妮拉夫人亡夫的兄弟，名叫達里歐，性情溫和，一把灰鬍子，柱杖而行，也是鄉下人類型，偕同他不太引人注意而多病的妻子住在這棟房子裡。但他們自成一桌吃飯，我們七人，亦即那兩兄弟、艾美莉亞、兩個長住之客，以及我們夫婦倆，則由培洛妮拉夫人以與低廉的膳宿費用完全不成比例的慷慨大方，從她風味浪漫的廚房打點，供應源源不懈。我們享用豐盛的蔬菜濃湯、乳鴿玉米粥、瑪莎拉燴肉片、一道羊肉或野豬肉搭上甜甜的配菜，以及許多沙拉、乳酪、水果，朋友們就著黑咖啡點起國家專賣的香菸之後，她以靈感突發的興奮語氣問道：「Signori[362]，現在——來點兒魚吧？」然後，止渴的是一種本地釀製的紫色葡萄酒，律師在沙啞的驢鳴之間像喝水般大口大口下肚。這酒一天兩餐當飲料其實太烈，兌水又太可惜。

---

357 甜瓜的義大利文正確叫法是「**il melone**」；「**la**」為義大利文陰性單數名詞之冠詞。
358 律師。
359 「這人」。
360 「外國貴客」。
361 「農夫，農民」。
362 「先生們」。

Padrona[363]催促我們盡情喝：「喝！喝！Fa sangue il vino[364].」阿豐索則怪她散布迷信。

午後我們愜意散步，一路上為席爾德克納普的盎格魯撒克遜笑話響起陣陣開心的大笑。我們往山谷走，山路桑樹林夾道，行過種作精良的橄欖樹園和葡萄纍纍的果園，分割成小份持有的耕地，各護以開著巨大出入門的圍牆。還用說嗎，我為了與阿德里安重聚而激動之外，何其感動於我們逗留那幾週裡天無片雲的古典蒼穹，何其欣悅於籠罩那片大地的古代情境，那情境時而化身為井圈，時而為美麗如畫的牧羊人，時而為魔性牧神般的山羊頭。不消說，阿德里安對我這人文主義者的陶醉只報以微笑之中不無反諷意味的點頭。這些藝術家不大留意圍在他們周遭，但對他們的工作世界沒有直接關係的當下，他們因此將之視為不過是個無關緊要，對生產或有助、或無助的生活背景。我們在折返小城途中觀看日落，我不曾再看過那樣絢爛的黃昏天空。一層油脂般的、厚厚的金色鑲在酡紅之中，在西邊地平線上漂浮——如此之驚人，如此美麗，那景象的確能使靈魂鬱勃忘我。結果我為之些微掃興，因為席爾德克納普指著那絕美的演出，喊出他那句「Besichtigen Sie jenes!」，逗得阿德里安爆笑，席爾德克納普的幽默言語經常引他發出的那種感激大笑。我覺得他利用這機會嘲笑自然景象的壯麗，也嘲笑那壯麗在我和海倫心中引起的悸動。

我提過小城上方的修道院花園，我們的朋友每天早上帶著他們的工作資料，到那兒分開各據一方幹活。他們向修道士申請在那裡停留，獲得慨允。我們經常陪他們登上這個涼蔭裡隱泛幽香，未經多少園藝整理，只餘殘垣圍繞的園地，到了現場，識趣地離開他們，讓他們工作，我們與他們隔著夾竹桃、月桂樹和金雀花，自己消磨愈來愈熱的上午，和他們互相看不見，一如他們兩人彼此看不見：海倫忙她的編織，我則是讀一本書，同時既滿意，又急切意識到就在近處的阿德里安，他的歌劇已有進展。

我們居住期間，在我們朋友起居室裡那台方形鋼琴上，他有一回——可惜只一回——從一五九八年稱為「Loues Labors Lost，一齣愉快、嘻笑怒罵的喜劇」[365]的戲劇裡，選出他已完成譜曲，而且大多已經配上管弦樂的片段，彈給我們聽，都是頗具全劇特色的段落，以及一些前後連帶的場景：第一幕中，包括阿馬達家中那一場，以及他已預為譜曲的後來幾個場面，尤其畢隆的獨白，是他一向格外有心經營的段落，好比說：第三幕結尾的韻文，以及第四幕並無押韻結構的那一段——they have pitch'd a toil, I am toiling in a pitch, pitch, that defiles[366]——表現這位貴族愛上難以捉摸的black beauty，陷入連番詼諧、荒誕但由衷而且深刻的絕望，連同他那段羞怒的自我嘲諷——By the Lord, this love is as mad as Ajax: it kills sheep, it kills me, I a sheep[367]——以呈現畢隆的心境而論，這兩段的音樂成就勝於前者。所以如此，部分原因是勃然噴發的散文挾迅速而略無連

363 女主人。

364 「這酒活血行氣」。

365 《愛的徒勞》初期原名之一。

366 《愛的徒勞》**IV. iii.1**的畢隆獨白：「他們張羅設網，而我身陷泥坑，泥坑，這真不好聽。」下文的**black beauty**是「黑美人」。

367 承上引文數行之後：「老天，這愛像埃阿斯一樣瘋狂，要羊的命，要我的命，我就是羊」。埃阿斯（**Ajax**）為圍攻特洛伊的希臘聯軍猛將，荷馬史詩《伊里亞德》中，阿基里斯（**Achilles**）死後，他未獲賜其盔甲，暴怒而攻羊群，盡殺之。

貫的文字機鋒俱下，激發作曲者在重音方面極盡奇思異想的創發，但部分也因為，在音樂上，將帶有意涵及已經熟悉之事加以重複，作富於機趣或意義的提醒，最能給人音樂在說話的印象，而且第二段獨白以極為精緻的方式回味第一段獨白這些要素。這一點最明顯見於畢隆滿懷懊惱怨怪他的心痴戀那個「放蕩女人，白臉細眉，臉上鑲兩個煤球當眼睛」，特別是音樂如何呈現畢隆既咒又愛的那對煤球眼睛：沉暗中閃爍精芒，一種由大提琴與長笛混合而成的半抒情熱望、半醜怪拖腔，然後在散文句「O, but her eye, —by this light, but for her eye I would not love her[368]」上帶著強烈嘲刺意味重返，以低音域加深那對眼睛之黝黑，但眼睛閃現的精芒這回交由短笛處理。

毫無疑問，一貫地形容羅莎琳為放蕩、不誠、危險的潑婦，非但沒有必要，在戲劇上也難以成立。這些刻畫只見於畢隆的台詞，而她在這齣喜劇的實情上只是輕俏、愛鬥機鋒而已。毫無疑問，這樣的形容是詩人為一股強烈的欲望所驅，不由自己，顧不得藝術上的疏失，將個人經驗強加其中，為那些經驗雪恨。羅莎琳，一如她的戀人所不厭描寫，是第二個十四行詩系列中那位黑女郎，伊莉莎白的女官，莎士比亞之所愛，她背叛他投向一位英俊朋友；畢隆帶著「我的蹩腳詩，我的愁」在舞台上說的散文體獨白「well, she has one o' my sonnets already[369]」，就是莎士比亞針對他自己的黑女郎而發的句子之一。那麼，羅莎琳怎麼對嘴尖舌利又活潑倜儻的畢隆饗以下面這麼個警句？

> 青春的血再沸騰也不似
> 威重反叛而放蕩時那樣不可收拾。

他年輕，而且決非「威重」，也完全不能供人藉他發揮說，聰明人變蠢夫時何其可悲，因為其人盡其才智，適足以證明其不愧為蠢夫。羅莎琳和她朋友口中的畢隆，與他的劇中角色全不相稱；他不再是畢隆，而是與黑女郎好事難諧的莎士比亞。阿德里安時時隨身一本口袋版英文十四行詩，那些詩人、朋友、情人的奇特三位一體之作，他打開始就努力以音樂表現他心愛的那幾段對話裡的畢隆性格，適當地配合整部作品的嘲諷色彩，將畢隆刻畫成「威重」，具備思想分量，卻是一段可恥激情的犧牲品。

很美，我讚不絕口。此外，他為我們彈出的片段，多的是令人欣賞和欣快驚奇之處。炫學而咬文嚼字的霍洛芬尼斯那段夫子自道，可以嚴肅地移用於他：

「此乃本人一種天賦，簡單，簡單！一種富於傻勁而轉益多師之精神，具足形式、妙喻、狀貌、物象、觀念、解悟、動勢、變化。凡此皆蘊積於記憶之奧府，滋育於軟腦膜之子宮，時機成熟而分娩。[370]」Delivered upon the mellowing of occasion[371]。妙極！詩人在這裡交代一個完全偶然、諧趣的場合，結果給了藝術精神一個卓絕盡致的描述，我們禁不住說，此刻致力將莎士比亞

---

368 續畢隆獨白：「啊，可是她的眼睛——天日為鑒，要不是為她的眼睛，我才不會愛上她。」
369「啱，她已有了我一首十四行詩」。
370《愛的徒勞》第四幕第二景，塾師霍洛芬尼斯（**Holofernes**）自詡詩才。
371「時機成熟而分娩」，意指蓄積成熟，觸遇而發。

青年時代的諷刺作品化成音樂的這個心靈，正是如此。

要是這個心靈的這項崇高追求沒有什麼老是令人擔憂之處，那該多好！「尋找苦事的人，自有苦吃，」〈希伯來書〉這麼說——此語用於吾友努力之事，既光榮，又令人焦慮。我大概應該高興，他終於打掉只根據我改編的原文作品譜曲的主意。但他給自己的任務變成將英文與德文版合一譜曲，也就是說：他寫成的旋律，將同時搭配他為兩種語文版本所譜的和聲，亦即，旋律維持其輪廓，而能以兩種語文誦咏。如此作法堪稱絕技，他為之自豪似乎過於為音樂靈感本身，而我有些擔心它們不能無拘無礙綻放。

我該不該回頭談談，此劇題材本身對我個人的輕微侮犯和對我個人帶來的困擾？也就是：此作嘲諷古代學問，將之打成禁欲苦行、矯揉做作。醜化人文主義，過不在阿德里安，而在莎士比亞，提出扭曲乖張的觀念安排，格外錯亂「讀書」與「野蠻」的角色者，也是莎士比亞。於是，前者等同修道禁欲，極度鄙視生命與自然，是飽學而過度精雅，認為生命和自然，甚至認為直即體物、人性、感覺，都是野蠻。連畢隆，為自然美言，向虛矯發誓久住學院者說情，也承認他自己「為野蠻說話，多於為智慧這個天使」。這天使遭受訕笑，但訕笑的方式可笑，因為，那些同盟者淪入的「野蠻」，為懲罰他們自欺欺人的聯盟而讓他們罹患的十四行詩熱，都是賣弄才智的醜狀。阿德里安的音樂又十分用心彰顯一點：追根究底，感覺或妄行棄絕感覺，兩者差別不大，半斤八兩。我想，緣其內在本質而引人脫離荒謬造作之境，而入於海闊天空，入於自然與人性之世界，擔此重任者，捨音樂其誰。除非它自棄此任。朝臣畢隆說的「野蠻」，也就是一切自發、自然的事物，在這音樂裡遂無勝利可言。

吾友編織的，是藝術層次上至可稱賞的音樂。他不屑揮霍規模數量，總譜原本只寫給貝多芬的古典管弦樂團使用，為了阿馬達，那個吐屬浮誇令人發噱的西班牙人，才加入第二對法國號、三個伸縮喇叭，和三把低音土巴。但整部作品仍然嚴格維持室內樂風格，是金銀絲細工，聰明的音聲譎作，組合巧妙而幽默洋溢，充滿精細而恣意發揮的靈感；一個愛樂者厭煩了浪漫的民主與民粹的喋喋說教，要求一件為藝術而藝術之作，一件不夸談宏圖，具備獨見獨得、為藝術家與行家而生的藝術，必當沉醉於如此自我中心、冷靜揮灑其祕傳手法的作品——但此作也秉其祕傳的精神，極盡所能嘲諷又誇揚自己是一種諧擬，以至沉醉之中雜入一點悲哀，一絲無望。

沒錯，靜聆此樂，讚賞與悲哀奇特交雜。「真美！」你的心說——至少我的心對它自己這麼說——「真悲哀！」你讚美的是一件機趣而憂鬱的藝術作品，一項堪稱英雄式的思想特技，險中制勝，而作快意諷刺之姿，我無以名之，只能稱之為不可能的邊緣上一種從未放鬆、緊繃而過度危險的遊戲。悲哀之由，正在這裡。然而讚賞兼悲哀，讚賞又憂心，不幾乎就是愛的定義？痛苦緊繃的愛，對他而及於對他的一切：我懷著這樣的愛聆聽他的彈奏。我說不上來太多；席爾德克納普一向善聽、敏覺，評論那次演出遠遠比我便給而多理解。後來，吃晚餐時，我呆呆傻傻，心不在焉坐在馬納爾迪家的桌邊，仍然沉浸在與我們所聆音樂完全相互響應的感覺之中。「Bevi! Bevi![372]」Patrona說道。「Fa sangue il vino!」阿美莉亞調羹在雙目之間前後搖動，喃喃自語：

372「喝吧！喝吧！」

「Spiriti? …… Spiriti? ……」

那是我們，賢妻和我，在兩個朋友的獨特生活環境中度過的最後夜晚之一。數日之後，我們就得結束三週的逗留，離開那兒，向德國踏上歸途。他們則繼續生活於田園風味的規律之中，在修道院花園、家庭餐桌、溜亮金邊的campagna[373]徜徉，夜裡在石牆起居室就著燈光讀書，再度數月，直到入秋。他們就是那樣度過上一年的整個夏天，而他們冬天在城裡的生活，基本上與此亦無大異。他們住阿根廷納塔路，靠近康斯坦奇劇院和巴特農神殿，要爬三落樓梯，女房東供應他們早餐和餐間點心。他們在鄰近一家trattoria[374]吃主餐，每月結算一次費用。修道院在帕勒斯提納扮演的角色，在羅馬由多利亞．潘菲里別莊扮演，溫暖的春天和秋日，他們在那裡一處構造美麗的噴泉旁邊工作，不時有隻乳牛或隨意吃草的馬前去喝水。阿德里安很少錯過市立管弦樂團在圓柱廣場的午後音樂會。有些夜晚則演出歌劇。他們的夜晚大多在一家咖啡屋裡的安靜角落消磨，邊玩骨牌，邊喝溫熱的橘子潘趣酒。

他們沒有此外的社交——或者說幾乎沒有，他們在羅馬與世隔絕的程度幾乎和在鄉下一樣。德國人，他們完全迴避——席爾德克納普耳邊聽到母語的聲音，特別拔腿就逃：他上了一輛Omnibus[375]、一節火車車廂，裡面有「Germans[376]」，他真的一跳下車。但他們的隱居生活也沒給他們什麼機會認識本地人。那個冬天有兩次，他們應邀往訪一位贊助藝術和藝術家但來歷還不清楚的女士：科尼爾夫人，席爾德克納普帶著一封慕尼黑友人寫的介紹信登門。她的住處坐落大街，裝飾著許多裱在襯絨銀框裡的簽名照，他們在那裡碰見為數甚夥的國際藝術家、劇場人物、畫家和音樂家，有波蘭人、匈牙利人、法國人和義大利人，但這些人很快就又從他們眼裡消失。

偶爾，席爾德克納普離開阿德里安，投入氣味相合的年輕英國人的懷抱，跟他們到酒吧喝馬爾姆西酒，走遠一點到提弗利，或四噴泉的熙都隱修會，在那裡喝尤加利烈酒，和修士們天馬行空閒聊，在翻譯藝術令人筋疲力竭的困難之餘恢復身心。

簡言之，在都市裡，一如在山城的偏遠環境裡，兩人過著避世也避人的生活，專心致志於自己的工作。最起碼，是可以這麼形容的。現在我可不可以說呢，在我這邊，離開阿德里安，我和向來一樣萬般不捨，離開馬納爾迪家，我卻暗自有某種程度的解脫之感？但我這麼說，自然有義務解釋我何以竟有此感，而我一旦解釋，就很難不將我自己和其他人顯得可笑。實情是：就某一點而言，如年輕人喜歡說的，in puncto puncti[377]，我在宅子裡的眾人之間是個有點突兀的例外；質言之，我感到格格不入：我的身分和生活方式是已婚之人，並以此敬禮我們半告罪、半歌頌地稱之為「自然」的東西。山道階梯上碉堡般的宅子裡沒有人這麼做。我們了不起的女主人，培洛妮拉，孀居多年，女兒艾美莉亞有點癡鈍。那兩兄弟，律師和農夫，看來是定了型的單身漢，你大可想像他們這輩子不曾碰過女人。還有達里歐，灰翳而溫和，及他瘦小、多病的妻子，這一

373 鄉下，田野。
374 館子，客棧。
375 巴士。
376 英文，「德國人」。
377「首要問題在於」。

對，我們的確只能以最寬容的態度說他們相愛。最後是阿德里安和席爾德克納普，月復一月堅守我們所知的平靜和嚴峻圈子，生活與山上的修道士無異。凡此種種，我，一介普通人，難道不該有一點羞愧和沉悶？

關於席爾德克納普如何自處於眾多幸運機遇之中，以及他吝惜這寶藏的習性，我在前面已經說過。我認為這是了解他生活方式之鑰，可以為我解釋他到底是怎樣做到的——這個我覺得難以理解的事實。阿德里安則不如是——雖然我曉得共同貞潔是他們友誼的基礎，或者，如果友誼一詞過實，那就說是他們共同生活的基礎吧。我猜我沒有瞞過讀者我對這個西里西亞人和阿德里安關係的幾分妒嫉；讀者也可能明白，將他們連在一起的因素，禁欲，正是我妒嫉於他之終極所在。

如果說席爾德克納普過著骨子裡是浪蕩子的生活，則阿德里安，自從他前往葛拉茲，或更貼切而言，他前往普雷斯堡以後，現在又過著聖徒的生活——此點我毫不懷疑。然而我思之心驚，從那時以來，從那次擁抱以來，從他暫時病發和病程中求醫未果以來，他的貞潔並非出於純淨，而是出於他已不乾淨。

他這個人向來有「Noli me tantere[378]」這個成分，我知道。他厭惡與人身體太接近、與人呼吸同樣的空氣、身體接觸，這我很清楚。他是名副其實的厭惡、迴避、克制、保持距離之人。以身體表示真誠，似乎與他的本性互不相容；他連握手也很少，而且匆匆了事。他這個僻性在我們最近一起的期間特別明顯，而且，我不太說上來，我覺得他的「別碰我」、「退開三步」好像改變了意思，彷彿不但是某種要求被回絕，而且是反過來，某種來自他身上的需求也被畏懼和規避——而這和他戒絕女人有關。

唯有我這麼觀察入微的友情才能感覺或疑猜這類事情內涵有變，但這感覺不會稍減我和阿德里安近身相伴的喜悅！他的變化可能令我震動，但永遠不可能使我和他有間。世上就是有人，你和他們一塊生活不容易，卻不可能離開他們。

378「不要碰我」。《新約聖經》〈約翰福音〉20：17，耶穌復活，對認出他的抹大拉說的話。

25

前文多次提示的那個文件，阿德里安的祕檔，自他辭世以來由我像一筆既珍貴，又可怕的寶藏般擁有並保護——我現在要和盤托出了。記敘其人生平，將此文件納入的時機已至。我在精神上既已背離他刻意挑選的遁世之地，不再追尋他與那個西里西亞人同往的地方，我自當就此已於言，在這第廿五章請讀者直接聽他的聲音。

只是他的聲音嗎？眼前明擺著是一場對話。有另一個說話者，可怕的另一個說話者，而且這個說話者占盡話頭，紀錄者只是在其鋪石房間裡將他所聞寫下來。對話？真的是對話嗎？我得瘋了，才會相信是這麼回事。因此，我也不相信阿德里安在其靈魂最深處相信他所見、所聽是真實的：不管是在他聽到、看到，還是在他後來將之寫到紙上之時——儘管他的對話對象盡其犬儒主義的論調，要他相信其客觀存在。然而如果這個訪客不存在——我被自己嚇一跳，因為，我提出這個如果，就是設想他存在，雖然是有條件的，而且只是視為一種可能——那麼，豈不可怕，那些犬儒主義的論調、那些嘲諷和騙局，全都出自他自己的病魂……

不消說，將阿德里安的手跡付梓，非我思存。我以自己一枝鵝毛筆，將之逐字從滿滿是他手跡的樂譜紙謄錄於此。他的手跡，我在前文描述過一次，是細小、帶著老式花飾、深黑色的圓體，可以說像修道士手筆。他使用樂譜紙，顯然因為當時他手邊別無紙張，也可能是聖阿加比德斯[379]教堂廣場上那家小舖子買不到他認為合用的書寫紙。五線譜的上面兩行和底下兩行都寫；但其間的白色空處也寫滿兩行。

沒有辦法完全確定是什麼時候寫的，因為上面沒附日期。如果我的想法沒錯，斷不可能是我們走訪山城之後或我們在那裡逗留期間所寫。書寫的可能時間，一是我們與這兩個朋友共度三周那個夏季更早之時，一是前一個夏天，他們初次作客馬納爾迪家之時。手稿根據之事發生於我們造訪之前，以下原樣重現的阿德里安對話是我們抵達以前的事，我可以確定；一如我確定他是在對話之後立即寫下來，可能是次日。

我這就開始謄錄——不必遠處的爆炸來搖撼我的小房間，我的手恐怕也會顫抖，寫得字不成字，行不成行……

——你如果知道什麼，也別吭聲[380]。就算單為羞恥，為了不傷人，沒錯，為了顧忌社會觀

---

379 **Agapitus**：公年三世紀的少年殉道者，在帕勒斯提納與羅馬受崇拜。

380 此句德文 **Weistu was so schweig**，為 **Weisst du was, so schweig** 古式寫法，意為「有些事情你就是知道，最好也別吭聲」。語出《浮士德博士故事》第六十五章開頭，浮士德與魔鬼二十四年之約屆滿，自知魔鬼即將取其靈魂，日夜哀號悲嘆，魔鬼現身，勸他靜靜認命。

感。我斷然拿定心意，至終都不鬆懈理智的端謹控制。然而我看見了他，終究，終究；就在這大房間裡，找到了我，出我意料，但久已預料，還同他長談，事後只有一個懊惱，沒法確定自己為什麼從頭到尾發抖，是由於冷，還是由於他。我是不是騙自己，他是不是騙我，說當時很冷，以便我發抖，從發抖證實他來了，千真萬確是他？人人皆知，蠢人不會在他腦袋生出來的暗鬼面前發抖，他對這東西反而自在，與之往來，既不困窘，也無忐忑。他是不是誑我，以那冰冷，誑得我自認不是蠢人，他不是我腦袋生出來的暗鬼，因為我在他面前恐懼和不知所措而發抖？他真狡詐。

你如果知道什麼，也別吭聲。從此別吭聲。在這樂譜紙上一路靜默下去，我的伙伴in eremo[381]，我同他一塊笑的，他在這房間裡離我有些距離之處，卯勁將他心愛的外文翻譯成他厭惡的本國語。以為我在作曲，他要是看見我在寫字，他會想，貝多芬不也寫字。

整天，痛苦的傢伙，可惡的頭疼，躺在黑暗裡，三番兩次噁心嘔吐，彷彿重病發作，但向晚時分意外好轉，幾乎是突然。嚥得下那個媽媽煮來的湯（「Poveretto！」[382]），之後還愉快喝杯紅酒（「Bevi, bevi！」），而且自信十足，賞自己一根菸。本來甚至要出門，前一天約好的。達里歐．馬，他要為我們引見山下那個高級的普雷內斯提市民俱樂部，為我們介紹其環境、彈子房、閱覽室。不想傷這個好人的感情，我們答應了——這下子席只有獨往，我發病告罪。Pranzo[383]之後，他沒有我，一臉苦相，拖著腳步陪達里歐走下狹巷去會富農和市儈，我自個兒留下來。

獨個兒坐在這房間裡，靠近窗口，百葉窗緊閉。我面前是房裡長長的空間，在燈下，我讀齊克果談莫札特的《唐璜》[384]。

我突然感覺刺骨之寒襲上身來，彷彿一個人冬天暖坐著，突然窗戶迎向霜凍拽開。可那奇寒不是從我背後來，那是窗戶所在，而是從我面前降落。從書本抬頭，朝房間望去，敢情席回來了，因為我已不是獨個兒：半明半暗中有人坐在馬毛沙發上。沙發和桌子椅子靠近門口，在房間

381「隱居」。全句即「我隱居的伙伴」。

382「可憐的人！」

383「午餐」。

384 莫札特歌劇《唐喬萬尼》(*Don Giovanni*)。阿德里安所讀，當為齊克果第一部主要著作，即一八四三年出版的《非此則彼》(*Enten-Eller*)，藉莫札特此作析論人生或存在之兩境：美學的與倫理的，「美學」境主個人與主觀，唯求自身快感，如唐喬萬尼（自私美學之極致）一再重複盲目追隨其激情，「倫理」境則指理性與婚姻生活之穩定與負責及前瞻，以倫理是高一等的美學與快感，反襯美學境之自私與無所抉擇，最後點出兩境俱為生命所需，過度偏執其一皆有喪失真我之虞，故人生之真正選擇不在非美學則倫理，而在非此兩者則一切無著落：無根之個體性，與過執之公民（婚姻）人生，都有礙以信仰為中心的內省宗教生活，亦惟信仰能救此兩極之弊。

倫理高於美學，與托瑪斯．曼批評尼采時所提美學應為倫理之一環，應受公民修養節制的主張一致。

再者，齊克果提出，音樂為最抽象的藝術形式與內容，與以具體表現為長處的語言相對，是最適合表現官能—情色境界的媒介，且在表現這境界之中成全其自身本質，莫札特《唐喬萬尼》即是例證（「音樂的內在力量盡致發揮於莫札特的音樂」），唐喬萬尼並且由於實現其魔性欲望而成為官能—情色的化身，其境界當然唯有音樂能夠表現。音樂與以具體表現為長處的語言相對，而宗教的媒介是語言，故基督教排斥官能—情色，亦即排斥魔性，此即排斥音樂。書中並以音樂掌握個人，個人掌握群眾的力量，以及音樂極度「折磨」專心致志於音樂者，論「音樂性是魔性」；此說與托瑪斯．曼認為音樂曖昧有魔性之見也一致。此處安排阿德里安讀齊克果此作，至為緊要。

中段，我們吃早餐之處——據坐沙發一角，蹺著腿，然而不是席，是別人，身材比他小，氣派遠遠不如，根本談不上什麼紳士。但那寒氣繼續往我襲來。

「Chi è costà！[385]」我以有點揪緊的喉嚨喚道，兩手撐在椅子扶手上，書從我膝蓋掉落地面。回答的是平穩、徐緩的聲音，一種彷彿受過訓練的聲音，帶著悅耳的鼻腔共鳴。

「只說德文吧！只說雅致的老式德語，不要有一點粉飾和假惺惺。我聽得懂。那正是我最心愛的語言。有時候我根本只懂德語。去取你的大衣吧，還有帽子和毛毯。你會冷。Du會打哆嗦，雖然不至於著涼。」

「誰在叫我Du？」我問，動了氣。

「我，」他說。「承蒙擔待。哦，你意思是，你不用du叫任何人，甚至不這樣叫你旁邊這位幽默先生，只除了那個童年玩伴，那個忠實朋友，他直呼你名字，但你不直呼他？我們之間已經夠熟了，可以叫你Du。怎麼樣？你去不去拿暖和的東西？」

我瞠目凝視半明半暗之中，含怒瞄定他的眼睛。是個男子，身材細瘦，完全不如席高大，也比我小；運動帽歪蓋到耳朵，另一邊，帽子下露出太陽穴上方的泛紅色頭髮；泛紅色睫毛底下是泛紅色眼睛，面容蠟黃，鼻尖略微歪斜；針織斜紋襯衫罩一件方格紋夾克，袖子太短，凸露著十指肥短的手；緊得坐起來可見並不舒適的長褲，黃色、已經穿幫，再擦也不上相的鞋子。一個Strizzi。一個Ludewig[386]。說話則是演員的吐字發音。

「怎麼樣？」他又問。

「首先，我想知道，」我說，在打戰之中強自鎮定，「誰如此放肆，闖進來，在這裡和我一道坐著。」

「首先，」他複述道。「首先挺不壞的。不過，對你認為出你不意和你不想要的任何來訪，你也太過敏感。我此來不是拉你呼朋引伴，不是巴結你去參加音樂沙龍。是來和你談正事。你拿不拿你的東西？牙齒打顫格格響沒法談事情。」

又坐幾秒，眼睛不曾離開他。奇寒，從他拂來，刺骨，我衣著單薄，覺得自己毫無保護，形同赤裸。於是我去了。我的確站起身，走過我左側的門，那兒是臥室（另一間在同一邊再過去），從窄櫃拿出冬大衣，我在羅馬颳北風的日子穿的，帶來這裡，因為不曉得該把它留在哪兒；戴上帽子，抓起旅行毛毯，裝備既了，回到我位子。

在原來的位子上，他坐著。

「你還在，」我說，一邊將大衣領子往上翻高，毛毯捲裹膝蓋，「我離開又回來的工夫，你還在？怎麼也想不到。我料你不在了。」

「不在？」他問，是那種受過訓練的聲音，帶著鼻腔共鳴。「為什麼不在？」

我：「因為這是一件絕難想像的事，有個人晚上跑來坐在我面前，對我說德文，寒氣逼人，說什麼要同我談正事，什麼正事我啥也不知道，也不想知道。遠遠比較可能的是，我的病發作，

385「是誰？」

386 **Strizzi** 為靠妓女或拉皮條為生的男人。**Ludewig** 同義。

將自己發高燒打的寒顫，我把自己裹緊來抵擋的寒顫，在昏昏沉沉中安到你身上，看著你，以為死寒是你發出來的。」

他，不慌不忙，令人信以為真的笑聲，像個演員：「真會胡說！你這麼說，好個聰明的胡說！真正是道地古雅德文說的失心瘋。而且如此做作！巧妙的做作，簡直像從你自己的歌劇剽竊來的！可我們在這兒別弄音樂吧，暫時。再說，這是純粹的疑病症。請你別再胡思妄想了！拿出一點傲氣來，別解雇你的五官感覺！你沒有什麼病發作，反而是從那回小恙之後就青春健康無以復加。對不起，我不想這麼不知趣，可是健康算什麼呢。不過，親愛的，這也不是你那個病發作。你沒有一絲高燒，而且沒理由發高燒。」

我：「而且你三言兩語就揭穿你是虛幻的。你說的全都是我心裡的話，發自我，而不是發自你。你猴兒也似模仿孔普夫的聲口模樣，而且看起來根本不像上過大學，念過什麼學府，和我一塊坐在笨蛋座上。你談到我對他稱『du』的這位窮先生，甚至提到對我稱『du』而不曾獲得我回敬的人。你還說起我的歌劇。你從哪兒知道這一切種種？」

他（再次發出訓練有素的笑聲，並且搖頭，彷彿訝異於什麼可笑的幼稚言語）：「我從哪兒？但你也明白，我就是知道。既然我就是知道，你還要決定自暴己短說你不明白嗎？那可就把學校裡教的整個邏輯顛倒過來了。趁早別根據我消息靈通推斷我並非實實在在有血有肉，你應該斷定我不但實實在在有血有肉，而且就是你向來把我當成的那個。」

我：「我把你當成哪個？」

他（客客氣氣，但是罵人）：「嘖嘖，你明明知道的！而且你不該裝模作樣，好像你不是老早在期待我似的。和我一樣知道，我們的關係趕著我們把話說清楚。如果我是——我想，你現在承認了——那麼我只可能是那個。你問我是誰意思是不是：我叫什麼？可你還記得你在學校裡，從你開始攻讀那門學問就學到的那些可笑綽號吧，那時你還沒有把《聖經》攆出門外和塞到長凳底下。那些綽號不是滾瓜爛熟嗎？隨手拈來就是——我差不多只有那些，差不多只有綽號；大家叫著這些綽號，打個比方，兩根手指愛憐地撫玩我的下巴：這來自我深入德國的盛名。只好消受這些綽號，雖然不是我自尋的，而且我根本上深信它們源自一種誤解。總是那麼令人受寵若驚，總是那麼窩心。你挑一個吧，如果你非要叫我名字，雖然你大多不叫人名字，因為你全無興趣而完全不知道他們名字——在農民巴結我的名字裡選一個吧，悉聽尊便！只有一個我不要也不喜歡入耳，因為肯定是惡意中傷，壓根兒不可以栽在我身上。那個管我叫 Dicis et non facis 先生的人，住在危險的滑坡上。用這名稱就像撫玩我下巴，但終歸是誹謗。我言出必行，把我的諾言遵守到最後一絲一毫，這是我做事的原則，約莫就像猶太人是最可以信靠的商人，至於欺騙，眾所周知受騙的永遠是這個相信忠實耿直的我……」

我：「Dicis et non es[387]。真實是你坐在我面前的沙發上，貌似孔普夫般用零零碎碎的老式德語和我說話？偏偏在殊方異域找到我，在這個你完全脫離你地盤，你全無什麼名氣的地方？風格上何其荒謬的不協調！在凱撒薩與我會說那就算了。在威騰堡或瓦爾特堡，甚至在萊比錫，我也

387「你說話，卻不存在」。

可能相信你。這裡門都沒有，在這天主教的異端天空下！」

他（搖頭、苦惱、咂舌）：「嘖，嘖，嘖，老是這樣懷疑，老是這樣缺乏自信！你要是拿出勇氣對自己說：『我在之處，就是凱撒薩與』，一切就霎時相稱了，是不是，美學先生也就不必哀嘆什麼風格不協調。嚇老子一跳！你本來有權利這麼說，可你沒有這個膽子，又或者你假裝沒有。自我低估，吾友——而且低估我，當你如此為我設限，完全把我說成只屬於德國的鄉巴佬。我很德國，徹底德國，但這是就古老的、比較好的意義而言，亦即我在心底是世界性的。你想否認我在這裡，一切德國人對美麗義大利國度的古老渴慕，和浪漫主義嚮往這裡的漫遊之癢，你都視之如無物！我是很德國，可是我學杜勒那樣享受陽光之後再受凍[388]，這位先生卻不樂見——不樂見，即使，撇開陽光不談，我到這兒有很急的正事，要和一個文雅、天生不凡的人……」

這時我一陣難以言喻的噁心，全身猛顫。可是我顫抖的原因無從明確辨別；可能是由於寒冷，因為他發出的冰寒之氣陡然更為凜冽，穿透我的大衣布料，寒徹骨髓。我動怒問道：

「你就不能別再搗亂嗎，這冰風？」

他答說：「遺憾，不行。抱歉，這點幫不上你。我挺冷的。不然我在我住的地方怎麼忍受並且舒適度日？」

我，下意識地：「你是說地獄的無底洞？」

他（笑起來，被搔著癢處似的）：「好極了！說得真粗魯又德國而且滑稽！那地方可是有許多漂亮名稱的，有學問又莊嚴，這位前神學家先生都曉得，像Carcer、Exitium、Confutatio、Pernicies、Condemnatio[389]等等。但親切又詼諧的德文名稱，我不由自己，最情有獨鍾。不過我們先把那個地方和它的特性擱在一邊吧！我從你臉上看出來，你正打算向我打聽。那是很遠的事，一點兒也不火急——別見怪，我拿這個字眼打趣，說那事並不火急——有的是時間，綽綽有餘的，一望無際的時間。時間是我們送的最好、最真實的東西，我們給的禮物則是沙漏——真精緻，那細窄的脖子，紅色的沙由那兒溜下，涓涓之流細如毫髮，肉眼根本看不出上池減少，直到最後，這時看起來走得好快，很快就流光。不過那也還遠著，那細脖子，目前不值一提，也不必多想。只是關於沙漏已經安妥，沙已經開始跑這一點，親愛的，我很樂意和你達成諒解。」

我（十分譏誚）：「你挺喜歡特具杜勒風的東西，『陽光之後，我要如何挨凍呢[390]』，這會兒又提《憂鬱》裡的沙漏。是不是也來一下數字魔術方陣？我等著瞧，都習慣了。習慣你的厚顏，叫我du，還叫我『親愛的』，我格外反感。我只對自己用『du』——這顯然說明了你也是如此。照你的說法，我此刻正在和黑黑的克斯柏林說話——克斯柏林就是卡斯巴，而卡斯巴和薩米爾[391]

---

388 杜勒有兩次義大利之行，一在一四九四—一四九五，一在一五〇五—一五〇七。

389 語出《浮士德博士故事》第十六章「地獄之辯」（**ein Disputation von der Hell**），魔鬼告訴浮士德，地獄有許多名稱。此處所舉拉丁文依序是：牢獄、毀滅、災厄、罪劫。

390 杜勒第二次義大利之行，回國前的一五〇六年十月從威尼斯致函紐倫堡友人之語。

391 **Samiel**，猶太教與基督教傳統裡的大天使，有時等同於撒旦，有許多發音類似的寫法，包括下文提到的薩麥爾（**Sammael**），含意包括誘惑者、破壞者、死亡天使等。「卡斯巴和薩米爾是同一回事」，尤其明顯：在韋伯歌劇《魔彈射手》（*Der Freischütz*）裡，卡斯巴（**Kaspar**）是和獵魔薩米爾（**Samiel**）訂契約的獵人。

是同一回事。」

他：「你又來了？」

我：「薩米爾。真好笑！你那個弦樂顫音、木管和長號構成的c小調最強音，那個像你從你的岩窪冒出來那種，從升f小調的深淵升起來嚇唬浪漫主義群眾的機靈怪物在哪兒？我納悶怎麼沒聽到呢！」

他：「先別管。我們有很多值得一提的樂器，你總會聽到的。會為你奏一場，等你成熟到能夠聽的時候。全是成熟和時間的問題。這事我就跟你這麼說。至於薩米爾，這詞兒真蠢。我是很從眾的，但薩米爾也太蠢了，呂貝克的約翰．巴隆已經把它改正過來[392]，叫薩麥爾。薩麥爾什麼意思呢？」

我（頑強緘默）。

他：「你如果知道什麼，也別吭聲。我心領你慎重，交由我來用德文解釋。是『毒天使』。」

我（從齒縫吐聲，我的上下齒咬不緊）：「對啊，肯定的，你貌如其名！完全貌似天使，不折不扣！你知不知道你的長相？說普通根本不足以形容。你一副無恥的渣滓，吃軟飯的，猥褻的老鴇相，這就是你的模樣，你以為以這副模樣來找我很上相——哪來的天使！」

他（低頭端詳自己，兩手大張）：「怎麼樣，怎麼啦？我什麼長相？喏，你問我知不知道自己長什麼模樣，其實這是個好問題，因為我真的不知道。或者說，我原先不知道，你這一說我才留了意。你可以相信，我完全不重視我的外表，就說是任其自然吧。我模樣如何，都純屬巧合，或許應該說，我的模樣隨境隨遇而定，我完全沒理會。適應、擬態，你很清楚的，自然之母的假面舞會和哈哈鏡，老愛開當不得真的玩笑。但是親愛的，適應，我所知和枯葉蝶一樣多也一樣少的適應，你如果拿來自喻，就不會厭惡我善於適應！你得承認，它的另一面對你有適用之處——就你得到那東西，而且是在事先獲得警告之下而言，就你那漂亮而且以字母為象徵的歌曲而言——啊，真的技巧高妙，幾乎是道地靈感之作：

『那晚妳給我
清涼之飲，
妳就毒害了我的生命……』

好極了。

『在創口上
蛇死命吸吮……』393

392 約翰．巴隆（**Johann Ballhorn**，約一五五〇—一六〇四），呂貝克的印刷業者。

393 此處引句都出自布倫塔諾詩〈世界與我相違〉（**Die Welt war mir zuwider**）。

真真才華過人。我們及時識才，也因此很早就盯上你。我們看出，你的情況特別值得我們費心，資賦已備，只要我們在底下點些火，搧些風，給些激勵和微醺，就會做出輝煌的東西來。俾斯麥不是說了嗎，德國人需要半瓶香檳，才能發揮他天生的高度？我想他說過約莫這個意思的話。他言之有理。有才華而溫吞，就是德國人——但也因有才華而為溫吞懊惱，於是拼命尋找啟發來克服。你，親愛的，早就很清楚你缺少什麼，於是才秉持德國本色，走上你那趟旅程去，salva venia，得可愛的法國病[394]。」

「住口！」

「住口？瞧，那件事在你可是個進展呢。你變成有熱情。最後，你丟開繁冗的客套，用『du』稱呼我，這才是彼此訂有契約、對時間和永恆有協議的人之間該用的稱呼。」

「請你住口！」

「住口？可是我們已經住口五年之久，彼此總也該說一次話，好好談談這整件事和你現在所處的有趣情況。這事當然是別吭聲的好，但我們之間不必長久如此——特別是沙漏已經設定，紅沙已經開始流過精精細細的脖子——是啊，才剛開始！流到下池的比起還在上池的數量，幾乎根本不算什麼。我們給時間，充裕、一望無際的時間，你絲毫不必思考終點，很久都不必，甚至不必煩惱哪個時間點上可以開始思考終點，什麼時候respice finem[395]，因為那個時間點是搖曳不定的，隨脾氣與氣質而異，誰都不知道應該定在何處，應該距離終點多遠。結局是確定的，但思考結局的時間點既然不確定、任意，反而變成捉弄，使我們看結局時矇矇朧朧。」

「鬼話連篇！」

「怪哉，想討你高興真難。甚至這麼粗野地對我的心理學，——在你老家的錫安山上，你還說心理學是令人愉快的、中立的中間地帶，心理學家則是最愛真理的人。我談我們給的時間，談已經設定的結局，頗非扯淡，絕不是，而是嚴格談正題。凡是沙漏設好，時間已給，難以理解但有定限的時間，而且終局已經設定，凡是這些地方，我們一定在場，等著收功。我們賣時間——就說二十四年吧，能不能預見？是不是正合所需的年數？這樣的年數，一個人可以好像倚仗皇帝老子度日，經由許多魔功，以通靈之姿令世人驚異；為時愈久，愈忘記一切溫吞，並且由於獲得高度啟發而超越自己，他不會成為另一個人，始終是他自己，只是由於半瓶香檳而升上他天生的高度；在沉酣縱恣之中，享受汩汩而至、幾乎令他不勝負荷的幸福快適，直到他不無道理地深信，似這般汩汩傾注的幸福快適數千年得未曾有，而且在某些目空一切的時刻，認為自己簡直是神。到此地步，一個人如何會煩惱什麼時候應該想想結局！只不過，結局在我們手裡，到頭來他是我們的，這是約定的，而且不管別的事情如何心照不宣，這約定不只是你知我知的默契，而是坦率說得明明白白的協議。」

我：「這麼說來，你賣我時間？」

他：「時間？單純的時間？不是，我的好夥伴，那不是魔鬼賣的東西。用那東西，我們換不

---

394 **salva venia**，請容我這麼說。「法國病」是性病在歐洲的最早名稱。

395 「往終點看」，或「考慮結果（下場）」。

到屬於我們的結局。賣什麼樣的時間，這才是重點！痛快的時間，瘋狂的時間，樂極的時間，飛揚而上，愈升愈高——然後又有一點悽慘，乃至深深悽慘，這一點我不但要說，而且要自豪地強調，因為這樣的起落合情合理，是藝術家之道，藝術家的本性。眾所周知，這本性就是永遠往這兩方面放縱，幾分逾度蕩檢極為正常。不過，鐘擺總是遠遠盪向快意，又往回遠遠盪向憂鬱，是平凡慣見之事，和我們提供的境界相比，仍然未免是小市民般的節制，紐倫堡式的程度。我們專門提供極端：我們提供欣奮高翔與開竅大悟，以及解放與脫韁，自由、自信萬全、駕輕就熟、力量與勝利的經歷，卒至其人不復相信自己的感官知覺。他極度佩服自己的成就，以至於覺得頗不需要他人、外在的讚賞；在自我崇拜的顫慄，對自己的甜美敬畏之中，他儼然認為自己是天降發言人，本事比神的怪物。相反方向同樣深，光榮地深的，是他時或下沉的程度；不但墜入空虛與荒寂和使人欲振乏力的無能，也墜入痛苦與噁心。這些是永遠在那裡的常伴，屬於他資性所本有，只是極為光彩地由他得到的啟發和有意識的炫耀而極度變本加厲。那是他為了那麼酣暢快意而甘之如飴地、自豪地忍受的痛苦，就像那個童話故事說的，小美人魚將尾巴換成美麗的人腿而感到的痛，刀割般的痛。你曉得安德森的小美人魚吧？當你的小心肝多好啊！你開個口，我就把她送到你床上。」

我：「你要是不開口多好，愚蠢荒唐的傢伙！」

他：「好了，好了，別老是這麼動不動爆粗罵人。你老是要人家別吭聲。我可不是希維格斯提爾家的人。何況那個媽媽艾爾絲也那麼識趣小心翼翼跟你談過她好些客人。我到此異教之地，絕不是為了不吭聲而來，而是為了明明白白面對面確認，確定服務與償付的協定。我和你說，我們已經不吭聲四年多——這期間，諸事來得極好、極順、盈溢著厚望，鐘已鑄好一半。要不要我告訴你現在的情況和進度？」

我：「看來我非聽不可。」

他：「你也很想聽，而且很高興你能聽。我甚至相信你不只是有一點想聽，還會哀怨我有什麼瞞著你。這樣也挺對。那是個多舒適、幽僻的世界，你與我所共適——都自由自在其中，純粹的凱撒薩興，美好古老德國的氣息。一五〇〇年左右，馬丁博士抵達前不久，他和我的關係可真結實又熱絡，拿小麵包，不對，拿墨水瓶丟我，那是三十年狂歡前許久的事[396]。你回想一下，人民如何興致勃勃風起雲湧，你們德國人，萊茵河沿岸以及所有地方，熱情昂揚又局促不安，充滿不祥的預感，憂思填膺——懷著渴急之心前往陶伯河谷向尼可拉斯豪森的聖血朝聖[397]，兒童十字軍，以及聖體化血、饑荒、造反、戰爭與科隆的黑死病、流星、彗星，修士身上看見聖痕，男人衣服上出現十字架，在帶著奇妙十字架符號的處女襯衣旗幟下進擊土耳其人。好時代，好極了的德國時代！想到這一點，你難道不由衷感到愜意？幾顆適當的行星會集於天蠍宮，一如大師杜勒

---

396 三十年狂歡，指一六一八—一六四八年的「三十年戰爭」。

397 尼可拉斯豪森（**Niklashausen**）：在巴登-沃騰堡邦（**Baden-Württemberg**）靠近巴伐利亞之處。陶伯河谷在該邦南部。此處所述，為十五世紀末葉當地神蹟、迷信、民怨、末世騷動、造反、教會混亂等等大雜燴，托瑪斯．曼明顯有意視之為二十世紀德國入魔瘋狂史的「前史」。

在那張醫療傳單中以博學之筆所畫[398]，然後來了那些身材嬌小的族類、活螺絲釘、帶鞭族、從西印度群島進入德國的可愛客人，——這下子你可仔細聽了吧？我好像是在談那幫到處流浪的懺悔人，鞭笞派，往自己背上抽鞭子，為自己和全人類贖罪。我說的卻是鞭毛蟲，那種肉眼看不見，身上有鞭毛的小東西，而且像蒼白的維納斯，spirochaeta pallida[399]。啊，沒錯，聽起來真是十足中世紀全盛期風調，連同 flagellum haereticorum fascinariorum。她們可能真的是 fascinarii[400]，這些狂歡客，比較好的一種，像你們碰到的這類。而且她們早就有禮又馴良，在她們安居落戶已幾百年的這些國家裡，她們的頑笑戲謔不像從前那麼粗野，什麼膿皰潰瘍，鬧瘟疫，以及鼻子爛塌。看起來，畫家巴普替斯特．史賓格勒不必像裹在粗布衣服裡的行屍般，到哪裡、站哪裡都得搖撥浪鼓警告生人勿近。」

我：「史賓格勒的情況——是這樣嗎？」

他：「有何不可？你以為只有你如此情況？我知道了，你有什麼東西，就希望惟你獨有，討厭一切比較。我親愛的，人總是有一堆伙伴的！史賓格勒當然是一隻枯葉蛺蝶。他那麼厚顏，那麼巧妙眨眼，不是沒有原因，伊妮絲形容他是鬼祟的偽君子，也其來有自。辛克，Faunus ficarius[401]，目前暫得無事，但整潔又聰明的史賓格勒早早即已不免。但你大可以稍安勿妒。他的情形乏味又庸俗，連最起碼的結果也說不上的。那不是蟒蛇，無法供我們做什麼轟天動地的事。他得到那東西，可能變得比較敏銳，比較有思想涵養了一點，而他要是沒有和更高的世界連接，要是沒有那些隱祕的備忘條，他或許也不會那麼愛讀龔古爾日記和賈里亞尼的作品。心理學，我親愛的。疾病，特別是有失體統，不足為人道的暗病，使人和世界、和凡常生活判然對立，衝逆並反諷小市民的秩序，而托庇於自由精神、書本、思想。但這也就是史賓格勒的止境。他看書、援引文句、喝紅酒、無事閒混的時間，可不是我們賣給他的時間，那本來就是他的性情。一個被我們點了火、有氣無力、泰半乏味的俗人，如此而已。他的肝、腎、胃、心、腸還能拖下去，有一天嗓子完全沙啞，或者耳聾，然後沒幾年，一句帶著懷疑的俏皮話欲吐未吐，默默無聞翹辮子——此外尚復何有？沒有什麼值得一提，沒有啟發、提升、熱情，因為，你明白吧，他的情況不牽涉腦筋，無關大腦——我們的嬌小族類對他高貴、高層的部分無所關心，她們顯然沒有興趣，因此病情從來沒有往形而上、性病而上、感染而上的方向轉移……」

我（恨怒）：「我非得坐在這裡挨凍聽你教人受不了的胡扯多久？」

他：「胡扯？非得聽我？你謅的這個曲子無比可笑。據我看來，你聽得可仔細呢，而且根本等不及知道更多，全部。你熱切打聽你那個慕尼黑朋友史賓格勒，要是我沒打斷你，你會一路貪

---

398 梅毒在一四九〇年代出現於義大利，由圍攻拿坡里的法國軍隊帶至西歐，繼而傳入德國乃至歐陸各地。教會指其為天譴，一位紐倫堡大夫則指為天體排列所致，並出版一本小冊子，說明主要禍因為一四八四年十一月，土星與木星會於天蠍宮，次年土星復與火星會於該宮。小冊子插圖使用杜勒一幅一四九六年版畫，是為史上第一幅梅毒患者畫像，畫像上端列出致禍諸星。當時尚無梅毒之名，稱為「法國病」。

399 蒼白密螺旋體。

400 女巫。

401 「一種農牧之神」：**Faunus** 為羅馬神話之農神或牧神，相當於希臘神話中以情色能力出名的牧神潘。

得無厭窮問我地獄和無底洞。請你別裝一副不堪打擾的樣子。我也有我的自尊，而且我知道我不是不請自來的。總而言之，後螺旋體病，也就是腦膜過程。我向你保證，那個嬌小族類裡有些分子酷嗜高層次，特別偏愛腦袋那個區域，腦膜、硬腦膜、幕骨與軟腦膜，軟腦膜保護位於其內側而纖細的腦實質，初期的遍發感染熱烈前進，就是湧入這裡。」

我：「瞧你說得頭頭是道。看來皮條客研究過醫學。」

他：「和你研究神學一樣，也就是說：零零碎碎，當作一種專長。你要否認你也是把精華藝術和科學只當作專長和愛好嗎？你關注的是——我。多承抬舉。我，艾絲茉拉妲的朋友兼守護者，就是你眼前的我的身分，對醫學裡與她那一行相關、關係密切、緊鄰的領域，為什麼不能有興趣並且專精而熟門熟路？說實話，我一貫十分留意追蹤這個領域的最新研究成果。同樣的，有些doctore[402]相信並且指天畫地保證那個嬌小族類裡一定有大腦專家，愛好腦袋這個領域，簡而言之，virus nerveux[403]。這些專家對這很熟悉。不過，現在情況顛倒過來，是腦子渴望對方上門，滿懷期盼地巴望對方造訪，一如你巴望我，招引對方，把對方往自己身上拉，彷彿再也受不了期盼。那位哲學家，《De anima》[404]：『演員的演出，影響到的是那些性情本來就傾向於會受其影響的人。』你明白了，一切取決於性情、意願、邀請。有些人比較有讓女巫遂行其術的天資，而我們很有本事看出這些人來，Malleus[405]了不起的作者早已知之甚詳。」

我：「造謠中傷之徒，我和你了無干係。我沒有邀請你。」

他：「啊啊，可愛的無辜樣！我們嬌小族類的這位恩客，不辭遠路上門，難道沒有獲得警告？而且你找那些大夫的本能真是十拿九穩。」

我：「我在街道名錄裡翻到他們。不然我該找誰問去？又誰曉得他們會丟下我沒著沒落？你把我那兩個大夫怎麼了？」

他：「打發，打發了。沒錯，那兩個敗事有餘之輩，我們當然是為你著想而把他們打發了。而且時機拿捏正好，不太早也不太慢，就在他們走對方向之時。我們要是放手任他們施展，只會蹧蹋好事。我們先任他們放肆，然後說，別鬧了，把他們拿開。他們一旦限制了特別影響皮膚的全體浸潤，從而給了往上轉移一個強大推力，他們的任務就完成，我們必須打發他們。兩個傻瓜不懂，即使懂，也無法改變這樣的發展：性病往上的過程是經由這樣的治療而加速的。這過程往往也由於最初階段不治療而加速，簡而言之，無論你怎麼做，都不對。無論如何，我們沒有讓兩個庸醫繼續下去。遍發感染的倒退，我們任其自行，以便其上行發展以美麗的緩慢步伐前進，使你確定有幾年、幾個十年美好的光芒時間，滿滿整個沙漏的、天才洋溢的魔鬼時間。今天，你感染四年後，你最頂上那個小地方窄窄細細的，而且維持精密的範限——範圍小，但存在，那是嬌

---

402 大夫，教師。

403 神經病毒。

404 亞里斯多德著，《論靈魂》。

405 **Malleus**：全名**Malleus Maleficarum**，《女巫之錘》，德國宗教裁判官克雷莫（**Heinrich Kramer**，一四三〇—一五〇五）於一四八六年所撰獵巫理論，力駁女巫不存在之說，認定從事巫術者女多於男，並指導法官辨認及迫供女巫之術。

小族類的主灶、小作坊，他們走液態之路，就說走水路吧，抵達這初萌啟發之地。」

我：「我逮著你了吧，蠢蛋？你自洩底細，向我點出我腦袋裡那個把你虛構出來的位置，那個發高燒的灶子，要是沒有這灶子，就不會有你！你向我洩漏我是在亢奮狀態中看見你、聽見你，你只不過是我眼前的幻象！」

他：「可愛的邏輯！小傻瓜，真相和你說的正好相反。我不是你頂上那個軟腦膜灶子的產物，而是那個灶子使你有能力知覺我，懂嗎？如果沒有它，當然，你就看不到我。我的存在因此就以你初期的微醉為條件嗎？我因此就屬於你的主觀嗎？真是我不情之求呢。耐心一點，那裡的情況和進展將會使你有能力做成完全不一樣的事，摧毀其他所有障礙，飛越溫吞和拘束。等到受難日，很快就是復活節！等一、十、十二年，直到那啟示，那燦爛擺脫一切溫吞凝事的顧忌與懷疑的境界達於顛峰，你自會知道你是為什麼付代價，你為什麼將肉體與靈魂交給我們。滲透性的東西將會從藥房的種子sine pudore[406]在你周身發芽……」

我（暴怒）：「閉起你那張下流的嘴！不准你談論我父親！」

他：「哦，你父親由我這張嘴來談，頗不冤枉。他可狡猾了，總是喜歡玩索元素。頭疼，小美人魚那種刀割之痛的起點，也是你從他那兒傳來的……再說，我這話十分言而有據，魔法、巫術，整個牽涉的就是滲透、液體擴散、增殖過程。腰柎囊，裡面是脈博跳動的液體柱子，連到大腦，到腦膜，在那兒的組織裡，躡手躡腳的性病腦膜炎輕柔、悄沒聲息地工作。但是，最內部，腦實質，我們的嬌小族類不得其門而入，不管怎麼受吸引，不管進去的渴望多麼強烈——如果沒有液體擴散，沒有軟腦膜細胞液的滲透來溶解組織，為鞭毛族開闢入內之路。一切來自滲透，吾友，其調皮的產物早先曾使你不勝快活。」

我：「它們的狼狽模樣令我發笑。真希望席爾德克納普回來，我好跟他一塊笑。我會跟他說父親的故事，我。我會告訴他，我父親眼中含淚，說：『就算這樣，它們也還是死的！』」

他：「天殺的！你笑他充滿同情的眼淚，笑得對——姑且不談天生能和試探者打交道的人總是和別人的感覺唱反調，總是在他們哭泣時大笑，在他們大笑時哭泣。什麼叫『死的』呢，如果那麼多彩復多形的植物如此繁茂滋長，萌芽抽條，甚至有那麼強的向日性？什麼叫『死的』，如果那滴狀物表現那麼健康的食欲？何謂有病，又何謂健康，我的小伙子，不應該由市儈說了算。此輩是否正確了解生命，還是問題。經由死亡、疾病之路產生之物，生命每每加以歡喜把握，使之獲得更遠且更高的進展。你忘了嗎？你在學校學到上帝能從惡中變出善來，而且這機會不容荒廢。此外，一個人總要既病又瘋，以便別人不必如此。至於瘋至何處而為病，誰也不容易說個清楚。假令有個人狂亂起來，在頁邊空白處寫道：『真是極樂！我發狂了！我說這既新穎又宏偉！靈感沸騰的暢快！我雙頰燒紅如鐵漿！我熱烈怒放，你們也全都會熱烈怒放，當此境降臨你們！

406「大刺刺」，「了無避忌」。此處所說「藥房」，指第三章所提，宅特布隆姆父親有時從其「福兆」藥房拿材料至雷維庫恩家協助約納坦「玩索元素」。魔鬼對阿德里安談性病「走液態之路」，以「滲透」方式蔓延身體及大腦，皆為第三章末尾「滲透壓力的物理過程」之延伸。托瑪斯．曼在該章何以指約納坦玩索元素涉魔與巫，為「莊嚴的**Humaniora**國度裡不會碰到」的鬼譎事，至此逐漸豁然。

居時願上帝幫幫你們這些可憐的靈魂！』——這是瘋狂的健康、正常的健康，還是腦膜感染？小市民是沒有辨認能力的人；反正他很久都毫無所覺，因為藝術家總是瘋瘋癲癲的。要是他第二天反過來，叫道：『啊，無聊，乏味！狗一樣的人生，一事無成！要是外面打起戰爭，倒還有戲唱！我還可以有模有樣翹辮子！願地獄可憐可憐我，因為我是地獄之子！』——此說可以當真嗎？他關於地獄之言字字是真，或者只是用來比喻有點標準的杜勒式憂鬱？總之，我們提供的，只是那位古典詩人，那位最可敬的詩人，以如此美麗的句子向他的諸神致謝的東西：

> 眾神，無限的神，將一切
> 給祂們的寵兒，整個：
> 一切喜悅，無盡的喜悅，
> 一切哀傷，無盡的哀傷，整個。[407]

我：「滿嘴譏諷的騙子！Si Diabolus non esset mendax et homicida！我非聽不可的話，至少別跟我談什麼純正的偉大和自然金！我知道，用火而非由太陽做成的金不是真金。」

他：「誰說的？太陽的火好過廚房嗎？純正的偉大？這話聽了好笑！你相信有這麼個東西，一個和地獄全無干係的 Ingenium？[408] Non datur！[409] 藝術家是罪犯和瘋子的兄弟。你以為古往今來幾曾有哪件得趣之作，作者不曾先將罪犯與瘋子之道掌握得心領神會？談什麼有病和健康！不病態，則生命終其一生搞不出什麼名堂。說什麼真假！我們難道是江湖郎中？我們難道硬是從空無之中哄出好東西來？在什麼都沒有的情況，魔鬼也失去權利，任何蒼白的維納斯也做不出像樣的玩意來。我們不創造新東西，那是別人的事。我們純是助產，幫人解放。我們叫溫吞無力和靦腆畏縮、人由於貞潔禁欲而產生的猶豫和懷疑見鬼去。我們激勵，運用一點充血的妙計，將厭倦疲累之氣橫掃淨盡——不管是小的還是大的，個人的還是時代的。就是這樣：你如果抱怨某某人何以有整個、無盡的喜悅與痛苦，而且其中沒有沙漏，而且最後不必面對必須支付的帳單，那麼你就是沒有考慮時代，沒有作合乎歷史的思考。他[410]在他的古典時代不必我們也能享有的東西，今天只有我們能給——而且有過而無不及，我們提供正確與真理——這甚至不再是古典，親愛的，我們讓人體驗的，是遠古、元始，都是久已無人嘗試之境。誰今天還知道，甚至古典時代有誰知道，什麼是靈感[411]，什麼是真正、古老天然的熱情，完全沒有被批判、溫吞累人的三思、扼殺生

---

407 歌德一七七七年七月十七日致奧古斯塔・露易絲・史托伯格—史托伯格（**Augusta Louise zu Stolberg-Stolberg**，一七五三—一八三五）信中所附小詩。她一七七五年讀歌德《少年維特的煩惱》之後，開始與歌德通信十餘年。

408 才具，天生氣質。

409 沒這回事！

410 指歌德。

411 此問借自尼采。尼采在《瞧這個人》中說明《查拉圖斯特拉如是說》（*Also sprach Zarathustra*）如何寫成，有此一句：「在這十九世紀末，有誰清楚比較堅強的時代的詩人所謂靈感是什麼？如果沒有，我就此描述。」他的描述，與托瑪斯・曼在這裡，以及下文靈感使人「幸福之淚從眼中滂沱奔流」的形容，用語相符。

命的理性控制拘礙得病懨懨的熱情，神聖的陶醉欣狂？我相信一般人認為魔鬼代表那種見不得世界好而批評的人吧？中傷——我要再說一遍，朋友。天殺的！要說他厭惡什麼，世界上有什麼和他最相反的事，那就是見不得世界好的批評了。他所要的，他樂見其成的，正是戰勝批評，那種不假思索的炫耀。」

我：「賣狗皮膏藥的！」

他：「好說！一個人如果說，他是出於真理多過出於自尊而更正對自己最粗糙的誤解，他就是胡吹大氣。我不會因為你一時心緒欠佳難為情而堵住自己的嘴，我知道你只是壓抑你的情感，其實像少女在教堂裡興致勃勃聽人耳語那般聽我說話……就拿樂念來說吧——這是你們一百或兩百年以來的說法，早先根本沒有這個範疇，一如那時候沒有音樂版權之類。樂念，就說三、四小節，就此而已，對吧？其餘全是鋪陳，全是作功。不是嗎？很好，可我們是熟知千曲的行家，看出這樂念並不新，令人想起太多已見於林姆斯基—科沙柯夫或布拉姆斯的東西。怎麼辦？只好改一改。不過，經過更改的樂念還是不是新的？看看貝多芬的筆記本！裡面沒有任何主題孕思是神原來給的樣子。他將之變更式樣，補一句：『Meilleur[412]。』這完全談不上熱烈的一句『Meilleur』，表示對神賜之思沒有多少信靠，沒有多少尊重！一個真正帶來喜悅、令人魂銷、不帶懷疑、深信不疑、不容揀擇、沒有改善餘地、無可修補，完全被當成至福命令來領受，使領受者步履跌撞踉蹌，崇高的顫慄自頭頂傳至腳尖，幸福之淚從眼中滂沱奔流的靈感——這樣的靈感不會來自上帝，祂讓理性管太多，而只可能來自掌管熱情的魔鬼。」

我面前這個傢伙，在他說最後幾句話之際，漸漸有些變化：我直視他，見得他和原先不一樣。他坐在那裡，不再像窯子老闆和騙子，卻像個紳士，白領子，領結，鷹鉤鼻頂著一副角質框眼鏡，鏡片後面閃著濕潤偏暗而有點泛紅的眼睛，面孔兼融銳利與柔和：鼻子尖銳，雙唇明銳，而下巴柔和，有個笑窩，頰上也有個窩；額頭蒼白而成拱狀，髮腳高高，頭髮往後退，但兩鬢一帶濃密、烏黑而鬈曲——是個知識分子，為庸俗報紙寫藝術、音樂文章，一個理論家和批評家，本身也作曲[413]，只要他思有餘力。雙手纖柔、瘦削，嘴上說話，搭以板拙而不失優雅的手勢，時而輕拂太陽穴與頸背的濃髮。坐在沙發一角上的這位來客，這一刻模樣如此。他身形沒有變大；尤其說話的聲腔，帶著鼻音，咬字清晰，受過訓練般悅耳，一如先前；凡此種種，都使人還認得出這個樣貌流動不居的身影。我就這樣聽他說話，看著他寬寬，邊角在胡亂刮刮的上唇下方緊緊抿起的嘴清晰發音：

「今天，藝術是什麼？是一趟鞋子裡放豌豆的朝聖[414]。今天，舞蹈也不是一雙紅鞋子就得了，你也不是魔鬼攪擾的僅有一人。瞧瞧他們，你的同行——我很清楚你不瞧他們，不往他們那邊看，你保護你獨來獨往的幻覺，希望自己承擔一切，整個時代的詛咒。不過，給自己一個慰藉，看看他們吧，新音樂的那些共同引進者，我是說，那些誠實、認真、承擔情況後果的人。我指的

---

412 法文，「好一點」。
413 此段形象據考以阿多諾為模本。
414 中世紀人為消災、避厄、悔過或贖罪而往聖地或大教堂朝聖，朝聖以苦為貴，痛中見誠，有朝聖者在鞋中放豌豆以增行路之難。

不是躲到民俗傳統和新古典主義裡避難，其現代性寓於不容音樂有所爆發突破，而且多多少少懷著尊嚴秉承前個人主義時代風格的人。他們說服自己相信，也說服別人相信，枯燥無聊的東西已變有趣，因為有趣的東西已開始枯燥無聊……」

我真要大笑，因為雖然那寒氣還在繼續逼纏我，我卻必須承認，自從他形象改變，我和他相處變得自在了一些。他和我一同微笑，但緊抿的嘴角縮得更緊，同時雙目微微瞇起。

「他們也是無能的，」他繼續說道，「不過，我相信你和我寧取那種可敬的無能，也就是不屑以煞有尊嚴的假面舞會粉飾全面病態。這病是全面性的，誠實者所見於自己的徵候和他們所見於倒退者的徵候同其明顯。生產難道沒有涸竭之虞？仍屬嚴肅而寫下來的作品，顯得得來艱困費力而且興致索然。原因出於外在、社會？缺乏需求——如同前自由主義時代，生產的可能性繫於碰巧獲得贊助人施惠？沒錯，但這不是充分的解釋。作曲本身已經變成太困難，困難到令人絕望[415]。當作品與真誠不復一致，你要怎麼工作？實況就是如此，吾友，傑作是自足的構成之說屬於傳統藝術，不是已獲解放的藝術所能認同的。當今一切的癥結是，對過去使用的所有音符組合已經絕無支配權。減七和弦[416]，不可能，某些半音經過音，不可能。每一個高明的作曲家內心都有一套規範，哪些東西是他不可以寫的，哪些東西是本身就不可以寫的，包括調性手段，也就是所有傳統音樂。什麼是虛偽的，什麼是已經用老的濫調，決定於這規範。調性的聲音，在具備今日技巧境界的作品中使用三和弦，蓋過一切不諧和音，因此必要時可以運用，但必須審慎為之，而且只在生死關頭使用，因為其震驚有甚於過去最嚴厲的不諧和音。一切取決於技巧境界。減七和弦使用於作品一一一開頭，精當而且神情洋溢。與貝多芬的整體造詣兩相呼應，不是嗎？一如極致不諧和音與極致和諧音之間的緊張在他是本色當行。調性原則及其力度賦予這個和弦特殊分量。這和弦如今已無此分量：一個歷史過程使然，一個沒有誰能扭轉的過程。聽聽那個已經僵死的和弦——即使將它獨立看待，它也代表一種與當今現實矛盾的總體技巧。每個音都寓含整體作品，也都寓含整個歷史。但耳朵對真、偽的認識也因此與這個本身並不虛幻的和弦相連，而且不涉及對整體技巧的抽象關係。這裡有一個對確當性的要求，是作品形式加諸藝術家身上的——有點兒嚴格吧，你說是不是？他努力執行生產的客觀條件中包含的要求，難道不會很快筋疲力竭？他鼓勇構思的每一小節裡，整體技巧都對他構成難題。整體技巧每一剎那都要求他成全，要求他確當對待，要求他提出當下剎那允許的唯一確當答案。其結果，他的作品無非這些答案，無非對這些技巧字謎的解答。藝術變成評論——非常光明正大，誰能否認！在嚴格服從之內要有相當的不順從，相當的主動，相當的勇氣。但是有個風險，是沒有創造力——你如何看法？它還只是個風險

---

415 這是阿多諾的音樂發展論。阿多諾認為，華格納以後，西方或德國音樂難以為繼，原因在其本質，亦即其內容與形式業已用老，追求真藝術、真理或有良知者不能因襲前賢，但如何突破，令人束手。下文並延及阿多諾之說：音樂再現人類痛苦，始具真理內容，不能再談作品自足、內在自圓，席勒以遊戲為創造本質的名論也自此一併打破。

416 西方古典音樂常用減七和弦，阿多諾援引貝多芬語，「我們歸因於一位天才作曲家（貝多芬）獨創的事情，很多應該歸功於他熟巧運用減七和弦」（《貝多芬：阿多諾的音樂哲學》，**Rolf Tiedemann** 編，彭淮棟譯，台北：聯經出版公司，二〇〇九，第九十六頁）。如下文所言，這個核心手法，與調性等古典音樂其他傳統要素，俱已竭盡其用。阿多諾在《新音樂的哲學》中，指減七和弦「非僅老調、不合時，亦且虛妄」。

嗎，或者已是固定、現有的事實？」

他打住。他濕潺而泛紅的眼睛透過眼鏡看我，纖纖抬手，以兩根中指梳拂頭髮。我說：「你等什麼？要我贊嘆你的諷刺？你知道怎樣告訴我我所知道的事，這一點我從不懷疑。你的表達方式堪稱處心積慮。你說了這麼多，就是要我明白，以我的用意與作品而言，我只需要、只能得助於魔鬼。然而你理論上不能排除，個人需要與當下剎那之間可能自動地和諧，亦即『確當』——兩者自然一致，個人從了無拘制、不假思慮而創造。」

他（笑）：「一個非常理論的可能性，確實！我親愛的，情況太具批判性，不是不具批判性者所能因應！此外，我駁回你認為我對事態的闡釋有偏見的指責。為你之故，我們不必在辯證上再大費周章了。我不否認『工作』的整體情況令我滿意，我不滿的是作品。我為什麼不能引音樂作品遭遇的疾恙困頓處境為一快！不要歸咎社會條件！我知道你有此傾向，習慣說今天的社會沒有提供任何足夠約束力或足資驗證的條件，以確保自足作品的內在和諧。此說沒錯，但未中要害。作品令人卻步的窒礙深藏於作品本身。音樂素材的歷史運動與自足的作品對立。素材在時間上收縮，蔑棄時間上的延伸，而時間是音樂作品的空間，作品因此淪於空空洞洞。不是由於無能，不是由於沒有能力塑造形式。而是有一種無情的、要作品極度緊密濃縮的命令，鄙棄多餘，否定樂句，粉碎裝飾，與時間上的伸展對立，而時間上的伸展正是作品的生命形式。作品、時間、假象一體，也都沒有免於批判。假象與遊戲不復受到容忍，虛構，以及專斷自是亦然，那種審查熱情與人類的痛苦，分配其角色並將之轉化成意象的形式。通得過批判的，唯有非虛構、未粉飾、未經美化的，人類痛苦的如實表達。這痛苦的無告與急迫已根深蒂固到不容許任何假象遊戲。」

我（非常反諷）：「感人，感人。魔鬼慷慨激昂起來了。可憎的魔鬼說起教來了。人類的痛苦，他念茲在茲。他可貴有加，向藝術獻殷勤。你不提你對作品的反感，會比較好，如果你不希望我看出你的推論，只是魔鬼沾沾自喜貶辱和傷害作品的屁話。」

他（未顯懊惱）：「目前為止還可以。你根本上應該和我一樣認為，人承認其世界與時代的一些事實，既不能稱為濫情，也不能說是惡意。有些事情已不再可能。以情感為作曲藝術的假象，音樂用以自滿自足的假象，本身即已變成不可能，再也無法維持——長久以來，這假象的作法就是栽入預先確定的、套式般而了無生氣的元素，彷彿那些是該當下事件絕對必要的元素似的。反過來說就是：這個特殊事件裝成它與預先給定的熟悉套式相互同一。四百年來，所有偉大的音樂都自足於佯裝這統一是多麼天衣無縫，都將他們遵行的這個普遍律與他們自己當下的至要關切混淆為一。朋友，這樣的作法不再行得通了。對裝飾、對習套、對抽象普遍性的批判，是同樣的批判。禁不起批判的，是藝術作品的假象性格，音樂也參與的一種性格，雖然音樂不具外在形象。沒錯，它以不製造外在形象而優於其他藝術，但它孜孜不倦將它自身的特殊關切調和於傳統習套，仍然等於盡力參與這場更高級的騙局。將表現從屬於那調和一切的共性，是音樂假象的最內在原則。這也結束了。說共性和諧地內含於殊性之中，是自相矛盾的聲稱。過去視為前提而帶強迫約束性的，擔保遊戲自由的那些習套傳統，都已結束。」

我：「我們可以知道這一切，但仍然承認免於批判的自由。我們可以運用我們知道生命已從其中消失的形式，將遊戲提升到更高層次。」

他：「我曉得，我曉得。諷擬。諷擬也能有趣，如果它帶著貴族氣派的虛無主義不是那麼懨懨無力。你以為這類花招保證帶給你好多幸福和偉大？」

我（動怒頂他）：「沒有。」

他：「簡要又粗暴！可何必粗暴呢？因為我和你四目正視，對你提出良心問題？因為我向你點出你絕望的心，以行家的洞見將當今作曲完全無法克服的困難擺到你眼前？你至少可以尊重我是行家。魔鬼當然應該懂一點音樂。我沒搞錯的話，你正在讀那位喜愛美學的基督徒寫的那本書吧？此人懂門道，熟諳我對這門藝術的特殊關係。他認為，這是最基督教的藝術，當然，它立於負面之地，在基督教世界裡受到運用和發展，但也被視為魔性領域而受否認和排斥——就是如此。神學性質非常高，音樂這東西——就像罪，就像我。那位基督徒對音樂的熱情是真的熱情，理解與耽溺於焉合而為一。真正的熱情只存在於曖昧之中，只作為反諷而存在。最高的熱情付予絕對可疑的事物。我知音，這一點錯不了。緣於音樂和今天所有事物都陷入種種困難，我就對你唱了滿口嘲諷的猶大的角色。我不該這麼做嗎？——可我這麼做，只是為了向你點明，你應該突破那些困難，你應該超越它們，將自己提升到你為之暈眩，到你都佩服自己的高度，做出你對之滿懷神聖畏怖的事來。」

我：「好個天使報喜。我會長出滲透性的東西來。」

他：「一而二，二而一。冰花，或澱粉、糖、纖維素做的東西——兩者都是自然，問題只在何者裡的自然應該更受到讚美。你傾向於探求客觀、所謂的真理，而疑心主觀、純粹經驗毫無價值，這委實是個庸俗的傾向，你非克服它不可。你目見我，因此我對你是在的。問實際上有沒有我，划得來嗎？發生作用的，不就是真實的，真理不就是經驗和感覺？但凡將你拉高，增強你力量、權力、主宰之感，該死的，那就是真理——即使從美德角度看來它是十倍的謊言。我要說，一個能夠提升力量的非真理，足以抵過任何合乎美德但了無實益的真理。我還要說，具有創造力、賦予人天才，使人如騎馬般飛越障礙，在沉酣果敢中躍過一塊又一塊岩石的疾病，對生命比徒步蹭蹬而前的健康可貴千倍。說病只可能產生病，我從沒聽過比這更蠢的話。生命並不挑剔，它視道德如糞土。它攫住疾病的獨特產物，津津有味吃下，消化，一旦它適應，那就是健康。在對生命有效用這個事實面前，老兄，所有疾病與健康之間的分野盡皆破滅。整個世代的一大群小伙子，敏感、徹底健康，浸淫於因病而成天才者的作品，對它欽佩、稱賞、頌揚，並且繼踵增華，加以轉化，變成文化而世代傳承。文化不只靠自己家裡烘製的麵包為生，也靠福兆藥鋪的藥劑和毒藥。萬變不離其毒的薩麥爾這麼告訴你。他不只向你擔保，你的沙漏年數將盡之時，你的權力感與主宰感將會愈來愈蓋過小美人魚的痛苦，終而登上無上勝利的幸福，欣奮若狂的健康之感，乃至有如化身為神——這是此事主觀的一面，我知道，這對你是不夠的，你會覺得不牢靠。那麼，聽好：我們保證，凡是你需要我們協助完成之事，你都會有足夠生命力為之。你將引領風騷，你將開啟前進未來之路，小伙子將以你之名起誓；拜你瘋狂之賜，他們不必瘋狂。健康的他們將以你的瘋狂為滋養，你在他們之中化為健康。你明白嗎？你將突破這個時代種種令人欲振乏力的困難——這還不夠，你將突破時代本身，這個文化時代，也就是說，這個文化的時代及其崇拜，而且敢於引進野蠻主義，雙重的野蠻主義，因為它繼人性之後，繼所有可以想見的根管治療和小市民的附庸風雅而至。相信我的話吧！野蠻主義甚至對神學的理解也比墮離了崇拜的文化高明，那種文化就是在宗教裡也只看見文化，只看見人性，沒看出逾矩放縱、吊詭、神祕的激情、完全超乎小市民經驗的奇境。我真的希望，你沒納悶聖危而坦怎麼跟你談起宗教來吧？老天！我倒想知道，今天另外還會有誰對你談宗教？自由派神學家當然不會吧？當今真正是只有我還保有宗教！你要將神學的存在歸功於誰，如果不是歸功於我？誰能有神學上的存在，如果沒有我？宗教的確是我的領域，一如它的確不是小市民文化的領域。文化墮離崇拜，把自己變成受崇拜之物，它因此只不過是垃圾，才五百年之後，整個世界既疲憊又厭膩，彷彿，salva venia，一直用鐵鍋朝嘴巴裡倒，再難下嚥。」

這時候，也許更早一點，在他滿口嘲弄，滔滔自詡是宗教生命的守護者，大放厥詞開講魔鬼在神學上的存在之時，我察覺：我面前沙發上這個傢伙的模樣又再次改變，不再像適才對我說話的那個戴眼鏡的音樂知識分子，也不再坐沙發一角，而是légèrement[417]，半歪半坐在沙發的圓弧扶手上，雙手指尖交叉擱在膝腿上，兩個大拇指豎起大張。說話之時，下巴分叉的小鬍子一翹一翹，嘴巴打開時，露出內側尖尖細細的牙齒，嘴巴上方則是僵硬而尖端鬈曲的髭鬚。

我裹得木乃伊般禦寒，見他變形成這樣的老相識，還是禁不住發笑。

「最忠誠的僕人！」我說道。「我應該是認得你的，而且承你周到，在這大廳裡為我上了一堂指導課。以你此刻的擬態，我希望你已準備解解我的求知之渴，好好證明你的確存在，不但為我開講我已經靠自己知道的事，也講我第一想知道的事。你已經對我講了好多沙漏時間，因為那就是你賣的東西，也講了不時必須為那種高度的生活支付的痛苦代價，卻不曾講起終場，永恆的滅絕之後的情況。那是我好奇之處，你蹲在那裡這麼久，長篇大論卻沒空出一段來談這問題。我不該知道我們這筆交易的價格嗎？給個說法吧！克雷柏林家的生活是何模樣？那些蒙你寵召的人，他們在你無底洞裡會碰到什麼？」

他（笑，如同高聲尖叫）：「你要關於 pernicies，關於 confutatio 的知識？我說這是人年輕好事，也可以說是年輕人好學的勇氣！可你有好多時間，一望無際的時間，而且會有好多興奮的事，好多活兒可幹，不必多想結局，甚至不必留意什麼時候該開始想到結局。不過，我不會拒絕答覆你，也不會為答案塗上美麗的色彩，因為你怎麼可能真的為還那麼遙遠的事煩惱？只是，談這事兒著實不容易——也就是說，這事其實怎麼談都完全不對，因為真實情況是言難盡意的；你可以費盡語言文字，但這一切都只是代表，所代表的名稱都並非實有，因此不能說描述了既無法描述，也無法以語言文字宣斥的東西。地獄有其神祕的自喜自在，即因此故，亦即它是無從指斥的，是語言無法捉摸的，它只是有，卻不上報紙，不公開，語言文字無法對它形成批判性的認識，因此『地下』、『地牢』、『厚牆』、『寂靜無聲』、『被遺忘』、『無救』之類字眼都是空泛無力的符號[418]。談地獄，我的好人，有象徵可用就該完全知足了，因為那裡一切都停止——不只是表意的字，而是萬般都停止，這的確是地獄的主要特徵；而且，最通盤來說，這是新來乍到者

417 法文，「稍微」。

418 本段魔鬼描述地獄情狀，詳細重現《浮士德博士故事》語句，但此處為少數例外之一，托瑪斯．曼自出手筆穿插其中，影射蓋世太保監獄或納粹德國為地獄。

的第一個經驗，也是他起初以他所謂健康的感官意識無法掌握、不會了解的事，因為他格於理智，或格於理解力的種種局限，而無法理解；簡言之，因為難以相信，難信到令人臉色白如粉筆，雖然情況在初打照面時就確鑿斷然明示，仍難以相信：『此處一切停止』，包括一切憐憫、一切慈悲、一切寬大，乃至對這句話帶著請求和不信的抗辯的最後一抹一痕顧念：『你們不能，不能這樣對待一個靈魂』——但這是真的，發生了，沒有片言隻字解釋，在隔音的地牢裡，在遠離上帝聽聞的深處，而且永恆。有什麼好說呢？談之無益，因為它與言語有間，在言語之外，言語與它了無干涉，全無關係，因此也從來不知道該用什麼時態，只好將就使用未來式，說『將會有號哭和切齒』[419]。好，這是從一個挺極端的語言領域摘選的原文，但這也是薄弱無力的形容，而且無法真實地關聯到『將會』發生的情況——依舊是無可解釋、被遺忘、厚牆之間。確定的是，隔音之地聲音很大，無法度量，全是耳朵遠遠裝不下的大聲嚚喊和嘀咕、哭號、嗚咽、咆哮、咯咯汩汩、尖聲吱嘎、呼天搶地、怒嗆、哀求，以及聲如雷動的酷刑慘叫，沒有誰聽得到自己唱歌，因為難以置信與難以回答的事物在地獄以永恆的折磨逼出緻密、結實的鋪天喧騰與淒厲顫鳴，將一切盡皆淹沒。也別忘了不堪入耳的陰森淫欲呻吟，混雜其中，因為沒有稍歇、沒有虛脫、沒有昏厥，無極的折磨沒有止境，會退化成猥褻之樂，此所以有幾分直覺之知者管這叫『地獄的淫樂』。但與此相連的是嘲諷，以及與痛苦折磨分不開的極端恥辱；因為這些地獄之樂等於對極度受苦的最可悲嘲弄，同時加上譏刺的指指點點和怪聲訕笑。有個理論由此生出：墮入地獄者除了痛苦的折磨，也要挨受嘲弄與侮辱；正確來說，地獄應該定義為完全受不了卻必須永遠忍受痛苦，同時還要忍受嘲笑。他們連自己舌頭都吞了，其痛如此，但也沒有形成同痛共苦之誼，卻是彼此充滿嘲諷和鄙視，在尖叫與呻吟之間以最骯髒下流的字眼互罵，最斯文與最高傲之流，雙唇之間從來絕不溜出半個粗字的，在這裡也逼得祭出最最骯髒的惡罵。他們的痛苦與猥褻之樂，有一部分就在於思索最徹底骯髒的字眼。」

我：「這是你頭一遭告訴我下地獄者忍受什麼樣的痛苦。請注意，你對我開講的其實只是地獄的效應，而不是下地獄者預料會在那裡碰到的實情和事實。」

他：「你的好奇真是孩子氣，而且冒失。我首先就注意到這一點，但我也十分清楚你背後的動機。你對我盤根究柢，是想使自己心生害怕，害怕地獄。回頭和得救，所謂靈魂得救、撤回承諾的念頭，潛伏在你心底，因此你努力從attritio cordis，也就是從內心對那裡的恐懼，獲得奧援。你大概聽說過，經由此法，人能得到所謂至福。跟你說吧，那是完完全全老掉牙的神學了。畏罰而痛悔的說法在科學上已經過時。contritio證明才是必要的，這是新教所說真實、真正的為罪孽痛悔，亦即不只是以恐懼為基礎的教會懺悔儀式，而是內心、宗教上的虔誠回頭皈依——你有無此能，問你自己吧，你的自尊自負將會給這問題一個針鋒相對的答覆。時間愈長，你會愈不能、愈不願屈尊悔悟，因為你將要過的人生是個巨大的嬌寵，人不會說走就走，脫離這嬌寵而重返健康但平庸。為了讓你安心，就這麼說好了，地獄基本對你不會有什麼新鮮事。那裡提供你的，多多少少只是你已經習慣，而且帶著傲氣習慣的情況。用三言兩語來形容：其本質，或者

419 語出〈馬太福音〉8：12。

說，其要點，是那裡的居住者只能在極冷與一種能融化花岡岩的熾熱之間選擇——他們在這兩極之間呼號逃來逃去，因為，置身其中一極，另一極總是彷彿天國般清涼，卻也令人立時受不了，極盡地獄般受不了。這樣的兩極必定討你喜歡。」

我：「我是喜歡。同時我要警告你，別太覺得你看準了我。你的神學有些膚淺之處，可能誘使你生此自信。你倚仗的是我的高傲將會阻止我生出得救所必需的痛悔，卻沒有考慮有一種高傲的痛悔。就像，該隱的痛悔：他堅定認為，他的罪大到永遠不可能獲得原諒[420]。無望的contritio，完全不相信慈悲與原諒的可能，罪人像磐石般堅信他罪過太大，連無盡的善也不足以原諒他的罪——這才是真正的痛悔，而且我要請你注意，這才最接近得救，是神恩最忍不住要救的。你得承認，日常平凡的罪人，神的恩典對之只有平平常常的興趣。他的情況引不起神恩多少動力，救他是很乏味的事。平庸根本沒有神學上的生命。深重到無可救藥，以至於罪人對得救根本絕望的罪惡，在神學上才是真正得救之路。」

他：「滑頭！你們這些人又從何處去找這種無救的得救之路需要的前提，就是那種單純，那種天真無保留的絕望？你難道不清楚？犯大罪而玩索此罪如何引誘神恩，這種有意識的思維本身就把恩寵變得完全不可能。」

我：「不過，就是經由這樣的Non plus ultra[421]，人生才有戲劇性的發展，提升到神學的最高境地，也就是說：提升到最墮落的罪孽，以及經由這最墮落的罪孽，而上升到對無盡的神恩的終極激將，它抗拒不了的激將。」

他：「不錯。真別出心裁。現在我要告訴你，正正就是你這樣的腦袋構成地獄人口。進地獄並不容易；要是每個張三李四都進來，我們早就擠破了。但你這樣的神學類型，一個如此狡猾的無賴，玩索復玩索，因為玩索是從他父親那邊流到他血液裡的——即使不是與魔鬼同群，也必定包藏叵測。」

他口出這番言語之際，應該說更早一點，此傖又再變形，如雲之多變，而且毫不自知有此變化：不是坐在房間裡我面前長沙發的扶手上，而是只坐沙發一角，如同老鴇，戴著帽子，臉色蒼白的紅眼皮條客。以他徐緩，含著鼻音的演員聲口說：

「我們談完了，決定也有了，你感覺不錯吧。我花了好多工夫和你面面俱到琢磨這件事——希望你也清楚。不過，你的情況挺有吸引力，這一點我大方承認。很早我們就盯上你，你靈敏、高傲的腦袋，你出色的 ingenium 與 memoriam[422]。這些特質引使你念神學，正如你自負的算計，但你很快就不想以神學家自稱，於是將聖經塞到長凳底下，從此專意於音樂的 figuris、characteribus 及 incantationibus[423]，令我們好不歡喜。你出於高傲而渴望元素，而且有意以最適你

---

420 該隱自認其罪大於上帝所能原諒，見《舊約聖經》〈創世紀〉4：13。《浮士德博士故事》第十六章，浮士德憂其靈魂已難得救，「他的後悔是該隱與猶大式的後悔」，他認定「神恩對他是不可能的」。末了（六十八章），二十四年期滿而魔鬼取其身體與靈魂之夕，「一如說他罪過大於上帝所能原諒的該隱，浮士德想祈禱，但自知他立約將靈魂授予魔鬼是太大的罪孽」，無望獲宥於上帝。

421 「無以復加」（之罪）。

422 記憶力。此處兩個拉丁字皆為《浮士德博士故事》首章形容浮士德稟賦過人之詞。

423 拉丁文，依序是圖形、符號、法咒。《浮士德博士故事》第一章說，浮士德日夜「玩索」這些法術之事。

意的形式達成，亦即以代數的魔術，與聰明的和聲及計算聯姻，但作法大膽，與理智和清醒背道而馳。可甚至那時候，我們難道不曉得你太明智、太冷酷、太貞潔，我們難道不曉得，你如此忸怩明智，玩索元素只會落得滿腹懊惱，厭煩得可憐？所以我們為你用心張羅，好教你投入我們懷抱，也就是我的小女兒，艾絲茉拉妲的懷抱，並且教你得到那東西、那啟示、那大腦的春藥，你用全副身體和靈魂和心智那麼拚命追求的。一言以蔽之，我們之間不需要史培斯森林十字路口[424]，也不需要圓圈。你用你的血做了見證，將你自己質給我們，受了我們的洗禮。我們訂了契約，成交了。我這次拜訪只是來確認此約。你從我們這裡取得時間，天才時間，飛揚高舉的時間，整整二十四年ab dato recessi[425]，這是我們為你設定的期限。年數既滿，期限既到，即使這樣的時間就像永恆，一望無際——那就是取你之時。反過來說，在這期間，我們諸事順從、服從你，而且你利在地獄，只要你棄絕所有生者、天主和一切人，因為必須如此。[426]」

我（一陣絕寒之氣拂上身來）：「怎麼？這是新的一點。這條款說什麼？」

他：「棄絕。還會是什麼？你以為妒嫉只那高處有，深淵沒有嗎？你，這個造得很好的人，已經許給我們，和我們訂了婚了。你不可以愛。」

我（真的要大笑）：「不可以愛！可憐的魔鬼！你要坐實你愚蠢的名聲，像貓為自己掛上鈴鐺，將交易和承諾建立在愛——一個這麼有彈性，這麼難掌握的條件之上？魔鬼要禁止情欲嗎？如果不禁止，他就必須容忍好感，甚至Caritas[427]，否則就要著著實實挨誆。我染上的，你說我被許給你的理由，其始源是什麼呢？你說說看，那不是愛，雖然是在上帝容許之下被你下了毒的愛嗎？你所認定的，我們之間的聯盟，本身就和愛有關連，笨蛋。你聲稱我自找，說我進入那座森林，去了那個十字路口，為了工作。但常言不也說嗎，工作本身與愛是有關係的。」

他（用鼻孔大笑）：「Do、re、mi！放心，你的心理學花招不會比你的神學花招更詿得了我！心理學——上帝可憐見，你還信那一套？那是糟糕的、資產階級的十九世紀！時代對那玩意已經厭煩之至，不久以後，看見它就會像鬥牛看見紅布般怒從心起，誰要用心理學擾亂生活，腦袋西瓜會狠狠挨一記。我們生活其中的，是不想被心理學刁難的時代……這是題外話。我的條件分明且直接，出於地獄的正當妒嫉。你不准愛。只要愛使你有熱情就不准。質言之，你任何人都不可以愛。啟示使你的思想力量至終完足，不時扶搖直上燦麗出神之境——那麼，說穿了，它應該短少什麼，如果不是可親的靈魂和可貴的情感生活？你以為還會如何？你的人生、你和人的關係整個是冷的，這十分自然——其實就在你天性裡，我們決然沒有對你強加什麼新東西，嬌小族類沒有把你變成新的、怪異的東西，而是巧妙強化並放大整個本來的你。冷難道不是你先天之性嗎，一如你從你父親生來的頭痛，從中又生出小美人魚的痛苦。我們要你冷，直到生產之火也不

424《浮士德博士故事》第二章，浮士德為驗證其所習法術圖形與符號，「前往威騰堡附近的史培斯森林（**Spesser Wald**）十字路口，以杖畫圈於地」，魔鬼果至。路德自言就讀威騰堡大學之日常到此地。名稱寫法不一，包括**Spesshart**、**Specke**，據考原意為「啄木鳥林」。

425「自當日（簽約之日）起」。

426 自「我們諸事順從」至「必須如此」，為浮士德以其鮮血與魔鬼簽約時，魔鬼承諾的條件。

427 拉丁文，「愛」。

夠熱來供你取暖。你將會從你生命的寒氣逃入那火焰……」

我：「再從火中逃回冰裡。看來你已經先在人間為我備妥地獄了。」

他：「那是盡拋常理的人生，唯有這樣的的人生能滿足一個高傲的心智。你的倨傲絕計不會捨此而取一個不冷不熱的人生。你和我有成協議了吧？一個充滿工作的永恆人生，你會樂在其中。沙漏跑完，我將有全權依照我的方式，隨我心意，支配和統治、駕馭和控制這個造得很好的人——全部，就是身體、靈魂、肉、血和財物，而且永遠……」

又來了，我那股難以按捺的憎惡之感，先前已曾攫住我，令我顫抖，這回加上這個緊身褲老鴇再度向我襲來的一波冰寒。我淹沒在我自己的狂亂厭惡裡，有如昏厥一般。然後我聽到席爾德克納普的話聲，他坐在沙發一角上，對我說：

「當然啦，你沒錯過什麼。Giornali[428]和兩局撞球，一巡Marsala[429]，加上那些市儈在人家背後說長道短。」

我一身夏季穿著，坐在燈下，膝蓋上是那個基督徒的那本書！一定是這樣：我必定是怒氣橫生趕走了那個皮條客，在我夥伴回來之前把我其他衣物拿回隔壁房間了。——

428 義大利文，「報紙」。
429 義大利西西里島葡萄酒，因該島港口**Marsala**而得名。

26

前面那個片段篇幅逾常，頁數遠遠超過已經長得令人不安的克雷契馬演說那一章，我可以安心說讀者不能怪罪於我。因此而生的，對讀者的苛求，亦非作者所能負責，我不必為之耿耿。無論怎麼顧慮讀者可能不勝疲累，我都不會將阿德里安的手稿加以某種使之較為易讀的編輯，將那場「對話」（請注意我為此詞加上引號，雖然我瞞不了自己，這樣做只能拿掉一點點其中包含的恐怖）——將這席話打散成可以編號的段落。我懷著痛苦之忱複製一個給定的東西，將阿德里安寫在樂譜紙上的文字轉到我稿子裡；我不僅一字一字照錄，我還可以說：一個字母一個字母照寫——不時擱筆，不時為了恢復體力精神而中斷，心思沉重的步履踱遍我的工作室，或雙手覆額撲坐沙發之上，以至於，聽來容或奇怪，在我每每顫抖的手裡，明明只要謄錄的一章，寫得並不比前面的章節要快。

有意義、思慮周到的謄錄，其實（至少就我而言；但辛特弗特納先生也同意管見）費神耗時一如寫下自己所思所感，而且就如在這之前讀者可能低估我為亡友生平故事投入的日數與周數，他可能錯估我寫眼前字句的時間點。他可以微哂我拘泥細節，但我認為可以如實告訴他，我動筆以來已過一個寒暑，寫最新這幾章時，已是一九四四年四月。

當然這個年月表示的是我此刻走筆的時間——不是我這部敘事本身進展的時間，那是一九一二年秋，上次戰爭爆發前二十二個月，阿德里安與席爾德克納普由帕勒斯提納返回慕尼黑，他暫居施瓦賓一處叫吉賽拉的膳宿公寓。我不知道這樣的雙重計時何以令我感興趣，以及什麼驅使我點出個人時間和故事時間，亦即：敘事者的時間，與他所敘之事的時間。這是一種非常特別的時間交織，而且必定又牽纏第三種時間：有朝一日讀者有興致撥出來接納這個故事的時間，因此他將會處理三重時間：他自己的、敘事者的和歷史的時間。

我不會再沉入我自己認為有點激動但無益的這些玄思，只想補充說，「歷史」在我書寫的此時遠遠比我所寫的時間險惡。過去數日，奧德薩戰役激烈，損失慘重，而結束於這個黑海名城落入俄國之手，但敵人沒有能夠阻撓我軍整補。他在塞凡堡[430]也必定不會得手，那是這個明顯居於優勢的敵人現在似乎打算從我們手裡奪走的另一個質押品。同時，我們環衛堅強的歐洲堡壘幾乎每天都受到的恐怖空襲，現在加劇到難以想像的程度。說這些把爆炸破壞力愈來愈大的東西丟下來的怪物很多被我們英勇的空防擊落，又有何益？它們成千而至，我們武勇統一的大陸天空為之陰暗，我們愈來愈多城市淪為廢墟。萊比錫，在阿德里安的成長歷程、他的生命悲劇中扮演如此重大角色之地，最近也遭重擊：市內著名的出版區，我聽說，已經只是個瓦礫堆，難以估量的文學與教育資財毀滅殆盡——不只是我們德國人的嚴重損失，也根本是整個熱心文化的世界的嚴重損失，然而那個世界，不知是出於盲目還是於理有據——我不敢論定——似乎情願忍受這樣的損失。

沒錯，我憂心我們正在走向毀滅，有人授意一項致命的決策，導至我們與那個人力最多而且革命情緒高漲的強權，以及那個生產力最巨大的強權，同時陷入衝突——而且現在看來，美國的生產機器甚至不必全力運轉，就能吐出足夠壓垮一切的戰爭裝備。鬆弛乏勁的民主國家也懂得運用這些可怕的工具，是一個令人驚愕、警醒的教訓，使我們一天比一天不再誤以為戰爭是德國獨享的特權，在武力的藝術上別人也不會必定是半瓶醋。我們已開始（這一點，辛特弗特納先生和我再也不是例外）預料盎格魯撒克遜的戰爭技術無所不能，入侵之懼與日俱增：四面八方而來的攻擊，以優勢的物資與數百萬大軍進攻我們這座歐洲城堡——或者說：我們這座監獄，還是說：我們這座瘋人院？——已在我們等待之中；只有以至為撼人之筆描述預防敵人登陸的準備，而這些準備看來規模的確龐大，為的是保護我們和這塊大陸不失去我們現在的領導人，才能平衡心理上對未來事勢的全面憂懼。

當然，我書寫的時代，其歷史動力無比大於我所寫的時代，阿德里安的時代。那個時代只將他帶到我們這個難以置信的時期的門檻，我覺得我們應該向他，應該向所有如今不復與我們同在、我們這個時期開始時即已不復與我們同在的人呼喊一聲「你們好福氣」，一聲由衷的「安息吧！」。阿德里安已經安穩於我們時代之外，我珍視這一點，而且為了有此安穩之知，我願意接受我繼續俯仰其中的這個時代的恐怖。我彷彿代替他，代他在世，肩負他肩頭得免的擔子，簡言

---

430 塞凡堡（**Sebastopol**）：克里米亞要塞軍港。

之，我彷彿是以代勞他在世，來證明我對他的愛；此念雖是幻覺，甚且痴愚，卻令我告慰，迎合我念念不忘的心願，要為他效勞、協助他、保護他——吾友在世之日只曾獲得些微滿足的需求。

*

我仍然認為值得一提，阿德里安在施瓦賓那間膳宿公寓停留的日數很少，卻又完全不曾想辦法在城裡找個可以久居的住處。席爾德克納普從義大利寫信給他在阿瑪里恩街的老房東，為他重新安排了他習慣的居所。阿德里安不想再次住進參議員羅德夫人之家，甚至根本不想續留慕尼黑。他的主意似乎早已在守口如瓶之中拿定，因此他才沒有先前往瓦爾茲胡特附近的菲弗林勘察，作個約定，而是逕直用電話談好事情，一通十分簡單扼要的電話。他從吉賽拉公寓致電希維格斯提爾家，接電話的是希維格斯提爾夫人本人。他自我介紹是有一回有幸參觀大宅和大院的兩個單車客之一，詢問對方是否願意、以什麼價格租給他二樓一間臥室，以及日間讓他使用樓下修道院長的書房。包括伙食和佣人打點的費用，隨後說出來十分低廉，但希維格斯提爾夫人先不談這個；她先弄清楚和她打交道的是兩位訪客之中的哪位，小說家還是音樂家，可以感覺到她在心中檢視當初的印象，得知是音樂家，然後對他的請求表示擔心，那是完全為他的利益著想，設身處地從他的觀點而產生的擔心——但提法是暗示他自己應該知怎麼做對他最好。他們，希維格斯提爾家，她說，並不慣常以出租房間為業，只是偶爾依照個案情況收房客和搭伙客；兩位先生從她那回告訴他們的話裡，可以立時明白這一點，他，來電話這位先生的情況是不是如此，她必須請他自己決定。他會發現這裡極其安靜又單調，在生活舒適方面更是原始：沒有浴室，沒有抽水馬桶，只有一間鄉下茅房，設在戶外，她納悶，一位先生，要是她的理解沒錯，不到三十歲，獻身藝術，為什麼想遠離文化所在的城市，到鄉下落腳。或許，說她「納悶」很欠貼切，因為她和她男人很少為什麼而納悶；如果這裡敢情真是他尋求之地，別管一般人那麼多納悶，那就來吧。不過，有一點要考慮，特別是馬克斯、她丈夫，以及她自己，很重視這不要是一時興起的安排，初試一陣就通知作罷，希望自始就有比較持久的打算，是不是這樣，可以嗎？等等。

他要來久住，阿德里安答覆道，這事他已思量許久。他將要進入的生活形態，已經過他內心考察，認為是好的，並且接受。價錢，每月一百二十馬克，他同意。二樓哪間臥室給他，他由她選擇，並且樂見能夠使用修道院長書房。他將在三天後入住。

果然如他所言。阿德里安利用他在城裡短暫停留的時間，會晤一位抄譜員，名喚格里班柯爾。這是某人（我相信是克雷契馬）向他引薦的，札芬斯托斯管弦樂團的第一巴松管手，兼此副業賺點外快。阿德里安將《愛的徒勞》部分總譜留在他手裡。他在帕勒斯提納沒有完成作品，仍在為最後兩幕配器。他對那段以奏鳴曲形式寫成的序曲也還沒有清晰的觀念，由於引進那個突兀的副主題，與這部歌劇十分枘鑿，但在再現部與結尾快板裡扮演極精湛的角色；原有的構思已劇烈改變，加上另一件相當花工夫的事：演出與節奏提示，他一口氣寫了大段曲子，卻忘記標示。我也很清楚，他的義大利之行未能與這部作品的完成同步，並非偶然。即使他有意識地努力使兩者一致，也格於他內心深處另一種意向而不會成真。他是極為Semper idem[431]，極為堅持己見而不受環境影響的人，並不認為生活景物改變就得完成前一階段所做的事。為了維持內在的持續性，他對他自己說，最好將屬於前一階段的未完計畫一同帶進新環境，等新的外在情境成為習慣之後，內心的眼睛再來物色新作。

他帶著從來不重的行李，裡面有藏了總譜的公文包，以及他在義大利已用來代替浴室的橡皮浴盆，在施當柏格登上一列普通列車，不只停靠瓦爾茲胡特，十分鐘後也在菲弗林靠站，兩箱書和用具雜物則寄貨運。時十月將盡，天氣仍然乾燥，但已轉趨冷冽而陰暗。木葉漸脫。希維格斯提爾家的兒子，引進新播肥機的格雷昂，一個冷淡，態度生硬，但對本業顯然十分在行的年輕農耕市民，坐在小車站前一輛馬車的車伕座上等候這位客人，馬車車架甚高，跑起來甚無彈性，搬運工將行李上車時，他揚鞭在兩匹壯實的紅棕色馬背上揮舞。一路沒有交談幾句話。樹環為門的羅姆崗，灰色如鏡的夾子塘，阿德里安從火車上就認出來了；此時他的眼睛就近流連這片景物。很快，巴洛克修道院風格的希維格斯提爾宅就在視線之內；在開敞的宅前方庭，馬車沿擋路的老榆樹繞個弧，老榆的葉子已大半落在環樹而造的長椅上。

希維格斯提爾夫人與她女兒克蕾曼婷，一個藍眼睛，端莊鄉下打扮的村姑，一同站在帶著宗教徽誌的大門前。她們的招呼淹沒於那隻鎖在鍊上的狗的狂吠裡，牠在興奮之中踩翻牠的碗，幾乎拖垮鋪了稻稈的狗舍。牠毫無忌憚，哪管一對母女，也任憑滿腳糞泥來幫忙卸行李的棚廄女工（瓦普吉絲）呼叫「走開，卡希柏爾，stat一點」（古高地德語留在方言裡的用語stat，在中古高地德語為state，然後變為stet，意為「安靜」、「別亂動」）。狗狂叫不休，阿德里安含笑旁觀片時之後，朝牠走過去。「素守，素守，」他說，並沒有揚聲作勢，而是出以某種驚喜加上勸促的語氣，瞧：在這含著撫慰哄勸的聲音感染之下，這隻動物沒有過渡階段就安安靜靜，任由這位魔法師伸手撫摩牠滿是咬痕傷疤的頭頂，還抬起一雙神色深刻嚴肅的黃眼睛仰望他。

「真有勇氣，佩服！」艾爾絲夫人說，阿德里安回到大門邊。「大多數人怕這畜生，像牠現在這副德性，也難怪他們。村裡那位年輕老師，過去常來給我兩個孩子上課——哦，他自己也只是個瘦瘦的小子——他老是說：那隻狗，希維格斯提爾夫人，好不嚇壞我！」

「好說，好說，」阿德里安邊笑邊點頭，步入屋裡，進入菸草味撲鼻的氛圍，上樓，夫人領他走過白色、散發霉味的走道，進入指定給他的臥室，裡面有漆得亮亮的窄櫥，被褥鋪得高高的床。有人多費點心思，在這房間裡添了一把綠色扶手椅，椅腳前用一張毯子蓋住松木地板。格雷昂和瓦普吉絲將他的提箱擱在毯子上。

在這裡以及回頭走下樓梯途中，開始商量這位客人的起居安排與生活作息，一路到樓下的修道院長室，這個充滿性格、族長風味十足的空間，阿德里安久已心許，一切也在這裡談妥：早晨一大壺熱水，濃咖啡送到臥室；阿德里安不跟這家人同吃，這不在預期之中，況且他們的時間對他太早，用餐的時間為一點半和八點，他將獨自用膳，依艾爾絲夫人之意，上選地點是前側那個大房間（鄉間風味，有勝利女神像和方形鋼琴那間），那房間但凡他有需要，悉聽使用。她承諾給他容易消化的伙食：牛奶、蛋、烤麵包、蔬菜湯，中午有美味的半熟牛排搭菠菜，然後是簡單的蘋果醬餡煎蛋捲，簡言之，對他那個難侍候的胃既滋養又調和。

431 拉丁文，類似「一成不變」。

「胃，親愛的，大多時候根本不是胃，而是腦袋，難侍候的、勞累的腦袋強烈影響胃，即使胃本身完全沒什麼不對勁」，從暈船和偏頭痛可以知道這道理……啊哈，他偶爾有偏頭痛，而且挺嚴重？果然不出她所料！她其實是方才料到的，他那麼仔細檢視那間臥室的百葉窗，看看能關到多暗；暗、躺在暗裡、夜、黑、完全無光入眼，只要痛苦持續，就得如此，還要真正的濃茶，加入大量檸檬使之極酸。希維格斯提爾夫人並非不曾見識偏頭痛——她沒有親身經歷，但她的馬克斯早幾年周期性遭受此苦，只是久後此痛消失了。客人為他的病告罪，說他把一個病情周期發作的病人走私到她家裡。她完全不接受他的講法，只答說：「啊，怎麼說起胡話來」。碰到這種情況，她說，料個幾分是一定的，一個像他這樣的人退出文化所在之地而來菲弗林，必定有他的理由，這事也明顯值得她體諒，「不是嗎，阿德里安先生？」。這裡是同理心之地，雖非文化之地。這位誠正的女性說了許多這樣的話。

她與阿德里安那天或停步討論，或踱步商量，談好了各項安排。那些安排，兩人或許始料未及，成為他十八年外在生活的秩序。村中那位木匠來到修道院長書房隔壁，測量空間，做架子擺阿德里安的書，書架不能高於壓花皮革下方的護牆板；插著殘剩蠟燭的枝狀吊燈也通了電。這個房間其後陸續經歷諸項改變，並且注定見證至今多多少少仍然封存而大眾無緣認識並欣賞的許多傑作問世。很快，有一張毛毯，幾乎鋪滿朽爛的地板，到冬天尤見必要；邊角椅是桌前那張薩伏納羅拉椅之外唯一可坐之處，數日之後添加一張座位非常深、灰色天鵝絨面的閱讀兼歇躺椅，按阿德里安的風格而無繁富的裝飾，從慕尼黑的伯恩海默公司買來432，頗有可取，配上那張軟墊兼短凳用的腳靠，比較適當的稱呼是「沙發榻」而不是通常的長沙發，為其主人盡職效勞將近二十年。

這些採買的物件（地毯與椅子）購自馬克西米利安廣場[433]的家具宮，我所以提起，部分是為了點明這裡與城市的交通十分方便，有頻繁的火車往來，包括好幾班快車；阿德里安並不像艾爾絲夫人的說法可能令人猜想的，落腳於菲弗林就是沉埋於孤寂之中，隔絕於「文化生活」之外。他縱使參與晚間活動，一場音樂學院音樂會，札芬斯托斯管弦樂團演奏會，歌劇演出或社交聚會——的確有這類聚會，也能趕上當夜十一點的火車回家。他當然不能寄望希維格斯提爾家派人接他；遇此情況，就事先與瓦爾茲胡特的馬車出租業者約好，然而他更喜歡在清朗的冬夜沿著那口池塘徒步走回業已沉睡的希維格斯提爾大院，同時給這個時辰已經解了鍊子的卡希柏爾（或素守）一個信號，好教牠別大呼小叫。他使用一支用螺絲起子調了音的金屬笛子，其高音頻率極高，人耳甚至在近處也聽不見，對構造大異其趣的狗的耳鼓，卻在遠得驚人的距離也作用強大，每當這祕密、誰都聽不見的聲音穿透夜暗傳給牠，卡希柏爾就如老鼠般一聲不響。

是好奇，但也是由於吾友冷淡深閉、高傲中流露羞澀的性格對許多人散發的吸引力，反過來使一個個訪客從城裡來到他的避難所。我先提席爾德克納普，但他實際上也享此優先權：他第一個到訪，看阿德里安在他們共同發現的這個所在過得如何；隨後，特別是夏天，他經常在菲弗林

---

432 **Bernheimer**：慕尼黑著名藝術商號，兼營家具、陶磁、古物、織錦、家具等等。
433 **Maximiliansplatz**：在慕尼黑市內。

和他共度周末。辛克與史賓格勒騎腳踏車造訪，阿德里安進城採買，曾到藍柏格街的羅德家打招呼，這兩個畫家朋友從那家女兒聽說了他回來，得知他新居的事。無論怎麼猜，起議走訪菲弗林的都必定是史賓格勒；因為辛克以畫家而言雖是兩人之中比較多才也比較勤快的一個，以人而論卻天性較粗，對阿德里安的性格了無感受，只是以分不開的同伴的身分一塊前來，滿口奧地利式奉承，「我親吻你的手」，看見任東西都心不由衷讚不絕口，而基本上並非友好。他以他的長鼻子，以他擠在一起的眼睛擠出來的丑角表演、滑稽外表，對女人充滿可笑催眠作用，阿德里安卻無動於衷，然而按常理，阿德里安對詼諧的表演本來都感謝接受的。喜劇為虛榮所累；此外，淫猥如牧神的辛克有一種令人厭煩的張致，在任何談話裡尖著耳朵，等著聽到含有性雙關的字眼，挑出來加以妙註——對這種偏執，辛克也清楚阿德里安並無偏愛。

史賓格勒，眨著眼，頰上一酒窩，開心咩咩笑這些事件。性逗起他文學意義上的興趣；性與精神思想對他是緊密相連的——這一點本身他並沒看錯。他的素養（我們已經知道），他對雅致、機趣、判斷力的鑑賞，植基於他對性這個領域一種偶然、不幸的關係，亦即執著肉體，這純屬倒霉，完全不代表他在這方面的氣質、熱情。面帶微笑，他以那個唯美而如今似乎已為世所忘的文化時代的談法，談藝術事件、文學與圖畫出版，傳播慕尼黑的蜚短流長，並且不厭滑稽絮絮聒聒說威瑪大公和劇作家理察．弗斯有一回相偕旅遊阿布魯左，被一批如假包換的強盜伏擊的故事——強盜定然是弗斯安排的。史賓格勒巧妙恭維阿德里安的布倫塔諾聯篇歌曲，說他買了，並在鋼琴上練習。他說，以這些歌曲為務，對一個人有決定性的、幾乎危險的寵壞作用：經此之後，這個音樂類型的任何其他作品都不容易討你喜歡。他並就寵壞論大發美言：此事首先關係藝術家本人，他有從事這種作品的需求，但可能變成對他有危險。他每完成一件作品，就使他的人生更困難，甚而終至無路可走，因為他以超乎尋常之作縱寵自己，敗壞了他對其他一切作品的胃口，到頭來，他一定逼得解體，陷入欲有為而不可為、思有作而難措手的境地。才華過人者的難題就在於，如何在把自己累進式地寵壞，如何在範圍愈來愈廣的噁心之餘，繼續自持於可為之地。

史賓格勒之聰明，如此這般，以他的執著、他的眨眼和咩咩叫。繼他之後，珍妮特與施維特菲格來喝茶，看阿德里安過得如何。

珍妮特與施維特菲格有時一同表演音樂，或為其母謝爾夫人的客人表演，或私下自己一塊，因此他們安排菲弗林之行，而由施維特菲格打電話。提議此行者是他還是珍妮特，無從確定。他們甚至當著阿德里安面前爭論，彼此把關心他的功勞推來推去。以其傻勁衝動觀之，珍妮特是發起人；但施維特菲格對人有一種怪異的推心置腹，因此說是他起意亦自適合。他似乎認為他和阿德里安兩年前已經進入以「du」相稱的地步，實則當時他們只是偶爾如此，在嘉年華會上，而且當然只是片面的，是施維特菲格以此稱呼對方。現在他再次天天真真使用，等阿德里安第二、第三次拒絕對他使用相同的稱呼，方告退卻，而且不以為忤。珍妮特目睹親密之圖失利而逗得絲毫不掩開心，他也未以為意。他那雙藍眼睛，每當有人說出聰明、飽學、文化之言，就帶著天真「鑽」注其人眼睛，沒有一絲不知所措。時至今日，我回想施維格菲特，仍然自問，在多大程度上，他是真的早就了解阿德里安的孤獨，知道由此孤獨而生需要、而容易引誘，因此起意證明其討人喜歡，或者粗糙一點說，他善於拉攏人的本事。他毫無疑問生具致勝、征服之能；不過，我擔心對他不公，如果只從這一面看他。他也是上道的人，又是藝術家，阿德里安和他後來的確以「du」相稱，彼此直呼名字，我不想視為施維特菲格賣俏占得便宜，寧可看成他誠心感受這個非常人的價值，真心喜歡他，而且出於這股好感而受拒絕卻出奇堅定不移，終於克服對方的憂鬱冷淡——順便一提，那是一場帶來災難的勝利。不過，我又犯後話先說的毛病了。

頂著大帽子，帽緣一面細紗垂掩到鼻尖，珍妮特在希維格斯提爾家鄉間大廳那台方形鋼琴彈莫札特，施維特菲格和以口哨，造詣動聽不可思議：我自己後來在羅德與施拉金豪芬家聽到此哨聲；他還告訴我，他在完全是小男孩，在學小提琴之前，就開始培養此技，幾乎不管人到哪裡，置身何處，聽到音樂就倚曲而和之以口哨，後來技熟而繼之以盡善。其哨藝光芒四射，足以到酒店演出，令人印象深刻過於他的小提琴，他的身體必定天生特宜此技。其悠揚如歌的旋律令人愉悅之至，性格近於小提琴而遠於長笛，樂句處理精熟，音符無論斷奏或滑奏，從不失靈，永遠出之以賞心悅耳的精準。簡言之，精緻出色，其中有擦鞋童那種頑皮不在乎，兼含藝術家的嚴肅從事，格外可樂。眾人不由得大笑鼓掌，施維特菲格也孩子氣地笑，肩膀一抖，將衣服穿正，嘴角簡快地擠個怪相。

這些是阿德里安在菲弗林的第一批訪客。其後未久我也到訪，星期天陪他沿他的池塘，往羅姆崗漫步。只有一個冬天，也就是他從義大利回來那次，我沒有和他共度；一九一三年復活節，我獲得富來興中學的教職，我承受的天主教庭訓幫了忙。我離開凱撒薩興，攜妻帶子定居伊薩河畔。戰爭期間幾個月除外，我就生活在這個成為主教轄區已四百年的莊嚴之地，與首府聯繫方便，與吾友接觸也方便，並在滿懷關愛與內心動盪中見證他的悲劇。

27

巴松管樂手格里班柯爾謄錄《愛的徒勞》的總譜，工夫頗堪稱道。阿德里安和我又見面的時候，第一句話就提謄錄完美無瑕，以及他為之心中大悅。他還給我看一封信，是格里班柯爾在點滴細心工作之中所寫，他為他費心操勞之作透露他的熱誠但擔憂，而說法甚有可取。他無法言傳，他對這位作曲家說，這部作品的大膽、觀念之新穎如何令他屏息。對此作結構精緻微妙、節奏靈活、使複雜聲部交織又維持完全明澈的配器技巧，他有說不盡的佩服，尤其是一個主題轉化成多重變奏所表現的作曲想像力：例如在羅莎琳這個角色上使用美麗、半詼諧的音樂，以及更精彩的，表現畢隆對她那股迫切情愫的音樂，亦即最後一幕三聲部布列舞曲中段[434]，才智洋溢地更新古老的法國舞曲，極巧妙、機變之致。他補充說：這段布列舞曲沒有只顧耽玩復古式的束縛元素，而是以迷人但也充滿挑戰的手法，將這元素對比於「現代的」、自由和超自由的、叛逆的，

434 布列（**Bourrée**）：十七世紀源出法國的二拍子快步舞曲。

以及那些鄙棄調性束縛的段落；他不得不擔心，總譜裡這些段落不易親近，是充滿反對意識的異端，能不能和那些虔篤、嚴格的段落一樣獲得接受。那些段落每每凝滯於對音符的玩索，思想性多於藝術性，一種幾乎已不具音樂意義的音調嵌花，用意似乎是要給人讀，而非給人聽，等等。

我們大笑。

「談什麼給人聽！」阿德里安說。「我的看法是，這作品只要被聽一次，也就是作曲家構思之際聽到，就十足夠了。」

過了一會兒，他加個註：「就好像大家聽得到他當時聽到的東西似的。作曲的意思是，寫一部天使合唱給札芬斯托斯樂團演奏。再說，我認為天使合唱曲極為屬於玩索思辯的層次。」

在我這邊，我不接受格里班柯爾在作品的「復古」與「現代」元素之間這樣截然區分。兩者是彼此交融、相互穿透的，我說，阿德里安同意我的見地，但他沒有表示多少討論這件完成之作的意願，似乎將之擱置不問，視為已經了結，不再有興趣。如何處置，送往何處，給誰出版，他交給我考慮。克雷契馬應該讀此總譜，這一點他倒重視。他將總譜送去呂貝克，口吃先生仍在那兒任職，一年後，儘管戰爭已經爆發，他真的促成這部歌劇演出，使用的是我參與過的德語版。結果，演出之中三分之二觀眾離開劇院，完全像六年前德布西的《佩利亞與梅莉桑》[435]在慕尼黑首演的情形。其後只再演兩場，而且當時最遠只到特拉維河畔的這個漢撒同盟城市[436]。本地批評家幾乎一致與一般聽眾同其判斷，譏嘲克雷契馬支持的這種「損之又損的音樂」。只有在《呂貝克信使報》上，一位年邁的音樂教授，名叫吉默塔爾，如今無疑早已過世，當時卻指出：這是時間將會更正的誤判，並且以古怪、舊式的措詞宣布這部歌劇是一部包舉未來，充滿深刻音樂之作，作者固然是嘲諷者，卻也是個「神悟之人」。如此動人的說法，我在那之前不曾聽過或讀過，從那時以來也不曾再看過，留給我至為獨特的印象，而且一如我從未忘記這位具備獨見之明而使用此語的怪人，我想他也會受後世敬重，因為他獨排他軟弱、遲鈍的批評界同行，援引後世為見證。

我移居富來興之時，阿德里安忙著譜寫藝術歌曲與其他歌曲，有德文的，有外文的，亦即英語。他先回頭找威廉．布雷克，取用這位作者一首十分奇特而他無比喜愛的詩，就是〈Silent, silent night〉，全詩四節，每節三行同韻，最後一節奇異之至：

But an honest joy
Does itself destroy
For a harlot coy.[437]

這位作曲家賦予這些神祕而傷雅的詩句非常簡單的和聲，與他給整首詩作的音樂語言相形之

435《佩利亞與梅莉桑》（**Pelléas et Mélisande**）：德布西歌劇，一九〇二年在巴黎首演。

436 呂貝克濱臨特拉維河（**Trave**）。

437 此為威廉．布雷克詩〈寂靜，寂靜的夜〉（**Silent, silent night**）第三即最後一節：「然而一種誠實的喜悅／的確就此毀滅／由於一個嬌羞的窯姐」。

下，比較不「真實」，比較碎裂，比以最大膽手法表現的緊張都更陰森，質言之，其三和弦有個使人愈來愈毛骨悚然的過程。〈Silent, silent night〉是鋼琴與人聲曲。阿德里安為濟慈的兩首頌譜曲，則是全詩有八節的〈Ode to a nightingale〉[438]，和比較短的〈憂鬱頌〉[439]，加上弦樂四重奏伴奏，當然，其作法盡拋「伴奏」的傳統意義。這裡實際上使用一種巧妙至極的變奏形式，其中的人聲或四種樂器沒有一個音符非關主題。在這裡沒有須臾間斷主導一切的，是聲部之間無比緊密的連結，因而這關係不是旋律與伴奏之間的關係，而是，就最嚴格的意義而言，不斷交替的主聲部與副聲部之間的關係。

這些是輝煌之作，至今卻近乎默默無聞，所以如此，這些詩作的母語應任其責。有一件怪事，我思之莞爾，作曲家為那隻「immortal bird[440]」的歌唱在〈Nightingale〉詩人靈魂裡喚醒的，嚮往南方甘美生活的渴望，賦予如此深刻的表情——而在義大利時，對一個陽光絢爛的世界帶給人的撫慰，使人忘懷「The weariness, the fever, and the fret — Here, where men sit and hear each other groan[441]」，阿德里安其實從未表現多少熱情的感激。音樂上最珍美且藝境最高之處，無疑是收尾時夢境瓦解而消失：

Adieu! the fancy cannot cheat so well
As she is fame'd to do, deceiving elf.
Adieu! adieu! thy plaintive anthem fades
……………………………………

Fled is that music: - Do I wake or sleep?[442]

我很能理解這些頌詩花瓶般的美如何挑戰音樂，看音樂如何像使用花環般裝飾它們：不是使它們更完美——這些作品已經完美，而是更強烈發抒其沉鬱的高情雅韻，使之如浮雕般突顯，為每個珍貴剎那的細節賦予比氣息幽幽的文字更飽滿無窮之致：那些意象緻密緊湊的環節，諸如〈憂鬱頌〉第三節，就在歡樂的殿堂裡，薄紗遮面的憂鬱高踞「sovran shrine[443]」之上——但是，能看見它的，只有那位能以其強健的舌頭，將喜悅的葡萄頂在善於辨味的上顎加以擠破的人——寫得真是璀璨生輝，沒有留給音樂多少添花的餘地。音樂避免壞事的唯一途徑，也許是以漸緩的速度婉轉依隨原文。我常聽人說，一首詩如果要產生一首好歌，本身不宜太好。音樂的任務如果是將平庸之作點金，表現會好得多。精湛的演技在拙劇裡最光芒四射。但阿德里安對藝術的關係

---

438 〈夜鶯頌〉。

439 **〈Ode to Melancholy〉**。

440 「不朽的鳥」，在全詩倒數第二節首行。

441 全詩第三節第三至四行：「這疲憊，這熱病，這焦躁——這裡，人困坐而聽彼此呻吟的世界」。

442 全詩結尾：「再見！想像力的騙術不如／她盛名所傳那麼高明，欺人的精靈。／再見！再見！你哀怨的歌聲漸褪／…／音樂已逸：——我是醒著，還是睡著？」

443 「至尊的神龕」，見〈憂鬱頌〉第三節第六行。下引詩句為第七至八行。

有其傲氣而嚴謹，不可能有興趣以他的燈照亮黑暗來自顯高明。他必須放眼真正有高度的精神境界，才能覺得自己受到以音樂為志業的感召，因此他投入創造力的德國詩也是最高等的，雖然缺乏濟慈抒情詩別具一格的思想特色。文學性的精雅，在這裡換成比較近乎里程碑的宏篇，出之以聖詠式的宗教頌讚那種聲調高昂與澎湃洋溢的激情，其祈禱，以及其莊嚴壯麗與溫柔和煦的描寫，與音樂更為搭調，比起那些英國意象的希臘式高貴，與音樂更相得莫逆。

阿德里安選的是克洛普斯托克的〈春祭〉，亦即其中提到「桶中那一滴」的那首頌歌[444]，只將原作稍微刪節，譜成男中音搭配管風琴與弦樂團的曲子。這是一部動人心魄之作，第一次德國世界大戰期間，以及其後數年，得以由有勇氣而且對新音樂友好的指揮家領導，在德國好幾個音樂重鎮和瑞士演出，獲得少數人熱烈支持，當然也受到不通藝術之輩惡意反對，那些演出在相當大程度上促成，至遲是在二十年代，艱澀深奧之評圜繞吾友的名字傳開。但是我要說以下幾句話：儘管我深深感動於——雖然不是驚訝於——這宗教情緒的迸發，而且自制不乞靈於廉價的誘導手段（沒有豎琴叮咚，縱使原詩字句其實有此需要）；儘管頌歌裡某些美麗或好些壯闊的真理十分觸我肺腑，而且完全沒有濫用音畫即達此作用，例如緩慢得令人心情沉重的烏雲變化，雷聲兩度呼喊「耶和華！」，被雷殛焦燎的森林「蒸蒸騰騰」（偉句）；結尾，神不復在暴風雨中，轉為靜靜窸窣作響而至，「拱起和平的彩虹」時，管風琴高音域與弦樂奏出無比清新而昇華的和聲——然而，我當時並不了解這部作品真正的心理意義，其中暗藏的需求與用意，其焦慮，以及其因此而藉頌讚來尋求神恩。當時我豈知道現在讀者曉得了的那個文件，他在那石造大房間裡寫下的「對話」？那時我只能以有限的資格自視為〈Ode on Melancholy〉所說的「a partner in your sorrow's mysteries[445]」：那時候我能以此自居的權利，只來自我從童年以來依依稀稀掛慮他靈魂的幸福，但並非真正知道他靈魂的狀態。我後來方知，他為〈春祭〉譜曲，是向上帝獻上犧牲以求贖罪，是attritio cordis之作——那是，我此刻揣度之下，猶為之顫慄，他有感於那個堅稱自己有形的訪客的威脅而作。

　　但是，在另外一個層次上，我當時也沒有領會他根據克洛普斯托克之詩譜曲的思想與精神背景。我應該從那時候我和他，或許應該說，他和我的幾次談話中聽出關連的；他極為熱烈、極為急切對我敘述一些觀察與研究，都無關我自己的好奇所在，也與我的科學觀念邈不相及：他興奮地增加他的自然知識與宇宙知識，令我強烈想起他父親及其「玩索元素」的鬱思和狂熱。

　　的確，〈春祭〉的作曲家與原詩的想法殊不相契：詩人不想「躍入所有世界的海洋」，只希望在「桶中那一滴」、在地球上遨遊和祈禱。阿德里安卻躍入天文學嘗試測度的不可測度之境，結果只得到人類精神無從介入的一些量度、數字、等級，它們失落於理論與抽象，失落於完全非感官，即使不說完全無意義的境域之中。此外，我不會忘記，一切始於在那一「滴」上漂

444〈春祭〉（**Die Frühlingsfeyer**）：德國詩人克洛普斯托克（**Friedrich Gottlob Klopstock**，一七二四—一八〇三）名作。「桶中那一滴」指的是全詩第二節首行「**Nur um den Tropfen am Eimer**」。下文所引拉丁文**attritio cordis**為懊悔，相形於因為對上帝之愛而真心痛悔罪行的**contritio**，是出於畏懼地獄之苦而後悔，等級較次。

445「參與你憂傷的隱曲」。

浮，這「滴」之稱可謂貼切，因為地球主要就是由水，由海水構成，在創世之時「脫出萬能者之手」——我說，一切始於探勘這一「滴」及其黑暗的隱蔽之處；因為，海洋深處的奇觀，陽光穿不透的底下，其生命的種種瘋狂，是阿德里安對我述說的頭一件事——而且說法特殊，極盡奇異，彷彿他親見其事，親歷其境。

不消說，他只是讀過那些事情，拿到相關書籍，並且以他的想像加油添醋；不過，無論他是不是由於極為縈心那類事物而如此清晰記取那些景象，或者一切純屬天開異想：他都佯稱他親身潛下去，在百慕達群島一帶，聖喬治以東數浬的海中深淵，一個同伴指給他看那兒的大自然怪象。他說，那同伴是名叫卡柏凱爾奇的美國學者，他同他一塊創下深潛紀錄。

我非常鮮活記得那次談話。那是我在菲弗林的一個周末，裝束端莊的克蕾曼婷在擺鋼琴的大房間為我們供應簡單的晚餐之後，承她好意，在修道院長書房給我們各人送來半升陶杯的啤酒。我們坐在那裡，抽著慕尼黑雪茄，味淡而佳。那時候，正是素守，又名為卡斯柏爾那隻狗，解脫鍊條，在院子裡閒晃的辰光。

也就是那時候，阿德里安開始他的頑笑，極盡繪聲繪影向我述說，他如何和卡柏凱爾奇先生鑽入一具球形潛水鐘，內部直徑只一米二，陳設類如高空氣球，並且和他一塊由護航船上的吊車放到深得嚇人的海裡。那不只是興奮而已——至少就他而言，即使不能說他的導師或嚮導也是如此。他要求此人帶他探險，此人臨事較為冷靜，因為那不是他頭一遭下潛。兩噸重的空心球，狹窄的內部並不舒適，但他們有個補償，是知道他們安身之具絕對可靠：其構造徹底防水，頂得住巨大壓力，有充裕的氧氣儲備，有電話、高效探照燈，以及四面八方觀景的石英密封窗。他們在球內，在海平面底下度過三個多鐘頭，由於眼前景象應接不暇，時間恍如飛逝；球外世界與我們由於絕無接觸，顯得寂靜、古怪傻氣，甚至因此而理當寂靜、古怪。

總之，那個異樣的剎那，使人心跳幾乎停頓。那天上午九點鐘，四百磅重的裝甲門在他們背後關上，他們從船上滑下，浸入元素之中。起初包圍他們的是清澈如水晶、由太陽照亮的水。但我們這「桶中一滴」內部，由上面來的光照明的情況只到水下五十七公尺；然後一切停止，或者應該說：一個新的世界由此開始，沒有參考座標，我們不復自在。阿德里安說，他與他的嚮導沉入將近十四倍的深度，大約二千五百呎，在那裡逗留整整半小時，而且幾乎分分秒秒心知他們的居處承受著五十萬噸壓力。

漸漸，下沉途中，水色轉灰——是一種暗色，但仍有些許無畏的光與之糅合。那光並輕易放棄深入推進之勢；照明是它的本質和意志，而且它竭盡其極，在它疲困的下一階段，愈是後繼乏力，愈是比前一階段構成更多色彩：透過他們的石英窗，兩個旅人外望一種藍黑，難以描述，最好的比方是焚風掃過澄明的天際而抹成的那種昏曖。接著，早在深度測量儀顯示七百五十，然後七百六十五公尺以前，一切只見無以復加的黑，星際空間那種無始以來，連最微弱的陽光也不曾到過的那種黑暗，永恆的寂靜與處女夜，現在必須忍受一種暴力的，並非源自宇宙，而是來自塵世的人工亮光照明和檢視。

阿德里安說起發現新知的搔癢之快；這快感來自揭露從來不曾被看過、不要被看見、從未準備被看到的事物。與此俱生的唐突，甚至罪惡之感，並非科學激情所能完全按捺與抵消，但科學只要有前進的才智，就必須獲許前進。十分清楚，自然與生命在這裡完成所有難以置信，或可怖，或可笑的奇形怪狀，那些與地上生物幾無任何近似之處，似乎屬於其他星球的形態與相貌，是隱蔽世界的產物，來自那股要永遠包藏於黑暗之中的堅持。人類太空船造訪火星，或者抵達水星永遠背向太陽的那一面，在這些「鄰近」星體的可能居民之間引起的轟動，不會大過卡柏凱爾奇的潛水鐘在海底出現。深淵的深奧生物圍觀來客的住家，好奇的模樣難以言喻；同樣難以言喻的，是混亂飛馳之中自然界呈現的瘋狂神祕臉孔，那些擅長掠奪的嘴、無恥的牙齒、望遠鏡般的眼睛、紙鸚鵡螺、眼睛上突的銀斧魚、翼足目軟體動物，兩公尺長，都在吊籃窗前倏忽來去。甚至那無意志的黏涎怪物，長著觸手，隨波而流，僧帽水母、章魚、海蜇，似乎也一副抽搐活跳的亢奮模樣。

有一點是很可能的：所有那些深海土著把下臨其地、打著探照燈的來客當成它們自己族類的一個超大變種，因為它做的事它們大多也會，亦即自力發光。兩位訪客，阿德里安說，只要熄掉他們發電機供電的光，一片奇絕的景象就在他們眼前展開。在相當遠處，海底的黑暗有兜圈子或激射前進的磷火照明——是魚自身發出的光。它們很多生來有光，有的通體磷光，有的身上至少具備一個照明器官，一種電燈籠，推測它們不只在那永夜裡為自己照路，也用來引誘獵物或示愛。有些較大的魚投射白光，強烈到觀看者眼花目眩。有些魚的管狀、前突柄眼，其構造用意則是要盡可能察覺最遠處的最微弱閃光，無論那閃光是警告還是引誘。

這位報告人說，可惜，想不出辦法來將這些深海怪物，至少那些完全不為人知的，捕捉幾隻帶到水面。想做到這一點，必須有器材在牠們上升時維持牠們的身體所習慣和調適，並且衝擊這個潛水吊籃牆壁的巨大大氣壓力。牠們以牠們體內組織與體腔的相同巨大張力抵消大氣壓力，因此只要外部壓力減少，牠們必然爆炸。有些，很不幸，只因碰到這來自上面的運輸工具，就發生此事。例如，他們看見的一種特別大、肉色、身形近乎高貴的人魚，只是輕輕撞一下他們的吊籃，就爆裂成上千碎片。

就這樣，阿德里安邊抽雪茄邊說著，一似他親自潛下去，看了那一切——是個戲謔吧，但他半露微笑一路講到底，我在大笑與納悶之間不由得懷著幾分訝異盯著他。他那種微笑，大概也是由於我對他的故事有幾分抗拒而表現的揶揄逗趣，我的抗拒他是一定會察覺的，因為他清楚，我對自然界的把戲與祕密沒有興趣，對整個「自然」近乎厭惡，以及我對人文的孺慕。顯然，他特別知道這一點，因此那晚繼續談他對那些極度遠離人境的研究，或者如他所說，體驗，以便折磨我，並且拖我一同栽入「所有世界的海洋[446]」。

有了他前面那些描述，這過渡十分容易。深海奇形怪狀，似乎不屬於我們這個星球的生命，是一個過渡點。第二過渡點是克洛普斯托克那句「桶中一滴」，此語至為謙卑，因為不僅地球，甚至我們整個行星系，連同太陽及其七個衛星所所歸屬的旋渦狀銀河系，「我們的」銀河系，更無論其他幾百萬個星系：這一切不但位置次要、偏遠，而且置於大觀之中渺小至於幾乎不見。「我們的」一語，賦予大而無外幾分親密之感，這幾乎滑稽，將家鄉這個概念擴大至無法意識之遙，要我們覺得自己是其中雖然微小卻穩實安頓之民。這安頓，一種置身內部深處才有的安穩，

446「**in den Ozean der Welten alle**」：〈春祭〉第一至二行。

似乎是自然貫徹其球形傾向所致——這是阿德里安宇宙論的第三個連接點：他有此想法，一部分是基於他在一個空心球裡逗留的奇特經驗，也就是他聲稱他與卡柏凱爾奇一同在深海吊籃裡度過數小時的經歷。他獲知，我們都在一個空心球裡度過我們所有時日，至於銀河空間，我們在其中某個偏僻角落分配到一個細小位置的空間，情況如下：

大致狀如扁形懷錶，亦即形圓而其厚不如其廣——並非無法測量，但的確是一個出奇巨大的旋渦盤子，聚集了大量的星球、星群、星束、彼此循橢圓形軌道環繞的雙星、星雲、發光星雲、環球星雲、星星雲，等等。但這盤子只宜比擬於一個橘子從中腰切斷而來的圓切面，因為它四面八方被別其他星星構成的雲罩圍繞，這罩子也不能說無法測量，但必須以更高的乘方來形容，而在其空間，在其大多空蕩的內部空間，星體的配置使整個結構成為球形。這個難以思議之大的空心球、這個緊湊密集了許多世界的盤子的內部深處，坐落著——完全是附屬地位、難以發現、幾乎微不足道——地球及其小月球和其他大大小小夥伴環繞遊戲的那顆恆星。「太陽」，這個由氣體構成，表面攝氏六千度，直徑區區一百五十萬公里的球，距銀河內部平面中心之遙，一如這平面之厚：三萬光年。

我的一般知識使我能為「光年」一詞連上某種粗略的意思。這當然是一個空間觀念，此詞意指光在一整個地球年的時間所跑的距離——以它自己的速度跑，我對此速度只有模糊的概念，阿德里安腦袋裡卻精確裝著每秒十八萬六千哩。那表示一個光年整整相當於六兆哩，我們太陽系的偏心距是此數的三萬倍，銀河空心球的直徑則是二十萬光年。

那不是無法測量的距離，但只能如此測量。該怎麼看此事對人類理性的衝擊？我承認，我生來對無法掌握、超大的事物只能報以無可奈何但也含有一點輕蔑的聳聳肩。贊賞大、對大產生熱情、被大壓倒，無疑有其心理上的快感，但這快感之所以可能，只限於地上和人類可理解的尺度。說金字塔偉大，白朗峰及聖彼得大教堂內部偉大，那是你選擇不認為偉大的屬性只限於道德與精神世界、人類心靈與心智的崇高。宇宙創造的數據無非以數目字對我們的理解力加以令人麻木的轟炸，那些數字後面拖著彗星尾般的兩打零，還妄稱與測量和理性仍然扯得上關係。凡此怪巨事物，沒有絲毫可言我輩所謂善、美、偉大之處，我也永遠不會了解所謂「上帝的事功」，如果它只不過就是宇宙的物理作用，為什麼會引人高呼「和散那」。一個東西令人既喊「和散那」，也可喊「那又怎麼樣」，這東西還能說是上帝的事功嗎？我想，對一個「一」——或一個「七」也行，因為沒什麼差別——後面拖著兩打零，後面那句才是正確的回應，況且我認為人沒有任何理由要跪落塵土膜拜百萬的五次方。

克洛普斯托克，這位辭氣激昂的詩人，另外一大特色是：他表達與激起熱烈的敬畏時，總是自限於人間大地，這「桶中一滴」，而無視那些百萬的五次方。為他這首讚美詩譜曲的作曲家，吾友阿德里安，則不厭詳述那些數字；但我如果讓人留下印象，說他詳述時帶著什麼感動或強調，我就甚失其實。他談最靠近我們銀河的那些銀河，我沒弄錯的話，那些銀河距我們整整八十萬光年，一道從我們的光學儀器所能看見的最遠星群發出的光，從一億年前就踏上其太空之旅，才能對今天張望宇宙廣野的天文學家眼睛施其魅力——他談這些瘋狂事，談法冷、不經心、在我毫不掩飾的反感裡尋開心，但也有幾分初入堂奧者對這類事物的認識：他始終堅持虛構，說他這知識不是私下讀來的，而是親身經由他前面提過的導師卡柏凱爾奇教授傳授、指導、示範得來，卡柏凱爾奇不但同他進入深海的黑夜，還同他航入星空……他差不多等於說，他從他那裡，以及多多少少從觀察，得知物理宇宙——取此字之廣義，包括最遠之處而言——既不能說有限，也不能說無限，因為這兩個用語總是有一點靜態的含意，而真實情況是徹底動力性的，而且宇宙至少很久以來，精確地說，十九億年以來，一直在猛烈擴張，也就是說：爆炸。從眾多與我們距離已經確知的銀河系射抵地球的紅光的變化，可知這一點是沒有疑問的：光譜上，紅端的光變化愈大，那些星雲離我們愈遠。它們顯然還在離我們而去，其中最遠的，即一億五千萬光年外的，其離去的速度相當於輻射物質中的阿爾法粒子，即每秒二萬五千公里，這樣的彈力，一枚榴彈爆炸，其碎片飛散的速度與此相較，有如蝸牛。如果說所有銀河系以極度速度彼此背道而馳，則「爆炸」一詞剛好足以，或者早已不足以描述宇宙及其擴張的方式。宇宙早先可能曾是靜態的，直徑只有十億光年。但是，以今視之，你可以談擴張，但不能談任何常定的擴張狀態，無論其為「有限」或「無限」。卡柏凱爾奇能向這位追問者確定的僅有一點，似乎是現有銀河系的總數在一千億這個量級，其中，我們今天的望遠鏡看只得到寥寥一百萬個。

阿德里安這麼說著，抽菸帶微笑。我訴諸他的良知，要他承認這些終歸空無的數字幽靈不可能激起人對上帝光輝之感，也不可能陶染任何道德崇高的意識。一切看起來倒更像是魔鬼的頑笑。

「承認吧，」我對他說，「物理學那些可怕的創世玩意，在宗教上絕無助益。什麼敬畏、什麼源自敬畏的文明氣質，能從爆炸的宇宙這麼個無法測量的胡鬧產生？絕對沒有。虔誠、敬畏、靈魂的純正、宗教性，唯有關乎人、經由人、範限於人間大地，方才可能。它們的果實應該、能夠而且將會是一種濡染了宗教性的人文主義，正因人意識到自己有超驗的神祕性，以一股自尊，知覺他不是區區生物性的存在，決定他本質的那個部分是屬於精神世界的；知覺他身負一個絕對：真理、自由、正義的觀念——以至於他身負漸趨至善的義務。在這崇高的熱情、在這義務、在這人對其本身的敬畏裡，就是上帝；在千億個銀河系裡，我是找不到祂的。」

「這麼說來，你反對機制，」他答道，「反對物理上的自然，不承認那是人連同其精神才智的來處，而且追根究底來說，這些在宇宙裡其他地方也是可以找到的。物理上的創造，那個你懊惱視為恐怖東西的世界創生，無可爭議是精神道德的先決條件；沒有物理上的創世，道德精神何來土壤，或許，我們應該把善稱作惡之花——une fleur du mal[447]。你說的Homo Dei[448]終究而言——對不起，不是終究，而是首先——是可憎的自然的一部分，而且分到並不慷慨的精神化潛力配額。另外挺有趣的一點是，你的人文主義，也可以說所有人文主義，多麼傾向於中世紀的地球中心論——而且顯而易見必然如此。俗見認為人文主義對科學是友好的；但這不可能，因為你如果將科學之事視為魔鬼之作，對科學本身也會作如是觀。那就是中世紀。中世紀是地球中心和人類中心主義的。這主義在教會裡活下來，教會秉持人文主義的精神，針對天文學知識發動保衛

447 指法國詩人波特萊爾（**Charles Baudelaire**，一八二一—一八六七）出版於一八五七年的詩集《惡之花》（*Les Fleurs du Mal*）。

448 拉丁文，直譯「人神」，義近「具有神性的人」，「人類具有神性」。

戰，將天文學知識魔鬼化，為了榮耀人類而將天文學知識列禁，以人性之名堅持無知。瞧，你的人文主義是純粹的中世紀。那是凱撒薩與那種小地方的狹隘宇宙觀，能事不外占星術，觀察星辰位置、星座，據以說吉道凶——十分自然，而且有道理；宇宙一個角落裡，一個像我們太陽系這樣眾星彼此緊挨的系統，星體之間親密相互依存，是一望可知的。」

「占星術說的星象，我們從前談過一次，」我插嘴道。「那是很久以前了，我們在畜槽邊散步，當時我們談音樂。那時候你還為星座辯護。」

「我今天也為它辯護，」他答道。「占星術的時代知道很多事情，知道或猜到今天探索範圍廣大的科學再度著迷的事。疾病、瘟疫、傳染病與星體的位置有關連，在那年頭由直覺來確定。今天的人又走了好遠，辯論病菌、細菌，種種在地球上的生物，引起疾病，例如流行性感冒，牠們是不是從別的行星，從火星、木星或金星來的。」

他於是告訴我，一位加州學者在隕石裡發現封存了幾百萬年的活生生細菌。難以向他證明其事不可能，因為病菌，活生生的細胞，確定受得住接近絕對零的冷度（攝氏零下二百七十三度），而那正是星際空間的溫度。那些傳染病、瘟疫，像鼠疫、黑死病，大概並非來自我們這個星球，特別因為生命本身，根本而言，生命的起源，幾乎可以確定本來不是地球所有，而是從外移入的。亥姆霍茲[449]已經認為生命是由隕石從其他星球帶來，從此日益有人懷疑生命原來的家是不是地球。他那廂則有最好的根據，生命源自我們的鄰近行星，例如木星、火星和金星，它們都被包覆在對生命無比有利、充滿甲烷與氮的大氣裡。從這些行星，或者從其中一個——他留給我選擇——生命在某個時候靠某些宇宙拋擲物，或根本就是由射線壓力，來到我們這個當時相當可以說不育、貞潔的星球。我的人文主義Home Dei，生命的冠冕，連同其精神義務，因此大概滋生於某個鄰近星球的沼氣。

「惡之花，」我重述，點點頭。

「而且惡之花大多結惡之果。」

他這樣揶揄我，不僅揶揄我與人為善的世界觀，還在整個談話中陰陽怪氣堅定假裝他對天上地下之祕有他特殊、親身、直接之知。我當時不知道，但我應該曉得，那一切都是為了一部作品，為了那部宇宙音樂。打那些新歌曲之事以後，他對此新作就上了心。那是令人驚異的單樂章交響曲或管弦樂幻想曲，他從一九一三年最後數月下工夫，到一九一四年最初數月，標題《宇宙奇境》——非常違反我的意願與建議。我擔心這標題失之輕浮，建議用《Symphonia cosmologica（宇宙交響曲）》。但阿德里安大笑，堅持那個假激情的反諷名稱。那名稱的確比較能使內行人準備迎接這部巨怪謬悠之作，其性格極滑稽且怪誕之致，雖然其狂怪是出之以嚴肅峻厲加上數學的形式。〈春祭〉雖說在某種意義上為此作鋪了路，但此作毫無〈春祭〉的精神，毫無以謙卑之心抒發頌讚的精神，要不是音樂筆觸上的某些個人標記指向同一位作者，幾難相信兩作同出一個靈魂之手。這部世界畫像大約三十分鐘長，以管弦樂呈現嘲諷是其本質與特性——這嘲諷證實我在我們的談話中提出的看法：追逐超越人世無垠之境，對虔誠絕無滋養之益；是路西法魔鬼的挖

---

449 亥姆霍茲（Hermann von Helmholtz，一八二一—一八九四）：德國物理學家兼醫師。

苦，是帶著嘲刺的惡謔，所謔不只是可畏而精準如鐘錶的宇宙結構，似乎還及於展現此結構之媒介，的確，一再謔及音樂、音的宇宙，因而在相當不小的程度上促成一種非議，說吾友的藝術是一種精熟的反藝術思想，是褻瀆，是虛無玷污神聖。

此事就說到這裡。接著兩章，我想交代一九一三、一四年之交，戰爭爆發前慕尼黑最後嘉年華會期間，我同阿德里安一塊參與的一些社交經驗。

28

希維格斯提爾家這位房客，並沒有在卡希柏爾—素守監守之下隱姓埋名，過著修道院般的孤寂生活，而是在間間歇歇並且帶些克制之下從事某些社交活動，正如上文所述。他總是提早抽身，因為人人皆知他得趕搭十一點的火車，但提早走人似乎也是他獲得告慰與安心之道。我們常在藍柏格街的羅德家碰頭，同那個圈子聚會：克諾特里希夫婦、辛克與史賓格勒、小提琴手兼口哨手施維特菲格，久之我和他們都形成相當友好的交情；有時則在施拉金豪芬家，或在出版席爾德克納普作品的拉德布魯赫家，在侯爵街，以及紙商布林格（出身萊茵區）雅致的二樓公寓，席爾德克納普為我們引見的；最後，是嘉年華會期間在施瓦賓的藝術家集會，上述所有聚會裡彼此時或重疊的相識又在這些集會裡熱鬧酣聚。

在羅德家，以及在施拉金豪芬家多柱子的沙龍裡，眾人喜歡聽我拉愛的中提琴，那是我，一介單純的學者兼教師，在談話中向非機靈風發，在社交裡能作的最大貢獻。在藍柏格街，主要是哮喘病的克拉尼希博士與史賓格勒催我表演：一個是出於錢幣學家的博古興趣（他喜歡以他咬字清晰與遣詞井然的談吐，和我聊中提琴家族的造型歷史），一個是出於對一切不尋常、罕見事物的好感。不過，在那個家裡，我得顧及康拉德．克諾特里希渴望氣喘呼呼拉大提琴饗客，以及那批小眾頗有理由偏愛施維特菲格討人喜歡的小提琴演奏。因此，另一個比較大、更高雅的圈子熱烈要求聽我純由業餘愛好而學成的表演，我的虛榮心特別滿足有加（我不否認這一點）；出身普勞希家族的施拉金豪芬博士夫人憑其好勝心，在她與她那位施瓦本口音濃厚、兼又重聽的丈夫周圍聚攏了這麼個圈子，我總是義不容辭，上布里安街一定帶著我的樂器，招待眾人一支十七世紀的夏康或薩拉邦德舞曲[450]，一首十八世紀的〈Plaisir d'Amour〉[451]，韓德爾朋友阿里歐斯提[452]的一首奏鳴曲，或一首海頓為古中提琴所寫但當然也能以愛的中提琴演奏的作品。

通常提議要我表演的，不只有珍妮特，還有劇院總經理里德塞爾閣下。但他對這把老樂器和舊音樂的眷顧並非克拉尼希博士那樣出自飽學的博古興趣，而是純粹出於他的保守傾向。這當然大有差別。這個廷臣，原先的騎兵上校，所以獲任現職，完完全全只因為他會彈一點鋼琴的名氣（感覺上那是幾百年前的事了，一個人由於出身貴族，加上會彈一點鋼琴，就當上劇院總經理！）。里德塞爾男爵將一切古老、歷史性的東西視為堡壘，用以防禦一切現代和顛覆性的事物，有如一種對這些事物的封建論戰；他據此精神支持舊事物，其實對舊事物全無理解。不精於傳統，無從了解新與年輕的事物，同理，排斥新事物，對舊事物之愛必定終歸不真而且「不育」，因為新事物是由於歷史的必然性而出自舊事物。里德塞爾提倡芭蕾，因為芭蕾「優雅」。「優雅」一詞就是一個保守的論戰標準，用來抵擋一切叛亂的現代東西。關於柴可夫斯基、拉威爾及史特拉汶斯基所代表的俄法芭蕾藝術傳統世界，他毫無概念，甚至完全不曉得上述最後這位俄國音樂家就古典芭蕾表達的理念：古典芭蕾代表井然節制的規畫勝過洋溢漫興的情感，秩序勝過偶然，是阿波羅式有意識行動的榜樣，是藝術的典範。他模模糊糊所知於古典芭蕾的，只是薄紗短裙，舞者以足尖跳躍，雙手在頭頂做「優雅」的拱形——供堅持「理想」，高據包廂，鄙視一切醜陋和問題的宮廷圈子欣賞，底下則是備受抑制的市民階層。

但施拉金豪芬家演出許多華格納，因為戲劇女高音坦雅．歐蘭妲，一位力量可觀的女士，和英雄男高音哈拉爾德．克約耶倫德，一個身材圓胖，戴夾鼻眼鏡而聲音響亮的男子，是那裡的常客。沒有華格納的音樂，宮廷劇院不可能存在，但那音樂雖然既大聲又強烈，仍然多多少少被里德塞爾大人納入封建的「優雅」國度，並且對之尊重有加，因為已經有更新的、遠遠超越華格納的音樂問世，讓他拒斥，方法就是：彈華格納來與之對抗。他閣下於是親自為兩位歌手鋼琴伴奏，兩人受寵若驚，雖然他的琴藝實在應付不了華格納音樂的鋼琴版，何止一次欲巧成拙。我完全不喜歡宮廷歌唱家克約耶倫德鼓嗓洪聲高唱齊格菲沒完沒了又單調乏味的打鐵歌[453]，震得客廳裡那些纖細敏感的裝飾品、花瓶、藝術玻璃響起泛音，嚶嚀有聲。但是我承認，英雄女高音帶

---

450 夏康（**Chaconne**）：巴洛克時代流行的一種舞曲音樂。

451 **Plaisir d'Amour**：〈愛之喜〉，德裔作曲家馬提尼（**Jean-Paul-Egide Martini**，一七四一——一八一六）寫於一七八四年的名曲。

452 阿里歐斯提（**Attilio Ariosti**，約一六六〇——一七二九）：義大利歌劇作曲家，一七二〇年代在倫敦與韓德爾合寫歌劇。

453 打鐵歌：《尼布龍指環》聯篇歌劇第二夜《齊格菲》（*Siegfried*）第一幕第三景，齊格菲冶劍所唱之曲。

來的悸動，像歐蘭妲那樣的造詣，我很難抗拒。性格的衝擊力、嗓門的力道、戲劇重音的純熟運用，給人一個王族女子的情靈達於淋漓極致的幻覺，例如伊索德那句「妳不曉得愛之神嗎？[454]」之後，到她在狂喜之中吐露的「這火炬，即使它是我的生命之火，我也會大笑著，毫不猶豫將它熄滅[455]」（唱到這句，女歌者強調劇情，手臂朝下猛然一劃），我其實不難眼中含淚，跪倒在這個為掌聲籠罩、綻放勝利微笑的女人面前。那次是阿德里安為她伴奏，他從鋼琴椅退開時，目光掃過我激動欲泣的神情，露出微笑。

在這些印象之間，自己對聚會的藝術消遣也能來一點貢獻，是好事一件。因此，接下來里德塞爾閣下用他帶著南德色彩但加上官腔威嚴的語氣，鼓勵我再奏一次我不久前才用我的七絃琴表演過的米蘭德（一七七〇[456]）行板與小步舞曲，身高腿長風度斯文的女主人立即附議，我甚為感動。人真軟弱！我感激他，完全忘記我討厭他光滑空洞，喜怒不形而幾近厚顏的貴族面相，連同剃刮光溜的臉蛋下的捲曲淡黃鬍鬚，泛白眉毛底下安在一隻眼窩裡的閃爍單片眼鏡。對阿德里安，我很清楚，這個騎士落在一切評價之外，落在憎恨與鄙視之外，甚至落在嘲笑之外；阿德里安看他，根本連聳肩表示不屑也覺不值，我其實也是如此感覺。然而在這些時刻，他力促我獻藝，我想，這樣的話，經過如今坐實是革命派的華格納轟擊之後，在座眾人能在「優雅」中清新身心，因此由不得我不對他產生好感。

但是，有個奇特、半尷尬、半可笑的情況，是里德塞爾的保守主義碰上另一種保守主義，不只是「仍然」，而且是「又來了」；一種後革命、反革命的保守主義，從另一邊，不是從前面，而是從後面，對資產階級的自由價值發動攻擊。時代精神為老式、牽扯不算複雜的保守主義覺得既鼓舞、又困惑的這些碰撞提供不少機會；施拉金豪芬夫人便是由於社交雄心過人，將她的沙龍湊組得盡可能多采多姿，正好就為這類碰撞提供機會：這機會的化身是自由學者切伊姆．布萊沙赫博士，以他那類型而言，他是一個十分純種、思想前進，應該說輕率危險的代表，長相是那種散發魅惑力的醜，在聚會裡明顯帶著幾分惡意，像酵母般扮演帶有煽動性的異類角色。女主人欣賞他以濃重法耳茨腔調表現的辯證口給，以及他對吊詭的癖好，聽了他的詭論，女士們在頭頂上十指相扣，既要歡呼，又強作端莊。至於他本人，他所以樂得光顧這圈子，可能是出於勢利眼，以及某種心理需求，在這兒用一些觀念唬得斯文、單純的心智吃驚訝異，而相反，那些觀念拿到文學雅集裡發表，很可能比較不容易語驚四座。我一點也不喜歡他，始終看他是個思想上的搗亂壞事之輩，我並且深信他同樣招阿德里安厭惡，雖然我從來不甚清楚我們為什麼不曾詳細談論布萊沙赫。但此人對時代精神思想動態的敏銳感覺，以及他對時代意志最新趨向的嗅覺，我從不否認；在沙龍裡，從他這個人身上，以及從他的言談裡，我初度見識那些動態和趨向。

他博學，一切事、每件事都能談，是文化哲學家，其思想卻是反對文化的，因為他認為文化的整個歷史不過是個衰落的過程。在他口中，最可鄙的字眼是「進步」；他以一種全盤否定的語

454《崔斯坦與伊索德》第二幕第一景。
455 同上。
456 米蘭德（Louis-Toussaint Milandre）：法國作曲家兼愛的中提琴名家，其中提琴技法教本至今沿用。

氣吐出這字眼，你的確感覺到，他出於保守主義而鄙夷進步，並視之為他進入這些聚會的憑證，視之為他有資格出入沙龍的標記。他有才智，只不是富於同情的那種，例如他嘲斥繪畫從原始的平面到透視法的進步。前透視藝術所以拒絕透視法使用的眼睛錯覺，是出於沒有能力、茫然無助，甚至笨拙的原始主義：如果有人這麼認為，而且滿懷同情地聳聳肩膀，他便要宣布那是現代人幼稚可笑無以復加的倨傲。那是拒絕、放棄、輕視，而非無能、無知，亦非貧乏之徵。難道眼睛錯覺不是最低級、最投合下賤平民的藝術原理？難道「根本不想知道這原理」不是品味高貴之徵？不想知道某些事情，這種非常接近智慧，或簡直就是屬於智慧的能力，惜哉如今已經失落，遂令鄙俗冒失自稱進步。

由於某種原因，出身普勞希家族的女主人主持的沙龍裡，成員聞此言論，咸感窩心；而且我相信，他們的感覺比較是：這些看法由布萊沙赫來代表不算得當，而不是他們不適合為那些看法叫好。

他說，同樣的道理可見於音樂從單音音樂過渡到多聲、到和聲，論者喜歡說這是一種文化進步，他卻視之為野蠻主義得勢。

「你說……對不起……野蠻主義？」里德塞爾歡叫，他習慣在野蠻主義裡看到一種保守主義形式，儘管是一種不甚光彩的形式。

「當然，閣下。多聲部音樂，也就是四個、五個聲部一塊歌唱，它的起源，離音樂文明的中心，離羅馬非常遙遠。羅馬是美麗的聲音及崇拜美麗聲音的家鄉，而那些起源來自噪門粗糙的北方，而且彷彿以多聲來補償其粗糙；那些起源來自英國和法國，特別是野蠻的不列顛，最先將三度音程納入和聲。所謂比較高等的發展、音樂的複雜化、進步，有時候正是野蠻主義的成就。這值不值得贊揚，我聽憑諸位……」

情況清清楚楚，他扮演保守主義投合那位閣下和在場眾人之意，其實是在逗他們玩。顯然，只要還有誰知道到底該怎麼理解他，他就不舒服。使用複音的聲樂是進步的野蠻主義的發明，複音的聲樂又過渡到和聲和弦原則，並且與之相偕過渡到最近兩百年的器樂，不消說，這個歷史過渡一發生，複音聲樂就成為保守主義保護的對象。但這其實是衰落，是從偉大、唯一真正的對位藝術，從神聖冷靜的數字遊戲墮落。那藝術本身，謝天謝地，從來不曾扯上出賣感覺，從來不曾扯上褻瀆神聖的力度；在這場衰落裡，就有那個偉大的艾森納赫人巴哈[457]，歌德十分正確地稱他為和聲家。一個人不能發明平均律鋼琴，也就是發明以兩可方式理解每個音符，以異名同音將之互換的可能性，而不活該得到這個惡名。和聲對位？天下沒這回事。非驢非馬。將古老、純正，各種聲部相互交織而成的複音音樂軟化、嬌弱化、摻假、重新詮釋成和聲的和弦音樂，在十六世紀就已開始，帕勒斯提納、兩個出自賈布利耶里家的[458]，以及來過我們本地的那位好樣的歐蘭多·德·拉索[459]，在其中扮演過可恥的角色。這些先生想將我們「人性地」帶到最接近聲樂的複

457 巴哈出生於圖林根邦的艾森納赫（**Eisenach**）。
458 賈布利耶里（**Giovanni Gabrieli**，一五五四—一六一二）：義大利作曲家。
459 拉索（**Orlando di Lasso**，一五三二—一五九四）：文藝復興晚期荷蘭作曲家。

音藝術的境地，沒錯，因此在我們看來是這種風格最偉大的大師。但他們成為大師，只因為他們大多已經耽溺於純粹講究和弦的聲部手法，他們對複音風格的處理已由於顧慮和聲和弦，顧慮和諧與不和諧而變軟弱。

眾人佩服、開心、拍膝叫絕之際，我為這可惱的論調尋找阿德里安的眼神，他沒有回應我的目光。至於里德塞爾，完全搞糊塗了。

「對不起，」他說，「容我……巴哈、帕勒斯提納……」

這些名字本來在他眼裡戴著權威的光環，結果現在被打入現代主義解體之列。他有共鳴——但同時方寸莫名騷動，竟至於將單片眼鏡從眼裡摘出來，這就拿掉了那張臉僅有的一絲才智微光。他接下來也沒有比較好過，因為布萊沙赫的文化譏評轉而瞄準舊約聖經，涉及布萊沙赫自己的出身，猶太種族或國民，及其精神史，並且說法同樣極其模稜閃爍，聳人聽聞而充滿惡意的保守主義。聽他道來，人對古老、純正事物的一切感覺極早就已開始衰退、麻木乃至喪失了，而且竟然發生在一個至為可敬之地，恁誰做夢也想不到。我只能說：這整件事荒唐可笑。據他之見，每個基督教小兒都尊敬的聖經人物，如大衛王與所羅門王，以及那些高談闊論親愛的上帝在天上的先知，已經是蒼白的晚期神學的衰微末流代表，他們已完全懵然不懂古老與純正希伯來的耶和華，就是人間現實裡的伊羅欣[460]；民性真樸時代的人用以崇拜這位民族神，或者應該說，用以逼促他肉身示現的儀式，他們只看成「遠古之謎」。他批評「智慧的」所羅門特別嚴厲，把他整治得男士們從齒縫猛發呼哨，女士們驚奇歡笑。

「對不起，」里德塞爾說道。「我，退一步說……崇高的所羅門王……難道您不……」

「不，閣下，我就是不，」布萊沙赫答道。「此人是個耽溺於淫欲而昏弱的唯美主義者，在宗教上是個冒進的蠢夫。崇拜現身人間的民族神，這本來是民族的形上力量的體現，他卻是使那崇拜萎縮退化的典型例子：退化成宣揚一個抽象、高居天上而人類共通的神，從民族宗教退化成平凡普通的宗教。要證明此點，讀他在首座聖殿落成後的荒腔走板講話便知，他在那場講話裡問：『上帝可能到地上來住在人間嗎？』——好像以色列的整個、唯一任務不正是為上帝造一個居所、一頂帳篷，盡其所能使祂常在於斯似的。所羅門卻放肆宣布：『天尚且不足你居住，何況我所建的殿！[461]』滿口蠢話，而且是某種結束的開始，質言之，開始了聖經裡詩篇作者們那種墮落退化的上帝觀念：他們將上帝完全流放到天上，成天歌詠天國裡的上帝，而沒想到摩西五經根本不知道上帝住在天上這回事。摩西五經寫伊羅欣以火柱在祂的人民面前自顯，祂希望住在他的人民之間，在他們之間行走，在那裡設祂的屠案——我不想用薄弱乏味的後世用語『祭壇』。一個詩篇作者怎麼會叫上帝問：『我豈吃公牛的肉，我豈喝山羊的血？[462]』叫上帝口出此言，聞所未聞，是冒失無恥的啟蒙賞給摩西五經的耳光。在摩西五經裡，犧牲明明白白稱為『麵包』，也就是說，耶和華真的以之為食。從上帝這句問話，以及所羅門那番胡言，到梅莫尼德斯[463]，一步

---

460 伊羅欣（**Elohim**）：《聖經》中稱呼上帝，伊羅欣與耶和華兼用。
461 分別見於《舊約聖經》〈歷代誌下〉**2：6**，〈列王紀上〉**8：27**。
462 《舊約聖經》〈詩篇〉**50：13**。

而已，此人號稱中世紀最偉大的拉比，其實倚亞里斯多德為衣食，居然有辦法將犧牲『解釋』成上帝對其人民的異教本能的讓步，哈哈！好呀，血和肥肉的犧牲，加了鹽，調了味，甘美可口，上帝享用，使祂有肉身，使祂常現，對詩篇作者們成為不過是『象徵』」；（我至今還聽到布萊沙赫博士說這個字時那種難以言喻的加重鄙蔑）「人宰殺的不再是牲畜，而是，簡直難以置信，感謝和謙卑。情況變成『凡是以感謝獻上為祭的，便是榮耀我[464]』。另外一段說：『上帝所要的祭品是一顆痛悔的心[465]。』總之，民族和血和宗教的真實早已免談，變成稀粥……」

布萊沙赫肆其極端保守主義而吐痰般暢談，這是一個樣品。他既逗趣，又可憎。他不厭描述純正的儀式：真實而絕非抽象的民族神，絕非普及萬有，因此也並非「全能」且「無所不在」，於是，對這位民族神的崇拜，他將之說成一種魔法般的技巧，一種對身體不無危險的動力操縱，偏差與失誤很容易導至不幸事故、災難性的短路。亞倫那些兒子喪命[466]，因為他們向耶和華獻上的是「異類的火」。那就是技術上的事故，一個錯誤的原因導至的結果。那口箱子，所謂約櫃，運送途中快要從車上滑落，一個名叫烏撒的人不假思索伸手扶住，他當場倒斃[467]。那也是一次超越性的動力施放，引起這動力爆發的是疏忽，是大衛王的疏忽。他豎琴彈太多了，變成昏不曉事，用菲力士丁人的方法以牛車運送約櫃，沒有遵照摩西五書明載的，以桿子扛抬的規定。大衛之忘本與愚昧，如果不說粗鄙，不亞於所羅門。例如，對人口普查在動力上的危險[468]，他了無所覺，結果下令點數人口而招致一場嚴重的生物打擊，一場瘟疫，人民死亡，那是形上力量應在人民身上的可預見反應。一個純正的民族不能忍受如此機械性的登記，以數目枚舉將動力的整體碎分成一個個彼此等同的單位……

這時布萊沙赫益發得意，一位女士插嘴說，她完全不曉得人口普查是這麼大的罪。

「罪？」他以誇張的語氣反問。「沒這回事。一個純正民族的純正宗教，決不會有這類稀鬆的神學觀念，這類屬於倫理因果關係層次的『罪』與『罰』的觀念。純正的宗教裡，只有失誤和工作上的事故的因果。宗教與倫理所僅有的關係，在於後者是前者的墮落。一切道德都是對儀式的誤解，『純粹理智』上的誤解。天下有比『純粹理智』更受上帝擯棄的東西嗎？沒有性格的世界宗教才把『祈禱』，sit venia verbo，變成乞討，請求赦免，『主啊』，和『上帝，求祢垂憐』，『救救我』，『請賜我』和『行行好』。所謂祈禱……」

「對不起！」里德塞爾說道，這回真的語氣堅定。「都沒錯，可是『脫盜祈禱』對我永遠……」

「祈禱，」布萊沙赫把話說完，毫不退讓，「本來是一個非常元氣充沛、有活力、強大的東西，是魔法召喚，對上帝有強制力，後來卻被庸俗化，被理性主義摻水淡化，而成現今的形態。」

---

463 梅莫尼德斯（**Moses Maimonides**，一一三八—一二〇四）：出生於西班牙，是影響深遠的中世紀猶太哲學家兼猶太法學家。

464 〈詩篇〉**50：23**。

465 〈詩篇〉**51：17**。

466 事見《舊約聖經》〈利未記〉**10：1**。

467 《舊約聖經》〈撒母耳記下〉**6：1-7**。

468 〈撒母耳記下〉**24：1-10**，〈歷代誌上〉**21：1-3**。

我真的為男爵感到不堪。眼看著他的騎士保守主義被聰明得可怕的返祖手法蹂躪，那返祖思想是一種主張存古而毫無騎士之風的激進主義，更具革命意味，比任何自由主義都更具破壞力，但又彷彿反諷似的，有其可取的保守主義魅力：他的靈魂必定陷入極深的混亂——我想像他夜裡為之睡不成眠，雖然我的同情可能失之過當。但布萊沙赫的說法絕非句句中肯；要反駁他很容易，例如可以向他指出，精神上對燔祭的輕視並非始自先知，而是摩西五書即可見得。摩西毫不拐彎抹角宣布燔祭是次要的，重點在服從上帝、遵守十誡。但質性敏感的人不喜打擾別人；他不喜歡根據邏輯或歷史記憶來打岔一條精心營造的思路，甚至在反智者身上，他也會尊重並顧惜其智。今天我們看清楚了，我們的文明有個錯誤，是太大方施予這顧惜和尊重——與我們對立的，是赤裸裸的無恥狂妄和最斷然的不寬容。469

凡此種種，我在這部敘事開始之時即已在心，我承認我對猶太人友好，但加了一句限制，說我邂逅過這個種族十分令人不快的成員，獨立學者布萊沙赫的名字就過早溜出我筆下。猶太人對未來之事與新事尤其聰敏，如果在異常情況，在兼具前衛與反動之處上，他們也同樣聰敏的話，我們能責怪他們嗎？在施拉金豪芬家，經由布萊沙赫，我頭一遭見識到，我與人為善的本性從來完全不曉得的，那新的、反人性的世界。

---

469 本章呈現希特勒與納粹得權以前的德國思想走向與意識氣氛，至此而明指其後果。

29

慕尼黑一九一四年的嘉年華會，主顯節與聖灰星期三之間那幾星期，眾人縱恣作樂，稱兄道弟，雙頰歡快通紅，許許多多公眾與私人活動。我，這個年紀尚輕，來自富萊興的中學教授，也參與其中，或自己成行，或與阿德里安相伴。我至今留著鮮活，或者應該說，不祥的回憶。那畢竟是四年戰爭來臨前的最後一次嘉年華會，自歷史角度視之，那戰爭與我們時代的恐怖結合為一個紀元：所謂第一次世界大戰，它永遠結束了這個伊薩河城市雅致純真的生活，它酒神節慶般的愉快愜意，容我這樣形容的話。也就是那段時間，我們相識圈裡有幾個人的命運發展在我眼前展開。那些發展當然是在不太受到外面更大的世界注意之下走向災難，但這裡必須交代，因為那些發展密切碰觸我的主人翁阿德里安的生命與命運，沒錯，因為，根據我所深知，他神祕而致命地捲入其中之一。

我指的不是克拉莉莎．羅德的遭遇。這個高傲，喜歡挖苦人，有點陰森傾向的金髮女。她那時候仍在我們之間，跟她母親住，也參與嘉年華會的樂事。但她已準備離開這個城市，以年輕愛好者的身分加入一個城鄉劇團，而她老師，那位宮廷劇院的老生，為她安排此事。那件事終歸不幸，她那位劇院老師塞勒，一個閱歷豐富的人，可以不任其咎。他曾致函羅德參議員夫人，說她女兒異常聰明，對劇院也滿腔熱心，可惜天資不足以確保在舞台上出人頭地；她完全缺乏戲劇藝術氣質的原始要件、戲胚子的本能，體內沒有劇院的血液，而他本乎良心，必須奉勸她這條路別走下去。此信導致一場危機，克拉莉莎含淚爆發絕望，她母親不忍於心，徵求宮廷劇院演員塞勒結束指導。他反正已用那封信把自己免了責，於是運用他的關係幫這女孩子在那個城鄉劇團找了個初學的位子。

克拉莉莎的可悲命運成真已二十四年，我自將依序敘及。此處，我目注她溫柔善感、眷懷過去及傷心事的姊姊伊妮絲的命運——連同可憐的施維特菲格，我方才忍不住提及孤獨的阿德里安涉入這些事情，就已不寒而慄想到他。我這樣後話先說，讀者早已習慣，不會將之解釋成作者不知節制或腦袋糊塗。原因很單純，有些事情，我到時候就會談到，但我從遠處舉目而望，即油生恐懼與不安，它們在遠處對我就有壓迫感，為了分散它們的重量，我提早指涉它們，而且使用只有我自己明白的說法——將它們透露一半。我的用意是拔掉驚恐的刺，稀釋它們的可怖，從而緩和未來敘述它們的重壓。我藉此為「缺陷重重」的敘事技巧告罪，並乞諒解我的難處。不消說，阿德里安離我現在要說的這些發展的開頭頗遠，他幾乎不曾注意它們，在相當程度上還是經由我才往那裡留意，因為我的社會好奇心，或許應該說，人同此心之感，遠過於他。事情發展如下。

前文提過，羅德家兩姊妹，克拉莉莎與伊妮絲，同她們的參議員夫人母親相處並非特別融洽，而且不時擺明，這位夫人馴順但也稍涉不莊的類波西米亞沙龍，以及她那失了根但帶著顯貴資產階級殘跡的生活，都令她們心煩。兩人努力分道脫離這混雜的狀態：高傲的克拉莉莎斷然走向藝術生涯，而她老師指導她一段時間後不得不直言她體內沒有那門藝術的血液；伊妮絲細膩憂鬱，基本上畏懼人生，則退入避難所，在安穩的中產階級尋求心理保護，也就是：她要遁入體面的婚姻，最好是出於愛而成婚，如果沒有愛情，以上帝之名結無愛之婚也行。於是，當然在她母親由衷而感傷的同意之下，她走上這條路——結果遭逢不幸，一如她妹妹也走上不幸之路。悲劇起於她的性格與她的理想其實互不相宜，那個改變並掏空一切的時代不容許她的理想實現。

那時候，有個赫穆特·英斯提托里斯博士接近她。他是美學家兼藝術史家，技術學院講師，在講堂裡一邊傳閱照片，一邊講授美的理論與文藝復興建築，但挺有指望異日應聘於大學，成為教授、正教授、科學院院士，尤其以他出身富有符茲堡家族的單身漢，等著繼承豐厚的遺產，如果建立一個社交聚集的門戶，則此生益增可觀。他開始物色對象，而且不操心他選中的女孩子財務如何——他屬於那種在婚姻裡寧可自掌經濟權柄的男人，希望妻子完全依靠他們。

這不是人格堅強之徵，英斯提托里斯其實亦非堅強之人。這一點可以明見於他在美學上仰慕一切強硬、一切活力無情勃發的事物。他長頭顱，身材偏短，望之相當斯文，金髮光滑，中分，稍微抹油。嘴巴上方留著淡黃色小鬍子，金邊眼鏡後面的藍眼睛透出溫柔、高貴的神情，令人費解——或者，令人不難理解——他怎麼會崇拜殘忍無情，當然，只要那殘忍無情是美的，另作別論。他屬於那時代數十年來養成的那一類人，如史賓格勒有一回貼切形容的，「他雙頰被肺病烘得火紅，不斷大叫：生命多麼強壯又美麗！」

英斯提托里斯從不大叫，而是聲音低沉，像咬著舌頭發音，連宣布義大利文藝復興時代是「熱騰騰的血與美」，也是如此。他也沒有肺病，至多只像幾乎每個人一樣，早年害過輕微的肺結核。但他嬌弱而且神經質，為太陽神經叢的交感神經所苦，這是許多人焦慮與早死之因，他於是成為梅拉諾[470]一家富人療養院的常客。當然，他也向自己許諾——他的醫師也這麼向他許諾——婚姻生活的安穩和規律會強化他的健康。

一九一三至一四年，他接近我們的伊妮絲，其情其景，令人猜想結果將是訂婚。那個結果等很久，直到戰爭初年：雙方靦腆且認真，需要更長時間仔細檢視彼此是不是真的天生一對。不過，在英斯提托里斯央人為他適當引見的參議員夫人沙龍裡，或在公共節日裡，你看這「小兩口」經常離群到角落裡聊天，看來就是在討論這問題，開門見山，或者半明半暗地談；友善的觀察者目睹某種試訂婚已不在遠，心中也不由作此揣度。

英斯提托里斯看中伊妮絲，有人可能納悶，但終而完全了解箇中道理。她不是文藝復興式的女性——完全不是，她心理脆弱，眼神蒙著一層與眾不同的哀怨，脖子微歪前伸，嘴又噘成淡然而難以捉摸的促狹。但這位追求者倘若面對的是他的美學理想，他將會不曉得如何處理；他的男性優越感將會完全討不到便宜——只要想像一下他同歌聲迴蕩身材飽滿的歐蘭妲站在一塊，即知其滑稽而深信此理。然而伊妮絲絕非全無女性魅力；一個四下物色對象的男人傾倒於她烏黑的頭髮，她纖細的手，她有教養的青春氣息，是非常可以理解的事。她可能正合他所需。她的環境吸引他：她的貴族出身，她也突出這一點，但那出身目前由於她被移植而稍微降了級，因此對他的優勢不構成威脅；他把她變成他的，甚至能夠有抬舉她，幫她恢復地位的滿足感。那個母親，半赤貧而有點追求享樂的寡婦；那個要走上劇院生涯的妹妹；那個多多少少有點吉卜賽氣息的社交圈——他自有他的尊嚴，這些情況不會令他不快，因為這些關係不會使他在社會層次上蒙受絲毫損失，不會危及他的事業；而且可以確定，參議員夫人將會按照規矩兼且出於愛女之心，給伊妮絲布料，甚或銀器當嫁妝，伊妮絲則成為他無可摘瑕的家庭主婦和社交女主人。

我從英斯提托里斯博士的觀點，所見事勢如此。如果我用女孩子的眼睛看他，另當別論。這個男人胸襟短淺且自我陶醉，舉止細緻但絕非相貌堂堂（順便一提，他腳步細碎如小兒），我盡我想像之能，說不上他對異性有什麼吸引力；我覺得伊妮絲雖然充滿閨女的矜持嚴肅，正需要對方有此吸引力。另外，兩人在哲學思想、在對生命的理論態度上有差異——這差異必須以完全相反來形容，足為這類差異的代表。以最簡要的方式來說，這是美感與道德之間的對立，這對立在相當大程度上主導那個時代的文化辯證，而這兩個年輕人相當可以說是此一對立的化身：一邊教條般歌頌「生命」那種帶著炫耀的毫不遲疑，另一邊則帶著悲觀尊崇富於深度與智慧的痛苦。在其創生之源，這對立面可以說曾經構成統一的人格，到這時代才反目而彼此爭鬥。英斯提托里斯博士——這裡必須加一句：天哪！——徹頭徹尾是個文藝復興式的男人，伊妮絲則極其明顯是悲觀的道德主義者。對一個「熱騰騰的血與美」的世界，她全無興趣，至於「生命」，她恰好避之唯恐不及，才求庇於一個嚴格屬於中產階級、高尚、有良好經濟根柢而能摒擋一切打擊的婚姻。諷刺的是，這個看起來有意為她提供這麼個庇護所的男人——或者說，小男人——如此熱衷於美麗的卑鄙無情與義大利式的毒殺。

---

470 梅拉諾（Meran）：在義大利北部，以溫泉浴場知名。

說這兩人獨自一塊時爭論世界觀，我是持疑的。他們大概談論比較切近之事，單純嘗試訂婚之後的情況。哲學是比較高一等的社交談資，我記得好幾次場合，圈子大一點，在一家舞廳包廂圍坐一張桌子喝酒閒話，他們兩人的思想彼此衝撞，例如：英斯提托里斯主張，唯有具備強烈、殘忍本能的人能成就大事，伊妮絲抗聲以對，認為藝術上的偉大往往來自最具基督徒精神的性格，服從良知，受過苦難淬煉，對生命採取鬱黯的態度。我覺得這種對立命題殊屬無謂，太局限於一個時代，而且完全未能顧及現實，亦即未能顧及活力生機與馴和優柔之間的平衡；這平衡難得臻至，並且的確經常岌岌可危，但明顯是成全天才的要件。但現在一造說她是何人——虛弱的生命，而另一造說他崇拜何物——強大的力量，我們只好讓他們各說各話。

有一回，諸人同坐（克諾特里希夫婦、辛克與史賓格勒、席爾德克納普及他的出版商拉德布魯赫也在），朋友之間的爭論並非起於我們當然已經可以稱之為情侶的這兩人之間，卻是有點令人發笑地，起於英斯提托里斯與施維特菲格之間，後者作帥氣的年輕獵人裝扮，正巧加入我們。我委實已不復確切記得當時的話題；反正，見解的歧異滋生於施維特菲格一句相當單純的話，他脫口而出，沒有深思，甚至未加思考。我倒記得那句話與「功勞」有關，那種經由奮鬥、努力而獲致，透過意志力與自制而得的成就，施維特菲格由衷加以贊揚，許之為可嘉，完全無法了解英斯提托里斯哪來駁斥他的念頭，不承認一切需要流汗之事究有何「功」可言。從美的觀點而論，英斯提托里斯說，意志不值得稱贊，天賦，唯有天賦，才值得贊揚。費力使勁是死老百姓的事，優異，而且因此而可嘉者，只能出於本能，不自覺，舉重若輕而成事。好了，施維特菲格並非英雄，亦非披荊斬棘的能手，而且這輩子所為之事無一不是得來輕鬆裕如，最主要的例子就是他出色的小提琴演奏。然而那個人說的話令他甚感觸忤，他雖然隱約覺得其中有某種「高一等」、他無法企及的道理，但忍不下那口氣。他憤怒噘嘴，正面逼視英斯提托里斯，藍眼睛來回鑽透此人的左右眼。

「不對，怎麼可能，根本瞎扯，」他說，聲音輕而壓低，流露他並非頗有自信。「功勞就是功勞，天賦根本不是。你老是談美，博士，但一個人克服自己，做成比他天賦高明的事，是很美的。妳怎麼說，伊妮絲？」他轉頭向她求援，這一問，再度完全洩露他的天真，他絲毫不曉得伊妮絲在這些事情上的看法和英斯提托里斯徹底相反。

「你說對了，」她答道，臉上一片嬌紅。「不論如何，我認為你是對的。有天賦是開心的事，但『功勞』一詞含有佩服的意思，本能則完全沒有。」

「就是這樣！」施維特菲格勝利大叫，英斯提托里斯笑著回嘴：

「當然啦，你找對門路。」

但這裡有個奇怪之處，大概沒有人不察覺，至少察覺那麼一剎那，而伊妮絲臉上尚未消失的紅潮也見證這奇怪之處。她在這個題目和所有類似問題上說她的追求者不對，這一點完全合乎她的路線。但她說魯道夫．施維特菲格這小子有理，卻不合她的路線了。因為他完全不知道有非道德論這回事，而如果一個人根本不了解這種相反的學說——至少，在有人為他解釋前不了解，就不能真正說他有理。伊妮絲的判決在邏輯上自然而然，而且站得住腳，她如此判決卻令人詫異，她妹妹克拉莉莎對施維特菲格受之有愧的勝利報以大笑，坐實我這個想法——這個高傲、下巴後縮的女人，她看出優越由於與優越毫無關係的原因而受累，但也同樣確定優越並未因此而受累。

「好呀，」她叫道，「魯道夫，快！謝謝人家，站起來，小伙子，鞠個躬！拿個冰淇淋給你的救星，約她下一支華爾滋！」

她一貫如此。她帶著自豪與她姊姊相幫，只要事涉姊姊的尊嚴，她就說「快！」每逢英斯提托里斯的殷勤工夫溫吞或遲緩，她也叫他：「喏，快！」她出於傲氣，要與優越同一陣線，維護優越，只要優越沒有立時獲得適當尊重，她就表現無比驚詫的神情。「有人有需於你，」她似乎說，「你要一躍而起。」我清楚記得她有一回為阿德里安而對施維特菲格說「快！」，有一場札芬史托斯音樂會，阿德里安有意思（我相信是為珍妮特張羅一張門票），施維特菲格卻支支吾吾反對。

「真是，魯道夫！快！」她叫道。「老天，有什麼問題嗎？你是不是非得要人推一把？」

「不不，不用，」他答道。「我很確定……只是……」

「沒有什麼『只是』，」她傲慢地打出王牌，半幽默，半嚴責。阿德里安與施維特菲格一同大笑——後者扯起嘴角扮個稚氣的怪臉，聳肩，答應說他會安排。

克拉莉莎彷彿將施維特菲格看成追求者，要他「一躍而起」；其實他永遠在用力博取阿德里安好感，天真之至、對他深信不疑、不知嚇阻為何物。關於真正的追求者，那個追求她姊姊的人，她經常想辦法套我的意見——她姊姊亦復如是，只是套得委婉、羞怯，可說是畏縮，彷彿既想聽，又不想知道。也就是說，兩姊妹都信任我：她們似乎認為我勝任評價他人，我的評價也有道理，然而要成全這樣的信任，你必須有幾分是局外人，而且要有澄明的中立性。這種受人推心置腹的角色向來既愜意，又痛苦，因為這樣的角色有個前提，是你無關利害。但我常對自己說，引起這個世界信任，比煽起其激情高明太多了！示人以「善」，比示人以「美」，也高明許多！

「好人」在伊妮絲眼中，當然意指世界與此人的關係是道德的，而不是站在以美學引起的基礎上；此所以她信任我。但我必須說，我並非等同對待兩姊妹，關於我對追求者英斯提托里斯的意見，我如何提法，視誰問我而有些調整。同克拉莉沙說話時，我遠更知無不言，從心理學家的角度談他選擇對象和他猶豫（雖然不是只有他單方面猶豫）的動機，而且在她默許之下稍稍取笑這個崇拜「殘忍本能」的窩囊廢。伊妮絲本人問我，則不如是。這時，我考慮我形式上假定她有、但我自己並不真正相信的感覺；我並且更考慮她十之八九將會與這個男人結婚的合理原因，從而帶著分寸合宜的尊重談他紮實的特徵、他的知識、他合乎人性的端正、他出色的前途。為我的言詞加入足夠但不至於太多的溫暖，頗難拿捏；我覺得我責任甚重，既得加重這個女孩子的疑慮，將她盼望的棲身之所顯得實非其地，又得說服她雖有疑慮，儘管到那裡求個安身便是；的確，有時候我覺得，基於一個獨特的理由，勸說似乎比勸阻更負責些。

通常，她很快就聽夠我對英斯提托里斯的看法，將她的信任更推進一步，廣泛套用，要聽我對圈子裡其他人的判斷，例如辛克與史賓格勒，時而要我再舉一例，施維特菲格。我怎麼看他的小提琴造詣，她想知道，以及他的性格；我是否、在多大程度上看重他，這重視反映的色彩是嚴肅還是幽默。我答以我最好的衡量，盡可能公允，完全像我一路在這些篇幅裡對施維特菲格的觀感，她傾耳而聽，以她自己的評語補充我友善的稱贊，但她有些評語之迫切，令我訝異：一種帶有痛苦的迫切，以這個女孩子的性格，以她習慣透過一層不信任來看人生而論，這本來不是意外，但這迫切性轉到這個事題上來，確實有些異樣。

究竟而言，此事不足為異。她認識這個有其魅力的年輕人比我早那麼多，和她妹妹一樣待他如兄弟，比我更就近觀察他，談起他來更親切詳細。他是個沒有惡習的人，她說（她並未使用該詞，而是使用比較其次的字眼，但意思分明），純潔的人——他對人的親切信任即出於此；純潔的要素是對人親切信任。（此字由她之口說出，頗為動人，因為她自己對人殊非親切信任，她對我如此，但這是例外。）他不酒——從來只喝微淡不加奶油的茶，雖然一天要喝三次——不菸，至多偶一為之，完全沒有受制於習慣。他沒有這些使男人麻木的東西（我相信我記憶沒錯，她是這麼說），這些麻醉劑，而代之以調情賣俏，完全不能自已，並且天生如此：他不是為愛與友情而生，兩者都屬於他本性，但他將之暗中變成調情。一個浪子？是，也不是。當然不是庸劣粗俗之意。欲知此中差異，只要將他與布林格並觀，這個製造商極度以其財富自傲，沒事喜歡哼兩句挖苦人：

「快樂的心，健康的血氣
勝過多金又多地」，[471]

只為了使人更欣羨他多金。但施維特菲格和氣客套，賣弄風情，社交上注重容飾，以及最主要的，他對沒完沒了的社交那股有點可怕的愛好，使人總是很難發覺並記住他的價值。我難道沒有發覺，她問道，城裡這麼快活瀟灑、盛自裝飾的藝術世界，例如我們最近在可可切洛俱樂部[472]參加的俗麗盛會，和生命的悲哀與不足恃形成令人痛苦的對照。我難道也不曉得，通常的「邀請」在精神思想上何其空洞且了無意義，與酒、音樂以及底下流水般人際往來撩起的發燒般興奮是尖銳刺目的反面。有時候你自己也看得出來，一個人與某人說著話，機械地保持社交風度，卻完全心不在焉，而在他目光追隨的另外一人……再來是「邀請」接近尾聲，整個沙龍場面逐漸衰敗，步步瘋狂錯亂，終則光沉響絕，唯餘一片荒落。她坦言，有好幾回，這類盛會之後，她在床上啜泣一個鐘頭……

她繼續說著，發抒更多含蓋廣泛的憂愁與批評，好像渾忘施維特菲格。但她一回頭談他，你不必懷疑，他並未須臾離開她思緒。她說，她談他在社交場合注重裝扮的時候，意指此事殊屬無傷，你可以譏笑了之，但有時候不免引人憂思。他在社交聚會永遠最後一個到，因為他需要被等待，永遠要別人等他。他在社交上又玩弄競爭和嫉妒，說他昨天在某某和某某地方，在郎格維希家，或者什麼什麼朋友那兒；在洛瓦根家，那家人有兩個純種女兒。（「我每次聽到「純種」，都油生害怕。」）但他語含歉意，做個不想小題大作的樣子，說出類似這麼一句：「偶爾我不得不到那裡露個臉」——你可以確定，他在那邊也說這句話，他希望給每個人最想和他在一起的幻覺，簡直彷彿人人認為這一點最要緊似的。他深信他因此而為每顆心帶來快樂，這一點有傳染性。他五點抵達茶會，說他答應五點半到六點之間在另外一處露面，郎格維希家吧，或者洛瓦根家，其實根本沒那回事。他逗留到六點半，表示他比較喜歡在各位這兒，他捨不得走，那頭就等

---

471 德國俗諺。

472 **Cococello Club**：位於慕尼黑施瓦賓區的新藝術俱樂部。

一等吧——而且他極為確定你為此喜不自勝，真的為此喜不自勝。

我們大笑，但我笑中克制，因為我看見她眉宇之間的哀傷。她一路說來，彷彿認為有必要——或者她真的認為有必要——使我不要太重視施維特菲格的魅力，也就是說，警告我不要為那些魅力所賺。那些魅力十分不值。她曾隔著些許距離，一字一字聽他要求某個人留在聚會裡別走，而她知道那人對他完完全全無關緊要——用的是那種討好、親密信任的言語：「你就別走了吧，好不好，留下來陪陪我嘛！」——結果是，他這樣的勸求，用在她身上，而且可能用在我身上，從此一文不值。

總之，她表明，她痛心之餘，不再信任他的認真姿態、他同情的言語、他的關注：例如你生病，他來看你的時候。這一切，正如我們自己後來見識到，只是為了「表示好意」，只是因為他認為這麼做才適當、合乎社會禮數，而非出於內心的情感；你根本不能把他當回事。他有時真的品味低級，你也得有些準備：例如可怕的這麼一句：「已經有很多不幸的女人了嘛！」她親耳聽見他這麼說。有人開玩笑警告他，不要害一個少女不幸，又或許當時談的是一位已婚女性，他真的狂妄答道：「哦，已經有很多不幸的女人了嘛！」你只能心想：「老天保佑別和這種人有什麼瓜葛！要是和這等人同類，該多可笑可恥！」

但她也不想對他太嚴格——「可恥」一詞可能就太嚴格。我不會誤解她：施維特菲格本性裡有某種高貴之處，這不容置疑。有時候，在社交聚會裡，用一句低聲的應答，一個悄悄而異樣的眼神，就能將他從他通常鬧哄哄的心情裡揪出來，使他進入比較嚴肅的精神狀態。啊，他有時候似乎真的被你贏過來，因為他本來就是那麼特別容易受影響。郎格維希與洛瓦根，以及其他一切，在他都變成幽靈與幻影。但他只要呼吸到另外的空氣，受到別的影響，完全的陌生、無望的疏遠就會取代信任和彼此相得。他會有感覺，因為他感覺細膩，並且帶著悔過之意想辦法改正。那情況既滑稽，又動人，但為了補救關係，他一定會重複你說過的好句子，或者你當時剛好從書中引用過的名言佳句——用以表示他未曾忘記，而且境界高。真的簡直要令人感動流涕。末了，他告退——他告辭時總是顯得不勝悔悟，下次一定改進。他走到你面前，用方言抖些聰明笑話，令你臉上抽動一下，或許是疲累而起的痛苦反應。然後，他四面八方握完手，再度回頭，補一句簡單、誠摯的再見，這時大家給他的回應當然好一點。就這樣，他做了個好收場，他非做個好收場不可。在他接下去露面的兩場聚會，他很可能都照搬一次……

以上的交代是否足夠？這不是小說，在小說的構成上，作者呈現場景而間接向讀者透露人物角色的心。身為某人生平的敘述者，我當然有權利直呼名字，明述那些影響我所具陳的人生故事的心理事實。我的記憶指引我寫下獨特的表述，強烈的表述，關於必須傳達的事實，我並無疑問。伊妮絲愛年輕的施維特菲格。此事只有兩個問題：第一，她是否知道？第二，何時，在哪個時間點，她對這小提琴手原本屬於手足同伴的友誼關係變成這種熱烈而痛苦的性質？

第一個問題，我答說，是。讀那麼多書，有心理素養，其詩質目光一直關注自身體驗的女孩子如她，對自己的感覺的發展理所當然有所洞見——無論她起初對這發展多麼驚訝，沒錯，多麼難以置信。她對我暴露心事，看來天真，這天真並不證明她無知；那看起來的單純，一半是不得已於言，有事告人的表現，一半是對我的信任，一種經過奇特喬裝的信任：她在某種程度上假裝她認為我傻氣到毫無所覺，這也是一種信任，但她又希望，而且其實知道真相沒有逃過我的掌握，因為她——我的光榮——認為她的祕密由我保存萬無一失。這絕對確定。我出於人性與謹慎而來的同情，她可以信靠，無論我身為男人，由於天生之異，而多麼難以置身於一個女人的靈魂與心思之中，體會她如何火熱愛上與他同性的一員。當然，我們了解一個男人對一個女性的感覺——即使她對我們自己根本不算什麼——遠比進入一個異性對我們同性一員的情感容易。我們基本上不「了解」這種事，只能發揮修養，帶著客觀的尊重，接受其為自然法則——的確，男人的態度通常較女人善意和寬容，換作女人的話，當她從一個同性得知那位同性在一個男人心中點燃情火，往往會對那同性投以妒嫉的目光，縱使她自己對那顆心無動於衷。

所以，我並不缺乏友好的理解善意，雖然我可能格於男女之異而達不到「移情」那種層次。我的天，小施維特菲格！他的臉形未免有點哈巴狗模樣，說話是喉嚨聲，男孩氣息還多於男人——他眼睛的美麗藍色、他標致的身材、他討人喜愛的小提琴和口哨技巧，連同他大體上和氣可親，我都樂於承認。好，伊妮絲愛他，不是盲目的愛，但也因此而愛得更痛苦；我內心對此事的態度如同她那個喜歡嘲諷，對異性目空一切的妹妹：我本來也會對他說「快！」。「快，老兄，你還在想什麼？你就一躍而起吧！」

但那一躍，即使施維特菲格知道那是他的責任，談何容易。當中有個英斯提托里斯，未婚夫，或準未婚夫，英斯提托里斯，這個追求者——言及此事，我且回頭談伊妮絲對施維特菲格手足之情何時變成激情。我的直覺告訴我：那是在英斯提托里斯博士以男人對女人那樣接近她，並開始追求她之時。我當時確信，至今猶然，假使沒有英斯提托里斯這個追求者進入她生命，伊妮絲絕然不會愛上施維特菲格。此人追求她，但在某種意義上是為另一個人做這件事。這個凡庸男子以他的追求及與之俱來的思維想法，能夠喚醒她內在的女性——這一點他還有辦法做到。但他沒有辦法為他自己做到這一點，儘管她願意出於理智的指示而跟他——這一點他就是無能為力。她被喚醒的女性立即轉向另外一人，對這個人她在意識層面向來只有沉靜、情同手足般的感覺，但現在她內裡有一種完全不同的感覺解放了。她根本談不上認為他合適或值得。但她那自尋不幸的憂鬱使她要定了他，哪管她曾入耳他可惡的那句：「已經有很多不幸的女人了嘛！」

還有一點也怪異！她不滿人意的未婚夫仰慕那種愚昧空洞、由本能驅動的「生命」，原本和她本人觀念南轅北轍，然而她取用那股仰慕，轉施於她對另外一人的迷戀上，可以說以英斯提托里斯自己的信念誑了美斯提托里斯。施維特菲格在她善察而憂鬱的眼中不就代表可貴的生命？

相較於英斯提托里斯，這個徒然以談「美」為業的講師，施維特菲格占有藝術的優勢。藝術滋育激情，美化人的一切。你所愛者的人身自然因此獲得提升，你對他的感覺不難理解也永遠不斷獲得新的滋養，如果你對他的觀感總是與其藝術令人陶醉的印象兩相結合。伊妮絲的母親由於好奇而將她移植到這個城市，藉此一嘗道德上較大的自由，但伊妮絲根本上鄙視這個耽樂於感官的城市對美的熱鬧張致，她為了她的中產階級而參與一個社交團體的熱鬧活動，這團體其實是一個獨特的藝術協會：這一切對她尋求的平靜都是危險的。我的記憶還留著含意深重且令人不安的當日畫面。我看見我們，亦即羅德家、或許克諾特里希夫婦，以及我自己，站在札芬斯托斯音樂廳前幾排的觀眾之間，為一首格外精采的柴可夫斯基交響曲演出鼓掌。指揮指引樂團起立，和他一同接受全場對此美好演出的致謝。施維特菲格站在樂團首席（他不久也坐上那個位置）左側不遠處，樂器挾在腋下，臉熱得容光煥發，面向音樂廳，而針對我們點頭招呼，用的是我們不盡許可他用的那種親密勁。伊妮絲，我沒有辦法不將目光投向她，她的頭往前斜伸，嘴嘛成使壞難纏的模樣，眼睛倔強盯著台上另外一點，盯著指揮，不對，盯著更遠一點的某處，盯著豎琴。又：我看見施維特菲格，某一位客席藝術家奏完某首標準曲目之後，他為之欣喜若狂，在人幾已走空的音樂廳裡，他站在前排，奮力朝台上拍手，而那位技巧名家已第十次鞠躬謝幕。距他兩步之遙，在推來移去一片混亂的座椅之間，站著伊妮絲。她當晚和他接觸並不比我們多，她目注他，等待他什麼時候拍夠了手，會轉過身來，注意她，招呼她。但他沒有住手，也沒有注意她。或者應該說，他從眼角往她那邊看，而且，如果這麼說不為過的話：他那對藍眼珠並未全神貫注於台上那位英雄，它們也沒有真正挪向眼角，而是微微瞥向她站立等待之處，只是不曾停下他那使勁的拍手。又過數秒，她原地轉身，臉色蒼白，眉間緊蹙，快步離開。他登時不再催促那位明星再次出面謝幕，尾隨而去。在門口，他趕上她。她端起冷冷訝異的臉色，奇怪這裡有這個人，也奇怪世上有這個人，拒絕將手給他，拒絕給他一瞥、一句話，逕自走人。

我明白我不該將這些碎屑芝麻殘渣寫進來，它們並無入書的價值，在讀者眼中可能幼稚傻氣。讀者可能著惱我非分之求，要他讀這些夾纏累贅。但他至少不妨擔待，我將其餘好幾百個類似的瑣屑細節按下不表，那些細節由於我人同此心、心同此理的人性情懷，都湧入我的感知，而且由於它們累積而成的災難不幸，永遠無法從我記憶中抹除。我連年留意一場在整個世界歷史裡扮演微不足道角色的災難由微而著，自細而巨，對誰都絕口未提我何所見，何所憂。只有一回，那是事情開始之初，我在菲弗林對阿德里安說起——雖然我不太有興趣，應該說向來有點怯於和他談這類社交事件，他對戀愛情事像出家人般淡漠。但我還是提了，私下告訴他，照我的觀察，伊妮絲雖然即將和英斯提托里斯訂婚，卻無可救藥、要命愛上施維特菲格。

我們坐在修道院長書房下象棋。

「這倒是新聞！」他說。「你大概想要我走錯，害我丟車吧？」

他微笑，搖搖頭，說：

「可憐的心！」

接著，他一邊思考棋子，一邊說著話，然後停下來補一句：

「這對他可不是好玩的事。——他得留心怎麼全身而退。」

30

熾烈的一九一四年八月初幾天，我轉搭一班又一班人潮滿溢的火車，在擠得水泄不通的火車站候車，月台上堆滿人去無主的行李；我身為後備中士，兼程從富來興趕往圖林根邦的瑙姆堡向我的部隊報到。

戰爭已爆發。在歐洲頭上孵了許久的厄運終於發生，化身為所有事先籌謀與操演的嚴格落實，馳突我們的城市，以恐怖、亢奮、急迫激昂、命運、權力意識、不惜犧牲的面貌在人的腦袋與心靈裡翻騰呼嘯。很可能，而且我樂意相信，在別處，在敵方，甚至在同盟國家，這場命運短路被視為災難和「grand malheur[473]」，這詞兒我們經常從法國婦女嘴裡聽到，反正她們在她們國家、住家和廚房裡都有戰爭：「Ah, monsieur, la guerre, quel grand malheur![474]」在我們德國，不容否認，此事是振奮、歷史性的歡欣鼓舞，覺醒啟程的喜悅，擺脫平凡的日常生活，從已經寸步難前的世界僵滯中解放，號召對未來的熱情、責任與男性氣概，簡而言之，此乃歷史性的喜慶。我在富來興的高年級學生臉色漲紅，眼睛發光。年輕人行動與冒險的渴望，與大赦般匆忙舉行的緊急畢業考試暢快結合。他們如潮湧向募兵站，我也樂得不在他們面前扮演居家自了漢。

我完全不否認，我共享我方才嘗試描述的，那場風靡全民的歡欣鼓舞，縱使那種如醉如癡與我的天性頗相扞格，而且有點給我森然之感。我的良心——這裡取其超個人的意義——並非完全清白。這類戰爭「動員」，不管名義上多麼嚴厲，無情似鐵，且全民同盡義務，卻總是有點擅自放假、丟棄本職、逃學、本能脫韁而走的況味——凡此種種，持重之人如我不可能完全自在；而且我在道德上懷疑，這個國家是不是一直那麼循規蹈矩，所以現在可以如此盲目自我陶醉放縱，這懷疑和我個人氣質對這種事的反抗兩相結合。但如今來臨的也是犧牲和視死如歸的時刻，這樣的時刻超越一切，凡事它說了算，不容再有異辭。如果這戰爭多多少少有普世災殃之感，人人，如同每個國家，必須經受考驗，以他的血救贖這時代，包括他自身，的缺失與罪孽；如果這戰爭令人感覺是個犧牲儀式，人類的罪惡本性將經此儀式而抹除，全體一致臻至一種新的、更高等的生命：那麼，非常時刻當前，日常道德允宜讓位並噤聲。我也不會忘記，當時我們懷著相對純淨的心開拔赴戰；我們不認為由於這個國家行為如此，一場血腥的世界災難就必須視為我們國內行事勢所必至的邏輯後果。天可憐見，五年前當然是如此，但三十年前不然。正義與法律、人身保護令、自由與人性尊嚴，那時候在這個國家受到還過得去的重視。那個全無軍人氣概的戲子，天生絕無戰爭之能而坐在皇位上，他揮劍舞刀的架式令有文化的人難堪——而且他對文化的態度足

473「巨大的不幸」。
474「啊，先生，這戰爭，多麼大的不幸！」

證他是弱智蠢蛋。但他對文化的影響已竭盡於那些空洞的管制措施。文化是自由的，它站在可觀的高峯上，如果說它久已習慣與國家權力了無關係，它年輕一輩的傳承者則認為，現在爆發的這場民族戰爭是突破的契機，由此突破而進入一種國家與文化統合為一的生命形式。這裡，就如我們的一切云為，有一種獨特的自我中心，一種完全天真的自我主義，不在意，甚至認為完全理所當然，說，為了德國的成長（我們一直在成長），整個已經比我們成長、對災難動力根本不熱中的世界必須和我們一塊流血。世人為此非議我們，其非議並非全無道理；從道德觀點看，一個民族向一種更高共同生命形式突破的手段——如果那手段要走向流血——應該不是對外戰爭，而是內戰。但我們格外厭惡此說，而且我們國家的統一還只是局部的、經過妥協的統一，代價是三次慘重的戰爭，我們認為不算什麼，反而視為輝煌之事。我們好久以來就是強權；我們已習慣這地位，而這並未如預期般令我們快樂。我們覺得我們並未因此更討人喜歡，我們與世界的關係變壞而非變好，不管承不承認，這感覺深深鬱積我們心底。是來一場新突破的時候了：藉此成為主宰世界的強權——這並非在自己家中努力道德功課即能成事。那就戰爭吧，必要的話，以一國敵萬國，使萬國信服，贏取萬國之心，這就是了，這是「命運」（這個字聽起來多麼「德國」，一種前基督教的原始吶喊，一個歌劇中的悲劇神話母題！）的決定，我們興奮熱烈（只有我們興奮熱烈）開拔以赴的目標——滿懷確定，德國的世紀已經降臨，歷史庇佑著我們，西班牙、法國、英國既往矣，如今輪到我們為世界蓋上我們的印記，領導世界；二十世紀屬於我們，大約一百二十年前開始的資產階級時代走完之後，在德國的標記下，在一種有待完整界定的軍事社會主義標記下，世界就要更新。

這個概念，如果不稱之為理念的話，與另一個概念和諧共治我們的腦袋：我們是被迫戰爭，神聖的急難號召我們揭武而起，雖然這些武器是事先準備精良又操作熟練，而且其優異可能一直就在暗中誘引我們操刀必割——也就是說，我們恐懼被從四面八方淹沒，我們僅有的防衛是我們可畏的力量：以及我們立刻將戰爭帶進別國土地的能力。以我們的處境，進攻和防衛是同一回事：兩者共同鑄成我們對災禍、天命、偉大時刻、神聖急難的激情。外面那些民族可以說我們破壞正義、擾亂和平，是令人忍無可忍的生命之敵；我們自有手段好好敲敲世界的腦袋，直到它對我們改變看法，不但贊賞我們，還愛我們。

千萬別以為我在開玩笑！沒有開玩笑的理由，尤其因為我完全不能強稱我當時自外於舉國狂走的亢奮。我十分投入，雖說基於學者本有的穩重，我沒有參加每一場震天價響的歡呼，雖說輕微的批判思維可能曾在我下意識裡攪動，而且和人人同一想法與同一感覺可能曾經令我短暫微微不自在。人人所想是否即成道理，我這類人有其疑慮。但水平較高的個人，其一大痛快正是豁出去一次——這麼一次如果不是此時此刻，更待何時——將整個身心沉入眾人之中。

我在慕尼黑逗留兩天，到各處辭別，也為我的裝備補充一些零星項目。城裡發酵著嚴肅過節的氣氛，雜以陣陣恐慌與焦慮憤怒，例如颱起野火燎原般的謠言，說水管被下了毒，或者據信人群之中發現一名塞爾維亞間諜[475]。我在路德維希街碰到的布萊沙赫博士，他為了別被當成塞爾維

475 第一次世界大戰的導火線是主張「大塞爾維亞」的塞爾維爾青年，在塞拉耶佛首都槍殺奧匈帝國皇儲夫婦。

亞間諜活活砸死，胸前別滿黑、白、紅色相間的徽誌和小三角旗[476]。戰爭局勢使最高權力從文官轉移於軍方，轉移於一位發號施令的將軍，反應是信任擔憂兼而有之。皇室成員身為指揮官，進駐總部，他們身邊有能幹的參謀輔佐，因此不會賁事，知道這一點，令人放心。他們所到之處，人民盛情擁戴。我目睹部隊槍管掛著花束從營盤行軍而出，女人陪同送行，手帕摀在鼻子底下，一群平民迅速朝部隊聚擁而上，這些升級為英雄的農村孩子報之以傻氣的微笑，驕傲又難為情。我看見一個非常年輕的軍官，全身戰鬥裝備，站在電車車廂背後供乘客上下的平台上，面孔朝後，目注遠方，也深深望入自己內心，明顯在左思右想他自己年輕的生命——然後，他驀地回神自持，很快綻放笑容，四下遊目，看看有沒人注意他。

再說一次，我樂於知道自己和他處境相同，沒有在那些保衛國家的人背後呆坐。其實，我，至少初時而言，是我們相識圈中出征的僅有一人：我們夠強大，人口夠多，有餘裕精挑細選，兼顧文化，承認許多人另有要務而不克服役，只將青年與男性之中完全合適者投入前線。我們圈子裡幾乎每個人都有某種健康問題，都是無人知曉的問題，但他們現在因之而免服兵役。蘇甘布利人克諾特里希[477]有輕微肺結核。畫家辛克為百日咳般的哮喘所苦，他因此經常退出社交，直到發作減退，他朋友史賓格勒則是百病相尋，這一點我們已經知道。工廠老闆布林格年紀輕，看來卻是後方工業生產不可或缺之人；札芬斯托斯管弦樂團在這個首府的藝術生活中是一個太重要的成分，其團員，包括施維特菲格，也不能不豁免兵役。這時有一件事令眾人驚詫一時，是施維特菲格早年曾動一次手術，因此失掉一腎。我們突然聽聞他只用一腎活著——這單腎看來完全勝任，女士們也很快就忘掉這件事。

我可以繼續提許多不適、受保護、獲得體貼豁免的人，往來施拉金豪芬與植物園附近謝爾女士家的圈子都有這些情況。這些圈子，一如前次戰爭，不乏根本抱持反感的人：圈子裡不乏對萊茵聯盟的懷念、對法國友好、天主教對普魯士的惡感，以及種種類似情緒。珍妮特深深不快樂，幾至落淚。她兼屬法國和德國，認為兩者應該相輔相成，而非彼此相殘，這兩國殘酷燃起的熊熊敵對令她徹底絕望。「J'en ai assez jusqu' à la fin de mes jours！[478]」，她在氣憤抽噎中吐出這句話。我儘管感受與她有別，但基於教養，我對她不能不生出幾許戚戚之情。

阿德里安無所動於這整個事情，對我是世上最不言而喻的事，但為了向他告別，我出城前往菲弗林。那家人的長子格雷昂才剛離去，帶著他的幾匹馬向徵兵站報到。我在那裡碰上席爾德克納普，他暫時尚未被徵召，同我們這位朋友共度周末。他早先當海軍，後來應徵入伍，沒幾個月又退役。我自己有沒有多大不同呢？我直說好了，我上戰場差近一年，只到阿爾貢之役[479]，然後被送回家，戴著十字獎章而歸，為了我忍受種種不舒服，和感染傷寒。

---

476 黑白紅三色國旗，德國統一（一八七一）使用到一次世界大戰結束（一九一八）。三角旗則有德意志帝國徽。

477 蘇甘布利人（**Sugambier**）：日爾曼族的一支。

478 直譯為「這到我死都夠我受的！」萊茵聯盟（**Rheinbund**）：德國中、南部十六個小邦，一八〇六年在法國保護之下結成邦聯，推拿破崙為保護人。

479 阿爾貢（**Argonne**）：位於法國東北部。一九一四年開戰後，德軍推進至此，深挖戰壕，此後成為德軍「西線」據點之一。

後話又說多了。席爾德克納普對這場戰爭的評論決定於他對英國的仰慕，就如珍妮特的見解決定於她的法國血統。英國宣戰令他渾身震動，使他心情特壞。依他之見，英國怎麼也不該受到我們毀約進軍比利時的挑戰。法國和俄國——沒問題，我們有必要的話可以對付他們。但挑釁英國！可怕的輕率魯莽。他因此被惹怒了，便以現實主義的態度，認為戰爭無非污穢、惡臭、恐怖截肢、姦淫擄掠、虱子，並且狠狠嘲諷那種將胡作非為美化成光彩之事的意識形態新聞風格。阿德里安沒有反駁他，我更深的感觸另有所屬，但我也承認他的說法道出部分真相。

那晚我們三人坐在有勝利女神像的那個大房間裡，克蕾曼婷好心張羅我們的晚飯，我看她來來去去，便起意問阿德里安他妹妹烏舒拉在朗根沙爾札的境況。她婚姻至為美滿，健康方面，她順利從一場肺虛弱恢復過來，那是上半葉輕微黏膜炎，來自她一九一一與一二年緊接連生兩個孩子。那就是當時已經出生的施奈德文後裔：羅莎與以西結。這對孩子與也是一九二二與二三兩年相銜出生的另一對之間，整整休止十年。下一個兒子是萊蒙。我們那晚聚坐，到迷人的尼波穆克出生，尚有九年。

修道院長書房那頓飯，以及飯後，談了很多政治和道德方面的事，還談到民族性格在這類歷史時刻裡的神祕顯露，而且我在這件事上的發言有幾分激動，為了給席爾德克納普在戰爭上認為唯一可能的、徹底依經驗而論的看法一點平衡；也就是談到德國的突出性格，對比利時所作的孽[480]，此事非常令人想起斐特烈大帝對形式上中立的撒克森的暴行，談到世界對此事的震耳驚呼議論，談到我們那位哲學家首相的講話，話中那句諺語般眾所周知而無法翻譯的「Not kennt kein Gebot[481]」，以及他所說德國之心可表於上帝，為了因應生存威脅而蔑視一項老掉牙的法律文件。席爾德克納普引我們為這一切發笑；他接受我略帶激動的事態描述，但詼諧模仿那位為久已確定的戰略披上道德詩意的大言思想家，而將情感豐富的殘暴、表現莊嚴的悔恨、一派正直而毫不遲疑的惡行變成令人絕倒的滑稽——比這世界的滑稽模樣更加滑稽：這個世界，早已知道我們明擺著的行動計畫，卻不知所措地自謂美德而發出吼叫；我看出我們的主人於此有所偏愛，感激有機會好好笑一笑，因此我樂得加入開心的行列，但還是加個注，說悲劇與喜劇系出同源，燈光一變即足以使此變彼。

我對德國困境、其道德孤立與其所受的公開譴責——只不過表現了諸國對德國的力量、對其在備戰上的領先優勢的恐懼（雖然我承認，在我們受唾棄的此時，這力量與優勢實在不成安慰）——的理解與感受，的確，我現在要說，我的愛國熱情，這股遠比他國人的愛國熱情難以辯護的情緒，沒有被德國特徵的這些幽默詼諧描述破壞，我在房間裡一邊來回踱步，一邊將那熱情形諸語言，席爾德克納普坐在深陷的沙發裡，抽他使用細菸絲的菸斗，阿德里安正好站在他那張

---

480 德國一九一四年八月一日對俄國宣戰，為避免兩面作戰，依預定計畫先取法國，預計反掌可下，之後全力對俄國，而取法國須經中立比利時，但英國一八三二年以來擔保比利時中立。德軍入比，英國八月四日對德宣戰。

481 「事急不顧戒律」，即事急從權，為德國首相貝特曼・霍爾維格（**Theobald von Bethmann Hollweg**）一九一四年八月四日對德國國會演說用語，謂出兵比利時乃德國之「**Notwehr**」（緊急自衛，即遭受非法攻擊而行的正當自衛）；「事急」指法國可能先攻德國。

中央凹陷、頂上安裝了書寫與讀書兩用斜面的老式工作桌前面。我特別一提，他的確在斜面上寫作，一如霍爾班畫中的伊拉斯謨[482]。桌上放著幾本書：一小冊克萊斯特[483]，談牽絲木偶的那篇文章插了書簽，另一本是少不了的莎士比亞十四行詩，還有一本是同樣這位詩人的戲劇——裡面收入《隨心所欲》、《無事自擾》，以及，我沒記錯的話，《維洛那二紳士》[484]。但斜面上擺的是他正在用功之作，都是散頁，有草稿、起頭、樂譜、各種不同進度的初稿：往往只有小提琴或木管聲部的最高音與底下的低音已經完成，中間仍是空白；他處，則有的和聲連結與樂器組合已記下管弦聲部而井然分明，當時他雙唇之間叼著菸，移步上前，如同棋手精確端詳棋盤上的形勢布局——與此，音樂作曲的確頗有可相擬類之處。我們相處自在到他彷彿獨處一般，拿起筆來隨機補入一個單簧管或法國號音型。

他此時所忙的作品，我們知道的細節不多，因為那部宇宙音樂已在緬因茲的秀特父子公司出版，條件與先前的布倫塔諾歌曲一樣。他在忙一套怪誕題材的組曲，他告訴我們，內容取自古老的軼事與滑稽故事書《羅馬人故事集》，但他作此嘗試，並不確知會不會有成果或他會不會堅持完成。按照構思，具體演出者不是人，而是牽絲木偶。（所以他讀克萊斯特！）至於《宇宙奇境》，這莊嚴復自負之作本來排定一場國外演出，如今以戰爭爆發而落空。此事我們在晚餐時已經談過。《愛的徒勞》的呂貝克演出儘管甚不成功，加上布倫塔諾歌曲集，仍然悄悄發揮了作用，阿德里安的名字在藝術內圈開始有個玄奧、雖然尚未確定的名聲——而且不是在德國，更不是在慕尼黑，而是在比較有感覺的其他地方。數周前，他收到巴黎俄羅斯芭蕾舞團指揮、原科隆管弦樂團指揮蒙都先生[485]來信。這位對實驗之作友善的指揮在信中說，他打算開一場《愛的徒勞》演奏會，附帶演出幾首管弦樂作品，連同《宇宙奇境》。他寄望在香榭麗舍劇院演出，為此邀請阿德里安前往巴黎，他或許可以親自排練並介紹他自己的作品。我們沒有問我們這位朋友是否接受了邀請。反正時局如此，這事已再也無從談起。

我歷歷猶見我在那個有護壁板、巨大枝狀吊燈、鑄鐵小壁櫥、壁角長凳鋪了平坦皮墊、窗龕深凹的老房間裡，在地毯和地板上信步來回，大談德國事——主要針對席爾德克納普，而非阿德里安，我沒有期待他留心。我習慣了教書和開講，如果情緒醞釀足夠，是個很不壞的演說者；我甚至喜歡細聽自己發揮，而且得意語言如此任我駕馭。我還加上熱烈的手勢，聽由席爾德克納普決定我的言論是否屬於十分惹惱他的那種好戰新聞報導風格；但依我之見，歷史時刻將原本形色雜多的德國作風塑造成——決不缺乏動人特徵的——德國性格，有人在心理上與此性格產生一些共鳴，乃自然而應獲允許之事。追根究底，事關突破心理。

---

482 伊拉斯謨在斜面桌上寫作，見德國畫家小漢斯・霍爾班（**Hans Holbein der Jüngere**，一四九八—一五四三）繫年一五二三年名畫〈寫作中的伊拉斯謨像〉（**Bildnis eines schreibenden Erasmus von Rotterdam**）。

483 克萊斯特（**Heinrich von Kleist**，一七七七—一八一一）：德國詩人、戲劇家兼小說家。下文所提文章，是他一八一〇年發表的〈論牽絲木偶劇場〉（**Über das Marionettentheater**）。

484 諸劇原名依序是：「**As You Like It**」、「**Much Ado About Nothing**」、「**Two Gentleman of Verona**」。

485 蒙都（**Pierre Benjamin Monteau**，一八七五—一九六四）：法國指揮家，一九一一至一四年主持巴黎俄羅斯巴蕾管弦樂團，一九一三年在巴黎香榭麗舍劇院（**Théâtre des Champs-Elysées**）指揮史特拉汶斯基芭蕾管弦樂作品《春之祭》世界首演，自此成名。

「以我們這樣的民族而論，」我朗言道，「心靈永遠是第一、真正的動機力量；政治行動排第二，是其反射、表現、工具。至於突破以成世界強權，命運召喚於我們的這場突破，就最深層次而言，這是突破孤立以進入世界——這孤立，我們所痛切感受到的，而且自帝國肇建以來，無論再強力地緊密結合於世界經濟也沒有能夠衝破。所憾者，這突破在經驗世界裡的表現是戰爭，雖然其真正的本質只是我們與世界合一的嚮往和渴望。」

「上帝保佑你的研究！」我聽見阿德里安低沉的聲音，加上短促的大笑。他始終不曾從他的樂譜抬起頭來。

我停下腳步，盯著他，他全未留意。

「怎麼，」我答道，「看你意思，你那句話大概還要補一句『你們搞不出什麼名堂的，哈里路亞』？」

「更好的補句也許是『那玩意沒搞頭』，」他答道。「對不起，我說話像學生，因為你的演說非常令我想起很久以前我們在稻桿堆過夜的辯論。那些小子名叫什麼來著？我發覺那些舊名字愈來愈叫不出來了。」（他當時二十九歲，看來好端端的。）「德意志麥爾？東格斯雷本？」

「你指的是那個粗壯的德意志林，」我說道，「以及那個叫東格斯罕的。當時在場的，還有一個胡柏麥爾，和一個叫推特雷本的。你向來不大牢記名字。都是善良、用心的小伙子。」

「是嗎！想想那個『夏培勒』，和某個叫阿茲特的社會主義大夫。你又怎麼說？你跟他們根本不同類，又不主修神學。可我現在在聽你說話，簡直就是在聽他們。稻稈之夜——我提此事，只是要說：一日大學生，終身大學生。學府生涯使人永遠年輕又活潑。」

「你和他們同一院系，」我說道，「根本比我更像旁聽生。當然啦，阿德里，我只是個大學生，你大概言之有理，我至今還是個大學生。那更好，如果學院歲月使人永遠年輕，因為年輕意指：保持對精神、對自由思想的忠誠，為粗俗事件提出高等詮釋的忠誠……」

「我們是在談忠誠嗎？」他問。「據我理解，你是說凱撒薩興想變成世界城市。那可不太忠誠。」

「得了得了，」我朝他喊道，「你是完全不懂什麼叫忠誠的，可你很明白我說德國要突破以進入世界是什麼意思。」

「那可沒什麼幫助，」他答道，「即使我明白，因為，至少暫時，粗俗的事件將會使我們被徹底隔絕和封鎖，無論你的大軍湧入歐洲多遠。你也看見了：我連巴黎也去不了。是你們去，而不是我。這樣也挺好的！偷偷說吧：我本來就沒打算走。你們幫我解決了一件尷尬事……」

「戰爭會很短，」我哽著聲音說，因為他那番話令我心痛。「不可能持續很久。我們為迅速的突破所付的代價是罪惡，我們承認這罪惡，並且宣布將會補償。我們必須承擔罪惡……」

「而且我們知道如何帶著尊嚴承擔，」他打岔。「德國有寬闊的肩膀。而且誰會否認，一場真正的突破就算被柔順的世界稱為罪行也值得！我希望你不要認為我小看你在稻稈堆裡思考的觀念。根本而言，世上只有一個問題，叫做：如何突破？如何達到海闊天空之境？如何破繭而成蝶？整個形勢都由這個問題主導。這兒，同樣地，」他說著，拉一下桌上那本克萊斯特作品裡的小紅線，「也討論突破，在談牽絲木偶的那篇出色文章裡，並且特別稱之為『世界歷史的最後一章』。文中只談美學，談優美，談實際上是木偶與上帝所獨有，也就是無意識、無限的意識之中才可能的，自由的優雅，而零與無限之間的任何反思都扼殺優雅。這位作家認為，意識必須通過一個無限，優雅才可能重現，亞當必須再吃一次知識樹之果才能重返於純真。」

「我真高興，」我叫道，「你正好讀了那篇文章！此文思致精采，你將之與突破的理念融合為一，也極確當。不過，別說『只談美學』，別用『只』字！將美感視為人類一個狹隘、自成一事的局部領域，是非常不對的。美感遠遠不止於此，它使人著迷也引人反感，其實包羅一切，正如那位詩人所用『優雅』一詞廣義之至。從美感得救與否，是命運，而這決定幸福或不幸福，決定你樂群而彷彿在大地上獲得歸宿，或者生活於雖然高傲，但不可救藥的孤立之中，而我們不必是哲學家也知道醜受人厭惡。突破的渴望，突破拘縛，突破而不願被閉鎖於醜陋——你儘可以說我徒託大言，但我覺得，向來覺得，而且我願力敵許多粗糙的表面之見，主張這就是kat' exochen[486]的德國，德國的深奧屬性，德國特性的定義，這精神狀態受到的威脅包括陷入繭中、孤立之毒、偏狹而見逐於大局之外、精神官能症的糾纏、悄悄興起的撒旦崇拜……」

我打住。目注他。我走筆之際仍然相信，當時他臉上血色全無。那目光，他投給我的目光，是那種有意的，不管他是瞄準我還是瞄準別人，都令我不快的目光：無聲勝有聲、隔膜而冷漠疏遠到令人油生刺痛之感，接著是一絲微笑，雙唇抿著，鼻翼抽動之中流露嘲弄——然後別開頭去。他離開書桌，不是步向席爾德克納普，而是走向窗龕，在那面裝有護板的牆上，他掛了一位聖徒的像。席爾德克納普發表一些意見：照我的想法，他說，我該慶賀自己馬上就能上戰場，而且是騎馬赴戰。人上戰場，他說，就該策馬而去，否則根本別去。他想像一匹馬，輕拍牠脖子。我們大笑。我得趕火車，我們就此告別，輕鬆而愉快。這分袂沒有黯然神傷，是好事一件，否則未免不太合適。然而我帶著阿德里安的目光上戰場——可能也就是那目光，虱子帶來的傷寒只是表面原因，將我那麼快帶回家，回到他身邊。

486 希臘文，「道道地地」，「直截了當」。

31

「是你們去，而不是我，」阿德里安如是說。然而我們也沒去成！我要不要承認，我，不足為外人道，而且完全無關乎歷史角度，為此感到一股深刻、個人內心的羞恥？週復一週，我們將勝利包裝成冷酷理所當然之事，簡扼地做成精練的捷報傳回國內。列日早已攻下[487]；我們拿下洛林之役，按照久已構想的總體計畫以五個軍渡過馬斯河，攻克布魯塞爾、那慕爾，在沙勒羅瓦與隆格維獲勝，在色當、雷泰爾、聖康坦贏得第二個戰役系列，並且占領漢斯[488]。進軍之勢挾我們而前，其速奮迅，順遂如我們所夢想，受戰神眷顧，得命運首肯，彷如添翼。堅定忍受與進軍無法分開的燒殺場面，是男子漢的條件，是對我們英雄氣概的至高要求。時至今日，我仍然十分清晰喚回一個憔悴法國女人的身影，她站在我們的砲兵正在圍攏的小山上，山腳是一座村子被粉碎而兀自濃煙騰騰的廢墟。「我是最後一個！」她以任何德國婦女都無法想像的悲慘手勢朝我們叫道。「Je suis la dernière![489]」然後高舉雙拳，將詛咒朝我頭頂丟來，連喊三次：「Méchants! Méchants! Méchants![490]」

我們旁顧左右；我們必須勝利，那是制勝裡的棘手部分。我由於在潮濕的帳篷帆布底下過夜而導致凶惡的咳嗽和四肢痠痛，這時跨坐在我的栗色馬上，為這些毛病所苦，以自感悽慘來找到幾分慰藉。

我們擊碎更多村莊，乘翼而前。接著，來了不可理解、看來殊為荒謬的事：撤退令。我們怎麼可能明白怎麼回事？我們隸屬豪森麾下的軍團，師至馬恩河畔夏隆之南，如同已在另一據點上的克魯克軍，十足正待前進巴黎。我們懵然不知，經過五天激戰，法軍已突破比洛的右側——只因此故，一個焦慮而謹小慎微，靠叔叔蔭庇得位的最高指揮官[491]，就把一切拱手還人。我們經過

---

487 列日（德文 **Lüttich**，法文 **Liege**）之戰為德軍入侵比利時首役，自一九一四年八月五日持續至十六日。

488 德軍進據諸地時間：洛林（德文 **Lothringen**，法文 **Lorraine**），八月二十五日；渡馬斯河，二十八日；布魯塞爾，二十日；那慕爾（**Namur**），二十五日；沙勒羅瓦（**Charleroi**），二十三日；隆格維（**Longwy**），二十八日；色當（**Sedan**），二十五日；雷泰爾（**Rethel**），二十九日；聖康坦（**Saint-Quentin**），三十日；漢斯（**Reims**），九月三日。

489 「我是最後一個！」

490 「壞蛋」、「惡棍」。

491 此處所述，為一九一四年九月五至十二日的第一次馬恩河（**Marne**）戰役，德軍最高指揮官為（小）毛奇（**Helmuth Johann Ludwig von Moltke**，一八四八—一九一六）。當時比洛（**Carl von Bülow**）的德國第二集團軍進至巴黎以東約五十公里，克魯克（**Alexander von Kluck**）的第一集團軍在巴黎以北約二十三公里，指日進城。然德軍外則情報失靈，內則統御無方，面臨被圍殲之危。毛奇於九日下令往東撤退，開挖戰壕據守，盟軍進擊。十四日，德軍與盟軍開始明顯無法動搖對方，雙方陷入其後四年的壕溝戰。德國閃電致勝於西線之望由此役而粉碎。

我們來時轟成廢墟冒著濃煙的那些村子，包括那個悲慘女人站立的小山。她已不在那裡。

負我們進軍之翼負了我們。事本難成。這場戰爭本就不能迅如破竹而勝——和大後方一樣，我們了不解事。我們不解世界何以為馬恩河會戰的結果欣喜若狂；我們的得救繫於速戰速勝，但這場戰爭因而變成我們承受不了的長期戰爭，我們也不解世界何以為此歡天喜地。我們戰敗只是時間和他國須付的代價問題——我們要是知道這一點，本來可以放下武器，逼迫我們的領導人速議和；但他們大概極少人心存此想。他們大概沒有明白，局部戰爭的時代已經過去，我們不得不進入的一切戰役都一定燎原而成世界大戰。以此例而言，我們的優勢是補給線短、鬥志、備戰充分，以及基礎穩固且權威意識強烈的國家，這些構成我們勝利來得快如閃電的機會。此機一誤——而且我們注定有此一誤——無論我們未來可能完成什麼，我們都是輸的，原則上輸，預先即輸，這次、下次、永遠如此。

我們當時不曉得。慢慢地我們才痛苦地領會真相，這場戰爭則變成帶來腐朽、衰敗、慘苦的戰爭，雖然不時以虛假的小勝利勉強維持微光閃鑠的希望——這戰爭，我說應該只會是短短的，卻拖了四年。那些敗壞與崩潰、我們人力與物資的耗竭、生活漸趨寒酸與襤褸、食物的貧乏、由短缺而產生的道德墮落、偷竊成風、地痞無賴趁亂暴富的奢侈揮霍，諸如此類，我要不要在此詳細回敘？我可能因此見責，說我不知自制，逾越我自定的、寫一本親密傳記的工作分際。我在後方親身經歷我在這裡點出的所有事情，從起始到苦澀的終場，先以放假的身分，然後是被剔出部隊，返回富來興的教職。在阿拉斯[492]，這個要地會戰從一九一五年五月初深入七月的第二階段，除虱工作明顯不足：我由於感染而隔離數周，接著在陶努斯山[493]的傷兵休養所度過一個月。我當時沒有抗拒一個想法：我對祖國已履行一段義務，到我老崗位去維繫教育系統會更有貢獻。

我就這麼做了，因此在我的小康之家再為人夫人父，其四壁與內中的熟悉物事或許要被轟炸殆盡，但我深居簡出的、已然空虛的生活，至今卻仍以此為架構。應該再說一次，但並非自吹自擂，而是單純的重申：我自己的生活，我沒有完全忽略，這生活卻永遠是附帶的，我只給一半注意力，如同只用左手過日子；我真正的迫切關懷、緊張、擔憂，都獻給我那個童年朋友，重返他近旁令我無比歡喜——如果「歡喜」一詞能形容那微帶寒心的不安冷顫、我因他沒有反應而感到的痛苦；他對我沒有反應，起於他在創作中日益陷入的孤絕。「看緊他」，看顧他不尋常的、謎樣的人生，永遠似乎是我自己人生真正且迫切的任務；這件任務構成我自己人生真正的內容，此所以說我當前的歲月是空虛的。

他的家——以其特殊的重複意義而言，某程度上我不太同意稱之為「家」——選得相當幸運——謝天謝地，在諸事崩潰，短缺日益尖銳嚙人的那些年，他獲得農戶希維格斯提爾再好不過的照顧；只是他並不知情，也沒有領情。但這個被封鎖被包圍，儘管軍事上仍然力圖伸展的國家所受的種種蝕壞改變，對他幾乎全無影響。他視一切為理所當然，從來隻字未提，彷彿一切出於

492 阿拉斯（Arras）：位於法國北部，盟軍在一九一五年五月對阿拉斯發動攻勢，以期逐退據守阿拉斯北側高地之德軍。

493 陶努斯（**Taunus**）：法蘭克福北部山脈，以溫泉浴療知名。

他，來自他本性，其恆定與固定的Semper idem力量在他這個人身上無視外在環境的改變。希維格斯提爾家隨時都能滿足他簡單的飲食習慣。而且，我甫自戰場歸來，就發現他受兩個女子照料。她們主動接近他，以他的呵護者自居，而彼此全不相干。

這兩人是梅妲・納克迪與庫妮根德・羅森斯提爾。前者是鋼琴老師，後者是一個製腸業合夥人：她的工廠生產香腸的腸衣。有一點頗值一提：阿德里安的名字開始與玄奧的名氣連在一起，這初期的名聲雖然完全不為大眾所知，卻打入內行圈子，見賞於其頂尖成員，來自巴黎的邀請即其標誌；但那名聲同時也很可能反映於比較謙抑、層次較低的一批人，投契於可憐的靈魂中有所求索的心情，他們由於孤獨而熱情的感性——此所謂「高尚的追求」——而自別於群眾，並且在對罕有事物的崇拜裡找到幸福。這些靈魂是女子，而且是老閨女，不足為奇；人的節制的確是一種預言直覺的來源，這直覺並不因其來處寒傖而減價。毫無疑問，個人因素在這裡扮演一個可觀、分量甚至超過思想的角色，但這裡的兩個例子都只能以模糊的輪廓，用感覺和預感來理解和評估。然而我這個人，頭腦連心靈從早年就醉心於阿德里安，對他的自封、森冷、謎樣的存在傾慕不已——我豈有絲毫權利取笑他的孤絕、他不妥協的人生方式竟對這些女子散發魅力？

納克迪，三十多歲，怯生生，永遠臉紅，時時刻刻害羞得要死；不管是自己說話或聽人說話，夾鼻眼鏡後面的雙目痙攣似的，但友善地一睒一眨，同時不斷點頭，皺鼻子。有一天，她正值阿德里安進城，適巧站在一班電車的前側平台上，就在他旁邊，她一發覺，沒頭沒腦而逃，竄過擁擠的車廂往後而去，在那裡心頭七上八下。片刻之後，心神方定，回頭找他說話，卻直呼他名字，在臉色一陣紅一陣白之中透露她自己名字，說了一些她自己的情況，還告訴他，她以神聖看待他的音樂；他耳聽其言，口稱謝謝。兩人就此相識，但納克迪為此相識起了頭，並沒有聽其自然：數日之後，她來個一回生，二回熟，帶著花到菲弗林上門致意，並且從此繼續不斷滋育這情誼，甚至在相互妒嫉的刺激之下，與以別樣方式起頭的羅森斯提爾公開競爭。

她是個骨突突的猶太人，年紀約略與納克迪相當，一頭不太馴服的捲髮，雙目的褐色深處寫著亙古的悲傷：傷這個錫安的女兒蒙塵，傷她的民族有如失落的羊群。一個精力充沛的女子，操粗糙之業（香腸腸衣工廠的確有點粗糙的味道），卻有個哀感的習慣，每句話開頭都是「啊」。「啊，是的」，「啊，相信我」，「啊，有何不可」，「啊，我明兒個去紐倫堡」，帶著怨苦的低沉聲音，蒼涼如沙漠。問她：「您好嗎？」她回答：「啊，總是挺好的。」但是，她寫起來判若兩人——而且她對此事的喜愛非比尋常。羅森斯提爾不僅像幾乎所有猶太人那樣非常有音樂才情，而且儘管不是博覽群書，她的德文卻比一般德國人遠更純粹與細心講究，甚至較文人學者猶有過之。她以一封信開啟她與阿德里安的相識，她自己那廂則始終稱之為「友情」（久而久之，可不是真的成了友誼嗎？），信寫得極好，是長信，文字妥貼，表達悅慕之意，內容並不驚人，但風格取法於比較古老的人文主義德國提供的最佳範式，文學造詣之高，收信人讀之頗有幾分驚異，便無默爾不提之理。然而在那之後，她儘管頻頻造訪菲弗林，卻照樣經常寫信給他：詳言細寫，題材不甚具體，所談之事亦非趣味橫生，但語言細心、整潔而可讀——不是手寫，而是以她公司的打字機打的，因此有公司行號名稱使用的「&」字符——信中表白她的一種敬仰，卻由於她過於謙卑或沒有能力而無法更深切界定或解釋。但此純屬敬仰，一種出於本能而忠實維持多年的敬仰與專誠，只為此故，先不說她別的才能，吾人真的就必須敬禮這位優秀女子。我至少就是這麼做，而且努力在內心給予怯生生的納克迪同樣的肯定，雖然阿德里安以其不經心的天性，對這些致敬與奉獻可能只是將就容忍。而且說穿了，我的遭遇與她們可有多大不同？我用心努力對她們友善（她們則挺原始，彼此受不了，相逢輒瞇斜著眼互相打量），這一點我自認難能可貴；因為，就某種意義而言，我和她們屬於同一行會，我跟阿德理安的關係就此被複製，降格為老處女的仰慕之情，我本來大有理由為之惱怒。

她們總是滿手而至，在那些饑餓的年頭，為這個在基本營養已獲充分照顧的人帶來私密途徑張羅得到的一切東西：糖、茶、咖啡、巧克力，以及捲菸用的細菸絲。他讓我、席爾德克納普，甚至永遠自認和你親密的施維特菲格分享這些東西，我們之間也每每感恩口念兩位殷勤女子的名字。至於菸絲，阿德里安只在不得已時放棄，也就是偏頭痛突然如嚴重暈船般發作而逼得他臥床於暗室的日子，一月之中有二到三次；其他時候，他離不開他相當後來，在萊比錫才養成的習慣，工作時尤其不能沒有這個助興刺激劑。他鄭重說，工作中間沒有暫歇來捲菸，吸幾口，他撐不久。我回復平民生活之時，他正在全心急迫工作——根據我的印象，不是為實際題材，亦即不是為《故事集》譜曲本身之故，至少不是純為此作本身之故，而是打算盡快將此書置諸腦後，準備迎接他的天才即將面對的挑戰。當時，地平線上，我很確定，甚至大概在戰爭爆發之前——就他的預見而言，那場戰爭是個深遠的分段與轉折點，開向一個嶄新、動盪、天翻地覆，瘋狂冒進與苦難滿溢橫流的歷史階段——他創作生命的地平線上就已出現《Apocalipsis cum figuris》[494]，此作為他的創作生命帶來天旋地轉的推力，但此時尚未著手——至少我認為程序如此——他將等待的時間用於獨特、怪誕的木偶之作。

阿德里安經由席爾德克納普認識這本老書，此書是中世紀大多數浪漫神話之源，譯自以拉丁文寫成的最古老基督教徒童話與傳奇故事集。我樂意歸功阿德里安這個眼睛顏色相同的寵兒。他們有很多夜晚共讀此書，令阿德里安最得趣的是此書滿足他的滑稽意識，他大笑的渴望——笑到眼中含淚；這個傾向，我有點枯燥的天性從來不懂得培養，而且不願助長，因為我性情多憂，認為我帶著緊張與不安而愛的這個人開心得整個人散了架，並不得體。眼睛顏色相同的席爾德克納普完全沒有我這種憂心，但這股憂心我守在自己方寸之內，而且無礙我碰到這類放縱淘氣時真心同樂。那個西里西亞人尤其明顯滿意這類時刻，他把阿德里安弄得笑中帶淚，彷彿達成一項使命，盡了一份責任。無可置疑，他以那本滑稽故事和寓言書，將那份責任盡得極有價值而且成果豐碩。

我可以說，《故事集》以其對歷史的無知、基督教的虔誠說教與道德上的天真，以其在弒父、通姦、複雜亂倫諸事上的奇特詭論，以及不可考的羅馬皇帝故事，他們費盡心思看緊女兒，然後以挖空心思的條件賣女——我說，不容否認，那些前往應許之地朝聖的騎士、淫蕩的有夫之婦、狡猾老鴇、耽溺於黑魔術的教士故事，以故作威重的拉丁文風格或素樸得難以形容的翻譯筆調呈現，格外令人發噱。那些故事也極為令他大發諧擬之興，他打認識它們之日，就念念不忘要將它們以精練形式表現於木偶劇場。其中有個講徹底不道德之事，可以視為《十日談》[495]先聲的

494《啟示錄變相》，杜勒一四九七至九八年根據《新約聖經》〈啟示錄〉所作十五幅木刻版畫。一五〇〇年前後，歐洲瀰漫世界末日與最後審判的氣氛，杜勒深信其事，這套作品亦刻畫如真，立時傳遍遐邇。

〈老女人的邪惡奸計〉，一個假聖潔、專門煽動禁忌情欲的婆子教唆罪孽，攛掇一個高貴而且格外正派的有夫之婦；趁不疑有他的丈夫出遠門，讓一個對她欲火焚身的年輕人如願。老醜婆將她一隻小母狗餓兩天，餵牠吃芥末麵包，這隻動物吃得淚如泉湧。老醜婆帶著小母狗探望這個恪守道德的婦人，受到恭敬接待，因為人人當她是聖潔之人，婦人亦然。但她目睹淚汪汪的小母狗，怪奇而問牠淚從何來，婆子作盡難言之狀，經過追問，方道小母狗本是她的女兒，這女兒貞潔過頭，頑固拒絕一個思慕她如火焚身的年輕人，把他給逼死了，受罰變成這副狗樣，如今成天以淚洗面，為這狗日子悔恨。老鴇一邊撒這精心算計的謊，一邊啜泣；貴婦卻想到自己與那個被罰女兒的情況何其相似，心慌膽戰，遂向老婆子說起那個為她受煎熬的年輕人。老婆子繪影繪聲描述，她萬一也變狗，將是何等無可彌補之痛。老鴇慨允承命，將饑渴的年輕人帶來一熄欲火，兩人於是在邪惡巧計布局之下暢其姦情。

我至今妒嫉席爾德克納普搶先在修道院長書房對我們的朋友朗讀這個故事，雖然我必須說，如果是我，情況會有所不同。反正，他對眼前工作的貢獻止於這個起頭。到了為木偶舞台改編那些寓言，將故事化成對白，他視之為對他寶貴時間的苛求，或者出於他那股出了名倔強的自由感，而拒絕參與，阿德里安不以為忤，在我缺席之下自己草成粗略的場景與大概的對話，後來由我抽空迅快將之塑造成散文與韻文穿插的最後形式。依照阿德里安之意，那些為比手畫腳的木偶發聲的歌者分派於各種樂器。他構思的管弦樂團十分省淨，是小提琴與低音提琴、豎笛、巴松管、伸縮喇叭、長號，以及一個人負責的打擊樂器組；此人並負責一組鐘，外加一個敘述者，其人如同清唱劇的旁白人，以宣敘調與敘述扼要交待情節。

以此疏落的形式處理，效果最佳者當推第五個故事，此乃集內核心之作，亦即〈教宗聖格列戈的誕生〉，故事之本旨絕非此一出身之奇絕罪孽而已，主人公的可怖經歷非特無礙他終於升任基督的代理人，反而使他看起來是依照神的恩典而經過那些遭際，得任此職是特別受召，是宿定。情節發展如一條漫長的鏈子，我不擬辭費，又把故事重述一次，但大意是說，一對王室兄妹孤兒，哥哥愛妹妹而逾分，失去自制而陷她於不只有意思之地，把她變成一個絕美男孩子的母親。在最不堪的一層意思上，這個孩子確是妹妹所生的孩子，而他也是故事中一切的樞紐。他父親為求懺悔而參加十字軍，死於應許之地，這孩子則飄向叵測的命運。女王下定決心不經手這個孽種的洗禮，下令將他，連同王子用的搖籃，擺進一隻高桶之中，加上一張說明的牌子，以及供他作為教養之費的金子銀子，一同付予海上波濤。在「第六個節日」，波浪將他帶到一位虔誠修道院長主持的修道院附近。院長發現他，為他施洗，為他取自己的名字格列戈，並讓他受教育。由於他身心天賦異稟，教育成果輝煌。那位一身罪孽的母親在臣民惋惜之下發誓不結婚——顯然，不只因為她自視為瀆神之人而不配基督教婚姻，也因為她要對下落不明的哥哥從一而終。一個外國公爵向她求婚，她回絕。他怒極而對她的國家發動戰爭，攻陷全境，只餘她敗退後固守的一城；小伙子格列戈得知自己的出生來歷，思欲前往聖墓進香，卻陰錯陽差來至他母親的城裡，

495《十日談》（*Dekameron*），義大利作家薄伽丘（**Giovanni Boccaccio**，一三一三—一三七五）完成於一三五三年的故事集。

獲悉此國女王的遭遇，安排往見，自請效勞。她「仔細打量」他，沒有認出他來。他擊敗盛怒的公爵，解放這個國家，朝中近臣提議他當獲救女王的丈夫。她忸怩一番，要求考慮一天——只一天，隨即違反她的誓言，首肯其事，在舉國喝采歡騰聲中完婚，於不疑之中恐怖連環錯，孽子與親母成為床頭人——我就不必細表了。我只想略述情節中幾個情緒激動，在木偶歌劇中效果荒怪又奇妙的高潮：例如，故事開始時，哥哥問妹妹，她臉色為何那麼蒼白，「妳的眼睛失去了烏亮」，她回答他：「不要驚怪，我有身了，悔恨莫及。」或者，她得到那個罪孽之人的死訊，放聲哀惋：「我沒了指望，我沒了力量，我僅有的兄弟，我的第二個我！」然後將屍體從腳底吻遍到頭頂，以至於她的騎士目睹如此無度哀傷，頗覺難受，不得不將他們的女主人從屍體拉開。或者，她發覺自己與誰燕婉恩愛時，對他說道：「啊，我親愛的兒子，你是我唯一的兒子，你是我丈夫兼我的主人，你是我兒子兼我哥哥的兒子，啊，我親愛的孩子，還有上帝你，你為什麼讓我生在世上！」事情就是如此：她在她丈夫的密室發現當初她手寫的說明，得知她與什麼人同床共枕，只是謝天謝地，沒有又為他生出一個弟弟或她哥哥的孫兒；又一次，但這回是他思索朝聖懺悔，並且立刻赤腳啟程。他遇一漁夫，漁夫「見他四肢之高貴」便知眼前此人殊非等閑旅人，並且同意其說，亦即對他最好的安排是極端的孤獨。他將他送到外海六十哩一塊潮汐洶湧的岩石，在那兒，雙腳鎖上鐵鍊，鐵鍊的鑰匙拋入大海之後，格列戈懺悔十七年。十七年既了，他為無比巨大的神恩抬舉，對他自己雖然似乎無足驚異。原來，羅馬死了教宗，他才一瞑目，天上就降下一個聲音說：「去找格列戈，那個屬神的人，指定他當我的代理！」使者馳赴各地，也訪及漁夫，漁夫憶起其事。他捕得一魚，魚腹中赫見當日沉海的鑰匙。他送使者前往懺悔石，他們大喊：「啊，格列戈，屬神的人，從石上下來吧，神的旨意要你當祂的人間代理！」他怎麼回答他們：「如果能令上帝喜悅，」他泰然說道，「那麼祂的旨意當行。」他們朝羅馬而來，羅馬本應敲鐘，結果鐘不待人敲而鳴——群鐘自鳴，宣告如此虔誠且富於教益啟發的教宗得未曾有。這位神佑之人的名聲傳到他母親耳裡，她正確認定她的人生沒有比託付於這個神選的人更好的去處，因此前去羅馬向聖父懺悔。他聽了她的告解，認出她來，對她說：「啊，親愛的母親、姊妹和夫人。啊，我的朋友。魔鬼意圖領我們下地獄，上帝的大能阻止了他。」他為她蓋一所修道院，由她主持，但為時頗短，因為兩人不久即獲許將他們的靈魂歸還上帝。

為這個罪孽盈溢、單純、神恩充滿的故事，阿德里安驅遣全副才智諧趣與恐怖、童稚的急迫、幻想及音樂描繪的莊嚴，而且呂貝克那位老教授的奇特形容或許很可以移用於此：神悟。回憶令我油生此想，因為《故事集》的確有點是一種倒退，退向《愛的徒勞》的音樂風格，《宇宙奇境》的調性語言則比較像預示《啟示錄》，甚至《浮士德》。這類預示與重疊在創作生命中十分常見；不過，這題材對吾友的藝術刺激，我頗能解釋：那是一種思想上的魅力，其中不無一絲惡意，以及為了摧陷廓清而以諷刺手法另創別調，因為那是針對一個漸趨尾聲的藝術時代那種膨漲夸張的激情[496]而來的批判反擊。音樂劇取材於浪漫的傳說、取材於中世紀神話，並且影射只有這類題材配得上音樂、與音樂的本質門當戶對。吾友之作乍看遵守此一影射：其實完全是破壞性

496 指華格納代表的音樂激情而言，下句「音樂劇」亦針對華格納作品而發。

的遵守，因為滑稽，特別是情色方面的詼諧，取代教士的道德風規，膨脹的演出排場亦盡行擯棄，一切轉移於原本即帶詼諧意味的牽絲木偶舞台。木偶戲的特殊潛力，阿德里安忙於《故事集》諸作期間十分用心研究，他隱居遁世之處，周邊人興趣正好在天主教的巴洛克劇場，提供他許多研究機會。附近的瓦爾茲胡特有一位藥房老闆是木偶雕刻和服飾師傅，阿德里安三番幾次拜訪他。他還前往密登瓦特，就是伊薩谷上端那個做小提琴出名的村子[497]，村中住一位深有同好的藥劑師，在他妻子與幾個靈巧兒子協助之下，以波奇[498]與克里斯興・溫特[499]的風格在村裡演出木偶戲，吸引大批本地和外地人。阿德里安觀賞這些演出，而且，我留意到，他研讀的文獻及於極富巧思的爪哇布袋戲與皮影戲。

那些開心又激動的夜晚，我們，也就是說我、席爾德克納普，大概加上三不五時堅持參加的施維特菲格，聚集於窗龕很深、有勝利女神像的房間。阿德里安用那台老舊方形鋼琴，從他充滿異想的總譜為我們演奏新作，極霸道的和聲、極盡迷宮般的節奏用在最簡單的素材上——反過來，兒童玩具小喇叭的音樂風格卻用來表現最奇譎的故事。王后與她為她哥哥生下來，然後以妻子身分擁抱，而如今已成聖父的丈夫重見，令我們此生從未如此淚眼盈眶，那是大笑與怪誕感動的獨一無二結合使然；施維特菲格擅自過度親密之疾又犯，利用那一刻放肆起來，以一句「你真了不起！」張臂環擁阿德里安，把兩顆腦袋擠在一起。我瞧見席爾德克納普本來就含怨意的嘴巴扭曲成大不以為然的怪相，我自己則忍不住低咕「夠了！」伸出一手，作勢拉回這個不知顧忌、渾忘距離之人。

此人也可能有點聽不懂那場私房演出之後在修道院長室結束的談話。我們談前衛與民族傳統的結合，談如何揚棄藝術與可解、高等與低等之間的鴻溝，浪漫主義的文學與音樂曾在相當意義上做到這結合與揚棄——其後則卓越與易解、尊嚴與娛人、進步與眾樂之間與日俱深的分裂和疏遠再度成為藝術的命運。音樂——它代表一切藝術——以其逐漸成長的自覺，要求邁出它尊嚴而孤立之境，從眾而不媚眾，說未入音樂之門者也能理解的語言，一如他們聽懂〈狼谷〉、〈新娘花冠〉[500]、華格納，這是濫情嗎？無論怎麼說，濫情都不是達到這目的的手段，遠更有用的是反諷、嘲弄，兩者蕩滌空氣，將聲音的陶醉，加上文學，與客觀和元素——亦即音樂的重新發現，說音樂是時間的組織——結合為一個陣線，力矯浪漫主義、激情和預言。一個極為棘手的開始！偽原始主義，又是浪漫主義，不就在近旁嗎？但是，堅持思想高度；將歐洲音樂發展的最精成果化解成人人能解的新事物；了無拘礙運用建築材料，流露傳統的痕跡，而絕無蹈襲前賢的末流姿

---

497 密登瓦特（**Mittenwald**）：在巴伐利亞南端，位於阿爾卑斯山北麓伊薩河谷地，十七世紀中葉以來以製造小提琴，中提琴及大提琴著名。

498 波奇（**Franz Graf von Pocci**，一八〇七—一八七六）：德國詩人，劇作家，畫家兼作曲家，一八五五年創辦「慕尼黑牽絲木偶劇院」，自己設計舞台，畫布景，寫劇本，結合喜劇，幻想，傳統童話及社會鬧劇，啟發並娛樂兒童。

499 克里斯與．溫特（**Christian Winter**）：無考，但有約翰．克里斯多福．溫特（**Johann Christoph Winter**，一七七二—一八六二）其人，一八〇二年創「小漢斯劇院」（**Hanneschen Theater**）於科隆，據考是德語世界最悠久的偶戲舞台。

500 狼谷：韋伯歌劇《魔彈射手》第二幕第二景，獵人卡斯巴（**Caspar**）靈魂即將為獵魔薩米爾取去，在此處與獵魔交換契約，延壽三年。新娘花冠（**Jungfernkranz**）：同幕第三景。

態；使一己手藝無論何其精到，都沒有張皇作勢，而是一切對位法與配器法的藝術消失，融合成一種遠遠超越「簡單」的精簡作用、一種思致靈活的純樸——這似乎才是藝術的任務、願望。

說話的主要是阿德里安，我們其他人只是稍加補充。他演奏興奮，說起話來雙頰通紅，眼神熾熱，有點像發高燒，並且不是口若懸河，而是字句隨口而出，但極為激動。我覺得我從來不曾看過他如此雄辯，無論當著我，還是在席爾德克納普面前。席爾德克納普表示不相信音樂的去浪漫主義化。音樂與浪漫主義的關係太深、太本質了，否認浪漫主義，音樂自然勢必蒙受嚴重的損失。阿德里安回答：

「我樂於承認您有理，如果您說的浪漫主義指音樂今天由於為技術性的思想服務而否認的一種溫暖感覺。那大概是自我否認。但是，我們說的將複雜純化為精簡，根本上相當於恢復活力，恢復感覺的力量。如果能夠——誰能夠——怎麼說呢？」他轉頭向我，卻又自己回答：「應該說是突破。誰能夠突破精神的冷漠，冒險進入新的感覺世界，誰就是藝術的救贖者。救贖，」他不安地聳一下肩，「是浪漫主義字眼，和聲學家喜愛的字眼，和聲音樂用來形容終止式那種極樂的行話。好笑，不是嗎？音樂有一陣子以救世之具自視，實則它自己一直和所有藝術一樣需要救贖，需要被救出那種莊嚴的孤立，那孤立是文化被解放、文化提升成宗教代替品的結果——需要被從它與所謂其『觀眾』的文化精英獨處的狀態中拯救出來。那種觀眾很快就會沒有了，現在就已經不復存在。因此藝術很快就會完全孤獨，孤孤獨獨萎謝而死，除非它找到通往『人民』的路，也就是，以很不浪漫主義的話說：通往人類。」

他一口氣說完，連帶發問，聲音壓低，對談似的，但語氣中隱含顫抖，因此到他收尾結論，方才聽得真切：

「藝術的整個生命氣質，請您相信我，將會改變，會變得愉悅而謙抑——這改變是無可避免的，而且是它的福氣。它會擺落很多帶著悲慨的雄心，尋得一種新的純真，一種無傷。未來將會看見它、它將會再度看見自己是一個群體的女僕，那群體遠遠不只擁抱『教育』，不追求文化，但也許自己就是文化。很不容易想像，但是會發生，而且自然而然：一種沒有痛苦的藝術，心理健康，不自矜莊嚴，不帶悲情，親切體己，一種與人類親密莫逆的藝術……」

他打住，我們三人都作不得聲，心頭震動。聽孤絕談群體、不平易近人者談親密莫逆，令人既痛苦，又悸動。但我雖然感動，內心最深處卻不以他的說法為然，說直了就是對他不以為然。他的說法與他並不相宜，與他的自負、他的高傲不相宜，我可以說，那高傲是我所愛的，而且藝術有權利高傲。藝術就是精神，精神完全不必覺得對社會、對群體有義務——為了它的自由、它的高潔，它不敢、不應有此想頭。「走入人民」，以人群、小人物、庸眾的需求為己任的藝術，下場悽慘，而且這些需求會成為義務，或許是國家要求；只允許小人物了解的藝術，則是最糟糕的庸愚和謀殺精神。精神，我深信，即使從事最大膽、最不受拘束、最不以人群為尺度的前進、探索、實驗，也可以確定總會以某種非常間接的方式服務人——久而久之，服務人類。

毫無疑問，這也是阿德里安自然的看法。但他以否認此見為快，我如果覺得他也是在否認他的高傲，我就錯得厲害了。他或許是在嘗試和靄從眾——出於極端高傲的嘗試。但願他談藝術需要救贖、與人類親密莫逆時聲音裡沒有顫抖——這激動之感使我忍不住要不顧一切偷偷握一下他的手。但我收住，反而擔心看緊施維特菲格，防他到頭來會不會又擁抱他。

32

伊妮絲與英斯提托里斯博士教授結婚，是在戰爭開始之初。當時這個國家仍情況良好，帶著堅強的希望，我自己也還在戰場，亦即一九一五年春。婚事依照資產階級規矩，兼有民事與教會儀式，喜宴在四季飯店，接著是這對新人旅遊慕尼黑與薩克森瑞士——漫長的相互驗證至此結束，那場驗證的結論顯然是兩人彼此相適。讀者會察覺我用「顯然」一詞不無反諷，雖然我委實沒有惡意；那結論並不顯然，不然就是打從起始就在那兒，兩人的關係自英斯提托里斯接近這位參議員女兒以來並無任何發展。雙方贊成這結合的意見，在訂婚與成婚時比初時不多也不少，全無新增之處。但那句經典警語，「先看分明，再結連理」，可說形式上已充分遵守，只是看分明的時間由於漫長，變成似乎非有個肯定的解決不可——而且戰爭有點逼婚的作用：戰爭自始就已促使許多搖擺不定的關係加速成熟。伊妮絲出於心理，或者應該說，物質原因，亦即理性的原因，久已多多少少有首肯結婚之意，但另外有個環境因素甚具分量，是克拉莉莎在上年底離開慕尼黑，已在阿勒河畔的策勒鎮[501]拿到第一個戲約，獨留姊姊與波西米亞傾向儘管溫和，她還是無法許可的母親相處。

參議員夫人則感動歡喜她孩子的資產階級安排，她出於為人母親之心，在家主持沙龍娛樂和社交聚會，畢竟正是為此而來。這個過程之中，她對「南方」輕鬆愜意人生樂趣的追求獲得滿足，用以彌補此生之所失，同時讓她所邀請的男人如克諾特里希、克拉尼希、辛克與史賓格勒、那些演員學生，向她逐漸遲暮的風韻獻殷勤。沒錯，我並未過甚其詞，而是正符其實，當我說她與施維特菲格玩起母子關係的戲謔、調笑版，以及她同他說話時，她出了名的溫言軟語和嬌滴滴的笑聲特別經常響亮有加。不過，前文頗已暗示，應該說明白交代，伊妮絲的心事動態，我可以讓讀者自己想像她目睹這些調情時那種複雜交集的厭惡、不堪、恥辱之感。他們如此調笑之際，她曾當著我面前滿臉通紅離開她母親的沙龍，退回她自己的房間——過了一刻鐘，或許如她希望與等待，施維特菲格敲門，尋問她消失的理由，他當然知道是什麼理由，但自然也是不可說的理由——他告訴她，那頭大家多麼想她，而且用盡語氣，甚至兄弟姊妹的和顏悅色，哄她回頭。他不放手，直到她答應——不是和他一塊，她還不打算那麼做，而是稍後來和大夥重聚。

請見諒我事後把這插曲寫進來，它印在我的記憶上，但伊妮絲的訂婚與完婚已成事實，參議員夫人已樂得將之逐出回憶。她安排婚禮依照一切該有的排場行之，而且儘管拿不出值得大書的現金嫁妝，數量可觀的衣物與銀器卻沒有短少；不只如此，她附送多件古董家具，一些雕花木箱，幾張鍍金格子背椅子，用以裝點那對新人租下的體面住處，在攝政王街，爬上兩落樓梯，前

501 阿勒河（**Aller**）：在德國薩克森—安哈特邦與下薩克森邦。策勒（**Celle**）位於河畔，屬於下薩克森邦。

側房間俯臨英國花園。沒錯，為了對自己、對旁人證明，她樂享社交、她沙龍裡那裡樂趣橫生的夜聚其實全是為了她女兒的未來幸福與歸宿，她現在斷然表明退隱，從世界抽身之意，然後閉門謝客。伊妮絲結婚一年後，她處分坐落藍柏格街的家，將孀居歲月移入一個截然不同之地，移入鄉下：她遷居菲弗林，幾乎在阿德里安不知不覺之下，住進希維格斯提爾大院對面空地那些栗樹後的低矮房子，房子先前住的是畫那些瓦爾茲胡特沼澤憂鬱風景的那位藝術家。

這個質樸而格調雅致的角落，對形形色色的高貴退隱或傷心人有其奇特的吸引力：原因或須求之於大院主人，尤其硬朗精幹老闆娘艾爾絲夫人的性格，以及她「同理心」的天賦——她偶與阿德里安說話，例如告訴他參議員夫人有意在對面落腳時，其洞見委曲，就證明這個天賦。「挺簡單，」她說（上巴伐利亞腔，總是把n和f同化，變成m），「挺簡單，很好理解，雷維庫恩先生，我一眼就看出來了。她厭膩了都市和人群和社交，和紳士和淑女，因為她年紀到了，忸怩了。這事的確有差別，有的人不當回事，讓自己習慣，過得有模有樣，只是日子久了愈來愈裝模作樣和自欺欺人，鬢髮白了，捲些花樣，可不是嗎？諸如此類，至於那些從前的行事，新裝起來的尊嚴裡還是走漏不少，很可以猜想是挺那個的。可是在有些人，這行不通，沒法過得有模有樣，等到腮頰下陷，脖子枯瘦，大笑起來牙齒也不再是老樣子，人在鏡子面前變成無地自容，傷心難過，逃避別人的目光，像隻痛苦的動物只想找個地方藏身。如果不是脖子和牙齒，那就是頭髮引起痛苦和丟臉。要說這位夫人的話，那是頭髮，我一眼就看出來了。其他都還好好的，可那頭髮，您知道吧，額頭上已經開始掉，生髮線整個完了，她即使用燙髮鉗再怎麼花工夫也救不了。她於是絕望，因為那是很痛苦的事，相信我吧！她於是放下世界，搬來希維格斯提爾這裡，就這麼簡單。」

這位母親如是說，她微微泛白的頭髮向後梳理，伏貼得露出中央一道頭皮。阿德里安，上文說過，不太受對面那邊搬來新租戶影響。她初訪大院，曾請老闆娘帶引和他簡短見面，此後，她顧念他工作需要安靜，並且以矜持還他矜持，只有一次，而且是在她乍到之初，邀他喝茶——在她位於栗樹後面的居處，那是底樓，有兩個灰泥粉刷、天花板低低的素樸房間，擺滿她剩餘的精緻資產階級家當，枝狀吊燈、套墊圈椅、裱框厚重的那幅《金角灣》、錦緞覆蓋的平台鋼琴，布置效果甚佳。從此以後，兩人在村中或田間小路相遇，不過簡單打個友善的招呼，或駐足片時，談國家的惡劣情況。城市日益缺糧，這裡完全未吃苦頭，竟至於給參議員夫人遷居此處原本是基於一個挺實際的道理，此時看起來居然像設慮周詳的先見之明，也就是：她能夠從菲弗林供應她女兒食物、蛋、黃油、香腸和麵粉，甚至澤及從前常上她家的那些朋友，例如克諾特里希夫婦。在百物最蕭條的那幾年，她將包裹並寄送這些東西變成她的天職。

伊妮絲如今富有，社會地位安穩，生活無虞，從先前她母親沙龍的小群常客中接收克諾特里希夫婦為她和她丈夫的聚會成員，還有錢幣專家克拉尼希博士、席爾德克納普、施維特菲格，以及我自己——但沒有辛克與史賓格勒，也沒有克拉莉莎那些戲劇和藝術同學——取代他們的人來自大學，是兩所高等學府的年老和年輕教師及他們的夫人。她與克諾特里希夫人，那個長相有西班牙異國氣息的娜塔莉亞，關係友好，甚至親密。後者雖然確實風姿過人，卻有個十分不容質疑的鴉片菸癮名聲——我的親眼觀察坐實這流言，一場聚會之初，她魅力十足，談風甚健，目光精亮，然後不時消失去補充她逐漸消褪的興致活力。伊妮絲如此講究保守的尊嚴與貴族式體面，而且她結婚就是為了滿足這些渴慕，卻偏愛與娜塔莉亞過從，而比較不喜她丈夫那些同事的妻子，那些典型的德國教授夫人。伊妮絲私下拜訪她，與她獨處，我認為根本是她性格分裂矛盾之徵，令人懷疑她的資產階級思念是真是假，對她是否有何意義。

她不愛她那個器局狹小、以講美為業而野心勃勃耽愛權力美學的丈夫，這一點我向來無疑。她獻給他的是一種刻意經營的體面之愛，而且的確，她體現他地位的作法出色之至，細膩之處不失親切，加上一點難纏刁鑽。她管理他的家務，籌備他在家款客，其苛細講求可以稱為自苦又磨人的學究作風——而且當時的經濟環境，維持資產階級式端整一年比一年困難。為了有人幫她打理昂貴且漂亮、鮮亮鑲木地板上鋪著波斯地毯的居處，她雇用兩個訓練有素的女佣，都穿著體面合宜，戴小帽，圍裙帶漿挺，其中一個負責清理房間的，成為她的使女。搖鈴召喚這個索菲，也成為她的特嗜。她隨時隨地這麼做，一來以主人身分享受體面的服侍，二來確保她獲得她以婚姻買來的保護與照顧。伊妮絲陪英斯提托里斯前往鄉下，到泰更湖或貝希特斯加登[502]，縱使只去幾天，也帶著數不清的大大小小箱子，這些箱子也由索菲收拾。她離開她極盡細心照顧的巢，即使是最短暫的出門，也帶著這些如山行李的負擔，我認為也是她需求保護與畏懼人生的象徵。

關於攝政王街那個八個房間一塵不染的住處，我必須交代一下。兩間沙龍，其中一間布置氣氛較為親密，是家庭起居室；一個雕花橡木的寬敞餐間，一個有舒適皮椅的紳士吸菸室，夫婦臥室，室內一對黃色、拋光的梨木單人床，上方飄拂著類似帳幔之物，一個女士梳妝檯，檯面成排閃亮的小瓶子和銀器，都依大小順序排列——凡此，我說，正是在那一切解體的時代裡還維持了一些年數的、德國資產階級文化的典型住家——其中一個不小的成分是那些「好書」，起居室、客廳、吸菸室，處處可見，但購買時，一半由於考慮其代表性，一半由於心理上的顧慮，富於刺激、有敗壞作用的書盡皆不取：穩實而有教育功能之作、蘭克[503]的歷史著作、格雷勾洛維斯[504]的著作、藝術史著作、德國與法國經典，簡而言之，都是穩定並維持現狀的基本讀物。幾年下來，這個住處愈發的美，或者說更擠，更多色彩；英斯提托里斯博士結識了幾個畫風比較謹慎的慕尼黑玻璃宮畫派若干藝術家（他理論上主張血光眩目的暴力，但他的藝術品味十分溫馴），特別是某個諾特波姆，漢堡人，已婚，雙頰凹陷，山羊鬍，諧趣，善於逗趣模仿演員、動物、器樂和教授，是當時逐漸式微的嘉年華盛會的一根支柱，是個精於以社交技巧俘虜其對象的肖像畫家，一個，我必須說，繪畫技巧低劣而滑利的藝術家。英斯特提托里斯習慣在科學層次與傑作打交道，在傑作之間卻無所分別，或者不知辨別傑作與熟巧的平庸，或者他認為委託畫作是良好友誼的代價，而且他要他牆上不掛別的，只掛合禮而不傷風化、高尚正派而安慰人心之作。這方面他無疑有他妻子斷然支持，她如果不是品味與他相合，就是兩人思維一致。於是兩人出高價請諾特波姆畫了幾乎雷同、空無表情的肖像：兩人各一幅，一幅合畫，後來孩子出生，弄臣又受委託畫一幅真人大小的英斯提托里斯全家福，一件空洞乏味之作。巨幅畫布上揮霍巨量亮光油彩，使用富麗

---

502 泰根湖（**Tegernsee**）：在慕尼黑以南約五十公里。貝希特斯加登（**Berchtesgaden**）：位於巴伐利亞與奧地利邊界，在慕尼黑東南約一百八十公里。

503 蘭克（**Leopold von Ranke**，一七九五—一八八六）：十九世紀德國最重要的歷史學家。

504 格雷勾洛維斯（**Ferdinand Gregorovius**，一八二一—一八九一）：德國史學家，專長中古與初期文藝復興史。

的裱框，上方與下方以電燈打光，裝飾接待室。

孩子出生，我剛才說。因為孩子真來了，而且得到的呵護與撫養多雅致，多堅定，我幾乎要說，多麼充滿無視環境的英雄氣勢，因為環境愈來愈不利於維持貴族或資產階級的氣派——他們得到的教養只能適應過去的世界，而非未來的世界。一九一五年底，伊妮絲給她丈夫一個女娃兒，魯克莉西雅，在帳幔底下，玻璃鋪面梳妝檯上對稱排列的銀器旁邊那張黃色、拋光的床上生的。伊妮絲立即宣布，她有意使這女娃成為教養完美的少女，她還用她的卡爾斯陸[505]法語說出來：une jeune fille accomplie[506]。兩年後，跟來一對雙胞胎，也是女娃兒，也在家用一個套上花環的銀盤受洗，取名小安妮與小莉克，儀式正規，巧克力、葡萄酒、糖果一應俱全。三個潔白、可愛而嬌縱，咬字還不清楚，耐陰植物般的奢侈小東西，非常在意她們的衣服與蝴蝶結，分明活在母親一切都得完美無瑕的偏執壓力之下，虛榮得可悲。初時，她們在美美的絲帳搖籃裡度日，然後在低矮、打造得無比高尚的橡皮輪嬰兒車裡，由一個出身普通卻徹底資產級盛服打扮的乳母（照家庭醫師建議，伊妮絲自己不哺乳）推著，到攝政王街的椴樹下散步。接著照顧她們的是小姐，一個幼稚園教師。她們成長的明亮房間，裡面擺她們的床，伊妮絲持家之暇，以及如果她悉心盛自修容如果有餘裕，會去轉一圈，室中繞牆滿目童話故事書，配以童話裡侏儒用的家具，色彩繽紛的地氈，以及牆板上井然排列的泰迪熊、走輪子的小羊、拉線木偶、凱蒂．克魯斯娃娃[507]、火車等玩具，宛如完美的兒童家居天堂模範。

我要不要說，或者，要不要再說一遍，做得這麼對的這一切，卻斷斷不對勁，是建立在一種徒勞的意志上，如果不說是建立在謊言上，而且不只愈來愈受外在環境挑戰，從同情者明眼視之，還正在從內部崩潰，既不能帶來幸福，其人的心靈也不相信，只憑一股意志為之。在我看來，這一切一本正經的幸福作為，從來就是有意識地否認並粉飾問題；這一切特別抵觸伊妮絲對痛苦的崇拜，而且，據我之見，這女人挺聰明，不會不明白，這個唯心的，她將她孩子的生活如此兢兢美化的資產階級窩巢，是這項事實的表現和矯枉過正：她不愛她們，視她們為她在內疚之中結婚的結果。她在這婚姻中度日，但她的肉體厭惡這結合。

老天，一個女人與英斯提托里斯同床，明顯不是什麼令人陶醉的福份！我對女性夢想與要求的了解使我不得不經常想像，伊妮絲是純粹出於義務而忍受那些孩子，可以說，她從他受孕時臉就是別開的。她們是他的，三人長相像他，不容疑問，像他遠遠超過像她，也許因為她受孕而懷她們時心靈參與極少。我無意輕看這個小丈夫的雄風。他當然是完整的男人，儘管身材短小，而且經由他，伊妮絲得識情欲——不幸福的情欲，然而在它貧瘠的土壤上，她的激情得以旺盛滋長。

上文說過，英斯提托里斯開始追求猶是處女之身的伊妮絲時，他本質上是為另一個男人行事。現在亦然，身為丈夫，他喚醒她出軌的欲望，一股由於只見識一半而令她更挫折、而更尋求

505 卡爾斯陸（**Kalsruhe**）：在德國西南部，靠近德法邊界。

506「一個教養完美的少女」。

507 凱蒂・克魯斯（**Käthe Kruse**，一八八三—一九六八）：著名德國手工洋娃娃設計家、製作家。

實現、印證、滿足的幸福體驗，這體驗使她為施維特菲格擔受的痛苦，她和我談話時特別流露的痛苦，爆發成激情的烈焰。情況十分清楚：她是被追求的對象時，她悵然想念他；成為有經驗的婦人時，她愛上他，帶著充分的自覺，和全副對他的感覺與情欲。無可置疑，這股情感發自一個內心煎熬而精神有其優越之處的人，向他逼來，這個年輕人沒有辦法不依從——我差點就說，要是他沒有依從，那就更美，同時我耳邊響起她妹妹那句「上呀，老兄，你還在想什麼，一躍而起吧」。我得重申，我不是在寫小說，不能僭稱有全知的作者觀點，來洞見一個不為世人所見的內心過程有哪些戲劇性的發展階段，但有一點是確定的：施維特菲格被逼到死角裡，不由自主，而且口出一句「我還能怎麼樣？」服從了那高傲的命令——我很能夠想像，他熱愛調情，而樂於那愈來愈緊張令人興奮且火熱的享受，那起初無害的享受如何吸引他深入冒險；他要是沒有那種喜歡玩火的傾向，本來是能夠迴避的。

易言之：伊妮絲鄉愁般渴慕資產階級的體面，如今在那體面的外表與保護之下，以英斯提托里斯太太的身分通姦度日，對象是一個心理和行為仍有孩子氣的大情聖，他令她疑猜又苦惱，一如一個輕浮女子令一個當真戀愛的男子疑猜苦惱；在他懷裡，她被那沒有愛情的婚姻喚醒的感官獲得滿足。她這樣度過好些年，從開始之時，如果我沒看錯，那是她婚後沒幾個月，到一九一〇年代末期，而她所以沒有繼續過那種日子，則是因為他在她全力纏黏之下掙脫。她在扮演模範家庭主婦與母親的同時，指揮、操縱、掩飾他們的關係，那是一種日日賣力的絕活，一種雙重生活，當然消耗她的神經，而最令她焦慮的威脅是韶華易逝的容顏——例如，她鼻子上方雙眉之間兩道皺紋變深，使她看起來有點像躁狂症。但是，儘管使盡謹慎、機靈、巧變對社會耳目隱瞞歧途，隱瞞其事的意志在雙方卻從來都並非完全明顯或徹底：男的，至少在有人猜想他走運享艷福時，他沾沾自得，女的呢，她在性上追求自尊，隱含的目的就在使人曉得，她不必以她丈夫那些沒有誰會給高分的愛撫為足。此所以我的假設是錯不了的，亦即伊妮絲走岔路這件事在她往來的慕尼黑社會圈子裡相當廣為人知，雖然我除了對阿德里安，不曾對任何人語及此事。沒錯，我可以說得更遠，納入一個可能，就是連英斯提托里斯本人亦知真相。為示教養而表現善意、搖頭流露遺憾但憐憫及息事寧人之態，合起來佐證我的假設；社會認為只有那個丈夫瞎眼，而他認為他以外沒人知道，也不是太罕見的情況。我這是一個有些人生閱歷的老人之見。

我沒有伊妮絲特別顧慮人家知情的印象。她盡力拖延，但只為維持體統——誰想知情，請便，只要別打擾她。激情是自負的，不會想像有誰真正反對它。至少愛情是如此，情愛自認對世界有一切權利，那感情無論多犯忌、多駭俗，都不自覺算定世人會理解。否則，伊妮絲如果自認無人窺伺，怎麼會那麼理所當然認為我知情？我想是一九一六年秋天，我們有一次夜晚交談，而且她明顯希望的這麼一席話中，她就是如此認定我，毫無保留，只是話裡不曾提起某個名字。阿德里安晚間如果在慕尼黑逗留，永遠趕他十一點的火車回菲弗林，我則在施瓦賓距凱旋門不遠的霍亨索倫街租一個小房間，以便情況需要我留在這個首府時能夠獨立，兼有棲身之地。話說英斯提托里斯夫婦把我當好朋友而邀我晚餐，席間伊妮絲獲得她丈夫附議，請我在英斯提托里斯餐後依約到阿洛特利亞俱樂部打牌時陪陪她，我欣然依從。他九點過後就離開，祝我們聊天愉快。於是女主人與客人坐在這個家庭的日常起居室裡，室中擺著加了軟墊的藤製家具，以及伊妮絲的半身塑像，一個雕塑家朋友的雪花石膏成品，立在基柱上——唯妙唯肖，流露一股利勁，比真人小很多，但那濃髮、有點矇矓的眼神、纖柔而微斜的脖子、狡黠不馴的噘嘴，無不神似。

我再度成為她傾訴心事的人，一個不會喚醒她情感的「好」人，與體現那個令伊妮絲興奮的世界的年輕人相反，而她渴望對我談他。她親口說：物、事、經驗、幸福、愛情與痛苦，如果始終喑啞，只是被享受或忍受，皆有遺憾。它們不甘久屈於黑夜與緘默之中。它們愈祕密，愈需要一個第三者，一個說體己話的人，一個好人，你可以對他、同他談那件事——我就是那個人；我心下明白，因此擔起這個角色。

我們在英斯提托里斯走後片刻，彷彿他還在聽得見我們說話的距離之內，盡談不關痛癢的事。突然，幾乎對我奇襲似的，她說：

「瑟理努斯，你怪罪我，鄙視我，擯棄我嗎？」

我如果假裝沒聽懂，便毫無意義。

「絕無此事，伊妮絲，」我答道。「沒這回事！我常聽人說，『申冤在我，我必報應[508]』。我知道，祂把懲罰含埋在罪行裡，使罪行濡滿懲罰，直到兩者無從分別，直到幸福與懲罰成為一回事。妳必定十分痛苦。如果我以道德審判者自居，我還會坐在這兒嗎？我為妳擔心，這我不否認。但我本來這一點也自己曉得就好，要不是妳問我是不是怪罪妳。」

「痛苦、害怕和屈辱的危險算什麼，」她說，「比起那甜美、斷不可缺、少了就不想活的勝利：也就是抓住那個輕浮、性喜推拖，以其不可靠的親切討好令你靈魂痛苦，但仍然具備真實人性價值的人，要他堅持他的嚴肅價值，強迫他改時髦浮薄為嚴肅認真，以及最後，最後，不是一次，而是經由永遠也不夠頻繁的檢驗與印證，看到他配得上他的價值，看到他進入專情致志，為激情深深感喟的狀態。」

我不是說這個女子精精確確使用上述字眼，但八九不離十。她確實博覽群書，加上她不慣於默默過她的內心生活，而是習慣直言胸臆，少女時代甚至嘗試寫詩。她遣辭用字有一種經過陶冶的精準，以及一種大膽，語言努力與感覺相稱並 曲盡生命，在她內裡生發，透過她而首度具備真實生命時每每產生的那種大膽。這絕非日常生活的企望，而是情感的產物，而且只要情感與精神相連，精神就有其扣人心弦的力量。她繼續說著，只偶爾聽我的插話，而且似聽未聽。她字字句句，我直說好了，濕濡著情欲的喜悅，我猶豫這裡該不該逐字轉述。基於同情、審慎、人性的尊重，我不能那麼做，可能還基於一種市儈的畏縮，我怯於強令讀者面對難堪之事。她把同樣的事情一遍又一遍重複——說過的話，她認為不夠達意，急著用更貼切的言語表達。但她所有說法都圍繞一個主題，就是將價值奇特等同於欲情，以及一個令她醉心的固執念頭，說人的價值只能成全、只能實現於情欲之中，因為情欲的嚴肅性顯然等同於「價值」，而且人生最高也最不容或缺的幸福就在促成價值實現於情欲。價值與情欲觀念混同而出自她口時，那種熱烈又空虛沉重，那種滿足其實並非萬全的語氣，全然難以描述，以及她說情欲，作為最深刻嚴肅的要素，如何完全對立於可恨的「社會」因素，後者是非人、多詐的外殼，我們必須將值得的愛從中救出，以便獨擁，真正完全獨擁價值。這牽涉將值得愛馴致為愛；但也牽涉比較抽象的層次，牽涉思想與官

508《新約聖經》〈羅馬人書〉12：19。

能之欲神祕融合為一：牽涉到以擁抱社交活動的膚淺與人生可悲的不可靠，來揚棄兩者之間的矛盾——這擁抱是對痛苦的最甜美報復。

我自己插嘴說了些什麼，我差不多已記不起任何細節，只知我提了一個問題，旨在點出她在性愛上高估那個對象，我想知道如何可能有此高估：我記得我委婉暗示，她的激情緊黏的對象，並非活力極佳，其人並非最完美、最可欲；當局裁決他適不適合當兵時發現一個生理功能缺陷，是他曾以手術切除一個器官。她的回答，大意是說，那個局限適足以使其人更接近她受苦的精神；若無那個局限，她的精神將沒有指望，是那個局限使那個輕浮反覆之人聽得見她痛苦的吶喊；還有，而且這更是她的典型觀點：那個局限如果導致其人生命縮短，為渴望擁有他的人帶來的是安慰、寬心、保證，而非沮喪……此外，她當初在談話中向我透露她傾心的對象，那些充滿奇特壓抑的細節，她現在重述，只是這回帶著幾近惡意的滿足：他要離開聚會時安撫大家，說他必須再到朗格維希或洛瓦根家露個面，那些人是何方神聖，在場誰也不認識，這些話洩露他在那邊也用同樣的托詞，說他得再到她這兒露個面——每思及此，她心生勝利。洛瓦根家那個「熱情奔放」的女兒不再令她焦慮又痛苦，只要她的嘴還親著他的嘴。對他毫不打緊的人要離開聚會，他總是親切客氣挽留他們還別走，她提起他那些話，口氣沒有惡毒了。他那句可怕的「已經有很多不幸的女人了嘛」——裡面挾一聲嘆息，聽來不可恥了。這個女人明顯全心全意想著，她雖然屬於知識與痛苦的世界，但她同時也是女人，而且她的女性擁有為自己占取人生與幸福、使傲慢任性服從她的心的手段。先前必須以一個眼色、一句嚴肅的言詞使愚蠢輕浮者三思，使之暫時歸附；其人說了毫無意義的再見之後，她將其留住，使其改為安靜而認真的告辭。如今，那些短暫的收穫已鞏固成擁有、鞏固成結合——如果說擁有與結合能夠兩者得兼，如果她被外在因素遮掩的女性能夠確保這兩者。這正是伊妮絲的疑慮，因為她承認她不相信她所愛之人的忠實。「瑟理努斯，」她說，「那是免不了的，我知道，他會離我而去。」我看見她雙眉之間的皺紋在執拗的表情中加深。她輕聲補一句：「那麼，算他倒楣！算我倒楣！」我不由得想起，我頭一回告訴阿德里安這宗韻事時，他說的話：「他得小心全身而退！」

這席話對我真是犧牲。全程兩小時，需要相當多自制、人性的同情與友誼的善意，才熬過來。伊妮絲於此似乎亦有所覺，但我必須說：對我奉獻給她的耐心、時間、神經毅力，她的感激是錯不了的，但其中摻雜幾分惡意的滿足，以她偶爾謎樣的微笑所透露的消息而言，有點像幸災樂禍，直至今天，我思及當時，猶納悶自己居然忍受那麼久。的確，我們坐到英斯提托里斯從阿洛特利亞回來，他在那裡玩塔羅牌。他看見我們還在一塊，臉上飛過錯愕疑猜的神情。他謝謝我盡朋友之道代替他，我再次招呼他之後也不曾再坐下。我吻了女主人的手，走人，為之氣短，心顫神搖於一半懊惱、一半同情，行過已無人車的街巷，返回我的宿所。

33

我描寫的時間，對我們德國人是國家崩潰、投降、力竭而起事，以及無助而落入外國人手裡的時代。我此刻走筆的時間、供我在索居寂寥之中將這些回憶筆之於書的時間，其腫大可怖的肚子裡懷著一場祖國災難，上次挫敗與之相較，看來只算中度的不幸，有如企業失敗而清算。即使是可恥的結束，也比較正常，永遠不同於如今像降臨所多瑪與蛾摩拉[509]那樣在我們頭頂上盤旋的懲罰，我們第一次落敗時沒有招來的那種懲罰。

那懲罰正在逼近，早已再也擋不住——我不相信任何人還有絲毫懷疑。辛特弗特納和我肯定不再是獨持這恐怖但同時天地良心！——令人暗自內心振奮之想的人。至於這想法一直緘默如深，則本身就是一件令人毛骨悚然的事。知情的少數人不得不俯仰於眾惑群盲之間，雖然陰森，但如果人人其實皆知其事，卻著魔似地全體沉默，從彼此躲躲閃閃或恐懼焦慮的眼神讀到真相，那才是無以復加的嚇人。

我日復一日，在寂靜而持續的的激動之中致力我的傳記任務，嘗試為親密與個人的事物賦予與之價值相當的面貌，任外在但屬於我走筆時代的事件發生。盟軍入侵法國，是一個早已公認的可能，如今遂行了——經過設慮無比周全的準備而執行的第一等軍事技術成就，或者根本是一種全新的成就，我們益發無力抵擋，因為我們不敢將我們的防衛部隊集結於任一登陸點。我們拿不定某個登陸點是否應該視為許多登陸點之一，我們沒有猜中的地點會不會受到攻擊。我們的狐疑既徒勞，又後患無窮：他們侵入法國即其一。很快，軍隊、坦克、火砲及應有盡有的軍需都上了海灘，我們殊無能力將之逐回大海。瑟堡[510]，我們深信德國的工程技術已將其港口破壞得完全不堪使用，在指揮的將軍與海軍將軍向領袖[511]拍發英勇的無線電報後投降，接下來，諾曼第的康城[512]已激戰好幾天——此役的目標，如果我們所憂無誤，恐怕是打開對方進軍法國首都之路：巴黎，在新秩序[513]裡派到的角色是當歐洲的遊樂園兼妓院，現在反抗軍大膽抬頭，我們的祕密警察和當地合作者聯結的力量已快要壓不住。

的確，發生了多少逼臨我孤獨工作的事，只是我不想多事分神！驚人的諾曼第登陸後不到四

509 兩個城市罪惡滿盈而被神毀滅，見〈創世紀〉**19**。

510 瑟堡（**Cherbourg**）：位於法國下諾曼第一個半島頂端，為深水港。盟軍一九四四年六月六日在諾曼第登陸法國，進取瑟堡，據守的德軍主力二十九日投降。

511 希特勒。

512 康城（**Caen**）：下諾曼第區首府，兵家必爭之地，盟軍六月六日登陸諾曼第時列為目標，但七月十八日始下。

513 新秩序：全名「歐洲新秩序」（**Neuordnung**），希特勒宣布於一九四一年，大意在重劃歐洲內部國界，更新歐洲地緣政治結構，創造一個由納粹德國主宰的歐洲。有論者認為其遠程目標在征服世界，成立一個由納粹德國統治的世界政府。

天，領袖先前已多次由衷欣然提起的報復武器，在西線戰區現身：自動導航飛彈，令人佩服的武器，唯有神聖之急能給天才以靈感來發明——這些無人操縱、長著翅膀的毀滅使者大量從法國海岸發射，降臨英格蘭南部爆炸，如果我們沒有全都受騙的話，很快就成為敵人真正的災禍。它們能使我們免於根本之敗嗎？命運注定這些飛彈無法及時部署來擾亂並阻止入侵。同時，我們讀到培魯吉亞陷落[514]，培魯吉亞，你知我知就好，坐落羅馬與佛羅倫斯中間；民間甚至竊竊謠傳從亞平寧半島[515]整個撤退的戰略計畫——可能是為了勻出兵力增援漸顯不支，而我們的部隊無論如何也不想前往的東線防衛。俄羅斯在那邊發動一波攻勢，已攻下維捷布斯克[516]，如今威脅明斯克，白俄羅斯首都，我們的耳語新聞傳播說，明斯克陷落之後，東線也不再守得住了。

守不住！我的靈魂，千萬別想那個地步！不要估計堤壩在我們極端、可怖無倫的處境中潰決——因為即將潰決——將是何等光景，而且我們擅長煽動的、對周圍民族無可估量的恨勢必再難抑遏！沒錯，我們的城市所受於空中的破壞早已將德國變成戰場；但德國果真成為戰場的想法，我們始終認為不可思議、絕不允許，而且我們的宣傳怪誕警告敵人不要侵犯我們的國土，神聖的德國大地，彷彿警告什麼可怕的罪行……神聖的德國大地！彷彿它今天還有絲毫神聖，彷彿它不是老早已被無數對法律正義的侵辱徹徹底底褻瀆，不是在道德和事實上都赤裸待罪於強權與懲罰之前。來吧！此外再無可望，可願，可求。呼籲與盎格魯撒克遜人講和，提議獨力繼續對抗薩爾馬特洪流[517]，要求無條件投降的命令放寬則個（也就是交涉，可是與誰交涉？），凡此都無非全不解事的瞎胡鬧，提這些要求的政權不願理解、顯然至今還不了解，它已被判死罪，必須帶著它使它自己，使我們、德國、這個帝國——我要進一步說：使德國的文化與民族特性，一切冠上「德國」的事物——不容於世界的詛咒一同消失。

這是此刻我走筆這件傳記工作的背景。我相信我還欠讀者一個關於這個背景的概述。至於實際故事本身的背景，也就是我在上一章寫到的那個時代，我在本章開頭以「落入外國人手裡」形容。「落入外國人手裡是很可怕的」，這句話及其苦澀的實情，我在那些崩潰與投降的日子裡多少次思前想後，椎心煎熬；儘管我對世界的關係由於天主教傳統而帶著普世主義色彩，但是，身為德國人，我對其民族性、對我國的特有生命情境、其思想，有鮮明的意識，而且我鮮明意識到，它作為人類的一個折射，相對於其餘無疑也有同等權利的折射，它唯有具備一定的對外威望、在一個挺立國家的保護之下，才能確立自己。一場斷然的軍事敗北，其新而可怕之處，在於推翻這個理念，在於它就要完全聽命於一個以外國語言表達的外國意識形態，這意識形態就因為是外國的，對我們自己的本質明顯不會有任何裨益。上次戰爭落敗的法國人就嚐到這不堪的體驗，他們的談判代表為了減輕勝利者所開的條件，說法國的榮譽，「la gloire」，已經由於我國部隊開進巴黎而付出很高代價，那位德國政治家回答他們說，「gloire」這個字，或任何意思相等的

---

514 事在六月二十日。
515 義大利半島又名亞平寧半島。
516 維捷布斯克（**Vitebsk**）：在白俄羅斯東北部。俄軍六月二十六日進城。
517 薩爾馬特人：公元前四世紀在俄國南部草原與巴爾幹東部活動的民族，屬於伊朗人種，勢力強大後與羅馬帝國為敵，成為東來蠻族的代稱。此處之「薩爾馬特洪流」（**sarmatische Flut**）應指俄國而言。

字，在我們的字彙裡是找不到的。那是一八七〇年，法國國會下院一片驚慌，竊竊議論，想弄清楚向一個觀念世界裡沒有「gloire」的敵人無條件投降是何境地。

駁斥「全民一致」的戰爭宣傳已四年的雅各賓派清教美德論成為時興的勝利語言之際，我經常想到當年的法國。我還發現，投降的下一小步，就是純粹棄權，以及自請勝利者隨其己意掌管落敗的國家，因為它已束手無策。這類衝動，法國四十八年前體驗過，如今對我們也不陌生。但它們被拒絕。戰敗國必須為自己負責，外國監護的目的只在防止舊權威逝去後填補真空的革命走入極端，而危及戰勝國的資產階級秩序。因此，一九一八年，在放下武器之後，西方強權繼續封鎖，以便控制德國的革命走上資產階級的民主軌道，預防它退化成俄羅斯的無產階級模式。戴上勝利冠冕的資產階級帝國主義不厭警告「無政府」之害，無比斷然拒絕與工人與士兵議會及所有類似組織任何交涉，不厭信誓只能與一個穩固的德國締和，只有這樣的德國有飯吃。我們的政府於是依從這父權式的指導，與國民議會一同反對無產階級專政，並且遵命回絕蘇維埃的自願效勞，包括供應穀糧。容我補充一句，我並非完全滿意。身為溫和節制與文化教養之人，我自然畏忌激進革命與下層階級專政，除了視之為無政府與暴民統治，簡言之，破壞文化，從來很難另有想像。但是，想起那則醜怖的掌故，歐洲文明兩個受資本主義大企業挹注的救星，德國人和義大利人[518]，相偕邁過佛羅倫斯的烏菲茲美術館，那裡根本不是他們該去之處，其中一個對另一個言之鑿鑿，說館中所有「輝煌的藝術寶藏」本來會盡毀於布爾什維克主義，要不是老天拔擢他們而預防了這種事——這時，我腦中的暴民統治有了修正，因為如今可得而比較了下層階級專政相較於人渣專政[519]，對我，一介德國中產市民，顯得是一種理想狀態。據我所知，布爾什維克主義不曾破壞藝術品[520]。這事比較更屬於那些自稱保護我們不受其害者的職務範圍。我所寫主角阿德里安的作品如何可能免於遇害於他們踐踏思想精神的興趣——與所謂暴民統治完全拉不到一塊的一種興趣？他們的勝利，加上他們自認負有歷史使命，可以全權依照他們醜陋的想法來打造世界，難道不會扼殺他的作品與不朽？

二十六年前，我對自以為是而夸夸其談的資產階級雄辯，及「革命之子」美德詞藻的內心反感，證明強過我對混亂失序的恐懼，使我希望此輩正好不希望的事：我戰敗的國家求護於其難兄

---

518 希特勒一九三八年五月初訪問義大利，先至拿坡里與羅馬，九日在佛羅倫斯與墨索尼里會合，行程包括烏菲茲（**Uffizi**）美術館。

519 人渣（**Abschaum**）：指希特勒，廣義則指德國法西斯主義者，即納粹。一九三三年三月二十七日，即希特勒被任命為總理後兩月，曼在日記中寫下：「人渣當權了。」

520 此語是一九四〇年代的托瑪斯．曼假宅特布隆姆之口反省昔日之非。迄一次世界大戰結束為止，托瑪斯．曼一直承紹德國知識分子間久有淵源的親俄情結，認為俄國一九一七年的革命「必定是人民自發要求」的內在有機產物，因而有別於西方（以法國為代表）革命之機械性與外在性，而德國基於「內在性」與靈魂及自由而力抗西方資產階級民主與理性，雙方精神一致。曼在一九一七年九月十七日的日記中寫：「俄羅斯與德國是彼此歸屬的。」十二月，曼為其支持德國反西方的系列力作《一個非政治人的省思》（*Betrachtungen eines unpolitischen*）作結，仍主張與俄國協商停火：「與俄國議和！與俄國議和！」德國一九一八年發生「十一月（共產）革命」及同月慕尼黑蘇維埃，曼十一月十九日的日記寫：「無政府狀態，暴民主治，無產階級專政，連同其俄國式併發現象與產物，令我驚懼。但我深惡揚揚得意的資產階級讕言家，因此希望德國布爾什維克化，以及德國併入俄國。」至一九二一年七月十七日，曼日記才出現他為其布爾什維克情緒「慚愧」之句。

難弟，俄國——而且即使導至整個社會顛倒翻轉，我也願意忍受，應該說，我也贊成這同志合作關係。俄國革命令我震動，在我眼中，其原則在歷史上勝過那些腳踩我們脖子的強權的原則，這是無庸置疑的[521]。

那時以來，歷史已教我以另一雙眼睛看待當時擊敗我們的戰勝者，現在他們與那個東方革命結合，即將再度成為戰勝者。的確：資產階級民主有些階層對我所謂人渣統治似乎，而且至今似乎——樂意與之結盟以苟延其特權。但資產階級民主挺身而起一些領導人，他們和我，這個人文主義之子，所見略同，看出人渣統治是最不可以、最不應該加在人類身上的東西，於是推動他們的世界對之作生死存亡的博鬥。我們對他們感謝難盡，此事證明，西方的民主，其建制儘管可能經久而過時、其自由觀念無論多麼固執而不與新及必要的發展俱進，基本上與人類的進步、與追求社會完美的善意一致，本質上有能力再生、改善、更新、走向使人類生活愈益正當合理的境地。

這些都是順帶一提。這裡要從傳記角度提醒的是，長久已是我們生命形式與生活習慣的君主軍事體制，其權威隨著戰敗之勢漸顯而大部喪失，隨戰敗之勢完成而完全喪失，其崩潰、其退位，連帶產生長期匱乏與貨幣連續不斷貶值，由此而言論漸失檢束，空想漸趨恣肆，資產階級趁勢走向一種可悲而且得之有愧的獨行其是，一個長久有紀律為之維繫的國家結構於是瓦解為一群群無主而喋喋的爭辯臣屬。那不是什麼令人看了多舒服的景象。我以「痛苦」形容我以純屬被動但細心觀察的參與者所得於當時幾個「思想工作者委員會」在那些慕尼黑飯店裡集會的印象，讀者請別把這個形容詞打折扣。我如果是小說家，我會為讀者描述其中一次集會，一個文學家奢詞繁語，彷彿帶著酒渦，談〈革命與人類愛〉，說法不無魅力，激起那些怪異罕見，專在這類場合冒出片刻的人等、插科打諢之輩、熱狂派、幽靈、惡意搗亂分子、三流哲學家跟進，形成滿堂自由，無比自由放言，散漫蕪雜又混亂糊塗的討論——我說，我想根據記憶，具體描寫其中一場無助、無望的委員會集會。言者有贊成和反對人類愛的、有贊成和反對軍人的、有贊成和反對人民的。一個小女孩念詩；一個身穿軍灰色衣服的男子被旁人費盡力氣阻擋，才沒有繼續念他那張以「親愛的市民和女市民」開頭的手稿，要是念下去，無疑竟夜難了；一個憤怒的大學生嚴厲指責所有在他之前發言的人，卻始終不屑對全場發表一言半句他自己的正面意見，等等。不斷粗魯高聲叫囂打岔的聽眾，行為舉止哄鬧、幼稚、野蠻，主持者無能，氣氛令人生畏，集會結果比零還不如。我四下環顧，再三自問是不是只有我為如此場面所苦，來至大街，心始一暢，電車已停駛數小時，數發似乎無故而射的槍聲在冬夜裡迴響。

我向阿德里安報告上述印象，當時他病勢特重。那種病法，像一種侮辱人格的折磨，如同被火紅的鉗子又挾又擰，我沒有直接為他的生命擔心，但他的人生似乎掉到一個低點，低到他蹣跚維艱，只夠一天挨過一天。侵襲他的是某種胃腸病痛，最嚴格的飲食控制也壓不下來，起先是極

---

521 曼走筆至此之時，史達林政權殺害藝術家與作家，破壞藝術與文藝作品早已昭彰於世，而曼仍置此語於宅特布隆姆之口，論者認為對布爾什維克主義（至少以史達林版而論）過於縱溺。此雖舊事，但後來美國聯邦調查局（**FBI**）調查「非美活動」，即據此類言語擬指曼為「共產主義同情者」，曼以此乃「小說觀念建構之一環」為辯。

劇烈的頭痛，持續數日，幾天後復發，加上數小時，甚至數日嘔吐，空腹照吐。那是真真實實的悽慘，毫無尊嚴、邪門、充滿貶辱，每次發作既了，整個人完全衰竭，而且持續日益畏光。他的病情不可能出自心理原因，也不可能溯源於令人難過的時事、國家戰敗及與之俱至的塗炭亂象。他在鄉間如修道院般索居，遠離城市，那些事與他了不相及，他即使知道其最新發展，也不是從報紙，因為他不看報，而是經由那位對他關切有加而沉著冷靜的守護者，艾爾絲夫人。那些事件在明眼人看來並非突發的震盪，而是久已預料的發展，至多引起他聳聳肩，我嘗試從不幸之中揪出一點可能隱藏待掘的可幸之事，他的回答，比起戰爭之初我作類似傾吐時他給我的回應，並無不同——我想起他當時冷冷而持疑的那句「上帝保佑你的研究」。

話雖如此，他的健康下降與祖國的厄運儘管那麼不可能找到情緒上的關連，我還是傾向於在兩者之間看出客觀的關係、象徵性的並聯，這傾向容或只有以兩者同時發生為依據，卻不因他遠離外在世界而不能成立，雖然我小心翼翼把這想法鎖在方寸裡，和他說話時也不作任何這方面的暗示。

阿德里安沒有要求看醫師，他想將他的病痛視為基本上是熟悉的東西，只是遺傳偏頭痛的猛烈加劇。最後，艾爾絲夫人堅持請教瓦爾茲胡特的區醫師，也就是幫拜魯特那位小姐分娩的庫爾比斯博士。這位好先生對偏頭痛之詞毫無興趣，因為那頻頻劇痛不像偏頭痛那樣偏限於一邊，而是兩眼內部和上方一種鑽洞刨根似的痛，而且這位醫師認為那只是附帶症狀。依照他的診斷，附上一些但書，主症是胃潰瘍或類似疾病。他向病人預告會有一些流血，但沒有成真；此外，他為病人開硝酸銀棒溶液，內服。這帖藥沒奏效，他改開劑量頗重的奎寧，每天服用兩回，病情果見暫時緩解。兩周後，而且每次兩整天，病情再度發作，十分類似嚴重暈船，庫爾比斯的研判很快開始搖擺，或者說，在另一種意義上獲得證實：他現在確定我朋友的病是慢性胃炎，右側大幅擴大，加上充血，而充血妨礙頭部獲得血液供應營養。他於是開卡斯巴德礦泉鹽，配合以最少攝食量為著眼的飲食控制，菜單幾乎只列嫩肉，禁食流質、湯、蔬菜、麵粉與麵包。這處方是要抵消阿德里安病痛之源的胃酸嚴重增生，胃酸嚴重增生，庫爾比斯 歸因於，至少部分歸因於神經系統，也就是部分病因來自中樞，亦即大腦，這也是大腦首次開始在他的診斷推測中扮演一個角色。胃擴大既癒，而頭痛與嚴重噁心依然如故，他愈來愈將那些症狀歸源於大腦——為他提供佐證的，是他的病人迫切要求避光。這個病人縱使能夠下床，也大半天在窗戶厚厚遮蔽而變暗的房間中度過，因為一個陽光普照的上午就足以令他神經衰竭而渴求黑暗，彷彿黑暗使他身心舒泰。我自己就曾大白天在修道院長書房和他說話許多個鐘頭，書房遮蔽得一片漆黑，我經過許久適應，方得分辨家具的輪廓與牆上現出的慘淡微光。

這個階段的晨間處方是冰袋及冷水澆頭，結果效果勝過先前那些辦法，雖然只是止痛，其和緩作用還不允許談復元：神祕的病況並未排除，一再間歇復發，而這位患者宣布，他情願熬下去，要不是那揮之不去的問題，也就是腦袋內部和雙眼後面無時或已的疼痛與壓力，那是難以描述，使人從頭頂到腳趾尖完全癱瘓的感覺，而且似乎妨礙說話器官，病人的言語，無論他自己是否知覺，有時候結巴支吾，雙唇遲鈍而吐字發音頗欠清晰。我相信他沒有在意，因為他沒有讓這毛病阻礙他說話；話又說回來，我有時候有個印象，他特意利用這個障礙，陷入其中，以便說些他認為適合以此方式表達的事，吐語不完全清晰完整，意在令人一知半解，彷彿夢中語。他就是這樣對我談安徒生童話裡那個小美人魚，這故事他格外喜愛且讚賞，一大原因是裡面出色描寫海巫婆的可怖世界，在撕碎吞捲一切的漩渦後面，八爪魚森林裡，那孩子壯膽獨闖，渴望將她的魚尾巴換成人腿，並且透過她對黑眼珠王子的愛——她自己的眼睛「像最深的海那樣藍」——而或許得到人類那樣不朽的靈魂。他拿啞美人甘心忍受的、雪白小腳每走一步都像踩在針尖上的劇痛，和他自己無時無刻不在打熬之痛相提並論，說他和她是難兄難妹，並且對她的行事、她的固執，感情用事渴慕兩腿人類的世界，提出親密而幽默客觀的批判。

「一切開始於崇拜那具沉到海底的大理石雕像，」他說，「那男孩顯然是托爾瓦森[522]的作品，她犯忌對這雕像產生太大的興趣。她奶奶應該把那東西拿開，而不是任這小人魚在藍沙裡種一株玫瑰色的垂柳來陪那雕像。宮裡自始太放任她，後來她渴望她歇斯底里高估的水面世界和『不朽的靈魂』，就什麼都管不住了。愚蠢透頂的願望！死後化為海中泡沫，是大自然生這小人魚之意，她應該以知道這一點為更大的告慰。一個正格的女水怪應該把那個根本不懂珍惜她，甚至當著她眼前娶別人的愚蠢王子，從他城堡的台階上引誘下來，拖入水裡，溫柔地淹死他，而不是像她那般使她的命運倚決於他的愚蠢。他可能更熱烈愛她，如果她留著她天生的魚尾巴，而不是換成那雙痛苦的人腿……」

然後，他以一種只可能是帶著戲謔的客觀，但也蹙著眉，雙唇也不太聽使喚而只能把話說得半清不楚，談女水怪形體相對於雙腿人類的美學優點，女體的臂部逐漸消失，以充滿魅力的線條化成鱗片平滑、堅實、柔韌、操控靈活如舵而利於疾速運動的尾巴。他否認這裡有何荒怪之處，雖然神話裡人與動物合體總是引人荒怪之想，他故作不承認神話虛構的概念適用於此：美人魚有完全且動人的有機真實性、美及必然性，這一點不難知道，看看小美人魚辛苦換來那雙腿之後可憐可悲又降格的處境，誰曾感謝她來著——美人魚毫無疑問是大自然欠我們的自然成品——如果說它還欠我們的話，而他並不相信這一點，等等。

我至今還聽見他談著，或者說喃喃自語，語含曖昧的戲謔，我當時也戲謔應之。但一如往常，我內心幾分憂慮，同時暗暗佩服他在明顯的重壓之下還有心情作這些奇思怪想。就是他這樣的心情，使我同意他拒絕庫爾比斯當時自覺有義務向他提出的建議：他提議，或考慮，請教更高級的醫學權威；但阿德里安避開，完全不依。他說，第一，他對庫爾比斯有十足信心，再者，他相信，他必須多少獨自，也就是靠自己的力氣與體質對付疾病。此說和我的感覺兩相呼應。我本來就比較傾向於換一個環境，到浴場療養，這位醫師也如此建議，只是一如所料，未能說服他的病人。他極為依戀他斷然選擇並習慣了的這個生活框架，房子和大院、教堂鐘塔、池塘和小山，依戀他那間古式書房、那張鋪絨椅子，容不得易地之想，縱使換成只為期四星期的套餐、散步和浴場音樂會，也挺可怕。最主要的是，他說他顧慮艾爾絲夫人，他不希望傷她心，捨她的照顧而取外邊那些泛泛了無可稱的料理——他感覺他在這位母親體已善解、冷靜從容、人性且內行的打理之下已獲得遠勝一切的最好安置。真的可以問問，他還能在何處得到她這樣的照顧，她現在依

---

522 托爾瓦森（**Bertel Thorwaldsen**，一七七〇—一八四四）：丹麥雕刻家。

照最新的推薦，每四個鐘頭給他進食：八點一個蛋、可可、烤麵包，十二點小片牛排或煎排骨，四點湯、肉、一些蔬菜，八點冷烤肉、茶。這套攝食法發揮效益，抑制了隨消化大份量餐食而來的高燒。

納克迪與羅森斯提爾輪流造訪菲弗林。她們帶來花、蜜餞、胡椒薄荷果仁，或者在當時物資缺乏之下張羅得到的任何東西。她們並非次次，而是難得獲許進門，兩人都未以為意。羅森斯提爾見面遭拒，給自己的補償是修書一封，文筆格外優美的信，以最純粹、風格最尊嚴的德文寫成。納克迪則無此慰藉。

我樂見魯迪格．席爾德克納普，那個藍眼人，造訪我們這位朋友。他露面對他極具安神、開懷之效——他要是多來幾次多好！但阿德里安的病，正屬於那種癱瘓席爾德克納普助人之樂的情況——我們知道，他只要覺得人家需他孔急，他就會拿喬，吝惜自己。關於這種怪異的心態，他不缺藉口，也就是不缺合理化的說詞：他羈絆於他的文學生計，那些翻譯之累，難以脫身，何況他自己也為營養不良而來的健康問題所苦；他愈來愈常受腸炎侵襲，他在菲弗林現身——沒錯，他還是偶爾來一回——總是裏一條法蘭絨腰布，甚至纏一條用古塔橡膠黏封的濕敷喉束，他用以挖苦諧謔，說他的盎格魯撒克遜笑話，阿德里安則為之開心逗趣，要說他同誰最能在戲謔與大笑之中獲得自由而超越肉體之痛，那就是魯迪格。

可想而知，羅德參議員夫人也不時前來，從對門她那個資產階級家具滿溢的避難所過來，即使沒法親眼看到阿德里安，也要向艾爾絲夫人打聽他的情況。他如果接見她，或者她在戶外巧遇他，她常對他說她女兒的事，笑的時候雙唇合起蓋住門牙之間的漏縫；這裡的牙縫，一如她的髮腳線，如今也令她苦惱而逃避人群。克拉莉莎，她如是報告，喜愛她的藝術職業，她沒有讓她得自其中的樂趣被觀眾的幾分冷淡、批評家的吹毛挑剔或這個那個導演的殘忍絲毫減損；那些導演一心破壞她的情緒，每當她有獨腳戲場面，正要好好享受，他們就從側幕叫喊「加把勁兒，加把勁兒！」。她在策勒的出道合同已滿，接下來的合同不太能說是更上層樓：她此刻在東普魯士，在遙遠的艾爾賓[523]，專演青春戀人的角色，但寄望受聘到帝國西部，最好是普福爾茲海姆[524]，從那裡最後一跳不遠，就是卡爾斯陸或司圖加特的舞台[525]。這條人生道路，吃緊的是不要困滯偏遠之地，要及時立足一個大型的國家劇院或有思想意義可言的大都市私人劇院。克拉莉莎希望夢想得圓。不過，看她的信，至少從她給她姊姊的信，可見她的成功比較屬於個人，也就是性愛層次，而不在藝術方面。她受許許多多人追求，她嘲諷以對，冷冷回絕，花掉不少精力。她沒有直接向她母親透露，而是告訴伊妮絲，一個鬍子已白而身體保養不錯的百貨店老闆要她當情婦，答應給她華屋、好車、美服——這樣，她管叫那些無恥大叫「加把勁兒，加把勁兒！」的導演閉嘴，而且可能使批評家改唱一個調子。但她高傲，不想把人生建立在這樣的基礎上。她關心的是她的人格，不是她的人身；富商碰了釘子，克拉莉莎前往艾爾賓闖她的新天地。

523 艾爾賓（**Elbing**）：位於波蘭北部。
524 普福爾茲海姆（**Pforzheim**）：在德國西南部。
525 卡爾斯陸（**Karlruhe**）：在德國西南部，為巴登-沃騰堡邦第二大城。司圖加特（**Stuttgart**）：該邦首府。

參議員夫人談起她在慕尼黑英斯提托里斯家的女兒，沒有這麼周詳深入：她的生活看起來沒那麼多波動和冒險，比較正常，比較安穩——表面視之如此，羅德夫人顯然也有意表面視之，將伊妮絲的婚姻說成幸福快樂，那可是相當溫情所見的表面。那時候雙胞胎剛來到世上，參議員夫人語含單純的感動談這事——談那三隻嬌慣的小兔子，三個白雪公主，她不時到她們理想的嬰兒房裡看她們。她以堅定且自豪的語氣稱讚大女兒不屈不撓，在逆境把一個家打理得無懈可擊。那件盡人皆知之事，亦即施維特菲格的蜚聞，她是否真的毫無所知，或只是佯裝不知，無從判定。阿德里安，讀者知道的，經由我而熟知這些事。有一天他甚至從施維特菲格的告白得知其事——真是奇事一樁。

小提琴家在我們這位朋友病勢沉篤期間甚是關注、忠實、親近，的確，他似乎把握這個機會向他顯示，他多麼重視他的善意、他的好感。不只如此，我的印象是，他相信他應該利用阿德里安受苦、耗弱，以及他認為相當無助的狀況，表現他永不氣餒，靠相當多自身魅力幫襯的助人為樂架式，藉以克服對方的矜持、冷淡，以及那帶著反諷的拒絕，那拒絕由於多多少少嚴肅的原因而令他難過、痛苦、虛榮受損，或者傷害他真實的情感——天曉得實情如何！談魯道夫的調情本性——這一點非談不可——很容易多一句。但也不應該少一句，而據我看來，他的本性，他本性的外在表現，永遠顯得絕對天真、幼稚、一種魔性的淘氣，我相信我有時在那含笑，那麼美麗的藍眼裡看到那魔性的反映。

我說，施維特菲格做足熱切關心阿德里安病況的工夫。他經常打電話給艾爾絲夫人探詢他的情況，說一俟阿德里安能夠忍受，希望散散心，他就上門。不久，病情稍一好轉，他就獲許前來，大剌剌對重聚表現無比魅人的喜悅，起始就兩次以「Du」稱呼阿德里安，第三次才因為阿德里安一次也不曾以「Du」應和，他才改用「Sie」。有一點作為安慰，兼有一點實驗意味，阿德里安偶爾叫他名字，雖然不是用大家對施維特菲格常用的暱稱，而是使用完整的「魯道夫」，但很快又不再叫他名字。此外，他恭喜小提琴家最近漂亮成功。他在紐倫堡開一場音樂會，特別是巴哈E大調組曲（小提琴，無伴奏）演奏出色，觀眾與報紙兩皆轟動。結果是慕尼黑音樂學院在歐迪昂[526]的一場音樂會由他擔綱獨奏，詮釋塔替尼[527]乾淨、甜美而技巧完美，格外叫好。大家容忍他聲音小，因為他在音樂（和個人魅力）上帶來補償。他升任札芬斯托斯管弦樂團首席小提琴，原先的首席離職以便專心私人教學；他雖然年輕——他外表比實齡年輕很多，怪的是比我初識他時還年輕——升任卻篤定無疑。

儘管如此，魯迪仍然為私人生活的某些情況而心頭沉重——為了私通伊妮絲，其情其事，他和阿德里安四目相對，推心置腹和盤吐露。「四目相對」不盡貼切，或者不盡符實，因為對話是在那個遮暗的房間裡，兩人根本看不見彼此，或者說，彼此只能看得影糊糊的——這無疑有助施維特菲格鼓勇而寬心傾吐。那是一九一九年一個格外晴朗、天色碧藍、陽光普照而白雪耀目的一

---

526 歐迪昂（**Odeon**）：音樂廳，建於一八二六—一八二九年，一九四四年四月下旬幾乎全毀於空襲，戰後重建。

527 塔替尼（**Giuseppe Tartini**，一六九二—一七七〇）：義大利小提琴家兼作曲家，代表作為〈魔鬼的顫音〉**g** 小調奏鳴曲。塔替尼自言魔鬼現身願為僕從，他聆聽魔鬼演奏而追記此曲。

月天，施維特菲格抵達，阿德里安剛在門外和他打過招呼，就劇烈頭痛，遂央求客人跟他在益處已有效驗的黑暗裡至少逗留片刻。他們原先到勝利女神廳，然後換到修道院長室，用百葉窗和窗簾把光完全隔掉，一如我所知道的情況：起初完全的夜暗蓋住眼睛，然後眼睛學著分辨家具的約略位置，接著感覺到牆上曖曖一抹蒼白，那是外面滲入的模糊微光。阿德里安坐在絨墊椅裡，再三向黑暗裡為這不情之請道歉，施維特菲格坐寫字桌前那張薩伏納羅拉椅，說他完全能夠諒解。如果這麼做有益處——他很能想像一定有益處——那他也認為這麼做最好。他們說話壓著聲音，其實就是低聲，部分因為阿德里安的情況促成輕聲，部分因為人在黑暗中的話聲不知不覺下降。黑暗甚至造成對話中斷、停頓，施維特菲格的德勒斯登文明與社交習性卻不能忍受停頓，他口不停輟，填滿無聲的冷場間隙，儘管人在一片漆黑之中難以確定對方的反應。他們話題觸及危殆的政治時勢、首都的戰鬥，談到最近的音樂，施維特菲格以十分純淨的口哨吹了法雅〈西班牙花園之夜〉，以及德布西為長笛、小提琴和豎琴的奏鳴曲片段。他還吹《愛的徒勞》的布列舞曲，使用原調，接著吹了牽絲木偶劇中屬於哭泣小狗的詼諧主題曲〈邪惡奸計〉——而始終無從判斷有沒有把阿德里安逗樂。終於，他嘆口氣，說他根本沒有吹口哨的心情，應該說是心情沉重，如果不是沉重，也是懊惱、氣憤、不耐煩，至少是不知所措又憂心忡忡，所以也是沉重。為了何故？回答此問當然並不容易，其實是不可說，除非朋友之間，保密信條在朋友之間比較不那麼嚴格。騎士信條，艷遇韻事不為人道，他當然遵守，因為他不是饒舌男。但他也不純是騎士，純粹將他看成騎士，大錯特錯——此人是膚淺的享樂派與多情種，這是糟糕之處。他是人，是藝術家，毫不在乎騎士信條，反正他告訴這件事的人必定和大家一樣清楚怎麼回事。簡言之，事關伊妮絲，更正確說，事關英斯提托里斯太太，以及他和她的關係，他無可奈何的一種關係。「這事我無可奈何，阿德里安，相信——請相信我！我沒有誘拐她，是她誘拐我，小英斯提托里斯頭上的綠巾，用一個蹩腳的說法，是她做的，不是我做的。您怎麼辦，一個女人像快要滅頂似的抓緊您，絕對要您當她的情人？讓她抓住您的外衣，您逃走？」不行，現在的人不那麼做了，這種情況有其他的騎士信條，不能違背，尤其如果那女人貌美，儘管是致命且痛苦的美。但他自己也要命且痛苦，是個緊繃而多憂的藝術家；他絕非活跳歡樂的孩子或開朗如陽光的青年，也不是一般人想像的任何模樣。伊妮絲把他想像成種種樣子，全都想岔了，這就造成一種扭曲的關係，彷彿那關係本身不就已夠扭曲似的，不斷冒出可笑的情況，事事都得留神小心。伊妮絲處此關係較為輕鬆，理由很簡單，她在熱戀——他很可以這麼說，因為她的戀情植基於錯誤的想像。他則處境不利，他沒有在戀愛：「我從來沒有愛過她，這我坦白承認；我對她向來只有手足和同志的感覺，我所以和她這麼往來，讓這愚蠢的關係拖下來，任她死纏著，純粹是由於我在履行騎士義務。」但他仍然忍不住吐露下述這段心聲：這事兒很尷尬，甚至屈辱，因為激情，簡直拼命般的激情，是出於女人那邊，男人只是盡他的騎士義務。所有權關係因此顛倒過來，女方在這愛情裡占了令人不快的過大比重，以至於他必須說，伊妮絲對待他這個人、他的身體的方式，其實照理應該是男人對待女人的方式——另外，她有那種病態、完全沒道理的妒嫉，非要獨自擁有他不可：沒道理，因為，如他所說，一個她就夠他受了，他受夠她和她的黏纏，他看不見的對話者很難想像，在此形勢之下，他能與一個高水平而且他非常尊重的人促膝而談、進入這麼一個人的圈內、與這麼一個人交流，是多麼令他神清氣爽的事。大家對他的評斷大多是錯的：他其實寧可和這麼一個人來一場嚴肅、對他有提升作用、使他長進的對話，而不願和女人上床；沒錯，如果要他形容自己的話，他經過精確的自我檢視之後，說自己是柏拉圖人格最貼切。

突然，彷彿為了解釋他方才說的話，魯迪談起他非常希望阿德里安為他寫的小提琴協奏曲，要寫得就是為他量身打造，最好授予他獨家演奏權，那是他的夢想！「我需要您，阿德里安，拉拔我，使我走向完美，使我改善，並且在相當程度上使我擺脫煩雜事情，得到淨化。我保證，這是實話，我從來不曾對一件事，對一個需要，這麼認真。我希望您為我寫的協奏曲，只是這需要的最緊湊表達，我可以說，是它的象徵。您一定會寫得好極了，遠勝戴留士和普羅可菲夫[528]，主樂章使用一個單純與歌唱性都聞所未聞的第一主題，在華彩樂段之後再度進入——那永遠是古典小提琴協奏曲最美妙的環節，第一主題在獨奏特技表演之後再度進入。但是您完全不必那麼做，您根本不必寫個華彩樂段，那是老掉牙的東西了。您可以推翻所有習套，連樂章布置也取消——不必有好幾個樂章，據我之見，Allegro molto[529]可以擺在中間，一段道地的魔鬼顫音，您在其中表演節奏特技，那是只有您有本事的絕活，Adagio[530]可以放在收尾，發揮變容般的效果——可以把一切寫得無以復加的違背傳統，我則把作品拉得聽眾淚水奪眶而出。我要把這作品吞進肚裡，睡夢中也演奏，而且愛撫、呵護每個音符，像母親一般，因為我將是它的母親，而您就是父親——它是我們的孩子，一個柏拉圖意義的孩子——的確，我們的協奏曲，這將是我所說柏拉圖關係的真正實現。」

那天施維特菲格如是說。我走筆至此，曾多次為他美言，甚至今天，往事在腦子裡再過一遍，部分由於有感他的悲劇下場，我對他仍然心存寬厚。但讀者現在也會比較了解我對他的一些形容，諸如「淘氣天真」，或者我在他天性裡看出的「幼稚魔性」。易阿德里安之地而處——當然，我以己換他，是荒謬之想——我不會容忍他說的好些話。他分明利用黑暗胡為。他不僅在談他與伊妮絲的關係時三復坦白過甚，在其他方面也放肆過甚，不可饒恕、淘氣妄為的放肆——說是被黑暗誘拐吧，如果這樣說還算完全恰當，如果說他厚顏算計乘人孤獨而攻心不更正確。

這其實就是施維特菲格對阿德里安的關係的正名。這攻心之計徐徐而圖數年，說來傷感，不能否認他有些得逞：久而久之，孤獨證明無力抵抗這樣的討好追求，雖然結果是追求者自貽其戚。

528 戴留士（**Frederick Delius**，一八六二—一九三四）：英國作曲家。普羅可菲夫（**Sergei Prokofieff**，一八九一—一九五三）：俄國作曲家。

529 極快的快板。

530 慢板。

34

在他健康陷入最低谷的時期，阿德里安不只將他所受折磨比擬於「小美人魚」所受的刀割般痛苦；在談話裡，他還使用一個出奇精確生動的意象，我記得那是數月之後的事，即一九一九年春，當時病情壓力彷彿奇蹟般從他身上消失，他的精神如同不死鳥般升向最高的自由與可驚的力量，作品以一空拘礙，了無凝滯，不可抑遏，奮迅踔厲，幾乎令人屏息之勢而出——也就是這意象令我明白，兩個狀態，抑鬱沮喪與振奮升揚，其內在並非彼此截然懸異，並非彼此遙無關連，而是彼此醞釀，在相當程度上是彼中有此而此中有彼的——兩者彼此迴環，一如突破勃發的健康與創造階段絕非純是愉悅愜意之時，也是遭受侵襲、痛苦奔命與困頓掙扎之時……唉，我寫得真糟糕！我急著一股腦交代一切，結果文句泛濫，偏離文取達旨之意，跑野馬而全失題旨蹤影。我先承讀者之意而自我批評，事屬應當。一切都倉促紛至，我的思路迷失於回憶我記述那個時代而產生的激動之中。那是德意志威權國家崩潰後的時代，議論齊放，影響深遠，將我的思想捲入其漩渦，以種種新發展衝擊我持之有故的世界觀，我的世界觀要消化它們，並非易事。當時的感覺是，一個時代告終，那時代不僅包含十九世紀，也上及中世紀末葉，上及摧毀經院哲學的束縛、個體的解放、自由的誕生，那是我其實很可以視為我廣義的精神故鄉的時代，簡言之，資產階級人文主義的時代——當時的感覺是，我說，那個時代的喪鐘已響，生活將發生劇變，世界將會進入一個新的、當時尚無名字的星座，這要求人們付予最密切注意的感覺甚至不是戰爭結束才產生的，而是隨這個世紀第十四年戰爭爆發俱生，我輩體驗到的震撼、被命運攫住之感，其根柢在此。無怪乎促成一切解體的戰敗使那感覺變本加厲，也無怪乎，在一個傾覆的國家，像德國，那感覺主宰情緒的程度判然大於戰勝民族，他們的一般心境正由於勝利而保守得多。他們不像我們覺得那場戰爭是深深劃分今昔新舊的歷史切口，而是視之為一場順利收拾的錯亂，動亂既了，生活可以重歸它脫離的軌道。我艷羨他們。我特別艷羨至少從表面看來，勝利為法國的資產階級精神狀態提供的支持與佐證；艷羨法國從勝利中獲得的，古典理性主義是安身立命之所的感覺。的確，那段時間，我在萊茵河另一邊會比在我們這邊適意、更有歸宿感，在我們這邊，如上文所說，許多新、令人慮亂、令人煩憂，我本乎良知而必須與之周旋的觀念，侵襲我的世界觀——寫到這裡，我想起某個希克斯特斯·克利德維斯，其施瓦賓住處裡那些混亂的討論[531]，我在施拉金豪芬的沙龍認識他，我很快就會回頭談他，這裡暫時只提一點：他家舉行的那些集會與思想議論，我純粹出於良知認真而經常參加，卻引起我不少憂思——同時，在吾友身邊，我帶著整個、

531「施瓦賓」已見於本書多處，深意至此顯豁：此地乃慕尼黑一個波西米亞區，在世紀之交成為各路追求人類得救、救主降臨、災劫、啟示錄式異象之輩聚集之地，曼在此處根據當年日記，如實呈現威瑪共和期間德人為納粹鋪路的精神走向與思想氣候。

激動而且經常驚恐的靈魂見證一部作品誕生，那部作品與那些議論不乏大膽、預言的關係，在比較高的、創造的層次上印證、實現那些議論……我如果再提，這一切之外，我還得善盡我的教職，而且毫不殆忽我身為一家之主的責任，那就不難理解，那時候我身心過度疲累，加上卡路里含量貧乏的飲食，體重下降不少。

我提此事，只是為了形容那飛逝、危險的時代，而不是為了引導讀者同情我這個毫無足觀的人，我在這些回憶中只宜置身背景。我在前面扼腕我行文倉促，一定給人我思緒奔竄的印象。但那是錯誤的印象，因為我對我的謀篇立意頗有掌握，沒有忘記在小美人魚之外，要轉到阿德里安病情最痛苦時使用的第二個動人、深遠比喻。

「我感覺如何？」他當時對我說。「約莫像油鍋裡的殉道者約翰吧[532]。你的確可以就這麼想像。我像個虔誠的受難人蹲在他桶子裡，底下興致勃勃的柴火匹匹啪啪響，一個乖巧聽話的孩子老老實實照管手推風箱把火搧旺；皇帝陛下親臨近觀——那是尼祿，你想必知道，一個了不得的土耳其大君，背上披著義大利錦緞——在他眼前，衣衫飄揚，褲前有遮羞袋的行刑助手，用一枝長柄大勺從我虔誠肅穆坐著的桶子舀起沸滾滾的油，澆在我頸背上。我像一塊烤肉，地獄裡狠烤的一塊肉，受到悉心周到的澆澆淋淋，很值得看，你也應邀置身柵欄後面那些由衷興高采烈的觀眾之間，在官員、來賓後面，他們有的纏頭巾，有的身穿道地老式德國帽子。誠正老實的市民——他們沉思，也歡喜他們受到執戟士兵保護。有個人指指點點，告訴另外一人，當地獄裡狠烤的肉是什麼滋味。他們兩隻手指在臉頰上，兩隻在鼻孔底下。一個胖佬舉手，彷彿說：「上帝保佑我們每個人！」女人臉上是感受教化的天真神情。你看到了嗎，我們全都緊緊靠在一起，現場忠實擠滿了人。尼祿的小狗也來了，因此沒有任何立足之地空著。牠有一張兇猛的杜賓犬小臉。背景上可以看見凱撒薩興的鐘塔、屋頂的凸窗以及山牆……」

當然他應該說：紐倫堡[533]，因為他生動描繪人魚的身體渾融過渡成魚尾，如此逼真，我在他描繪結束前早已如見眼前，而他現在同樣生動逼真描述的，是杜勒啟示錄木刻系列的第一頁。因此，後來阿德里安漸漸透露他計畫之作時，我如何能不想起這個比較？這個比較，我當時覺得既怪異牽強，但也馬上喚起一些預感。他駕馭那部作品，但也為其所制，他的力量痛苦蟄伏之際，也在匯聚蓄勢準備此作。我可不是說對了嗎，藝術家抑鬱沮喪與創意欣揚、生病與健康的狀態絕非彼此截然分離。在他生病之中，而且可以說就在其病勢翼護之下，健康的元素工作著，疾病的元素則發揮天才作用而轉化成健康。就是如此。我感謝一個經常帶給我苦惱與驚恐，但也令我滿懷自豪的友誼使我得到這個洞見：天才是一種飽閱病態的生命力，從疾病中汲源創造，由疾病而遂其創造。

啟示錄清唱劇的孕育，以及他暗中醞釀，因此可以遠遠回溯到阿德里安生命力看似完全耗竭之時。此作後來不過數月就付諸筆紙，來勢之猛烈與迅速，經常引起我想像他的痛苦困頓狀態是一種庇護所和藏身處，他的天性退藏其中，在隔牆無耳、無人疑心、與世相絕、痛苦地與我們的

---

532 聖約翰在油鍋中殉道，杜勒《啟示錄變相》之一刻畫其事。
533 杜勒出生於紐倫堡，啟示錄木刻系列亦完成於紐倫堡。

健康生活分離的隱密之中蘊思、發展凡常康寧狀態無法提供的冒險勇氣，成其彷彿奪自深淵而置於天日之下的作品。他計畫中的作品，我是一步一步，一次一次過訪而得知，這一點上文表過。他寫、打草稿、收集、研究、組合；這過程不可能永遠瞞過我，而且我得知其事而由衷滿意。數周之久，我嘗試探詢，都碰到半開玩笑，或畏怯、懊惱保護某種可疑祕密的沉默和抗拒，以及大笑帶皺眉，和諸如此類的話頭：「你少管閑事，保你靈魂清白要緊！」或者：「你很快就會知道了，我的好人，一向不就是這樣嗎？」或者更明白一點，比較像承認：「神聖的恐怖東西正在醞釀。一個人想拿掉血液裡的神學病毒，看來還真不容易。一個冷不防，就來勢洶洶復發。」

這句暗示，坐實我觀察他的讀物而起的疑心。在他的工作桌上，我發現一本怪異的舊書：四世紀希臘文《保羅的異象》的十三世紀法文韻文譯本。我問他此書哪來的，他回答：

「那個羅森斯提爾弄給我的。也不是她幫我找到的第一件骨董。一個挺勤快的娘們。她沒有看走眼，我對『下去』過的人特別有好感。我是說：下過地獄。彼此那麼遙不相及的保羅，和維吉爾筆下的伊尼亞斯[534]，就因此而形同知己。但丁說他們是兄弟，因為他們都到過那底下，記得嗎？」

我的確記得。「可惜，」我說，「你的 filia hospitalis[535] 不能讀給你聽。」

「是啊，」他笑道，「這古法文，我得用我自己的眼睛。」

他不能用他的眼睛時，例如眼睛上側和內側深處的痛苦壓力使他不可能閱讀時，經常必須由克蕾曼婷為他朗讀，那些讀物對這位和善的鄉下少女亦甚奇特，但由她口中讀來又並無不宜。我自己在修道院長書房碰過她陪著阿德里安，他歪在那張伯恩罕姆椅子裡，她則筆直坐在寫字桌前的薩伏納羅拉椅裡，以遲拙、拗口而動人的高地德語中小學腔調念一本長了霉斑、以紙板夾裱的書，可能也是找書挺有一套的羅森斯提爾帶來的，內文是馬德堡的梅赫蒂爾德[536]的狂喜經驗。我靜靜坐在角落長椅上，驚奇聆聽那虔誠而僻奧、稚拙而離奇的朗讀。

我得知情況經常如此。這個藍眼姑娘一身農村貞潔裝束，那是宗教清規的見證，橄欖綠羊毛料的緊身上衣，小小的、緊密排列的金屬紐釦高高扣到領口，壓平她青春的胸脯，上衣尖角蓋住及足寬幅百褶裙的腰身，僅有的裝飾是褶帶圍脖領口底下露出一條以舊銀幣串成的鍊子。她坐在病人旁邊，以女學童念連禱文的音調，對他讀教士當然不會反對的著作：早期基督教與中世紀的異象文學以及關於來生的玄想。艾爾絲夫人有時從門口探頭，瞧瞧女兒，可能是屋裡需要女兒幫什麼忙，但結果只朝兩人好意點點頭，表示贊許，復又退去。有時她坐在門邊一張椅子上傾聽個十分鐘，然後悄悄消失。克蕾曼婷朗讀的如果不是梅赫蒂爾德的出神經驗，就是賓根的希爾德嘉

---

534 使徒保羅的地獄異象，記載於《新約聖經》〈哥林多後書〉**12：1：5**，只略提數句，公元四世紀發現的《保羅的異象》（*Paulus-Vision*）加以引申細寫。維吉爾史詩《伊尼亞德》（*Aeneid*）主角伊尼亞斯（**Aneas**）在詩中第六章遊地府。但丁《神曲》〈地獄〉第二章，維吉爾引領但丁作地獄之行，但丁以保羅乃聖徒，而伊尼亞斯創建羅馬帝國，「我既非保羅，亦非伊尼亞斯」，自言不配此行。

535 「房東女兒」。

536 馬德堡的梅赫蒂爾德（**Mechthild von Magdeburg**，約一二〇七—一二八五）：出生於薩克森的中世紀神祕宗，自言上帝命她將著作取名《神光如流》（*Das fliessende Licht der Gottheit*），書中寫她的上帝異象，及地獄、煉獄、人間各界景象，論者認為但丁《神曲》憲章此書。

德[537]。如果不是這個，那就是飽學修道士比德尊者的《Historia Ecclesiastica gentis Anglirum》[538]，書中傳述相當多凱爾特人關於來世的想像，以及早期盎格魯撒克遜的愛爾蘭基督教異象經驗。這些作品記載狂喜經驗，宣告最後審判，以說教方式煽旺人對永世懲罰的恐懼，都源自前基督教與早期基督教末世學，拔摩島的約翰[539]所記的啟示只是其中一個可以豐富並觀的例子，其他尚有源自歐洲北方到義大利的見證文獻，那位擔任教廷唱詩班指揮的格列戈里的對話錄[540]，以及卡西諾山修道士阿爾柏利希的異象[541]，他們對但丁的影響明顯可見——這類文學，我說，構成一個非常緻密、充滿一再重現的主題的傳統，阿德里安埋首其中，準備一部將其所有元素融匯成一個焦點的作品，將那些元素總結為末世的藝術集成，並且秉承無情的使命，將啟示錄像鏡子般舉到人類眼前，好讓他們看見什麼正在接近，即將臨頭。

「結局來了，結局來了，向你興起；看哪，來到了。它已起來，就要臨到你了，境內的居民。[542]」這些詞句，阿德里安為之設計了testis，也就是見證人、敘述者，配合建立於異調和聲之上，並且純由四度與減五度構成的幽靈般旋律宣告主題，然後成為大膽復古輪唱的歌詞，兩組四聲部合唱團以令人低迴難忘的形式捉對兒重複這些詞句——這些詞句完全不屬於約翰的啟示錄；它們源自另一層次，源自巴比倫流亡期，源自以西結的故事與哀歌，只是寫於尼祿時代、從拔摩島發出的神祕公開信[543]與這些詞句有十分特殊的關係。杜勒大膽當作他一幅木刻主題的《吃書》，幾乎一字不易取自以西結書，包括其中一個細節，說那書卷（或者，裡面寫了哀號、嘆息、悲痛的那封「信」）在遵命吃書之人的嘴裡味甜如蜜。大淫婦，那個騎在獸上的女人，紐倫堡人樂得以他從威尼斯帶回的高級妓女畫像為藍本，其身影並且相當預示於以西結用語極為類似的描寫。揆諸事實，的確有個啟示錄文化，這文化以有幾分固定不變的異象與經驗構成狂喜者傳統——雖然從心理學上看來可怪，一個人狂熱，另一人依樣狂熱，一個人的痴醉非由己出，而是借自他人模子。實情如此，但我提此事實，是要確定一點，阿德里安寫他這部無與倫比的合唱作品，歌詞取材殊不限於約翰啟示錄，而是可以說兼融並蓄我在上面提過的整個預言傳統，所以此作等於創造一部新而且獨一無二的啟示錄，相當程度上是所有末日預言的一個總撮。標題「Apocalipsis cum figuris」是向杜勒致敬，用意的確是突顯兩作共有具象的視覺特質，例如布局如圖畫般纖悉入微，空間則密實充滿精確想像的細節。然而阿德里安這幅濕壁畫奇作，絕不能說像標題音樂般密附這個紐倫堡人的十五幅插畫。當然，其巧妙令人生畏的的聲音是根據許多也

---

537 賓根的希爾德嘉德（**Hildegard von Bingen**，一〇九八—一一七九）：德國作家、哲學家，屬基督教神祕宗。

538 《盎格魯人教會史》，英國僧侶兼學者比德（**Bede**，六七二／三—七三五），此書是他最著名之作。

539 即〈啟示錄〉作者約翰。

540 天主教宗格列戈里一世（**Gregorius I**，約五四〇—六〇四）：精於音樂，據考成立教廷唱詩班，親自教唱。其著作包括《對話錄》，寫六世紀義大利奇蹟聖事，多涉天使、魔鬼及煉獄等情景。他因此書而又名「對話者格列戈里」。

541 阿爾伯利希（**Alberich**，一〇三〇—一一〇五）：十一世紀下半葉以修道僧身分，任教於本篤修會在羅馬東南部卡西諾山（**Monte Cassino**）本堂。

542 〈以西結書〉**7：6-7**。此書寫異象及末日與約翰〈啟示錄〉頗有類似之處。

543 即約翰〈啟示錄〉。

給了後者靈感的神祕文獻譜成；但此作也在合唱、宣敘調、詠嘆調各方面擴展音樂的揮灑空間，方法是納入聖經〈詩篇〉許多較為陰鬱的段落，例如椎心的「因為我的心中充滿患苦，我的性命臨近地獄」，《經外書》裡表達得更嚇人的意象與宣斥，《耶利米哀歌》一些今天讀來甚為不堪的片段，以及其他更冷僻的文字，凡此種種，合力構成一個總體印象：來世之門開啟，清算日劈頭降臨、下地獄，其中充滿來世的想像，包括出自比較早期、薩滿階段，以及古代與基督教時代，下迄但丁的異象。阿德里安的音畫甚多汲源於但丁之詩，更多的是那滿布屍體的牆。天使在上面吹劫數的長號，卡隆從他的船上卸貨[544]，死人復活，聖徒膜拜，群魔等候腰身纏蛇的米諾斯示意[545]。那個被定罪的人，肥腸橫肉，被滿臉獰笑的地獄子民圍繞、拖、拉，恐懼萬狀而去，手遮一眼，另一隻眼睛驚瞪著永世之苦，但不遠處，神恩將兩個正在下墜的罪人靈魂拉拔而起，使他們得救——簡言之，取自最後審判的組圖與場景。

一個受過教育的人，像我，談一件與他接近得令他心顫的作品時，如果拿既有而且熟悉的文化里程碑來參考比較，應該可以原諒吧。這麼做，使我有把握談這部作品，我今天仍然需要這把握，一如我當時需要，那時我懷著驚異、不安、自豪，見證此作誕生——這場體驗當然得自我對其創作者的關愛忠悃，但其實也超過我的心理能力，到了我為之顫慄的地步。最初幾次諱莫如深和抗拒的表示之後，他很快讓這個童年老友接近他所作所為，因此我每回走訪菲弗林——我當然盡量頻繁造訪，幾乎每星期六和星期天前往——都能參與作品進展的新階段：一次比一次，這部作品的遞增與成長有時達到令人難以置信的規模，尤其此作結構組織既兼具思想與技術上的複雜，而且必須依照嚴格的規則為之，一個習慣於資產階級適度、固定工作進程的人真會嚇得臉色發白。的確，我承認，我對這件作品有一股單純的、我應該說出於人性的畏怖，促成這畏怖的最大原因是此作產生的陰森速度——其主體四個半月即告完成，就是機械般單純照稿謄錄，也需要這麼長的時間。

顯而可見，而且他自己承認，此人當時的生命極度緊繃，靈感不只令他欣快，也在折騰、役使他，一個問題、他自始沉湎的作曲課題閃現的剎那，就是靈光乍現而問題化解的剎那，幾乎不容他有時間以他的鵝毛筆、鉛筆追逐那些絡繹互逐相尋而至的樂念，不給他任何歇息，把他變成奴隸。在身體最病弱之時，他一天工作十小時，甚至過之，只有中午稍輟，以及偶爾戶外散個步，到夾子塘，或錫安山——都是匆匆而就，都像逃難而非恢復身心，再看他踉蹌而前、時又走走停停的步履，可見那一切只是騷動不寧的另一種形式。在許多個和他同度的星期六夜晚，我看出他何其神不守舍，以及他為了鬆口氣而特意找我聊日常瑣事或其他不相干的話題，卻無法鬆弛。我此刻還看見，他原本歪躺著，驀然挺身危坐，目光僵直，神情貫注諦聽，雙唇分開，雙頰泛起我喜歡看到的紅潮，某種發作的徵兆。是什麼呢？是旋律上的啟發嗎？我幾乎要說那啟發是危險的事，因為那表示我全無興趣的那些力量在信守其承諾。是不是他心中升起了那些極為具體

544 卡隆（**Charon**）：希臘神話裡的冥河船夫，負責將新死者的靈魂擺渡至地府。他所卸之「貨」（**Last**）即新死者的靈魂。

545 米諾斯（**Minos**）：希臘神話中的冥府判官，尾長如蛇，但丁在《神曲》〈地獄〉寫他據坐地獄第二圈入口（真正地獄的地點），裁定死者靈魂之罪，他以尾纏腰之圈數，即該魂發落之地獄圈數。

生動，這部啟示錄作品裡處處皆是，但永遠立即被冷冷控制，如同加上轡繩，變成只是作品建築石材的主題？我看見他一邊喃喃自語「繼續說，繼續說就是」，一邊走向他的桌子，撕開管弦樂稿本，猛力翻檢，扯得本子脫頁，而且獰著臉，其神情雜陳，我不擬名之，但在我眼中，那神情扭曲他容顏的聰明與孤傲之美，他檢視之處，或許是逃四騎士[546]而跌撞翻滾、失足摔跤、被馬踩踏的人類驚懼合唱；教人毛骨悚然，由巴松管擔任，幸災嘲諷咯咯笑的〈鳥的禍哉之鳴〉[547]，或者那極似啟應對唱曲風[548]，初聽深深扣我心絃的輪唱——那段配上耶利米詞句的嚴格合唱賦格：

「活著的人為何有怨言？
為自己的罪受罰而有怨言！
讓我們考察自己的行事，
幡然轉向而信主！
…………
我們，我們犯了罪
悖義逆行；
你公道而沒有寬恕；
而是將盛怒傾瀉於我們身上
追究並且扼殺，毫不憐憫。
…………

你將我們變成萬民之中的
糞土和渣滓。」549

我稱之為賦格，而且有賦格的感覺，只是這主題不曾忠實重複，而是與整體一同發展，以至於一種風格解體，相當程度上形同歸謬，而這位藝術家似乎也聽任這樣的發展——過程中不無一些回顧，返取巴哈時代以前的複音歌曲與主題模仿等古老賦格形式，在那些形式裡，賦格的主題不盡然清楚界定和堅持到底。

他凝視這些或其他段落，抓起筆，又丟開，喃喃嘟噥，「好吧，明天再看看」，然後帶著更紅的額頭轉向我。但我知道，或者害怕，「明天再看看」這句話撐不久，跟我分開之後，他又會開始工作，寫下他和我談話之際不請自來而襲上他心頭的東西——接著吞兩錠魯米那550，以深睡抵補他的短睡，破曉時分又上工。他援引經文：

546〈啟示錄〉第六章的四騎士，傳統上詮釋為代表瘟疫、戰爭、饑荒、死亡。
547〈啟示錄〉**8：13**。
548 啟應對唱（**Antiphone**）：聲部彼此呼應而輪唱或對唱。
549《舊約聖經》〈耶利米哀歌〉**3：39**以下。
550 **Lumnnal**：主治癲癇，也用於緩解焦慮與失眠。

「醒起啊，瑟與琴！
我可是要早醒的。」[551]

他日日害怕那啟發——他的福份，或災殃——會被提早收走，而且事實上，他完成作品，其可怕的結局，他使盡全副勇氣才達成的結局，與浪漫主義的得救音樂天差地別，確定了整部作品在神學上負面、毫無慈悲的性格——事實上，我說，在作品完成前不久，他寫下氣勢宏大、多聲部銅管奔湧騰漲直上最高音域的段落，象徵深淵大開，一切沉入其中，再無指望。就在寫成這個段落之前，他疼痛兼噁心的病情有三周挺嚇人的復發；據他自己說，在那個狀態裡，什麼叫作曲以及怎麼作曲的記憶消失無蹤。復發既過，他在一九一九年八月初復又工作，在那個許多天太陽高照而炎熱逼人的月份結束前，作品告成。我計算的，這部作品所費的四個半月，算到他那次復發力竭之始。計入那段停頓與收工的時間，《啟示錄》從草稿到寫定，彌足驚人，只費六個月。

551〈詩篇〉108：2。

34（續）

好，關於故友這部受到千倍憎恨、遍惹反感、但也受到百倍喜愛與稱揚之作，我在他的傳記裡就言盡於此嗎？不然。關於這件作品，我有許多心事，但我決定先提其中令我——不言而喻，充滿佩服之餘——印象深刻又為之懼怖，或者應該說，令我憂慮之餘又心生興趣的性質與特徵：但同時，我說，我決定將這些性質與特徵關連於上文簡短帶過的，我在克利德維斯住處的討論會中接觸的那些抽象論點。就是那些夜會的新穎經驗，加上我參與阿德里安孤詣之作，構成我那時候過度勞累緊張，體重減少整整十四磅。

克利德維斯，版畫家、書籍裝飾家，兼東亞套色木刻版畫與磁器收藏家，常應各地文化組織之邀到國內甚至海外城市發表專門且精闢的演講，是個五短身材的先生，看來永遠不老，有點像小地精；說話有濃重的萊茵黑森口音，懷著不尋常的思想熱情，雖然不屬於任何可以確定的思想路數，卻帶著純粹的好奇心傾聽時代的動態，一事一物入耳，輒說「這真是大大地要緊」。他盡心將他坐落施瓦賓馬修斯街，會客室裝飾著迷人水墨畫（宋朝的作品！）的住處變成思想界管領風騷、內行者或參與者聚會之處，當時的美好城市慕尼黑的確多的是這類人等，他為男士安排夜間討論會，是氣氛親密的圓桌會議，至多八到十人，晚餐之後赴會，大約九點左右，不需主人多少張羅款待，純在無拘無束之下聚集，交流思想。全程並不盡然思想高度緊繃；討論經常岔開成為愜意的日常話題閒聊，因為，由於克利德維斯在社交上的興趣與周旋之故，參與者的思想水平的確有點不均勻。於是，座上客中有兩人是黑森－納紹大公家的兩名成員，都是友善的年輕人，在慕尼黑上學，主人熱情叫他們「英俊的王子」，只緣他們年紀比在座其他人輕太多，我們談話必須有點顧慮他們在場。我不說他們礙事。高談闊論每每在你來我往中掠過他們，了無拘礙，他們則謙虛微笑，或作聆高見而驚訝狀。我個人較感懊惱的是在座有布萊沙赫博士，讀者已經見識這個喜作吊詭悖論、我也早已承認受不了的人，即使這些場合看來少不了他的機敏和洞察能力。工廠老闆布林格，同樣令我怏怏，他全憑稅級高人一等，就炎炎大言，橫議最困難的文化問題。

我要進一步坦承，整張圓桌上，我沒有多麼喜歡任何一個人，也無法完全信賴任何一人——英斯提托里斯有一點例外，他偶爾參加這個圈子，我則由於他妻子而和他有朋友關係——只是他在這兒又喚起我另一種憂慮。此外，有個問題是我和伊根．恩魯赫博士為什麼不對頭：恩魯赫是走哲學路線的古動物學家，其著述將深層地質和化石知識加以巧妙穿引，使古代文學作品裡的相關記載顯得持之有故，獲得科學驗證，因此，依照他的理論——不妨稱之為一種昇華的達爾文主義——高度發展的人類早已不再認真相信的所有事物都變成真有其物，實有其事。的確，對這位飽學、思想上高度努力的人，我的不信任從何而來？同理，我何以不信任葛歐格．弗格勒教授？他是文學史家，寫過一本頗負時譽的德國文學史，從部落屬性的觀點談文學，不將作家視為作家或具備普遍性的心靈，而是純將作家視為實際、具體、特定血統與土地的產物，出自這個起源、見證這個起源。這樣的觀點非常老實、男子氣、純粹、值得加以批判性的感謝。藝術學者兼杜勒專家吉爾根・霍茲舒赫教授，應邀在座，我也基於同樣難以言之成理的緣故而不舒服；經常在座的詩人丹尼爾・祖爾・賀赫更是加倍如此，他三十歲，身材乾瘦，穿教士服般的高領黑衣，側影如猛禽，說話如使鐵錘，大致如「是的，是的，挺不錯，哦的確，可以這麼說！」，一邊不斷神經質般急切以前腳掌敲地板。他喜歡雙臂交叉胸前，或一隻手如拿破崙模樣藏入胸口[552]，其詩夢的主題是一個聽命於純粹精神的血腥運動、一個懾服於該精神並俯從其崇高紀律的世界，如他在我相信是他生平僅有之作、戰前就以手工紙印刷的《〈宣告〉》所寫，全作是縱恣橫流的恐怖主義的一場浮藻般的抒情爆發，不能否認其文字力量甚有可觀[553]。這些宣告的簽名者叫 Christus imperator maximus[554]，那是一股統領一切的能量，徵募為了征服世界而不惜捨命的軍隊，發布類似當日命令的通告[555]，提出不容妥協的條件，昭告守貧與貞潔，要求毫無疑問、永無止境服從它如鐵錘敲釘、以拳頭敲桌宣布的要求。「士兵們，」全詩如此收尾，「我交由你們去擄掠——世

---

552 手掌插於背心底下，為十八至十九世紀歐洲肖像畫常見姿勢，而以拿破崙多幅畫像最知名。

553 丹尼爾・祖爾・賀赫，其人藍本是十九世紀末開始活躍於施瓦賓區的天主教神祕主義者 **Ludwig Derleth**（一八七〇——一九四八），他以肅清天下的現代薩伏納羅拉自視，自認其在宣揚一種無情霸氣的基督教，一九〇四年出版《宣告》（*Die Proklamationen*），將基督化為催陷世界，一新天地的戰士。

554 「至高基督皇帝」。

555 當日或每日命令（**Tagesbefehl**）：德國軍事用語，亦用於為特殊事由而發的命令。

界！」

凡此都「美」，而且它自感是「美」；那是一種殘酷、絕對的美，詩人的精神厚顏無恥地超脫、打趣、不負責任——是我所見最放肆的美學胡為。英斯提托里斯當然喜歡這東西，但這作者與作品也獲得嚴肅的聲價，而且我對兩者的反感也並非完全確定，因為我知道這反感裡摻有我對整個克利德維斯圈子及其妄議文化的惱惱，只是我出於思想責任感而必須認識其說。

我嘗試盡量以最少的篇幅勾勒這些討論的結果，我們的主人沒錯，說那些結果「真是大大地要緊」，祖爾．賀赫則一疊聲以他刻板的「是的，是的，挺不錯，哦的確，可以這麼說」唱和，即使那些結果並不直接導至宣誓效忠Christus imperator maximus去劫掠世界。可想而知，那只是象徵之詩，這討論會卻展望社會學上的現實，論定現狀與未來，但其中與祖爾．賀赫想像的禁欲的、美的恐怖事物必定有相合之處。我自己在上文提過戰爭震撼並摧毀原本看來不可動搖的生命價值觀，尤其在戰敗國。戰敗國由於戰敗而精神比別國多走一步，對此感受特別生動。這件事既為其人所強烈感受，而且客觀上可以證實：個人在戰爭事件中慘痛遭受價值喪失、生命以毫不顧惜之姿邁過個體，以及一般人心冷漠以對個人的苦難與殞滅。對個體命運的這種了無顧惜、漠不關心，可能看起來是剛過去的四年血腥儀式有以致之；然而我們不必自欺：一如其他許多方面，戰爭只是將那個早就已露苗頭，為一種新的生命感受奠定基礎的狀態加以完成、明朗化，變成強烈明確的體驗。此處非關贊揚指摘，而是事實的知覺與判定，不過，人不動情感地認識現實，還是會純粹由於這認識之喜，而每每含有贊成這認識的成分——因此，這些觀察如何能不連帶對資產階級多面甚至全面批判？資產階級傳統，我指的是文化、啟蒙、人性等價值，以及用科學文明來提升所有民族之類夢想。作此批判者乃文化、教育、學術之士，而他們快意為之，不時雜以沾沾自喜的哄笑，以之為思想樂趣，使此事帶有某種異樣，擾人不安，或者說顯得幾分邪門的魅力；大概不必多提，我們德國人由於戰敗而被派給的政體、降臨我們身上的自由，一言以蔽之，民主共和國，不曾片刻被他們承認為值得認真看待，可以取為他們屬意的新發展的架構，而是被異口同聲地當然視為短命如蜉蝣，對眼前實際形勢毫無意義之物，的確，視為不值一哂的惡作劇。

他們援引托克維爾（亞歷西斯・德）[556]，他曾說，革命這口泉源衍生兩條河流：一條產生自由制度，一條走向絕對權力。自由的制度，在克利德維斯家聚談者已無一相信，尤其因為自由有其內在的自我矛盾，例如它為了確定自己，會不得不限制其反對者的自由，如此則它自我否定。這是它的命運，也就是說，如果我們不是像當時更加明顯的傾向那樣，自始即將人權之類自由情愫丟棄，而是進入一種辯證過程而將自由變成獨裁其黨。一切終歸獨裁、終歸暴力，因為，自從傳統政府與社會形式毀於法國大革命，就降臨一個時代，這個時代在有意識或無意識、承認或不承認之中，航向以獨裁暴力宰制均平化、原子化、彼此無關連、與個體同樣無助的群眾。

「對極了！對極了！哦的確，可以這麼說！」祖爾・賀赫宣布，足下敲地，一聲急似一聲。

556 托克維爾（**Aleis de Tocqueville**，一八〇五—一八五九）：法國政治思想家與歷史學家，最有名的著作是一八三五年出版的《民主在美國》（*De la démocratie en Amérique*）。

你當然可以這麼贊成，但這裡描述的終究是即將來臨的野蠻主義，以我的感覺，口出此語時不該如此高興滿意，應該多帶一點憂懼，如此則尚能希望其人贊成的是對事情的認識，而非事情本身。我要舉例生動說明這種令我心情沉重的揚揚得意。不會有人驚訝，在這些文化與批判前衛分子的談論裡，一本戰前七年問世的書，索雷爾的 Réflexions sur la violence[557]，扮演相當大的角色。索雷爾無情預言戰爭與無政府，形容歐洲是滋生戰爭災禍之地，說這塊大陸的民族只能團結於一個觀念：從事戰爭——凡此種種，都使其「時代之書」的稱呼言之成理。使這稱呼更能成立的，是他的一個洞見和宣告，說，在群眾時代，國會的討論，作為塑造政治意志的手段，必定證明完全不適用；未來，必須用來取代國會討論的，是對群眾餵食神話般的虛構，作為戰鬥口號，以釋放、振奮群眾的政治活力。這其實就是此書極端而富煽動的預言，今後，通俗的，或高明一點，特別為群眾而剪裁的神話，將是政治行動的手段：寓言、幻象、錯覺，不必與真相、理性、科學有任何關係，也能產生結果，而決定生活與歷史，證明自己是活力十足的現實。顯而可見，此書充滿威脅的標題頗非無因而設，因為全書以暴力為與真理對立而勝利的一面。可想而知，真理的命運密切近似個體的命運，應該說相同於個體的命運，亦即貶值。此書語含譏誚，在真理與權力、真理與人生、真理與群體之間打開一條鴻溝。其含意則是，群體的地位遠遠優先，真理的目的在群體，誰想成為群體的一部分，都必須準備大力剋減真理與科學、準備 sacrificium intellectus。

現在想像一下（我在上文承諾「生動說明」），這些本身就是科學家、學者、高等學府教師的先生們，如弗格勒、恩魯赫、霍茲舒赫、英斯提托里斯，加上布萊沙赫，如何快意談論我認為十分可怖的當時形勢，不是視之為既成之勢，就是視之為必至之勢。他們玩笑打趣，想像一場法庭審案，辯的是一個作為政治驅動力，挖資產階級社會秩序牆腳的群眾神話，各造反駁「謊言」、「詐欺」等指控，兩造，原告與被告，不但彼此爭吵攻訐，極可笑的是攻擊還落空，甚至不知對方所云而自說自話。可怕的是，陣容巨大的科學證據呈堂，要證明騙術就是騙術，是胡鬧侮辱真理，但根本拿那有生命力、能創造歷史的虛構、詐騙，也就是拿那有社群塑造力的信念毫無辦法，你愈是使盡力氣從它們的維護者認為渺不相及且無關宏旨的層次，亦即從誠正、客觀真理的層次反駁他們，他們臉上愈是露出譏誚、優越的神色。老天爺，什麼科學、真理！這些聊天客的戲劇性想像，充斥著這樣的嘆氣和神氣。他們想像批判精神與理性疲於奔命衝撞他們不容輕觸、不許冒犯的信念，並且合力將科學置於可笑無能無力之至的境地，說不盡的逗樂，連「英俊的王子」也從中獲得精采幼稚的樂趣。快活的圓桌諸人還毫不猶豫，將他們自己實踐的自我放棄也派給必須裁決斷案的法庭。一個希望立基於人民情緒之上，不想被社群孤立的司法體系，不會容許自己依照有理論依據、牴觸社群的所謂真理行事；它必須證明自己既現代，又合乎最現代意義的愛國，證明的方法是尊重有成果可期的詐騙，開釋其使徒，斥退敗訴失望而去的科學。

啊，當然，當然，的確，可以這麼說。地板敲得咯，咯響。

---

557 索雷爾（**Georges Sorel，1847-1922**）：法國哲學家兼革命工團主義理論家，最知名著作是《暴力論》（*Reflexions sur la violence*）。

我胃裡非常不舒服，卻不敢當掃興之人，我沒有讓絲毫厭惡形於色，而是盡量附和眾樂，尤其因為這並不表示直接了當贊成，而是，至少就眼前而言，帶著微笑和思想上的興趣認識當前或未來之事。我有一次的確提議，「我們如果要嚴肅片刻的話」，不妨考慮一下，一個思想家，將群體的需求念茲在茲的思想家，或許最好是不是以真理而非以群體為目的，因為，間接以及長久而言，真理，甚至苦澀的真理，對群體的裨益勝過一種聲稱以犧牲真理來助益群體，其實由於否認純正群體的基礎而以最險惡方式從內在摧毀群體的思想模式。結果，我這輩子發表過的意見，從來不曾像那次那樣完全落空、無人共鳴。我現在甚至承認，當時我是失言的，那個建議不符合那時的思想氣氛，靈感來源是一種耳熟能詳，太過耳熟能詳，簡直已是陳腔老調的理想主義，徒然干擾他們的新觀念而已。我當時遠遠更好的作法應該是和興奮的同桌眾人一塊觀察並探討那些新觀念，不要提出不會有結果、根本就是老套無聊的反對意見，而是以我的思維遷就適應席上討論的進程，在其架構內為自己想見那個正在來臨、已在暗中成形的世界——不管我胃裡是何感覺。

那是一個既革命又返祖的舊—新世界，與個體觀念相連的價值，質言之，真理、自由、正義、理性，完全被抽掉力量而萎頓，或者染上完全不同於它們過去數百年來的意思，亦即它們被抽離蒼白沒有血色的理論，變成有相對性，並且血氣賁張而為遠遠更高程度的暴力、權威、信念專制所用——不是反動回到昨天、前天，而是等於人類以全新的方式退倒移回神權的中世紀狀態和條件。那不是反動，就像繞球體行走不能稱為倒退，往前、往回繞，俱抵原點。就是這樣：退步與進步、舊與新、過去與未來，都合而為一，政治上的右派則愈來愈與左派疊合。不帶前提的研究、自由的思想，遠遠不代表進步，變成屬於落後者與無聊者的世界。思想獲得自由，如今是為了替暴力圓說，就如理性七百年前自由探討信仰並證明教條；那是它的目的，那也是思想今天或明天的目的。研究當然有前提——的確有！那就是暴力、群體的權威，而且這些前提如此理所當然，科學根本沒想自己可能不自由。它在主觀上完全自由——在一個客觀的框子裡，這框子深深長入肉裡，變成如此自然，以至於全無桎梏之感。想看清眼前情況，擺脫對此情況的愚蠢畏懼，只要回想，特定前提下的無條件，以及神聖的條件，從來不曾構成對想像與個人的大膽思想構成阻礙。相反：正因為教會提供的思想一致性與封閉性對中世紀人自始就理所當然，他遠比個人主義時代的市民更能發揮想像，他能夠遠遠更有把握、更無憂無慮地追隨他的想像力。

的確，暴力使人腳踏實地，它是反抽象的，我審度情況，和克利德維斯的朋友們共同想像那些舊—新觀念將會如何有系統地改變各個生活領域。例如，教師知道，就在今天，小學教育的趨勢也已是初學文字時並非念字母，而是學一整個字，將書寫連接於事物的具體直觀形象。此法的意思是，從抽象、普遍但與言語並不相屬的字母退開，返回原始人的表意文字。我心想：到底何必文字，何必書寫，何必語言？根本的客觀必須密附事物，沒有其他。我想起史威夫特一篇諷刺之作，心存改革的學者為了保護人的肺部和避免廢話之累，決定根本廢除文字和語言，要談什麼事情，出示代表所談之事的物件就行，只是此法有個不便，為了促進理解，人必須盡可能背負著數目齊全的物件來來去去[558]。那段情節甚為滑稽，尤其寫到女人、粗俗之輩和文盲反對這項革新，堅持使用語言來達意。我同桌諸人的提議倒沒有像史威夫特的學者走那麼遠。他們擺出超脫的觀察者模樣，認為當時一個普遍而且已經明顯可見的傾向「大大地要緊」，那個傾向是，為了必要、合乎時代的簡化而斷然拋棄所謂文化上的進步；這樣的發展，可以稱為蓄意的重新野蠻化[559]。我該不該相信我的耳朵？我發笑，而且著著實實嚇一跳，談到這個節骨眼，在座諸人突然說起牙科醫學，並且十分具體提到阿德里安和我使用的音樂象徵，也就是「死牙」！我至今確信，我當時笑得滿臉漲紅，因為眾人在思想逗樂之下談起漸漸流行的牙醫風氣，斷然拔掉神經壞死的牙齒，視之為受感染的異物──在十九世紀漫長、艱難發展精細的根管治療技術之後，還這麼做。請注意，布萊沙赫敏銳指出這點，而且獲得一致贊同：這個衛生觀點或多或少應該視為當時那種丟掉、放棄、抽身、簡化的基本趨勢的合理化；衛生論點都有意識形態作用之嫌。毫無疑問，有一天將會出現民族和國家衛生論，堂而皇之不照顧病人，殺掉不適生存者與智力遲鈍者，實際上──這不容否認，反而應該強調──這裡面牽涉遠更深層的決定，就是棄絕資產階級時代一切嬌縱與弱化人類的作法：宗旨是使人類本能地自我塑造以走上無情且黑暗、嘲笑人性之路，進入全面戰爭與革命的時代，或許遠遠不止返回中世紀基督教文明，而是退到基督教誕生前、古典文化崩潰後的黑暗時代……

558 這段情節出自英國作家史威夫特名著《格列佛遊記》（*Gulliver's Travels*）第三部第五章。

559 史賓格勒與尼采俱主張回歸野蠻，對治過度理性以救文明，這些主張與索雷爾暴力論合流而加厲。納粹專政即以破與毀開始，例如，不合其要求的文學、文化及思想著作漸次消失，一九三三年五月十日起各地公開焚書，學生、學者及作為社會中堅的資產階級普遍響應助燃，「重新野蠻化」蔚為時髦語。托瑪斯．曼當時在瑞士，二十七日在日記中寫：「這些人心裡在想什麼？一個人現在回到德國，會變成一個不知道如何舉止的外人。一種譎謬的經驗：你在外面，你的國家不知道跑去哪了，再也找不回來。」

34（完）

一個人為消化這些新穎事物失去十四磅體重，你能理解嗎？我的確不會有此消損，如果我沒有相信克利德維斯家那些討論會的結論，如果我深信那些先生們無非瞎說閒扯。然而我完全未作此想。我無法須臾自瞞，他們的手指以頗值一提的敏銳為時代把脈，而且根據脈息而直斷真相。不過，我——我必須再說一遍，只是我——會感激不盡，並且不會損失十四，而是可能只掉七磅，如果他們自己曾為他們的發現多震驚幾分，並且對那些發現提出一些道德批判。他們可以說：「很不幸，形勢看來就是如此，事情會這樣或那樣發展，因此我們必須插手，就即將到來之事提出警告，盡我們所能防止事情走到那一步。」結果他們的說法大致如下：「來了，來了，它到的時候，我們正在興頭上。這樣的發展有意思，甚至是好的——只因為它是正在來臨的東西，而且單是認知這一點就是足夠的成就與滿足了。想個什麼辦法來阻擋，那不干我們事。」這些學問之士暗裡如是說。然而他們說認知即足以為樂，那是欺人之談；他們同情他們看出來的發展，假使無此同情，他們大概不會有此認知，關鍵在這裡，此所以我忿怒帶激動而損失體重。

但我在這裡說的一切也沒說對。單由我基於思想責任而參與克利德維斯圈子並刻意使自己遭逢那些觀念，我不會消瘦，不會瘁損十四磅，甚至不會損失此數之半。我決然不會那樣將圓桌上的那些絮叨放在心上，如果它們不是對一場燙熱的藝術與友誼體驗構成那般冷酷的思想註解——我指的體驗是體驗一部親密作品的產生，親密則是它經由其創作者而與我關係親密，不是它本身與我親密，我不敢這麼說，因為它本身有太多與我思想相違、令我憂懼的成分——這部在家鄉風味極其濃鬱的農村角落狂熱急速建構成形的作品，與我在克利德維斯圈子所聞，精神出奇一致，思想也兩兩相應。

圓桌話題不是包括對傳統的批判嗎？那批判是將長久以來被視為牢不可破的生命價值摧毀的結果；不是有人明明確確說嗎？——我不知道是誰，布萊沙赫？恩魯赫？霍茲舒赫？——這批判必然要轉過來針對傳統藝術形式與類型，例如針對 屬於資產階級生活圈、並且是資產階級文化一環的唯美劇場。此刻，我眼前看見戲劇形式換成史詩，音樂劇轉為清唱劇，歌劇變為清唱劇，其嬗遞的精神與基本思想同馬修斯街與會者對個人與世上一切個人主義的輕蔑判斷極為一致：那種思想，我說，對心理之事不感興趣，堅持客觀，堅持一種表達絕對、約束、義務的語言，並且因此樂於戴上前古典時代嚴格形式的虔誠枷鎖。經常，緊張觀察阿德里安工作之際，我不由得想起那位健談的口吃者，他的老師，在我們這些孩子腦海裡留下的印記：「和聲的主觀性」與「複音的客觀性」對立。克利德維斯圈子聰明而令我痛苦的議論談到繞球而行，那是退步與進步、舊與新、過去與未來合而為一之路——我看見這個意象在這裡實現於一種充滿新境的倒退，退到巴哈與韓德爾已屬和聲的藝術以前，退到更深的，純複音的過去。

我留有一封阿德里安當時從菲弗林寫到富來興給我的信——他正在為那段頌讚譜曲，「有許多人，沒有人能數過來，是從所有地方、民族、語言來的，站在寶座和羔羊面前」（見杜勒第七幅木刻）——他在信裡催我去看他，並且署名「大培洛提納[560]」。那是一個意味深長的笑話，一種遊戲性、充滿自嘲的身分認定；培洛提納是十二世紀巴黎聖母院的教堂音樂領導人，兼為唱詩班指揮，其作曲理念為當時還年輕的複音藝術導出更高度的發展。這個詼諧的簽名強烈令我想起華格納同樣的玩笑，他寫《帕西法爾》期間，在一封信的署名後面附個頭銜「高級教會評議員」。對非藝術家，這是個困惑的問題，一個藝術家有多嚴肅看待對他應該是、看起來也是最迫切嚴肅之事；他做起那件事來有多嚴肅，其中又有多少嬉戲、偽裝、鬧著玩。若謂此問不成立，那位音樂劇場的大師何以在寫這部莊嚴奉獻之作時給自己這麼個渾號？我對阿德里安署名的感受與此十分類似；的確，我的疑問、擔心、害怕有過於此，靜言思之，指向他行事的正當性，那樣投入時間沉浸於那個領域，以最極致、最高度發展的手法從事那個領域的重新創造；簡言之，我出於關愛兼焦慮而疑心一種唯美主義，並且因此而疑及吾友之說，他說：以資產階級文化的反面取代資產階級文化，那個反面不是野蠻，而是群體。

我如此陳述，解人難覓，如果你不曾像我這樣體會唯美主義與野蠻主義是多麼親密的近鄰、唯美主義如何為一個人靈魂裡的野蠻主義鋪路——此中關捩，自然不是我自得之，而是由於一個親愛但陷入極度危險的藝術家而領會。恢復世俗時代的禮拜儀式音樂有其危險。禮拜儀式的音樂

560 **Perotiuns Magnus**：活動於十二世紀末至十三世紀初，是當時少數姓名流傳且作品可考的作曲家之一。

有其教會用途，可不是嗎？但這種音樂從前為比較欠文明的巫醫、法師服務：那些時代，教士掌理超自然事務，兼為巫醫與法師。可以否認那是禮拜儀式的前文化、野蠻狀態嗎？——另外有一點難道不難索解：後來文化時代復興崇拜儀式，有志從原子化中開出群體主義，所用手段並非只屬於文明的教會階段，也屬於其原始階段。阿德里安的《啟示錄》排練與演出萬般困難，都直接與此有關。有些合奏段落以朗誦般的合唱起頭，經過幾個奇特之至的過渡階段才抵達最豐富的聲樂；合唱，經過明暗深淺層層遞升的輕聲細語、多部道白、半說半詠，達到淋漓盡致的複音歌唱——伴奏的聲音則始以純粹嘈雜，如魔法般狂熱的黑人擊鼓與轟轟隆隆的鑼，終而成為造達極境的音樂。這部充滿威脅性的作品，以其音樂，緊迫揭露人性裡的野獸到人類最崇高情緒等等最深隱潛藏的層次，不知道有幾次招致血腥野蠻主義與無血理智主義的罵名！它招致這兩種指責，因為它似乎立意將音樂的生命史，自其前音樂、法術般節奏的元素運用階段，以至其最複雜的完全發展，整個統攝於一，因而不只局部，整部作品都自暴於後面這個指責。

我要舉個例子，說明有一件事經常引起我人性的焦慮，而且一直受敵意批評家譏笑並仇視。欲明此事，我得話說從頭：我們都知道，第一個值得關切的事，音樂藝術最早的成就，是將聲音去自然化，原始人的歌唱必定是一種走過好幾個音階的吼叫，音樂從混沌裡揪出音調系統，以個別的音構成歌唱：聲音標準化而構成一種單位秩序，是我們所謂音樂的前提兼第一個自我顯現。有個東西彷彿時間停頓般留在音樂裡，像一種自然主義式的返祖現象、前音樂時代留下來的野蠻殘遺，那就是滑音，Glissando——基於深刻的文化理由而必須極度審慎使用的一種手法，我一貫在其中聽出某種反文化、甚至反人性的魔性。我想的是阿德里安對滑音的——的確不能說偏愛，應該說他對滑音格外頻繁的使用，至少在這部作品，在《啟示錄》裡是如此，其恐怖意象既無比誘人使用這種狂野手法，也為其使用提供極正當的理由。金壇的四角發出聲音吩咐釋放四個劊子手天使，他們刈除馬和騎士、皇帝和教皇，以及三分之一人類，這個段落裡，伸縮喇叭滑音代表主題，摧枯拉朽般衝過七個把位——令人何等驚駭！反覆運用定音鼓滑音，但其踏板已調成各種音高，而鼓手擂鼓如故，其音響傳出何等懾怖。如此音效，陰魅之至。但最寒入骨髓的是Glissando轉用於人聲，人聲是聲音秩序標準化的第一個對象，從走過好幾個音階的原始吼叫解放出來——人聲滑音等於又返回那個原始狀態，由《啟示錄》裡的合唱恐怖重現，第七封印揭開，太陽變黑、月亮變血、船隻巔晃之際表現人類的號呼慘叫。

務請容我在這裡岔入一句話，關於吾友此作的合唱處理，一種從未有人試過的作法，將合唱團打散成彼此分立又相互交叉對唱的各組，既構成戲劇對話，也形成個別呼叫，其遙遠的古典範例當然取自《馬太受難曲》中那聲重擊般的回答「巴拉巴[561]」。《啟示錄》捨棄管弦樂間奏；合唱因此多次扮演管弦樂角色，突出且令人驚異：合唱變奏呈現十四萬四千人獲得救贖而置身天上的頌贊，維持聖詠曲風調，所有四個聲部都穩定以相同節奏行進，管弦樂以最豐富對比的節奏，或正向協進，或反向相制。此作（而且不止此作）在複音上的極端嚴厲氣勢是許多譏誚與仇視所

561 巴哈《馬太受難曲》（*Matthaus Passion*）第五十四曲的宣敘調，歌詞取自〈馬太福音〉27：15-22，耶穌被捕，過堂，大祭司彼拉多審案，問眾人應該開釋囚犯巴拉巴還是耶穌，眾人齊聲回答「巴拉巴」。

由。然而作品已成，又能如何，只有接受，至少我就在駭異之餘情願接受：整部作品的布局是一場吊詭（如果可以稱之為吊詭），以不諧和音來表現崇高、虔誠、精神，和聲與調性卻代表地獄的世界，或者，以這裡的脈絡而言，凡庸與陳腐的世界。[562]

可我想再說一件事。我要點出《啟示錄》中聲樂與器樂兩種聲音之間的奇特交錯。合唱與管弦樂團不是清清楚楚以人與物的關係彼此並立，而是彼此交融：合唱器樂化，管弦樂團聲樂化——交融至於此極，卒至人與物間的界線為之挪移，這當然提升藝術上的統一，但——至少對我而論——也滋生某種壓迫、危險、惡意之感。茲舉幾處細節以明其詳：巴比倫淫婦，即騎朱獸、地上君王與之行淫者，令人詫異之至，其聲部竟由無比優美的花腔女高音擔任，她高超的聲音有時幻出完美的長笛效果，渾然無跡與管弦樂銜接。另一方面，弱音程度彼此不一的小號模仿效果奇異的 vox humana[563]，薩克斯風也作此模仿，在好幾個小組管弦樂裡扮演某種角色，那些小組為魔鬼的曲調，為無底坑子民那些悲慘的輪唱伴奏。阿德里安深深根源於他陰鬱天性的譏諷模仿能力，於焉發揮所長，諧擬地獄在無聊放肆之中出現的音樂風格，種類無比紛異：詼諧版的法國印象派聲音、資產階級沙龍音樂、柴可夫斯基、音樂廳、爵士樂的切分音與節奏跟斗——如同跑馬挑圈般光怪陸離團團轉：但永遠在管弦樂主體這個「基礎語」上流動，化出嚴肅、黑暗、難以索解的語法構句，以極度的嚴謹維持此作的精神格調。

更有甚者，關於吾友這部少人探討的遺作，我心中仍有諸多不能已於言之事，但我覺得最好從此作所受的一項指責的觀點來提我的評論。我承認這項指責有其說話，只是我寧可咬舌而亡也不願承認此責有理：我說的是，此作被指為野蠻主義。此作一大特徵，亦即其受指責之處，在將最古老與最新近的成分混合，但這絕非任意專斷之舉，而是合乎事物之本然：此舉，我可以說，根據於世界是個曲面，這曲面使最早先的事物兜個圈子，重返於最晚近的事物之中。古代音樂並不認識後世音樂所理解的節奏。歌曲的韻律拍子取定於語言的韻律，並非依照小節、時間固定切分的速度行進，而是本乎自由朗誦的精神而行。我們最晚近的音樂裡，節奏的情況如何？不是往言語的抑揚輕重接近了嗎？不是解體於變化無窮的彈性之中了嗎？甚至貝多芬某些樂章，其節奏的自由即已預啟後來的發展。阿德里安享盡自由，除了取消小節畫分。小節沒有拋棄，這是反諷之處，也是保守之處。但是，由於無視於平衡，加上完全取則於言語的抑揚輕重，節奏其實每小節各有變化。我談的是這音樂給人的印象。有些印象，雖然理性認為不足觀，卻持續在靈魂層次作用，在下意識裡發生決定性的影響。海洋彼岸那個怪人——拜瑟爾，這個我同伴曾在我們漫步回家途中帶著無比高傲稱許的人，在我們少年時代，阿德里安的老師就說過，這另一個怪人的性格及其音樂事業留下來的，就是這樣的印象。我何必強裝我不是早就，不是已經一再想起海洋那邊的艾夫拉塔有這麼一位嚴格的老師兼歌唱藝術的更新者？他天真果斷的教學與阿德里安將音樂上的博學、技法、精神推到極限的作品之間隔著一個世界。然而我以知情的朋友視之，「主僕音

---

562 論者謂尼采主張一切價值重估，以回歸野蠻來矯治世紀末的虛無，下場反而正是價值顛倒與虛無主義，他雖未鼓吹，而效應正是如此。

563 拉丁文「人聲」，為管風琴上模仿人聲音調之音栓。

符」與聖詩讚美樂的發明者對這部作品是如影附形的。

我這段個人評論是否有助說明那項令我痛苦、我設法解釋而對之不作絲毫讓步的指責，也就是「野蠻主義」之責？這項指責，可能由於這部以宗教異象為主題的作品明確含有一抹冰冷的群眾現代性，幾乎將神學純粹只詮釋為審判與恐怖——冒昧用一個有侮辱意味的字詞來形容，是stream-line[564]。試舉testis為例，也就是那些可怖事件的見證者兼敘述者，將無底坑活物描述為有獅頭、牛犢頭、人頭、鷹頭的「我，約翰」——這個角色傳統上由男高音擔任，此處也是男聲，卻幾乎接近閹人歌手的高音域，其音質偏冷、正經八百、記者報導般的啼叫，與他傳遞的災難信息形成糟透了的對比。一九二六年，在法蘭克福「〈國際新音樂學會〉」音樂節，此作首次，也是目前為止最後一次演出（克倫培勒指揮[565]），這個極端困難的角色由一位似閹人，名叫艾爾柏的男高音擔任，表現精湛，他穿透力十足的宣告確實像「世界末日最新報導」。似此演出完全符合此作精神，這位歌手以相當大的理解力掌握了這個精神。或者另舉一例，以明此作處理恐怖手法之純熟，亦即揚聲器（在清唱劇裡使用！），作曲家在不同段落指示使用，在立體空間與聲音聽覺上達到聞所未聞的層次變化：經由擴音器，有些細節突出於前景之中，其他細節後退，像隔了一段距離的合唱團或管弦樂團。再加上非常偶爾，作為地獄之聲使用的爵士樂，則論者將會原諒我以尖刻的「stream-lined」一詞形容此作，此作基本精神與心理情境與凱撒薩興較有淵緣，並非現代態度的滑利，而且我想將其本質稱為——用個大膽的字眼——爆炸性的復古。

沒有靈魂！談阿德里安這部創作的人口口聲聲「野蠻主義」，我很知道他們意何所指。他們到底曾不曾以眼聆聽[566]《啟示錄》某些抒情的段落——或者，我能不能說，剎那——歌唱的片段，以室內樂伴奏，像一聲哀切的祈求，祈求自己有靈魂，連心腸比我更硬的人也為之淚下？我如果無的放矢，尚請海涵，然而將如此渴求靈魂——小美人魚的渴求——稱為沒有靈魂，我認為才是野蠻、沒有人性！

我寫下這段激動的辯護之際，另一股激動揪住我：想起群魔的笑聲，構成《啟示錄》第一部分簡短但可怖結尾的地獄大笑。我恨、我愛、我怕那笑聲；因為——請原諒這過於個人的「因為」——我一向害怕阿德里安對大笑的特嗜，而且不像席爾德克納普，我總是拙於逗弄他大笑——我懷著同樣的害怕、同樣畏怯又焦慮的無助，聽地獄之火充滿譏刺的gaudium[567]颳過五十小節，始則為單一聲音的咯咯竊笑，繼而迅速散播，席捲合唱團與管弦樂，在節奏的動盪翻滾與相制互剋之中恐怖鼓漲，成為洪濤漫溢般的Tutti-Fortissimo[568]，狂號、怒吠、尖嘶、咩咩而叫、呦呦而鳴、嗥吼、號啕，在令人毛骨森然中混雜成萬聲齊發、譏諷而勝利得意的地獄大笑。這個段落的本身，這個以其位置而突出高踞全作之表的段落，這股地獄大笑的旋風，我憎惡至極，幾乎沒有

564「流線型」。

565 克倫培勒（**Otto Klemperer**，一八八五—一九七三）：德國指揮家，支持二十世紀新音樂甚力。一九三三年納粹掌權後，前往美國發展。

566「以眼聆聽」：語見第八章所引莎士比亞詩句。

567「喜悅」。

568 最強音齊奏。

辦法驅使自己在這裡談論，要不是它就在這節骨眼向我揭示音樂的最深奧祕，這奧祕即「同一性」。

原來，第一部分結尾這陣地獄笑聲有個與之對應的反面，是隨即開啟第二部分，由小型管弦樂團伴奏的超凡絕塵兒童合唱——宇宙天體的音樂，冰、淨、玻璃般透明，其中的確帶著嚴冷的不諧和，卻是一種甜美得可聞而難即、非屬人間、使心靈盈滿一股無望的渴慕的聲音。這個段落甚至贏得心不甘情不願者回心轉意，感動、陶醉，而其音樂實質，對有耳能聽、有眼能見之人，實為地獄笑聲的再現！阿德里安擅長將相似之物化成望之不似。他的知名絕活，是在第一個應答之處就在節奏上巧變一個賦格主題，因此主題雖然依舊嚴格維持，再現時卻已不可復識。此處亦然——但從來不曾如此處這般深刻、神祕且輝煌。每個隱含「由此至彼」、神祕之變、化體的字眼：質變、變容，在這裡都有與之精確相應的樂音。前此聽到的種種恐怖，在這裡用難以形容的童聲合唱移轉到一個完全不同的境界，配器法完全更新，節奏也整個變換；但是，這清越振響、美得灼人的天體與天使之聲裡，沒有任何音符不是已以嚴格的對應出現於地獄笑聲之中。

這就是完整的阿德里安。這就是他所呈現的音樂全體，那對應則是將計算提升為奧妙之思。這不時使我痛苦的友情教我這麼看這音樂，雖然，按照我自己單純的天性，我寧願在其中看見別的東西。

35

現在這個章節掛上了一個新的數字，本章要交待我朋友圈一件惡耗，一件人的災難——不過，老天，我在這裡寫下的哪個句子，哪個字，不是籠罩在已經成為我們每個人呼吸的空氣的災難裡？哪個句子、哪個字，不是同寫此句此字的手一樣，在這篇敘事愈來愈接近的災難震動之下、在世界——至少而言，人性、資產階級的世界——所處的災星之下隱隱顫抖？

這裡要提的是一件外界不大察覺，由許多因素共同促成的私人災難：男人的無賴、女人的脆弱、女性的高傲及職業上的失敗。女演員克拉莉莎，也就是處境明顯同樣危殆的伊妮絲的妹妹，幾乎就在我眼前殞滅，已二十二年於茲：一九二二至二三年冬季結束後的五月，她在她母親住處，沒有多為她母親設想，匆匆但斷然服毒自盡，毒藥她已籌畫多時，以備她的傲氣再也受不了人生那一刻。

我長話短說，交代她這件我們所有人震驚但基本上難以責怪的恐怖行事的前情，以及她在何種情況下走上這一步。前文已經提示，她那位慕尼黑教師的擔憂與警告果然言之有據，她的藝術生涯始終不能掙脫外地的潦倒，無法高升至較可觀、有尊嚴之境。從東普魯士的艾爾賓，她前往巴登邦的普福爾茲海姆——也就是她原地踏步，或者說，沒有離原地多遠；國內比較大的劇院對她不感興趣；她生涯無成，或者說，不見真正的成功，理由簡單但當事人極難理解，就是她的天生資質比不上她的志氣抱負，沒有道地、十足的劇場血液來協助她的知識與願望發揮實效，在舞台上贏得難纏觀眾的理智與心靈。她缺乏一切藝術都必須具備、在演員的藝術裡更決定一切的原始本能——姑不論我這話對藝術是毀是譽，尤其對演員的藝術。

另外一件事也攪亂克拉莉莎的生活。她，一如我早已帶著遺憾提過，她沒有將舞台與人生清楚分開；她是女演員，但或許正因她不是真正的演員，她在劇院以外也強調自己是演員；這門藝術有其感染演員身體與性格的傾向，導致她在私人生活中也盛自打扮，臉塗厚妝，髮型墊高，戴裝飾過度的帽子——那是完全沒有必要而且容易招致誤解的自我戲劇化，徒令朋友尷尬，大眾駭異，並且撩動男人淫念——完全錯誤，而且絕非她本意；克拉莉莎心懷嘲諷與人保持距離，是最冷靜、最貞潔、高貴的女孩子——雖然那帶著反諷的高傲是一種自衛的鎧甲，用以抵擋她女性的欲求，但這些欲求現在又使她成為伊妮絲——施維特菲格的情人或ci devant情人[569]——的道地姊妹。

繼那位身體保養甚佳，年過六十，要她當情婦的男人之後，許多前途沒那麼牢靠的輕浮之徒也見拒於她，這裡不遑備敘，包括秉筆評戲而對她可能有用者，但他們當然以譏諷貶損她的表現來報復他們的失利。終於，她跑不過命運，她所有的嗤之以鼻還是落了個可悲下場：我說「可悲」，因為征服她貞操之人根本配不上他的勝利，克拉莉莎自己也完全不認為他值得那勝利：一個留邪魔山羊鬍子的色鬼，Coulissen-Habitue和Provinz-Viveur[570]，在普福爾茲海姆當刑事辯護律師，他用以征服的裝備不過是對人性充滿鄙夷的廉價便給口齒、精細的衣著，以及長滿黑毛的雙手。某夜演出之後，或許由於酒意醺然，這個多刺但基本上缺乏經驗而無力自衛的矜持女子失足於他的慣技——她怒悔莫及，激烈鄙視自己；因為，這個誘姦者的確懂得吸引她的感官於一時，但她對他只有他的勝利在她心中激起的恨，以及某種驚訝，亦即他竟有本事弄得她，克拉莉莎，掉入圈套。從此之後，她完全，而且加上嘲刺，峻拒他的渴欲——但時時擔心害怕他到處說她是他情婦，而且此人為了給她壓力，已經威脅要這麼做。

那期間，對這個飽受折磨、幻滅、備遭屈辱的女子，有個合乎人情的、中產階級生活的展望開啟來拯救她。提供這展望的，是一個年輕的亞爾薩斯[571]實業家，偶爾為了生意而從斯特拉斯堡前來普福爾茲海姆，在廣大的朋友圈子裡認識她，就死命愛上這個身材勻稱而出語刺人的金髮女子。克拉莉莎那時並非全無合約，她二度留在普福爾茲海姆劇院，雖然只演不算討好的次要角色，她得此約，是拜一位年長戲劇顧問的同情與美言之賜，他或許並不相信她勝任舞台生涯，但他賞識她的精神與人格資質，那資質遠優於一般跑龍套串場的小角色。也許，誰知道？他愛她，卻因為是個幻滅過甚而絕意之人，鼓不起勇氣表白心底的愛慕。

新季伊始，克拉莉莎邂逅這個年輕人，他承諾救她脫離失意的職業生涯，以丈夫的身分給她一個平靜而有保障，甚至可謂豐厚的人生。那個世界雖然她陌生，卻類似她出身的資產階級環

---

569 法文，「前」情人。
570 法文，「慣鑽內幕」與「地方上的淫棍」。
571 亞爾薩斯（**Elsass**）：為法國極東地區，毗鄰德國。

境。以一點也錯不了的希望喜悅、感激、柔情（感激結成的果實），她寫信向她姊姊，甚至向她母親報告亨利的追求，以及他的心願目前在他家中碰到的阻礙。他約莫與他屬意的女子相同年紀，是家中長子——或家中驕子，他母親的寵兒、他父親的事業夥伴，他熱烈，當然，也付之以意志力，爭取他的心願——只是，另外或許還許要一點什麼，才能快一點克服他的資產階級家族對這個女演員、居無定所的女人、這個——最要命的一點——「boche」[572]的成見。亨利相當了解家人掛慮這個家族的高尚與純粹，以及他們擔心他自毀前程。他將克拉莉莎娶進門，絕非自毀前程，但這一點並不是這麼容易說得他們明白。最好的辦法是他將她本人帶到家中引見，把她介紹給愛他的雙親、妒嫉的兄弟姊妹、喜歡論斷人物的三姑六婆鑑定，為了爭取他們首肯及安排這場Entrevue[573]，他忙了好幾星期：定期捎信，並且一再前往普福爾茲海姆，向他所愛報告他的進展。

克拉莉莎自信必勝。她社會地位和對方可謂門第相當，亨利憂慮多心的家人看了她本人，自當豁然開朗，唯一陰影是她吃的那一行飯，但她已準備放掉那個飯碗。在書信裡，以及慕尼黑之行的言詞之間，她都將她期盼的訂婚與未來當作既成之事。那一切都迥異於這個失根而精神與藝術上高尚其志的貴族孩子所曾夢想，但那是她的安全港，她的幸福——那是資產階級的幸福，對她顯然由於其陌生而具魅力，而更可以接受，而且她將由於民族不同而置身於新的生活架構之中：她生動想像她未來的孩子滿口法語。

這時，過去的幽靈，一個愚蠢、毫無意義、卑鄙但放肆且殘狠的幽靈，起身同她的希望作對，粉碎那些希望，將這個可憐的女子驅入絕境，逼死了她。這個法律界的癟三，她在某個軟弱時刻失身於他的癟三，拿他僅有的一次勝利勒索她。亨利的親人，亨利本人，將會得知他和她的關係，如果她不再次讓他如願。根據我們後來所知種種，這個謀殺者和他的犧牲品之間必曾有些要命的場面。這女孩子白費心思，乞求他，臨了還跪下，求他饒她，放過她，不要逼她以背叛那個愛她、她也回報其愛的男人來交換平靜。正是這樣的顧慮，觸動他的惡意一變而為殘暴。他實話直說，就算她這次任他擺布，她也只能得到一時、眼前的平靜，只能買到一趟前往斯特拉斯堡訂婚之行。他永遠不會放了她，他將一而再，再而三，憑他高興，要她就範，叫她報答他的沉默，她只要拒絕報答，他馬上打破沉默。她必須在通姦裡度日——這是正當懲罰，懲罰她甘於庸俗的菲力士丁主義，懲罰此人所謂她膽小托庇於資產階級。然而，萬一局面維持不下去，萬一她夫婿沒有此人協助也得知她的隱痛，她永遠還有個能夠打點一切的東西，那東西，她久已珍藏於那有裝飾紋樣的物件，藏在那本有骷髏頭的書裡。她高傲擁有希坡克拉底斯的藥而睥睨生命，而對生命加以令人毛骨悚然的嘲諷，並非無因——比起她準備以資產階級身分與生命締結的和約，這嘲諷與她更相稱。

據我之見，那無賴除了有勒索癖，根本就是要她死。他卑鄙的虛榮心要求一具女人的屍體橫陳面前；他要有一個人喪命、毀滅，即使不是為他而死，至少也要是因他而亡。咳，克拉莉莎竟爾落得令他快意！她或許不得不，事態如此，我此刻理解，我們那時都該理解。她再次遂他之

572 法文對德國人的蔑稱，「德國鬼子」。

573 「會見」或「面談」。

意，以圖暫時之安，但也因此更牢牢掐在他手裡。她大概盤算，她一旦獲得那家人接納，一旦與亨利成婚，她（加上安然置身外國領土），她就會找到辦法對抗那個勒索者。事情沒能走到那一步。那個折磨者分明打定主意她連婚也不能結。一封將克拉莉莎的戀人稱為第三者的匿名信對那個斯特拉斯堡家族與亨利奏了效。他將那紙文字寄給她——供她自辯，如果她能。他隨文所附的信並未明確流露他對她堅定、不可動搖的信心與愛。

克拉莉莎在菲弗林收到那掛號信，普福爾茲海姆戲劇季結束兩周以來，她在她母親坐落栗樹後面的小房子作客。參議員夫人看見這孩子從她的飯後散步疾步返回。在屋前一塊小空地上，克拉莉莎面露一絲稍縱即逝、迷惘、茫然的微笑，匆匆和她擦身而過，進了自己房間，鑰匙在背後的鑰匙孔裡簡短、果斷一轉。過一會兒，在她臥室裡，就在隔壁，夫人聽得女兒在盥洗，一邊咕嚕咕嚕漱喉——我們現在知道，那是為了冷卻酸液在她喉嚨引起的可怖燒灼。接著是一片死寂——陰森的寂靜持續著，約莫二十分鐘後，參議員夫人敲克拉莉莎的門，喚她名字。她何等惶急一敲再敲，都無回應。她發起慌來，顧不得她已無法挽救的髮腳線和門牙缺口，跑到主宅，哽咽吞聲報告艾爾絲夫人。這位老練的主婦跟她回屋，帶個雇工，兩個女人再三又是呼叫，又是敲門之後，他硬行撬開門鎖。克拉莉莎雙眼圓睜，橫陳床腳邊的長沙發上，那是七十或八十年代的家具，有椅背和扶手，我在藍柏格街見識過，她漱喉之際被死神趕上，把自己倉促摔上去。

「我們無能為力了，親愛的參議員夫人，」艾爾絲夫人一看那半坐半斜躺的情狀，不由得一根手指貼腮，搖頭這麼說道。當晚稍後我也得見那懾人的景象，我接到這位女主人電話通知，從富來興趕去，內心激動，並以老友的身分將那嗚咽啜泣的母親攬入懷中，以慰其哀，接著同她、艾爾絲夫人，以及也過來陪我們的阿德里安，端詳屍體。克拉莉莎美麗雙手和臉上的深藍色充血斑點，意指迅速窒息致死，足以殺死一連士兵的氰化物劑量造成呼吸中樞猝然癱瘓。桌上，內裡已空，底面擰開，是那個青銅容器，那本以希臘文寫著希坡克拉底斯名字、上面有個骷髏頭的書。書旁一張給她未婚夫的字條，匆忙以鉛筆寫成：

「Je t'aime. Une fois je t'ai trompé, mais je t'aime.」[574]

那個年輕人出席喪禮，喪禮由我安排。他傷心欲絕，或者應該說「désolé」[575]，但此字有個大差錯，是不盡嚴肅，比較像現成口頭語。我無意懷疑他如何痛苦吶喊：

「啊，先生，我對她的愛是足以原諒她的！一切不都是可以好好的嗎。Et maintenant–comme ça!」[576]

是啊，「comme ça」！一切真的可以不同於這樣，如果他不是那麼柔弱的家中驕子，如果克拉莉莎覺得他是足以信靠的支柱。

當晚，我們，就是阿德里安、艾爾絲太太及我，在參議員夫人哀坐於她孩子僵硬的遺體之側時，撰寫訃聞宣告周知，須經克拉莉莎至親簽字，措詞要委婉但本事要明確。我們商定一種寫

574 法文：「我愛你。我負過你一次，但是我愛你。」
575 遺憾。
576 「而現在——這樣子！」

法，意謂死者遭罹嚴重、不治之心痛而辭世。慕尼黑總鐸讀了那篇訃聞，因為我拜訪他，爭取參議員夫人迫切希望的教會葬禮。我沒有使用太多外交詞令開頭，起首就天真全拋一片心，承認事實，說克拉莉莎決定與其恥辱一生，寧可一死，但這位教士，一個道地路德型的強硬屬神之人，完全聽不進去。我得承認，我費了好一會兒才會過意來，教會雖然不希望被目為置身事外，但也不準備為這宗公開承認、無論多麼光明正大的自殺祝福——簡言之，這位結實的先生要我說謊。我只得可笑突兀轉彎讓步，把整個事情說成難以解釋，可能是意外事件，喝東西時搞混了瓶子，沒錯，八成是如此，這才弄得這個頑固派宣布他願意主持葬禮，只因有人認為他的神聖公司參與此事很重要，他就得意如斯。

葬禮在慕尼黑的瓦德富利霍夫公墓舉行，羅德家朋友圈盡皆到場。連施維特菲格，連辛克與史賓格勒都到，甚至席爾德克納普也沒缺席。他們由衷哀傷，因為大家都曾疼愛可憐、無禮、高傲的克拉莉莎。伊妮絲一身緊密的黑衣，代表她沒有露面的母親，纖細的脖子往前斜伸，帶著和婉的尊嚴接受吊唁。我不自禁從她妹妹人生實驗的悲劇結局看見她自身命運的惡兆。而且，我同她說了一些話，得到的印象是她欣羨克拉莉莎甚於哀悼她。她丈夫的處境在某些圈子巴望並導致的貨幣貶值之下日益惡化。她奢侈構築的壁壘，這個憂危的女人用來防禦生命之叵測的工事，岌岌有不支之勢，英國花園邊的富麗宅子能否保住，已成問題。至於施維特菲格，他的確前來為好夥伴克拉莉莎送葬，但隨即盡快離去——在他向那位死者家屬致哀之後，我向阿德里安提過，那純屬禮貌性的致意，至為簡短。

那大概是他同她斷絕關係以來她頭一遭看見她的情夫——他走人的方式恐怕有些粗暴，因為

「好散」大概不太可能，她那麼死命頑強巴著他。她和她那個小丈夫並立於她妹妹墓穴邊上的模樣，就像個棄婦，可想而知極不快樂。不過，她有某種可為慰藉的替代品，是身邊圍繞了一小隊女人，其中幾人出席喪禮，可能為她多於為克拉莉莎。這小而牢固的團體、合作社、組織，這友誼俱樂部，或者，不管我如何名之，有個成員就是充滿異國氣息的納塔莉亞，伊妮絲最親密的知交；有個和丈夫離婚，來自七城地區的羅馬尼亞作家，寫過幾齣喜劇，在施瓦賓開一個波西米亞沙龍；有個宮廷演員蘿莎・茲維舍，其演出經常有強烈的神經質——另外一兩位女性，這裡就不描述了，主要因為我不太確定她們在這群人之中的活躍程度。

維繫這個群體的黏合劑是——讀者已預得暗示——嗎啡：一種極強的接合劑：不但基於陰森的夥伴情誼，這群同志彼此供應這種令人欣悅卻敗壞身心的藥物，而且在精神層次上，這些人由於是同一種癮頭和弱點的奴隸，彼此之間有一股由親切、相互尊重而來的團結，以眼前例子而言，結合這些罪人的是一種起源於伊妮絲的哲學或座右銘，五六個姊妹附和為其行事依據。根據伊妮絲的主張——我偶爾聽她親口說出來——痛苦是配不上人性尊嚴的，忍受痛苦是一種軟弱。而且，撇開肉體之痛或心靈之痛帶來的具體、特定貶辱，生命本身，其自身、動物般的存活，即成有損尊嚴的鎖鍊和卑下的負擔；將此累贅蹬開、脫棄這累贅，以那天賜良方供養身體，從而獲取自由、輕鬆，以及彷彿無身的幸福，是高貴、自豪的，是人權行動，是精神權利。

這套哲學寧冒這種驕奢習慣毀壞道德與身體之險，顯然是構成其高貴氣質的因素之一，而這夥人自知將共同提早毀滅，可能是她們彼此那麼親切體貼，那麼相互愛戀之故。我目睹她們聚會時陶醉發亮的眼神，情感洋溢的相擁，不無厭惡之感。沒錯，我承認我內心無法忍受這樣的自我表達——我承認時有幾分詫異，因為我通常絕非以一本正經、吹毛求疵之人自喜。可能是她們的惡習所導致，或自始就內在於那惡習的某種甜膩的虛假，在我心中注入我按捺不了的憎惡。我並且不滿她耽溺於惡習而肆無忌憚漠不關心她的孩子，此事揭穿她對那幾個蒼白嬌女的奢侈寵愛全是謊言。簡言之，這個女人令我打靈魂裡厭惡，自從我得知並且目睹她如何縱容自己，但她也很清楚我的心已放掉她。她有此知覺，回應方式是一絲複雜而淘氣的微笑，其中的惡意令我想起，先前她曾整整兩個鐘頭面露微笑，攫取我基於人性而對她的愛情之痛與愛欲表達的同情。

她沒有道理如此取樂，因為，她貶損自己尊嚴的樣子，委實可憐。她顯然使用劑量過多，不但沒有得到生氣活潑的幸福，反而淪於不敢見人的境地。那個茲維舍在藥物影響下的演出比較有天才的況味，納塔莉亞則以之提升其社交魅力。可憐的伊妮絲卻三番數次在半無意識之中上桌，目光呆滯，不斷點頭，在仍然擺設雅致、水晶燈照亮的餐桌邊就座，加入她的長女和她尷尬不快的小丈夫。我再托出一件事：伊妮絲兩年後犯了一樁重罪，驚駭各界，並且結束她的資產階級生活。不過，無論那件罪行多麼令我不寒而慄，我出於故交之誼，仍然幾乎自豪，不對，是斷然自豪，她墮落如斯，還有力量和那麼獰猛之氣做那件事。

36

啊，德國，你一敗塗地，而我還記得你的希望！我指的是你撩起（但你自己可能無意參與）的那些希望；上回那次相對輕微的崩潰、帝國退位之後，世界放在你身上，而雖然你行為放縱，雖然你的慘境在徹底瘋狂、極度絕望、眾目睽睽中「腫漲」，你的通貨爛醉般沖天膨漲，你卻有好幾年在某種程度上看來不會辜負的希望。[577]

的確，那場驚世駭俗、以驚嚇世界來嘲笑世界的胡鬧，已經寓含許多先前認為不可能的，不能相信的荒怪、乖戾行事，亦即一九三三年以後，特別是一九三九年以來的邪惡暴力極端表現。但那場億萬富豪般的縱恣，那淒厲的浮夸，有一天結束了，理性的神情復見於我們扭曲的經濟生活容顏，而一個心理復元的時代，似乎如破曉般降臨我們德國人：社會在和平與自由之中進步，文化在成熟中前瞻努力，我們的感覺與思想帶著善意適應世界常規[578]。毫無疑問，儘管有其種種

577 一次大戰以後「世界放在你（德國）身上」的「希望」，指威瑪共和。

天生的弱點和對自己的反感，那就是德意志共和國的意義和希望所在——我重述一次，那就是它在外國心中喚起的對德國的希望。那是一場嘗試，一場並非全無前途的嘗試（俾斯麥及其統一特技之後第二次），將德國正常化，亦即歐洲化，甚至「民主化」，將德國在精神上納入國際社會的生活之中。誰會否認當時別國心中對這件事的可能性有一股活生生的真誠信念——誰會懷疑我們自己，德國各邦，對如此方向的進展其實也抱著躍躍欲試的希望，除了一些土氣冥頑之地？

我說的是本世紀二十年代，當然，特別指其下半段。嚴肅而言，當時文化焦點從法國移向德國，一個十分明顯的標記是，就在那段時間，如前文所言，阿德里安的啟示錄清唱劇首演：明確一點說，完整首演。不消說，儘管演出地點法蘭克福是國內友善、心胸最開放的城市之一，那次演出仍然不是沒有引起憤怒的抗議，不是沒有充滿仇怨的大聲指責，說此作嘲笑藝術，是虛無主義、音樂罪行，或者，加一句當時最流行的侮辱用語，說此作是「文化布爾什維克主義」。但這部作品及敢於演出的膽氣，也自有其明達、雄辯的維護者，這種端正的勇氣，對世界與自由友好的勇氣，在一九二七年達到高峰，是華格納浪漫主義式民族主義反動，尤其慕尼黑版反動[579]的反面，而且在二十年代前半段即已明確構成我們公共生活的一個要素——我想的是一九二〇年的威瑪〈作曲家音樂節〉，和翌年的第一屆多瑙艾辛根音樂節[580]。那兩次音樂節，在絕非沒有接受能力，我可以說，在藝術思想上屬於「共和國」的觀眾面前，阿德里安——可惜他缺席——的作品與新的知性音樂的其他代表作一同登場：威瑪演出的是《宇宙交響曲》，由節奏掌握特別可靠的布魯諾．華爾特[581]指揮，在巴登，結合漢斯．普拉特納著名的偶絲木偶劇場，《羅馬人故事集》演出全部五段——你的情緒拉扯於虔誠的感動與大笑之間，是一種前所未有的體驗。

我也要提提德國藝術家與藝術之友在〈國際新音樂協會〉的創立上扮演的角色，以及這個組織兩年後促成阿德里安《啟示錄變相》的合唱與器樂片段在布拉格演出，聽眾裡坐著許多整個音樂界有頭有臉的人物。此作的樂譜當時已經刊行，只不是像阿德里安前此諸作那樣在緬因茲由秀特出版，而是屬於維也納〈普世版〉系列[582]，其經理艾德曼博士還不到三十歲，已在中歐的音樂生活裡扮演頗富影響力的角色，在《啟示錄》尚未完成的某天（因病情復發而工作中斷的那幾周）出人意表現身菲弗林，對希維格斯提爾家的房客說願效出版之勞。他上門造訪，有個明顯的關連是前不久維也納進步的激進音樂雜誌《開創》[583]刊登一篇出自匈牙利音樂學者兼文化哲學家戴西德流斯・費赫一篇專論阿德里安作品的文章。費赫論其音樂的思想高度與內涵、高傲與絕

578 第一次世界大戰前及其期間，德國自認其精神與政治有其迥別於世界，特別是與西方文明和民主判然不同的「特殊道路」（**Sonderweg**）。

579 納粹在威瑪共和時期用以風靡德國的毒劑之中，華格納浪漫主義版的民族主義是關鍵成分；希特勒一九二三年十一月九日在慕尼黑發動推翻威瑪共和的「啤酒館政變」。

580 多瑙艾辛根（**Donaueschingen**）：位於德國西南部黑森林，一九二一年起舉辦以當代音樂為主題的「多瑙艾辛根音樂節」。

581 華爾特（**Bruno Walter**，一八七六—一九六二）：德國指揮家，托瑪斯・曼知交，一九三三年逃出德國，後來定居美國。

582 普世版（**Universal Edition**）：一九〇一年創辦於維也納，起初只針對奧地利出版古典音樂樂譜，後來擴大成為現代音樂出版重鎮。

583 《開創》（*Der Anbruch*）：以推動當代音樂為宗旨，一九一九年十一月創刊。

望，這音樂如何化罪惡的聰敏為靈感。他要向文化界宣示這音樂，文章流露一股誠意，這誠意由於作者自承慚愧而熱烈有加，他坦言他不是自己發現這最引人興趣、最扣人心弦的音樂，不是憑自己的內在指引而邂逅這音樂。這指引來自外在，或者，如他所說，來自上乘、高於一切學問知識的層次，來自愛與信之境域，一言以蔽之，來自一位永恆的女性。簡言之，這篇文章在與其題材不可謂不相稱的分析、抒情筆法兼用之中，透露其真實靈感來源是一位敏感、知音、並且致力贊助她所知之音的女性，雖然只是勾出她的隱約輪廓。既然艾德曼博士的造訪是由這個維也納刊物激起，我們可以說，這造訪也是那股隱身幕後而充滿柔情的力與愛間接促成。

只是間接嗎？我無法十足確言。我認為這位青年樂商直接從那個「境域」獲得建議、暗示、指點，而且我的猜想有個事實為佐證，是他所知內情多於那篇文章在掉弄玄虛、欲吐猶藏之中托出的消息：他知道姓名，而且指名道姓——不是立刻、見面就劈頭提出，而是在談話之中，一席話將近尾聲之時。幾乎被回絕，但總算獲得接待之後，他請阿德里安將他正在進行中的作品透露一二，由此得知清唱劇之事——首次聽聞嗎？我持疑！——並且徵得阿德里安硬撐病弱不支之軀，在勝利女神廳彈奏手稿好些大段，艾德曼當場購得此作列入〈普世版〉，合約次日即從慕尼黑「巴伐利亞飯店」送到。但他告辭前，以維也納人從法國人那裡學到的說法問了阿德里安一句：

「您認不認識，大師，」——我相信他是這麼問：「大師認不認識」——「托爾納夫人？」

我即將在我的敘事裡引進一個人物，小說家從來怯於向其讀者引見的一種人物，因為其人看不見，明顯牴觸藝術與小說敘事的條件。托爾納夫人就是一個看不見的人。我無法將她呈現於讀者眼前，無法為她的容貌提供任何見證，因為我沒看過她，也不曾聽過誰描述她，因為我的相識圈裡沒有誰看過她。艾德曼博士，或《開創》那位和她是同胞的撰文者，能不能自稱認識她，我存而不論。至於阿德里安，他給那位維也納人的回答是否定的。他不認識那位夫人，他說——而且沒有反問她是誰；因此之故，艾德曼沒有主動解釋自己何以有此一問，只這麼答道：

「這麼說吧，您」——或者：「大師」——「最熱誠的仰慕者就數她了。」

他分明將那句「不認識」視為有條件而審慎掩飾的實話。阿德里安如是回答，因他與那位匈牙利女貴族的關係不涉任何親身晤面，而且——我還可以補充——根據雙方不言之約，永不面晤。他和她書信往返已頗有一段時間，在通信裡，她證明她是他作品極明敏、極精詳的鑒賞家兼擁護者，是體貼的朋友兼顧問、是他無條件的服務者，他則在孤寂之中盡可能通問和信任——這是另外一回事。我提過兩個寒儉女子以其無私的奉獻在這個男人必定不朽的生命中占了一個微薄的位置。現在有了第三位，而且完全不同，其無私非但不遜於比較單純的前兩位，還更有過之：禁欲般棄絕一切形式的親近，堅定不渝地信守祕密、不動聲色、不相攪擾、不見蹤影——但這不可能是由於其人局促畏怯，因為她老於世故，她對菲弗林這位隱居者而言就代表世界——他所愛、需要、忍受的世界，隔著一段距離的世界，明智地遠避他的世界……

我只能就我所知來談這位罕見的女性。托爾納夫人是富有的寡婦，丈夫屬於騎士階級，生活放蕩，不是亡於其惡習，而是死於賽馬意外，留下她沒有子女，卻擁有坐落佩斯[584]的一座宮邸，一塊從首都南行數小時，毗近斯圖爾維森堡，位於普拉頓湖——又名巴拉頓湖[585]——與多瑙河之間的巨大騎士封地，以及湖畔一座城堡似的別墅。騎士封地上有一棟富麗壯觀，舒適更新的十八世紀領主宅邸，一帶廣大的麥田和延綿的甜菜園，其收成由莊園自己的加工廠處理。所有這些居地，這些市區豪邸、封地宅院、夏季別墅，女主人每次使用都為時不久。大多時候，可以說幾乎整個時候，她是在旅途上。那幾個家她並不依戀，某種不安或痛苦的回憶驅使她離開，留給經理人與管家照料。她寓居巴黎、拿坡里、埃及、恩加丁[586]，隨行有一個侍女、一個職務類似軍需官與旅遊侍從的男子，以及一個專責打理她的醫生，由後面這一點可以推知她健康情況微妙。

她雲遊之勤似乎未受影響，加上一腔由本能、直覺和敏於求知——天可為証——及神祕的移情能力及靈魂上的投契構成的熱情，結果是她現身之處令人驚訝。但凡有人大膽讓阿德里安的音樂發聲，她都在場，置身觀眾之中不露行跡：呂貝克（他的歌劇首演被嘲笑之地）、蘇黎世、威瑪、布拉格。她多少次人在慕尼黑並且十分接近他的居處而未引起注意，我說不上來。但偶爾有人得知，她也知道菲弗林：她暗中了解阿德里安那裡的景物，他周遭的環境，曾經，如果我沒弄錯的話，佇立修道院長房間窗外，復又遠去，無人察覺。這已夠動人了，又更出奇感人，令人想起朝聖、進香之事的是，根據事後許久而且多多少少偶然所知，她曾遠赴凱撒薩興，盡知歐柏維勒村，甚至布赫爾大院，因而熟悉阿德里安童年與他後來生活之間——那個總是令我有壓迫感的——平行對應。

我忘了一提，她沒有漏掉薩賓納的山城帕勒斯提納，曾在馬納爾迪家居停數周，與馬納爾迪夫人一見如故。她每回在她半德文、半法文的信中提起那位女主人，都稱她「馬納爾迪大娘」，Mère Manardi。她給艾爾絲夫人同樣的尊稱，從她本人信中的話可以明白，她看過她而沒被看見——甚至沒被察覺。她自己呢？親近這兩位大娘型的女性而視她們如姊妹，是不是她自己的主意？就她與阿德里安的關係而言，應該怎麼稱呼她？她希望，她要求什麼樣的稱呼？守護神、艾吉莉雅[587]、幽靈情人？她寫給他的第一封信（寄自布魯塞爾），函附一件表示致敬的禮物，一只戒指，那種戒指我見所未見，但我這麼說並無多大意義，因為我對世界的寶物其實甚少見識。那是一件——我認為——價值不可估量而且絕美的珍寶。雕花戒指本身頗有年代，是文藝復興時代工藝；寶石則是大平面切磨的淡綠色烏拉山極品祖母綠，入目瑰麗。可以想像，這只鑽戒曾是某個教會親王手上的飾物——它的異教銘文無礙這樣的想像。這只高貴綠柱石堅硬而精磨的表面刻了兩行至為纖細的希臘詩，翻譯成德文，意思約莫如下：

「阿波羅的月桂樹何其顫動搖晃！
整個梁桁顫晃！凡是不聖潔的，快逃！快跑！」

我沒有碰到什麼困難，找到這是卡里馬科斯所寫阿波羅頌的開頭[588]，以神聖的畏怖描寫阿波

---

584 佩斯（**Pest**）：匈牙利首都布達佩斯的東半部。

585 斯圖爾維森堡（**Stuhlweißenburg**）：在布達佩斯西南方。普拉頓湖（**Plattensee**）：在匈牙利西部，為中歐最大湖，匈牙利名稱為巴拉頓湖（**Balaton**）。

586 恩加丁（**Engadin**）：瑞士東南部阿爾卑斯山區谷地。

587 **Egeria**：羅馬神話裡的山林與水泉女神，主司生育，以及智慧與預言。

羅在其神殿顯靈，銘文細微但字跡完美清晰。底下稍稍模糊，刻著小花飾般的紋樣，可以辨認，用放大鏡看更分明，是長了翅膀的蛇形怪物，吐信狀似箭矢。這個神話幻象令我想起克里斯島的菲洛克提特所受箭傷或咬傷[589]，艾斯奇勒斯對那支箭的形容，「嘶嘶作聲，挾翅而飛的蛇」，以及菲波斯的箭[590]與太陽光的關連。

我可以作證，阿德里安以稚氣的歡喜接受這件意義深重、從陌生而帶著共鳴的遠方捎來的禮物，並未多想，從未以之示人，卻有個習慣，或者應該說，儀式，是工作之際戴在手上：《啟示錄》的整個作曲過程中，我知道，他都把這珠寶戴在左手。

他可曾想過，戒指是義務、約束甚至歸屬的象徵？顯然他不曾這麼想過，只是在作曲時把一條無形鎖鏈上的這個稀珍環節戴在手指上，視之為他的孤寂和世界之間的聯繫——世界對他是沒有臉孔的，幾乎沒有個人定義，他對其個別特徵顯然也比我更少追問。是不是，我自問，夫人的外表有個什麼能夠解釋她對阿德里安關係的根本堅持，如隱形、迴避、不碰面？她可能貌醜，跛腳，畸形，皮膚病破了相。我不作此假設，寧可相信如果有什麼缺陷，也是屬於心理層面，使她善解各種擔待保護的必要。她的搭檔也從無動搖此一戒規之念，默默配合，將關係嚴格維持於純粹精神層次。

我不喜歡使用這個平庸陳腐的措詞：「純粹精神」。了無色彩且軟弱無力，甚不足以形容那遠方、幕後的奉獻與關懷實際上何其活力充沛。一種非常嚴肅的音樂與歐洲文化素養，使啟示錄之作準備與譜曲期間往返的書信具備至為道地的客觀實質。對此作的文本結構，她向吾友提出建議，並供給通常難以到手的材料——後來證明，《保羅異象》的古法文譯本就是來自「世界」。

充滿活力地，雖然是迂迴和透過中間人，「世界」為他奔走效勞。是「世界」促成《開創》那篇有見地的文章——那是阿德里安的音樂可能獲得讚賞美言的僅有刊物。〈普世版〉在那部清唱劇尚在成形之際將之收入，也要歸功「世界」悄悄使力。一九二一年，有人暗中提供數額可觀的資金，雖然捐贈的來源從未明朗，供普拉特納牽絲木偶劇場支配，實現所費不貲而音樂完美的《羅馬人故事集》演出。

我想強調「供其支配」一詞，以及與之相連的大方手筆。阿德里安不必懷疑，他在孤寂之中有那位上流仰慕者的供應讓他支配——關於她的財富，明顯可知，她富於批判力的良心視那筆財富為負擔，雖然她沒有那財富就無法度日，而且大概從來不曉得沒有那筆財富的生活是何光景。

---

588 卡里馬科斯（**Kallimachos**，約公元前三一〇／三〇五—二四〇）：古希臘詩人。此處所引，為其名作〈阿波羅頌〉起首兩行，寫音樂之神阿波羅降臨其廟，未至而其聖樹（月桂）顫，廟桁搖，詩人呼叫不知音之輩（「不聖潔的」或「瀆神的」）快逃。

589 菲洛克提特（**Philoktet**）：希臘神話人物，參加希臘聯軍遠征特洛伊，途中在愛琴海有阿波羅廟的小島克里斯（**Chryse**）被毒蛇咬傷，一說為毒箭所傷，傷口化膿惡臭，他哀聲亂耳，眾軍不堪，將他留置島上，他孤絕小島九寒暑，於特洛伊圍城第十年應聯軍之求，赴戰建功。荷馬兩部史詩提及菲洛克提特不過三處，寥寥數行，「希臘悲劇之父」艾斯奇勒斯（**Aschylos**，公元前五二五／五二四—四五六／四五五）獨具隻眼，拈出菲洛克提特受傷見棄而孤處忍苦這個重點，寫成《菲洛克提特》一劇，後世繼踵增華，開出藝術家「痛苦生靈感，疾病激創造」一路思維。本書第八章的克雷契馬、第廿五章的魔鬼，都直申此說及健康無用，甚至有礙論。

590 菲波斯（**Phöbus**）：希臘文「光芒四射」，為阿波羅之別稱；阿波羅職司包括箭術。

盡量向天才的祭壇多獻貢品，她敢供奉多少就供奉多少，是她毫不否認的願望，阿德里安只要願意，他整個生活方式可以一夕改變，如那件珍寶，只有修道院長室的四面牆壁看過他以之為飾。他和我一樣清楚。他不曾有一剎那動此念頭，這一點當然不必我說。他有異於我，一大筆財富擱在他腳邊，他只需俯拾之勞，人生即貴如王侯，我每思及此，輒為他陶然，但他的確從來不曾有此一念上心。不過，他曾有一次例外離開菲弗林出門，短暫實驗般品嘗了近似帝王的生活，我倒忍不住希望他就那樣過個永遠。

那是二十年前的事了，托爾納夫人有個永遠有效的邀請，他如果願意，可以住進她名下任何一處居所，只要當時她不在那兒。阿德里安接受了邀請。那是一九二四年春，他前往維也納，在艾爾巴音樂廳的〈開創之夜〉，施維特菲格終於頭一遭演出那首為他而寫的小提琴，大為成功——而且特別是他自己的成功。我說「特別」，意思是「首先」，因為全作的謀篇立意把相當的重點擺在詮釋者的藝術上，此曲雖然音樂上的家法特徵非阿德里安莫屬，卻不是他最高等、最自豪之作，其中，至少就某些段落而言，有點獻殷勤、施捨，直說即高高在上而故示優容的況味，令我想起一張如今永遠緘默之口所作的預言。全曲奏畢，阿德里安拒絕在熱烈鼓掌的觀眾前露面，而且在我們尋他時已經離開音樂廳。我們，就是製作人、洋溢著幸福的施維特菲格，以及我，後來在他下榻的貴族街那間飯店的餐館和他碰面，施維特菲格則犒賞自己而住進圓環飯店。

慶功為時短暫，因為阿德里安頭痛。但我理解，由那次的片刻鬆弛，他翌日決定不馬上返回希維格斯提爾家，而是讓他那位世界朋友歡心，走訪她的匈牙利莊園。她以她不在為他上門的條件，這條件已經滿足，因為她當時在——不見人影——維也納。他臨時直接拍電報通知莊園，以我設想，莊園與維也納某飯店之間必定函電飛馳，匆匆達成了一些安排。他動身，惜乎旅伴不是我，我本已幾乎不克從我的職務脫身來趕音樂會，也不是眼睛顏色相同的席爾德克納普，他根本沒有費心去維也納，大概也沒有盤纏。非常可以理解，是施維特菲格，他可以走這趟臨時岔出的路，人又現成就在旁邊，他和阿德里安剛完成一場出色的藝術合作，而且他孜孜不倦找人親近的作風當時也大獲成功——要命的成功。

於是由他陪同之下，阿德里安受到仿如領主自外歸來的款待，在氣派華貴的家居裡度過十二天，享受托納堡的十八間沙龍與名貴房間，駕遊王侯般的地產，抵達清朗的普拉頓湖岸，由一批有些是土耳其人的恭順僕役服侍，享用五種語言藏書的圖書館，與音樂廳裡兩台宏偉的鋼琴，一架管風琴，以及各樣奢侈。他告訴我，他們目睹莊園的附屬村落極度赤貧，完全處於古代、前革命的發展階段。他們的嚮導，亦即莊園管理人，視之為值得為外人一道之事，同情地搖著頭告訴他們，居民一年只吃一次肉，是耶誕節，甚至蠟燭也沒得點，而且名符其實與雞同眠。居民由於習慣與無知，已對他們的可恥情況麻木無感，例如：村中道路難以形容的髒污，以及他們所住茅屋完全缺乏衛生，要做任何改變，都可能是革命。這並非哪個人，尤其不是一個女人，能任之事。但我們可以推想，村中景象是使阿德里安這位深藏不露的朋友不安其居的事物之一。

至於其他，關於吾友嚴厲生活裡這段有點奇特的插曲，我只能粗略言之。陪在他身邊的不是我，而且我沒能夠在他身邊，即使他會要求。陪他的是施維特菲格。他能詳言之。但他死了。

37

走筆至此，我應該如同處理前面那些段落，不給一個章節數字，而是視之為前一章的續文，完全屬於前一章。確當的作法是逕自直書，不要那麼大的休止符，因為本章仍然談「世界」，談我故友與世界的關係或無關係——只是這回「世界」放棄神祕難測的審慎，不復是重重簾幕後的保護神和昂貴象徵的餽贈者，而是具現為一個天真纏人，不因對方志在孤寂而卻步，說話不經大腦而不失勤快，我認為甚至頗有吸引力的索爾．菲特柏格先生，國際音樂經紀兼音樂會製作人。他在一個美好的夏末星期六下午造訪菲弗林，正巧我也在場（星期天妻子生日，我要回家），使我們，阿德里安同我，在滑稽逗趣中度過整整一個時辰，結果了無所獲——就提議、承諾等等來說——但也未帶慍意而去。

那是一九二三年，我們不能說此人搶了多大的先機。他的確沒有等到布拉格、法蘭克福的演出才行動，那些演出尚在不算遙遠的未來。但是，已有威瑪、多瑙艾辛格——更別說瑞士已經演過阿德里安青年時期的作品，所以，這時候，你不需要多麼驚人的先見之明，也能領會此中有寶，有值得推廣之作。況且《啟示錄》已經出版，我相信索爾先生完全有機會研究此作。反正，他聞風而至，希望參加，打造一個名聲，使此天才為天下所知，以經紀人的身分將此天才介紹給他活動的好奇上流社會。他來訪的目的就是要啟動這個過程，並且因此不拘禮數，打擾富於創造力的痛苦托庇的幽居。當日經過如下：

我當天下午稍早抵達，我們，我同阿德里安，正從我們的茶後田野散步返回，那是四點鐘過後不久，詫見大院裡的榆樹下停著一輛汽車——不是一般的出租汽車，而是看起來比較像私家車，附司機，以鐘點或天數出租的那種。那個司機，衣著帶著體面的氣息，抽著菸站在車旁，我們經過時，他脫帽以示禮貌，大咧著嘴微笑，大概想起他帶來的那位怪客說過的什麼笑話。艾爾絲夫人在家門口和我們碰面，手拿名片，以害怕而壓低的聲音和我們說話。來了一個「見過世面的人」，她告訴我們。她一語界定她方才讓進門的那個人，卻因為是以耳語說出來，我覺得那個用詞有點像說幽靈，又像在說什麼預言。那個用詞煞有介事，有個輔助說明是艾爾絲夫人隨即說，在屋裡等我們的那個人是「瘋瘋癲癲的貓頭鷹」。他叫她「Scher Madam」[591]，又叫她「petite Maman」[592]，甚至掐了克蕾曼婷臉頰一把。她已經暫時把女孩子鎖在她房間裡，等那個見過世面的人離開。但她沒有打發他，因為他是從慕尼黑坐車來的。他在大起居室裡等著。

我們滿臉疑問，互看那張名片，上面寫著名片主人的來歷：「索爾・菲特柏格。Arrangements

591「親愛的夫人」，應作「**chère madame**」，或為艾爾絲夫人不諳法文轉述之誤。
592「小媽媽」。

musicaux. Représentant de nombreux artistes prominents」[593]。我很高興我能夠在場保護阿德里安。我不想要他獨自受這位「代表」擺布。我們走進勝利女神廳。

菲特柏格站在進門不遠，雖然阿德里安讓我先進門，此人的全副注意力卻立刻貫注於他：透過他的角質框眼鏡迅快對我一瞥之後，他甚至斜轉他肥胖的上半身，朝我背後端詳他開兩個鐘頭車程來尋訪的這個人。分辨一個帶著天才徵記的人，和一個單純的教授，當然不需什麼精深造詣；但此人的方向感，雖然我先進門，卻立即確定我是次要角色而專注於正確的主角，到底令人印象深刻。

「Cher Maître,[594]」他綻放微笑開口，口音挺重，但饒舌起來異常流利，「comme je suis heureux, comme je suis ému de vous trouver! Même pour un homme gâté, endurci comme moi, c’est toujours une expérience touchante de rencontrer un grand homme.—Enchanté, Monsieur le professeur,[595]」他跟我打招呼，因為阿德里安介紹了我，他漫不經心和我握手，馬上又轉頭對準他真正的對象。

「Vous maudirez l’intrus, cher Monsieur Leverkühn,[596]」他說，他將雷維庫恩這名字的重音擺在第三音節，彷彿這名字要寫成Le Vercune[597]。「Mais pour moi, étant une fois à Munich, c’était tout à fait impossible de manquer……[598]哦，我也說德語，」他自己打岔，用的是同樣硬實但相當悅耳的聲口。「不道地，當不得榜樣，但還聽得懂。Du reste, je suis convaincu[599]您完全精通法語——您為維爾倫的詩譜曲就是最好的證明。Mais après tout,[600]我們是站在德國土地上——的確，多麼德國，多麼親切，多有特色的土地！我陶醉於這田園景物，而您，Maître，智慧足多，置身於此景物之中……Mais oui, certainment,[601]我們坐下來吧，merci, mille fois merci！[602]」

他大概四十歲，肥胖，沒有大腹便便，但四肢肥而柔滑，雙手白而肉厚，鬍鬚刮淨，臉面圓滿，雙下巴，雙眉弧形而輪廓銳利，角質框鏡片後面是一對神情愉快、泛著地中海柔光的杏仁眼。頭髮稀疏，但由於他不時微笑，你不時看見他牙齒完好潔白。他的穿著有夏天的雅致，是收腰式藍條紋法蘭絨西裝，配亞麻布面黃皮鞋。艾爾絲夫人給他的形容有其活潑的印證，他的舉止帶著從容的無憂無慮，清爽的輕巧，這一點，與他連珠砲般、不甚清晰、聲音偏高、有時升上最高音的言談，共同形成他整個儀態的特色，而且與他身材的肥胖既構成相當的矛盾，卻又與之和諧相得。我以清爽形容他的輕巧，因為那輕巧令人油生滑稽又慰藉之感，說我們完全沒必要將人生看太嚴重。他的舉止似乎不斷表示：「有何不可？那又如何？沒什麼大不了！我們何不快活人

593「音樂策畫。多位著名藝術家之代理」。

594「親愛的大師」。

595「我找到您，我何其幸運，我何其感動！甚至我這麼個受慣討好，老於世故的人，得識一位偉大的人也永遠是個可感的經驗。——幸會，教授先生」。

596「您會咒罵我叨擾，親愛的雷維庫恩先生」。

597 此處將 **Leverkühn** 一拆為二，重音若置於原字第三音節，即 **kühn**，則念法仿如法文，因為 **Vercune** 重音在第二音節。

98「可是對我來說，我已經到了慕尼黑，說什麼也不可能不來叨擾……」

599「再說，我深信」。

600「不過，畢竟」。

601「當然，的確」。

602「謝謝，一千個謝謝！」

生！」你不由自己，想有樣學樣。

他決非傻瓜，關於這一點，我交代他至今鮮活留在我記憶中的言語之後，就不容懷疑了。我最好完全由他自己來說話，因為阿德里安或者我的答話和插話幾乎沒有扮演任何角色。我們在厚重長桌子的一端就座，那是素樸大廳裡的主要陳設：阿德里安同我併坐，客人坐我們對面。關於他的意圖、他的計畫，他沒有拐彎抹角，而是開門見山直言。

「Maître,」他說，「我完全了解您必定多麼珍愛您選擇的，這風格獨特的幽居——啊，我全看見了，山，池塘，教堂村落，et puis, cette maison pleine de dignité avec son hôtesse maternelle et vigoureuse. Madame Schweigestill! Mais ça veut dire: Je sais me taire. Silence! silence!' Comme c'est charmant! [603] 您在這兒住多久了？十年？不曾間斷？幾乎沒間斷？C'est étonnant! [604] 啊，很可以理解！不過，figurez-vous, [605] 我來了，要誘拐您，引誘您暫時不忠實，用我的斗篷帶您飛過空中，讓您看看世界的國度和他們的壯麗[606]，更重要的是，使他們拜服在您腳下……您多包涵，我滿口大話！說來其實 ridiculement exagérée [607]，特別是『壯麗』這一點。沒什麼了不得……這壯麗沒什麼令人興奮之處……我要這麼說，雖則我是小人物的孩子，出身背景十分寒微，如果不說卑賤，明確而言，我生於盧布林，在波蘭，父母是十足平凡的猶太人——我是猶太人，您一定曉得：菲特柏格，這是個特別卑賤的波蘭，德國地區的猶太姓，只是我將這名姓變成受人尊敬的前衛文化開路先鋒，以及，我很可以說，偉大藝術家的朋友。C'est la vérité pure, simple et irréfutable. [608] 原因是，我自幼努力追求比較高等的事物，有思想和有意思的東西——最主要是追求新的事物，驚世駭俗的事物，不過，是光榮和有未來的那種驚世駭俗，明天會得到最高回報，會成為偉大時尚，會成為藝術的那種驚世駭俗。A qui le dis-je? Au commencement était le scandale。[609]

「謝天謝地，卑賤的盧布林已成遙遠的過去！二十多年來我住在巴黎——我甚至在索邦[610]聽過一整年哲學課，您相信嗎？但 à la longue[611]我不免厭煩。也不是說哲學就不驚世駭俗。它的確能這樣。但哲學對我太抽象。後來我約略覺得，到德國念形上學還比較好。這一點，我的 vis-à-vis[612]，這位可敬的教授先生，所見也許會與我略同……接下來，我主持一個小型、高級的劇場，un creux, une petite caverne[613]，只容一百人，nommé 'Théâtre des fourberies gracieuses'[614]。可不是個

603「還有，這棟房子，充滿尊嚴，加上母親一般而且強健能幹的女主人。施維格斯提爾夫人！可這（名字）意思是：我懂得少說話的道理：安靜！安靜！多迷人哪！」

604「好驚人！」

605「您想想吧」。

606 典出浮士德搭魔鬼披風飛行遨遊世界。

607「誇張得可笑」。

608「這是純粹，簡單，而且無可辯駁的真相。」

609「這話要對誰說呢？太初有駭俗。」第二句套用《新約聖經》〈約翰福音〉**1：1**「太初有道」而易其詞；「駭俗」（**scandale**）應指二十世紀初葉開始的前衛音樂，「太初」或指史特拉汶斯基《春之祭》，一九一三年五月二十九日在新建的巴黎香榭麗舍劇院首演，音樂家驚駭，樂評瞠目，觀眾暴動。另外，菲特柏格談追新與突破，與第**25**章魔鬼謂阿德里安「你將引領風騷，開啟未來之路」等語如出一口。

610 巴黎 **Sorbonne** 大學。

611「久而久之」。

612「對面」。

挺有魅力的名字嗎？可您說有什麼辦法呢，經濟上撐不住。位子那麼少，非賣貴不可，結果只好全都送票。我們是夠忤逆流俗的，je vous assure[615]，可是，借英國人的說法，我們太 high-brow[616]了。光靠詹姆斯・喬伊斯、畢卡索、伊茲拉・龐德和克勒芒—東內爾女公爵當觀眾[617]，我們活不下去。En un mot, Fourberies gracieuses[618]過了短短幾季，又關門了，但那場實驗對我並不是全無成果，因為我畢竟因此接觸了巴黎藝術生活裡的頂尖人物，畫家、音樂家、詩人——巴黎，我甚至可以站在這裡說，現在跳動著生命世界的脈博；另外，那場實驗也為我以主持人的身分開門，進入那些藝術家往來的好幾個沙龍。

「也許您納悶。也許你會說：『他怎麼做到的？這個出身波蘭落後地方的小猶太男孩如何打入這樣的精英圈子，出入 crème de la crème[619]之間？』啊，兩位先生，沒有比這更容易的事了！你很快就學會打晚禮服領帶，也很快就學會完全若無其事走進沙龍，根本不擔心兩隻手怎麼擺。過了這一關，言必稱『Madame』就行。『Ah, Madame, Oh, Madame, Que pensez-**vous**, Madame, On me dit, Madame, que vous êtes fanatique de musique?[620]』這差不多就是整個學問。外面非常高估這種事。

「Enfin[621]，我得自Fourberies的關係，在我成立辦公室來經辦當代音樂的演出時派上了用場，甚至使我多方面受益。最好的一點是：我找到我自己。因為，就如你此刻看到的，我是經理人，就在我血液裡，是個必然——這是我所樂為之事，是我的自尊所在，j'y trouve ma satisfaction et mes délices[622]在於彰顯才華、天才、有意思的人物，敲鑼打鼓為他們拉拔，引起社會對他們的熱情，或者，如果不是引起熱情，也是促成社會激動——因為這就是社會的要求，et nous nous rencontrons dans ce désir[623]，社會要求興奮，要求挑戰，要求被炸裂成贊成和反對派，社會最感謝的莫過於有趣的騷動，qui fournit le sujet[624]供報紙冷嘲熱諷和沒完沒了的閑話談資——在巴黎，惡名昭彰是成名必經之路——真正的首演之夜，一定要全場從椅子上跳起來好幾次，過半觀眾破口大罵：『Insulte! Impudence! Bouffonnerie ignominieuse!』[625]，而六個或七個懂門道的人，艾瑞克．薩替[626]、幾個超現實主義者、維吉爾．湯姆森[627]，從他們的包廂大叫：『Quelle précision! Quel

---

613「一個窟窿，一個小洞」。

614「名叫『雅謔劇院』」。

615「我跟您保證」。

616「高眉」，指思想或文化水準高，相對於「中眉」與「低眉」。

617 龐德（**Ezra Pound**，一八八五—一九七二）：美國詩人，現代主義早期健將。克勒芒—東內爾公爵夫人（**Duchesse de Clermont-Tonnère**，一八七五—一九五四）：法國作家，思想前進，為二十世紀初期女同性戀重要代表。

618「一言以蔽之，雅謔劇院」。

619「精英中的精英」。

620「啊，夫人，哦，夫人，有人對我說，您熱愛音樂，您說呢？」

621「最後」，「後來」。

622「我發現我稱心快慰之事」。

623「我們因有同好而相聚」。

624「提供素材」。

625「侮辱！無恥！惡劣可恥的玩笑」。

esprit! C'est divin! C'est suprême![628] Bravo! Bravo!』。

「我恐怕驚嚇兩位 messieurs[629]——如果不是嚇著 Maître Le Vercune，或許驚嚇了教授先生。但我首先要趕緊補充，這類音樂會其實從來不曾提前中斷或縮短——根本來說，連觀眾裡最憤怒的人也不存此意，正好相反，他們希望被一再惹怒，這是首演之夜帶給他們的樂趣，而且有一點值得一提，是那些內行人為數雖少，卻保有優勢權威。其次，這絕不是說，每一場進步之作的演出必定會有我勾畫的那些情況。事先對大眾做好準備，預先嚇住愚蠢之輩，就能打包票有個充滿尊嚴之夜，尤其如果我們今天推出的是前敵國的一員，一個德國人，我們更可以算準觀眾一定彬彬有禮……

「這個保險的推想，就是我的提議，我的邀請的基礎。一個德國人，un boche qui par son génie appartient au monde et qui marche à la tête du progres musical！[630]這在今天真是夠嗆的挑戰，挑戰聽眾的好奇心，挑戰他們是不是沒有成見，是不是勢利時髦，有沒有教養——這位藝術家愈不否認他的民族標記、他的德國身分，這挑戰就愈嗆，愈能引起他們大叫『Ah, ça c'est bien allemand, par exemple![631]』因為您就是那樣做的，cher Maître, pourquoi pas le dire?[632]您處處引得他們這麼大叫——開始的時候，《Phosphorescence de la mer》[633]和您那部喜歌劇的階段還少一點，但朝後的作品一部比一部如此。您一定心想我談的主要是您兇嚴的紀律，et que vous enchaînez votre art dans un système de règles inexorables et néoclassiques[634]，您強迫您的藝術戴著鐵鐐銬活動——即使動起來欠優美，也要有精神又勇敢。不過，我提到 qualité d'Allemand[635]時，固然是指此而言，但我的意思也不只如此——我指的是——該怎麼說呢？——某種方方正正的味道，節奏嚴肅沉篤，固定不動，grossièreté[636]，這類古色古香的德國味——en effet, entre nous[637]，我們在巴哈那裡也可以找到這些特點。您見不見怪我的評論？Non, j'en suis sûr！[638]您是偉大的人，斷不至此。您的主題——幾乎一貫由均勻的音符時值構成，二分、四分、八分音符；它們的確也作切分音，也彼此連結，但仍然每每維持機械工作、一路跺腳、敲鐵錘那種不靈動和不雅致。C'est 'boche' dans un degré fascinant[639]。您別以為我在尋疵摘瑕！這一切都énormément caractéristique[640]，而且，在我為國際音樂安排的一系列音樂會裡，這種風調不可或缺。

---

626 薩替（**Erik Satie**，一八六六—一九二五）：二十世紀法國前衛音樂先驅。
627 湯姆森（**Virgil Thomson**，一八九六—一九八九）：美國作曲家兼樂評家，兼屬現代主義與新古典主義。
628 「多麼精確！多麼獨出巧思！超凡！絕頂！」
629 「先生」的複數。
630 「一個透過他的天才，投入世界，走在音樂進步前頭的德國鬼子！」
631 「啊，那真是道地德國！好樣的！」
632 「親愛的大師，為什麼不能這麼說？」
633 《海光》。
634 「而且您將您的藝術，拴縛在一個至為嚴格的新古典主義規則系統裡」。
635 「德國特質」。
636 「粗暴」。
637 「其實，這一點您知我知就好」。
638 「不會，這我確定」。
639 「這就是『德國鬼子』特質發揮到了令人著迷的程度」。

「您瞧，我張開了我的魔法斗篷[641]，我要帶你到巴黎，到布魯塞爾、安特衛普、威尼斯、哥本哈根。他們將以最強烈的興趣迎接你。我將找最好的管弦樂團和獨唱家供您差遣。你將指揮《Phosphorescence》、《Love's Labour's Lost》的選段，您的《Symphonie Cosmologique（宇宙交響曲）》。您將擔任您為法文詩與英詩所譜歌曲的鋼琴伴奏，舉世將會陶醉，一個德國人，昨天的敵人，在歌詞的選擇上表現如此心胸寬闊——ce cosmopolitisme généreux et versatile！[642]我朋友馬亞·德·斯特洛奇—培契克夫人，克羅埃西亞人[643]，可能在兩個半球都是音色最美的女高音，她將會以演唱這些作品為殊榮。濟慈那幾首頌的器樂伴奏，我要找日內瓦的富隆札里四重奏，或布魯塞爾的普洛雅特四重奏[644]。他們是最好中的最好——您滿意吧？

「我有沒有聽錯，您不指揮？你不做這事兒？您也不當鋼琴家，不為您的歌曲伴奏？我了解。Cher Maître, je vous comprends à demi mot！[645]您一貫的作法，不在已完成的作品上留連。您認為一件作品的完成就是其演出，寫完了就是一了百了。您不彈它，您不指揮它，因為您一這麼做就會改動它，把他分解成變體和變奏，把它進一步發展，甚或把它給毀了。我很了解的！Mais c'est dommage, pourtant[646]。在個人吸引力方面，音樂會斷斷會因此減色。哼，我們總會有辦法！我們要在世界知名的指揮裡物色一位詮釋者——而且不必物色太久！德·斯特洛奇—培契克的常設伴奏家可以照管那些歌曲的Accompagnement[647]，您，Maître，只要一道來，到現場，對聽眾亮個相，就什麼也不減色，一切在握。

「那當然是條件——ah non！[648]您不能將您的作品交給我，在您in absentia[649]之下演出！您親自露面絕對必要，particulièrement à Paris[650]，在那兒，人的音樂名氣是在三、四個沙龍裡打響的。『Tout le monde sait, Madame, que votre jugement musical est infaillible.[651]』這些話說個幾次，於您何損？您毫無損失，甚至會頗得其樂。論社交雅集，我的音樂會僅次於迪亞吉列夫先生的俄羅斯芭蕾舞團首演——如果有僅次於這種排法的話。您會每天晚上都受到邀請。對一般人，打入巴黎上流社會比什麼都難。對藝術家，卻沒有比這更容易的事——即使他才在成名初期，是駭人聽

640「極具特色」。

641 菲特柏格此語「**da breite ich meinen Zaubermantel aus**」，套用歌德《浮士德》第一部二〇六五行，魔鬼誘浮士德離開書房看世界：「我們只要張開我們的斗篷」（**wir breiten nur den Mantel aus**」。

642「如此襟懷廣大，而且善於適變制宜的世界主義！」

643 實有其人，是**Mme. Maja de Strozzi-Pe i**（一八八一—一九六二），史特拉汶斯基曾在一九一九年題獻她四首以鋼琴伴奏的歌。

644 富隆札里四重奏（**Quartett Flonzaley**）：一九〇二年成立於紐約，享譽大西洋兩岸，一九二八年解散。普洛雅特四重奏（**Pro Arte Quartett**）：一九一二年成立於比利時，一九四一年以後長駐美國，專長演奏二十世紀作曲家的作品，至今錄音不輟。

645「親愛的大師，我了解您意思，儘管您沒明說。」

646「不過，還是令人遺憾。」

647「伴奏」。

648「哦不行！」

649「缺席」。

650「特別是在巴黎」。

651「人人都知道，夫人，您的音樂判斷力是顛撲不破的。」

聞的物議話題。好奇心放下一切障礙，打敗一切排他性……

「可我何必大談什麼上流社會和它的好奇心！我清楚看出我這些話沒能點燃Maître您的好奇心。如何可能呢？我根本沒有認真嘗試。上流社會於您何干？Entre nous ——它於我何干？事業生意——各色各樣勾當。可是內心呢？很不是那回事。此地的環境，菲弗林這兒，以及與Maître您共處，起了不小的作用，使我意識到我對那個輕浮和膚淺世界其實多麼毫無興趣，多麼鄙視。Dites-moi donc[652]：您不是來自薩勒河畔的凱撒薩興嗎？多嚴肅、可敬的來歷！我呢，我說盧布林是我出生之地——也是一個可敬、高年而頭髮灰白的地方，從那裡，你帶著一身的莊嚴當財富，進入人生，un état d'âme solennel et un peu gauche……[653]啊，我是天下最不願意對您贊美時髦上流社會的人。但巴黎給您機會認識您在阿波羅世界裡一些最有趣、最刺激的弟兄，與您一同奮鬥的同儕和貴族、畫家、芭蕾舞星，特別是音樂家。歐洲經驗與藝術實驗的頂尖人物，他們都是我的朋友，而且準備成為您的，高克多，那位詩人，馬辛，那位編舞家，法雅，那位作曲家，六人組[654]，新音樂裡的六個偉人——崇高又有意思，大膽而且干犯世俗的圈子單單等著您。您只要願意，馬上就是其中一人……

「我在您的表情裡讀出您對這一點也有些抗拒，可能嗎？但是，cher Maître，一切害羞，一切embarras[655]，擺在這兒真的都不合適——無論這一意孤絕自己的心情可能有什麼理由。我完全無意探究那些理由，懷著敬意，以及容我說，本於教養而承認它們存在，對我就十分足夠了。這個菲弗林，ce refuge étrange et érémitique[656]，這菲弗林必定有其有趣的、心理上的意義。我不追問，我粗略計算所有可能性，我爽直考慮全體理由，包括最奇特罕見的。Eh bien[657]，那又如何？您有何理由感到embarras而怯於面對一個無限不帶成見，而且基於很好的理由而全無成見的世界？Oh, la, la！[658]這麼一個由管領品味的天才和上流社會藝術權威構成的圈子，成員通常全是demi-fous excentriques[659]，疲憊的靈魂，和世故精雅但放蕩掙扎之輩。經理人呢，c'est une espèce d'infirmier, voilà！[660]

「您瞧，我多麼拙於推銷自己，dans quelle manière tout à fait maladroite！[661]我注意到這一點，是對我有利的僅有一點。我用意是鼓勵您，反而觸怒您的自尊，眼睜睜看著自己和自己作對。當然，我就告訴自己，您這類人——可我不應該說您這類人，應該只說您——您視您的存在、您的destin[662]獨一無二之至，奉之為神聖之至，不能和別人的混為一談。您對別的destinées毫無

652「請告訴我」。
653「一種既肅穆又有點拘窘的心境」。
654 高克多（**Jean Cocteau**，一八八九—一九六三）；馬辛（**Leonide Massine**，一八九六—一九七九）；法雅（**Manuel de Falla**，一八七六—一九四六）；六人組（**Les Six**）：六人合作多時，但一九二〇年才成團。
655 為難，遲疑。
656「這奇怪又幽隱的藏身之所」。
657「好吧」。
658 法文裡常用的感嘆語，表訝異或快意。
659「半瘋、狂、痴的奇人，怪胎」。
660「是一種護士，就是這樣」。
661「我的方法真是笨拙透頂」。

興趣，只想知道您自己的，視之為獨特無二——我曉得，我了解。您憎惡有貶抑意味的一切概化、排列、總括，您堅持個人情況不能比較。您尊仰一種人格至上的孤絕崇高，而這可能有其必然。『如果別人活著，我們還活嗎？[663]』我在某處讀過這麼一問，我已不確定在哪兒，但必定在一個出名的段落裡。不管是明言或無言，你們都問這個問題，純粹為了禮貌或表面工夫，才彼此承認。沃爾夫、布拉姆斯和布魯克納多年住在同一個城裡，都住維也納，卻始終彼此迴避，據我所知沒有一個見過另外兩人。以他們給彼此的評價，碰面的確可能pénible[664]。那些評價不是同行之誼的評論，而是根本擯斥，anéantissement[665]，天下唯我。布拉姆斯小看布魯克納的交響曲到不能再小，說它們是奇形怪狀的蟒蛇。反過來，布魯克納對布拉姆斯的見解也低得不能再低。他認為D小調協奏曲的第一主題挺不錯，但認定布拉姆斯再無與此相當之作。他們對彼此全無興趣。對沃爾夫，布拉姆斯是le dernier ennui[666]。你有沒有讀過他在維也納《沙龍報》評布魯克納第七？你會看到他對布魯克納這個人的見解。他指責他『才智貧乏』——avec quelque raison[667]，因為布魯克納是常言那種單純、稚氣的性情，沉醉於自己雄偉、以通奏低音為主調的音樂裡，在歐洲文化其他方面是完全的白痴。但是，讀沃爾夫一些書信，會碰到他談杜斯妥也夫斯基，談法qui sont simplement stupéfiants[668]，我們倒要問問他自己的心智構造又如何。他那部沒完成的歌劇《曼紐埃》[669]，劇本出自某個霍爾尼斯博士之手，他自稱為奇作、與莎士比亞比肩、詩的登峰造極，朋友表達疑慮，他的刻薄回應毫無品味。而且，他為男聲合唱團寫了讚美詩〈獻給祖國〉，不以為足，想獻給德皇。您瞧瞧！他直接向最高當局提出的呈文被打回票！Tout cela est un peu embarrassant, n'est-ce pas? Une confusion tragique[670]。

「Tragique, messieurs[671]，我這麼說，因為我認為這個世界的不幸來自人的思想失去統合，來自愚蠢，來自缺乏理解，使各種心智領域彼此分離。華格納辱罵他當代的印象派繪畫是污漬滿紙的亂塗——此人在這個領域是嚴厲的保守派。實則他自己的和聲成果和印象派大有關連，導向印象派，而在不諧和音方面甚至遠邁印象派。他舉提香[672]反制巴黎那些亂塗派，說他是真正的畫家。A la bonne heure[673]。其實他的藝術品味大概比較介於皮洛提與發明裝飾花束的馬卡特之間[674]，提香

662「命運」，陽性單數名詞，表示以自我中心立場而視之為絕對、唯一；下述「**destinées**」是「**destin**」的陰性複數形式，以表個別、眾多的意思。

663 語出歌德《西東詩集》（*West-östlicher Diwan*）第五章〈憤懣之書〉（**Buch des Unmuts**）第二首，「天下找不到／不以最佳自視的（蹩腳）詩人，／天下沒有不寧可／演奏自己旋律的（蹩腳）提琴手。／我倒不非難他們；／我們尊榮別人，／就得貶低自己；／我們還活嗎，那麼，／如果別人活著？」

664「難堪」。

665「趕盡殺絕」。

666「煩悶之至」。

667「有點道理」。

668「簡直令人駭異」。

669 指沃爾夫死前六年（一八九七）著手的《*Manuel Venegas*》。

670「這一切都有點不堪，不是嗎？一種悲劇性的混亂。」

671「悲劇呀，兩位先生」。

672 提香（**Tiziano Vecelli**，一四九〇—一五七六）：十六世紀威尼斯畫派最重要畫家。

比較合乎倫巴赫的品味，倫巴赫[675]又極懂華格納，說《帕西法爾》是歌舞雜耍劇場的玩意——而且當著大師的面這麼說。Ah, ah, comme c'est mélancolique, tout ça！[676]

「兩位先生，我離題得可厲害了。但我也要說：我已放棄我的目的。把我這番嘮叨絮聒當成一個事實的表達吧：我已放棄把我帶來這裡的計畫！我現在深信這計畫行不通。您，Maître，不願登上我的魔法斗篷。我無法以您經理的身分帶您進入世界。您拒絕這計畫，對我應該是個很大的失望。Sincèrement[677]，我自問，這究竟是不是失望。到菲弗林來或許有實際目的——但這目的永遠而且必然是次要之事。人到這兒來，即使他是經理人，首要意義是pour saluer un grand homme[678]。沒有任何實際挫折能使此快減色，而且這失望只有使這快意更為增色。就這樣了，cher Maître，您拒人千里，給了我滿足之感，雖然這是因為我不由自主地理解、同情您的拒絕。我這樣做是對自己不利的，但我這樣做了——可以說，我是以人的身分這麼做，如果這範疇不算太廣泛。我應該使用狹義一點的說法。

「您可能不自知，Maître，您的répugnance[679]何其德國，您如果容我以en psychologue[680]的角色來說，它的特色是由高傲與自卑感、鄙視與畏懼構成[681]——它是，我可以說，嚴肅對世界這個沙龍所抱持的忿懣。喏，我是猶太人，您想必知道——菲特柏格是眾所周知的猶太姓。舊約就在我骨子裡，這一點的嚴肅意義不下於德意志的民族特性——基本上使人對Valse brillante[682]的世界沒什麼愛好。說外面的世界只有Valse brillante，德國只有嚴肅性，當然是一個德國迷信。不過，猶太人基本上的確對世界存疑，而傾向於德國特性，這傾向當然有危險，就是一片心換來踹一腳。德意志，首要意思是：民族性——而誰相信什麼猶太人的民族性？大家不但不相信，而且如果他強自嘗試表現民族性，還狠敲他幾記腦袋。我們猶太人怕極了德意志性格，qui est essentiellement anti-sémitique[683]——這就足夠成為我們和世界站同一邊的理由，我們為世界安排娛樂與刺激，同時不要被看成吹噓愚蠢。我們非常清楚古諾的浮士德[684]和歌德的浮士德之間的區別，雖然我們說法語，儘管……

「兩位先生，我這些話全是我認命此行落空才說的，我們正事已無可談，我等於已經走

673「好極了」。

674 皮洛提（**Karl von Piloty**，一八二六—一八八六）：德國畫家。馬卡特（**Hans Makart**，一八四〇—一八八四）：奧地利畫家，其「馬卡特流」是當時流行的乾燥花插花風尚。兩人都擅長歷史題材入畫。

675 倫巴赫（**Franz von Lenbach**，一八三六—一九〇四）：德國寫實派畫家，皮洛提弟子。

676「啊，多令人感傷，這一切！」

677「誠心說來」，「老實說」。

678「向一位偉大人物致敬」。

679 憎惡，拒絕。

680「以心理學家的身分」。

681 這「特色」總括托瑪斯．曼認為奧圖三世以降德國對歐洲關係的整個歷史與心理叢結。

682「華麗圓舞曲」，當指蕭邦的圓舞曲作品而言。

683「那性格本質上是反猶太的」。

684 古諾（**Charles Gounod**，一八一八—一八九三）：法國作曲家，其歌劇《浮士德》根據歌德之作改編，一八五九年首演。

人，門把都抓在手裡了，我們早已站起身來，我說個不停，只是pour prendre congé[685]。古諾的浮士德，誰會嗤之以鼻呢？我不會，兩位也不會，我很高興看出這一點。一顆珍珠——une marguerite[686]，充滿最醉人的音樂創意。Laisse-moi, laisse-moi contempler[687]——令人如中魔法！馬斯奈也令人如中魔法，lui aussi[688]。他當老師一定特具魅力——他在音樂學院當教授，我們知道一些故事。打從開始，他的作曲學生就受鼓勵寫他們自己的作品，不管他們的技巧能力足不足夠寫一個沒有缺點的樂章。挺人性的，不是嗎？不合德意志特性，但人性。一個學生見他，帶著一首新譜的歌——清新而且看得出一點才華。『Tiens！[689]』馬斯奈說，『真的非常不錯。聽著，你一定有個可愛的小女朋友。彈給她聽，她一定會喜歡，其他一切自然順理成章』」。『其他一切』怎麼理解，難以確定——大概指一切都可能，愛情和藝術。您有沒有學生，Maître？他們一定不會這麼好過。不過，您根本沒有學生。布魯克納倒有。他很早就同音樂及其錯綜複雜的難題博鬥，如同雅各和天使摔跤，後來也以此要求他的學生。他們必須苦練多年這門神聖的手藝、和聲的基本要素、嚴格的聲部處理，他才允許他們唱一首歌，而且他的音樂教學和可愛的小女朋友沒有絲毫關係。一個人可能單純、稚氣，但音樂是最高知識的神祕啟示、一種對神的禮拜，音樂教師則等同教士之職……

「Comme c'est respectable！Pas précisément humain, mais extrêmement respectable[690]。我們猶太人，我們雖然在巴黎殷勤裝腔作勢，卻是個教士般的民族，我們怎麼可能不覺得受德意志特質吸引，怎麼可能不對世界、不對那種為小女朋友而作的藝術採取反諷的態度？民族主義是一種會為我們招來大屠殺的妄為。我們是國際性的，但我們親德意志，世界上誰都不像我們這麼親德意志，只因為我們無法不看出德意志特性與猶太特性在世界上所扮角色何其類似。Une analogie frappante[691]！兩者都受到同等的憎恨、鄙視、害怕、妒嫉、同樣既對人疏離又被人疏離。人人說這是民族主義的時代，其實民族主義只有兩種，就是德國人的和猶太人的，其他都是兒戲——例如安納托爾・法朗西[692]，他地道的法蘭西特質比起德國的孤絕，和猶太人的選民身分，是純粹的世界主義……法蘭西——是個民族主義nom de guerre[693]。德國作家不太好給自己取名『德國』，自名『Deutschland』，這稱呼用來命名戰艦最適當。他只能說自己是『德國人』，『Deutsch』，而這個字正好是猶太姓——oh, la, la!

685「為了告辭」。

686「一朵雛菊」：雛菊法文為**marguerite**，德文為**Margaret**，即歌德《浮士德》女主角名字之音譯「瑪格麗特」。在歌德之作第一部**3178-3184**行，古諾《浮士德》第二幕近尾，**Marguerite/Margaret**在浮士德面前採一朵雛菊，撕花瓣數「他愛我，他不愛我，他愛我……」。

687「讓我，讓我端詳」（妳的臉「**ton visage**」），古劇第二幕，浮士德與瑪格麗特相會，她以夜深而欲去，浮士德情急而出此語，並重複一次。

688「他也是如此」。馬斯奈（**Jules Massenet**，一八四二—一九一二）：法國作曲家。

689「瞧！」

690「那是多麼可敬！不是很人性，但是極可敬。」

691「一種怵目的相似！」

692 **Anatole France**（一八四四—一九二四）：法國小說家兼詩人。

693 筆名，化名。

「兩位先生，這真的是門把，我已經到門外了。我只有一點還要說。德國人應該讓猶太人親德。德國人以那樣的民族主義，那樣的高傲，那樣深嗜自己的無與倫比，那樣痛恨和別人一同排列、被與別人等量齊觀，那樣拒絕人家引他們進入世界，拒絕和世界的社會打交道——他們將會自陷不幸，一種真正的猶太式不幸，je vous le jure[694]。德國人應該容許猶太人當他們與社會之間的médiateur[695]，當管理人，經理，德意志特性的經紀——他是最確當的人選，你們不應該將他攆走，他有國際性，而且他是親德的……Mais c'est en vain。Et c'est très dommage![696]可我還在說什麼呢？我早就走了。Cher Maître, j'étais enchanté. J'ai manqué ma mission,[697]但我心醉。Mes respects, Monsieur la professeur. Vous m'avez assisté trop peu, mais je ne vous en veux pas. Mille choses à Madame Schwei-ge-still. Adieu, adieu……」[698]

694「我向你們鄭重保證。」
695 中介。
696「但這是白費口舌。非常可惜！」
697「親愛的大師，我很榮幸。我沒有達成任務」。
698「我的敬意，教授先生。您幫我挺少的，可我對您沒有怨言。請向希維—格—斯提爾夫人代致千萬個問候。再見，再見……」

38

我的讀者從上文已經得知，阿德里安滿足施維特菲格連年堅定抱持、而且形諸語言的要求，為他量身寫了一首小提琴協奏曲，親自將這首光芒閃耀、與小提琴格外相得益彰的作品獻給他，甚至陪他到維也納首演。我將在適當之處談到一件事，就是數月之後，亦即一九二四年底，此作在伯恩與蘇黎世演出，他也在場。不過，在那之前，我想從非常嚴肅的角度，重述我在上文對此作可能有點莽撞、可能不宜我身分的形容，說此作殷勤遷就演奏會的炫技要求，其音樂態度有點落在阿德里安整體作品那種斷然激進、絕不讓步的範疇之外。我禁不住相信後世將會同意我的「評斷」——上帝垂鑒，我討厭這個用語——我在這裡只是要就一個現象提出心理上的解釋，否則這現象將缺解鑰。

此作有個特殊之處：三個樂章，沒有調號標示，但我如果可以這麼說的話，內裡鑲了三個調性，即B大調、C大調及D大調——其中，音樂家可以看出，D大調構成某種次屬和弦，B大調形成下屬音，C大調則在正中。在這三調之間，作品極巧妙發揮之致，造成大多時候沒有任何一調清楚具體出現，而是由音聲之間的比例來暗示。在綿長的複雜音結段落裡，三調彼此交疊，直到C大調以勝利、使觀眾如同觸電之姿亮相。在標示Andante amoroso[699]，其甜蜜與溫柔時時瀕於嘲諷的第一樂章，有個我入耳有點法國味道的主導和弦：c-g-e-b-d-#f-a，這個和弦，連同其頂上的小提琴高音f，看得出包含了三個主調之中每一個的主三和弦。這可以說是整首作品的靈魂，也是這個樂章的主題的靈魂，並且在第三樂章重現為一連串繽紛變奏。那是個奇妙的旋律傑構，輝煌、如同劃一大道弧般流動而奪魂攝魄的如歌旋律，帶著極為明顯的誇示、炫耀意味，但也蘊含一絲憂鬱，演奏者有意的話，可以將這絲憂鬱詮釋得不無魅力。這件創作特別引人入勝之處在於，旋律線到達一個高潮之後，又在出人意表、輕柔精微的強調之中攀越自己，登上更高一個音級，然後從那裡以最高品味，或許是太高的品味，沛然回流，歌唱終曲。那種美的表現觸動肉體，攫住你的腦袋和肩膀，幾近「天音」，唯音樂有此能耐，其他藝術無一克臻此境。變奏樂章的尾聲以齊奏頌揚這個主題，C大調豁然爆發。這波爆發有個前奏，是一段大膽而戲劇性的Parlando[700]——明顯回顧貝多芬A小調四重奏最後樂章第一小提琴的宣敘調，只是這宏偉樂句的後續段落截然不同於那部作品的旋律歡慶，而是模擬其狂喜，這模擬極其認真，變成令人有點難為情的激情。

我知道阿德里安寫這首曲子之前精細研究過貝里奧[701]、魏爾當、維尼亞夫斯基[702]的小提琴處理，並將研究成果表現為一種半致敬、半嘲弄的風格——對演奏者技巧的要求達於此極，特別是至為淘氣喧鬧、備求炫技的中間樂章，那是個詼諧曲，援引了塔替尼的〈魔鬼的顫音〉奏鳴曲，施維特菲格為了曲盡其神韻，使盡渾身解數。他每次演畢此作，金髮蓬亂，底下汗珠涔涔，矢車菊藍眼睛的眼白竄著紅色血絲。然而他獲得何等補償，這件作品給了他多少機會，在某種昇華的意義上與這件我所謂「沙龍音樂達於神化」之作「調情」，我當著大師之前如此形容此作，我事先曉得他必不以為忤，會笑納。

我談這件性質混雜之作，不由想起一席話，場景是工廠老闆布林格在慕尼黑維德邁爾街的住處：他蓋的那棟體面出租公寓的二樓，伊薩河來自山溪而仍然清澈的水在整治精良的河床上潺潺而過窗下。這位富人晚餐七點鐘，桌上擺十五套餐具：人員訓練有素，主持局面的是個姿態造作，希望有朝一日結婚的女管家，這是好客之宅，上門之客大多來自金融界與商業界。但我們知道他也喜歡在思想生活上夸夸高論，因此他舒適的房子裡也有藝術和學術分子的夜間雅集——沒有人，我得承認，包括我，拒絕他招待的美食之樂，和他的雅致環境提供的劇談之快。

這回，客人是珍妮特、克諾特里希先生與夫人、席爾德克納普、施維特菲格、辛克與史賓格勒、錢幣專家克拉尼希、出版商拉德布魯赫和他妻子、女演員茲薇舍，還有來自布克維納[703]，

---

699 柔情或帶著愛的行板。

700 敘事式的詠唱。

701 貝里奧（**Charles-Auguste de Bériot**，一八〇二—一八七〇）：比利時小提琴家兼作曲家，以法比學派的演奏風格（融合古典雅致與炫技）名世。

702 維尼亞夫斯基（**Henryk Wieniawski**，一八三五—一八八〇）：波蘭作曲家、小提琴名家，其「維氏握弓法」有名於世，演奏「魔鬼顫音」有駕輕就熟之致。

703 布克維納（**Bukovina**）：中歐一個歷史地區，目前分屬羅馬尼亞與烏克蘭。

名叫賓德—馬約雷斯庫的喜劇作家，以及我和愛妻；但阿德里安也來了：經過不但我，還有席爾德克納普與施維特菲格力勸。我不擬追究使他決定動身的是誰之請，當然也不會自負說是我的。他在席上和珍妮特同坐，她總是令他安適，而且他周遭盡是熟悉的臉孔，他看來沒有後悔聽從勸駕，而是十分愉快消磨了三小時，我則再度私心莞爾，觀察眾人在極少理性基礎上對一個剛滿三十八歲的人不由自主殷勤遷就，而且待之以多多少少帶著畏怖的恭敬。這現象，我說，令我竊悅——但也有一股不安和擔憂揪住我的心；眾人如此舉止的原因，其實是他難以形容、日益深重——在那幾年愈來愈明顯可感、距離愈來愈大——與世疏遠和孤絕，令人感覺他來自一個別無人居之地。

當晚，如我所說，他似乎自在且有談鋒，這一點，我要些許歸功布林格以安果斯都拉樹調味的香檳雞尾酒，以及他的上等法耳茨葡萄酒。他同史賓格勒說話，後者狀甚狼狽（他的病已殃及心臟），又和我們一塊大笑辛克的小丑表演：在餐桌上，他向椅背仰躺，扯起挺大張的錦緞餐巾當床單，覆上他醜怪的鼻子，安安靜靜疊起雙手蓋上去。令他更開心的是這個玩笑高手的另一項熟巧表演：布林格，業餘油畫家，展示一幅靜物，辛克為了捺下任何評斷，也為了免除我們必須表達見解之窘，從四面八方端詳這幅好心的作品，甚至把它上下倒過來，一面叫了無數聲「天啊」，這叫聲有各種說不盡的含意。這種驚詫而又不承諾任何立場的喟嘆，是這個基本上令人不快之人的慣伎，在超過他畫家與嘉年華享樂派眼界的談話中施展，甚至在我有意在這裡交代的一場美學，道德談話中賣弄。

那場談話在主人以機器播出音樂招待我們之後展開，當時已喝過咖啡，諸人接著抽菸，啜烈酒。其時留聲機唱片已開始駸駸發展，布林格讓他昂貴的櫃式設備發聲娛眾：我記憶所及，首先是一首演奏甚佳的華爾滋，出自古諾的《浮士德》，史賓格勒提出非議，說此曲太過雅致、太像沙龍音樂，斷斷不適用於草地上的民族舞蹈。眾人一致認為其風格遠更適合白遼士《幻想交響曲》中迷人的舞會音樂，於是請主人播放。沒有那段舞會音樂的錄音。施維特菲格以他顛撲不誤的雙唇，小提琴的音色，吹出那段音樂，純淨、絕美，在鼓掌聲中大笑，一聳肩穿好他的外套，嘴角下歪扮個鬼臉。為了與法國風味比較，有人要求來點維也納之聲，來點藍納[704]與約翰史特勞斯，主人也樂得大方施捨，直到一位女士——我清楚記得是拉德布魯赫夫人，出版商的妻子——提出疑慮，這一切輕浮玩意會不會令在場的偉大作曲家落得無聊。眾人擔心，一致稱是，阿德里安訝異反問怎麼回事，因為他不曾聽見原來那個疑慮之問。有人將問題重複一次之後，他大力抗聲。噯呀，沒這回事，大家誤會。沒有誰比他更樂享那些作品了，就其本身而論，那些作品都是大師手筆。

「諸位低估了我的音樂教育，」他說。「我少年時代有一位老師」（他目光瞥向我，綻開一絲美麗、細緻、意味深長的微笑），「滿懷對世界上所有聲音的狂熱，而且盈滿而熱情四溢，他是那麼深愛一切，的確，一切有組織的噪音，我不可能從他那兒學到在音樂上目空一切，認為有什

704 藍納（**Joseph Lanner**，**1801-1843**）：奧地利作曲家，是將簡單的農村舞曲提升為維也納上流社會圓舞曲的先驅。

麼音樂不值我一顧。他非常清楚什麼叫崇高和嚴肅。然而對他，音樂就是——音樂，如果要說音樂是什麼的話，至於歌德那句『藝術關懷嚴重的事物與善』，他有異詞，輕鬆之事也是嚴重的，如果它是善的話，而且它和嚴重的事物一樣可能是善的。他有些見解留在我心上，我得之於他。據我理解，他意思是，你必須先堅實掌握嚴重與善的事物，而後能處理輕鬆的事物。」

舉座無聲。基本上，他是說，在座唯他有權利享受主人提供的那些樂趣。眾人盡量不這麼理解，但疑心他意思就是如此。席爾德克納普和我彼此相視。克拉尼希發一聲「嗯」。珍妮特輕聲說：「Magnifique！[705]」辛克發出彷彿嚇呆，實則惡意的一聲：「天——哪！」施維特菲格叫道：「真是阿德里安本色！」他喝多了Vieille Cure[706]而臉紅耳赤。但我知道也因為他內心感到受辱。

「您不會正巧，」阿德里安接著說，「收集了聖桑《參孫》裡黛莉拉那首降D大調詠嘆調吧[707]？」問題朝布林格而發，他非常滿意能夠回答：

「我？沒有那首詠嘆調？親愛的，您把我當成什麼角色了！就在這兒——而且不是『正巧』，我可以向您保證！」

阿德里安回應：

「啊，很好。我想到這曲子，因為克雷契馬——我的老師，管風琴家，你得知道，一位賦格人——和這部作品的關係怪熱情的，真正的癖好。他也會嘲笑，但那無損他的讚賞，他或許只是讚賞此作足為範例。Silentium[708]。」

唱針刺上音槽。布林格放下沉重的蓋子。斜紋格揚聲器流出高傲的次女高音，咬字不太講究：「Mon cœur s'ouvre à ta voix[709]」幾個字聽得懂，其餘幾乎不知所云，但那歌聲，雖然可惜由一個如同哀泣的管弦樂團伴奏，卻出奇溫暖且柔情，深深訴求幸福——正如其旋律，兩節歌詞結構相似，詠嘆調以絕美之姿進入中段，以極盡誘人的風致收尾；尤其第二次，小提琴嘹亮加入，情味十足與豐盈肉感的歌唱旋律相伴，而在哀感纖柔之中重複其結尾音型。

人人感動。一位女士用綉花手帕抹一邊眼睛。「低能美！」布林格說道，使用的是審美家之間喜愛已有一段時間的說法，此詞用意是熱烈判斷一件事「美」而為這判斷加上一點清醒的意味。但你可以說，此語用在音樂上完全精確，而且名符其實，使阿德里安覺得有意思的可能就是這一點。

「好極了！」他笑著叫道。「大家這就明白了，一個嚴肅的人也會崇拜這樣的曲子。這曲子並不具備精神之美，而是極其欲感的。但根本而言，一個人在欲感之作面前既不應害怕，也不應困窘。」

「也許應該吧，」發聲的是克拉尼希博士，那位錢幣博物館館長。他說話一如其慣常，格外

---

705 「了不起！」
706 法國西南部波爾多地區 **Vieille Cure** 酒莊生產的酒。
707 聖桑（**Camille Saint-Saens**，一八三五—一九二一）：法國作曲家。**D**大調詠嘆調，為歌劇《參孫與黛莉拉》（*Samson et Dalila*）第二幕，黛莉拉刺探參孫神力之祕時所唱。
708 拉丁文，「安靜」。
709 **D**大調詠嘆調首句，「我的心扉向你的聲音開啟」。

清晰、堅定、發音分明、理智，雖然由於哮喘而氣息吁吁。「在藝術上，也許應該。在這個領域裡，面對欲感之外別無層次的東西，你可以或應該害怕，以及困窘，因為，據詩人之見，那是粗俗：『但凡對精神無語，只撩動官能欲趣之作，皆屬粗俗。[710]』」

「高貴之論，」阿德里安回答。「我們應該讓這句話餘音繞樑一陣，再提出異議。」

「您有什麼異議嗎？」那位學者欲聞其詳。

阿德里安聳了一聳肩，動了一下嘴，大約想說「我也沒辦法，事實如此」，接著開言道：

「理想主義忽視一點，精神絕非只與精神事物相呼應，而是也會深受動物性的感傷那種官能之美感動。它甚至向輕浮致敬。菲莉妮說穿了就是個小妓女，但威廉．邁斯特[711]——他和他的作者並非那麼判若兩人——向她表現敬意，他的作法無異公開否認官能上的純真沒有粗俗之處。」

「以親切與寬容對待模稜曖昧，」錢幣學家答道，「從來無人視之為我們這位奧林匹斯神[712]性格中最堪稱模範的特徵。況且，精神如果對粗俗的官能之事睜隻眼閉隻眼，甚或對它送秋波，對文化都是危險的。」

「我們對這危險顯然有不同的想法。」

「您乾脆直接叫我膽小鬼吧！」

「怎麼可以！一個既畏懼又有瑕疵的騎士並非懦夫，而是同樣是騎士。我全力維護的，是藝術的道德應該獲得一定程度的寬大對待。據我看來，世人對其他藝術比對音樂易於容許或樂於讓自己寬大。這可是音樂的殊榮，卻有限制其生命境域之虞。整個叮叮噹噹還剩什麼，要是我們對之施以最嚴格的道德精神尺度？寥寥幾個純淨的巴哈頻譜。此外可能什麼也聽不到。」

佣人用一個大茶盤送來威士忌、啤酒和蘇打水。

「誰又想當煞風景之徒呢？」克拉尼希以此語當下台階，布林格響亮給他一聲要得！拍他一下肩膀。對我，對其餘一兩個客人，這場爭論是嚴格而平庸與痛苦的深度精神體驗之間突如其來的決鬥。但我寫下這個場面——不只因為我強烈意識到它與阿德里安當時正在寫的協奏曲之間的關係，也因為我不得不由此注意他和那個年輕人的關係：那首曲子是他應此人頑固的堅持而寫，而且代表此人不止一個意義上的成功。

大概是我的命運，只能以僵硬、枯燥而苦思之筆，籠統而談阿德里安曾對我形容的一種現象，說那是我與非我之間一種令人驚異、每每不自然的關係變化——「愛」的現象。對神祕有所敬畏而自制，再加上對人敬畏，使我談這個與個體的孤絕頗相矛盾的現象所經歷的、籠罩在魔性之中的變化時，縫起雙唇或矜慎寡言。不過，我希望透露，是古典語文學養成的敏銳——這個學門的特性本來容易使人對人生百態遲鈍——使我在件事上看出並了解蛛絲馬跡。

---

710 語出席勒《論藝術中粗俗與低劣素材之使用》（*Gedanken über den Gebrauch des Gemeinen und Niedrigen in der Kunst*）第四章首句。

711 菲莉妮（**Philine**）：歌德小說《威廉．邁斯特的學習歲月》（*Wilhelm Meisters Lehrjahre*）主角威廉．邁斯特在第二章遇到的年輕女子。

712 奧林匹斯神（**Olympie**）：歌德（一七四九—一八三二）晚年逐漸疏遠政治及文壇事務，在德國逐漸被目為尊嚴、非凡、超塵如希臘神話的奧林匹斯山諸神，「奧林匹斯神歌德」之稱不脛而走。

再無可疑，而且這一點必須冷靜交代，就是孜孜不倦、什麼也嚇不退的親密糾纏終於戰勝了最峻拒接近的孤獨——那勝利，以這兩人的兩極，我要強調：以兩人的兩極差異、他們之間的思想距離而論，可以斷言只可能有一種性質，而且是其中一方像鬼靈精般始終努力追求的性質。我看得再清楚不過，以施維特菲格的調情天性，親密糾纏克服孤獨，自始就有這個特殊意義和色彩——雖然這不是說其中沒有比較高貴的動機。相反：這個追求者說阿德里安的友情對他自己天性的完成多麼必要，那友情如何支持、提升、改善了他，他那些話是句句認真的；只是，為了征服，他大違邏輯，用上他調情賣俏的天生手段——然後，在他撩起的憂鬱情感不掩反諷時，引以為忤。

就我而言，這一切之中，最值一提且最動人之處是看見被征服者不知覺自己被蠱惑，反而將那完全屬於另外一方的主動歸於自己，而且極其驚詫於對方直露、肆無忌憚，應該名為誘拐的撩撥與殷勤。的確，他談過任何憂鬱或情緒都無法令對方動搖或失措，而稱之為奇蹟；我幾可無疑，他的「驚奇」可以回溯到遙遠以前那晚，施維特菲格到他房間央求他重返沒有他何其無聊的聚會之時。但這所謂的「奇蹟」裡，其實有我已數次稱道於可憐的施維特菲格性格中的高貴、藝術開放、正派特徵在作用。有一封信是布林格家晚飯那陣子阿德里安寫給施維特菲格的，他按理應該毀掉，卻一半出於虔誠、一半視為戰利品而保存。我不願引述其內容，只想形容那是一份人性文件，作用有如掰開一個傷口，寫信者並且可能將其毫無掩飾看成一種大冒險。那不是大冒險。但最美的是它證明它不是冒險。立刻，火速，未經什麼痛苦的猶豫，得信者趕訪菲弗林，作一席談，並信誓他由衷的感激——結果，那是一種單純、勇敢、溫柔的真誠關係，而且特別著意於預防任何羞愧——我必須稱贊這一點，我不得不如此。我並且猜測——加上幾分贊同——譜寫並題獻小提琴協奏曲就是在那次見面時決定的。

那首協奏曲將阿德里安帶到維也納。在那之後，將他和施維特菲格一同帶到匈牙利那座豪邸。他們從那兒歸來後，施維特菲格享有那時為止我因為與阿德里安共度童年而獨屬於我的那項特權：他和阿德里安以「Du」相稱。

39

可憐的施維特菲格！你幼稚的魔力獲得的勝利那麼短暫，因為它在力場上遭逢一股更深、更左右命運的魔力，那股魔力迅快將它擊破、吞噬、消滅。不幸的「Du」！這個無足輕重的藍眼人不配享受他贏得的「Du」，而且那個俯就他而與他以此相稱的人，情不自禁報復由此俯就而生的自貶，雖然那自貶可能一度令他快樂。這報復不由自主、迅速、冷眼不動感情，而且神祕。容我道來，以見其詳。

一九二四年最後數日，伯恩與蘇黎世再度演出那首成功的小提琴協奏曲，那是瑞士室內樂團兩場音樂會的一環，樂團指揮保羅．薩赫先生邀請施維特菲格擔任獨奏，條件十分優渥，並且直言希望作曲家蒞臨現場以增演出光寵。阿德里安遲疑；但施維特菲格精於催請，而且新近使用的「Du」當時仍有力量為接下來的進展鋪路。

在包括德國古典與俄國當代之作的節目裡，那首協奏曲位居核心，在獨奏者盡心盡力發揮之下，在兩個城市，在波昂音樂學院與蘇黎世音樂廳裡，再度證明其精神與風靡的特質。樂評指出此作風格，甚至水平，有些不統一，聽眾的反應也稍比維也納矜持，但不僅還是為演出者熱烈喝采，而且每晚都堅持作曲者露面，他則成全那位詮釋者，一再同他手拉手回謝鼓掌。那兩晚都出現的獨特情況，孤絕向群眾現身，我都錯過。我被排除在外。有個第二晚也就是蘇黎世之夜在場的人向我述說其事，是珍妮特，她當時正好在那個城市，甚至在阿德里安與施維特菲格同寓的一個私人家中碰見阿德里安。

那是坐落密森街，近在湖邊的萊夫先生與夫人住處，這對夫婦富有而無子女，愛好藝術，上了年紀，素來樂於為路過的出色藝術家提供雅潔的安身之所與社交之娛。丈夫是已退休的絲綢商，一個道地老牌民主的瑞士人，有一隻眼睛是玻璃，使他留了鬍子的面容有幾分僵硬的神情——但這就錯看他了，因為他自由大方，極喜歡在他沙龍裡和劇院的女主角或女高音捉弄鬥嘴。款客之際，他有時來一手不難聽的大提琴，由妻子鋼琴伴奏，她來自德國，學過聲樂。她缺乏他的幽默，卻是勤快又好客女主人的典型，同她丈夫一樣樂於安頓名流，喜歡家裡有無拘無束的名家氣派。她閨房裡有張桌子全是歐洲名流簽名題詞的相片，感謝萊夫家盛情款待。

這對夫婦在施維特菲格的名字上報前就邀請他，這位老實業家身為出手闊綽的藝術贊助者，比常人先期獲報音樂界即將出現的動態；夫婦倆得知阿德里安露面，立即毫不遲疑連帶邀請他。其家寬敞，款客綽有餘裕，的確，兩人從伯恩抵達時，只見珍妮特已安置在那兒，她每年一度來此度過兩星期，與這家人已有舊交之誼。但音樂會後一小圈同好在萊夫家那次晚餐，阿德里安身邊坐的不是她。

桌首坐著主人，他盡情以一個精工切磨的玻璃杯享用一種不含酒精的飲料，僵硬著神情和坐他旁邊的市立劇院戲劇女高音逗笑，她力氣挺大，整個晚上老是手掌拳曲猛擊自己胸脯。另有一位市立歌劇院成員也在座，是英雄男中音，高身材，其聲隆隆，但談吐通達。不消說，還有籌辦那晚音樂的樂團指揮薩赫，加上音樂廳常任指揮安德里亞博士、《新蘇黎世報》的優秀樂評家舒爾博士——都是夫妻俱至。桌子另一端，精神抖擻的萊夫夫人坐在阿德里安與施維特菲格之間，兩人的左鄰與右側是年輕，或仍然年輕的職業女性，住在法國的瑞士人戈朵小姐，以及她姑媽，一個徹底好心腸，望之幾乎像俄國人，還長了鬍鬚的老小姐，瑪莉（這是戈朵小姐的名字）叫她「ma tante」或「tante Isabeau」[713]，她和這個外甥女住在一塊，由所有跡象看來，她是這個外甥女的同伴、管家兼侍女。

我當然有資格提供一幅這位外甥女的畫像，因為，稍後我基於很好的理由，移目在她身上熱切詳細檢視良久。如果說「令人有好感」一詞字是形容哪個人時是不可或缺的，那就是描寫這個女子的時候，她從頭到腳，每個面貌神情，說的每句話，每一絲微笑，她本質顯現於外的每個態度，都符合此詞安詳而不過分奔放、合乎審美與道德的意義。她有世上最美的眼睛，我就由此說起——黑如黑玉，如焦油，如成熟的懸鉤子，那對眼睛不大，但眼神開放，黝黑裡透著澄澈與純淨，眼上雙眉細緻、勻稱的線條與她柔和雙唇活力適中的嫣紅一樣不假化妝品。這女孩子周身沒有任何人工，任何畫眉塗脂、施用粉底、著色之處。深褐色頭髮由前額與纖柔的太陽穴往後梳，露出雙耳而聚於頸背的模樣有一種自然而樸實的怡然從容，她的手也是如此——質實的美，那雙手不是那麼小，但修長而骨細，肘部簡單圈在白色絲綢上衣的袖口裡。她的脖子也是，從平圓領口升起，細長如圓柱，其實是如鑿刻而成，冠冕則是明媚的象牙色橢圓臉蛋，和纖柔、形狀美好而氣息活潑的鼻子。她不太頻繁的微笑，她更少發出的大笑，都動人地鼓起幾乎透明的太陽穴，並且綻露緊密均勻排列的皓齒柔光。

可想而知，我嘗試呈現阿德里安一度起意與之結婚的這名女子的形色，是筆鋒含愛而孜孜為之的。我頭一次看到她，她也穿同樣的白綢正式上裝，那樣的穿法可能有意反襯她眼睛之黑，但後來所見的她，最主要是一身更為舒適而單純的日常與旅行穿著，深色英格蘭料子，漆皮腰帶與珍珠母鈕扣——外罩一件及膝工作服，她以石墨筆和彩色筆在繪圖板上忙碌時穿的。她是繪圖師——阿德里安事先已獲得萊夫夫人告知；她是設計藝術家，在巴黎為小一點的歌劇與小歌劇舞台，為「Gaîté Lyrique」[714]、老「Théâtre du Trianon」[715]創造、製訂服裝圖樣、戲服、布景，供裁縫及布景美工人員當模型。她出生於日內瓦湖邊的尼永，由於事業的關係，與姑媽伊莎珀住在巴黎城島[716]上一棟公寓的小小房間裡。但她的才能、創意、服裝史專業知識和精到品味名聲日上。她到蘇黎世不但有事業上的理由，而且，如她對她右手邊的席上鄰座所言，她在幾星期內還會前往慕尼黑，那裡的劇院委託她設計一齣現代喜劇的服裝布景。

阿德里安將他的注意力分配於她與女主人之間，他對面那個疲倦但快樂的施維特菲格則同

713「我的姑媽」或「伊莎珀姑媽」。

714 巴黎知名劇院，直譯「抒情之樂」，一八六二年開張，取名「快樂劇院」，多演鬧劇，其後改演小歌劇與歌劇，而改名「抒情之樂」。

715 巴黎著名劇院兼音樂廳，一八九四年興建。

716 **Ile de Paris**：當指 **Ile de la Cité** 而言，塞納河中兩個天然島之一，為巴黎城區發源地。

ma tante打趣。她發聲而笑時很容易灑下好心腸的眼淚，而且時時朝她外甥女前傾上半身，淚濕著臉，抽噎著聲音，重述她鄰座的某些廢話，她認為外甥女無論如何都非聽不可。瑪莉對她和顏點頭，明顯樂見姑媽過得愉快，她懷著幾分感激目注那個分送開心的人，他大概也以逗這位老女人一再轉述他的笑話為己任。戈朵小姐和阿德里安聊天，滿足他關於她巴黎事業，關於晚近法國芭蕾與歌劇作品的探詢，他只知悉其中一些，諸如普朗克、奧里克、列提之作[717]。兩人愈聊愈熱絡，談起拉威爾的《達夫尼與克蘿伊》[718]，德布西的《遊戲》[719]，高多尼《心情愉快的仕女》使用的史卡拉第音樂[720]，奇馬羅薩的《祕密婚姻》[721]，以及夏布里耶的《不完整的教育》[722]。瑪莉為其中之一設計了新的演出製作，於是拿鉛筆在她那張標示餐桌客人座位的名牌上以速寫線條說明好幾幕的解決辦法。索爾．菲特柏格她很熟——那是當然的！這時，她牙齒柔光閃爍，由衷的笑聲可愛地牽動她的太陽穴。她說起德語了不費勁，帶著輕微、迷人的異國口音；她的聲音是那種溫暖、令人心動的音色，天生的歌唱聲音，毫無疑問是唱歌的「材料」——精確而言，她聲音的音域和音色不僅近似艾爾斯貝絲．雷維庫恩，而且你如果仔細聽，有時真的會聽到阿德里安母親的聲音。

一個像這樣由十五人構成的社交場合，通常在餐宴結束後分散成幾個小組，各以類聚。那次晚飯後，阿德里安幾乎沒有再談一句話，薩赫、安德里亞、舒爾，加上珍妮特，纏他許久，談蘇黎世與慕尼黑的音樂動態，巴黎來的女士，連同歌劇歌手、主人夫婦及施維特菲格，則圍坐一張擺了昂貴塞弗爾瓷具[723]的桌子，驚看上了年紀的萊夫先生喝光一杯又一杯濃烈的咖啡。他以厚重的瑞士用語解釋，他是遵照醫生的建議這麼做，說是能夠增強心臟，以及較易入眠。客人甫走，三位房客即各歸本室。戈朵小姐和她姑媽下榻湖畔伊甸園飯店，要再逗留數日。施維特菲格翌日要和阿德里安返回慕尼黑，向女士們說再見時熱烈表示希望和她們再次碰面，瑪莉等了片刻，聽阿德里安重述那個希望，才友善地說也希望再次見面。

一九二五年最初幾星期過去，我從報紙上讀到我朋友在蘇黎世的迷人桌伴已經來到我們的首

---

717 普朗克（**Francis Poulenc**，一八九九—一九六三）：法國作曲家兼鋼琴家，前述「六人組」成員。奧里克（**Georges Auric**，一八九九—一九八三）：法國作曲家，曾為六人組成員。列提（**Vittorio Rieti**，一八九八—一九九四）：義大利作曲家，活躍於羅馬與巴黎，後來移民美國。

718 《達夫尼與克蘿伊》（*Daphnis et Chloe*）：拉威爾為同名芭蕾舞劇所譜之曲，一九〇九年著手，一九一二年首演，蒙都指揮。

719 《遊戲》（*Les Jeux*）：德布西一九一二年為一齣芭蕾舞劇譜曲，是他最後一部管弦樂作品，一九一三年首演，蒙都指揮。

720 高多尼（**Carlo Goldoni**，一七〇七—一七九三）：巴黎「俄羅斯芭蕾舞團」一九一七年演出的一齣芭蕾劇，改編自高多尼喜劇《心情愉快的仕女》（*Donne di buon umore*），音樂使用義大利作曲家史卡拉第（**Domenico Scarlatti**，一六八五—一七五七）的鋼琴奏鳴曲。

721 歌劇《祕密婚姻》（*Il matrimonio segreto*）於一七九二年首演，由義大利歌劇作曲家奇馬羅薩（**Domenico Cimarosa**，一七四九—一八〇一）譜曲。

722 《不完整的教育》（*Une Education manquée*）：法國作曲家夏布里耶（**Emmanuel Chabrier**，一八四一—一八九四）的小歌劇，一八七九年首演。

723 塞弗爾（**Sevres**）：位於凡爾賽宮附近，法王路易十五在一七五六年詔立為王室瓷窯，至今仍是國立官窯。

府，同她姑媽下榻阿德里安由義大利歸來時在施瓦賓住過數日的膳宿公寓，「吉賽拉公寓」——而且並非偶然，因為阿德里安告訴我，是他向她推薦的。劇院為了增加大眾對即將來臨的首演的興趣，而放出她進城的消息，那消息也很快獲得證實，因為施拉金豪芬夫婦邀請我們下星期六晚上和他們及這位著名的布景藝術家聚會。

我懷著何等的緊張急切期盼那次聚會，無法描述。期望、好奇、喜悅、擔憂在我心中融匯成深刻的興奮激動。何故？不是——或者說，不只是——因為阿德里安從瑞士藝術之旅回來後，告訴我的事情之中有一項是他與瑪莉會面，而且將她描繪一番，包括他彷彿不經意的一項發現，亦即她聲音神似他母親，但另外有幾點我也馬上全神細聽。他給我的確實不是多熱心的刻畫，相反，他言語鎮靜，彷彿順帶提起此事似的，他神情也沒激動，目光旁顧室中其他物事。然而那個人在他心上留下了印象，這一點明顯可見於他將那女孩子連名帶姓熟記——我說過，在大一點的社交場合，他和人說話，極少在意對方姓啥名誰，而且他說起那女孩子，其談法斷斷不只是簡單提提。

另外還有幾點使我一顆心出奇既高興，又憂疑。我下次往訪菲弗林，阿德里安彷若沒事般提起，他或許在這裡停留太久，他外在生活環境的改變可能已不在遠；必要的話，離群索居的日子可能就要結束；他計畫將這樣的日子告一段落，等等——簡而言之，他作這些言語，唯一可能的解釋是，他打算結婚。我鼓起勇氣問，他這些暗示莫非與他瑞士之行一次社交雅集有些關連，他答道：

「誰能攔著你，叫你別在那裡推測？再說，這麼個窄小地方也不是能夠好好施展的所在。我沒記錯的話，你在家裡的錫安山上給過我類似的啟發。我們應該爬到羅姆崗上面去談。」

你可以想像一下我多驚愕！

「親愛的，」我說道，「這可真驚人又感人！」

他勸我稍安勿躁。看他的意思，人到四十，就是足夠的警惕，別錯過機會。我則掩不住喜悅，認為他打算那件事，等於解脫他與施維特菲格那種淘氣鬼關係，而且我樂於將那件事理解成他有意以之為脫棄這關係的手段。那個提琴手和口哨家如何自處，是不必擔心的次要問題，因為他孩子氣的虛榮心已達到其目標，他拿到了他的協奏曲。那項勝利之後，我想，他可以在阿德里安的生命裡退居一個比較合理的位置。繚繞我腦際的只有一點，是阿德里安談他的計畫，談法怪異，彷彿其實現完全只取決於他的意志，根本不用多慮女方的同意。我多麼樂於肯定那種只要選擇、只要宣布其選擇就能成事的自信！然而這種信念的天真令我心憂，我看那是他周身那股孤寂與疏離的氛圍的外顯，那氛圍並且令我不由自己懷疑，這個人天生能不能吸引女人的愛。我如果完全坦白的話，我甚至懷疑他自己根本是不是相信其可能，而且我和一個感覺博鬥，那感覺是，他十分刻意假裝成事是不言而喻的。他選中的人對他加在她身上的想法和計畫有無所覺，猶未可知。

布里安街那次晚間雅集之後，雖然我和瑪莉自此成為相識，我還是不知道她的想法。她給我多大好感，從我在上文的描寫已可見得。她吸引我的，不只是她目光中那種輕柔，我曉得阿德里安何其傾倒的夜，她迷人的笑容、她充滿音樂性的聲音，還有她整個人友善而聰慧的矜持，一個獨立的職業女性那種不屑一切嬌滴滴小女人姿態的實事求是、堅決，甚至冷淡。我樂想她成為阿德里安的人生伴侶，而且自信了解她在他心中注入的感覺。「世界」，他在孤絕之中退避的世界——包括德國以外的藝術、音樂「世界」——可不是以她為化身來會他，可不是以這個最友善的嚴肅身影來喚醒信任、帶來相互實現之望、來鼓勵結合嗎？他不是從他音樂神學與數學數字魔法的清唱劇世界出來愛她嗎？我興奮希望看到這兩人相守一個空間，雖然我看見他們的接觸十分短暫。雅集中人來人往，每逢碰巧瑪莉、阿德里安、我及另外一人湊在一塊時，我幾乎馬上抽身，希望那第四人因此也識趣走開。

施拉金豪芬家那晚不是晚宴，而是九點鐘開始的招待會，圓柱沙龍邊的餐間擺了自助點心吧。社交景象從戰爭以來有根本之異。不再有里德塞爾男爵來主張「優雅」；彈鋼琴的騎兵早已從歷史的活板門掉落消失，連席勒的曾外孫，馮格來亨—魯斯沃爾，也不在了，他因為一件自以為足智多謀但弄巧成拙的詐欺案，自願軟禁於他坐落下巴伐利亞的莊園裡。案子令人難以置信。據說，男爵將一件特意妥善包裝，投保金額遠高於實際價值的首飾寄給外地一個珠寶商重新鑲嵌——珠寶商接到包裹，裡面空無一物，只有一隻死老鼠。老鼠不頂事，沒能完成男爵交付的任務。他打的主意明顯是要老鼠咬穿包裹溜走，造成貴重首飾從天曉得如何產生的破洞丟失的假相，叫保險公司賠償。結果，那隻動物斃命，沒有製造能夠解釋根本沒裝進去的項鍊何以丟失的出口——想出這招惡作劇的人詭計揭穿，狠狠出乖露醜。他可能偶然在某本文化史的書本中揀到這點子，受了盡信書之害。不過，整個時代的道德錯亂也許要擔他這瘋狂靈感之過。

反正，我們出身普勞希家族的女主人必須割捨許多東西，並且幾乎完全放棄將世襲貴族之尊與藝術家氣質結合為一的理想。幾個從前的宮女令人想起前朝舊日，她同珍妮特說法語。另外有一些劇院明星，若干天主教人民黨成員，一個出名的社會民主黨籍議員，以及這個新國家數名高層和不那麼高層的幹部，其中還有出身望族之輩，像那個興致特佳，什麼都願意一試的史坦格爾先生——但也頗有幾個嫌厭共和國是「自由主義」而全力憎惡的分子，他們額頭上直截大膽寫著要為德意志雪恥報仇的打算和以明日世界的代表自許的信心。

就這樣：一個觀察者會看到我與瑪莉及她那個好姑媽共處的時間還多過阿德里安，而他無疑是為了她來的——不然他怎麼會來？——他起初帶著明顯的喜悅招呼她，但隨即主要同他親愛的珍妮特及那個社會民主黨議員消磨，那人是巴哈的熱烈崇拜者。經過阿德里安向我推心置腹透露之事，我的關注是可以理解的，即使完全不提我的關注對象不難相處。施維特菲格也在。伊莎珀姑媽再次見到他，為之陶醉。他如同在蘇黎世那樣老是逗她大笑——瑪莉微笑——但這回無礙清醒的討論，話題是巴黎與慕尼黑的藝術發展，兼及歐洲政治與德國和法國的關係，末了，阿德里安告辭之際站著參加片刻。他一如往常必須趕瓦爾茲胡特的十一點火車，他在那次聚會的時間差不多只有一個半鐘頭。我們其他人多留了一會兒。

那是，上面提過，一個星期六的夜晚。數日之後的星期四，我接到他電話。

40

他電話打到富來興，請我，如他所說，幫個忙。（他聲音壓抑，有點單調，可以推知又犯頭痛。）他覺得，他說，我們應該對下楊吉賽拉的那些女士略盡慕尼黑地主之誼，可以計畫找她們到城外周遭一遊，美好的冬日天氣也十分招人。他沒有掠美，主意是施維特菲格提的。但他把握這主意，加以考慮。有個去處是菲森[724]，加上附近的新天鵝堡[725]。但更好的可能是上阿瑪高[726]，從那兒坐雪橇到艾塔爾修道院[727]，他情有獨鍾之地，途中可以經過林德霍夫堡[728]，那是本身即值一遊的勝地。我意下如何？

我說出遊的主意與目的地艾塔爾俱佳且宜。

「當然你得一道來，」他說，「你和尊夫人。我們找個星期六出門——據我所知，你這學期星期六沒課——就說後天起算八天吧，如果到時雪融不太厲害。我也跟席爾德克納普說了。他對這碼事簡直狂熱，說要把滑雪板綁在雪橇後面跟。」

我說一切好極了。

他又說，他請我理解下述這件事。計畫，如前所說，起源於施維特菲格，但我想必能夠領會他的，阿德里安的，願望，就是別讓吉賽拉公寓的人有這樣的印象。他不要施維特菲格去提議出遊，認為由他自己來是有些重要性的——雖然他也不會提得太直接。我能不能行行好，幫他穿針引線——也就是說，我下次，就是後天，前往菲弗林途中，到城裡拜訪兩位女士，以他信使的身分，就說暗示我是他的信使吧，向她們提出邀請。

「你盡此友誼之勞，我不勝銘感之至。」他的結語出奇僵硬拘泥。

我開始提問題，但按捺下來，改為單純應允照他意思行事，並且向他保證我為他高興，以及我們全都期盼這次出遊。我真心如此。我嚴肅自問，他向我透露的這些計畫要如何推動，要如何起飛。據我視之，聽由運氣決定他有沒有進一步機會與他選中的女孩子共處，難謂明智。環境沒有給運氣多麼充裕的發揮餘地。一點安排推助和主動是必要的，這是我可以使力之處。施維特菲格真的是發起人嗎？——還是阿德里安將這名分歸於他，因為他羞於違反自己的本性與生命情調，去扮演一個忽然喜歡群聚交遊和集體滑雪橇的情人？我其實也覺得這種事十分有虧他尊嚴，

724 菲森（**Füssen**）：在巴伐利亞南部，去奧地利邊界五公里。

725 新天鵝堡（**Neu-Schwanstein**）：巴伐利亞國王路德維希二世行宮之一，距菲森四公里。

726 上阿瑪高（**Oberammergau**）：在巴伐利亞南部，接近奧地利邊界，以木刻及一六三四年起每十年盛大演出一次耶穌受難劇馳名。

727 艾塔爾修道院（**Kloster Ettal**）：屬於本篤會，距上阿瑪高約十公里。

728 林德霍夫堡（**Schloß Linderhof**）：在艾塔爾修道院附近。路德維希二世督造三堡，僅成此處。

因此我希望，他指那是小提琴家起的點子的時候，他說的是實情——雖然我還是無法完全壓下心中之疑，這個鬼靈精柏拉圖主義者對這整件事有他自己的圖謀。

疑問？我其實只有一個：為什麼阿德里安，如果他有心讓瑪莉知道他有興趣看她——為什麼他不直接找她，打電話給她，甚至走一趟慕尼黑，上門拜訪兩位女士，表白他的建議？那時候我不曉得其中有個傾向，有個想法，可以說是為後話所作的預習，一種偏愛，派遣別人去見他的戀人——我現在必須如此稱呼她——為他傳話。

頭一遭是我受託捎口信，我也欣然達成任務。就是那回，我看見瑪莉身穿白色工作服，罩在無領蘇格蘭上衣外，跟她完美相配。我看見她的時候，她在她那塊製圖板上工作，是厚實、斜擺的木板，上面栓一盞燈，她起身招呼我。我們在兩位女士小小的出租公寓起居室裡坐了約莫二十分鐘。對於有人關心她們，她們都歡迎之至，熱烈贊同出遊的計畫，關於這計畫，我只說不是我起意的——說這話之前，我有意無意提到我是在拜訪我朋友阿德里安的路上。她們說，沒有這麼富於騎士風度的引導，她們可能永遠無緣見識慕尼黑著名的環境，巴伐利亞的阿爾卑斯山鄉間景物。碰面和啟程的日子和時辰都拿定。我帶給阿德里安滿意的消息，報告種種細節，特別在報告裡插入一段情節，稱讚瑪莉穿上那件工作服和多麼出色。他謝謝我，說了一句——就我所能分辨——不帶反諷的話：

「瞧，有牢靠的朋友到底是有好處的。」

通往受難劇村的鐵路有一大段與通往卡米希—帕登基興[729]的是同一條，只是最後一程才分岔開來，駛經瓦爾茲胡特與菲弗林。阿德里安住在我們目的地半途，因此只有我們其他人，只有施維特菲格、席爾德克納普、我們的巴黎客人、我妻子和我，在約定那天十點前不久集合於慕尼黑火車總站。吾友暫時不在，我們的第一小時路程走過仍然平坦、凍結的大地。早餐把時間縮短了些，吃的是我的海倫準備的夾心麵包與提洛紅酒，我們一邊吃，一邊笑看席爾德克納普幽默表演他急切不想吃虧的模樣。「對克納皮，」他說（那是他給他自己取的英文名字，大家也這麼叫他）「對克納皮，別想少給！」他樂享這一餐，自然、沒有掩飾，加上一些逗笑的強調，滑稽令人忍俊不禁。「啊，你真是美味非凡！」，他啃著一塊舌泥夾心麵包，發出呻吟似的贊嘆。而且完全錯不了，他的笑話最主要是針對瑪莉，她當然也令他高興，一如她令我們都歡喜。她穿那件鑲褐色窄皮邊的橄欖色冬衣，稱頭極了。我在幾分情不自禁之中——只因為我知道當天要點何在——再三端詳她的黑眼睛，睫毛暗影裡瀝青煤般隱隱散發的亮光。

阿德里安在瓦爾茲胡特上車，他與我們會合而受到一群興高采烈的人招呼時，我感到出奇一驚——如果此詞能夠形容我的感覺。我這才意識到，在我們占領的位置，在那窄窄的空間裡（不是車廂，而是二等特別快車的露天一節），黑眼、藍眼、相同顏色的眼睛，吸引人的和淡漠的、興奮的和冷靜的眼睛，都收在他眼底，而且出遊的整天大致都在這個星座之下，可能就是應該如此吧，好讓入於此中者知曉這個日子的真正意義。

---

729 **Garmisch-Partenkirchen**：與前述所提諸地距離都不遠。

自然而且有道理的一點是，阿德里安與我們會合之後，外面周遭的風景開始產生意義，而且，雖然距離遙遠，白雪覆蓋的高山卻開始現身。席爾德克納普大顯本事，在能夠分辨的程度內，他叫得出這個那個顛峰絕壁的名字。巴伐利亞阿爾卑斯山沒有什麼最高等的名峰巨山可以傲人，但我們的火車仍然駛入一派披著純淨雪裝，鮮明、莊嚴，在深林峽谷與平野之間交替變換的宏麗冬景。那天雲層密布，有嚴寒續雪之意，向晚時分才會放晴。但我們的注意力還是大多轉向車外的景物，雖然瑪莉將話題導向大家在慕尼黑的共同經驗、音樂廳之夜、那首小提琴協奏曲。我觀察阿德里安同她說話的情形。他坐她對面的位子，她坐在席爾德克納普與施維特菲格之間，姑媽則專注與海倫同我充滿善意聊天。我清清楚楚見得他極力提防自己注視她的臉、她的眼睛時流露輕率。以他的藍眼睛，施維特菲格留意到阿德里安如何心有顧慮、步步三思、把頭轉開。他不是獲得一些安慰與補償嗎？因為阿德里安那樣對這女孩子盛讚這個小提琴家？她謙抑而沒有對音樂本身下判斷，因此只討論演出，阿德里安強調宣布，這位獨奏家在場，應該無礙他形容其演出有大師風範、完美無瑕、硬是不可超越——然後又以數句溫言稱許施維特菲格整體藝術造詣的發展，說他無疑前途無量。

受稱讚者顯出不依的樣子，連聲叫道「好啦好啦！」和「你就別說了吧！」並向女孩保證大師言過其實挺厲害，但他還是樂紅了臉。他毫無疑問喜歡在瑪莉面前受到褒獎，但褒獎出自此人之口，他的歡喜是最錯不了的，他的感謝則形諸他對阿德里安表現手法的佩服。瑪莉耳聞並讀過《啟示錄》片段在布拉格的演出報導，因此詢及此作。阿德里安把她擋開。

「我們別談，」他說，「那些虔誠的罪過吧！」

魯迪興奮起來。

「虔誠的罪過！」他興致勃勃重複。「聽見了嗎？他真會說話！他真懂得用字！他了不起，我們的大師！」

說著，他擠一下阿德里安的膝蓋，那是他的習慣。他是那種老是非得抓、碰、握一下胳臂、手肘、肩膀的人。他甚至對我、甚至對女士也如此，她們通常沒有不喜歡。

到了上阿瑪高，我們這個小團體在整潔的村子裡隨興散步，處處是屋脊充滿木雕而附陽台的理想農舍：使徒、救世主、聖母的居所。有一片刻，朋友們去爬各各他山，我脫隊找我知道的一家馬車出租行，訂了一部雪橇。我重尋六人，他們在一家客棧吃午餐，客棧有個玻璃地板的舞池，從底下照明，並以小桌子圍繞，如果在季節上，演出受難劇時尤然，可能四面八方來客匯集而人滿為患。但此時正中我們下懷，幾乎空蕩蕩：我們之外，只有兩組人在距舞池稍遠的桌邊進餐：一個滿臉病容的先生和他身穿助祭服的護士，以及一群冬季運動者。低矮平台上，一個五人小樂團為客人演出沙龍音樂，曲子之間休息甚久，無人引以為憾。他們演出的音樂挺愚蠢，演奏也索然無味，簡直糟透，以至於吃過烤雞之後，施維特菲格再也受不了，決定好好露一手。他搶過小提琴手的樂器，先以雙手將小提琴翻個身驗明出處，然後即興演奏，大方發揮，甚至為了博我們一笑，插入他的小提琴協奏曲好幾小節華彩樂段。眾樂師呆張著嘴。然後，他轉向鋼琴手，一個眼神疲憊、必定夢想過比此刻差事更上層樓的小伙子，問他有沒有辦法為德弗乍克的〈幽默曲〉伴奏，隨即以那把平庸的小提琴奏出那首討喜之至的曲子，許多倚音、優美的滑音、漂亮的雙音一應俱全，拉得活潑俏皮又精采出色，引得客棧裡人人鼓掌叫好：我們、附近的鄰桌、驚愕的樂師，乃至兩個服務生。

那基本上是老套的玩笑，心懷妒嫉的席爾德克納普悄悄對我說，不過，倒也富於戲劇性，而且不乏魅力。簡言之，「討人喜歡」，道地的施維特菲格風格。我們逗留比本來的意思久，後來成為我們獨處，坐在那兒喝咖啡和龍膽酒，甚至在玻璃地板上跳些舞：席爾德克納普與施維特菲格輪流和瑪莉與我的賢妻海倫下池，在三個棄權者樂觀其成的注視下跳了天知道什麼舞。外面已經等著雪橇，相當寬綽，兩匹馬拉，皮墊長椅俱全。我選了馬車夫旁邊的位子，席爾德克納普又兌現他踩滑雪板讓我們拉的計畫（馬車夫帶了一付滑雪板來），因此另外五人安坐雪橇之中毫無不適。那是當天節目裡最成功的部分，如果不談魯迪格充滿男子氣概的主意下場甚慘。他挺立雪橇後面颳冰冷的風，渾身灑滿了雪，又一路在崎嶇不平之中顛簸滑行，得了風寒，病入下腹，一場令人虛弱無力的腸炎使他纏綿病榻好幾天。但那是後來出現的不幸。我偏嗜全身包裹溫暖，和著低沉的雪橇鈴聲穿行於純淨霜寒凌厲的空氣之中，其他人似乎也全都頗得其樂。我背後，阿德里安與瑪莉四目相對而坐，知道這一點，我的心興奮帶著好奇、喜悅、憂慮和由衷的希望噗噗跳。

林德霍夫，也就是路德維希二世那座小小的洛可可風城堡，坐落絕美的幽僻山林之間。人君畏人遁世，找不到比這裡更富童話氣息的避難所了。的確，無論此宮環境製造多麼高昂的情緒，這個逃人避世者無時或已的建築狂熱——表現了他頌揚其王國的渴望——都是挺不堪的。我們停步，在一個看管人帶領之下參觀裝飾繁縟、富麗奢泰的小房間，這些小房間構成奇幻城堡的「起居室」，這個憂鬱成病的人在其中度他滿腦子自己威嚴高貴的歲月，找馮．畢羅[730]為他彈鋼琴，聽坎森[731]迷人的歌聲。王侯城堡最大的房間通常是王座廳。這裡沒有。最大的房間是與日常起居小房間比起來至為龐大的臥室，裡面是一張高起如閱兵台的床，此床由於寬度過大而望之甚短，彷如棺架般兩側以枝狀弔燈翼護。

帶著按理該有的興趣，以及暗自搖頭，我們看完堡中一切，在天宇漸晴之中轉往艾塔爾，那裡由於其本篤修道院和那座巴洛克風教堂，在建築界素負盛名。我至今記得，前往該地途中，以及在那些神聖勝蹟斜對面的整潔飯店進餐之時，我們的話題一直圍繞著那個所謂「不幸」（老實說，他何來不幸？）、我們方才約略見識其怪癖生活情境的國王。那場討論在我們參觀教堂時才中斷，基本上是施維特菲格和我之間的爭論，論題是路德維希所謂的瘋狂，他治國無能，以及他被黜並受監管，我令施維特菲格大為驚訝，斷言將他罷黜和置於監管之下是不公道的，是殘忍的市儈行為，是為了王位繼承而行的政治操作。

他完全贊成通俗，也是資產階級、官方的說法，亦即，如他所說，國王「精神失常」，為了國家，絕對有必要將他交付精神醫師和精神病院的護士，以及成立心智健康的攝政體制——他百

730 馮．畢羅（**Hans von Bulow**，一八三〇—一八九四）：德國指揮家兼鋼琴家，明星型指揮家的先驅。路德維希一八六四年任他為宮廷指揮，主持華格納歌劇《崔斯坦與伊索德》首演。

731 坎森（**Josef Kainzen**，一八五八—一九一〇）：匈牙利裔奧地利演員，享譽德語世界，一八八〇年起在慕尼黑國家劇院，以聲腔出色，路德維希二世多次召他入宮，獨賞其獨演。

思不解這一點怎麼可能有爭議。一如他在類似情況中的習慣，亦即某個觀點對他太新的時候，我說著話，他鼓怒噘嘴，藍眼睛鑽盯我右眼，然後左眼，如此者再。我得承認，而且我有幾分訝異，這話題使我變得雄辯，儘管我原先對此問題幾乎了無關心。我發覺自己已有定見。精神失常，我爭議道，是個十分沒有憑準的概念，流俗往往根據可疑標準隨意使用。俗見之輩急於依照他自己和他的平庸來設定狹隘的局限，說這局限以內才是合理的行為，踰此局限，非瘋即愚。國王的存在形式——擁有主權，日處於臣僚恭順之中，遠離批評與責備，並且基於其威嚴而呈顯最富有的百姓也不得僭越的儀制——使君主大有餘地肆其荒妄的興趣、神經質的愛憎、異常的激情與嗜欲，其人若傲慢並充分利用這餘地，相當容易被目為精神失常。處於如此高位之下的凡人，哪個能精挑細選景色絕麗之地以置身於金色的孤獨之中，如路德維希所為！這些城堡是君主避世畏人的象徵，沒錯。然而，依照我們這個物種的一般特性，很難說容許將避世畏人說成顛狂症——這畏世出以人君形式時，何以就容許這麼說？

但七個飽學而且有資格的精神醫師正式判定國王完全發瘋，宣布他必須隔離治療！這些聽話的學者專家那樣判定，因為他們奉命如此，他們就這麼做了，而且他們不曾看看路德維希，不曾以他們的方法「檢視」他，不曾和他說過一句話。反正，跟他談一次音樂與詩，大概也足以使這些市儈相信他發瘋。根據他們的判決，一個偏離正常但絕非顛狂的人就此被剝奪人身自主，貶為精神病患，禁錮於一座湖濱城堡，門把拿掉，窗口加柵。他不能忍受，不自由即尋死，以至於拖了他的醫師兼獄卒同歸於盡，這說明的是他的自尊意識，而非證實他發瘋的診斷。他左右近侍的行為也不能證實他發瘋，他們忠心至於不惜戰鬥護主，農民對他們「親愛的王」的狂熱愛戴更不能證實他發瘋。他們目睹他夜裡孤家寡人，身披毛皮，就著火炬的光，由騎兵前導，在金色雪橇裡穿山越嶺，不會認為他顛狂，而會以他們粗實、充滿憧憬的心視他為他們的王；他明顯打算游湖脫困，如果成功，到了對面湖岸，他們將會拿起乾草叉和連枷為他對抗醫師和政客。

但他的揮霍癖確實成為病態，不復能為人所忍受，他不能治國則純粹是他不情願治理的結果：他夢想為君，卻拒絕依照合理的規範為之，而國家是無法如此生存的。

唉，一派胡言，魯道夫。一個建制正常的首相能夠治理一個現代聯邦國家，即使國王敏感而受不了他和他僚屬的臉孔。巴伐利亞不會崩潰，即使路德維希繼續縱肆其孤獨的嗜好，況且一個國王的揮霍癖本自無關緊要，只是別人的空話，一個騙局，一個藉口。錢還留在這個邦裡，石匠和鍍金工人由於他那些童話城堡而過得肥滋滋的。再說，這地產向兩個半球的浪漫好奇心收入場費，早就徹底賺足了。我們自己今天也有錢出錢，把瘋狂變成好生意……

「我真不明白您，魯道夫，」我叫道。「你聽了我的辯護，不勝訝異，鼓起腮幫子，但我才是有權利訝異而且不明白您的人，您怎麼……我是說，身為藝術家，簡而言之，您……」我搜尋字眼來說明我何以對他訝異，卻苦搜無著。我同時也在自己的滔滔不絕裡亂了陣腳，因為我邊說話，邊覺得在阿德里安面前如此大放厥詞不適當。應該發言的是他——然而由我來說還是比較好，因為我一直為一股憂慮所苦，就是他很可能說施維特菲格有理。我必須預防這一步，為他，代表他真正的精神發言，而且我覺得瑪莉領會我代理之意，將他為了今天之遊而派去見她的我視為他的喉舌。我熱烈陳詞之際，她目光盯住她對面的他，多於看我——十足彷彿她是聽他而非聽我說話，而他的表情始終帶著一絲謎樣的微笑取笑我的興奮，極其不像無條件確認我是他的代表。

「真相何在，」他終於開口。魯迪格・席爾德克納普趕緊附和，申言道，真相有各種不同層面，以眼前這個案子而論，醫學的自然主義層面或許不占最優勢，但也不能遽爾斥為完全不成立。在自然主義的真理觀中，他補充道，平庸與憂鬱非常奇特結合為一——這不是對「我們的魯道夫」的攻擊，他也不是憂鬱患者，而是說這是整個時代的，十九世紀的特徵，那個世紀有個至為明顯的傾向是平庸的憂鬱。阿德里安大笑——不是因為驚奇此說而笑，當然。你在他面前總是有個感覺，這感覺是，所有在他面前發表的觀念與觀點都已盡備於他，他以反諷的耳朵聆聽，任人各各依其氣性表達、代表那些觀念與觀點。現場有人說，希望還年輕的二十世紀開出一種比較向上的、精神上比較愉快的生命情調。對話漸趨渙散，流露疲態，變成漸不連貫的討論，談當時到底有無如此發展的徵兆。是該疲困了，在冬季的山間空氣裡活跳度過了那麼多個鐘頭。火車時刻表也說話：我們找回車夫，在繁星耀目的天空下，雪橇將我們送回小車站，到月台等候開往慕尼黑的火車。

回程一行人甚是安靜，就說顧慮已矇矓睡著的姑媽吧。席爾德克納普偶爾同她外甥女說話，壓低了聲音；我與施維特菲格談談，確定他未以為忤，阿德里安問海倫一些日常事情。和一切預料相反，而且令我暗自欣慰感動，他沒有在瓦爾茲胡特和我們分手，反而堅持陪我們的客人，巴黎來的女士，返回她們在慕尼黑的住處。在火車總站，我們其餘人向她們和他告別，各取歸途，他則叫一部出租汽車送姑媽和外甥女回到她們的施瓦賓公寓——那是騎士風度，引我心想他在只有黑眼睛相伴之中度過當天最後一段。

他素常搭乘的十一點火車時間已到，他才返回他質樸的孤獨，在相當遠的距離之外，他就用那支超高音的哨子通知警醒巡行的卡希柏爾—素守，他到了。

41

我貼心的讀者和朋友們——我繼續吧。毀滅災殃吞沒德國，我們已成瓦礫廢墟的城市裡盤踞屍體養肥的老鼠。俄國大砲的雷霆滾向柏林，盎格魯撒克遜人將渡過萊茵河，輕易如兒童遊戲。我們的意志似乎與敵人的意志結合來將此事變得如此容易，結局來了，來了結局了。它已升起展開，就要對你罩頂而下了，境內的居民——然而我要繼續，說前述那次值得回憶的出遊才兩天之後阿德里安與施維特菲格之間發生之事，以及如何發生——我都知道，儘管有人可能提出十倍反對，說我不可能知道，因為我「不在那裡」。沒錯，我不在那裡。但今天的心理事實是我在那裡，因為，誰要是像我在這件事上這般經驗過一個事件並且一再玩味體會，他與那件事的極度親密甚至會把他變成那件事的隱密階段的目擊者和耳擊者。

阿德里安打電話要他匈牙利之旅的旅伴前去菲弗林。務必盡快，他說，他要和他討論的事情很急迫。施維特菲格向來隨傳隨到。電話是上午十點鐘打的——阿德里安的工作時間，事非尋常——下午四點小提琴家就到。另外，他得在札芬斯托斯管弦樂團當晚一場音樂會裡演出，這一點阿德里安想都沒想。

「你下了命令，」施維特菲格問，「出了什麼事？」

「哦，馬上，」阿德里安答道。「你來了，這是最重要的。我很高興看到你，比往常看到你都更高興。記住這一點！」

「這會成為，」施維特菲格的遣詞用字出奇便給漂亮，「你對我說的一切話的金色背景。」

阿德里安建議散個步，人走著路比較會說話。施維特菲格愉快同意，只可惜他沒有多少時間，因為他必須回車站趕六點的火車，才不會誤了音樂會。阿德里安拍一下額頭，為自己的沒心沒思告罪。施維特菲格聽完他要說的事，或許會比較諒解。

融雪天氣已經開始。鏟過雪之處，地面涓涓滴滴，已經漸成泥濘。施維特菲格沒脫毛皮夾克，阿德里安則身穿附皮帶的駱駝毛大衣。他們朝夾子塘走，然後沿岸而行。阿德里安問起當晚的節目。又拿布拉姆斯的第一號當pièce de résistance？又是《第十號交響曲》？「喏，欣慰一下吧，你在慢板樂章可以有些很討好的演出。」接著，他說起小時候彈鋼琴，那是他知道布拉姆斯之前很久，他心中油生一個與最後樂章浪漫主義風味淋漓的法國號主題幾乎相同的動機，當然不具備那個十六分音符後面接著附點八分音符的節奏妙技，但旋律的精神毫無二致。

「有意思，」施維特菲格說。

那麼，星期六的出遊怎麼樣？他有沒有得到樂趣。他認為同行的人有沒有盡興呢。

「再好不過了，」魯道夫宣布。他確信所有人當天都留下愉快的回憶，大概除了席爾德克納普，他過度硬撐而病倒。「他在女士面前總是逞強。」至於他，魯道夫，自己，他沒有感到同情的理由，因為魯迪格對他相當不禮貌。

「他知道你開得起玩笑。」

「我是開得起。但他沒有必要揶揄我，特別是瑟理努斯已經用他的忠君思想那樣修理我。」

「人家是老師。我們得讓他教誨和糾正。」

「還用紅墨水呢，真是。此刻他們兩個對我都不打緊——我在這裡，你有事對我說。」

「一點兒也沒錯。既然說起出遊，我們其實已經談到正事了——這件事，你可以幫我個大忙。」

「幫忙？是嗎？」

「說說看，你對瑪莉．戈朵有什麼看法？」

「那個戈朵？那是誰都一定要喜歡的人！你當然也喜歡她吧？」

「喜歡是個不盡貼切的用詞。我得對你承認，蘇黎世以來她令我魂牽夢繫；我很難把那次相會看成單純的插曲；想到她很快又要走掉，想到可能永遠不會再見到她，真是難以承受。我覺得我要，我必須時時刻刻看到她，時時刻刻有她在身邊。」

施維特菲格駐足，盯注說出這番話的人，先盯一眼，然後另一眼。

「真的？」他說著，重又舉步，低著頭。

「就是這樣，」阿德里安確認。「我確信你不會生氣我對你寄以這樣的信任。我也就是有這樣的確信，才對你如此信任。」

「你是可以這樣確信！」魯道夫單單嘟噥。

阿德里安繼續說。「從人性觀點看這整件事吧！我年歲漸大，四十了。你身為朋友，難道想看我的餘生在那斗室裡消磨？我說，把我當人看，他恍然大悟，擔心自己蹉跎失時，擔心太遲，想要一個比較溫暖的家，一個名符其實的投契的伴侶，簡而言之，一個比較和煦、比較人性的生命氣氛——不只是為了生活舒適，為了可以窩在柔軟的床裡，也為了希望他的工作興趣與精力由此產生好的、可觀的成果，使他未來的作品有人性內涵。」

施維特菲格無言，走了幾步。然後，他說了話，語氣沮喪：

「你已經說了四次『人』和『人性』。我數過了。我們坦白對坦白吧：你使用這字眼，你把這字眼用在你自己身上，我內裡一陣抽搐。這用法不曉得有多不適當——沒錯，由你口中說出來，簡直羞辱。對不起，我這麼說！你目前為止的音樂都沒有人性吧？那麼，追根究底，其偉大就得歸功於其沒有人性。原諒我這樣單純的說法！我可不想聽你什麼從人性得到靈感的音樂。」

「不想？完全而且絕對不想？即使有一首你已經為世人演奏了三次？那首作品是不是題獻給你的？我知道你不是有意對我說殘酷無情的話。但你告訴我，我之所以為我，在於我沒有人性，人性和我兩相扞格，你這麼說難道不殘酷？殘酷而且欠考慮——正如殘酷往往出於欠考慮？我和人性拉不上關係，我不許和人性拉上關係——口出此語的這個人，曾以令人驚訝的耐心把我拉到人性那邊，使我回心轉意對他用『Du』，我和他一塊的時候生平頭一次找到人性的溫暖。」

「那好像是個暫時的權宜應變之計。」

「那又如何？就說那是練習人性，一個預備階段，一個並不因為是練習、預備而稍減其自身價值的階段吧。有個人來到我生命裡，他勇敢的耐心堅持幾乎可以說克服了死亡；他解放我內裡的人性，教我幸福。這事可能永遠不會為人所知，也不會寫到任何傳記裡。但那樣難道就會減少他的功勞，貶低不為人知但應該歸他的榮譽？」
「你就是懂得把事情正說反說橫說豎說來恭維我。」
「我沒有正說反說橫說豎說，事情怎麼樣，我就怎麼說！」
「其實我們不是在談我自己，是談瑪莉．戈朵。為了時時看到她，為了要她時時在你身邊，你非使她成為你的妻子不可。」
「那是我的心願，我的希望。」
「哦！她知不知道你的心思？」
「恐怕不知道。我恐怕沒有足夠的表達能力來向她表明我的感覺和心願——特別是有人在旁的時候，在人前向女子表情示愛，我不自在。」
「為什麼不上門拜訪她？」
「我討厭直接以我的表白和意願使她落個冷不防，我的表白，由於我的笨拙，她可能完全意想不到。在她眼中，我還單純只是個獨來獨往的人。我恐怕她會不知所措，於是——或許過於倉促——拒絕，那是可能的結果。」
「為什麼不寫信給她？」
「我看，這樣可能使她更加陷入困窘。她理當回信，而我不曉得她筆下是否來得。她如果一定要說不的話，得費多大周章來顧全我！她為顧全我而大費周章，對我是多大的痛苦！我並且擔心這類書信往返的抽象性——我覺得這甚至可能危及我的幸福。我不喜歡想像瑪莉單獨一個人，在沒有親見其人的影響——可以說，在不受親見其人的壓力——之下秉筆書面答覆我。你明白吧，我不想直接出其不意，但也不敢走郵寄這條路。」
「你看還有哪條路？」
「我跟你說過了，你在這件困難的事情上可以幫我大忙。我想請你去找她。」
「我？」
「你，魯迪。把你對我的功勞——我幾乎要說，事關我靈魂得救——做到功德圓滿，擔任中介，擔任我和人生之間的中人，擔任代我向幸福說情的人，後世或許不會知道你做這件事，又或許會知道。你覺得你做這件事荒唐嗎？這是我的想法，一個類似作曲時得到的靈感。我們凡事必須打從起始就假設，一個靈感不會是全新的。例如音符，有什麼是全新的！不過，現在的情況，眼前的光景，這樣的關係，從這樣的角度看，曾經存在的東西可能還是新的，也就是說，對生命是新的，是原創而且獨一無二。」
「我才不管什麼新不新。可你說的事真夠新的，新到嚇我一跳。我如果沒聽錯，我要替你作媒，代你向瑪莉求婚？」
「你對我的了解正確——你也差不多不可能聽錯我的話。你毫不費勁就了解我的意思，說明這事自然而然該由你來做。」
「你這麼認為？——你怎麼不派你的瑟理努斯去？」
「你大概想拿我的瑟理努斯開玩笑吧。很明顯，你想到瑟理努斯當愛情信使就好笑。但我們此刻談的是個人印象，這個女孩子作決定的時候不能完全缺少的印象。你不必奇怪，我想像她比較會聽得進去的是你的話，而不是一個滿臉生硬拘謹的冰人。」

「玩笑打趣，阿德里，我此刻是完全不想的，因為我可想而知很窩心，心情也相當鄭重，因為你要我在你生命裡扮演這樣的角色，甚至存諸後世。我問起宅特布隆姆，因為他當你朋友的時間長很多……」

「沒錯，比較長。」

「好，也只是比較長而已。但是你難道不認為，單憑『只是比較』，他做起你交辦的這件事來也比較輕鬆，比較合適？」

「聽著，我們就完全別理會他吧，怎麼樣？據我看，他跟愛情這碼事八竿子打不著。我托付的是你，現在知道一切，就像從前人說的，得見我心之書的隱密篇幅的，是你，不是他。你首途造訪她的時候，讓她也讀那些篇幅，把我告訴她，為我美言，細心透露我對她的感受，我所懷抱的，和那些感受合而為一的人生願望！輕柔、怡然試探她，用你討人喜歡的手采，看看她——沒錯，看看她能不能愛我！你會做吧？你不必帶給我她一個滿滿的『好』，不必。一點希望就足夠作為你這趟使命的成果了。你只要帶回來說，她認為和我共享我的人生不是可厭，不是荒誕之想——只要如此、我的時機就會到來，我會自己同她和她姑媽說去。」

他們已經離開他們左邊的羅姆崗，穿過後面的小杉林，融雪從枝葉滴滴落下。他們接著取道村邊那條回宅的路。途中碰到的雇農和農夫同希維格斯提爾家的長客打招呼，直喚他名字。魯道夫沉默一陣之後，又開始說話：

「我到了那裡，說你好話不是難事，這一點你可以放心。非常不是難事，阿德里，因為你在她面前說過我那麼多好話。但是我要對你完全坦白——就像你對我完全坦白。你問我我怎麼看瑪莉・戈朵，我馬上回答說每個人都非喜歡她不可。我得對你承認，我的回答含有言外之意。我永遠不會對你承認這一點，如果你不曾如你以充滿老式詩意的用語形容的，讓我閱讀你的心之書。」

「你看，我真的等不及聽你的坦白。」

「其實你已經聽到了。這妞兒——你不喜歡這個用語——這女孩子，瑪莉，我對她並非無動於衷——我說無動於衷，也沒有把事情正確說明白。這妞兒，是我遇過的最好、最可愛的女性表徵。早在蘇黎世——我在那裡演奏，我演奏了你，渾身熱情而容易受影響——我就對她著迷了。到了這裡——你知道我建議出遊，而其間，這一點你不知道，我也和她見過面，我和她和姑媽伊莎珀在吉賽拉公寓喝茶，我們相處真個樂趣無窮……我再說一遍，阿德里，我是因為今天我們這席話，因為我們彼此坦白，我才提起這事。」

阿德里安停步片刻，然後說話，聲音出奇吞吐模稜：

「我不知道這麼一段。不知道你的感覺和喝茶的事。看來是我愚蠢可笑，忘了你也有血有肉，不是裹在石棉裡，無感於可愛與美麗的魅力。這麼說來，你愛她，或者說，你愛上她。可是我問你一個問題。是不是我們的計畫彼此衝撞，是不是你想請求她做你的妻子？」

施維特菲格似乎在尋思。他說：

「沒有，我還沒想到那裡。」

「沒有想到那裡？你大概單純只想誘拐她？」

「瞧你說的，阿德里安！快別這樣說話！沒有，我也還沒有想到那裡。」

「那好，我要說，你的自白，你坦白而且可嘉的自白，適足以使我更堅持我的請求，而不是使我決定放棄。」

「什麼意思？」

「我有好幾種意思。我挑選你擔任這項愛情任務，因為你在這種事上比，我們直說吧，比瑟理努斯·宅特布隆姆得心應手。因為你散發他所沒有，而我認為有助我的心願和希望的東西。本來這就夠了。但現在加上你在相當程度上和我有共同的感受，而又如你向我保證的，沒有和我一樣的計畫。你將會說出發自你自身感受的話——為我和我的計畫。我不可能想到一個更適任、更合期望的媒人了。」

「你如果這麼看這件事——」

「別以為我只這麼看這件事！我還將它看成犧牲，而且你會真的要求我這麼看。那就這麼要求吧！鄭重堅決要求！因為，承認犧牲就是犧牲，你就會願意犧牲。秉持你在我生命中扮演的角色的精神去做，實現你為我的人性而該得的功勞，而這功勞可能會是，也可能不會是世人永遠不知道的祕密。你願意嗎？」

魯道夫回答：

「願意，我會去，盡我所能把你的事辦好。」

「我們要為這事握手，」阿德里安說，「你走的時候。」

他們已回到房子，施維特菲格還有時間在勝利女神廳和他朋友吃些點心。格雷昂已為他套好馬車，但不管施維特菲格怎麼請他別麻煩，阿德里安仍然到跑起來硬幫幫的小馬車上坐他旁邊，送他到車站。

「沒關係，理當如此。而且這回特別應當如此，」他說。

夠慢而能在菲弗林靠站的火車進站，他們從已經放下的車窗握手。

「不再多說了，」阿德里安說。「保重。好好的！」

他揚起一手，轉身舉步。那個漸滑漸遠的人，他從此不曾再見。只接過他一封信，他拒絕回覆的信。

42

我下次和他一塊，是那之後十或十一天，他已拿到那封信，並且告訴我他斷然決定緘默，不回覆。他臉色蒼白，像個挨了一記重擊的人——尤其他有個我已觀察了一陣子，而且十分明顯的傾向，是走路時頭部和上半身歪向一邊。然而他完全鎮定，甚至可說冷冷的，幾乎彷彿要為他那樣聳聳肩，那樣對他所受的背叛滿含不肖卻故作輕鬆，向我告罪。

「我想，」他說，「你沒有預期我義憤爆發，勃然大怒吧。一個無信無義的朋友。那又如何？我不太願意對世道人心忿忿不平。這滋味很苦沒錯，你不禁要問你還該相信誰，連自己的右手都給你兜胸一拳。可又能怎麼樣？這年頭朋友就是如此。我剩下的只有恥辱——以及我應該挨一場好打。」

我願聞他恥辱何來。

「我的行事，」他答道，「愚蠢幼稚透頂，我活脫想起一個小學生，他找到一個鳥巢，歡喜萬分，給一個同學看，那同學把鳥巢給偷了。」

我能怎麼呢？除了說：

「信任不是罪，也不是恥辱。小偷才是。」

但願我當時曾以更大的信心呼應他的自責！我內心必須承認，他的整個作法，那樣偏偏找魯道夫代言、求婚，我覺得造作、裝樣、不可原諒，我只想像從前我不是用自己的舌頭，而是派一個迷人的朋友對海倫表白我的心意，就明白他處理此事之道多麼荒唐莫名其妙。不過，為他的悔恨火上加油又有何益——如果他那些話、他的舉止流露的是悔恨？他一時朋友和情人俱失，而且我們必須說，是他自己的錯——如果我能夠十分確定這是過錯，是一個無意識的失策，一個要命的欠考慮！但願我的苦思裡沒有再三浮現一股疑猜，說他已多多少少預見會發生什麼事，而且那結果正合他所欲！我們甚至能不能真的認為他相信魯道夫「散發」的氣息，那股無可否認的性愛吸引力，會為他發揮求婚之功？我們能不能相信他信賴他？有時我心中升起一種推想，這個人裝作要求別人犧牲，其實選了自己當最大的犧牲——他刻意將兩個因其可愛而相屬的人湊在一塊，以便自己放棄而退處於他的孤絕之中。但這想法比較像我自己，不像他。這想法會非常切合我和我對他的敬重，如果那乍看是失誤的行事，如果他說他那所犯的愚蠢，根本是出於如此溫柔，如此痛苦而善良的動機！後來的事件使我與真相正面相對，那真相無情、冷酷、殘忍，我樂善處世的心地無法招架，在其面前冰冷顫慄至於不能動彈——那是一個未經證明、無言，只能由其僵冷的眼神來辨認的真相，但願它保持無言，因為這不是由我來說的事。

我確定，就魯道夫自己所知，他懷著最好、最正確的用意往訪瑪莉。但同樣可以確定的是，那些用意自始即非建立在最堅實的基礎上，而是內在岌岌可危，隨時可能鬆垮、瓦解、改變形貌。阿德里安要他銘記他對他朋友生命與人性的意義，這對他的虛榮心不無恭維兼鼓勵的作用，他並且接受這位卓越註釋者的說法，知道自己這趟任務來源於此一意義。然而妒嫉與受辱之感抵消了這些影響：他妒恨這個被他征服的人變心，以及自己落得只夠擔任其手段和工具。我相信，他私心覺得自己自由了：也就是說，他沒有義務以忠回報對他苛求的不忠。這一點我非常清楚。我同樣清楚的是，為他人走愛情之路，是一種充滿誘惑的散步——尤其是一個不能自持的調情聖手，他只要意識到調情的機會，或一件勾當可以扯上調情，他的道德就獲得解放。

有誰懷疑我能逐字逐句重述魯道夫與瑪莉之間的談話，就如我重述菲弗林那場談話？有誰懷疑我「在場」？我想沒有。但我也認為，精確鋪陳當日經過，對任何人都已非基本需要，亦非任何人所欲。我們必須假定，此事充滿惡兆的結果，不管乍看——不是我乍看，而是別人乍看——多愉快，並非產生於單單一場交談。那需要第二次談話；瑪莉在初會之後送走魯道夫的方式促成第二會。

他進入公寓的小小前廳，碰到的是伊莎珀姑媽。他尋問她外甥女，要求以一位第三者代表的身分和她私下說幾句話。老太太領他到起居兼工作室，面綻微笑，那微笑裡的淘氣透露她不相信第三者之說。他進入，趨前而見瑪莉，她招呼他，既友善，也驚訝，接著好像要告訴她姑媽什麼事情，但他引得她愈發訝異，說那沒必要。姑媽知道他在這兒，待他在這兒說完一件十分重要、十分嚴肅又美好的事，就會進來。她如何回答？用打趣、很日常的口氣吧，一定的。「我真的頂好奇」，或類似之語。她請這位先生放輕鬆坐下，開始報告。

他在一張他拉近她繪圖板的扶手椅子裡坐下。沒有誰能說他違背他的承諾。他信守承諾，誠實履行。他對她談阿德里安，談他的意義，他的偉大，大眾將會漸漸領會的偉大，談他，魯道夫，對這個非常之人的欽佩與忠誠。他對她談蘇黎世，談施拉金豪芬家的邂逅，談出遊山中的那一天。他向她表白，說他朋友愛她——怎麼表白法？一個男人如何向一個女人表示另一個男人對她的愛？他是不是上半身傾近她？凝盯她眼睛？他是不是帶著祈求握住她的手，宣布他樂意將那隻手交到一個第三者手裡？我不知道。我傳達的只是出遊的邀請，不是求婚。我只知道她急促抽回她的手，從他手中，或從他膝蓋上抽回；一抹飛紅染上她南方人的蒼白雙頰，笑意從她眼睛的烏亮中消失。她無法理解，委實無法確定自己是不是聽懂了。她問，她的理解對不對，魯道夫代雷維庫恩博士向她求婚？對，而且他出於責任感，出於友誼而這麼做。阿德里安心思細膩而請他做這件事，他認為自己不能拒絕。她明顯冷靜，明顯帶著嘲弄回答，他真好意，那不是能減輕他尷尬的答法。這時候，他才充分意識他的身分與角色何其奇異，與此意識交雜的，是他擔心她覺得有點受辱。她的反應，詫異之至的反應，令他驚慌，同時竊喜。他使力結結巴巴為此行圓說一陣。她不曉得拒絕這麼一個人有多困難。他並且覺得，他在相當程度上要為阿德里安的人生由於這段情感而發生的轉折負責，因為是他說動他前往瑞士，從而導致邂逅瑪莉。也真夠奇特，那首小提琴協奏曲是獻給他的，到頭來卻成為作曲家看見她的媒介。他央求她了解，這層責任感也是促成他願意協助阿德里安如願的強烈因素。

　　這時又是一次短促的抽手，他央求之際握住的手。她給他的回答如下。她答覆他說，他可以不用再費心了，問題不在於她理解他扮演的角色，她遺憾必須粉碎他出於友誼所抱的希望，但即使她對那位交付他任務者的人格當然並非沒有印象，但她對此人的敬重，卻無關她對他的感覺，從而無法支持她應承那洋洋灑灑的提婚。她得以認識雷維庫恩，對她是殊榮和快事，可惜她此刻必須給的答覆將使大家再度見面變成太難堪而不宜。她不得不認為，事態如此轉變，也影響到這位信使，這位為不可能實現的願望傳話的人。她由衷遺憾必須這麼認為。事已至此，彼此不再碰面無疑比較好，少一點難堪。說到這裡，她下了友善的逐客令：「Adieu, monsieur![732]」

他央求道：「瑪莉！」但她面露訝異，他竟然直呼她名字，她再次肅客，我耳中清晰響起她這回的聲音語氣：「Adieu, monsieur!」

他離去——夾著尾巴的狗，乍看如此，實則內心欣奮莫名。阿德里安的結婚之想荒唐，如今證明就是荒唐，而他自甘擔負傳達之任，她十分見怪。她對此事的乖覺，何其迷人。至於向阿德里安報告此行結果，他並不急——他真得意自己先光明正大自承對這女孩子的魅力並非冷漠無感而立於不敗之地！他坐下來，修書一封給瑪莉，說她那句「Adieu, monsieur」令他活不下去，但他也不能為之尋短，他非再見她不可，攸關生死，他要向她提一個問題，他在這裡以全副靈魂寫下的問題：她難道不明白，一個男人會為了對另一個男人的敬意而犧牲自己的感覺，置之不顧，而以無私之忱伸張那個人的願望？進一步說，她難道不明白，此人壓抑、忠實按捺於心中的感覺會豁然，應該說欣然爆發，一旦另外那個人明顯毫無獲得答允的指望？他求她原諒他出賣，不是出賣別人，而是出賣他自己。他不能後悔他那麼做了，但他不勝歡喜，現在沒有誰能說那是出賣，如果他對她說，他——愛她。

如此這般。絕不可謂不聰明。他在調情的興奮中輕飄飄的，而且我相信他走筆之際並沒有清楚意識到，他代阿德里安求婚之後，他自己的愛情表白就同求婚連在一起了，求婚這種事從來也不曾進入他那只知調情的腦袋。伊莎珀姑媽對瑪莉朗讀那封信，因為她拒絕接信。魯道夫未獲回覆。但兩天後他經由吉賽拉公寓的女僕求見姑媽，沒有被攆走。瑪莉進城去了。她，老太太帶著語氣狡黠的責備向他透露，在他上回來訪之後倚著她胸前落淚。我看全是揑造之詞。姑媽強調她外甥女的自尊。她是感受細膩但很有自尊的女孩子。至於有沒有再次商談的機會，姑媽不能向他保證有希望，但他可以確定，她會不辭麻煩使瑪莉注意到他行事多麼光明。

又過兩天，他再次上門。菲布蘭提耶夫人——姑媽的名字，她是寡婦——回屋裡找她外甥女。她在屋裡好半晌才又現身，對他使個鼓勵的眼色，讓他入內。當然，他帶著花。

接下來我該說什麼呢？我太老，也太難過，不想刻畫對誰都無甚緊要的場面細節。他帶來阿德里安的求婚——這回是為他自己，雖然這輕薄子之不宜結婚，一如我當不了唐璜。不過，也無庸多想未來，無庸多想這個結合的幸福展望，這個結合注定沒有未來，很快就被專橫的命運破滅。瑪莉大膽愛這個「低調」而二三其德的浪蕩子，關於其藝術優點與遠大篤定的前程，她已從一個嚴肅人物那兒獲得那麼熱烈的保證。她自信抓得住、拴得住他，馴化他的野性。她把手給他，接受他的吻，不到二十四小時，佳音傳遍我們整個相識圈子，說魯迪被俘，第一小提琴手和瑪莉是未婚夫婦了。又聽說他打算同札芬斯托斯管弦樂團解約，在巴黎結婚，為一個新的、正在籌組的音樂團體「交響管弦樂團」效力。

他在那裡無疑是受歡迎的，同樣無疑的是，慕尼黑解約的事由於對方不願放人而進展緩慢。反正各方認為他下次參加札芬斯托斯音樂會——他最後一刻從菲弗林趕回登台以來第一場——將會如同告別演出。而且，由於指揮艾德施密特博士選擇以特別可能造成客滿的白遼士與華格納曲目為主軸，當晚簡直整個慕尼黑都到了。無數熟面孔從排排座位上東張西望，我站起身來，看見許多必須打個招呼的人：施拉金豪芬夫婦以及他們家雅集的常客，拉德布魯赫夫婦與席爾德克納普、珍妮特、茲薇舍與賓德—馬約雷斯庫，等等，他們到場的一大原因當然是想看準新郎魯迪．施維特菲格。他在台上左側，在他樂譜架邊。他未婚妻沒到，聽說已回巴黎。我向伊妮絲躬身。她獨自一人，或者說，她與克諾特里希夫婦結伴，丈夫未到，他沒有音樂興趣，當晚寧願在阿洛特利亞消磨。她坐在音樂廳偏後方，那身衣著，其簡單距寒酸不遠——脖子往前斜側，揚眉，小嘴帶著狡獪之氣噘著，她回應我的招呼時，我禁不住得到一個惱人的印象，就是那晚在她家的漫長交談，她剝削我的耐心與同情心，她至今在為她惡毒的勝利竊笑。

至於施維特菲格，他很清楚他會碰到多少雙好奇的眼睛，因此整晚幾乎沒瞥台下一眼。在他本來可以掃視台下時，他為他的樂器調音，不然就翻樂譜。音樂會以，沒錯，以《紐倫堡的名歌手》序曲壓軸，詮釋得堂皇壯闊又熱情有勁，斐迪南．艾德施密特請樂團起立，並伸手向他的第一小提琴手致謝時，原本如雷的掌聲更明顯升高。這當兒，我已經在中央走道頂端，我顧慮我的衣帽，而在衣帽間尚少擁擠時拿到手。我打的主意是至少走一段回程，我要回我在施瓦賓的租住處。在音樂廳前，我碰到克利德維斯圈的一位先生，霍茲舒赫教授，那位杜勒專家，他方才也在音樂會裡。他纏著我說話，起頭就批評當晚節目：將白遼士與華格納捉置一處，將非我族類的炫技與德國的高超造詣並列，殊屬毫無品味，而且只是企圖掩飾一種政治傾向而欲蓋彌彰。如此作法，德法諒解與和平主義的氣息濃厚過甚，尤其艾德施密特是出名的共和派，人人皆知他的國家民族情操不可靠。他在整個音樂會裡為此煩心。可嘆今天一切事物都是政治，精神的純粹性蕩然無存。為了恢復精神的純粹，大型管弦樂團一定要由德意志思想信念無可懷疑的人領導。

我沒有告訴他，把事情政治化的是他，我也沒有告訴他，「德意志」如今根本不是精神純粹的同義詞，而是一個黨的口號。我只指出，華格納風靡國際的藝術裡就有大量的炫技成分，不管是不是非我族類者那種炫技——然後好心將他從這個話題引開，談起他最近在《藝術與藝術家》雜誌刊登，討論哥德建築的比例問題的文章。我對該文的恭維使他一變而十分愉快、溫柔、沒有政治性、爽朗，我趁他心情好轉之際抽身，朝右取道，他則從左邊離去。

我走土耳其街上端，很快就到音樂廳廣場，接路德維希街，沿著這條安靜宏偉的大道（鋪瀝青好些年了）左側，朝向凱旋門。夜空烏雲密佈，天氣挺溫和，身上的冬大衣不久漸覺沉重，我在特雷西亞街的電車站駐足，等開往施瓦賓的班車，有好幾線通那裡。我不知道為什麼，等了異常地久，才有一班車駛到。交通阻塞、誤點，也難免吧。總算漸漸駛近的，是十號車，對我很方便。我至今還看見那班車從統帥堂那邊開過來。這些漆了巴伐利亞藍的慕尼黑電車構造相當厚重，而且，由於其重量，或者下層土的某些特質，走起來相當吵鬧。車底輪子一路閃著電力產生的星芒，受電桿頂端的閃電更強烈，冷冷的小火花四下迸散，嘶嘶作聲。

車子停下來，我從前端平台上車，進入車廂。緊鄰拉門，在我入內的左側，我看見一個空位，顯然是剛下車的人空出來的。車裡滿座，甚至有兩位先生拉著皮帶站在後門那端的走道上。

乘客大多是從從音樂會回家的人。我對面長椅的中央，坐著施維特菲格，小提琴盒夾立於雙膝之間。當然他看到我進車廂，但他避開我的目光。他大衣底下是一條白圍巾，圍巾遮掉他搭配燕尾服的蝴蝶結，但他還是老習慣，沒戴帽子。在他蓬亂的金色鬈髮之下，他看起來英俊又年輕，方才的演出發揮加深了他的面色，那雙載譽而發熱的藍眼睛甚至有點浮腫。但那一切都和他相稱，一如那微微噘起、口哨吹得那麼精湛的雙唇。我沒有很快理清周遭；我漸漸才發現車廂裡另有相識。我和克拉尼希博士打招呼，他和施維特菲格坐同一邊，但遠遠偏向後門。我碰巧往前傾個身，驚訝看見伊妮絲跟我坐同一邊，距我好幾個位子，接近車廂中段而與施維特菲格斜對角。我說驚訝，因為這根本不是她回家的路。不過，由於注意到再過去一兩個位子上坐著她朋友賓德－馬約雷斯庫夫人，而她們住施瓦賓更遠之處，甚至過了格洛森客棧，我估量伊妮絲要到她那兒喝晚茶。

但這下子我明白了，為什麼施維特菲格英俊的臉老是右偏，只讓我看冷漠的側面。他要視若無睹的不只有我，這個他很可能當成阿德里安的「他我」的人，我並且暗自指責他為什麼偏偏就要搭這班車——這指責或許沒道理，因為無法知道他是不是和伊妮絲同時上車。她可能和我一樣是在他之後上車，而如果是反過來，他也不能看到她就轉身逃開。

我們經過大學，足登絨靴的檢票員正好站在我面前，他接過我十芬尼，才將車票塞到我手裡，就發生一件難以置信，而且如同所有完全倉促之變，起初完全無法理解的事。槍聲在車廂裡響起，尖銳、摧裂、引爆的聲音，一響，又一響，三、四、五響，迅速相續令人瘋狂欲聾，那兒，施維特菲格，小提琴盒還護在雙手裡，身子往一邊肩膀傾斜，隨即斜倒在他鄰座女士膝腿上，她，像他右鄰的女子一樣，驚慌掙脫他，同時車廂裡已一片大亂，多的是逃竄和尖叫驚慌而非頭腦鎮定的行動，而前面的司機，天曉得為什麼，發瘋似地一直踩鈴，可能是想招來警察。當然，耳聞距離內一個警察也沒有。已經停下來的電車裡演出近乎危險的狂擠，因為許多乘客急著下車，有人則好奇，或者想做些什麼，從月台硬鑽上車。站在走道上的兩位先生一同和我撲向伊妮絲——不消說，太遲太遲了。我們也用不著「奪」她的左輪手槍；她已放下那把槍，更準確說是扔掉，朝她犧牲品的方向扔。她臉白如紙，顴骨部位是輪廓鮮明的亮紅。她閉著眼睛，噘起的雙唇泛起一絲狂亂慘然的微笑。

他們抓住她雙手，我衝向魯道夫，有人已將他平躺在空無一人的長椅上。另一張長椅上，方才被他歪壓的那個女子躺著流血，而且昏厥，她被子彈從胳臂擦過，可謂無傷。好幾個人圍住魯道夫，包括克拉尼希博士，他握住他的手。

「多恐怖、魯莽、不理性的事！」他蒼白著臉說道，是那種清晰、學者字正腔圓的聲口，雖然哮喘，「恐怖」兩字的發音就像我們經常聽到的演員發音。他又說，他從來不曾像此刻這般遺憾不是醫師，而只是個錢幣學家。在那一刻裡我也真覺得錢幣學是無益的學問，比語文學還沒用，我當時這個感覺當然完全是站不住腳的。事實是在場沒有醫師，那麼多聽音樂會的人裡沒一個是醫師，雖然醫師往往喜歡音樂，原因只在醫師有很多是猶太人。我向魯道夫俯身。他還有生命跡象，但傷勢可怕。他一隻眼睛下方有個流著血的彈孔。其餘子彈射入脖子、肺、冠狀動脈。他抬頭，想說話，但雙唇之間很快布滿血泡，其柔軟濃稠我突然覺得有一種動人的美。他一翻白眼，頭重重摔回木椅。

我無法言傳當時我對這個人洶湧興起的那股悽慘椎心的憐憫。我覺得我在某種層次上向來是喜愛他的，我對他的同情也遠比對那個不幸的女人同情真摯。她的淪落是可憾的，她經由痛苦及使痛苦麻木的悖德惡習而做下這可憎的行事。我說明我是這兩人的熟識，建議將重傷者帶到對面的大學，請校內的管理員打電話給救護單位和警察，而且我知道那大學裡有個事故急救站。我安排把肇事者也帶去那裡。

就這麼辦。我們，一個勤快、戴眼鏡的年輕人和我，將可憐的魯道夫抬出車廂，車後已經擠了兩三班電車。從其中一班，終於有個醫師趕過來，帶著行頭袋子，又指示我們如何抬人，簡直多餘。一個報紙記者也來了，趕著採集新聞。我如今回想仍然難過，按鈴叫醒那個住在一樓的學校管理員如此費勁。那個醫師，一個年輕人，向每個人自我介紹，我們將已無知覺的人放在沙發上之後，他設法急救。救護車開到，快得令人意外。魯道夫，如同那醫師檢查他之後告訴我的可能情況，死在前往市立醫院的路上。

至於我，我陪同後來抵達的警員，與他們一同逮捕那不斷啜泣抽搐的女子，向刑警隊長說明她的情況，並建議將她送往精神病診所。不過，這一點在當晚已不及獲得同意。

教堂響起午夜鐘聲時，我離開警局，一邊期望有汽車駛至，一邊走向還剩下的一件沉重差事：攝政王街。我自認有義務向那個小丈夫通報這件事故，盡我所能委婉告之。搭車的機會在已不值得利用時來到。那戶人家的門鎖著，我按鈴，按到樓梯間亮燈，英斯提托里斯本人下樓來——發現不是他妻子而是我在門前。他有個習慣是突然張口呼吸，同時下唇緊緊抵住牙齒。

「喏，什麼事嗎？」他囁嚅道。「是您？什麼風把您……您有事……」

我在樓梯上差不多未發一語。上了他的起居室，我聽取伊妮絲抑鬱告白之處。我先以幾句話讓他有心理準備，然後告訴他我目擊的情況。他本來站著，等我說完事情，猛然坐進一張柳條安樂椅，但隨即表現一個長久生活於壓力威脅氣氛中的男人的鎮定。

「這事，」他說，「原來是這麼個結果。」言下非常清楚，他焦慮以待的，是這件事如何結局。

「我要去看她，」他站起身來。「我希望他們，」（他指的是警察局的牢房）「讓我跟她說話。」

我沒法給他多少當晚做到這一點的希望，但他以虛弱的聲音說他有責任試一試，套上大衣，匆匆出門。

獨自一人在伊妮絲半身像以其貴氣卻落落不合的眼神凝視的房間裡，我的種種思緒馳往它們過去幾個鐘頭駐留之處。還得做一件痛苦的報信，我覺得。但一種奇特的僵硬傳遍我四肢，甚至影響我的臉部肌肉，使我無法拿起電話筒來打到菲弗林。實情並非如此，因為我的確拾起電話筒，拿在我下垂的手裡，並且聽到女接線生低沉、彷彿從水底發出的聲音。然而，我過度疲憊生出病態念頭，想到三更半夜驚動希維格斯提爾家殊屬無益，想到向阿德里安報告我夜來經歷之事並無必要，的確，想到自己只會落得一副可笑模樣，我打消主意，放回話筒。

43

我的敘事匆匆走向結局——就像其他一切事情。一切都在推擠，在跌跌撞撞奔向結局，世界具現末日之兆。至少我們德國人是如此，他們的千年歷史淪於挫敗，歸於荒謬，被這結果證明出了要命的岔，證明走錯了路，走向一場空，走入絕望，走入史無其匹的破產，在雷聲隆隆的火焰狂舞中步入地獄。德國格言說，每條走向正確目標的路，其每一步都是正確的。如果此言是真，則走向當前災禍——我取的是這個字最嚴格的、宗教上的意思——的路，全程，其每一點、每一轉都是無救的，不管心中有愛者覺得同意這個邏輯多麼苦澀。承認無救，並不等同於心中無愛。我，一個單純的德國人和學者，愛許多德國事物，而且在我微不足道但仍有著迷與奉獻能力的一生中，我將我的愛，經常陷入驚恐，往往憂慮不安但永遠忠實的愛，獻給一個意義重大的德國人、德國藝術家，他神祕的罪孽與與可怕的結局都不足以左右我的愛；我的愛，誰知道，或許只是神恩的反映。

預料著沒有人能想像會如何滿盈的禍災，我退藏於我在富來興的斗室，避見我們慕尼黑經過恐怖打擊之後的景象，雕像傾覆，建築物張著洞窟般的眼眶掩飾背後的空蕩，卻由於不斷增加已經蓋滿鋪石路面的瓦礫，一切反而愈益顯得殘敗荒曠。我心抽緊，兼懷悲憫，想到我那些兒子的愚忠，他們和這個民族的群眾一樣相信、歡欣、犧牲、奮鬥，如今已好一陣子和他們幾百萬同類那樣，以呆滯的眼神苦嚐幻滅的滋味，那幻滅必定化成了徹底的無望與無邊的絕望。我不信他們所信，也無與於他們的喜悅，他們的困境也不會使他們與我親近一點。他們甚至會將他們的困境歸咎我——彷彿如果我一同作他們邪惡的夢，事態會不一樣。願上帝幫幫他們。我與我的老海倫獨處，她照顧我的身體，我有時候從此作裡對她朗誦她的素心能夠了解的片段。周遭沉倫覆滅，我全心全力完成此作。

末日預言，標題《啟示錄變相》，一九二六年二月在法蘭克福發聲，尖銳且巨大，那約莫是前文所述可怕事件之後一年，部分可能由於那些事件令他消沉沮喪，阿德里安沒有能夠勉強自己打破他素常的矜持來出席那場十分轟動、雖然充斥惡意叫喊與無聊大笑的演出。他從未聽過那部作品，即使那是他嚴冷高傲人生的兩大標竿之一，不過，依照他對「聽」的習慣說法，這一點也不用太過抱憾。除了我，我特別安排自己能夠抽身成行，我們相識圈中只有珍妮特前往法蘭克福，她手頭非闊，仍然到場，而且轉往菲弗林用她非常獨特的、法文與巴伐利亞混合的方言為這位朋友報告演出。那時候，阿德里安非常歡喜這個斯文的鄉下女孩作陪：她具備一種善意且令他安心的氣質，一種保護的力量，其實我曾目睹他同她手拉手坐在修道院長室一個角落裡，他沉默無語而望之舒適安全。這手拉手不像他，是我入目而感動，甚至喜悅，但也並非全無擔心的一種改變。

那時候，他周遭有席爾德克納普相伴，他對這個眼睛顏色和他相同的人，也喜愛逾恆。此人依舊吝惜現身；但他，衣衫襤褸的紳士，只要來訪，都樂意陪喜歡散步的阿德里安走漫長的鄉間道路，特別是他無法工作之時，席爾德克納普以苦澀而荒怪的幽默故事為他增添趣味。他窮得像教堂裡的老鼠，當時復為他疏於照顧而逐漸敗壞的牙齒所苦，於是話題無他，只有那些背信忘義的牙醫，佯裝出於友情為他看牙，然後突然出示他付不起的帳單，還有那些付款日程，他錯過的付款期限，他因此被迫另找牙醫，而且心知肚明自己將會永遠無力或無意付費，等等等等。有人不顧他痛苦，在殘餘而作痛的牙根上硬植一個大大的齒橋，這齒橋未久即不勝負荷而開始搖晃，預示這人為結構即將發生令他毛骨悚然的解體，結果將是他又背上新的，永遠無力償付的債務。「那玩意——要——垮了，」他用滿含恐懼的聲音宣布，但阿德里安為他的種種悽慘遭遇大笑得眼淚盈眶，他不僅絲毫不以為忤，而且那似乎正是他的用意，他自己也像學童般笑彎腰。

他帶著那種絞刑架上的幽默來作陪，正合這位孤絕者當時所需，我愧無提供他喜劇之才，惟盡我所能使他得到這樣的陪伴，亦即鼓勵大多時候違拗人意的席爾德克納普造訪菲弗林。阿德里安在那整年裡的工作是空白的：從他給我的書信可以得知，他落得沒有創造理念、精神枯涸不動，令他至感痛苦、羞辱、恐懼，構成他，或者至少如他對我所說，他不去法蘭克福的主要原因。人由於無力更上層樓而留連於既成之物，是至為不堪的。一個人能忍受過去，唯一條件是他覺得自己優於過去，而非自知如今無能而愚蠢地呆視過去。「荒涼空虛，近乎愚騃」，他在寫到富來興給我的信中如此形容他的狀態，「狗過的日子」、「一種沒有記憶、田園氣息令人無法忍受的植物存在」，咒罵這狀態是他挽回尊嚴的僅有、可悲途徑，又說這樣的狀態簡直令他巴望一次新的戰爭、革命或類似的外在喧天動盪，將他拉出這樣的癡呆麻木。關於作曲，他名符其實不復有絲毫概念，連如何個作法的最微弱記憶也沒有，以至於他堅信自己永遠再寫不出一個音符。「但願地獄可憐我」、「為我的靈魂禱告吧」——類似言語一再重現於這些文件之中，這些說法儘管令我心中充滿深憂，卻也令我再度告慰，我告訴自己，總算有這麼一次，只有我，他早年的玩伴，而非世界上任何別人，受他傾吐這些告白。

在我的回信中，我想辦法安慰他，提示他，人要作超越眼前狀態的思考何其困難，人總是違反理智，為情緒所驅而將其眼前所處狀態看成永久的命運，可以說，因為他們沒有能力看到往前那個轉角的世界——處於逆境者可能比處於順境者更加如此。他的弛緩狀態是很可理解的，以他最近遭遇的種種殘酷失望而論。我用詞薄弱，竟以「詩意」將他的精神閒置狀態比擬於「冬季休息的大地」，在其子宮裡，生命祕密繼續預備萌發新芽——這個意象，我自己都覺得善意過頭，毫不符合他的極端情況，那種從脫韁奔逸的創造，到懲罰般的癱瘓的轉變。他健康也陷入一個新的低潮，雖然這看起來比較像是他創造力停滯的併發現象，而不是其肇因：嚴重的偏頭痛使他閉鎖於黑暗之中，尤其是胃炎、支氣管炎、咽炎在一九二六年終日輪番折磨他，單單這些即足以阻止他的法蘭克福之行——正如它們導致醫師斷然制止他另一次出門，一個從人性來說更迫切、更不容爭議、更明顯必要之行。

那年底，幾乎同一天——說來離奇——馬克斯．希維格斯提爾與約納坦．雷維庫恩與世長辭，二人俱為七十五歲——一位是阿德里安長年客居的上巴伐利亞家庭之父兼戶長，另一位是他住在北邊布赫爾大院的親生父親。他母親通報那位「玩索元素者」安詳辭世的電報送達時，他站在那位同樣寡言富思慮，操另一種方言的菸斗老者棺架之側，老者早已漸漸將農莊的擔子交付長子格雷昂，一如阿德里安的父親可能交付於他的格奧格，如今永卸仔肩。阿德里安可以確定，面對斯人長往，艾爾斯貝絲．雷維庫恩平靜鎮定，理性順應生必有死，一如希維格斯提爾家那邊的艾爾絲大娘。前往薩克森－圖林根參加葬禮，以他當時的情況，並無可能。但是，雖然他那個星期日發高燒，感覺非常虛弱，他不顧醫師警告，堅持出席他房東的喪禮，喪禮在菲弗林村中教堂舉行，周遭附近出席者頗眾。我也參加儀式，而且有同時為另外一位送終之感，然後我們相偕徒步返回希維格斯提爾大宅，奇特地為一個原本無足為奇的感覺油生感觸：老人已逝，整個房子仍然瀰漫著他菸斗從打開的起居室散發出來的濃郁氣味，走道的牆壁當然也深染那氣味。

「這氣味，」阿德里安說，「將會維持好一段時日；說不定會房子在，氣味在。布赫爾也會如此。我們身後延留的時間，或短一點，或長一點，謂之不朽。」

那是耶誕節之後──兩位父親雖已一半不問世事、一半疏遠人世，仍然與家人過節。現在新年伊始，光明漸增，阿德里安的情況顯而易見好轉，一連串壓得他透不過氣的病苦忽然停止，他在心理上似乎克服了他人生計畫落空之感，以及與此連帶的，令他震動的損失。他精神復活──他甚至可能必須費力在暴風雨般湧至的創造理念中維持鎮定，一九二七成為室內樂豐收、奇蹟收穫之年：首先是一部為三把弦樂器、三支木管、鋼琴合奏之作，我可以稱之為漫衍之作，有幾個漫長、即興的主題，這些主題經過多重發展與解決，而從未以任何明顯的方式再現。我真喜歡那股構成這部作品性格的、波濤洶湧推進的渴望，其音調氣質的浪漫主義！全作以最嚴格的現代手法處理，這是一件有主題的作品，沒錯，但變化至為強烈，因此基本上沒有「再現」。第一樂章明白標示為「幻想」，第二樂章是強力高昂上升的慢板，第三樂章是終曲，起初輕盈，幾乎有遊戲意味，但對位轉趨緻密，逐漸產生一種悲劇性的嚴肅，而以淒黯的送葬進行曲為尾聲。鋼琴始終不是和聲上的填充樂器，而是獨奏，角色有如協奏曲中的鋼琴——可能是他那首小提琴協奏曲的遺韻。我最深深佩服的，是此曲音色結合這個難題的精湛解決手法。木管從不凌掩弦樂，總是讓後者的聲音有發揮的空間，並且與之往復交替，只在少數幾個段落裡弦樂與木管才結合齊奏。我如果將我的印象作一總撮，那就是：你從一個堅實且熟悉的出發點，受引誘而前往愈來愈偏遠的境域——所有進展都在預料之外。「我希望，」阿德里安對我說，「我寫出來的不是奏鳴曲，而是小說。」

這個音樂「散文」的傾向在那首弦樂五重奏達到高潮，此曲緊接前述合奏之作而至，或許是阿德里安最玄奧的作品。室內樂是主題式動機作品的遊戲場，此作以直接挑釁的方式避免這種作法。完全沒有動機上的關連、發展、變奏，亦無重複；毫無間斷地，但以顯然完全互無關係的方式，新的樂念相繼而至，連接它們的是它們音色或音調的相似，或者應該說，它們之間的對比。全作了無傳統形式的痕跡。大師彷彿以這件看似無政府的作品深呼吸，準備他的《浮士德》清唱劇，他結構最緊密之作。在這首四重奏裡，他純粹跟著他的耳朵，跟著突發樂念的內在邏輯走，但又將複音提升到極致，每個聲部在任何時候都完全獨立。整部作品裡，聲音的連結與分離都以極為鮮明對比的節拍來表現，雖然全作必須一氣演奏，樂章之間沒有中斷。第一樂章標明「中板」，有如四種樂器之間一場充滿深思、至為費神的對話，彼此切磋琢磨，一場嚴肅的交流，步調沉靜，力度幾無變化。接著是一個「急板」樂章，像譫妄狀態下的輕聲細語，四種樂器都加上弱音器；然後是慢板樂章，長度較短，由中提琴主奏，穿插其他樂器，令人想起一個有歌唱角色的場景。在「如火的快板」裡，複音終於在綿長的線條裡盡情發揮。至為亢奮之處是其結尾，彷彿火舌從四面八方向你舔來：急奏與顫音交相兼用，使人覺得耳中聽到的是整個管弦樂團。實情是每一種樂器都表現其廣闊的音域與最優異的聲音潛力，共同臻至實大聲宏，突破一般室內樂的界限，我相信批評者會說這首四重奏是欲蓋彌彰的管弦樂作品。他們這麼說，就錯了。細看總譜，可見此作善用最微妙的弦樂四重奏知識本領。阿德里安多次向我表示，室內樂與管弦樂風格之間的舊有分界是站不住腳的，將音色解放，兩者即彼此融合。混糅兩種音樂類型，使之相融與互換的傾向在《啟示錄》的聲樂與器樂處理上已見跡象，如今在他手中更見發展。「我在哲學課學到，」他說，「設定界限就是超越界限。我一直都相信這道理。」他指的是黑格爾對康德的批判，這句話並且顯示他的創作多麼深受思想——及早年學習的印記——塑造。

那首小提琴、中提琴、大提琴三重奏完全如此，此作幾乎無法演奏，事實上，即使由三位技巧名家為之，亦僅通其技術層面，此曲驚人之處，既在其結構設計之怒張噴勃，其所代表的智性成就，也在於其完全出人意想的聲音混融，那是一個追求人耳未聞所未聞之聲的耳朵、一股在聲部結合上無與倫比的奇思從三種樂器逼出來的異境。「不可能，但值得，」阿德里安曾在心情好的時候如此形容此作，此作在他寫那首合奏時已經下筆，為那首四重奏苦思時存乎心中並加以發展，我們會以為，單是這首四重奏即足以久久耗盡一個人的組織力量。那是靈感、挑戰、實現、新課題之間蓬勃洋溢的交織，種種難題及其解決之道聯袂喧囂騰攪——「一種，」阿德里安說，「閃電連連而不曾曖暗的夜。」

「一種並不溫和，很多痙攣的照明，」他補充道。「再說，我自己也痙攣，那東西揪住我領子，把我拖著走，那種拖法，我整具屍體顫抖。靈感，親愛的朋友，是一幫居心叵測的壞蛋，他們臉頰熱熱的，把你的臉頰也弄得熱熱的，而且不是那麼惹人喜歡的熱。在幸福與酷刑之間，一個人文主義者的知己應該隨時都能清楚俐落區分……」他聲稱，他有時候不知道，他新近經歷的那種平靜的無力，相較於目前的折磨，是不是更值得想望。

我要他別不知感恩。心中懷著驚異、眼裡含著喜悅之淚，但也暗自抱著既愛且懼之情，我一星期又一星期讀著、聽著他——整潔、精確的記譜，毫無倉促草率之痕——落筆於紙上的成果：如他自己所說，「他的精靈與雄松雞（他寫成「雄公雞」）[733]」對他耳語、催他寫的東西。他一口氣，或者用更適當的說法，他上氣不接下氣寫出那三部作品，其中任何一部都足以使該年度變得意義非凡，而且他在完成那首四重奏最後樂章「緩板」當天著手三重奏。「感覺上，」有一次我兩星期不克去看他，他寫信給我，「我好像在克拉考念書似的」——如此說法，我一時不解，直到我想起，克拉考大學在十六世紀是公開講授魔法的。[734]

---

733 雄松雞（**Auerhahn**）：浮士德故事版本紛呈，有些寫浮士德魔約將盡，囑其助手華格納（**Wagner**）追述其生平，並賜華格納一個魔鬼 **Auerhahn** 助其走筆。

734 克拉考（**Krakau**）：在波蘭南部，為波蘭舊都。浮士德其人來歷，當代與後世說法多樣，但不乏指其研習魔法於克拉考大學，馬丁路德即持此說。十六世紀有些書籍記載，當時克拉考使用魔法者頗多，且公開為之，克拉考大學課程並有魔法學位。

我可以保證，我非常仔細聽他這類獨具一格的表達方式，這種表達方式他向來喜歡，但如今在他書信與口頭的德語裡都使用愈來愈頻繁，或許我應該說「常常」？其所以然很快大白。我得到的第一個暗示是，有一天，他工作桌上有一張記譜紙碰巧落在我眼裡，紙上以粗線條的筆畫寫著幾個字：「憂傷觸動浮士德博士，他就寫了他的悲嘆。[735]」

他看見我看見，將那張紙一把搶過去，說：「先生，兄弟，哪來這多管閒事的好奇心！」他計畫自個兒完成而不要人協助的事，他後來有很長一段時間對我諱莫如深。但是，從那一刻起，我自認知情。無可懷疑，室內樂之年一九二七也是《浮士德博士悲歌》孕育之年。說來難以相信：他與複雜之至，唯有最高度、擯除一切的全神貫注始克完成的工作纏鬥之際，心思已在前瞻，往外探索，建立關係——就在嘔心瀝血的悲歌工作重壓之下；正式投入此作時，他第一次為他人生裡的一個事件分心，這事件既甜美，又令人心碎。

735 此句逐字錄自《浮士德博士故事》第六十三章〈浮士德悲歌：自嘆人生正好，英年正盛，就得死去〉首句，浮士德二十四年魔約期滿前一月，眼見大限已至，悲從中來，寫下悲嘆，深痛自誤一生，前路唯有地獄之火。

44

烏舒拉．施奈德文，阿德里安住在朗根沙爾札的妹妹，從一九一一、一二、一三年一個接一個生下她頭三個孩子之後，有點肺疾，必須在哈茨山一所療養院過幾個月。上肺葉炎似乎痊癒，其後十年，直到她的么兒，小尼波穆克，出生，烏舒拉是個無憂無慮、活潑勤快的人妻人母。只是戰爭期間與戰後那幾年，饑餓使她的健康從來無法如花朵盛開，經常感冒，起始只是鼻塞，然後慣常侵襲支氣管。她的面容（她和氣、愉悅、審慎的神情有助掩飾）即使不是病懨懨，也一直虛弱而沒有血色。

一九二三年懷孕看來增益而非減損她的元氣。她分娩之後康復過程辛苦，那場導致她住進療養院的高燒又竄起來。她該不該中斷家庭主婦之職以便接受特殊治療，再度成為話題。但我有幾分確定，在心理適意，母愛的幸福，她的小兒子，世上最安靜和悅、最可愛、最好照顧的寶寶帶給她的喜悅等等影響之下，她的症候再度消褪。這個堅強的女性維持健朗好些年——直到一九二八年五月，五歲的尼波穆克發了相當嚴重的痲疹，她日日夜夜焦慮看顧這個格外鍾愛的孩子，力氣大壞。她自己也得了同樣的病，隨即體溫起落，咳嗽不止，治療她的醫師斷然要求她住進療養院，他沒有強作樂觀，估計需時半年。

尼波穆克因此來到菲弗林。他姊姊蘿莎十七歲，和小她一歲的以西結同樣在光學儀器店工作（十五歲的萊蒙仍在上學），但母親不在家，她自然而然必須同時為她父親擔起持家之責，多半會忙得不可開交，無暇兼負照看么弟之任。烏舒拉讓阿德里安了解事態，寫了信給他說，醫師認為，康復中的孩子若能呼吸一陣子上巴伐利亞的鄉間空氣，將是一個極好的解決辦法，她請他爭取他房東考慮權充這個小孩子的媽媽或奶奶一段適度的時間。加上克蕾曼婷從旁進言，艾爾絲夫人於是何樂而不為，因此，那年七月中旬，約翰尼斯．施奈德文陪妻子到哈茨山脈，前往蘇德洛德附近那家上回對她頗有裨益的療養院，蘿莎帶了她的么弟南行，將他帶入她舅舅第二個家的懷抱。

這對姊弟抵達農莊時，我不在場，但阿德里安為我描述當時的場面：全家上下，母親、女兒、長子、擠奶女工、農場幫工，歡喜著迷，快樂大笑，圍著那孩子，那麼可愛，怎麼都看不足。當然，女人家特別激動，當中又數女工們最沒遮攔，搓著手，彎腰端詳小傢伙，蹲在他身邊，對漂亮的小男孩直叫耶穌、馬利亞和約瑟夫。他大姊在一邊大方微笑，可以見得這場面沒有出她意料，她已習慣人人愛上她家這個么兒。

尼波穆克，或者他家人叫的「尼波」，或者他學語伊始就古怪含混自叫名字的「艾秋」，一身十分簡單的夏季衣著，稱不上是城市裝扮：白色棉布短袖襯衫，非常短的亞麻褲子，足登磨損的皮鞋，腳上沒穿襪子。但是，看到他無異於看到一個小精靈王子。小小身軀秀雅完美，雙腿修長而模樣亭勻；微微伸長、頂上金髮天真披散的小腦袋有一種筆墨難狀的魅力，臉上五官儘管稚幼，卻充滿輪廓線條鮮明、精鑄完工的況味，睫毛長長，無比澄藍的眼睛目光說不出多美且純淨，兼又深且逗人——給人童話之感，彷彿他來自一個嬌小、袖珍、玲瓏世界的，還不是這些種種。另外要加上這孩子在周圍笑語、輕聲歡呼、感動贊嘆的大人圈中的姿態和舉止，那當然不完全免於賣乖而且自知魅力的笑容，那討喜發人深省而若有所指的答話和言語，那小小喉嚨發出的銀鈴似聲音以及用那聲音說的話，他說話仍有童稚的誤音，「你是」、「意思」混淆，還有那繼承自父親，他母親也很早染上的語調，那種將聲音拉長以至略帶從容，略帶莊重，彷彿意味深長的瑞士聲腔，那種 r 的舌顫音，以及音節之間有趣的停頓，如「詫——異」和「骯——髒」，而且我從未見過小孩子像他那樣，懂得用隱隱約約富於表情的手勢注解其言語，只是那些小胳臂與好玩的小手表現的手勢和他想說的話每每並非十分切合，因此雖然美極，卻把他的意思變得晦澀難解。

大略而言，以上描繪的就是尼波穆克——就是「艾秋」，大家很快就援他的例子這麼叫他。這是笨拙求其彷彿的文字能為不在場者提供的最佳描述。在我之前，多少作家憾嘆語言不足以使人如見其物，不足以真實具呈個體形貌！文字之為物，用於褒贊與頌揚，有驚訝、佩服、祝福、以現象撩起的情緒來形容現象之能，卻無喚起與複製現象之力。與其嘗試為這個迷人的對象畫像，我能為他做得更好的可能是承認，時至今天，整整十七年於茲，我每思及他，輒難禁淚眼，同時又滿心奇特、空靈、不盡屬於塵世的愉悅。

問他關於他母親、他這趟旅途、他在大城市慕尼黑過境的事，他那些附帶迷人手勢的回答，如上文所說，有鮮明的瑞士腔，稚氣聲音的銀質音色顯露許多方言特徵，房屋是「屋舍」，「精美」叫「忒美」，「少許」是「些許」。對「可」字的偏愛也挺明顯，像「那可真可愛」之類。他的遣詞用字也保留好些古雅的老式用法，例如記不起某件事，他說那件事「掉在腦後」，以及他最後宣布的那句「再多信息（指「消息」）我就不知道了」。他作此語，可知完全是想結束圍觀，因為他甜美如蜜的雙唇接下來是這句：

「艾秋認為不適合繼續留在屋外，他進屋舍去問候舅舅才適當。」

說著，他將他的小手伸向姊姊，讓她領他進屋。這當兒，在屋裡休息而此刻恢復正常的阿德里安自己舉步而出，來歡迎他外甥。

「這，」他招呼少女並贊嘆她長得多像她母親之後說，「就是我們家的新成員嘍？」

他牽尼波穆克的手，目注那對帶著澄藍色微笑仰視他的星眸，霎時沉醉於那對星眸放出的甜美輝光。

「好，好，」他只口出兩個字，緩緩朝護送孩子來的人點頭，然後又回頭注意這景象。誰都不可能沒看出他的激動，這孩子當然也不可能。然而聽起來非但不像放肆，反而像體貼為人掩飾、天真令人平靜，以及為雙方關係鋪個平順、友善的基礎：艾秋——這是他對舅舅說的第一句話——逕自肯定：

「對吧，你高興我來了。」

眾人大笑，包括阿德里安。

「我正是這意思！」他答道。「我希望呢，你也高興認識大家。」

「這是個非常愉快的見面，」小男孩出語奇雅。

圍觀者正要大笑，阿德里安一根手指豎在嘴前，向他們搖搖頭。

「我們，」他柔聲說，「別這麼大笑，把小孩子弄得不知所措。況且也沒道理笑，您說呢，大娘？」他轉頭看艾爾絲夫人。

「全沒道理！」她以特意加重的聲音答道，並以圍裙角抹眼睛。

「我們這就進去吧，」他再次牽起尼波穆克的手，領他進屋。「您一定為我們的客人準備了些點心。」

她是準備了。在勝利女神廳，蘿莎獲得咖啡招待，小男孩是牛奶與餅乾。他舅舅同他一塊坐，看他小巧、俐落進食。阿德里安也和他外甥女說些話，卻不大細聽她說些什麼，只一心端詳小精靈，同時著意克制自己的激動，以免煩擾對方——其實沒必要擔這個心，艾秋早已習焉不察人家對他暗暗欣賞和著迷觀看。不過，要是疏忽有人遞餅乾或蜜餞給他，他抬眼表示感謝時美極的眼神，還真是罪過。

末了，小男孩說「好了」。這詞兒，他姊姊解釋，這是他一向的用語，表示飽、夠、不要再加，他自幼將「我吃好了」作此縮減，使用至今。「好了！」他說；艾爾絲大娘出於好客之心，想再給他些什麼，他以從容冷靜的理智說：「艾秋還是不要的好。」

他以小手掌揉眼睛，意指他睡意來了。於是打點他上床。他靜眠之際，阿德里安在書房同他姊姊閒話。她只留到第三天，她在朗根沙爾札有職責，必須回家。她離去時，尼波穆克哭了一下，隨即答應，她再來接他之前，他會「討人喜歡」。真是，好像他不會守信似的！好像他有能力不守信似的！他帶來福氣，一種時刻開朗且親切入微的心靈溫暖，不僅帶到大院，還帶到村子裡，甚至帶到瓦爾茲胡特鎮上——希維格斯提爾一家，母親和女兒，都希望人家看到她們同他一塊，而且料準不管到哪兒都會引起同樣的著迷喜愛。她們帶他到鎮上，在藥房老闆、小商販、鞋匠那兒，他背誦童話詩，手勢神奇，拉長的聲調富含表情，說著〈蓬頭亂髮的彼得〉736 裡身上著火的小寶琳，或小約興的故事：他玩耍回家，身上好骯—髒，鴨太太和鴨先生嚇一跳，連那隻豬也好詫—異。他雙手交舉到他的小臉面前，對菲弗林教區牧師背一段祈禱文，一段奇特的古老禱詞，這麼起始：「什麼也阻止不了適時就來的死亡。」牧師感動不已，只說得一句：「啊，你這個上帝的寶寶，你這個受神降福的！」說著，以他白色的牧師之手撫摩他頭髮，送他一幅鮮亮的羔羊畫像。而且，這位導師後來說，他同他說話之時，自己變得「完全不一樣」。在市場裡、在街上，許許多多人問克蕾曼婷小姐或艾爾絲大娘，這從天上掉到他們之間的是誰。他們頭暈目眩說：「啊，你瞧！你看他！」不然也口出與那位牧師大同小異的話：「啊，你這個可愛的小孩，你這個福氣兒！」婦女們還往往在他身邊跪下。

我下次走訪大院，他已來此十四天。他已習慣這裡，並且鄉里知名。我打遠處頭一回見他：阿德里安從宅院一個轉角為我指出他來，他獨自坐在宅後菜園地上，在草莓與菜畦之間，小小的腿一隻前伸，一隻半收而弓起，髮絡在額頭中分，帶著似乎有點超脫的樂趣，看一本舅舅送他的圖畫書。他將書頂在膝上，右手抓著書緣。他以小小的左臂與左手翻書，掀頁的動作下意識地停駐，小小的手掌張開，停在書側的半空中，成為優雅得難以置信的姿勢，我覺得從來不曾看過小孩子坐得如此迷人（我甚至作夢也看不到我自己的孩子有此坐相），我頓時心想，天國的小天使一定也是這樣翻他們的詩篇。

我們走過去，好教我認識這個奇蹟兒。我拿出為人師表的模樣，不論好歹，該怎麼就怎麼，不流露心中有何波動，也不甘言蜜語。主意既定，我正經皺皺眉頭，使出挺低沉的聲音，以熟絡、粗氣而兼施恩示惠的語調對他說，「喏，孩子？一直都這麼乖吧？你在做什麼？」然而，擺這架子的當兒，我自己覺得說不出多可笑。更糟的是，他注意到了，明顯認為我理當有此感受，並且代我慚愧，低下小腦袋，嘴角往下拉，人想笑又忍住就是如此，我不知所措，好半晌完全說不出話來。

他還不到一個後生看到大人必須起立並鞠個躬的年齡，而且，如果有誰，那就是他合該享有親切的特權，享有我們對仍屬新來乍到人間，對這個世界還半陌生、不熟悉者的寬容禮敬。他對我們說，我們應該坐下；我們在草地上坐下，小精靈在我們中間，和他一同看他的圖畫書，在市面上買得到的兒童文學之中，此書當然屬於最可接受之列；插畫是英國品味，類似凱特・格林納威風格[737]，押韻詩滿不錯的，尼波穆克（我總是這麼叫他，不用「艾秋」，我白癡般認為這稱呼有驕寵之嫌）幾乎全都熟記在心，他為我們「朗讀」，小手指在頁上遊走，都指錯行。

值得一提的是，我到今天還熟記那些「詩」，只因為我一次——亦或可能是好幾次？——聽他細稚的聲音以其奇妙的抑揚背它們。我還何其清楚記得關於三個手風琴師那首，三人在街角相

---

736 **Struwwelpeter**，德國醫師霍夫曼（**Heinrich Hoffmann**，一八〇九—一八九四）同名故事集的封面故事。

737 **Kate Greenaway**（一八四六—一九〇一）：英國童書插畫家兼作家。

碰，每個都生另外兩個的氣，誰也不讓開。我能夠為任何孩子背誦，但遠遠比不上艾秋那麼好，街坊如何忍受那可真悅耳的喧囂。耗子絕食，大鼠搬家！結尾如下：

「誰把音樂會聽完呢，
是一隻小狗，
小狗回到了家，
覺得好不難受。」

你真得看看小傢伙背到小狗不舒服時如何擔心搖頭，聲音難過變低。你也真得觀察他以如何優美的莊重語氣背誦兩個古怪的小紳士在海灘打招呼：

「早安，閣下！
今天游泳條件不佳。」

所以如此，有幾個原因：首先，今天的水太濕，而且只有列氏五度[738]，但也因為有「三位瑞典來客」——

「一隻劍魚，一隻鋸鰩和鯊魚——

三個就在近處游來游去。」

他滑稽說出這些體己的警告，睜大眼睛逐一點數那些不受歡迎的來客，報告牠們就在近處游來游去的消息時神情既愜意又陰森，我們兩人不禁大笑。他直視我們的臉，懷著促狹的好奇觀察我們的開心——特別是我，我覺得，因為他想看出，為了我自己好，我愚蠢、生硬又枯燥乏味的好為人師模樣是不是融化了。

天可憐見，的確融了，我從那第一次荒唐的嘗試之後不曾再回到那模樣，除了總以堅定的聲音叫這個來自童年與精靈國度的大使「尼波穆克」，只在和他舅舅談到他時叫「艾秋」，因為他跟女人們這麼叫他。然而可想而知，我內心裡的教育者、導師，面對這樣的可愛，到底還是有幾分不安，甚至困窘，雖然這可愛儘管的確值得稱美，但仍要承受時間的流變，注定會成熟而墮入世道。短時之內，那對明眸裡含著微笑的天藍將會失去其來自另一世界的原始純淨；那張小天使的臉，下巴微裂、魅力洋溢的嘴笑起來時現出閃亮的乳牙，但安靜時較為飽滿，嘴角是兩條從纖細小鼻子延伸而下的柔和輪廓線，將嘴與下巴分開——這張獨特且直露童真的臉將會變成多多少少平凡男孩的臉，我們將必須待之以清醒、凡常之道，他也不會再有理由像尼波面臨我以教師之

738 列氏溫標：法國科學家列奧米爾（**René-Antoine Ferchault de Réaumur**，一六八三—一七五七）於一七三一年所創。列氏溫度乘以一．二五即得攝氏溫度。

姿接近時那樣，帶著反諷回應這樣的對待。然而這裡有個什麼——這個精靈的嘲諷似乎就是其表現——使我們不相信時間及其庸俗作用、不信時間有影響這個美好人兒的力量，而那個「什麼」就是這個人兒奇特的自足，說這孩子在人間永將如此，這人兒注入我們心田一個感覺，覺得他是降臨到我們之間來的，是，我重複一遍，美好的使者，這感覺將理智放在超越邏輯的搖籃裡輕搖入夢，染有我們基督教色彩的夢。這人兒不能否定成長的必然性，但他寄託於一個神祕、沒有時間性，一切同時且並立的想像世界，在那個世界裡，長大成人的救主與聖母懷中的孩子不相矛盾。祂就是他，永遠是，永遠對朝拜的聖徒舉起小手作十字架狀。

哪門子的狂熱幻想！你會說。但我別無他說，只能重現我的經驗，承認這個輕靈飄動的存在時時令我陷入的遲拙。我應該取法——我的確試過——阿德里安，他不是教師，而是藝術家，能夠以物觀物，顯然並無將之陶冶變化之想。換句話說：他為屢遷不居的流變賦予存有的性格，他相信物象，此信有一種從容與定靜（至少我認為如此），習慣於物象，面對最非塵世的物象也不失措。艾秋，這個精靈王子，來了——好，我們就依照他的自然本質對待他，不必多事。我認為這就是阿德里安的立足點。自然而然，他根本不會皺起眉頭，口出「喏，小朋友，一直都乖吧」這類陳腔老套。但另方面，他也把「啊，福氣的孩子」之類狂喜言語留給別人去說。他用以對待小傢伙的是沉思中流露笑容或穩重的溫柔，沒有悅色討好，沒有甜言投合，沒有體貼溫存的張致。事實是我從未看過他以任何方式愛撫這孩子，也幾乎不曾看過他摸一下他頭髮。只是他喜歡同他手牽手散步田野，這是實情。

據我觀察，他打第一天就深情喜愛這個小外甥。小外甥出現，為他的生命帶來明燦的天光，他如何舉止都動搖不了我這項觀察。一點兒也錯不了，小精靈甜美、輕盈、披上凝重古老言詞但了無痕跡的魅力成為他多麼深刻、由衷、愉快的心事，充實他的日子，儘管他只偶爾與他同處一兩個時辰，因為照料小孩子通常是女人家的事；又因那對母女另外忙許多事，這孩子每每自個兒在安穩的角落打發。痲疹使他和幼兒一樣十分需要睡眠，睡意來時，白天裡即使是午睡以外的時間也往往睡著。想睡之時，他說一聲「晚上」，一如他夜裡就寢前習慣說這個字，但這也是他的告別詞：白天裡他要走開，或別人離開，他就說這個字——他不是說「再見」、「再會」，而說「晚上」，與他吃夠東西時總要說的「好了」配成一對。他入眠前說「晚上」時伸出小手給你握，不管他是在草地上還是在椅子裡，而且，在大宅後面的園子裡，我看過阿德里安坐在只三以塊板子釘成的窄窄長椅上目注艾秋在他腳邊入睡。「他先伸出他的小手給我，」他抬頭看到我，這麼說。他不知道我走近他們。

艾爾絲夫人和克蕾曼婷告訴我，尼波穆克是她們見過最聽話、最溫順、最不惹人氣惱的孩子，這說法同他來此最初一段日子的表現一致。我其實看過他弄傷自己時哭起來，但從沒聽他像管不住的孩子那樣啼、鬧、彆扭。這種事在他是難以想像的。受到責備，或時候不對而不准跟馬伕去看馬、不准跟瓦普吉絲去牛舍，他明顯和氣順從，口出安慰之言，「晚些也許，也許明天吧」，這話聽來不是安慰他自己，而是撫慰那個當然十分不願但不得不使他沒法如願的人。他甚至摸摸禁止他的人：「別放在心上！下回你不必跟自己為難，就會讓我去了。」

他不能進修道院長室找他舅舅時，也是如此。他挺黏他舅舅。我在他抵達十四天後才初識他時，他已經明顯和阿德里安格外投契，總是想辦法同他相伴，這也當然因為與阿德里安作伴是特殊、有趣的，女眷們的陪伴則屬平常。他怎麼可能不注意到，這個人，他媽媽的哥哥，在菲弗林的鄉下民眾之間有個獨特、受敬重，甚至令人畏怯的地位？他人的畏怯，可能正好催生他童稚的好勝心，就是要和舅舅一塊。但我們不能說阿德里安毫無限制接納小傢伙的追隨。他整整好幾天不見他，不讓他進他書房，彷彿避著他，禁止自己看到他無疑珍愛的身影。然後，他同他共度漫長的時辰，牽著，如我所說，牽著他的小手散步。他能夠要這小同伴走多遠，就走多遠，和他信步而行，有時相得無語，有時寒暄閒聊；行過艾秋抵達那個季節的濕潤蒼翠，歐鼠李與丁香的芬芳，然後有沿路的茉莉氣息；或者讓腳下輕快的小傢伙帶路，走下窄窄的、熟黃只待收割的作物形成的牆之間的小徑，稈子從表土長得尼波穆克一般高，滿綴搖曳點頭的穗。

該說「從壞土」，因為小傢伙是這麼說的，他喜悅宣布，夜來的「纖雨」給壞土「醒神」。

「纖雨？艾秋？」他舅舅問，他以為「醒神」是這孩子的特有童語。

「是啊，纖雨，」他的散步伴侶這麼確認，隨即無意繼續這個話題。

「你想想，他談起醒神的纖雨！」我下次到訪時，阿德里安睜大眼睛向我報告。「這可不稀奇嗎？」

我指點這位朋友，在我們德國中部，「纖雨」有數百年之久，直到十五世紀，就是微雨，「醒神」則在中古高地德語和「提神」並立。

「是啊，他來自挺遠的，」他迷迷糊糊接受此說。

他每回不得不進城，都給這孩子帶回禮物：各種各樣動物，一開蓋子就從盒中蹦出的小丑，一列亮著閃光信號在橢圓形軌道上疾馳的火車，一個魔術盒，裡頭最珍貴的東西是一隻裝了紅酒的玻璃杯，杯子倒置，酒卻不倒出來。艾秋確實歡喜這些禮物，但玩了一玩，很快就說「好了」，他遠更喜歡舅舅向他出示並解釋他自己使用的器材——總是同樣那幾個物件，在娛樂上，小孩子就有那麼不厭重複和堅持不懈。一把象牙磨成的拆信刀，一個斜著軸心旋轉的地球儀，上面有面貌嶙峋的陸塊，凹圍著陸塊的海，奇形怪狀的內海，和廣闊的藍色大洋；會敲響的桌鐘，鐘錘會下沉，得用一把曲柄將它旋上去：這些是細瘦的小傢伙渴望摸摸看看的奇器，他進門時，用稚幼的聲音問主人：

「你不高興，是因為我來嗎？」

「沒有，艾秋，沒有特別不高興。不過鐘錘才下到一半。」

這回可能事關他想看的一個音樂盒。那是我貢獻的，我帶來給他的：一隻從底下旋緊發條的褐色小盒子。上好發條，一個滿布粒粒小突刺的金屬圓筒滾過音梳上定好音階的簧片，發出樂音，起初急而細，繼而漸慢而疲，三段和聲頗佳的畢德麥耶爾風小旋律。艾秋總是聽得入迷，樂趣、驚訝與內心的如夢似幻在那對眼睛構成令人一見難忘的混和。

他也喜歡觀賞舅舅的手稿，那些遍布五線譜上的神祕符號，裝飾著小旗子和小羽毛，用弧線和斜線連接，有的空白，有的填黑，而且要人家解釋那些符號在說些什麼——它們說的正是他，這一點你知我知就行了，我並且很想知道，他是不是談得上略猜一二，以及從他眼中是不是能讀出他從大師的解釋裡得知這一點。這孩子比我們所有人先「得窺」阿德里安取自《暴風雨》而悄悄用功的愛俐兒之歌[739]總譜：他將大自然眾聲精靈般此起彼落合唱的第一首「Come unto these yellow sands[740]」，結合於最後一首「Where the bee sucks, there suck I[741]」，配上女高音、鋼片琴、加上弱音器的小提琴、雙簧管、加上弱音器的小號，以及豎琴發出的豎笛音。的確，誰聽見這「輕柔精靈」之聲，即使只是讀譜而聽之以心靈之耳，都會和劇中的菲迪南[742]一同問：「這音樂在哪兒呢？在空中還是地裡？」譜曲者以其纖如游絲、柔似耳語的織地，非特捕捉艾俐兒——my dainty Ariel[743]——飄忽、童稚、優美、令人難以捉摸的輕靈，也具現山丘、小河、小樹林中的整個精靈世界，傳出他們，普洛斯佩羅[744]說的纖細兵丁，小如木偶，如何從事其小小的消遣娛樂，在月光下捲母羊不愛吃的飼料，以及午夜栽蘑菇。

艾秋總是要求在總譜上看那隻狗吠「汪、汪」和公雞叫「喀、卡、嘟兜、嘟」的位置。阿德里安告訴他惡女巫西考拉克斯[745]和她的小僕從之事，小僕從纖弱而無法執行她的卑鄙使令，被她夾禁於樹幹裂縫。他卡在縫中經歷悲慘的十二年，直到魔法師來解放他。尼波穆克極想知道小精靈被夾困時多大年紀，十二年後獲得解放時又幾歲；舅舅對他說，小傢伙沒有年紀，被囚之前之後都是同樣輕盈的空氣精靈，艾秋似乎滿意這答案。

修道院長室主人也跟他說另外的童話，他能記多少就說多少：侏儒怪[746]、法拉達[747]和萵苣姑娘[748]、又唱又跳的雲雀[749]。小傢伙坐在舅舅膝腿上，側著身子，有時一隻小手臂繞挽著舅舅的脖子。「怪好聽的呢，」一個故事結束，他這麼說，但經常在那之前睡著，腦袋偎在說書人胸上。後者繼續坐著，久久一動不動，下巴輕輕抵著小小入眠者的頭髮，直到有個女眷來抱艾秋。

我說過，阿德里安有時好幾天和小傢伙保持距離，因為他忙，或者因為偏頭痛逼使他尋求安靜，甚至置身黑暗之中，或者不管什麼理由。但是，特別在數日不見艾秋之後，他喜歡在夜裡，艾秋上床之時，輕輕、不惹人注意，進艾秋房間聽他的睡前禱告。他仰躺著，小小雙掌疊合貼胸，保母艾爾絲夫人母女，或二人之一，站在床邊。那是很獨特的祝願，他天藍眼睛望著天花板，嘴裡念念有詞，至為生動，而且禱詞為數甚多，故而幾乎不曾連續兩晚使用同一段。

值得一提的是，他總把「上帝」說成「向帝」，而且喜歡在「誰」、「人」、「無論」前面加個「斯」，於是他說：

「斯人生活在向帝誡命之中，
向帝就在他之中，他也在向帝之中。
當我服從向帝的命令，

---

739 愛俐兒：莎士比亞名劇《暴風雨》（*The Tempest*）中的小精靈，以下引句出自第二幕第一景。

740 「來到這些黃色的沙上」。

741 「蜂吸蜜之處，就是我吸（蜜）之處」。《暴風雨》第五幕第一景。

742 **Ferdinand**，劇中拿坡里王之子。

743 「我靈巧優雅的愛俐兒」。

744 **Prospero**：劇中的米蘭公爵兼魔法師。

745 **Sycorax**：劇中小島上的女巫，「小僕從」即愛俐兒。

746 **Rumpelstilzchen**，格林童話。

747 **Fallada**，格林童話〈牧鵝姑娘〉（**Die Gänsemagd**）中會說話的馬。

748 **Rapunzel**，格林童話。

749 「**Das singende, springende Löwenekkerchen**」，格林童話。

我就是自助得到安寧。阿門。」

或者：

「斯人的壞事惡行不論多大，
向帝都有更大恩典給他。
我的罪不會不可救藥，
向帝帶著祂的滿滿恩典微笑。阿門。」

或者這段預定論[750]色彩一點也錯不了的禱詞：

「沒有人獲得容許犯罪，
除非其中含有神惠。
沒有什麼善行會徒勞無功，
除非他是為下地獄而生。
啊，願我和我所愛
是為天堂的幸福而受造。阿門。」

也有這麼一段：

「太陽也照魔鬼，
但依然純淨而回。
願您保持我在人間純淨，
直到我死時把這債來償清。阿門。」

最後是這段：

「記住，誰為別人禱告，
他就是為自己求告。
艾秋為全世界代禱，
願向帝也將他擁入懷抱。阿門。」

---

750 預定論（**Prädestinationslehre**）：主要指喀爾文主義之神學理論，大意謂上帝自始即預定未來發生的一切，上帝於創世之前即已選定誰將得救而進神之國，未獲選者則下地獄。

最後這段禱告，我自己聽了也無比感動，雖然我相信他不曉得我在場。

「你怎麼看，」出了房間，阿德里安問我，「這樣的神學臆想？他為整個受造物禱告，明明白白說是為了自己也能在其中。一個虔誠的孩子應該知道他為別人禱告，自己也蒙其澤嗎？人一旦知道無私於己有益，這無私就不成立了。」

「就這點而論，你沒說錯，」我答道。「但他也轉回無私，他可能不只是為他自己祈禱，而是為我們所有人。」

「是啊，為我們所有人，」阿德里安輕聲說。

「再說，我們這樣談他，」我繼續說道，「好像這些禱詞是他自己想出來的。你有沒有問過他，他的禱詞哪來的？從他父親那兒，還是別的誰？」

他的回答是：

「哦，沒有，我寧可將這問題擱下，假定他沒辦法告訴我。」

希維格斯提爾母女似乎也這麼想。她們，就我所知，也不曾問過這孩子，他那些睡前禱告詞是哪來的。我自己沒有從門外聽那些禱詞，是她們轉述給我的。尼波穆克不在我們之間以後，我央求她們說那些禱詞給我聽。

45

他從我們之間被奪走，這個出奇優美的生命從人間被奪走——啊，天哪，我為什麼還想婉言形容這最難以理解的殘酷，我見證此事，此事到今天還使我的心忍不住發出怨忿的指控，甚至反叛。他被一種病以可怖的粗野和狂暴攫住，數日之內劫走，那種病，地方上已許久沒有病例，雖然完全震驚於這新病例情況如此迅猛的庫爾比斯大夫告訴我們，從痲疹或百日咳復元之中的兒童可能容易得這種病。

健康情況轉變的初期跡象計算在內，整個過程差不多只有兩星期。從最初的徵象，任誰——我相信沒有人——都不曾疑心接下來會有如此可怖的發展。那是八月中旬，正值外頭收成最忙而需要額外人力之時。有兩個月之久，他是整棟房子的喜悅。然後，鼻塞抽噎使他眼睛裡那種和美的澄澈蒙上一抹滯暗，而且應該就是這難受的感染奪走他的食欲，使他怏怏不樂，增強打從我們認識以來他就有的嗜睡傾向。給他任何東西吃、玩，找他看圖畫、聽童話，他都說「好了」。「好了，」他說，小臉痛苦扭曲，把頭轉開。很快，他開始畏光，也受不了聲音，這比他迄此為止的情緒惡劣更令人不安。他似乎對進入大院的車輛聲響、對人聲敏感特甚。「輕聲說話！」

他輕聲央求，彷彿以身作則。他甚至不想聽音樂盒的柔美叮噹，馬上就口出痛苦的「好了，好了」，自己伸手止住音樂，隨即悽慘啜泣。他因此逃避大院與園子裡的盛夏陽光，躲入房間，傴僂著身體坐在那裡揉眼睛。為求減痛，他一個一個尋找愛他的人，擁抱，感到無濟於事，復又放開，令人睹之心酸。他偎依艾爾絲大娘，偎依克蕾曼婷，偎依牛奶女工瓦普吉絲，並且出於同樣的需求而多次投向他舅舅。他緊貼他胸膛，仰首望他，細聽他的柔聲安慰，或許綻開虛弱的微笑，但隨即小腦袋下垂，愈沉愈低，喃喃說聲「晚上」——說著，滑站到地板，輕手輕腳搖搖晃晃離開房間。

醫師來看他。他給他滴鼻劑，為他開一種滋補品，但也沒有隱瞞他的推測，更嚴重的病勢可能正在醞釀。他在修道院長室對他多年的病人表達這樣的擔心。

「您這麼想？」阿德里安臉色泛白。

「這件事我看非常不對勁，」醫師說。

「不對勁 」

對方重複這幾個字，語氣既驚嚇又幾乎嚇人，庫爾比斯不禁自問是不是講得太過火了。

「是吧，那就是我說的意思，」他答道。「您自己看起來可能還好一點，先生。一顆心全掛在小傢伙身上？」

「的確如此，」對方說。「這是個責任，醫師。這孩子是為了改善健康才送到這鄉下來託我們照料的……」

「根據目前的病象，如果可以說病象的話，」醫師答道，「沒有理由作不愉快的診斷。我明天再來。」

他次日回來，對病情的診斷更確定得無以復加。尼波穆克有一場突然、爆發式的嘔吐，他只有中度發燒，但與之俱來的頭痛數小時內上升到明顯難以忍受。醫師到時，這孩子已被帶上床，兩手抱著小腦袋，嘴裡噴出哭喊，每每哭到最後一口氣接不上來——這對每個聽到的人都是酷刑，而那哭喊整棟房子都聽得到。哭喊之間，他向身邊的人長長伸出那雙小手，叫「救！救！頭痛！頭痛！」接著又一場狂吐將他撕裂，直到他在陣陣抽搐中往後倒下。

庫爾比斯檢視孩子的眼睛，瞳孔已猛烈縮小，而且有變成斜視的傾向。脈博加速。肌肉收縮與頸部開始僵硬都轉明顯。那是Cerebrospinal-Meningitis，腦膜炎——這個好人說這名稱時，頭尷尬歪向肩膀，大概希望聽者不明白，他這門科學面對這種致命感染只有承認幾乎完全無能為力。暗示是有的，亦即他建議或許不妨打電報給孩子的父母報信。母親在場，對小病人至少可能有其撫慰之益。另外，他要求延請首府一位內科醫師，希望與之共同負責這不幸不可謂不嚴重的病情。「我是個單純的人，」他說。「眼前情況最好徵詢更高的權威。」我相信這話裡帶著感傷的自諷。不過，脊椎穿刺是確認診斷的必要途徑，也是為病人帶來緩解的唯一辦法，他倒有足夠自信來做。艾爾絲夫人，臉色發白但鼓起精力，而且對人性永遠忠心不渝，按住啜泣呻吟蜷臥床上，下巴與膝蓋幾乎相接的孩子，從分開的椎骨之間，庫爾比斯將他的針刺入脊髓管，脊髓液從中滴滴而出。嚇人的頭痛差不多立即減輕。要是頭痛又發，醫師說——他知道過一兩個鐘頭必定復發，因為抽脊髓液而造成的減壓效果只能維持那麼久——就得使用冰敷袋和他開的氯醛處方，他會開這處方，藥則得從縣城拿來。

脊椎穿刺後尼波穆克力竭昏睡，又在新的一波嘔吐、小小身子的痙攣、炸裂腦袋的劇痛中驚醒，然後再度開始令人心碎的哀哭和刺耳的尖叫——是典型的「腦水腫哭喊」，只有醫師的心腸差能忍受，只因為他了解那是典型現象。我們對典型能夠冷靜，遇到個別病例就會六神無主。那是科學的鎮靜。但它沒有阻礙這位鄉下醫師很快從他原先開的溴化碘與氯醛轉向嗎啡，效果稍好。他可能既是為了住在這棟房子裡的人——我特別想到一個人——也是為了憐憫這慘受折磨的孩子，而決定這麼做。抽脊髓液只能二十四小時做一次，緩解之效只有兩小時。一個孩子二十二小時哭喊、全身擰扭的酷刑，這個孩子，兩隻小手交叉胸前，結結舌舌叫著：「艾秋會乖，艾秋會乖！」我可以補充一點：對目睹尼波穆克的人，最可怖的或許是附帶徵候。那雙天藍眼睛斜視愈來愈厲害，原因在與頸部僵化相互連帶的眼部肌肉癱瘓。那張甜美的臉怪異、恐怖扭曲，特別是隨即加上牙齒咬得咯嚓作響，整個給人著魔之感。

次日下午，格雷昂從瓦爾茲胡特接來慕尼黑那位諮商權威，馮．羅森布赫教授。從庫爾比斯建議的人選之中，阿德里安根據其名望而屬意於他。他身材高大，熟諳上流社會世故，由先前的國王封為貴族，求診者多而收費昂貴，一隻眼睛好像檢視病人般總是半閉著。他反對使用嗎啡，認為可能與昏迷混同，而目前昏迷「完全尚未開始」。他只允許可待因。顯然他最重視的是依照病情的一個個正確、清晰階段而治之。他檢查之後，認可他那位連連點頭哈腰的鄉下同行的安排：房間遮掉天光，頭墊高並冷敷，觸摸小病人要盡量小心，以酒精擦拭皮膚，攝取濃縮食品，這些食物到時可能必須以軟管從鼻孔注入。可能由於他並非置身於病人父母家裡，他的安慰言語坦率，沒有模稜兩可。意識不久就會開始模糊，迅速加深，那是勢所必然，不是由於嗎啡而提早來臨。孩子然後會愈來愈不感痛苦，終至全無痛苦。基於此故，看到可怕的症狀也別太難過。他拿出善意親自做第二次脊椎穿刺之後，以威嚴高貴之姿告辭，不曾再來。

我經由艾爾絲大娘每天打電報而得知事情的悲慘進展，在病情全面爆發後四天，星期日，才抵達菲弗林。當時那小小身子陣陣狂暴的痙攣，彷彿被緊綳在刑架上用刑，眼珠翻白，昏迷已經開始。孩子的哭叫歸於沉寂，只剩咯嚓咯嚓的咬牙聲。艾爾絲太太帶著睡眠不足的眼神和哭腫的雙眼，在大門接我，急切要我馬上直奔阿德里安。那孩子，順便一提，父母昨晚以來陪著，我很快就會看到。但博士先生，他迫切需要我安慰，他情況不好，我們私下說吧，她有時覺得他說話神經錯亂。

我滿懷忐忑前去尋他。他坐在他工作桌前，只抬眼給飛快而似乎鄙視的一瞥。他臉色蒼白得可怕，眼睛和房子裡所有人一樣泛紅，他緊閉著嘴，舌頭機械般在下唇內側左舔右舔。

「是你，好人？」他說道，我向他走過去，將一隻手搭在他肩上。「你來這裡做什麼？這裡不是你該來的地方。畫十字架吧，這麼畫，從額頭到雙肩，就像你小時候學的護身法！」

我正說著幾句安慰與希望之言——

「你省省吧，」他粗暴打斷我，「你那些人文主義胡謅！他要把他拿走了。請他快快了結就是。以他這麼拙劣的方法，可能也快不了。」

他一躍而起，倚著牆壁，後腦勺貼著護壁鑲板。

「把他拿去吧，怪物！」他叫道，那聲音令我寒入骨髓。「把他拿去吧，狗東西，但是請你盡量快點，卑劣的傢伙，既然你連這個也容不下！我還以為，」他突然轉向我，放輕聲音，彷彿說什麼祕密，舉步向前，以心死的目光，我此生難忘的目光，盯住我，「他會允許這個，也許會放過這個，結果不然，他哪兒去找慈悲，他離慈悲十萬八千里，他禽獸般生起氣來，更是非把這個踩死不可。把他拿去吧，你這渣滓！」他大叫，然後從我面前退開，彷彿退回到十字架上。「拿他的肉體吧，你對肉體有權柄！但是你得乖乖將他甜美的靈魂留給我，你對靈魂是無能的，這是你可笑之處，我要嘲笑你千年萬載。我和他之間縱使隔著永恆，我也會知道，他在的地方，你被扔出來，你這齷齪東西。為了我對你加以我最髒污的詛咒，我的舌頭將會獲得源源不絕的潤滑，而且我會受到頌神般的讚美。」

他雙手蒙面，轉過身去，額頭抵著護牆板。

我能說什麼？我怎麼辦？要如何回應這樣的言語？「親愛的，不管怎麼樣，冷靜一下，你神不守舍呢，痛苦害你滿腦子荒唐事」，大概是這麼說的吧，而且由於著重心理層面，特別是面對這麼一個人，你不會想到肉體上的鎮定和減痛，不會想到屋子裡就有的溴化碘。

對我這語帶懇求的安慰，他只回答：

「省省，你自己省省吧，畫十字就是！上面出了事了。不要只為你自己畫，也要為我和我的罪！我們這是何等的罪，何等的孽，何等的犯行，」——他坐回寫字桌，雙手握拳抵著太陽穴——「竟然讓他來，我竟然讓他接近我，而我的眼睛把他百看不厭！你一定知道，小孩子是脆弱的，非常容易受到有毒的影響……」

這回，一點也不假，是我大喊，憤怒制止他這麼說話。

「阿德里安，不對！」我叫道。「你這是幹什麼，如此自苦，為盲目的命運而這樣荒謬自我指控，這美好，或許人間配不上的美好孩子不管在什麼地方，它都可能把他奪走。它儘可以令我們心碎，但我們不可以讓它奪走我們的理智。你給了他的全是愛與善……」

他只揚揚手打發我。我陪他坐了約莫一個鐘頭，時或輕聲對他說話，他喃喃自語回答，我聽不太明白。後來我說，我要去看看病人。

「去吧，」他回答，接著冷酷補充一句：

「可是別像那天那樣跟他說話，什麼『喏，孩子，一直都乖吧』之類。首先是他聽不見你，再來是這種話根本違反人文主義品味。」

我正要離去，他把我叫住，直呼我名字「宅特布隆姆」，那聲音同樣冷酷無情。我回過身：

「我發現，」他說，「它不該存在。」

「阿德里安，什麼不該存在？」

「善與高貴，」他回答我，「世人所謂的人性，縱使它是善而且高貴的。人戰鬥以追求、進攻城堡以爭取、熱情盈溢歡欣鼓舞宣布的，不該存在。要取消。我要將它取消。」

「我不明白，親愛的，不太明白。你要取消什麼？」

我滿懷困惑憂傷，上樓前往命運弄人的房間。病房氣氛瀰漫，藥味、霉氣，素淨而窒悶，雖然窗戶開著。百葉窗拉下，只留一道隙縫。尼波穆克床邊圍著好幾個人，我和他們握手，但眼睛一直只看瀕死的孩子。他側躺，身子蜷縮，雙肘和雙膝緊緊內收。他雙頰漲紅，呼吸深，但下次呼吸要等許久。眼睛沒有全閉，但睫毛之間看不到虹膜的天藍，只有一片黑，因為瞳孔愈來愈大，只是兩邊大小不一，但都幾乎吞噬所有顏色。所幸還看得出一些能反光的黑色。那瞇縫有時現白，但那雙小胳臂也愈發貼緊雙脇，牙齒嚓嚓作響的痙攣復又擰扭著小小的肢體，入目可怖，但也許已經不痛了。

他母親啜泣。我方才緊握她的手，此時再緊握一次。她來了，烏瑟兒，布赫爾大院的的褐眼女兒，阿德里安的妹妹，愁容悲悽的三十八歲臉孔比什麼時候都更令我憶起她父親約納坦的老式德國五官，思之心有戚戚。她身邊是她丈夫，他接到電報，從蘇德洛德把她接來：施奈德文，一個高大、英俊、單純、留金色鬍鬚的男子，有尼波穆克的藍眼睛，以及樸直而鄭重的言談，那言談，烏舒拉很早就跟上，其節奏韻律，我們已得識於小精靈艾秋的聲口。

也在房間裡的，除了忙著來來去去的艾爾絲夫人，還有頭髮濃密的羅森斯提爾。她在一次獲許來訪時認識這孩子，她那顆憂鬱的心從此疼愛他。那時候，她以足為範本的德文，用她粗業公司的文具和商業信箋，打了一封長信，向阿德里安描述她的印象。她逐走納克迪，現在接替希維格斯提爾母女，然後代烏舒拉的勞，照顧這孩子，更換他的冰敷袋，以酒精擦拭他的皮膚，給他藥吃，餵他喝滋養液，而且夜裡不喜歡、極少讓別人取代她在床邊的位置。

我們，希維格斯提爾母女、阿德里安、他的親人、羅森斯提爾、我，在勝利女神廳同進晚餐，舉座寡言，女眷之一頻頻起身上樓探視病人。我必須在星期日上午離開菲弗林，雖然走得難過。我有盈几的拉丁文試卷要改，星期一得交出去。我向阿德里安告別，柔聲祝福他，我寧要他這回和我分袂的樣子，不要他日昨接待我的模樣。他面帶一種微笑，用英語說：

「Then to the elements. Be free, and fare thou well.[751]」

尼波穆克·施奈德文，艾秋，那孩子，阿德里安最後的愛，十二小時後長眠。他父母帶著小小的靈柩回家。

751「之後，返回空氣。好生自由去吧，再見。」。普洛斯佩羅放愛俐兒自由的贈言，也是《暴風雨》全劇最後兩行台詞。

46

至今已將近四週之久，我的敘事沒有續寫片言隻字。首先是由於上文那些回憶之後，心理耗竭而懸滯不前，但同時也是受阻於種種事件，這些事件絡繹相繼，其邏輯進展可得而預見，在某些層面上甚至有人渴望其發生，但如今仍然引起難以置信的恐懼。我們招災惹禍，如今被哀嘆與驚恐掏空了的民族還懵然不解，而自棄於麻木的宿命論，面對如此事態，我已疲累於長久悲傷、長久驚愕的心也為之廢然無助。

三月底以來——今天是命運年一九四五的四月二十五日——我國的西部防線明顯已徹底潰散[752]。官方報紙半脫桎梏，報導了真相；敵人電台廣播與逃難者口耳相傳共同助長的謠言，則是不理檢查制度的。謠言將這場迅速擴散的災難的細節原委，帶到國境之內尚未被它吞噬、尚未被它解放的地區，甚至帶到我的斗室來。再也擋不住了：全面投降，一切渙散。我們潰似齏粉與彈盡援絕的城市掉落如熟透的李子。達姆斯塔特、符茲堡、法蘭克福已去，曼罕與卡塞爾，甚至明斯特、萊比錫，於今都聽命於外人。有一天英國人進了不來梅，美國人進了上法蘭克尼亞的霍夫。紐倫堡投降了，這個城市專門舉行國家慶典來振奮那些不聰明的心。這個政權的大人物們，在權力、財富與不義之中打滾的，盛行自殺，正義得伸。

俄國軍團攻陷科尼斯堡與維也納，長驅而渡奧德河，百萬部隊進逼這個國家淪為廢墟的首都，政府官員早已撤空；在早已從空中行刑，繼而以重砲補充之後，眼前推近到那個城市的核心。去年，心懷遠慮的愛國志士孤注一擲，希望為國家挽回最後一點本錢，那個魔星卻逃過謀刺，倖留一命，如今在瘋狂煢然搖曳的苟全之餘，下令士兵將對柏林的攻擊淹葬於血海之中，軍官凡語投降者格殺勿論。格殺令已執行多次。同時，電台無奇不有，神志已非完全清醒的德語廣播滿天流竄：有的盛稱勝利者對老百姓，甚至對什麼備受誣蔑的蓋世太保幫兇何其親善友好，有的報導一個叫「狼人」的自由運動，說那是一支瘋狂的少年隊，隱身森林，夜間突擊，已勇敢殲滅許多入侵者，為祖國立功。啊，可悲的醜怪景象！所以，到此最後地步，還要如此乞靈於粗糙的童話，古老傳說留在民族心底的陰森沉澱，而且還有信者響應。

這期間，一位來自大西洋彼岸的將領下令威瑪居民列隊走過他們當地集中營的火葬場[753]，並

---

752 一九四五年三月上旬，美軍從德國西部中段的雷馬根（**Remagen**）渡過萊茵河，並向德國全境廣播消息，打擊德人心理甚大。英軍向漢堡進發，美軍則遍攻德國中部與南部。四月二十五日，美軍與蘇聯軍在薩克森－安哈特邦托爾高市（**Torgau**）附近易北河段會師，二次世界大戰的歐洲部分正式開始結束；三十日，德國國會陷落。

753 美國巴頓將軍（**George Smith Patten**）於四月十一日解放威瑪附近的布亨瓦爾集中營（**Buchenwald**），麾下少將華克（**Walton Walker**）十五日下令威瑪居民列隊觀看營區。

宣布——我們能說他所言不公嗎？——他們，看起來老實各自幹活，想辦法不知道任何事情的市民，雖然風有時候把燒人肉的惡臭吹入他們鼻孔——宣布他們是如今被揭發，他逼迫他們睜大眼睛看的恐怖景象的共犯。讓他們好好看看吧——我和他們一同看，我在精神上讓自己被推入他們麻木冷感或不寒而慄的行列。我們這座高牆厚壁的刑房，被起始即發誓獻身虛無主義的政權所監控，這個由德國變成的卑劣刑房，現在被砸開了，我們的恥辱盡露於世人眼前，盡露於外國委員會眼前，他們檢視令人難以置信而處處展示的照片，向他們國內報告說：他們所見場面，其殘暴可憎超過人類想像力所能想像的一切。德國的一切，包括德國的精神、德國的思想、德國語文，經此揭露，全都名譽掃地，都墜入令人懷疑的深淵：這麼說，是疑病症嗎？未來，「德國」無論以何種形式面世，如何能再開口對人類事務贊一詞：這麼問，是病態的悔恨嗎？

有人說這裡暴露的是一般人性裡黑暗的可能性——然而犯下人類見之毛骨悚然的罪惡的，是數萬、數十萬德國人，德國的一切如今都永遠成為可憎之物、惡的例證。歸屬一個有這麼一段可怖惡行歷史，一個自致於瘋狂、精神靈魂破產，承認無望自主自治，認為自己最好當外來強權殖民地，一個由於四周憎恨高漲不許其邁出邊界一步而必須將自己像猶太人集中居住般鎖國度日的民族——歸屬一個不能見人的民族，是何滋味？

詛咒，詛咒那些敗壞民族之徒，他們以惡教導這些原本殷實、守法，只是也太馴順可教、太歡歡喜喜依照一套理論安身立命的人民！這詛咒聽了令人多舒坦，感覺多好，如果是出自坦蕩開闊而了無滯礙的心胸！一種祖國之愛，大膽聲稱我們現在親見其痛苦喘著最後一口氣的這個血腥國家，這個，套路德用語，把無法估量的罪行「掛在脖子上」，以咆哮呼喊、以種種勾銷人權的宣言將群眾構煽得心醉神迷而中風狂走，我們的青少年在其刺目旗幟下眼閃精芒、懷著驕傲，信心堅定邁進的國家——宣稱這樣的國家與我們的民族性根本枘鑿不合，是一個強加於我們身上，在我們民族性裡沒有根的東西：這樣的祖國之愛，我認為高尚有餘，卻不切實。這個政權，其言與其行，難道不是一種思想作風與世界觀扭曲、庸劣、卑格的實現嗎？這思想作風與世界觀，我們必須承認有其自具特色的質性，但一個信仰基督教、有人性的人不無懼怖，發現那質性早已鮮明具呈於我們的偉人、那些最有力體現德意志特性的人物身上。我問——我此問難道過分了嗎？啊，事實遠過於這個問題，這個落敗的民族現在驚恐瞠目站在深淵邊上，因為它以最後也最極端的手段尋求它認為最適合自己的政治形式，結果在如此可怖的失敗中淪亡。

*

我走筆的時間，與這部傳記本身包含的時間，現在何其奇特地連結為一！傳主思想生命的末年，一九二九與一九三〇兩年，亦即他結婚的計畫落空、失去那位朋友、奇蹟兒來到他身邊又被奪走之後的年代，也正是那個僭攘這個國家、而如今在血與火中覆滅的政權崛起蔓延的年代。

在阿德里安，那些是非同尋常且極度亢奮，我忍不住要說，怪異駭人之年，同情的旁觀者甚至也被其酣醉疾眩的創作活動捲挾而走，你很難按捺一個印象，說這是對他人生幸福與愛的機會被奪的補償與平衡。我說那些年，但此說失確：只經過其中部分時間，頭一年下半與次年頭幾個月，就產生了那部作品；那是他最後一部，就歷史意義而言也是終極之作：交響清唱劇《浮士德博士悲歌》。此作的計畫，如我在前文所透露，要回溯到尼波穆克寄居菲弗林以前，現在拙筆就要談這部作品。

但首先我不宜略過創作者的個人情況，當時四十四歲的他，他的儀容與生活方式，以及我緊張焦慮觀察所見。立時湧現筆端的是我很早就在這些篇幅裡設了伏筆的一項事實，亦即他的臉，那張刮淨鬍鬚時豁然可見像極她母親的臉，不久以來被一把點染幾抹灰霜的深色鬍鬚改變了，那是一種翹鬍子，上唇橫向狹長的髭往下垂，雖然雙頰沒有留空，但下巴遠更濃密，兩側又較中央厚實，因此也不是山羊鬍。如此五官半遮，給人陌生疏遠之感，但不必計較，因為就是這臉鬍髭，加上他頭部愈來愈常往一邊肩膀微斜的傾向，給了他一種精神受難，甚至近似基督的容顏[754]。這神情，我禁不住喜愛，而且我相信有個原因使這神情更值得我同情，亦即這神情明顯不是軟弱之徵，而是伴同著極端充沛的活力，以及一種健康舒泰，吾友對我盛稱那健康狀態不容爭議，讚不絕口。他吐語遲緩，時而訥澀，時而稍顯單調，我新近發覺他如是說話，而樂於視之為創造活動中深思極慮的表示，他在似醉如癡的靈感激盪之中力求清醒自制。他長久為其所苦的肉體不適，胃炎、喉嚨感染及磨人的偏頭痛發作，都告離開，他確信每天可用，能自由工作，他自己也宣布他的健康是完美、大獲成功的，他日復一日抖擻著充滿異象視界的精力著手工作，那精力從他眼睛躍然可掬，令我自豪，但也令我擔憂復發——那雙眼睛早先經常被上眼皮掩蓋泰半，但現在眼縫大開，開得近乎誇張，張到可以看見虹膜上方的白帶。這予人凶光惘嚇之感，特別是那擴大了的眼色看來有點僵直，或者應該說停滯，我疑猜其故良久，始悟原因在那對眼珠，那眼珠並非完整圓形，而是有些不規則拉長，大小又每每不變，彷彿不受光線的任何變化影響。

我這裡說的是一種有幾分祕密、內在的不動，非常細心的觀察者才會發覺。另外有一個遠更容易引起留意的、外在的現象——連親切可人的珍妮特也上了心，有一回造訪阿德里安之後向我提示，雖然不煩她提示。那是他最近養成的習慣，在某些時刻，例如思考之際，眼珠子快速來回移動——往兩側滾的距離大致相當——如同常言說的骨碌碌滾動，可以想像可能驚嚇不少人。此所以，我儘管很容易——我當時的確覺得很容易——將我認為只是怪癖的這些表現歸因於工作和他在工作下承受的巨大壓力，但我以外幾乎再沒有誰看見他，我仍然暗自鬆一口氣——只因為我擔心他嚇壞人家。其實，他一切社交上的進城之行全已停止。邀請不是由他忠心的女房東回絕，就是沒有答覆。連短時而有目的的慕尼黑之行，例如採購東西，也不再有，他為那個如今已死的孩子張羅玩具，可以說是他去慕尼黑的最後幾次。衣服，他原先在人際場所，諸如晚會或其他公開場合穿用的，如今閒掛衣櫃，他現在的衣著是深居簡出的最單純裝束——睡袍全免了，他也從來不喜歡，連晨起也不穿，除了夜間起床在椅子裡過個一兩小時。一件寬大的厚粗呢短上衣，高高釦起，這樣就不需要領巾，搭一條同樣寬鬆、沒有熨燙的小方格長褲，就是他那陣子的日常穿著，在他已習慣，必不可少以擴張肺部的散步也這副打扮。他甚至可以稱為不修邊幅，要不是他儀表裡那股自然，源自精神的特立氣質減低這印象。

754 托瑪斯·曼在此借用的，實為尼采生前末年的相貌。

他也何必為誰勉強自己？他見珍妮特，同她參詳她帶來的某些十七世紀樂譜（我想起雅克坡・梅拉尼[755]一首著著實實先啟《崔斯坦》一個段落的夏康舞曲），他偶爾見見席爾德克納普，那個眼睛同色的，和他一塊大笑，雖然我忍不住感傷空虛提出，如今只餘同色眼睛，黑眼與藍眼俱往矣……最後，他見我，只要我周末去尋他——這些就是全部了。此外，他即使用得上人家的陪伴，也只是短短幾小時，因為他連星期天也不例外（他從未將星期天「奉為神聖」），每天工作八小時，而且他午後必須在黑暗中休息一段時間，我造訪菲弗林有相當工夫是獨自度過。我說得我有什麼遺憾似的！在一部我懷著痛苦與戰慄而愛的作品創生之際，我就在他身邊，也陪在此作之側，這部高度價值之有十五年曾是死無生氣、禁忌、沉埋的寶藏，如今可能由於我們遭受的毀滅式解放而獲得復活。曾有好些年，我們這些身陷地牢的子民夢想以一首歡樂之歌，《費黛里奧》、第九號交響曲，來慶祝德國解放——自我解放——的黎明。但如今能派上用場的只有此作，我們能打靈魂深處唱出來的只有此作：地獄之子的悲歌，大地上唱過的最悽厲的人神悲歌，從主體出發，不斷延伸擴大，卒至包舉宇宙。

悲歌，悲歌！這De profundis[756]，我以愛與熱情稱之為無與倫比。然而，從創造的觀點，從音樂史與個人自我實現的觀點而論，這尋求彌補與補償的可怕才具不是也有個歡慶、至高勝利的層面嗎？此作難道不代表「突破」嗎？每當我們思考和探討藝術的命運，其狀態與時機，我們就談到「突破」的問題，談到其充滿矛盾的可能性——它難道不是意指恢復「表現」，我不想使用，但為了精確而不得不說，它難道不是意指表現的「重建」嗎？——在精神性與形式上的嚴格達到一個程度時，重建情感對它的最高、最深回應，因為精神性與形式上的嚴格必須達到某種程度，精心計算的冷酷才能反轉為表現靈魂的聲音、受造物真情的流露。

我以提問來呈現的，不過是一種事態的描述，這事態的解釋兼見於客觀現實及藝術與形式本身。悲歌——永遠不斷、永無窮盡、情詞激切的悲歌，隨之以最痛苦的Ecce homo[757]手勢——悲歌是表現的本質，我們可以大膽說一切表現在根本上都是悲歌，就像音樂在其現代歷史開始時，一領悟自己是表現，就成為悲歌，成為「Lasciatemi morire」[758]，成為阿麗亞德妮的悲嘆，成為輕柔迴響的山林女神悲歌。《浮士德》清唱劇在風格上與蒙台威爾第及十七世紀的關連那麼強烈且確鑿，殊非無故，蒙台威爾第和十七世紀的音樂——也並非無故——偏愛迴聲效果，有時到了矯飾主義的地步：迴聲，人聲發出去而以自然的聲音返回、揭露人聲如同自然之聲，本質上是悲歌，是自然就人的處境發出哀傷的「啊，就是如此」，宣告人的孤獨——正如反過來說，山林女神的悲歌與迴聲是同源的。但在阿德里安最後、最高的創作裡，迴聲，巴洛克最鍾愛的設計，每每更運用得莫可名狀地沉重感傷。

這麼巨大異常的悲歌之作，我說，必然是一部富於表現力之作，一部以表現為主的作品，而

755 梅拉尼（**Jacopo Melani**，一六二三—一六七六）：義大利作曲家兼小提琴家。

756「深淵」。

757「瞧這個人」：〈約翰福音〉**19：5**，耶穌受審過堂，主審的大祭司彼拉多口出此語。尼采一書亦以此語為名，夫子自道其生平、思想與著作。

758「讓我死吧」：蒙台威爾第歌劇《阿麗亞德妮》同名女主角所唱詠嘆調。

就此而言，它也是一部解放之作，猶如它跨越數百年而連結的早期音樂也志在表現解放。除了一點：由於這部作品所占的發展階段之故，最嚴格的束縛反轉成為自由的情感語言、自由從束縛之中出生的辯證過程，其邏輯比牧歌時代更無限複雜、無限令人驚愕、無限奇妙。說到這裡，我想指引讀者回顧我同阿德里安的一段談話，那是許久以前那天，他妹妹在布赫爾成婚之日，我同阿德里安沿「牛槽」散步，他在頭痛壓力之下對我闡述他的「嚴格風格」理念，那理念的導源是，〈啊，親愛的姑娘，妳何其無情〉那首歌的旋律與和聲都由字母 heaees 代表的五音符基本動機決定。他讓我看出一種風格或一種技巧的「魔術方陣」，從永遠相同的素材發展出最多樣的變化，其中絕無絲毫不屬主題的成分，也絕無任何成分不是一個永遠相同的元素的變奏。這風格，或這技巧，不容許任何音符不履行它在整體結構裡的動機功能，一個也不容許——自由的音符不再存在。

好，我嘗試刻畫阿德里安的啟示錄時，不是提示了最聖福與最可怖變成實質同一、其兒童的天使般合唱與地獄的笑聲內在相同？令具備察覺力的人產生神祕恐怖感者在於，該作實現的是一種巧思駭人的形式烏托邦，那駭人的巧思在《浮士德》清唱劇裡變得更全面，占有整部作品，可以說全作完全為其主題元素所蝕盡。這部巨大的《悲歌》（持續大約五刻鐘）基本上相當不具動能，沒有戲劇，就如投石入水，產生的同心圓一個個往外擴大，沒有戲劇，永遠相同。這部龐大的悲歌變奏——對第九號交響曲最後歡騰變奏樂章的否定——圈圈擴大，每圈都拉引其餘眾圈，不可抑遏：樂章、宏壯的變奏對應著書中的本文單元或章節，但本身只是一系列變奏。然而所有變奏彷彿指歸主題一般，指歸一個可塑性極高，由文本特定段落啟發的基本音符組型。

回想一下，在敘述那個大魔術師生命與死亡，阿德里安果決改編其中一些段落作為其樂章基礎的那本小冊子裡，浮士德博士在他的沙漏行將漏盡之時，邀請他的朋友與親近伙伴，「碩士、學士和其他學生」，前往威騰堡附近的林姆利希村，在那裡白天慷慨招待他們，夜裡與他們同飲「約翰之酒[759]」，接著以一場悔恨但尊嚴的陳述，向他們宣白他的命運，以及其滿盈就在眼前。在這篇〈Oratio Fausti ad Studiosos〉[760]中，浮士德央求他們，發現他死去、被扼死，請發慈悲將他安葬入土；因為，他說，他死得既是惡基督徒，也是好基督徒：好基督徒，因為他悔過，也因為他希望他的靈魂獲得恩典，惡基督徒，因為他知道他現在下場可怖，魔鬼將會而且必定據有他的肉體。那句「我死得既是惡、也是好基督徒」構成這部變奏之作的總主題。計算其音節，則是十二其數，故主題使用半音音階的全部十二音，並且因此與所有可想的音程相連。主題在音樂層次上很早就現身，早在它由一個代表獨唱者的小合唱團——《浮士德》裡沒有獨唱——以歌詞引入之前就發揮作用，上升到中音域，然後下行，精神與聲調追仿蒙台威爾第的悲歌。它臥藏於所有聲音的基底，或者，更好的說法是：它，幾乎像調性一樣，臥藏於一切後面，為最紛繁的形式變化構成同一性——《啟示錄》裡晶瑩的天使合唱與地獄囂吼之間，就是這同一性，只是這同一性

---

759 **Johannstrunk**：上文語及「受難」，阿德里安甚至容顏「近似基督」，此處飲諸友以此酒，仿擬耶穌與其門徒的最後晚餐。詳下文。

760 〈浮士德對學生致詞〉，《浮士德博士故事》最後一章。

現在變成含蓋一切：成為一種嚴格至盡的形式安排，不容許任何不歸屬主題的成分，素材的秩序全面徹底，例如，賦格觀念在其中全無意義，因為不復有自由的音符存在。然而它為一種更高的目的服務，因為——啊，這是何等的奇蹟，何等的魔性幽默！——由於形式絕對徹底，作為語言的音樂獲得解放。從比較粗略，就音的素材這層意義言之，這部作品甚至在作曲開始前已經完成，因而現在能夠在全無束縛之下展開，也就是說：將自己交給表現，表現由於超越建構之外，或者由於處於其最完全的嚴格之中，現在重新確立。《浮士德悲歌》的作者在預有組織的素材中了無拘礙，無視已在的結構，盡情發揮主體性，於是他最嚴格的這部作品，一件計算至盡之作，同時也是純粹表現之作。重返於蒙台威爾第及其時代的風格，就是我所謂「表現的重建」——表現的初象、原象。

此作徵用那個藝術解放時代的所有表現手段，其中之一是我已提過的迴聲效應——特別適合這麼一部作品：極盡變奏，在某種意義上是靜態，所有變化都是前一變化的迴聲。裡面也不乏迴響式的沿承賡續，某一主題的結句在較高的音高上重複而形成延續。在浮士德喚起海倫——她將為他生一個兒子——那一段，輕微勾起奧菲斯悲歌的聲腔，浮士德與奧菲斯因而成為從冥界召喚陰魂的魔法師兄弟。作品裡有上百影射madrigal[761]音調與精神之處，而且有一整個樂章，亦即朋友在他最後的晚餐上安慰他，以正確的madrigal形式寫成。

但此作徵用，完全如同履歷表一般，音樂上最窮搜竭慮而得的所有表現載具：可想而知，不是機械性的模仿，也不是倒退，而是自覺地支配音樂上出現過的所有表現性格，彷如以煉金術的蒸餾程序將之提純與結晶，成為情感意義的基型。因此，有些字句帶著拖得長長的嘆息：「啊，浮士德，你這魯莽放肆且毫無尊嚴的，啊，啊，理性、惡作劇、狂妄，和自由意志……[762]」，多次運用延留音，雖然只是節奏上的設計，旋律半音，一個樂句開始前令人恐懼不安的集體死寂，「Lasciatemi」般的重複，音節延長，下降音程，下沉的宣敘——其中穿插強烈的對比，例如合唱悲劇性的進場，阿卡貝拉[763]，而且滂薄而至，在管弦樂以窮盡奇想的節奏變化奏出宏大的芭蕾與加洛普[764]音樂來呈現浮士德下地獄——地獄狂歡縱恣之後一場力道萬鈞的悲歌爆發。

這個狂野的主意，以激狂的舞曲節奏呈現浮士德被拖下去，最接近《啟示錄變相》的精神——那段陰森，而且我毫不遲疑稱之為犬儒主義式的合唱詼諧曲亦然：「那邪惡的精神以離奇、挖苦的頑笑與俗諺折磨悲愁的浮士德[765]」——及那句「所以，莫作聲，消受，頂住，別跟人家悲嘆你的厄運，太遲了，對上帝絕望吧，你的厄運正在趕路前來」。但阿德里安這部晚期作品與他三十多歲的作品大致上甚少共通之處。其風格較為純粹，整體調子較為沉暗，而且沒有摹

---

761 直譯「牧歌」，依其實際形式，是文藝復興至巴洛克初期的世俗聲樂，傳統上為多聲部的無伴奏複音合唱。奧菲斯（**Orpheus**）為希臘神話裡的詩人，音樂造詣超絕，下冥府尋亡妻，以音樂感動冥王應允歸還其妻，條件是他在前，她在後，他在二人俱抵陽間前不許回頭，奧菲斯抵人間，愛妻心切，忘誡而回頭，尚未越過陰陽界的妻子再度，而且永遠，沉回冥界。

762 《浮士德博士故事》〈浮士德悲歌〉裡，浮士德寫下的哀嘆詞。

763 **a cappella**：清唱。

764 **Galopp**：原意「馬的疾馳」，十九世紀流行於巴黎與維也納等地的快節奏舞曲。

765 《浮士德博士故事》第六十五章標題，下述引句為魔鬼勸浮士德認命受死。

擬，回顧前代之處也不是更保守，而是比較溫和、更具旋律性、對位多於複音——我意思是，次聲部雖然獨立，卻更加觀照主聲部，主聲部每每畫出長長的旋律弧線，其核心，一切所從發展的核心，則是「我死得既是惡也是好基督徒」的十二個音。很久以前這本書某處說過，在《浮士德》裡，希蒂爾蕾．艾絲茉拉妲音型，亦即我首先察覺的字母音符heaees，也每每控制節奏與和聲：質言之，在每個提及委身與諾言、以血簽字的協定之處。

《浮士德》清唱劇與《啟示錄》最大的不同在於宏大的管弦樂間奏，那間奏有時只一般性地暗示作品對其題旨的態度，如同說「就這樣了」，但有時候，例如下地獄時令人不寒而慄的芭蕾音樂，則是部分情節的化身。這恐怖舞曲的配器只有管樂器以及一個固執緊隨的伴奏系統，這系統包括兩具豎琴、羽管鍵琴、鋼琴、鋼片琴、鐘琴、打擊樂器，構成一種在整個作品裡一再重現的通奏低音。有些合唱片段只由它伴奏。其他有些地方加入管樂，有些加入弦樂；又有些地方則由整個管弦樂團伴奏。結尾純用管弦樂：一個交響曲式的慢板樂章，從地獄加洛普音樂之後以萬鈞之力開始的悲歌合唱徐徐過渡而來——反《快樂頌》之道而行，以其天才否定那首交響曲從管弦樂到歡樂合唱的過渡。也就是收回那首交響曲。

我可憐，偉大的朋友！賞讀他的遺作、他的淪亡——預言般先啟那麼多其他淪亡——之作，我多麼經常想起那孩子死亡時，他對我說的那句痛苦的話：說那東西不應該存在，善、喜悅、希望，不應該存在，將會被收回，一定要收回！「啊，它不應該存在」多麼像音樂指示與規定般支配《浮士德博士悲歌》的合唱與器樂結構，並且貫穿這部《悲哀頌》的每一拍和每個聲調！毫無疑問，此作是針對貝多芬的《第九》而寫，在最鬱黯的意義上與之負面對應。但是，它不僅不止一次在形式層次上否定《第九》，將之收回，寫成其反面，而且它這麼做也是對宗教性的一種否定——然而我這句話不能意指它否定宗教性。一部以試探者、叛教、天譴為主題的作品，除了是宗教性之作，還會是什麼！我的意思，此作是一種顛倒，以嚴冷且高傲之姿將意義倒轉，以我所見即至少有一個例子，是浮士德在最後一刻鐘對他那些夥伴的「友善請求」，要他們就寢，安靜睡覺，聽到什麼都別在意。就這部清唱劇的架構而論，這話很難不解讀為客西馬尼那句「和我一同警醒吧[766]」的有意識、刻意顛倒。再者：浮士德與那些朋友訣別喝的「約翰之酒」具備儀式的徵記，根本就呈現成最後的晚餐。與此相連的，還有一個試探觀念的顛倒，是浮士德將得救的理念視為試探而回絕——不只出於形式上遵守協定，以及已經「太晚」，也因為他以全副靈魂鄙視他得救就會進入的那個世界的正面境界，視那個世界的神賜幸福為謊言。這一點遠更明確且強烈呈現於鄰居好心老大夫那一幕，他邀浮士德過訪，虔誠努力嘗試勸促浮士德回頭，清唱劇分明將他刻畫成一個試探者。一點也錯不了，這一幕指涉撒旦試探耶穌，就像一點也錯不了，對虛妄無力的資產階級式虔誠說的那句「不要！」裡，含著高傲絕望的「走開」。

然而另外一個，也是最後，真正最後的意義反轉必須思考，而且深心體會，是這部無盡悲歌之作末了那個反轉，輕輕地，超越理性，以音樂獨具的那種言而未言觸緒動心。我指的是清唱

766〈馬可福音〉**14：32-42**：「他們來到一個地方，名叫客西馬尼，耶穌對他們（門徒）說：『我的心靈痛苦得要死了，你們留在這裡，和我一同警醒吧。』」

劇中合唱消失，改由管弦樂奏出的結尾樂章，聽來如同上帝悲嘆祂的世界失落，如同創世主哀傷的一句「這非我所願」。這裡，我發覺，尾聲造達哀音的極致，極致的絕望得吐其聲——然而我不想如此言詮，因為你如果說，此作到最後一個音符為止，在其表現本身、在其發聲之外還提供了其他任何安慰——也就是說，受造物的傷痛總算獲得吐露，這麼詮釋，將會傷害此作拒絕任何妥協讓步、其痛苦無望得救之意。沒有，這部黑暗的音詩至終不容許任何慰藉、和解、變容。但是，如果說藝術上的矛盾，亦即那表現——悲哀的表現——是從徹底嚴格的建構裡生出來的，如果說這矛盾呼應著宗教性的矛盾，亦即最深的無救裡仍然萌生希望，雖然只像以至輕細語發出的探問？那將是超越無望的希望，對絕望的超越——不是對這部作品的背叛，而是奇蹟，超越信念的奇蹟。聽那結尾，請和我一同諦聽：一組樂器、一組樂器相繼退場，作品聲音漸渺漸去之際，獨留一把大提琴的高音g，最後的一語，裊裊的餘響，以pianissimo-Fermate[767]徐徐冥然而逝。接著了無一物。寂靜與暗夜。但那縷在寂靜中迴盪，已經不在而靈魂猶自存想諦聽的聲音、沉哀之聲，已不再是哀音，深意已變，化成暗夜裡一盞燈。

767 極弱音—延長音。

47

「和我一同警醒吧！」阿德里安的作品儘管可能將神人[768]遇困之言轉變成孤獨、較為男子氣概、高傲之語，轉變成他的浮士德那句「安靜睡覺，聽到什麼都別在意」——但人性仍在，本能的渴望仍在，即使不是渴盼得到幫助，至少也是渴望有人相伴，亦即那句請求：「不要拋棄我！請在我時辰到時陪著我！」

因此，一九三〇年差不多一半將過之時，五月裡，阿德里安以各種途徑邀請一群人前往菲弗林，都是他的朋友與相識，有些甚至他不太認識或全不認識，為數頗眾，將近三十人：有的以書寫的卡片、有的經由我邀請，受邀者復應具邀者之請轉邀他人，又有的純由好奇心而自邀，也就是透過我或比較內圈的某個成員要求加入。阿德里安在他的邀請卡上表示，他想從他剛完成的交響合唱作品中選用一些具有全作特色的片段，以鋼琴彈奏，讓一群趣味相投的朋友對這件作品有

768 神人（Gottmensch）：耶穌，具有神性之人。

個概念；有好些人是自己有興趣而他沒打算招邀的，例如戲劇女高音歐蘭妲與男高音克約耶倫德先生，他們由施拉金豪芬夫婦而來，還有出版商拉德布魯赫同他妻子，由席爾德克納普說項。順便一提，收到手寫邀請卡者包括史賓格勒，雖然阿德里安當然必定知道，他已不在人間一個半月。這個愛說妙語的人年方四十四五，可憾不敵他的心臟病。

我呢，我承認，這整件事並沒有完全令我泰然。何以如此，也不容易說得上來。召集這麼大群人，其中泰半內在與外在都同他十分疏遠，請他們到他退藏之地，而目的是向他們透露他最孤獨的作品，這樣的事與阿德里安根本不搭調；這事令我不舒服，不只因為這事本身之故，而因為我覺得這樣的行事之道和他是格格不入的——雖然這事本身即與我相忤。不管基於什麼理由——而且我的確認為我曾向他暗示——反正我心底寧願他獨自在他托庇之處，見到他的只有人性為懷，對他敬重且親誠的房東一家及我們少數人，席爾德克納普、可親的珍妮特、崇拜他的女子羅森斯提爾與納克迪以及我自己——而不是一群拉雜、對他並不習慣的人對也不習慣世界的他注目。可我除了為他已大費周章安排的這件事助一臂之力，依照他指示打電話，還能怎麼辦？沒有人拒絕，如我所說，正好相反：只有額外的人請求讓他們參加。

我不只是不樂見這件事：我還想進一步坦白，立此存照，說我自己甚至忍不住想缺場。但這念頭抵不住一股憂心忡忡的責任感，我不管樂不樂意，都無條件必須在場照管諸事。就這樣，那個星期六下午，我偕海倫取道慕尼黑，從那兒坐上駛往瓦爾茲胡特—卡米希的普通客車。和我們同車廂的有席爾德克納普、珍妮特及羅森斯提爾。其他人等分散於另外幾節車廂，只除施拉金豪芬夫婦，這位有施瓦本口音、領養金的老人和他出身普勞希家族的妻子開自己的車子，載著他們的歌唱家朋友。這輛車子先我們抵達菲弗林，好好派上了用場，多次往返小火車站與希維格斯提爾農莊之間，將不願意徒步的來賓（天氣不錯，雖然地平線那邊輕輕傳來雷雨的隆隆聲）一小批一小批送到地頭。原來，來人如何從車站轉到大院，全無預計——艾爾絲夫人，我同海倫在廚房找到她，只見她由克蕾曼婷幫忙，十萬火急為那麼多人張羅點心，咖啡、切成長條的奶油麵包及清涼的蘋果汁，她帶著不算小的錯愕跟我解釋，阿德里安不曾給個片言隻字讓她備辦這場眾賓壓境。

同時，老素守或卡希柏爾，在屋外狂吠，繞著他的狗舍蹦來跳去，鍊子扯得噹啷噹啷響，沒完沒了，直到再無客人來到，已到之客齊集勝利女神廳才安靜。廳裡，一個女佣和農場幫工從主人起居室，甚至從樓上的臥室拉了椅子來添坐位。已指名者之外，我且試試運氣，憑記憶點數一下到場的人：富有的布林格、畫家辛克，此人阿德里安同我一樣基本上不喜歡，但大概邀了已死的史賓格勒，就連帶邀了他，英斯提托里斯，如今是鰥夫了；口齒清晰的克拉尼希博士；賓德—馬約雷斯庫女士；克諾特里希夫婦；雙頰下陷，愛尋開心的肖像畫家諾特波姆，與妻子一同由英斯提托里斯帶來。此外，來了克里德維斯和他圓桌討論會的成員，也就是地層研究者恩魯赫博士、弗格勒與霍茲舒赫教授、穿高領黑法袍的詩人祖爾．賀赫，連詭辯者布萊沙赫也到了，我為之有氣。音樂界的代表不僅有歌劇歌唱家，還有艾德施密特，札芬斯托瑟管弦樂團的指揮。又有一人，令我，而且應該不只我，無比訝異，也來了，是格來亨—魯斯沃爾男爵，與他豐滿但斯文的奧地利夫人一塊，就我所知，這是老鼠事件以來他頭一遭在大庭廣眾露面。原來阿德里安八天前就將邀請卡送到他府上，這位行事荒唐而名譽掃地的席勒後代當然樂得有此重返社會的獨特機會。

眾人，如我所說三十人上下，散立饒有鄉下氣息的廳中各處，盼著等著，彼此自我介紹，互相交換好奇心。我看見席爾德克納普永遠一身磨破的運動裝束，被數目相當不少的女人圍著。我聽見悅耳、突出全場之表的歌劇歌手聲音，克拉尼希博士哮喘但吐字清晰的說話，布林格的大放厥詞，克里德維斯的保證，說這次集會「大大地重要」，祖爾．賀赫腳跟一併，狂熱附和「沒錯，沒錯，可以這麼說！」。格來亨男爵夫人四處走動，為她和她丈夫遭遇的離奇不幸尋找同情。「您知道吧，我們好生無聊，」她逢人便說。打從起始，我就觀察到，許多人完全不知不覺阿德里安早就已在廳裡，他們自顧說著話，彷彿還在等他，只因為沒有人認出他來。他坐在那兒，背朝窗戶，身上是那套如今永遠不變的衣服，面前是房間中央那張厚重的橢圓形桌子，我們和那位索爾．菲特柏格一同坐過的那張。好幾位來賓問我，那邊那位先生是什麼人，聽了我起初語帶詫異的示意，只聽他們一聲「是嗎，原來！」恍然大悟，趕緊趨前招呼主人。他在我眼看之下必定改變了多少，他們才如此對他相見而不識！那把鬍鬚當然大有關係，我也這麼告訴仍然信不過那就是他的人。鬈髮的羅森斯提爾隨侍他椅邊已有相當時間，哨兵般站得筆直，那是納克迪盡量遠遠躲進房間一角的原因。不過她終有不為已甚之量，再過了一會兒便離開她的崗位，另外那位滿懷崇拜的靈魂立即入替。貼牆而立的方形鋼琴，蓋子開著，樂譜架上擺著攤開的《浮士德博士悲歌》總譜。

我盯住我朋友，跟哪個來賓說話時都如此，因此我沒有錯過他以頭或眉毛給我的暗示，說我該請眾人就座了。我未事耽擱，先向最靠近我的人表示這意思，給站得稍遠的人一個手勢，甚至拍掌請大家安靜，容我宣布雷維庫恩博士希望開始說話。一個人能夠感覺到自己臉色泛白，五官的某種冷颼颼之感使他知道這一點，連他額頭上可能冒出的汗珠也一樣是冷冷的。我的雙手，我只輕輕、收斂地拍響的手，不禁顫抖，一如我此刻記下那可怕的回憶時，手在發抖。

眾人很快照做。全場馬上一片安靜與秩序。結果，與阿德里安同桌而坐的是施拉金豪芬夫婦，和珍妮特、席爾德克納普、我妻子以及我。餘人不規則散據房間兩側各類家具，著了色的木椅、馬毛圈椅、沙發，有幾位男士靠牆而立。阿德里安一直沒有動身彈琴滿足諸人期望的表示，包括我的期望。他叉手坐著，微斜著頭，雙目稍微往上，直視前方，在舉座肅靜之中，開始以稍顯單調，略帶吞吐而我已經熟悉的口齒，向大家發話——我感覺開頭是招呼寒喧；起始也的確如此。提起來不好受，但我還是得補充，他說話頗多口誤，而且——我痛苦不已，指甲摳到巴掌肉裡——為了改正一個口誤，又再來一誤，於是後來索性不再留意什麼差錯，逕自說下去。其實，我也不該那麼驚怪於他言語裡那些訛謬，因為他說話，一如他下筆時經常喜歡的作法，有時候使用某種古式德語，那種語法由於時有缺陷與不完全句，每多疑義與率意之處；的確，我們的語言多久前才脫離野蠻駁雜而服從正字法規則！

他開頭十分輕聲，喃喃而語，因此極少人聽懂他說什麼，或弄清楚他的意思，不然就是視之為幽默的空話，因為他約莫是這樣開口：

「可敬的、格外親愛的兄弟姊妹。」

開了頭，他靜默片刻，彷彿在思考，一邊腮幫子頂在以手肘支起的手上。接下來的話也同樣被聽成幽默的引言，要引大家開心的，他面容一動不動、眼神疲憊，臉色蒼白，都和這樣的理解相反，但整個房間給他的回應仍然是大笑，有的人猛噴鼻息，女士則是竊笑。

「首先，」他說，「我要向諸位致謝，謝謝諸位有的徒步，有的坐車，光臨此間對我的厚意與高誼，這兩樣我都受之有愧，我從這荒郊野外的巖穴對諸位修書、捎話，有的由我熱心真誠的助手兼摯友捎話和邀請，這令我想起我們同學少年以來的歲月，因為我們一同在哈勒念書，不過，關於那個，以及高傲與恐怖罪行如何在那裡念書時萌芽，我的寶訓稍後自將再及。」

這時許多人目光轉過來朝我咧嘴，只是我已至為感動而綻不開笑容，怎麼看也不像我珍愛的這個人，用那麼深情的回憶提我。卻正因為見得我眼中含淚，他們大多覺得逗趣；我想起來猶覺厭惡，辛克用他的手帕大聲擤他的大鼻子，他自己經常嘲弄的鼻子，明擺著以醜態裝感動，博得好些咯咯笑。阿德里安似乎無所察覺。

「我必須，」他繼續說道，「至關首要，向諸位賠個不實，」（他改正為「賠個不是」，但隨即再說一次「賠個不實」）「並請諸位不要心生芥蒂，我們的狗普雷斯提吉亞，牠雖然也叫素守，但事實上叫普雷斯提吉亞，舉止糟糕，用那樣地獄般的狂吠亂叫招待諸位的耳朵，以至於諸位為了我的緣故而蒙受如此辛苦與困擾。我們應該給諸位每人一隻頻率超高的小哨子，只有狗聽得到，如此則牠打遠處就明白來的只不過是好的，應邀而至的朋友，希望聽聽我在牠站崗之下完成了什麼，以及我這些年做些什麼。」

對小哨子，禮貌的笑聲再度此起彼落，雖然笑聲帶著訝異。但他兀自繼續說：

「現在我對諸位有個誠懇的基督徒請求，諸位聽我的陳述，勿以惡疑唯重視之，請以善疑唯重待之，因為我真心渴望對善良且無害的諸位，雖然並非毫無罪孽，但罪孽普通且過得去，我因此打心底不屑，卻真誠欣羨的諸位做一個充分完整和人同此心的坦白，因為沙漏就在我眼前，我必須注意最後一粒沙什麼時候流過瓶頸，那就是他來帶走我的時候，我以我自己的血簽了把我讓渡給他的昂貴合約，約定我身體連靈魂將永遠屬於他，沙漏完而時間，他的貨，到達盡頭時，我要落入他手裡，聽憑他處置。」

此時又一陣哼哼然的禮貌笑聲，但也有幾個人舌頭嘖嘖作響，連帶搖頭，彷彿對某種不得體的言語不以為然，有些人則露出曖昧探尋的眼神。

「說給諸位知道吧，」據案而坐的這個人說，「善良又虔誠，罪孽只算平凡而安住於上天，」（他改正說上帝，但又仍用上天）「而安住於上天的慈悲與寬恕之中的諸位，這件事我暗壓在心底好久了，可如今不想再按捺下去，就是我二十一歲就同撒旦結婚至今，我明知其中的危險，出於深思熟慮之後的膽氣、高傲、魯莽，為了要在這個世界上成名，而與他訂了約，結了盟誓，條件是，我在二十四年期限內的所有成就、世人懷疑而側目的一切，都將是在他協助之下方得實現，是魔鬼之作，都是毒天使灌輸而成。因為，我認為，要玩九柱戲，就得立柱子，這年頭你必須給魔鬼一點尊重，因為，你想成就大事業和大作品的話，誰都用不上，除了他。」

整個房間一片尷尬、緊繃的死寂。有少數人仍然從容聆聽，但更多人揚起眉頭拉起了臉，神情裡問著一個問題：這是怎麼回事，這些話到底在說什麼？他只要露一絲笑容或眨一次眼睛，表示他那番言語是藝術家故弄玄虛，情況會好一半，但他沒有，而是板著灰白的臉嚴肅坐在那裡。有幾個人投我以疑問的目光，問這場面是什麼意思，我能不能說個道理；或許我該插手，解散這個集會——可是憑什麼理由？僅有的理由只會構成對他的羞辱和背叛，我覺得只能順其自然，希望他很快開始彈他的作品，饗我們以音符而非說話。我從來不曾那般強烈感受音樂之優於語言，音樂無語而無不言，而語言只有單義；的確，藝術不囿於任何定義，優於直露而未經轉化的告白。但是，打斷那告白，非特有違我敬重之意，而且我出於全副靈魂渴望聽那告白，儘管那些與我一塊聽的人只有極少數配聽。撐下去，聽一聽吧，我在心中對他們說，畢竟他將你們當他的人類同胞邀請而來！

停頓思考之後，吾友再度開言：

「不要相信，親愛的兄弟姊妹，為了得到那份契約的承諾和成立，我不得不前往那座森林裡的十字路口，還畫許多圈圈，念粗魯的咒語。聖多瑪斯已經教我們，非必以語言召喚鬼神才算墮落，任何行為舉動皆足以為墮落，即使沒有明明白白的沉湎。只不過是一隻蝴蝶，繽紛的蝴蝶，希蒂爾蕾．艾絲茉拉妲，觸摸了我，就令我迷心，那個牛奶女妖，我尾隨她到昏昏冥冥的葉蔭，她的透明赤裸喜愛的葉蔭，我在那兒捕捉了她，飛行中的她有如隨風飄揚的花瓣，我攫住她，與她摩挲，不顧她警告在先，事情就此發生。她迷住我，當時就對我行使魅力，並且在愛意之中給了我——我就此獲得祕傳，契約就此締結。」

我一個驚跳，因為聽眾中有個聲音打岔——那個身穿教士袍的詩人祖爾．賀赫，他一腳頓地，敲驚堂木斷案般叫道：

「說得美！這就是美！的確，的確，可以這麼說！」

幾個人對他發出噓聲，我也面含指責轉頭看發話者，雖然我心中暗自感謝他那些話。那些話縱或愚蠢之至，卻為我們聽到的陳述加上一個令人安心、人人接受的觀點，亦即審美觀點，這觀點無論多麼欠當，無論多麼令我懊惱，到底連我自己也感到鬆一口氣。似乎有一聲「哦，就是這樣！」傳遍全場，一位女士，出版商拉德布魯赫的妻子，受祖爾・賀赫之言鼓勵，說：

「我們有聽詩的感覺。」

啊，那感覺沒有維持多久，其美學詮釋入耳儘管舒服，卻站不住腳，此事與詩人祖爾・賀赫玩弄服從、暴力、血、劫掠世界的荒怪遊戲全無干係，而是靜靜、死白著臉嚴嚴肅肅道來，是告白與吐實，一個人在他靈魂的至極痛楚之中召集他的人類同胞來聽取這告白——這當然是荒謬的信賴；人類同胞先天與後天對這種實情只會應之以冷冷的畏怖，一旦不再能將那實情當成詩來看，他們馬上對之加以異口同聲的論斷。

看來那些插嘴並未入於主人之耳。他暫停陳詞時都在思索，那些插嘴顯然因此不得其門而入。

「請記住，」他繼續說，「格外可敬的親愛的朋友，與諸位同在的是一個被上帝擯棄的人、走投無路的人，他的屍體不屬於辭世時虔誠的基督徒去的神聖處所，而是屬於病畜沒命之後扔去的屍堆。在屍架上，我先跟諸位說，你們會發現他總是面朝下趴著，你們把他翻過來五次，他照樣臉朝下。因為，我同那毒蛾摩挲之前很久，我的靈魂已在高傲與自負之中走上撒旦之路。我的日期注定我從年青時代就追尋他，就如諸位一定知道的，人生來即已預定若非得真福，就是下地獄，而我是生來下地獄的。因此我給我的傲慢糖吃，到哈勒念神學，但不是為上帝之故而念，是為另外一個而念，所以我念神學已經暗中是我與另外那個締約之始，佯為尋求上帝，其實是走向他，那個大魔。人要找魔鬼，什麼都擋不住，他也抵擋不了他，於是從神學到萊比錫、到音樂只不過是一小步，我專心致志於figuris, characteribus, formis coniurationum，反正就是召神逐鬼的咒語與魔法，不管什麼名稱。

「總之，我急不擇路的心就那樣瑣屑揮霍。其實有敏捷的好腦袋和稟賦，上天仁慈賜給我的，我原本可以誠實、謙虛善用，但那感覺簡直太好了：這是虔誠、神志清醒、正當手段成不了事，藝術沒有魔鬼幫助，沒有地獄之火在壺子底下燒就不可能的時代……的確，沒錯，親愛的夥伴，藝術停滯，變得太困難了，它自我諷刺，的確，一切都變得太困難，上帝的可憐人在困境中束手無策。這當然是時代的罪過。但一個人如果援魔鬼為客以便超越而獲得突破，他就是指控他的靈魂，將時代的罪過掛在自己脖子上，他於是人神共棄。不是說嗎：『要神志清明，警醒提防[769]！』卻有些人不以此為意，他們不肯明智地用心於人間的需要，使人間變得好一點，審慎行動，以期人與人之間產生能夠再度為美的作品準備生命土壤與誠實容身之地的秩序，反而怠責取巧，逃入地獄的黑暗：並且因此將他的靈魂給了那黑暗，而歸宿於病畜死後扔去的屍堆。

「好意的親愛的兄弟姊妹，我就是那樣行事，而讓nigromantia、carmina、incantatio、veneficium[770]以及不管什麼名稱的這類玩意，成為我的職志。並且不久就同他，那個壞事鬼，那個老鴇，說上了話，在義大利一間廳房裡，談了好多，對我宣報許多關於多地獄的性質、基質、本質之事。還賣時間給我，一望無際的二十四年，承諾自己在期間內屬於我，應許我偉大成就，壺子底下有旺盛的火，我會有能力工作，雖然這一行已經變得太困難。只是，我在期間內必須為此熬受刀割般的痛，就像那小美人魚的腿帶給她的痛，她是我的姊妹兼甜美的新娘，名叫希菲雅妲[771]。他領她到我的床，當我的情婦，我開始追求她，愈來愈愛她，不論她是以魚尾巴還是以雙腿來。她比較常帶著尾巴來，因為她腿上刀割般的痛超過她的情欲，我則非常喜愛她嬌柔的身體那麼可愛地融接於長滿鱗片的尾巴。但我更高度陶醉於她純粹的人形，所以我的情欲在她以雙腿來找我時比較大。」

這段話說完，聽眾裡一陣騷動，有人動身。那是老施拉金豪芬夫婦，他們從桌邊站起，目不視左右，腳底輕輕悄悄，丈夫拉著妻子手肘，從許多椅子之間穿過，望門而出。不到兩分鐘，眾人聽得他們的車子在院子裡發動的巨大噪音與嘎嘎價響，明白他們正在驅車而去。

好些人憂心忡忡，因為那表示他們失去了他們原本希望載他們返回火車站的車子。另外一些來賓則沒有學樣的明顯傾向。他們著了魔似地坐著。等外頭車子離去的聲音恢復平靜，祖爾．賀赫又強迫入耳來一句：「美啊！的確，真美！」

我正待啟口，央求吾友將引言作個了結，開始彈奏他的作品，他完全無動於方才那件事變，繼續致詞：

「希菲雅妲懷了身孕，給我一個兒子，我全副靈魂掛在他身上，一個聖潔的小男孩，優美超凡，彷彿來自某個遙遠又古老的族類。但這孩子是血肉之軀，我又有不得愛人類的約定，他因此

769〈彼得前書〉5：8。
770「巫術、魔歌、占卜，摻合諸毒」。《浮士德博士故事》首章交代浮士德早年即耽溺於此。
771 **Hyphialta**：美人魚，或阿德里安為艾絲茉拉妲所取之名。

毫不容情取了他性命，而且是假手於我自己這雙眼睛。諸位想必知道，一個靈魂強烈走向邪惡，其眼神會有毒，毒如游蛇[772]，對小孩子又最毒。這個言語甜美的小小兒子於是在八月走了，雖然我曾以為我獲准享有這樣的溫情。之前我的確以為，身為魔鬼的修道士，可以愛不是女人的血肉之軀，但他以無限的親密爭取我以Du叫他，直到我對他使用這稱呼。我因此必須殺死他，送他去死，依照約定與指令。Magisterulus[773]注意到我有結婚的心意，怒氣橫生，因為他看出婚姻是對他的背叛，是追求救贖之計[774]。他因此迫使我利用那個心意，以便我冷酷地謀殺我親密的朋友，以便我今天作此告白，以便坐在諸位面前的我也是個謀殺者。」

這時又一群來賓離開房間：英斯提托里斯，他做了無言的抗議，蒼白著臉，下唇緊抵牙齒，站起身來，加上他的朋友，圓滑畫家諾特波姆同他資產階級姿態突出、胸部豐滿、我們習稱「母親之胸」的妻子。他們逕自離去，一語未發。但他們到了外面顯然並未緘默，他們離開片刻之後，艾爾絲夫人悄悄進來，仍圍著圍裙，灰髮朝後梳緊，叉著手站在房門近處。她聆聽阿德里安說：

「然而無論我是什麼樣的罪人，諸位朋友，謀殺者、人類的敵人、順從魔鬼的淫徒，我都永遠孜孜不倦地勤奮如勞動者，未嘗休止，」（他再度若有所思，改說「休息」，但還是說「休止」）「也未嘗安眠，而是千辛萬苦工作，完成困難之作，就如使徒所言：『尋找苦事的人，自有苦吃。』上帝要降大任於我們，不會不為我們敷上恩膏，另外一個也不會。他為我將羞恥、思想上的諷刺，以及這時代與作品相忤的條件擱開，其餘由我自己完成，雖然我必須經過某種奇異的灌輸。我內裡經常升起一種可愛的樂器，管風琴或小型台式管風琴，然後是豎琴、魯特琴、小提琴、長號、短笛、彎曲號角、橫笛，各有四個聲部，我幾乎以為我在天堂，只是我知道我不在那兒。我把好多那些聲音寫了下來。經常也有一些兒童同我在房間裡，男孩子和女孩子，從譜頁上對我唱經文歌，一邊奇怪地淘氣地微笑，並且互相交換眼神。有時他們的頭髮像碰到熱空氣般立起來，他們用他們美好的手將頭髮抹平，他們的手有酒渦和紅寶石。有時候黃色的小蟲從他們鼻孔蠕蜷而出，從他們前胸爬下，消失無蹤——」

這段話又成了一些聽眾離開房間的信號：這回是學者恩魯赫、弗格勒與霍茲舒赫，我們看見其中一人走出去時雙肘擠著太陽穴。在家裡為他們舉行討論會的克里德維斯坐在原位，神情激動，一如那三位離去之後還留下來的約莫其他二十人，但其中許多人已經站起來，十足要隨時逃走的模樣。

辛克雙眉高挑，一副一切都在預料之中的惡毒表情，同時連聲「天哪」，一如他評斷他人畫作的習慣。彷彿要保護阿德里安，幾位女性：羅森斯提爾、納克迪、珍妮特三人，將他圍住。艾爾絲夫人留守在一段距離外。

---

772 游蛇（**Natter**）：蛇之一科，有些無毒，但有些帶劇毒。

773 「小主人」：中世紀被以巫術罪名審判者對審判官招供，他們以此稱呼魔鬼。

774 《浮士德博士故事》第八章，浮士德將成婚之念告於魔鬼，魔鬼盛怒，謂浮士德依約須與上帝及人類為敵，且人不能事二主（婚姻為上帝所轄），浮士德必欲結婚，將被群魔片片撕碎。魔鬼又興狂風，浮士德幾乎屋毀人亡，遂斷婚念。魔鬼為協助浮士德信守契約，應允日夜送女子至其床邊，供其恣欲。

我們又聽到：

「惡魔忠實信守他的約定二十四年，徹徹底底，我在謀殺與淫亂中滿約，或許，成於惡中之事能由神的恩典而成善，我不知道。或許上帝也看出我自尋苦事並孜孜以赴，或許，或許吧，我這麼勤苦，這麼堅韌地完成一切，可以算是一得，記下一功——我說不出口，也沒有勇氣抱此希望。我的罪太大，原諒不了，我還將我的罪推到無以復加之高，因為我腦子裡玩索一個想法：懺悔卻不信恩典與原諒的可能性，可以作為對永恆之善的最大挑釁，而且我玩索這想法時，明知這樣明目張膽的算計已將神的慈悲變得完全不可能。站在這個基礎上，我又更進一步玩索與算計，說，這麼終極的無賴必定能作為無以復加的激將，刺撥善證明其無限。如此者再，我與上天的善從事一場邪惡可恥的競爭，看誰比較不可窮竭，善，還是我的玩索——諸位看見了，我該下地獄，我無慈悲可望，因為我以我的玩索摧毀慈悲在先。

「不過，我過去用我的靈魂買的時間如今流盡，我在我的結局之前召請了諸位，好意的親愛的兄弟姊妹，我不想對諸位隱瞞我精神的慘死。這裡要請諸位好好記得我，並請向我忘記邀請的人傳達我兄弟般的問候，同時請他們對我莫存惡感。以上就是我要說的話和我的懺悔，我這就從我由撒旦的甜美樂器聽得、那些淘氣孩子也對我唱的曲子中挑出若干來彈奏，作為告別。」

他站起身，面色如死。

「這個人，」一片死寂之中，響起克拉尼希博士口齒清晰，帶著哮喘的聲音，「這人瘋了。這一點再也沒有絲毫疑問，可惜我們圈子裡沒有精神病學的代表。我是研究錢幣的，覺得自己在這裡全無用武之地。」

語畢，他走出門去。

阿德里安，在三位女性，加上席爾德克納普、海倫及我圍護之下，已在褐色方形鋼琴前就座，伸出右手整平樂譜。我們目睹眼淚流下他雙頰，滴在琴鍵上，他沒有理會琴鍵已濕，開始彈出幾個不和諧音的和弦。同時，他張嘴，似欲開唱，卻只有一種悲鳴，一種至今永繞我耳的聲音，從他雙唇之間迸出；他上身俯向鍵盤，大張雙臂，似欲擁抱鋼琴，突然如遭猛推，從椅上一歪，倒落地板。

艾爾絲夫人所站距離較遠，卻比就近的我們快一步搶到他身邊，因為我們，我至今不知何故，遲疑了一秒才拉扶他。她扶起那已無知覺的頭顱，將他上半身抱在她母親般的雙臂之中，呼叫房間另一頭仍在目瞪口呆的人：

「你們讓開，全部！你們都不知道同理心，你們城裡人，這裡現在就需要同理心！他談了好多永恆的恩典，可憐，我不知道恩典是不是那麼遠，可是真正的人性的同理心，相信我，沒有那麼遠！」

後記

完成了。一個老人，背駝腰彎，在幾乎被他走筆期間的種種恐怖，以及他所述主題的種種恐怖壓垮之餘，顫危危帶著斯願已了的心情，目注已有生命而高積案頭的稿紙，那是他孜矻以赴之作，也是滿溢著回憶與當前歷史事件的歲月的成品。一項任務完成了，一項以我天性做來無所謂的人，我並非為之而生，但基於愛、忠誠及我身為目擊者而義不容辭的任務。這些因素能有的成績，奉獻之忱能有的成就，已盡呈於此——我必須自足於此。

我坐下來寫這些回憶，這部阿德里安·雷維庫恩傳記之時，由於筆者之故，也由於傳主的藝術本身之故，這些文字完全沒有公開為世人所知的希望。於今那個以其觸手將這塊大陸，以及不只這塊大陸，攫住的怪物國家已過盡其最後的狂歡，它那幾個得意的鬥牛士已被他們自己的醫師毒死、澆滿汽油、點火以便屍骨不存——現在，我說，或許可以想望我這部盡責之作得以付梓。然而正如那些惡棍所願，德國受到的破壞如此徹底，令人不敢希望它多快能夠從事任何文化活動、出版一本書，我其實時或尋思有什麼辦法與途徑讓這些篇什遠渡美國，以便它們至少先以英譯版奉呈那邊的人。我覺得這樣做並不是那麼違反故友的心願。當然，我想到我這本書的內容在那邊的文化氣候裡必定引起困惑，與此想相連的是一個憂心的預見：此作譯成英文，至少就某些極為深入德國根性的部分，或將證明是不可能之事。

我同時預見的是，我為這位偉大作曲家的生平添補數語，在我的原稿上寫下最後一畫之後，我將會有某種空虛感。這件工作何其令我心情翻騰與形神俱竭，我仍將懷念它，因為未嘗稍歇的責任感協助我忙碌度過投閒置散將會遠更難過的這幾年，此刻我四顧尋找未來能夠取代這件工作的活動，遍尋無著。沒錯：十一年前迫使我離開教職的那些理由，已在歷史的雷聲中消失。德國自由了，如果一個毀壞殆盡且主權被褫的國度還能稱為自由。我重返我的教員工作可能也很快不再有任何梗阻。辛特弗特納先生已找過機會向我提示。我該不該再次在高中高年級學生心上印下文化理念，說，虔誠是對地下諸神的敬畏，與倫理上對奧林匹斯理性和清明的崇拜融合而成？但是，唉，我恐怕過去野蠻的十年裡已成長了一個不解我語言，我也不解其語言的世代，我恐怕德國的年輕一代對我已太像異族，因而我已不復能為其師——還有：德國，這個招災惹禍的國度，已變成與我相異，太過相異，因為我確信其下場必慘，遂遠離其罪孽而退藏於孤寂之中。我難道不該問我那麼做對不對？話又說回來，我是不是真的遠離了呢？我追隨一個意義痛苦但重大的人，死而後已，並且記述他的生平，他的一生令我既愛又痛，無時或已。我似乎覺得，我滿懷驚怖逃開我國的罪孽，這至誠之忠差堪贖補我如此行事。

*

對故人敬重之忱，不容我細表阿德里安在鋼琴邊休克癱瘓，而陷入無知覺十二小時後蘇醒的狀態。他不是蘇醒成原來的他，而是成為一個異我，那只是他人格油盡燈枯所餘的殼，與名叫阿德里安·雷維庫恩那個人基本上毫無關係。「Demenz」一詞的原義，即指這種脫離本我，從自我異化而言。

我只提一點，就是他沒有留在菲弗林。席爾德克納普同我負起重任，將庫爾比斯大夫用了鎮定劑的病人送往慕尼黑，進入馮·賀斯林醫師在寧芬堡[775]主持的私立精神病院，住院三個月。這位老到的專家當下預言，毫無保留說那是一種只可能日益惡化的精神病。不過，病情發展之際，其最吵鬧的症狀可能很快緩解，加上適當的治療，會進入比較安靜，雖然不是比較有希望的階段。主要就是這項預測，使席爾德克納普與我斟酌之後決定暫時不通知布赫爾大院的艾爾斯貝絲。很可以確定，她得知兒子生命巨變，會兼程趕去陪他。期望她獲得平靜的話，最近人情之道是別教她看見她的孩子在醫院治療但尚無好轉的景象，那景象令人震驚，不忍觸目。

她的孩子！老婦人有一天——那年入秋時節——去到菲弗林時，阿德里安的確再度是她孩子；她帶他回圖林根的童年故里，多年來他人生的外在歷程與其有諸多奇特相符之地：這時的他再次是個無助、未成年的孩子，對他成年的高傲飛馳無復記憶，或者藏在、埋在內心的沉暗深處。他像從前那樣牽著她的圍裙帶，她則如同當年，必須，或得以，照顧、用襻帶約束、呼喚他，呵責他「不乖」。最怵目驚心又動人、可憫，莫過於一個以特立果敢且倔強無畏之姿自我解放而脫離其出身的精神，在世界上空劃一道令人目眩的弧之後，破碎重返母親懷抱。然而我深信，而且有我不可能誤解的印象為證，面對如此歸家的悲劇，儘管備極哀痛，母心卻不無償願、不無欣慰之情。在母親心中，兒子的伊卡魯斯式英雄高飛[776]，她孩子那種峻峭走險、男人作風的冒進式成長，基本上是一種既含有罪孽，又難以理解的迷途，她時時在其中聽見疏遠又嚴厲的一句「婦人，我與妳有什麼相干[777]」，而暗自痛心，而這個「可憐，可寶的孩子」鎩羽淪落、粉身碎骨時，她原諒一切，將他攬回她懷抱，心無他念，只想他要是不曾離去，何至今日。

我有理由相信，阿德里安已沉入夜暗的精神深處，認為這是溫柔的羞辱，而對它有一股活生生的恐懼，他出於他殘餘的高傲而對它有一股本能的惡感；他抗拒之後，才終於認命般自棄，享受心神昏暗的愜意，那是已經涸竭的靈魂離棄神志而致的境界。有一件事可以說明，至少部分說明，那股本能的反抗與逃開母親的衝動：我們讓他明白，艾爾斯貝絲獲報他不適而已經上路來看他時，他企圖自殺。經過如下：

吾友在馮．賀斯林的醫院治療三個月，其間我甚少看他，而且每次總是短短幾分鐘，治療結果有某種程度的平靜——我不是說好轉，但平靜的程度使那位醫師同意轉到寧靜的菲弗林由私人照顧。財務上的考慮也促成這樣的安排。習慣的環境就這樣重新接納了他。他起初必須忍受那位

---

775 寧芬堡（**Nymphenburg**）：在慕尼黑，原為巴伐利亞統治者的夏宮。

776 伊卡魯斯（**Ikarus**）：希臘神話中，巧匠迪達勒斯（**Daedalus**）之子，父子因故必須逃出克里特島，迪達勒斯以蠟黏合羽毛製翼，預先告誡兒子不可飛行過高，以免日熱融蠟，伊卡魯斯忘誡而高翔，蠟融而羽散，他墜海而亡。

777〈約翰福音〉2：3，耶穌對其母之言。

帶他來回來的看護員監管。不過，他的行為似乎足證那樣的監護可以撤除，於是他的照護再度由大院諸人負責，特別是艾爾絲夫人，自從格雷昂娶了健壯的媳婦（克蕾曼婷已成為瓦爾茲胡特火車站長之妻），她已大致退居養老，因而有暇將她的人性精神投注於這個多年房客，他對她早已如同一個意義特殊的兒子。他信賴她甚於任何人。同她手拉手併坐，在修道院長室或房子後面的園子，顯然是他最心滿意足的事。我首次再度走訪菲弗林，看見的他就是如此。我趨近時，他給我的目光直猛而迷惘，隨即蒙上一層陰鬱的不快，令我痛心。他可能認出我是他清醒狀態時的同伴，而他拒絕有人使他憶起那狀態。老婦人審慎囑他好生給我個回答，他的神情變得益發沉暗，甚至流露凶光，我別無他途，只有含悲而退。

修書盡量委婉使她母親進入情況的時刻終究到來，繼續拖延等於損害她的權利，她即將趕到的電報答覆也一天都沒拖。我們，如前所說，告訴阿德里安她隨時會到，只是無法確定知道他了解這消息。但一個鐘頭後，正當我們以為他在睡覺，他趁無人知覺，溜出宅子，格雷昂和一名幫工追上他時，他已在夾子塘裡，上身衣服脫掉，水深及喉，因為那口池塘從岸邊就開始急速加深。他正待消失水中，幫工在他背後一躍而下，將他弄上岸。他們領他返回大院時，他一迭聲說池塘的水多冷，還說，人想在自己慣常洗澡和游泳的水裡淹死真難。然而他從來不曾在夾子塘游泳，只在兒時游過他老家的牛槽。

我有個疑猜，幾乎是確信，他逃跑之意圖背後是一個神祕的救贖觀念，一個在比較老的神學，尤其在早期新教裡相當熟悉的觀念：曾經喚引魔鬼的人，「捨身」則靈魂得救。阿德里安可能是根據此念與其他想法而行，沒讓他實現那觀念，到底對不對，唯天可鑒。職是之故，瘋狂中的行事並非件件應該阻擋，而就此例而論，存人一命的義務獲得履行，只因那位母親之故——她無疑寧可尋回一個孩童般的兒子，不要看到一個死去的兒子。

她到了，約納坦．雷維庫恩的褐眼遺孀，皤皤白髮朝後梳緊，決志將她迷失的孩子帶回他的童年。相會之時，阿德里安顫抖著偎依在這位婦人胸上良久，叫她母親，以「Du」稱她，對另一位在場但保持距離的婦人，他叫母親，而稱「Sie」。艾爾斯貝絲用她依舊富於旋律但她畢生拒絕用於唱歌的聲音對他說話。但是，北返德國中部約莫半途，阿德里安不知何故對他母親爆發盛怒，一陣誰也始料未及的暴怒，艾爾斯貝絲夫人逼不得已，到另一車廂走完旅程，留下病人和他在慕尼黑認識的那位看護員，幸好他隨行。

那是孤立事件。其後不曾再見類似情由。她在抵達維森菲爾斯時再次接近他，他黏住她，盡是愛與喜悅，一步一步緊跟，隨她到家，成為她最乖巧如意的孩子，她則盡心盡力，以只有一個母親才拿得出來的專忱奉獻照顧他。在布赫爾宅子裡，一個媳婦也已持家有年，還有兩個成長中的孫兒，他住他兒時同他哥哥合住的二樓房間，如今再度又是那棵老椴樹，而不是榆樹，在他窗口搖曳枝椏，老椴在他出生的季節開花時，跡象顯示他感受其異芬。他並且習慣在那棵老椴的陰影中久坐，宅中諸人發現可以放心由他恍惚其下，他坐的正是那張圍著樹幹而造、大噪門漢妮教我們幾個孩子唱卡農的椅子。他母親留意他身體必須活動，挽著他胳臂，同他在寧靜的風景裡散步。路上逢人，他都伸出手去，她並不阻擋，受到這麼打招呼者則與艾爾斯貝絲夫人頷首贊許。

至於我這邊，我一九三五年見到我珍愛的這個人，當時我已退休，前往布赫爾大院，滿懷哀傷恭喜他五十歲生日。那棵椴樹開著花，他坐在樹下。我承認我雙膝顫抖，手捧花束步向他母親身側的他。我看他似乎變小了，可能是由於他背駝而微斜之故，他仰面朝我，一張萎縮的臉，Ecce homo的面容，雖有鄉下的健康膚色，卻張著哀悽的嘴與視而不見的眼睛。如果說上次在菲弗林不想認我，這次更加無疑，儘管老婦人給他一些提醒，他沒有從我的出現勾起任何回憶。我告訴他今天是什麼日子，以及我的來意，可以看出他一無所解。只有那些花曾引起他興趣一剎那；然後，它們就廢置無人理。

我再次看他是一九三九年，戰勝波蘭之後[778]，他死前一年。他的死，他八十歲的母親生歷其事。她領我上樓梯到他房間，她邊走進去，邊帶著鼓勵說「來吧，他不會注意您了！」我滿腔畏怯佇立門框之中。在房間遠側，一張長榻，腳端朝我，因而我能直望他的臉，輕薄羊毛毯子底下躺著曾是阿德里安，而如今由其不朽部分使用這個名字的人。那雙蒼白的手，其充滿感性的形狀我一直那麼喜愛的，如同中世紀的墓像，交叉擱於胸上。已明顯盡灰的鬍鬚將憔瘦的臉襯得更長，望之酷肖葛雷柯筆下的貴族[779]。大自然充滿何其黠諷的手筆，在精神已逸去之處創造精神境界最高的形象！深埋雙眶之中的是那對眼睛，眉毛變得更濃密，從濃眉底下，幽靈投我以嚴肅得難以言喻、含著威脅的審視眼神，令我悸震，但那眼神一秒即渙，眼珠上翻，半掩於眼皮之下，不斷迷亂出沒。那位母親一再招我靠近，我沒有聽從，含淚掉頭。

一九四〇年八月二十五日，消息傳抵富來興，那個生命，在愛、心焦、驚懼、高傲中構成我自己生命本質內容的生命，剩餘的殘焰也熄滅了。歐柏維勒一處尚未掩蓋的墓邊，同我一塊站著的，除了死者家屬、珍妮特、席爾德克納普、羅森斯提爾，以及納克迪，還有一個披了面紗而無法辨認的陌生人，她，在前幾鏟土落在深降的靈柩上時，復又消失。

德國，雙頰狂熱熾紅，在狂亂勝利的高潮中心醉神迷，那時候正等著倚恃它，以它的血簽締並有意遵守的契約贏得世界。而今天，在魔鬼擁抱之中，它一隻手蒙著一隻眼睛，另一隻眼睛瞠視著恐怖，從絕望復墜絕望。它何時會墜抵深淵之底？什麼時候，從終極的無望之中，會有一個奇蹟，一個超越信念的奇蹟，帶來希望之光？一個孤寂的人合攏雙手，說：願上帝慈悲寬恕你們可憫的靈魂，我的朋友，我的祖國。

---

778 德國一九三九年九月一日入侵波蘭，波蘭二十七日投降。

779 葛雷柯（**El Greco**，一五四一——一六一四）：西班牙畫家，筆下人物以身形瘦長為特色。

註：自一九五一年起，法蘭克福Fischer出版公司印行的本書都加印以下〈作者識〉：

向讀者告知此事，似非多餘：本書第二十二章所述作曲方法，即十二音或音列技法，實是當代作曲家兼理論家阿諾德．荀白克的智慧財產，我根據某種想像的脈絡，將之移植於一位出於虛構的音樂家，亦即這部小說的悲劇主角。大致而言，小說中有關音樂理論的部分，頗多細節功在荀白克的《和聲理論》。

附錄

朝聖——記托瑪斯・曼

蘇珊・桑塔格（Susan Sontag）

我見了他，環繞此會見的一切都染著羞愧之感的色彩。

一九四七年十二月。我十四歲，沉浸於對我一旦從那漫長刑期——我的童年——放出來就要前往的現實的猛烈景慕與不耐等待之中。

刑滿之期幾乎已入眼簾。我在青少之年，仍十五歲之時，就已念完中學。然後，然後……一切就要展開。同時，我等待著，我服著刑（還是十四歲！），新近從南亞利桑那南部的沙漠轉到南加州海岸地帶。一個新環境，新鮮的逃獄可能性——我歡迎這可能性。我經常遊走四方的寡母再婚，一九四五年，嫁給一個英俊，渾身勛章也渾身砲彈碎片的陸軍航空隊空戰英雄，他住院一年（諾曼第登陸五天後被擊落），到沙漠裡療養，那婚姻似乎才把她禁了足。次年，我們新組合的一家子——母親、繼父、小妹妹、狗、聊領薪水的保母——搬出圖森（Tucson）郊外，桑塔格上尉加入我們的那條泥巴路邊的灰泥平房，搬入聖費南多谷（San Fernando Valley）入口一棟舒適，有百葉窗、玫瑰叢圍籬與三株白樺樹的獨屋。週末，我那個已脫掉制服但仍軍氣昂然的繼父，把沙朗牛肉與刷塗奶油的玉米，緊緊包在錫箔裡，享受庭院烤肉；我吃了又吃——我如何能不一吃再吃，當我目睹悶悶不樂、骨瘦如柴的母親兀自撥弄她的食物？他的生氣蓬勃和她的快快冷漠一樣逼人。他們沒法玩家家酒——太遲了！我一開吃就吃開了，我一副娃娃臉，舉止孩子氣的姊姊模樣，胃口洋溢猛啃第四根玉米；我已經走人了。（用法文來聲明，就是逗留過久：Je suismoralementpartie. ——譯按：「我在精神上已經離開。」）只等挨過這最後一小段童年。那段期間，戰時用語使我初次懂得什麼叫遷就當前以備更好的未來，因此，那段期間，可以裝成喜歡他們的娛樂消遣，避免衝突，狼吞虎嚥他們的食物。真相是，我害怕衝突。而且我總是很餓。

我有置身貧民窟之感，我有自己的生活。我的要務是擋開蠢話（我覺得我快要在蠢話裡滅頂了）——同窗與老師愉快空洞的恭維，家裡入耳的陳腔濫調。配了罐頭笑聲的每週喜劇節目，甜膩的流行唱片排行榜，歇斯底里的棒球賽與職業拳賽講評——收音機，嘈雜的喧嘩週一到週五晚上，與週六和週日泰半時間填滿起居室，是沒完沒了的折磨。我咬牙切齒，我捻扭頭髮，我啃指甲，我一派禮貌。我無誘於市郊童年迅速令我妹妹不能自拔的呼朋引伴樂趣，但我也沒有自視為格格不入之人，因為我認為我友善和氣的包裝足以亂真。（人家可能認為一個女孩子就是如此吧。）但別人對我的看法終究是模糊的，我覺得別人視而不見與缺乏好奇的程度實在可驚，我則是渴望無所不知：這是我與我那時為止碰過的所有人之間的可惱差異。我確信有很多像我這樣的人，在某個地方。而且我從來沒想過有什麼擋得了我。

我沒有快快度日或自生悶氣，不只因為我認為抱怨毫無益處。而是因為我的不滿——的確，我整個童年那麼多的不滿——的反面是狂喜。我無法與人分享的狂喜。而且這狂喜不斷增長：從這最近一次搬家以來，我幾近夜夜一陣陣歡喜。因為，在這之前的八棟房子與公寓裡，我從來沒有自己的臥室。現在有了，而且不是要求來的。一扇我自己的門。現在我可以在被打發上床和被吩咐關燈後，就著手電筒看好幾小時書，不是在棉被帳篷裡，而是在棉被外。

我打最早的童年以來就著魔似地酷愛閱讀（讀書就是一刀刺入童年的生命），因此也無所不讀：童話與漫畫（我收藏巨量漫畫書），康普頓百科全書，《鮑勃西雙胞胎》（*Bobbsey Twins*）及史特拉特其餘系列，天文學、化學、中國方面的書，科學家傳記，理查・哈利波頓所有旅遊著作，以及為數頗多而大多出自維多利亞時代的經典。然後，信步而入一九四〇年代中期仍是村落的圖森市區，一家文具兼賀卡店的後半部，我一頭栽入《現代文庫》的深井。這兒是標準讀物，這兒，每本封底上，是我的第一份書單。我只要買來讀就是（小本的九十五分錢，大本的一點二五美元）——我的可能性意識隨著一本一本書，如木匠的尺般開展。抵達洛杉磯一個月內我就搜得一家真正的書店，我這輩子為書店陶醉的第一家：匹克維克，在好萊塢大道上，我每隔幾天課後就去，站著讀更多一些世界文學——能則買，敢則偷。我每偷一次就費我數週自責及對未來羞辱的恐懼，但我能怎麼辦，以我那麼微薄的零用錢？怪的是我從沒想到上圖書館。我得把書弄到手，看它們一排排一列列在我小小臥室的一面牆上。我的家神。我的太空船。

午後，我搜獵寶藏。我總是不喜歡放學直接回家。在圖森，文具店之行除外，我最愉快的延後回家之計，是沿舊西班牙小道步行而出，朝綠塘山麓而去，在那裡貼近端詳最兇猛的仙人掌與刺梨，往地上細搜箭頭與蛇，將漂亮的岩石裝入口袋，想像自己是迷失之人或唯一生還者，祝願自己是印地安人。或者獨行俠。加州這裡有一種不同的遊蹤天地，我變成一種不同的獨行俠。大多日子，放了學，我在錢德勒大道坐上電車趕著進入而非離城。好萊塢大道與高地大道那個迷魅般十字路口的幾個街段內，就是我那個由一、兩層的樓房構成的小小廣場：匹克維克；一家唱片行，老闆每週讓我在試聽間度過幾個鐘頭，一飽耳福；一個國際書報攤，我兇猛瀏覽《黨派評論》（*Partisan Review*）、《肯揚評論》、《西溫尼評論》、《政治》、《重音》、《虎眼》、《地平線》；以及一家店面，有個下午，通過其開著的門，我不自覺地尾隨兩個我從沒看過的美麗的人，我以為我進了健身房，結果是雷斯特．霍爾頓／貝拉．雷維茲基舞蹈公司的綵排處。哦，黃金時代！不但是，而且我知道是這樣。很快，我就啜著上百根吸管。在我房間裡，我寫模仿故事，也寫起真正的日記；開列字單來增廣我的字彙，開列林林總總的單子；對我的唱片扮演指揮；夜夜看書到眼睛酸痛。

很快我也有了朋友，年紀沒有比我大多少——我自己也稱奇。我能與之共談令我著迷與狂喜之事的朋友。我沒指望他們和我一樣飽覽群籍；他們願意讀我借給他們的書就夠了。音樂方面，更好，我是生手——真福氣！我有獲得指導的欲望，一股比我與人分享之欲更受挫的欲望，但這欲望使我交上最好的朋友：兩個高年級生，我以二年級身分一進這所新學校，就撲向音樂品味遠優於我的他們。他們不僅各自精通一種樂器——伊蘭妮吹長笛，梅爾彈鋼琴——而且都在南加州成長，逃難的技巧名家湧入此地，受雇於各大電影公司編制完整的交響樂團，夜裡可以聽見他們為跨越一百哩的小群聚會聽眾，演奏經典作品與當代室內樂曲目。伊蘭妮與梅爾就屬於那些聽眾，品味因一九四〇年代洛杉磯高等音樂文化的獨特趨勢中提升，而且變得出奇嚴謹——有室內樂，以及其他一切。（歌劇在好音樂的衡量上地位甚低，不值一提。）

各個朋友都是最好的朋友——我不知道別的形容法。我翌年秋天開始上U.C.L.A.的那兩個音樂導師的課之外，有個二年級同學，我中學所餘兩年裡的浪漫伴侶，後來陪我上我十三歲就選定的學院——芝加哥大學學院。彼得，失了父親，兼為難民（他是半匈牙利、半法國血統），人生之流離失所比我尤甚。彼得父親被蓋世太保逮捕，他跟母親從巴黎逃往法國南部，從那裡到里斯本，一九四一年輾轉到達紐約；在康乃狄克州一所寄宿學校一段時間之後，他現在和單身、皮膚曬成古銅色、紅髮的海妮亞團聚（我那時承認她氣色同我媽一樣年輕，但貌美不如）。我們的友誼始於在學校餐廳，互誇我們已逝但魅力無限的父親種種傲人的軼事掌故。我和彼得爭論社會主義與亨利·華理斯，手牽手，一塊灑淚看《不設防城市》、《田園交響曲》、《天國的孩子》、《穿制服的女孩》、《麵包師的老婆》、《相見恨晚》和《美女與野獸》，在桂冠戲院，那是我們發現上映外國片的戲院。我們到峽谷和葛里菲斯公園騎腳踏車，相擁著在雜草裡翻滾——我記得彼得的最愛，是他媽、我，和他的競速腳踏車。他黑髮、瘦皮包骨、神經質、高個兒。我雖然在班上總是年紀最小，卻總是全班最高的女生，還高過大多數男生，而且我儘管在堂皇高蹈的事情上總是有異樣獨立的判斷力，在身高這件事上卻從俗。男朋友不但必須是最好的朋友，還得比我高，只有彼得合格。

我交的另一個最好的朋友，也是二年級，念另一所中學，也和我一同進芝加哥大學，是梅里爾。酷而結實且金髮，他具足「可愛」、「俊」、「夢中情人」的條件，但我，以我神準不誤、識破獨行俠（不管如何偽裝）的眼光，登時看出他還很聰明。真的聰明。因此也有拔群獨行之能。他聲音低沉可人，有一種羞澀的笑容，以及一雙有時不用嘴巴亦自含笑的眼睛——梅里爾是我朋友之中我唯一寵溺的。我喜歡凝視他。我心願與他相融，也心願他與我相融，可我必須尊重一道無可跨越的藩籬：他比我矮好幾吋。其餘藩籬則比較不好想。他時而行事詭祕，工於計算（名符其實如此：他說話常帶數字），又有時候，我覺得，他對於我認為令人感動之事不夠感動。我對於他何其實際，以及在我慌張時何其鎮定而印象深刻。我說不上他真正怎麼感覺他那個挺有家世的家庭——母親、生父、弟弟（好像是個數學天才）。梅里爾不喜歡談感覺，我則滿心沸騰著要表達我的感覺，最好是把焦點從我身上挪開，轉到我悅慕或感到憤慨的事物上。

我們同愛一連串事物。第一是音樂——他已彈多年鋼琴。（他弟弟拉小提琴，這一點我同樣妒嫉，雖然我幾年前就哀求我媽——應該說，就不再哀求我媽——讓我學鋼琴。）他帶領我免費進入音樂會（夏天，在好萊塢露天劇場），我則先由伊蘭妮與梅爾帶著聽〈屋頂之夜〉週一室內樂系列，這時就領他成為那些系列的常客。我們一邊打造我們幾乎相同的，理想的唱片收藏（78轉，那是LP問世前最後一年，我們沐浴在懵然不覺的幸福裡），一邊經常在高地唱片行的試聽間裡會合。有時他來我家，即使我雙親在家。有時我去他家；他穿著邋遢而好客的媽媽，名叫——我還記得當時我覺得難為情——蜜糖。

我們的隱私在車子裡。梅里爾有正式駕照，我還是那時候加州十四到十六歲可持的「青少年」駕照，只夠資格開我父母的車。既然我們開得到的只有父母的車子，這差別就沒有什麼實際意義。在他父母的藍色雪佛蘭或我媽的綠色龐蒂亞克，我們夜裡窩在穆荷蘭大道邊上，底下大片迤邐閃爍的燈光如同一望無垠的機場，我們渾然無視周圍眾車裡的對對交歡，自己尋樂。我們用我們不太精準的高嗓門互丟題目——「好啊，聽著。喏，這是什麼？」我們互考寇海爾目錄（Kochel；譯按：莫札特作品編目），我們熟知全部626號的一長串作品。我們爭辯布許與布達佩斯四重奏孰優孰劣（我當時偏愛布達佩斯，不容異己）；討論我聽過伊蘭妮與梅爾談季雪金的納粹紀錄之後，買他的德布西錄音會不會不道德；想辦法使自己相信，說我們喜歡約翰．凱吉在上週一〈屋頂之夜〉音樂會，用預置鋼琴演出的作品；我們還談史特拉汶斯基還能活多少年。

這最後一項是個再三困擾我們的難題。約翰．凱吉的嘎嘎之音與砰擊之聲，我們恭敬以對——我們知道，我們如果上道，就得欣賞醜的音樂；我們熱烈聆聽托克（Toch）、克雷尼克（Krenek）、亨德密特、魏本、荀白克，等等等等：我們食欲巨而胃強健。但史特拉汶斯基的音樂才是我們衷誠之愛。由於史特拉汶斯基老得可怕——我們真有兩個週一在維希爾、艾貝爾劇院（Wilshire Ebell）的小音樂廳裡看過他，英戈夫．達爾（Ingolf Dahl）在那裡指揮他的作品——我們擔心他不永年，不能自已而雙雙大發代他而死的奇想。我們常常討論的問題是：我們那麼樂於思考的犧牲，條件為何？我們如果此刻、當場即死，應該換得史特拉汶斯基多活幾年？

二十年？求之不得。但這太容易，而且我們一致認為，那是奢望。給我們親見已歲如遠古又老貌不揚的史特拉汶斯基二十年——對一九四七年十四歲的我和十六歲的梅里爾，那是大得難以想像的數字。（他多活了比這更長的年數，多可愛！）再堅持用我們的生命給史特拉汶斯基二十年，未免難顯我們的熱誠。

十五年？當然。

十年？沒問題。

五年？我們開始動搖。但是，不能一致取個年數，未免失敬，或者說，顯得我們不愛他。我的生命，或梅里爾的——不只是我們這些加州中學生微不足道的小命，還有我們認為正在等著我們而有其大用、充滿成就的生命——算什麼，比起能夠使世人多享受五年史特拉汶斯基的創作？五年，還可以。

四年？我嘆口氣。梅里爾，我們繼續想吧。

三年？一死只換三年？

經常，我們將就四年——以四為底限。沒錯，為了給史特拉汶斯基多活四年，我們之中一人情願當場死去。

閱讀與聽音樂：我仰慕的一切幾乎都出自已故（或極老）之人或殊方異域，理想上是來自歐洲之作，我覺得勢所必然。

我累積眾神。音樂則史特拉汶斯基，文學則托瑪斯．曼。在我的阿拉丁洞窟裡，在匹克維克，一九四七年十一月十一日——此刻從架上取下此書，我在扉頁找到我用當時正在練習的斜體字記下的日期——我買了《魔山》。

我當晚開讀，起初數夜，讀來呼吸困難。這不只是我將愛上的又一本書，更是一本改變我的書，一個發現與認知之源。整個歐洲湧入我腦海——雖然我也開始為之哀悼。連同肺結核，那隱含恥辱的病（我母親如此意會），我難以想見的生父那麼久以前死於此病，而且是遙死異域，但我們移居圖森之後，此病似乎成為一種常見的不幸——結果此書啟示說，此病是悲情與精神的象徵！由於一個哮喘孩子——我——之故，我母親考慮氣候，不得不遷居沙漠裡那個風景如畫，有三十多家醫院與療養院的名勝城鎮，小說裡高山上的肺疾病人社會就是那景象的寫照——一個崇高寫照。在那山上，人物角色是理念，理念是激情，完全如我一向的感想。但理念本身這時擴展了我，把我席捲進去：塞特布里尼（Settembrini）的人道熱情，但納夫塔（Naphta）的陰鬱與鄙夷亦然。溫和、天性善良、貞潔的漢斯・卡斯托普（Hans Castorp），也就是曼筆下的孤兒主角，則是我不設防之心的英雄，原因包括他是孤兒，以及我自己想像力的貞潔。我愛曼筆帶柔情，無論那柔情被他施恩之姿稀釋了多少，刻畫他單純、過度誠摯、溫馴、平庸（我自認如此，以真實標準衡量）。柔情。如果漢斯・卡斯托普是自命清高之流呢（我母親有一次破口大罵而給我的可怖指控）？他之所以不喜歡別人，而且不像別人，正在這裡。我看出他以虔誠為志業；他孤寂可掬，而彬彬有禮於眾人之間；他的生活充滿煩冗的日常作息（監護人認為對你有益）而穿插著自由、激情的對談——那是我當時歲月的一種精采置換。

一個月之久，此書是我的居處。我幾乎一口氣讀完，我的興奮壓過慢讀咀嚼之願望。我的確曾經不得不慢下來，是三百三十四頁到三百四十三頁，漢斯・卡斯托普與克拉芙蒂亞・喬嘉德談愛之處，用法文談，而我沒念過法文：我不願跳過一言半語，買了一本法英字典，逐字查檢兩人的對話。讀完最後一頁，我不情願和這本書分開，於是回頭重新開始，為了逼自己忠於讀這本書應有的步調，朗聲重讀，每夜一章。

下一步是借給朋友，感受別人得自此書的樂趣——與別人一同愛它，而且能夠談它。十二月初，我把《魔山》借給梅里爾。梅里爾，我塞什麼都馬上讀的梅里爾，也愛這本書。很好。然後梅里爾說：「我們何不去看他？」就是那時，我的喜悅轉成羞愧。

當然我知道他住在這裡。一九四〇年代的南加州名流咸集，一切品味都有，我的朋友們和我不只曉得史特拉汶斯基與荀白克，還曉得曼，曉得布萊希特（我不久前和查爾斯·拉夫頓在比佛利山一處劇場看了《伽利略》），以及伊謝伍德（Isherwood）與赫胥黎。但是，我能接觸他們任何一人，就如我能和同樣住在附近的英格麗褒曼或賈利古柏說上話，都不可思議。其實，是更不可能。明星在好萊塢大道上出了他們的豪華轎車，踏上電弧燈照明的人行道，突破警方以木架隔開的影迷包圍，前往電影宮出席首映；我在新聞中看過那些幽靈般來去的身影。高等文化之神從歐洲降臨，則是靜悄悄落腳於檸檬樹與海灘戲浪，與新包浩斯建築與夢幻漢堡之間；我確信他們不會有影迷之類千方百計入侵他們的隱私。當然，曼不同於其他流亡者，他也是公眾人物。如同托瑪斯·曼成為官方上賓，在一九三〇年代末期到一九四〇年代初期，大概比成為舉世最著名作家更不可能。曼作客白宮，在國會圖書館演說時由副總統引言，巡迴演說連年忘疲，地位在羅斯福思想正統的美國有如神諭，宣斥希特勒的德國為絕對之惡，昭告民主即將勝利。移民生涯不曾削弱他擔任代表人物的品味與才華。如果說世上有「好的德國」，這個德國如今必須在這個國家尋找（這是美國善良的證據），而其化身就是他；如果說有個偉大的作家，而且完全不是美國人觀念裡的作家，那也是他。

但是，我隨《魔山》飛揚之時，並未想到他名符其實也在「這裡」。當此時，我住在南加州，托瑪斯·曼住在南加州，那是不同意思的「住」。他無論在何處，都不是我在之處。歐洲。或者說，童年之外的世界，嚴肅的世界。不對，甚至也不是如此。對我而言，他是一本書。許多書，應該說——我正沉漫在《三十年故事集》之中。九歲之時——我確定九歲是童年——我經過幾個月生活於《悲慘世界》的哀傷與懸疑之中。（傅安婷賣髮那一章把我變成一個自覺的社會主義者。）就我而言，托瑪斯．曼——一言蔽之，他已不朽——和雨果一樣是「故」人。

我為什麼要見他？我有他的書了。

我不要和他碰面。梅里爾在我家，那是星期天，我父母出去了，我們在他們臥室裡，趴在白綢床罩上。他不理我千求萬請，拿來一本電話簿，找M部。

「看見了吧？他在電話簿裡。」

「我不想看見！」

「看看吧！」他逼我看。真恐怖，我看見了：帕西菲克帕利塞茲（Pacific Palisades），聖里莫大道一五五〇號。

「太可笑了。得了吧——停停停！」我爬下床。我不敢相信梅里爾會做這事，但他真做了。

「我要打電話了。」電話在我媽那一側的床頭几上。

「梅里爾，求求你！」

他拿起話筒。我衝出屋子，衝過經常沒鎖的前門，衝過人行道的路緣，衝到龐蒂亞克另一邊，龐蒂亞克停在那裡，車鑰匙插在點火電門裡（車鑰匙還能擺哪兒？），站在街心，兩手緊摀耳朵，彷彿我在那裡還聽得見梅里爾打那通叫我無地自容，不可思議的電話。

我真是個膽小鬼，我心想，而且不是我生平第一或最後一次這麼想；我費好幾分鐘猛換氣，努力恢復自制，才放開耳朵回屋。姍姍而回。

前門筆直開向小小的起居室，裡面是早期美國的擺設，我媽那時收集那些東西。一片安靜。我行過起居室，進入用餐區，轉入經過我自己房間與我父母浴室門的短廊，進入他們的臥室。

話筒掛回去了。梅里爾坐在床緣，咧著嘴。

「聽著，這不好玩，」我說。「我以為你會真的打電話。」

他一揮手。「我做到了。」

「就是做到了。」

「做了什麼？」

「打電話？」

「他下星期天四點等我們喝茶。」

「你又沒真的打電話！」

「怎麼沒真的打？」他說。「一切順利。」

「你跟他說話了？」我幾乎眼淚奪眶。「你怎麼可以這樣？」

「沒有，」他說。「是他妻子接的。」

我在心中從我看過的那些曼家照片，淬取一幅卡提亞．曼的影像。她也存在？也許，只要梅里爾沒有真和托瑪斯．曼說上話，就不算太糟。「你們說了什麼？」

「我說我們是兩個中學生，讀過托瑪斯．曼的作品，想去見他。」

不對，這比我想像的更糟——可是我想像過什麼來著？「這……好蠢。」

「有什麼蠢？聽起來滿好的。」

「哦，梅里爾……」我連再抗議都沒辦法了。「她說了什麼？」

「她說，『請稍等，我找我女兒來，』」，梅里爾繼續說道，「然後是女兒接手，我把話再說一次。」

「慢一點，」我打岔。「他妻子放下電話。停頓了一下。然後你聽到另一個人的聲音……」

「是啊，另一個女人的聲音——她們兩人都有口音——說，『我是曼小姐，什麼事嗎？』」

「她那樣說？聽起來她像在生氣。」

「沒有，沒有，她聲音不像生氣。可能她是這麼說的，『這是曼小姐』，我記不得了，可是老實說，她聲音不像生氣。然後她說，『什麼事嗎？』不對，等等，她說的是『有何貴事嗎？』」

「然後呢？」

「然後我說……我們是兩個中學生，讀過托瑪斯．曼的著作，想見他。」

「可我不要見他！」我哭喪著聲音說。

「接著她說，」他固執不放，「『請稍等，我要問我父親。』可能是『稍待片刻，我要問我父親。』她沒去很久……然後她回到電話來，說——這是她說的，一字不差——『我父親等你們下星期天四點鐘來喝茶。』」

「然後呢？」

「她問我知不知道地址。」

「然後呢？」

「就這樣了。哦……她還說再見。」

我沉思最後這句話，然後再說一次：「哦，梅里爾，你怎麼可以這樣？」

「我跟妳說了我會打，」他說。

挨過了一星期，仍然滿懷羞恥和恐懼。我覺得被逼見托瑪斯．曼是極大的魯莽無禮。他浪費時間見我們，太古怪了。

當然我可以拒絕去。但我害怕我誤認為是愛俐兒（Ariel）的這個莽撞卡力班（Caliban），沒我同行就去拜訪魔術師（譯按：曼一家子叫他「魔術師」）。不管我平常多受梅里爾尊敬，他現在好像自認為在崇拜托瑪斯．曼這一點上，足可和我平起平坐。我不能任由梅里爾在不經斡旋之下給我的偶像添麻煩。至少，我如果同往，或者還能減少傷害，引開梅里爾一些比較欠成熟的言論。我有個印象（這是我回憶之下最令我感動的一點），說托瑪斯．曼可能被梅里爾或我的愚蠢所傷……說那愚蠢總是傷人，說由於我敬重曼，我就有責任保護他不受此傷害。

梅里爾和我在那星期有兩次課後碰面。我已不再責難他。我已比較不生氣；逐漸，我覺得只有無助。我落入陷阱。我既然必須去，就得和他同感，有志一同，以免兩人丟臉。

星期一到了。梅里爾開雪佛蘭來接我，一點整，在我家門前（我沒告訴我媽或任何別人應邀到帕西菲克帕利塞茲喝茶的事），兩點已在寬大、空蕩的聖里莫大道上，遠處可見海洋和卡塔利納島，我們在距離一五五〇號宅約莫二百呎外（而且那棟房子看不見之處）停車。

我們已說好如何開口。我要先說話，談《魔山》，然後梅里爾問托瑪斯．曼此刻所寫作品的事。其餘則有待整理，我們有兩小時可以預演。結果，幾分鐘後，由於想不出他會如何回應我們考慮要說的話，我們靈感告竭。神會說什麼？無從想像。

於是我們比較《死與少女》的兩種錄音，然後轉到梅里爾最愛想的，許納貝爾怎麼彈〈漢摩克拉維〉，他的想法，我發覺絕妙聰明。梅里爾似乎根本毫無焦慮。他好像認為我們有十足權利叨擾托瑪斯．曼。他認為我們是挺有意思的人——兩個早熟的孩子，小神童（我們知道我們沒有一個是真神童，少年曼紐因才是；我們是充滿欲望、敬意的神童，而不是已經有成的神童）；他認為托瑪斯．曼會覺得我們有意思。我沒這麼想。我認為我們純粹是……潛力。以真實的標準衡量，我認為，我們簡直不存在。

太陽強烈，街道無人。兩個鐘頭裡只有幾輛車子經過。然後，三點五十五分，梅里爾放開煞車，我們靜靜滑下山坡，在一五五〇號前停車。我們下車，伸伸懶腰，發出彼此打氣的呻吟聲，盡量輕輕關上車門，走上宅前小徑，按鈴。可愛的鈴聲。慘了。

一個非常老，白髮在腦後挽個圓髻的女人開門，看見我們，似乎並無訝異，邀我們入內，請我們在微暗的入口處稍待——右側有一間起居室——隨即自己去一段長廊，不見蹤影。

「卡提亞．曼，」我細聲說。

「不曉得會不會看到伊莉卡（譯按：曼的長女），」梅里爾細聲回我。

屋裡寂靜無聲。她回來了。「請跟我來。我丈夫在他書房招待兩位。」

我們跟隨著，幾乎到窄暗通道盡頭，正在樓梯口。左側有扇門。她開門。我們尾隨而入，再轉個彎，才真正入室。托瑪斯．曼的書房。

我看見房間——感覺很大，有一面開向寬大景觀的窗——然後才恍悟那就是他，坐在巨大、有雕飾、深色的桌子後面。卡蒂亞．曼為我們引見。兩個學生到了，她對他說，稱他托瑪斯．曼博士；他點頭，說了些歡迎之類的字眼。他打蝴蝶結領帶，米色西裝，一如《三十年故事集》的卷首照片——那是第一驚，他居然那麼像那張其貌岸然的相片。那種相像給人怪異之感，堪稱一奇。我如今想來，不只因為這是我頭一遭親見一個我已透過照片，對其容貌形成一幅強烈心像的人。我那時從沒看過不故作輕鬆的人。他和照片的影像給人特技表演之感，彷彿他此刻在擺姿態似的。但那飽滿的照片沒有讓我想像他的脆弱；沒有教我看出鬍髭的稀疏，皮膚的白皙，雙手的斑駁，青筋顯眼而不悅目，鏡片後面的小而琥珀色的眼睛。他坐得筆挺，望之非常，非常老。他其實也七十二了。

我聽見我們背後的門關上。托瑪斯．曼暗示我們坐在桌前兩把直背椅。他點根菸，靠回他椅背。

我們這就開始了。

他說話不用人提詞。我至今記得他的威重，他的口音，他言語的徐緩：我從沒聽過人說話那麼慢。

我說我多麼喜愛《魔山》。

他說那是一本非常歐洲的書，說那本書刻畫歐洲文明心靈裡的衝突。

我說我懂。

他正在寫什麼作品呢，梅里爾問。

「我新近完成一部小說，部分以尼采生平為底，」他說，每個字之間留著巨大令人不安的停頓。「不過，我的主角不是哲學家。他是個偉大的作曲家。」

「我知道音樂對你多重要，」我斗膽進言，希望搧風點火把對談好好拉長一點。

「德國靈魂的高度與深度都反映於其音樂之中，」他說。

「華格納，」我說，一邊擔心這下要壞事了，因為我沒聽過華格納歌劇，雖然我讀過托瑪斯・曼談他的文章。

「沒錯，」他說，拿起，掂一掂，闔上（一根大拇指在某處做個記號），復又擱下，這回攤開著，他工作桌上一本書。「你們看見了吧，此刻我正在參閱恩斯特・紐曼（Ernest Newman）卓越的華格納傳記。」我伸長了脖子，讓書名的字眼和作者的姓名確實撞到我的眼珠。我在匹克維克見過紐曼此傳。

「但是我這位作曲家的音樂不像華格納的音樂。和它有關連的是荀白克的十二音系統，或音列。」

梅里爾說我們對荀白克都非常有興趣。他對此不事回應。我捕捉到梅里爾臉上一抹困惑之色，於是睜大眼睛以示鼓勵。

「這部小說會很快出版嗎？」梅里爾問。

「我那位忠實的譯者目前正在努力，」他說。

「H・T・羅-波特（H.T. Lowe-Porter），」我小聲說道——那真是我第一次說出這個令人著迷的名字，兩個字頭簡寫晦澀，而連接符號顯眼。

「對這位譯者而言，這或許是我最難的一本書，」他說。「我想，羅-波特女士從來不曾面對這麼有挑戰性的工作。」

「哦，」我說，我對H.T.L.-P本來沒有什麼特別的想像，很驚訝得知這是一個女人的名字。

「需要深刻的德文知識，和相當獨具匠心，因為我有些角色用方言對話。而且那個魔鬼——因為，沒錯，魔鬼本人是我書中一個角色——講十六世紀德語，」托瑪斯．曼說，慢而又慢。一絲似笑非笑。「我怕這對我的美國讀者沒什麼意義。」

我渴望說些要他放心的話，但是不敢。

他說話這麼慢，我納悶，因為他就是這麼說話嗎？或者因為他認為他必須慢慢地說——假定（因為我們是美國人？因為我們是小孩子？）不這樣我們就無法了解他在說什麼？

「我視此為我所寫過最大膽的書。」他對我們點點頭。「我最狂野的一本書。」

「我們非常盼望讀到，」我說。我仍然希望他談《魔山》。

「但這也是我老年的書，」他繼續。一陣長而又長的停頓。「我的《帕西法爾》，」他說。「而且，當然，是我的《浮士德》。」

他似乎分心片刻，彷彿回想什麼。他又點一根菸，在椅子裡微轉身子。然後他將菸擱在菸灰缸裡，用食指摩挲他的髭；我還記得我心想他的髭（我沒認識過留髭的人），看起來像他嘴巴戴了帽子。我納悶那是不是表示談話結束了。

結果，不是，他繼續說話。我記得「德國的命運」和「深淵」……及「浮士德與魔鬼訂約」。希特勒提了好幾次。（他有沒有提到華格納-希特勒問題？我想沒有。）我們盡力表現出他的話沒有白耗在我們身上。

起初我只看見他，敬畏於他的具體臨在使我看不見房間內的物品。現在我才開始另有所見。例如，桌上相當擁擠的筆、墨水瓶、書、紙，以及一批銀框小照片，我看到的是框背。牆上許多照片之中，我只認得一幅簽名照，是羅斯福和一個人——我記得好像是個穿制服的男人——合影。還有書、書、書，在四壁之中兩面牆壁從地板排列到天花板的架子裡。與托瑪斯．曼同在一室，令人悸動、偉大、驚心。但我也聽見我生平首見的私人圖書館，有如金嗓海妖那樣對尤利西斯發出的魅歌。

梅里爾撐住場面，表現他並非完全無知於浮士德傳奇，我則一邊不把我的遊目四顧做得太明顯，一邊想法查探這座圖書館。如我所料，幾乎全是德文書，許多是成套的，皮面精裝；我沒法解讀大多數書名之祕（我不知道有哥德體這回事）。少數一些美國書，看起來很新，容易辨識，都有鮮明、蠟亮的書衣。

現在他正在談歌德……

彷彿我們真的預演過我們要說的話，梅里爾和我以良好、不受拘束的節奏，在托瑪斯．曼不絕如冰流的話語每有乾涸之勢時提出問題，並且表現我們恭聆欣賞他說的一切。此時的梅里爾正是我極喜歡的那個梅里爾：鎮定、施展魅力、毫不愚蠢。我慚愧我曾認定他會在托瑪斯．曼面前丟人而且因此讓我丟臉。梅里爾很好。我呢，我當時想，只算還可以。可令人驚訝的倒是托瑪斯．曼，他並不難懂。

如果他說話像一本書，我不會介意。我要他說話像書。我開始隱隱想到的是（我當時無法言表）他說話像書評。

他談起藝術家與社會，使用了當時我記得在《星期六文學評論》讀過的訪談裡的語句，而自從我開始在拉斯帕爾馬斯（Las Palmas）的書報攤買到《黨派評論》，發現那些花俏文體與錯綜夾纏的論點以後，我覺得我已經成長超越那個雜誌。不過，我當時心中推理說，我所以發覺他的話有點熟悉，那是因為我讀過他的書。他不可能知道我是他的那麼熱切的讀者。他為什麼不能說他已經說過的話？我拒絕為此失望。

我考慮告訴他我愛《魔山》到讀了兩次，但這話未免呆氣。我也害怕他拿一本他的我沒讀過的書問我，雖然他一直一個問題也沒問。「《魔山》對我意義好重大，」我終於斗膽表白，覺得此時不說，永無機會。

「有時候，」他說，「我被問到我認為哪本是我最偉大的小說。」

「哦，」我說。

「是嗎，」梅里爾說。

「我會說，而且最近在訪談裡回答……」他打住。我屏息。「《魔山》。」我這才呼了一口氣。

門開了。解脫來了：那位德國妻子，步履徐緩，帶來一盤餅乾、小蛋糕、茶，她彎腰放在靠沙發一張矮几子上。托瑪斯．曼起身，繞到几邊，招我們到沙發去；我看見他非常瘦。我渴望再坐下，也這麼做了，在梅里爾身邊，那是托瑪斯．曼一站定近旁一張高扶手椅，我們就被請坐之處。卡提亞．曼從一組厚重銀器倒茶到三隻精巧的杯子裡。托瑪斯．曼將他的碟子置於他膝上，以杯就口（我們一致照做）之際，她低聲對他說幾句德語。他搖頭。他用英語回答，類似「沒關係」，或「現在不行」。她嘆口氣，嘆聲可聞，然後離去。

啊，他說，我們吃吧。他未露笑容，作勢請我們吃糕點。

擺盤子的矮几，一端立著一尊埃及小雕像，記憶中，是一具喪禮還願用的像。我想起托瑪斯．曼寫過一本名叫《約瑟夫在埃及》的書，我在匹克維克簡略瀏覽時覺得沒有吸引我。我決心再試一次。

沒人說話。我感覺到屋子強烈、專注的安靜，一種我在任何地方的室內都不曾經驗的安靜，以及我自己一舉手一投足的緩慢與自覺。我小口啜茶，努力控制蛋糕的碎屑，和梅里爾瞥換一個偷偷的目光。可能到此為止了。

放下他的杯子與碟子，用他厚厚的餐巾觸碰他的嘴角，托瑪斯．曼說他向來樂見美國年輕人，他們流露這個偉大國家的活力和健康，以及樂觀為本的氣質。我心一沉。我一直就怕這個——他把話題轉向我們。

他問我們的課業。我們的課業？那又是另一個難堪了。我確信他完全不曉得南加州的中學是何模樣。他知不知道有駕駛課（必修課程）？打字課呢？他不會訝異於我們奔過草坪趕第一堂課時，瞄到皺巴巴的保險套嗎（校園是學生最愛的夜會地點）——我自己就曾訝異，因為，入學第一週時，我呆頭呆腦問某人那些樹下為什麼有那些小氣球，並且因此領悟自己比同學小兩歲。上午每節課休息時間，那對帕丘克（墨裔美籍孩子的通稱）在禮堂左牆擺售的「茶」呢？他能不能想像喬治，我們有些人知道，他有槍，在加油站搶錢。艾拉與妮拉這對侏儒姊妹？她們在聖經俱樂部帶頭杯葛，造成我們的生物課本退出學校。他知道嗎，拉丁文廢了，莎士比亞也是，還有，在十年級的英文課裡，連續幾個月，那個一眼可知醉醺醺的老師，每堂課進門就發《讀者文摘》——要我們選一篇文章寫摘要——然後死寂坐在她桌邊打瞌睡織毛衣？他能想像北好萊塢中學，法爾里．葛蘭格（Farley Granger）與艾倫．拉德（Alan Ladd）的母校，和他故鄉呂貝克的中學是何其不同的世界嗎，在呂貝克，十四歲的托尼爾．克洛格追求漢斯．漢森，方法是說服他讀席勒的《唐．卡洛斯》？他無法想像，而且我希望他永遠沒發現兩個世界多麼不同。他已有足夠事情憂傷了——希特勒、德國毀滅、流亡。他最好別知道他真的離歐洲多遠。

他談起「文學的價值」和「保護文明反對野蠻勢力的必要」，我說，是，是……我整星期預測我們會覺得此行荒謬，這感覺終於逐漸盤踞我。初時，我們只說些蠢話。真的喝茶，這個給此行一個名目的社交儀式，則造成更多丟臉的機會。我擔心自己做出什麼笨拙事來，這擔心把我可能放膽出口的一切趕出我腦海。

我至今記得我開始心想什麼時候告辭才不尷尬。我當時並且猜想，梅里爾儘管使出渾身解數給人他很自在的印象，也會高興離開。

托瑪斯．曼繼續談，慢慢地，談文學。我記得比較清楚的是我的喪氣而非他說的內容。我極力不吃太多餅乾，可我心不在焉，伸手比我本意多拿了一塊。他點頭。再來一塊吧，他說。真恐怖。我好希望沒人理我，任我獨自在他書房裡細看他的書。

他問誰是我們最喜歡的作者，我正自遲疑（我喜歡很多作者，我知道我應該提幾個），他就繼續說——這句話我記得清清楚楚：「我推想你們喜歡海明威。我的印象是，他是最具代表性的美國作家。」

梅里爾含糊說他沒讀過海明威。我也沒讀過；可是我吃驚過度，無法回答。多令人困惑，托瑪斯．曼居然對海明威有興趣，他在我模糊的印象裡是個非常流行的作者，小說曾拍成電影（我愛英格麗褒曼，我愛亨佛利鮑嘉），寫釣魚和拳擊之類（我討厭運動）。他對我從來不像是我應該讀的作家。或者，我的托瑪斯．曼會認真看待的作家。然後我明白，不是托瑪斯．曼喜歡海明威，而是他認為我們喜歡他。

托瑪斯．曼問，你們喜歡什麼作者？

梅里爾說，他喜歡羅曼羅蘭，《約翰克利斯朵夫》。和喬伊斯，《藝術家的畫像》。我說我喜歡卡夫卡，《變形記》和《在流刑地》，還有托爾斯泰，他的十九世紀末期的宗教作品和長篇小說；由於自認為必須提一個美國人，因為他似乎有此預期，我加上傑克．倫敦，《馬丁．伊登》。

他說我們一定是非常認真的年輕人。更尷尬了。我至今最記得的一點是我當時多麼尷尬。

我一直耽掛海明威。我是不是該讀海明威？

兩個本地中學生知道尼采與荀白克是誰，他似乎認為完全正常……至此為止，我樂於品嚐這個把這種熟悉視為當然的世界。但現在他好像還要我們當兩個美國年輕人（他想像的美國年輕人）；要我們和他一樣有代表性（認為海明威具代表性，只是我不知道他何以那麼認為）。我知道那是荒謬的。重點是，我們根本什麼也不代表。我們甚至不代表我們自己——當然，不是非常好的代表。

我置身於我希望生活其中的那個世界的王座，在那個世界裡當最卑微的公民也沒關係。（我不會想到說我有志當作家，就和我告訴他我呼吸一樣不曾閃過心頭。如果我必須在那裡，我就在那裡，作為崇拜者，而不是作為他的渴望者。）雖然他是托瑪斯．曼那些著作的作者，我說出的也只有結舌吞吞吐吐的簡單的話，雖然我有滿腔複雜的感受。我們的表現俱非最佳。

奇怪的是我記不得此行是如何結束的。是不是卡提亞．曼現身，告訴我們時間到了？是不是托瑪斯．曼說他得回頭去工作，接受我們感謝他賜見，領我們到書房門口？我不記得告辭──我們如何獲釋。我們坐在沙發上用茶和糕點的場面，在我記憶中淡入成我們回到聖莫里大道，上車。偏暗的書房之後，漸褪的太陽顯得燦亮：才五點三十五分。

梅里爾發動車子。像兩個初上妓院之後驅車離去的十幾歲男孩子，我們自評表現。梅里爾認為勝利。我則羞愧、沮喪，雖然我同意我們不完全算是出乖露醜。

「真是，我們應該帶那本書來的，」接近我住的社區時，梅里爾打破長長的沉默說。「請他簽名。」

我咬牙，沒說話。

「太棒了，」我在我家門前下車時，梅里爾說。

我想，我們沒有再談過此事。

十個月後，預告已久的《浮士德博士》問世數日（「每月一書俱樂部」首選，初刷超過十萬本），梅里爾和我到匹克維克，眼花瞭亂地目睹同樣的書一落落疊在店門前一張長鐵桌上。我買我的，梅里爾買他的；我們一塊讀。

此作儘管廣受好評，但行情未如托瑪斯．曼預期。書評尊敬而帶保留，他在美國的存在感開始微降，羅斯福時代真的結束了，冷戰已經開始。他開始考慮回歐洲。

此時距離我的大移動，我真實生命的開始，也只數月。一月畢業後，我在柏克萊加州大學一學期，運氣欠佳的喬治開始在聖昆丁大學就讀一到五年，然後到了一九四九年秋，我將加大置諸腦後，進芝加哥大學，梅里爾與彼得相陪（兩人已在六月畢業），念哲學，然後，然後……我繼續我的人生，大多一如這個十四歲的人那麼自信的想像。

托瑪斯．曼，在這裡待過的托瑪斯．曼也動身。他同他的卡提亞（一九四四年成為美國公民）離開加州，一九五二年返回歐洲，那座被夷為平地的魔山。美國十五年，他曾住在這裡。但他不是真正活在這裡。

數年後，我已成為作家，我已認識許多其他作家，我學會比較寬容人與作品之間的差異。但是，直到現在，那次見面仍然給我非分、不當之感。在我的經驗裡，深刻的記憶往往是尷尬的記憶。

從童年的窒息獲得解放的欣快與感激，我至今記得。孺慕使我自由，尷尬——深切孺慕的代價——亦然。那時我感覺如成人，被逼著住在一具兒童的身體裡。那時以來，我卻感覺如兒童，僭住於一具成人的身體之中。我內裡那個嚴肅狂熱之人，由於已經在那個孩子裡發育完全，至今仍然視現實為未竟之境。仍然在前面看見一個大大的空間，一道遠遠的地平線。這就是真實的世界嗎？四十年於茲，我仍然如此自問……一如小孩子在一段漫長累人的旅程中再三追問：「我們到了嗎？」童年的豐饒之感，我當年沒有。我得到的補償是，豐饒的地平線至今永在，孺慕的喜悅載著我朝那地平線前進。

我從未向誰說過那次會見。這些年來我一直保密，彷彿那是某種可恥之事。彷彿那是兩個他人，兩個幽靈，兩個臨時相遇的生命，在各自前往他處途中發生的事：一個害羞、熱情、醉心文學的孩子，和一位流亡寓居帕西菲克帕利塞茲一棟房子中的神。

（本文原載於《紐約客》雜誌，一九八七年十二月廿一日）

Classics 3

浮士德博士

Doktor Faustus

作　　者	托瑪斯．曼（Thomas Mann）
譯　　者	彭淮棟
總 編 輯	柳淑惠
編輯協力	伍啟鴻
校　　對	彭淮棟、柳淑惠
封面設計	蔡南昇

出　　版　漫步文化／遠足文化事業股份有限公司
發　　行　遠足文化事業股份有限公司（讀書共和國出版集團）
地址：231 新北市新店區民權路 108-2 號 9 樓
郵撥帳號：19504465 遠足文化事業股份有限公司
電話：(02) 2218-1417　　信箱：service@bookrep.com.tw

法律顧問	華洋法律事務所 蘇文生律師
內頁排版	芯澤有限公司
印　　製	呈靖彩藝有限公司
二版一刷	2024 年 10 月
定　　價	990 元
ISBN	978-626-98702-3-3　書號：3MCL0003
EISBN	9786269870226 (EPUB)

國家圖書館出版品預行編目資料

浮士德博士　托瑪斯．曼（Thomas Mann）著；
彭淮棟譯. — 二版. — 新北市：漫步文化：遠足文化
事業股份有限公司, 2024.10
　面；　公分. —（Classics；3）
譯自：Doktor Faustus: Das Leben des deutschen
Tonsetzers Adrian Leverkühn erzählt von einem Freunde.
ISBN　978-626-98702-3-3（平裝）
1.托瑪斯．曼　2.小說　3.德國文學　4.經典文學

875.57　　113014281